Dai Sijie
Balzac und die kleine chinesische Schneiderin
Muo und der Pirol im Käfig

Zu diesem Buch

Sie hat einen dicken schwarzen Zopf, zwei Schühchen aus rosafarbener Seide und das zauberhafteste Lächeln, das man sich vorstellen kann: die kleine Schneiderin aus dem abgelegenen Bergdorf, in das zwei junge chinesische Studenten zur »kulturellen Umerziehung« geschickt werden. Die beiden merken bald, daß sie zum Überleben in den Besitz jenes Koffers gelangen müssen, der die verbotenen Meisterwerke der Weltliteratur enthält. Und vielleicht können sie am Ende sogar das Herz der kleinen Schneiderin gewinnen. – Nach langen Jahren im französischen Exil kehrt der scheue Psychoanalytiker Muo ins moderne postmaoistische China zurück, um »Vulkan des alten Mondes«, seine große Liebe, aus politischer Gefangenschaft zu befreien. Dazu muß er die Gnade des Richters Di erwirken, der für seine Dienste eine ungewöhnliche Gegenleistung verlangt … Zwei hinreißende Liebesgeschichten des chinesischen Erfolgsautors Dai Sijie in einem Band.

Dai Sijie, geboren 1954 in der Provinz Fujian in China, gelang mit seinem ersten Roman »Balzac und die kleine chinesische Schneiderin« ein Bestseller, der inzwischen in 31 Sprachen erschienen ist und auch fürs Kino verfilmt wurde. Dai Sijie wurde für »Muo und der Pirol im Käfig« mit dem Prix Fémina 2003 ausgezeichnet. Er lebt als Schriftsteller und Regisseur seit 1984 in Paris, wohin der Student der Kunstgeschichte damals nach Jahren der kulturellen Umerziehung in einem chinesischen Bergdorf emigrierte.

Dai Sijie

Balzac und die kleine chinesische Schneiderin

Muo und der Pirol im Käfig

Zwei Bestseller in einem Band

Aus dem Französischen von
Giò Waeckerlin Induni

Piper München Zürich

Von Dai Sijie liegen bei Piper im Taschenbuch vor:
Balzac und die kleine chinesische Schneiderin
Muo und der Pirol im Käfig

FSC

Dieses Taschenbuch wurde auf FSC-zertifiziertem Papier gedruckt. FSC (Forest Stewardship Council) ist eine nichtstaatliche, gemeinnützige Organisation, die sich für eine ökologische und sozialverantwortliche Nutzung der Wälder unserer Erde einsetzt (vgl. Logo auf der Umschlagrückseite).

Taschenbuchsonderausgabe
August 2007

Titel der französischen Originalausgaben:
»Balzac et la petite tailleuse chinoise« und »Le complexe de Di«

Umschlag / Bildredaktion: Büro Hamburg
Heike Dehning, Charlotte Wippermann,
Alke Bücking, Daniel Barthmann
Umschlagabbildungen: joSon / Getty Images (oben)
und Philadelphia Museum of Art / Corbis (unten)
Autorenfoto: Basso Cannarsa
Satz: Ziegler + Müller, Kirchentellinsfurt, und Uwe Steffen, München
Papier: Munken Print von Arctic Paper Munkedals AB, Schweden
Druck und Bindung: Clausen & Bosse, Leck
Printed in Germany ISBN 978-3-492-24989-8

www.piper.de

Balzac und die kleine chinesische Schneiderin

SERIE PIPER

1. KAPITEL

Der Laoban saß mit untergeschlagenen Beinen neben der Erdfeuerstelle und inspizierte im Schein der glimmenden Kohle meine Geige. Es war der einzige Gegenstand im Gepäck der »zwei Grünschnäbel« aus der Stadt – damit waren Luo und ich gemeint –, der etwas Fremdländisches, den Geruch von Zivilisation an sich hatte, was natürlich gleich den Verdacht des Laoban, des Dorfvorstehers, erregt hatte. Ein Bauer brachte eine Petroleumlampe, um die Identifikation des Gegenstandes zu erleichtern.

»Ho-ho, was haben wir denn da.« Der Laoban hielt die Geige senkrecht hoch, um wie ein pingeliger Zollbeamter, der nach Drogen sucht, mißtrauisch durch das Schalloch in den dunklen Resonanzkasten zu spähen. Ich bemerkte drei kirschrote Blutstropfen in seinem linken Auge: zwei kleine und einen größeren.

Er hielt die Geige vor die Augen, schüttelte sie kräftig, offenbar felsenfest überzeugt, daß etwas herausfallen mußte. Ich fürchtete, daß die Saiten gleich reißen und die Wirbel in alle Richtungen davonfliegen würden.

Das Dorf war fast vollzählig vor dem etwas abseits stehenden Haus versammelt. Männer, Frauen und Kinder umringten uns neugierig, hingen in Trauben

an der Stiege, streckten die Köpfe aus dem Fenster. Aus meinem Instrument fiel jedoch nichts. Also hielt der Laoban schnüffelnd die Nase ans geheimnisvolle Schalloch; die paar langen, dicken, popeligen Haare in seinen Nasenlöchern zitterten.

Nichts. Keinerlei Indizien.

Er fuhr mit seinem schwieligen Zeigefinger über eine Saite, über eine zweite Saite ... entlockte ihnen einen fremdartigen Ton, der die Menge andächtig erstarren ließ.

»Es handelt sich um ein Spielzeug«, erklärte der Laoban feierlich.

Seine Schlußfolgerung verschlug uns die Sprache. Wir blickten uns kurz an. Ich fragte mich besorgt, wie das Ganze noch enden würde.

Ein Bauer nahm dem Laoban das »Spielzeug« aus den Händen, hämmerte mit der Faust auf dem Boden des Instruments herum, reichte es dann an seinen Nachbar weiter, und meine Geige ging von Hand zu Hand. Niemand kümmerte sich um uns, die zwei lächerlichen Hänflinge aus der Stadt. Wir waren den ganzen Tag durch Berg und Tal marschiert, unsere Kleider, unsere Gesichter, unsere Haare starrten vor Schmutz. Wir konnten uns kaum mehr auf den Beinen halten. Wir sahen aus wie zwei jämmerliche reaktionäre Soldaten aus einem Propagandafilm, die nach einer verlorenen Schlacht von einer Heerschar kommunistischer Soldaten gefangengenommen worden waren.

»Ein kindisches Spielzeug«, kreischte eine Frau.

»Nein«, berichtigte der Laoban, »ein typisch bourgeoises Spielzeug aus der Stadt.«

Mich fröstelte trotz des flackernden Feuers in der Mitte des festgetrampelten Hofes. »Es muß verbrannt werden«, hörte ich den Laoban sagen.

Sein Befehl löste auf der Stelle heftige Reaktionen aus. Alle redeten wild durcheinander, schrien, drängten sich nach vorn; jeder versuchte, sich des »bourgeoisen Spielzeugs« zu bemächtigen, um es eigenhändig ins Feuer zu werfen.

»Laoban«, sagte unerwartet Luo freundlich lächelnd, »das ist ein Musikinstrument. Mein Freund ist ein guter Musikant, ehrlich.« Die Menge verstummte. Der Laoban griff nach der Geige, inspizierte sie nochmals gründlich von allen Seiten und hielt sie mir dann hin.

»Tut mir leid, Laoban«, sagte ich verlegen, »ich spiele nicht besonders gut.« In dem Moment sah ich, daß Luo mir zuzwinkerte. Ich nahm also die Geige und begann sie zu stimmen.

»Mein Freund wird eine Sonate von Mozart spielen«, verkündete Luo gelassen. Ich fragte mich erschrocken, ob er vielleicht übergeschnappt war. Seit ein paar Jahren waren in China sämtliche Werke Mozarts oder sonst eines westlichen Komponisten verboten. Meine durchnäßten Füße in den aufgeweichten Schuhen fühlten sich wie Eisklumpen an. Ich bibberte vor Kälte.

»Eine Sonate? Was ist das?« fragte mich der Laoban mißtrauisch.

»Nun … also … wie soll ich Ihnen das erklären«, stammelte ich.

»Ein Lied?«

»Etwas in der Art …«, antwortete ich ausweichend.

Auf der Stelle flackerte die Wachsamkeit eines echten Kommunisten in den Augen des Laoban auf, und seine Stimme verhieß nichts Gutes: »Und wie nennt sich dieses Lied?«

»Also … es hört sich an wie ein Lied, aber es ist eine Sonate.«

»Ich hab dich gefragt, wie es heißt!« brüllte er mich an. Ich konnte den Blick nicht von den drei gruseligen Blutstropfen in seinem Auge wenden.

»Mozart …«, antwortete ich zögernd.

»Mozart was?«

»… Mozart ist mit seinen Gedanken immer beim Großen Vorsitzenden Mao«, kam mir Luo zu Hilfe.

Mir stockte der Atem. Doch Luos kühne Erklärung wirkte Wunder: Die Gesichtszüge des Laoban entspannten sich. Er kniff die Augen zusammen, und sein Mund verzog sich zu einem breiten, seligen Lächeln. »Mozart ist mit seinen Gedanken immer beim Großen Vorsitzenden Mao«, wiederholte er andächtig.

»Ja, immer, Tag und Nacht«, bekräftigte Luo.

Als ich die Saiten meines Bogens spannte, begann die Menge aufmunternd in die Hände zu klatschen, was mich jedoch nur noch mehr einschüchterte. Meine klammen Finger fuhren über die Saiten – und Mozarts vertraute Sätze stiegen in meiner Erinnerung auf. Die eben noch harten Gesichter der Bauern

weichten bei Mozarts klarem Jubel auf wie die vom Regen durchnäßte Erde; dann verschmolzen ihre Umrisse im tanzenden Licht der Petroleumlampe nach und nach mit der Dunkelheit.

Ich spielte eine ganze Weile, während Luo sich ruhig eine Zigarette ansteckte wie ein richtiger Mann.

Das war unser erster Umerziehungstag. Luo war achtzehn, ich siebzehn.

女

Ein paar Worte zur Umerziehung. Ende 1967 startete Mao, der Große Steuermann, eine Kampagne, die das kommunistische China zutiefst verändern sollte: Die Universitäten wurden geschlossen, und die »jungen Intellektuellen«, das heißt die Gymnasiasten und die Absolventen höherer Schulen, wurden zur »Umerziehung durch die revolutionären Bauern« aufs Land geschickt. (Ein paar Jahre später würde dieses in der Geschichte beispiellose Experiment einen anderen asiatischen Revolutionär zur Nachahmung anspornen, einen Kambodschaner, der, ehrgeiziger und noch radikaler, die ganze Bevölkerung der Hauptstadt, ob alt oder jung, »aufs Land« schickte.)

Was Mao Zedong mit seiner Entscheidung wirklich bezweckte, war unklar. Wollte er mit den Roten Garden aufräumen, die langsam seiner Kontrolle entglitten? Oder handelte es sich um die Laune eines großen revolutionären Träumers, der seinen Traum, den »neuen Menschen« zu schaffen, verwirklichen wollte?

Niemand würde je eine Antwort auf diese Frage geben. Wenn uns niemand hörte, diskutierten Luo und ich oft über dieses Thema. Und kamen zum Schluß, daß Mao die Intellektuellen haßte.

Wir waren weder die ersten noch die letzten Versuchskaninchen dieses gewaltigen menschlichen Experiments. Anfang des Jahres 1971 langten wir also in jenem Bergdorf am Ende der Welt an, bekamen ein Pfahlhaus am Rande des Dorfes zugewiesen, und ich spielte vor dem Laoban Geige. Es hätte uns schlimmer ergehen können. Millionen junger Menschen waren uns vorangegangen, und Millionen würden uns folgen. Bloß – Ironie des Schicksals –, weder Luo noch ich waren Gymnasiasten. Wir hatten nie das Glück gehabt, die Schulbank eines Gymnasiums zu drücken. Als wir in die Berge geschickt wurden, hatten wir lediglich die drei Oberschuljahre absolviert.

Luo und mich als »Intellektuelle« zu bezeichnen grenzte an Hochstapelei, und dies um so mehr, als die in der Oberschule erworbenen Kenntnisse gleich Null waren. Zwischen dem zwölften und dem vierzehnten Altersjahr hatten wir warten müssen, bis sich die Kulturrevolution beruhigte und unsere Schule wieder geöffnet wurde. Als es endlich so weit war, wurden wir bitter enttäuscht. Das Fach Mathematik war abgeschafft worden wie auch der Unterricht in Physik und Chemie, die »Grundkenntnisse« beschränkten sich von nun an auf Industrie- und Landwirtschaftskunde. Auf den Einbänden der Schulbücher war ein Arbeiter mit einer Schirmmütze abgebildet, der, mit

Bizeps so dick wie die von Sylvester Stallone, einen riesigen Hammer schwang. Neben ihm stand eine als Bäuerin verkleidete Kommunistin mit einem roten Tuch um den Kopf (»eine um den Kopf gewickelte Monatsbinde«, frotzelten unsere Mitschüler grinsend). Diese Schulbücher und Maos »Rotes Buch« waren jahrelang unsere einzige intellektuelle Nahrung. Sämtliche anderen Bücher waren verboten.

Daß man uns den Übertritt ins Gymnasium verwehrte und uns die Rolle junger Intellektueller aufbürdete, verdankten wir unseren Eltern, die – obwohl unterschiedlich schwerer Verbrechen angeklagt – als Volksfeinde eingestuft worden waren.

Meine Eltern waren Ärzte. Mein Vater war Lungenfacharzt, meine Mutter Fachärztin für parasitäre Krankheiten. Sie arbeiteten beide im Krankenhaus von Chengdu, der Hauptstadt von Sichuan, einer Stadt mit rund vier Millionen Einwohnern, die sehr weit von Peking entfernt ist, aber sehr nahe an Tibet.

Luos Vater war im Vergleich zu meinem Vater eine richtige Koryphäe, ein in ganz China berühmter Zahnarzt. Er hatte einmal – vor der Kulturrevolution – seinen Studenten erzählt, er hätte Mao Zedongs Zähne in Ordnung gebracht und auch die von Frau Mao und von Chiang Kai-shek, dem Staatspräsidenten der abtrünnigen »Republik«. Offen gestanden: nach jahrelanger täglicher Betrachtung von Maos Porträt hatten schon viele festgestellt, daß seine Zähne sehr gelb, ja geradezu unappetitlich waren, doch niemand hätte sich getraut, das zu sagen. Und nun kam ein

berühmter Zahnarzt daher und deutete dreist in aller Öffentlichkeit an, der Große Steuermann der Nation trage ein Gebiß, was eine nicht zu übertreffende Majestätsbeleidigung war, ein hirnrissiges, ein unverzeihliches Verbrechen, schlimmer als die Preisgabe eines Staatsgeheimnisses. Unseligerweise hatte er es gewagt, die Namen des Ehepaars Mao in einem Atemzug mit dem der größten Kanaille zu nennen: Chiang Kaishek! Was das Strafmaß erheblich erhöhte.

Luos Familie hatte jahrelang gleich neben uns gewohnt, Tür an Tür im dritten und obersten Stockwerk eines Backsteingebäudes. Er war der fünfte Sohn seines Vaters und das einzige Kind seiner Mutter.

Ich übertreibe nicht: Luo war der beste Freund, den ich in meinem Leben gehabt habe. Wir wuchsen zusammen auf und machten gemeinsam einiges durch. Wir stritten uns selten.

Ich werde die einzige Rauferei zwischen uns nie vergessen – oder vielmehr den Tag, als er mir eine Ohrfeige gab. Es war im Sommer 1967. Er war kaum fünfzehn, ich kaum vierzehn. Auf dem Basketballfeld des Krankenhauses, in dem meine Eltern arbeiteten, fand an jenem Nachmittag eine große politische Versammlung statt. Wir wußten beide, daß diese Versammlung Luos Vater galt und daß man ihn öffentlich seiner Verbrechen anklagen würde. Als gegen fünf Uhr immer noch niemand nach Hause gekommen war, bat mich Luo, ihn zu begleiten. »Wir werden uns die Kerle merken, die meinen Vater erniedrigen und foltern«, sagte er, »und wenn wir älter sind, rächen wir ihn.«

Auf dem brechend vollen Basketballfeld wogte ein Meer von schwarzen Köpfen. Es war unerträglich heiß. Der Lautsprecher brüllte. Luos Vater kniete auf einem Podest. Eine große, schwere, mit einem Draht um seinen Hals befestigte Zementtafel hing auf seinem Rücken; der Draht hatte sich tief ins Fleisch eingeschnitten. Auf der Tafel standen sein Name und sein Verbrechen:

REAKTIONÄR!

Selbst aus der Entfernung von dreißig Metern glaubte ich, auf dem Podest unter dem Kopf von Luos Vater einen dunklen Schweißfleck zu erkennen. Eine drohende Männerstimme brüllte aus dem Lautsprecher: »Gib zu, daß du mit dieser Krankenschwester geschlafen hast.«

Luos Vater senkte den Kopf noch tiefer, so tief, daß es aussah, als drücke ihn die schwere Tafel zu Boden. Ein Mann hielt ihm ein Mikrophon vor den Mund, und man hörte ein zitterndes, gehauchtes »Ja!«.

»Wie ist es dazu gekommen?« brüllte der Richter. »Hast du dich an sie herangemacht? Oder war sie es?«

»Ich war's.«

»Und dann?«

Sekundenlanges Schweigen. Dann echote die Menge wie aus einem Mund: »Und dann?« Der von zweitausend Menschen aufgenommene Schrei hallte wie ein Donnerschlag und rollte grollend über unsere Köpfe hinweg.

»Ich hab sie angefaßt ...«, flüsterte der Angeschuldigte.

»Weiter! Einzelheiten!«

»Doch kaum habe ich sie berührt«, gestand Luos Vater, »ist es um mich herum … neblig geworden.«

Das entfesselte Gebrülle der fanatischen Richter schwoll erneut an. »Komm, gehn wir«, flüsterte Luo mir zu. Und wir entfernten uns. Unterwegs spürte ich plötzlich Tränen über mein Gesicht rinnen und mir wurde bewußt, wie sehr ich unseren alten Nachbarn, den Zahnarzt, mochte.

Und in dem Moment ohrfeigte mich Luo wortlos. Der Schlag kam so unerwartet, daß ich beinahe das Gleichgewicht verlor.

女

Zu jener Zeit, 1971, waren der Sohn des Lungenfacharztes und sein Freund, der Sohn des berühmten Volksfeindes, der die hohe Gunst erfahren hatte, Maos Zähne berühren zu dürfen, bloß zwei »junge Intellektuelle« unter den Hunderten von Jungen und Mädchen, die auf den Phönix-des-Himmels genannten Berg geschickt wurden. Ein poetischer Name. Und ein eindrückliches Bild, das die schwindelerregende Höhe erahnen ließ: Die armen Sperlinge und sonstigen Vögel der Ebene würden sich niemals bis zum Gipfel des Berges aufschwingen können; nur einem einzigen Vogel war es gegeben, einem allmächtigen, sagenumwobenen und zutiefst einsamen.

Es führte keine Straße auf den Berg des Phönix-des-Himmels, bloß ein schmaler Pfad, der sich zwischen

den Felsmassen, den steil abfallenden Wänden, den Kuppen und Kämmen, den wildesten Gesteinsformationen hinaufschlängelte. Um den Schatten eines Autos zu erspähen, eine Autohupe zu hören, ein Zeichen von Zivilisation zu sehen oder den Duft einer Garküche zu schnuppern, mußte man zwei Tage über Berg und Tal marschieren. Etwa hundert Kilometer entfernt lag die kleine Kreisstadt Yong Jing am Ufer des Flusses Ya; es war die nächstgelegene Stadt. Der einzige Weiße, der je seinen Fuß dorthin gesetzt hatte, war Pater Michel, ein französischer Missionar, der in den vierziger Jahren eine neue Route suchte, um nach Tibet zu gelangen.

»Der Distrikt Yong Jing ist nicht reizlos, vor allem seines Gebirges wegen, das man Phönix-des-Himmels nennt«, hielt der Jesuit in seinem Reisetagebuch fest. »Der Berg ist für sein Kupfergold berühmt, das früher für die Herstellung von Münzen verwendet wurde. Im 1. Jahrhundert, erzählt man, schenkte ein Kaiser der Han-Dynastie diesen Berg seinem Konkubinen, einem Obereunuchen aus seinem Hofstaat. Als ich den Blick über die schwindelerregenden Felsen schweifen ließ, erblickte ich einen schmalen Pfad, der sich zwischen den dunklen Kaminen in den überhängenden Felsen hochzog und sich in den tiefhängenden Wolken aufzulösen schien. Ein paar wie Saumtiere beladene Kulis stiegen den Pfad hinunter. Riesige, mit Berggold gefüllte Bambuskörbe waren mit Lederriemen auf ihren Rücken gebunden. Man sagte mir jedoch, die Kupfergewinnung sei wegen der schlechten

Transportwege im Niedergang begriffen. Dank der besonderen Geographie dieses Berges sind die Bewohner jetzt zum Opiumanbau übergegangen. Man riet mir übrigens dringend davon ab, den Fuß in jene Gegend zu setzen: Die Opiumbauern sind allesamt bewaffnet. Nach der Ernte vertreiben sie sich die Zeit mit Überfällen. Ich begnügte mich also damit, die unwirtliche, vom satten Grün mächtiger Bäume und von üppiger Vegetation verdunkelte Gegend aus der Ferne zu betrachten: ein wahrlich geeigneter Ort für einen im Schatten der Bäume lauernden Banditen, um sich auf Reisende zu stürzen.«

Etwa zwanzig, in den Windungen des einzigen Pfades verstreute oder in den schattigen Wäldern versteckte Dörfer besiedelten den Phönix-des-Himmels. Gewöhnlich nahm jedes Dorf fünf oder sechs junge Städter auf. Unser Dorf aber, hoch oben unterhalb des Gipfels gelegen und überdies das ärmste, konnte nur zwei übernehmen: Luo und mich. Wir waren im Pfahlhaus am Dorfrand untergebracht worden, vor dem der Laoban meine Geige untersucht hatte. Das Gebäude gehörte zum Gemeinschaftsbesitz der Dorfbewohner und war nicht zu Wohnzwecken vorgesehen. Zu ebener Erde, im Koben zwischen den Pfählen, hauste eine dicke Sau, die ebenfalls zum Gemeinschaftsbesitz gehörte. Das Haus selber war aus alten, rohen, ungetünchten Brettern gebaut; es bestand aus einem einzigen Raum ohne Dachboden und wurde als Speicher für den Mais und den Reis und kaputte Gerätschaften be-

nützt; überdies war es ein idealer Ort für heimliche Seitensprünge.

Wir verfügten in all den Jahren unserer Umerziehung über keinerlei Möbel, nicht einmal über einen Tisch oder Stühle, sondern lediglich über zwei Pritschen längs der Wand in einem kleinen, fensterlosen Verschlag.

Nichtsdestotrotz dauerte es nicht lange, und unser Haus wurde zum Mittelpunkt des Dorfes: Alle fanden sich bei uns ein, der Laoban mit den drei Blutstropfen im linken Auge mit eingeschlossen. Und dies dank einem anderen Phönix, einem winzig kleinen und eher irdischen, der meinem Freund Luo gehörte.

女

Es handelte sich nicht um einen richtigen Phönix, sondern um einen stolzen Hahn mit prächtigen, blaugrün schimmernden Schwanzfedern. Er senkte unter dem etwas trüben Glas ruckartig den Kopf, und während der Sekundenzeiger langsam um das Zifferblatt kreiste, pickte er ein imaginäres Reiskorn in einem imaginären Hühnerhof. Dann hob er den Kopf, sperrte den Schnabel auf und plusterte sich zufrieden und satt.

Luos Wecker mit dem sich – pick-pick-pick – im Sekundentakt bückenden Hahn hatte ein hübsches, sanftes Läutwerk und war kaum so groß wie ein Handballen, daher war das kleine Wunderding bei unserer Ankunft dem scharfen Blick des Laoban entgangen.

Im Dorf hatte es bis dahin weder Wecker noch Uhr,

noch Turmuhr gegeben. Die Menschen hatten seit Generationen ihr Leben nach der aufgehenden und der untergehenden Sonne gerichtet.

Der Wecker übte fast religiöse Anziehungskraft auf die Dorfbewohner aus. Alle kamen vorbei, um ihn andächtig zu bestaunen, als sei unser Pfahlhaus ein Tempel. Jeden Morgen wiederholte sich das gleiche Ritual: Der Laoban ging feierlich vor unserem Haus auf und ab, seine Bambuspfeife paffend, die so lang war wie eine alte Flinte. Er ließ unseren Wecker nicht aus den Augen. Punkt neun Uhr stieß er einen schrillen, langgezogenen Pfiff aus: das Zeichen für jedermann, daß es Zeit war, aufs Feld zu gehen.

»An die Arbeit!« brüllte er durch die verwinkelten Gassen. »Lüpft euer Hinterteil, faule Bande! Worauf wartet ihr ...«

Wenn wir zur Arbeit auf einem schmalen, steilen Pfad – so steil, daß es unmöglich war, eine Karre zu schieben – aufwärts, aufwärts, aufwärts bis zu den Wolken klettern mußten, waren weder Luo noch ich begeistert. Wovor uns am meisten grauste, war, Scheiße in eigens dafür vorgesehenen Holzeimern transportieren zu müssen. Die bis obenauf mit einer reichen Vielfalt menschlicher und tierischer Exkrementen gefüllten »Ruckeimer« wurden wie Rucksäcke auf den Buckel geladen und zu den Feldern in schwindelnder Höhe unterhalb des Gipfels geschleppt. Bei jedem Schritt hörte man direkt hinter den Ohren das Glucksen der mit Wasser vermischten Scheiße. Der eklige Inhalt schwappte unter dem Deckel über und lief

einem den Rücken hinunter. Jeder Schritt konnte fatale Folgen haben, auf die ich lieber nicht näher eingehen möchte.

Eines frühen Morgens hatten wir beim Gedanken an die bereitstehenden »Ruckeimer« nicht die geringste Lust, aus den Federn zu kriechen. Als wir die Schritte des Laoban hörten, lagen wir noch im Bett. Es war fast neun Uhr, der Hahn pickte unerschütterlich sein Reiskorn, als Luo plötzlich einen genialen Einfall hatte: Er streckte den kleinen Finger aus und drehte die Uhrzeiger eine Stunde zurück. Und wir schliefen friedlich weiter. Was für eine Wohltat, ordentlich ausschlafen zu können, während der Laoban draußen, seine lange Bambuspfeife paffend, auf und ab ging. Luos fabelhafter Trick milderte unseren Groll gegenüber den ehemaligen Opiumbauern, die von der kommunistischen Regierung zu »revolutionären Bauern« bekehrt worden waren.

Nach jenem historischen Morgen änderten wir das morgendliche Wecken je nach Lust und Laune und unserer körperlichen Verfassung. Manchmal stellten wir den Wecker auch eine oder zwei Stunden vor, um früher Feierabend machen zu können. Was dazu führte, daß wir schließlich nicht mehr wußten, wie spät es wirklich war, und jegliches Zeitgefühl verloren.

女

Auf dem Berg des Phönix-des-Himmels regnete es die meiste Zeit; das heißt, es regnete gewöhnlich an zwei von drei Tagen. Gewitterregen oder Platzregen gab es selten. Es war ein hartnäckiger, andauernder Nieselregen: Regen, der nie aufzuhören schien. Die Umrisse der steilen Felsen um uns herum waren in dichten, gespenstischen Nebel gehüllt, und die irreale, verschwommene Landschaft vor dem Fenster unseres feuchten Pfahlhauses, in dem der Schimmel langsam alles überzog und uns jeden Tag enger umzingelte, machte uns schwermütig. Es war schlimmer, als in einer tiefen Höhle zu leben.

Luo konnte nachts oft nicht schlafen. Er stand dann auf, zündete die Petroleumlampe an und kroch im Halbdunkel unters Bett, um nach ein paar weggeworfenen Kippen zu suchen. Danach setzte er sich im Schneidersitz aufs Bett, legte die schimmligen Kippen auf ein Stück Papier (meistens ein kostbarer Brief von zu Hause) und trocknete sie an der Flamme der Petroleumlampe. Dann schüttelte er die Kippen und sammelte mit Uhrmacherpräzision die Tabakkrümel ein, um ja kein Bröselchen zu verlieren. Wenn er seine Zigarette fertig gedreht hatte, steckte er sie an und löschte die Lampe. Er rauchte auf seinem Bett sitzend, lauschte in der Dunkelheit der Stille der Nacht, in der nur das Grunzen der unter uns im Mist wühlenden Sau zu hören war.

Manchmal regnete es länger als üblich, und die Zigarettenknappheit verlängerte sich. Einmal weckte mich Luo mitten in der Nacht. »Ich finde nichts

mehr zum Rauchen, weder unter dem Bett noch sonstwo.«

»Ja und?«

»Ich bin deprimiert«, sagte er. »Bitte spiel mir etwas auf der Geige vor.«

Also tat ich ihm den Gefallen und holte verschlafen meine Geige hervor. Während ich spielte, mußte ich plötzlich an unsere Eltern denken, an seine und an meine. Wenn der Lungenfacharzt oder der berühmte Zahnarzt uns in jener Nacht hätten sehen können, das flackernde Licht der Petroleumlampe, die zuckenden Schatten an der Wand unseres Pfahlhauses, wenn sie die vom Grunzen der Sau begleitete Geigenmelodie hätten hören können ... Doch niemand hörte uns. Nicht einmal die Dorfbewohner. Der nächste Nachbar wohnte mindestens hundert Meter entfernt.

Draußen regnete es. Ausnahmsweise war es nicht der gewohnte Nieselregen, sondern ein prasselnder Regen, der über unseren Köpfen auf die Dachziegel hämmerte. Das Geräusch deprimierte ihn nur noch mehr. Unsere Situation war ausweglos: Wir waren dazu verdammt, unser ganzes Leben in der Umerziehung zu verbringen. Laut den offiziellen Parteizeitungen hatte ein Student aus einer normalen Familie, das heißt aus einer revolutionären Arbeiter- oder Intellektuellenfamilie, der sich gut aufführte, eine hundertprozentige Chance, seine Umerziehung innerhalb von zwei Jahren zu beenden und zu seiner Familie in der Stadt zurückkehren zu können. Doch für die Söhne und Töchter der als »Volksfeinde« eingestuften

Familien war die Chance, nach Hause entlassen zu werden, gleich drei zu tausend. Vom mathematischen Standpunkt aus betrachtet, waren Luo und ich »abgehakt«. Blieb uns also nur die tröstliche Perspektive, auf dem Berg des Phönix-des-Himmels alt und glatzköpfig zu werden, im Pfahlhaus zu sterben und in ein grobes weißes Leichentuch gewickelt in die Welt der Ahnen einzugehen. Wir hatten allen Grund, trübselig, deprimiert, entmutigt zu sein, unfähig, die Augen zu schließen und zu schlafen.

In jener Nacht spielte ich zuerst ein Stück von Mozart, dann eines von Brahms und schließlich eine Beethoven-Sonate, doch selbst die schaffte es nicht, meinen Freund aufzuheitern.

»Versuch's mit einem anderen Stück«, sagte er.

»Was möchtest du hören?«

»Etwas Fröhlicheres.«

Ich überlegte, suchte in meinem kargen musikalischen Repertoire, jedoch ohne Erfolg. Dafür begann Luo, ein Revolutionslied zu summen. »Wie findest du das?« fragte er mich.

»Hübsch.« Und ich stimmte mit meiner Geige in das Lied ein. Es war ein tibetisches Lied, dessen Worte die Chinesen geändert hatten, um eine Lobeshymne auf den Großen Vorsitzenden daraus zu machen. Die Melodie hatte jedoch ihre Lebensfreude bewahrt, ihre unbezwingbare Kraft. Die Adaption hatte es nicht geschafft, die Seele des Liedes zu verfälschen. Luo sprang erregt aus dem Bett und begann zu tanzen und sich im Kreis zu drehen, während

dicke Regentropfen durch die Lücken im Ziegeldach sickerten.

»Drei zu tausend«, dachte ich. »Drei Promille. Es bleibt mir eine Chance von drei Promille, und die Chance unseres melancholischen, tanzenden Rauchers ist noch geringer. Eines Tages vielleicht, wenn ich fleißig auf meiner Geige übe, wird mich ein kleines lokales oder regionales Propagandakomitee für die Aufführung roter Concertos engagieren. Aber Luo kann nicht Geige spielen, er kann nicht einmal Basketball oder Fußball spielen. Er hält keinen einzigen Trumpf in Händen, um sich der unbarmherzigen Konkurrenz der ›drei Promille‹ zu stellen. Schlimmer noch, er kann nicht einmal davon träumen.«

Was Luo meisterhaft konnte, war Geschichten erzählen, eine amüsante Begabung, gewiß, doch leider eine, die nicht zählte und kaum zukunftsträchtig war. Wir waren nicht mehr in der Zeit von Tausendundeiner Nacht. In unseren modernen Gesellschaften, ob sozialistisch oder kapitalistisch, gab es den Beruf des Geschichtenerzählers nicht mehr.

Der Berg des Phönix-des-Himmels war so weit von der Zivilisation entfernt, daß die Menschen, die an seinen Hängen lebten, noch nie einen Film gesehen hatten und auch nicht wußten, was ein Kino ist. Luo und ich hatten dem Laoban ein paarmal einen Film erzählt, und seither war er begierig auf Kinogeschichten. Eines Tages erkundigte er sich nach der nächsten monatlichen Filmvorführung in Yong Jing und beschloß, uns beide hinzuschicken. Zwei Tage hin, zwei Tage

zurück. Wir mußten uns den Film gleich am Abend unserer Ankunft in der Kreisstadt ansehen. Im Dorf zurück, würden wir dem Laoban und allen Dorfbewohnern den Film von A bis Z in allen Einzelheiten erzählen müssen und genau so lang, wie die Vorführung dauerte.

Wir nahmen die Herausforderung an, doch wir schauten uns den Film vorsichtshalber zweimal hintereinander an. Die Vorführung fand auf dem Sportplatz des Gymnasiums statt, das für den Anlaß in ein Freiluftkino verwandelt worden war. Die jungen Mädchen aus der Stadt waren entzückend, doch wir konzentrierten uns in erster Linie auf die Leinwand, prägten uns die Dialoge ein, merkten uns die Kostüme und die kleinsten Gesten der Schauspieler, die Ausstattung jeder einzelnen Szene und sogar die Musik.

Nach unserer Rückkehr fand auf dem Hof vor unserem Pfahlhaus eine in der Geschichte des Kinos einmalige Filmvorstellung statt. Sämtliche Dorfbewohner waren anwesend. Der Laoban saß in der Mitte der ersten Reihe, seine lange Bambuspfeife in der einen Hand, Luos Wecker des irdischen Phönix in der anderen, um die Dauer unserer Vorführung auf die Sekunde genau zu kontrollieren.

Ich war krank vor Lampenfieber. Meine Rolle beschränkte sich darauf, nüchtern die Ausstattung jeder einzelnen Szene zu schildern. Luo hingegen entpuppte sich als begnadeter Erzähler: Er faßte die Handlung mit wenigen Worten zusammen, spielte abwechselnd verschiedene Rollen, ahmte Stimmen und Gesten der

Darsteller nach. Er führte Regie, hielt das Publikum in Spannung, bezog die Zuschauer mit ein, stellte Fragen und berichtigte die Antworten. Er unterschlug nichts. Als wir, besser gesagt, als er die Vorstellung auf die Sekunde genau beendete, konnte sich unser stürmisch applaudierendes Publikum vor Begeisterung nicht fassen.

»Kommenden Monat«, sagte der Laoban gönnerhaft lächelnd, »schicke ich euch zur nächsten Filmvorführung. Ich bezahl euch den gleichen Lohn wie für die Feldarbeit.«

Zunächst hielten wir das Ganze für eine willkommene Abwechslung. Wie hätten wir uns vorstellen können, daß unser Leben – Luos Leben zumindest – eine völlig andere Wendung nehmen würde.

Die Prinzessin des Phönix-des-Himmels trug ein Paar blaß rosafarbene Schühchen aus glänzendem, aber solidem Stoff, unter dem sich ihre Zehen abzeichneten, wenn sie mit dem Fuß den Tritt ihrer Nähmaschine bediente. Es waren gewöhnliche, billige Schuhe, in jener Berggegend jedoch, wo fast alle barfuß gingen, fielen sie auf. Sie wirkten raffiniert und teuer und ungeheuer elegant. Ihre Fesseln waren schmal und die Füße in den weißen Nylonsöckchen zierlich geformt.

Ihr Haar war zu einem langen, dicken Zopf geflochten mit einem leuchtendroten eingeflochtenen Satinband, das zu einer prächtigen, in ihrem Rücken baumelnden Schleife gebunden war.

Sie beugte sich über die Nähmaschine, deren glattes Tischblatt den Kragen ihrer weißen Bluse, ihr ovales Gesicht, den Glanz ihrer Augen widerspiegelte, der schönsten Augen des Bezirks Yong Jing, wenn nicht der ganzen Provinz.

Ein breites Tal trennte ihr Dorf von unserem Dorf. Ihr Vater, der einzige Schneider weit und breit, war nicht oft im geräumigen alten Haus anzutreffen, das Werkstatt und Wohnung zugleich war. Wenn eine Familie neue Kleider nähen lassen wollte, ging man

zuerst nach Yong Jing Stoff kaufen, dann suchte man den alten Schneider in seiner Werkstatt auf, um über den Schnitt zu beraten, über den Preis zu verhandeln und den ihm für die Anfertigung genehmen Termin festzulegen. Am vereinbarten Tag holten ihn die Kunden respektvoll ab, von ein paar muskulösen Männern begleitet, die abwechselnd die Nähmaschine auf dem Rücken trugen.

Er besaß zwei Nähmaschinen. Die eine – die, die er von Dorf zu Dorf mitnahm – war ein altes Modell, auf dem weder die Marke noch der Name des Herstellers identifizierbar waren. Die andere, *Made in Shanghai*, war neu. Die ließ er für seine Tochter, die Kleine Schneiderin, zu Hause. Er nahm seine Tochter nie mit zu den Kunden, und dieser weise und unumstößliche Entschluß war für die zahlreichen jungen Bauern eine bittere Enttäuschung.

Er führte ein Mandarin-Leben. Wenn er in ein Dorf kam, herrschte Aufregung und Gedränge wie an einem Volksfest. Das vom Surren seiner Nähmaschine widerhallende Haus wurde zum Mittelpunkt des Dorfes und war für die jeweiligen Gastgeber die Gelegenheit, ihren Reichtum vorzuzeigen. Die köstlichsten Gerichte wurden für ihn gekocht, und wenn sein Besuch in die Zeit der Vorbereitungen für das Neujahrsfest fiel, schlachtete man sogar das Schwein. Er logierte reihum bei seinen verschiedenen Kunden und verbrachte oft ein oder zwei Wochen im gleichen Dorf.

Eines Tages wollten Luo und ich den Brillenschang besuchen, einen Jungen aus unserer Stadt, der in einem

anderen Dorf umerzogen wurde. Es regnete; der steile, glitschige Weg war in milchigen Nebel gehüllt. Wir kamen nur langsam vorwärts und landeten immer wieder auf allen vieren im Schlamm. Als wir um eine Wegkrümmung bogen, kam uns unvermittelt eine Prozession mit einer schaukelnden Sänfte in ihrer Mitte entgegen. Hinter der vornehmen Tragchaise trottete ein Mann mit einer Nähmaschine auf dem Rücken. Der Besitzer der Nähmaschine beugte sich zu den Trägern hinunter, wahrscheinlich um sich zu erkundigen, wer wir waren.

Der Mann war klein, dürr, runzelig, aber trotz seines Alters offenbar noch sehr busper und voller Unternehmungslust. Seine Chaise, eine Art rudimentärer Palankin, war auf zwei lange, dicke Bambusstangen gebunden, die ausbalanciert auf den Schultern der zwei Träger lagen. Man hörte die Sänfte knarren und die Stangen knacken.

Als die Sänfte an uns vorbeikam, bückte sich der alte Schneider tief zu mir herunter, so daß ich seinen Atem an meinem Ohr spürte.

»Wai-o-lin!« rief er plötzlich laut.

Ich zuckte erschrocken zusammen.

Er lehnte sich schallend lachend in seinem Tragstuhl zurück wie ein exzentrischer kaiserlicher Hofbeamter auf Reisen.

»Wißt ihr, daß unser Schneider der am weitesten gereiste Mann in der Gegend ist?« fragte uns einer der Träger.

»In meinen jungen Jahren bin ich sogar bis nach

Yan'an gekommen, zweihundert Kilometer von Yong Jing entfernt«, erklärte der große Marco Polo. Er zeigte auf meinen Geigenkasten: »Mein Meister hatte ein solches Ding an der Wand hängen, um seinen Kunden zu imponieren.« Dann zog die kleine Prozession im Gänsemarsch weiter. Bevor er hinter der Wegkehre verschwand, wandte sich der Alte nochmals um.

»Wai-o-lin!« rief er uns schalkhaft zu.

Die Träger und die zehn Bauern in seinem Geleit warfen feierlich den Kopf in den Nacken und stießen einen langgezogenen Schrei aus, der eher wie ein schmerzlicher Seufzer denn wie ein englisches Wort klang:

»Waiii-ooo-liiin!«

Dann brachen sie in lausbübisches Gelächter aus, beugten sich nach vorn und setzten ihren Weg fort. Kurz darauf war der Zug im Nebel verschwunden.

Ein paar Wochen später suchten wir das Haus des Schneiders auf. Im Hof lief uns ein großer schwarzer Hund entgegen; er ließ uns nicht aus den Augen, bellte aber nicht. Wir betraten die Werkstatt. Der alte Schneider war wieder einmal unterwegs, und wir machten die Bekanntschaft seiner Tochter, der Kleinen Schneiderin. Wir fragten sie, ob sie Luos Hose um fünf Zentimeter verlängern könne, denn er war trotz der mangelhaften Ernährung, trotz der Schlaflosigkeit und seiner Zukunftsängste in die Höhe geschossen.

Er stellte sich der Kleinen Schneiderin vor und erzählte ihr von unserer Begegnung mit ihrem Vater,

der unversehens aus dem Nebel aufgetaucht war – und konnte es sich natürlich nicht verkneifen, den englischen Akzent des Alten übertrieben nachzuahmen. Die Kleine Schneiderin lachte herzlich. Bei Luo war die Nachahmungsgabe vererbt.

Wenn sie lachte, blitzte in ihren Augen etwas Ursprüngliches auf, was mich an die scheuen Mädchen in unserem Dorf erinnerte. Ihr Blick hatte den Glanz von ungeschliffenen Edelsteinen, von unpoliertem Metall, ein Leuchten, das durch ihre langen Wimpern und die mandelförmigen Augen verstärkt wurde.

»Seid ihm nicht böse«, meinte sie, »er ist trotz seines Alters ein Junge geblieben.« Plötzlich zog ein Schatten über ihr Gesicht. Sie rieb mit der Fingerspitze auf dem Nähmaschinentisch herum. »Māmā ist zu früh gestorben«, fügte sie hinzu, »seither macht Bàbà nur noch das, was ihm Spaß macht.«

Das Oval ihres bronzen schimmernden Gesichts war vollkommen, fast edel. Sie war von sinnlicher, bezaubernder Schönheit. Wir konnten nicht anders: wir mußten einfach dort bleiben und ihr zuschauen, wie sie mit ihrem kleinen, zierlichen Fuß den Tritt ihrer Nähmaschine *Made in Shanghai* betätigte.

Die Werkstatt diente gleichzeitig als Laden und Eßzimmer; der Bretterboden war schmutzig und mit Spuckeklecksern übersät, was darauf schließen ließ, daß nicht jeden Tag aufgewischt wurde. Die fertigen Kleider hingen auf Bügeln an einem in der Mitte des Raums von Wand zu Wand gespannten Seil. In einer Ecke stapelten sich Stoffballen und zusammengelegte

Kleidungsstücke, die von einer Armee Ameisen belagert wurden. Im Raum herrschten Unordnung und absolute Unbekümmertheit.

Auf dem Tisch lag ein Buch, ein höchst ungewöhnlicher Gegenstand in dieser von Analphabeten bevölkerten Gegend. Ich hatte seit Ewigkeiten keine Buchseite mehr angerührt. Ich griff neugierig danach: Was für eine Enttäuschung! Es handelte sich um den Musterkatalog einer Stoffarbenfabrik.

»Liest du?« fragte ich die Kleine Schneiderin.

»Selten«, antwortete sie unbefangen. »Oh, ihr müßt nicht glauben, ich sei eine dumme Gans. Ich unterhalte mich sehr gern mit gebildeten Menschen. Mit Studenten aus der Stadt zum Beispiel. Ist euch nichts aufgefallen? Daß mein Hund nicht gebellt hat, als ihr hereingekommen seid? Er erkennt nämlich Menschen, die ich mag.«

Sie freute sich ganz offensichtlich über unseren Besuch. Sie stand von ihrem Hocker auf, machte im eisernen Herd in der Mitte des Zimmers Feuer, füllte einen Topf mit Wasser und stellte ihn auf den Herd. Luo, der den Blick nicht von ihr wenden konnte, fragte: »Was bietest du uns an? Tee oder kochendes Wasser?«

»Eher letzteres«, entgegnete sie verschmitzt.

Das war das unmißverständliche Zeichen, daß sie uns mochte. Wenn einen in jener Gegend jemand auffordert, Wasser zu trinken, bedeutet dies, daß man Eier ins kochende Wasser schlägt, Zucker hinzufügt und eine Suppe kocht.

»Weißt du, Kleine Schneiderin«, fragte Luo sie, »daß wir etwas gemeinsam haben, du und ich?«

»Wir zwei?«

»Ja. Wetten?«

»Was wetten wir?«

»Was du willst. Ich bin nämlich sicher, daß wir etwas gemeinsam haben.«

Sie überlegte kurz. »Wenn ich verliere, verlängere ich deine Hose umsonst.«

»Einverstanden«, sagte Luo. »Zieh deinen linken Schuh und das Söckchen aus.«

Sie blickte ihn erstaunt an, zögerte kurz, schlüpfte dann neugierig aus ihrem rosafarbenen Schühchen, streifte das weiße Söckchen ab. Zuerst kam eine schmale Fessel zum Vorschein, dann ein zierlich gewölbter Rist und schimmernde Zehennägel: ein kleiner, gebräunter, leicht durchscheinender, blaugeäderter Fuß. Der ungemein verführerische, schüchterne Fuß seiner gar nicht schüchternen Besitzerin.

Als Luo seinen schmutzigen, knochigen Fuß mit den schwarzen Zehennägeln neben den der Kleinen Schneiderin stellte, entdeckte ich tatsächlich eine Gemeinsamkeit: an beiden Füßen war die zweite Zehe länger als die übrigen.

女

Gegen drei Uhr nachmittags mußten wir aufbrechen, wollten wir bei Einbruch der Nacht in unserem Dorf sein; der Rückweg war lang und beschwerlich.

Unterwegs fragte ich Luo: »Gefällt sie dir? Die Kleine Schneiderin?«

Er stapfte stumm, mit gesenktem Kopf neben mir her, als hätte er meine Frage überhört. Ich ließ nicht locker: »Hast du dich in sie verliebt?«

»Hmm, sie ist ziemlich ungebildet … zumindest zu ungebildet für mich!«

Ein kleines Licht bewegte sich langsam am Ende eines langen, engen, pechfinsteren Stollens. Zwischendurch schwankte der winzige Punkt, verschwand kurz, tauchte wieder auf. Wenn der Gang abwärts führte, sah man das Licht eine ganze Weile nicht mehr, und man hörte nur das Knirschen eines schweren, über den Schotterboden geschleppten Korbes und zwischendurch das endlos in der Finsternis widerhallende Stöhnen eines Mannes.

Plötzlich tauchte das Licht wieder auf, leuchtend wie das Auge eines Tiers, dessen vom Dunkel verschluckter Rumpf unsichtbar in der Nacht schwebte wie ein Alptraum.

Es war Luo mit einer um die Stirn gebundenen Karbidlampe, der auf der Kohlenzeche arbeitete. Er war nackt, nur mit einem Lederriemen gegürtet, der sich tief in sein Fleisch einschnitt. In diesem infernalischen Geschirr eingespannt, schleppte er einen großen ovalen Korb hinter sich her, der mit schweren Anthrazitbrocken beladen war. Zwischendurch war der Gang so niedrig, daß er auf allen vieren vorwärts kriechen mußte.

Auf halber Strecke löste ich ihn ab. Auch ich war nackt und bis in die kleinste Hautfalte schwarz vor

Kohlenstaub. Ich schob die Ladung, anstatt sie wie Luo hinter mir her zu schleppen. Um zum Ausgang des Tunnels zu gelangen, mußte man einen langen, steil ansteigenden Hang hinauf, doch an dieser Stelle war der Stollen zumindest höher. Luo half mir manchmal schieben. Wir kippten den Inhalt des Korbes an einen Kohlehaufen vor der Zeche und ließen uns in einer schwarzen Staubwolke erschöpft auf die Erde fallen.

Der Berg des Phönix-des-Himmels war für seine Berggoldzechen berühmt. (Sie hatten sogar die Ehre gehabt, als großzügiges Geschenk des ersten offiziellen Homosexuellen – eines Kaisers – an seinen Konkubinen in die Geschichte Chinas einzugehen.) Doch die schon lange stillgelegten Gruben verfielen. Die kleinen, handwerklich betriebenen Zechen gingen in den Gemeinschaftsbesitz der Dörfer über; sie wurden immer noch abgebaut und lieferten den Bergbewohnern Brennmaterial. Auch Luo und mir blieb, wie allen anderen jungen Städtern, diese zwei Monate dauernde Umerziehungsmaßnahme nicht erspart.

Offen gestanden: wir nahmen diese höllische Prüfung bereitwillig auf uns, um wegen der lächerlichen »drei Promille« im Rennen zu bleiben. Wir konnten uns ja nicht vorstellen, daß die Zeche untilgbare Spuren – physische und vor allem psychische – hinterlassen würde. Das kleine Kohlenbergwerk! Heute noch zittere ich vor Angst, wenn ich an diesen Ort des Grauens erinnert werde.

Mit Ausnahme des Grubenraums am Eingang, etwa zwanzig Quadratmeter mit einer niedrigen Decke, die

mit rudimentär eingebrachten Balken und Pfählen abgesichert war, wies der Rest des Stollens, das heißt über siebenhundert Meter Schacht, keinerlei Verfestigung auf. Wir riskierten permanent, von Gesteinsbrocken erschlagen zu werden, und die drei Kumpel-Bauern, die die Flöze abtrugen, machten sich einen Spaß daraus, uns ständig von tödlichen Unfällen in der Grube zu erzählen.

Jeder Korb, den wir aus der Tiefe des Stollens zogen, war für uns eine Art russisches Roulett.

Eines Tages, als wir gemeinsam den kohlebeladenen Korb den steilen Hang hinaufschoben, hörte ich Luo neben mir sagen: »Ich weiß nicht, warum, seit ich hier bin, werde ich den Gedanken nicht los, daß ich in dieser Zeche sterbe.«

Ich wußte nicht, was antworten. Wir schoben keuchend unsere Ladung vor uns her, doch plötzlich spürte ich einen kalten Schauer über meinen Körper laufen. Luo hatte mich mit seiner Angst angesteckt.

Wir schliefen mit den Kumpel-Bauern in einer armseligen, unter einem überhängenden Felsen an den Berg gelehnten Hütte. Wenn ich am Morgen erwachte und Wassertropfen auf das Borkendach fallen hörte, sagte ich mir erleichtert: »Du bist noch am Leben.« Doch wenn ich zur Arbeit ging, war ich nie sicher, ob ich am Abend zurückkehren würde. Jede Lappalie, eine boshafte Bemerkung der Bergleute zum Beispiel, einer ihrer makabren Witze oder ein Wetterumschwung, nahm für mich die Bedeutung eines Orakels an, eines todverkündenden Zeichens.

Während der Arbeit hatte ich manchmal Visionen. Ich spürte plötzlich weichen Grund unter den Füßen und glaubte zu ersticken. War das vielleicht der Tod? Und meine Kindheit zog rasend schnell an mir vorbei, wie das bei Sterbenden der Fall sein soll. Der lehmig-gummige Boden dehnte sich bei jedem Schritt, ich hörte ohrenbetäubendes Krachen über meinem Kopf. Ich flüchtete, wahnsinnig vor Angst, auf allen vieren kriechend, während vor mir das Gesicht meiner Mutter aus der Dunkelheit trat, und gleich darauf schob sich das meines Vaters darüber. Es dauerte nur ein paar Sekunden, und die flüchtigen Erscheinungen verschwanden: Ich befand mich, nackt wie ein Wurm, in einem Stollengang, schob außer Atem meine Ladung zum Ausgang. Ich starrte auf die Erde: Im flackernden Licht meiner Karbidlampe sah ich eine verzweifelte Ameise, die, von Überlebenswillen getrieben, mühsam den Hang hinaufkletterte.

Eines Tages – es muß in der dritten Woche gewesen sein – hörte ich Schluchzen, sah aber niemanden. Es war kein verhaltenes Weinen und kein Wimmern, sondern ein haltloses, verzweifeltes Weinen. Das von den Stollenwänden zurückgeworfene Echo verwandelte sich in ein langgezogenes Schluchzen, das aus der Tiefe des Schachtes aufstieg, sich verdichtete und schließlich mit der Höllenfinsternis verschmolz.

Es war Luo, der weinte.

Nach der sechsten Woche wurde er krank. Als wir mittags unter einem Baum vor dem Eingang der Zeche saßen, sagte er, er friere. Und ein paar Minuten später

zitterte seine Hand so heftig, daß er weder seine Eßstäbchen noch seine Reisschale halten konnte. Er stand auf, um sich in der Hütte hinzulegen, doch er konnte sich kaum auf den Beinen halten. Seine Augen blickten glasig. Er stand vor der weit offenen Hüttentür und rief, man solle ihn doch hineinlassen, was bei den Kumpel-Bauern Gelächter auslöste.

»Mit wem sprichst du?« fragten sie ihn. »Da ist doch keiner.«

In der Nacht klagte er, er friere immer noch, trotz der paar Decken und des riesigen qualmenden Kohlenofens. Es war eindeutig ein Malariaanfall.

Die Bauern berieten sich flüsternd. Sie wollten Luo zum Fluß tragen und ihn ins eisige Wasser werfen. Der Schock würde vielleicht eine heilende Wirkung haben. Doch der Vorschlag wurde verworfen aus Angst, der Kranke könnte in der Dunkelheit ertrinken.

Einer der Bauern ging hinaus und kehrte nach einer Weile mit zwei Zweigen in der Hand zurück, »einer vom Pfirsichbaum, der andere von der Trauerweide«, erklärte er. Er hieß Luo aufstehen, zog ihm Hemd und Unterhemd über den Kopf und peitschte mit den zwei Zweigen seinen bloßen Rücken aus. »Stärker!« riefen die anderen Bauern. »Stärker, sonst vertreibst du die Krankheit nicht.«

Die Zweige schwirrten abwechselnd durch die Luft und hinterließen dunkelrote Striemen auf Luos Haut. Er ließ die Schläge teilnahmslos über sich ergehen, als schaue er im Traum zu, wie jemand anders ausgepeitscht wurde. Ich wußte nicht, was in ihm vorging,

doch ich hatte Angst, schreckliche Angst, denn ich erinnerte mich an seinen Satz im Stollen vor ein paar Wochen: »Ich weiß nicht, warum, seit ich hier bin, werde ich den Gedanken nicht los, daß ich in dieser Zeche sterbe.«

Der erste Auspeitscher bat erschöpft, jemand solle ihn ablösen. Doch niemand erbot sich. Die Männer waren müde nach ihrem Tagewerk; sie lagen auf ihren Pritschen und wollten schlafen. Also drückte er mir den Pfirsichbaumzweig und den Trauerweidenzweig in die Hand. Luo hob den Kopf. Sein Gesicht war fahl und auf seiner Stirn standen kleine Schweißtropfen. Wir blickten uns an. »Los, mach schon«, flüsterte er tonlos.

»Möchtest du nicht etwas ausruhen?« fragte ich ihn. »Schau doch, wie deine Hände zittern. Merkst du's nicht?«

»Nein«, sagte er und hielt eine Hand vor die Augen. »Ja, ich schlottere und friere wie ein alter Mann, der im Sterben liegt.«

Ich fand zuunterst in meiner Hosentasche einen Zigarettenstummel. Ich zündete ihn an, er griff danach, doch er war zu schwach und ließ ihn fallen. »Mist! Er ist so schwer«, murmelte er.

»Soll ich dich wirklich mit den Zweigen auspeitschen?«

»Ja, das wärmt mich ein bißchen.«

Ich wollte den glühenden Zigarettenstummel aufheben. Ich bückte mich, und plötzlich fiel mein Blick auf etwas Helles: Es war ein Briefumschlag mit Luos

Namen darauf. Ich hob ihn auf. Ich fragte die Bauern, was mit dem Brief sei. Ein Mann, der Kohlen kaufen gekommen war, hätte ihn vor ein paar Stunden hingelegt, antwortete einer der Männer schläfrig.

Ich öffnete ihn. Der knapp eine Seite lange Brief war mit Bleistift geschrieben. Die Schrift war einmal gedrängt, einmal in die Länge gezogen; die Schriftzeichen waren unbeholfen, aber diese Unbeholfenheit strahlte weibliche Sanftheit, kindliche Aufrichtigkeit aus. Ich las Luo den Brief vor.

Luo-der-Geschichtenerzähler:

Mach Dich nicht über meine Schrift lustig. Ich war nie auf der Oberschule. Die einzige Oberschule befindet sich in Yong Jing, und bis dorthin sind es zwei Tage. Bàbà hat mir Lesen und Schreiben beigebracht. Du kannst mich unter »abgeschlossene Grundschule« einreihen.

Ich habe kürzlich sagen hören, daß Du zusammen mit Deinem Freund wunderbar Filme erzählst. Ich bin zu unserem Laoban gegangen, und er hat mir versprochen, zwei Bauern zur kleinen Grube hinaufzuschicken, um Euch abzulösen. Und ihr zwei, ihr kommt in unser Dorf und erzählt einen Film.

Ich wollte selber hinaufkommen, Euch das mitzuteilen. Aber man hat mir gesagt, daß dort oben die Männer nackt sind und Mädchen nicht hin dürfen.

Ich bewundere Deinen Mut. Ich hoffe ganz fest, daß die Grube nicht einstürzt. Ich habe zwei Ruhetage

für Euch herausgeholt. Das sind zwei gefährliche Tage weniger.

Auf bald. Grüß mir Deinen Freund, den Geiger.

Die Kleine Schneiderin.
Den 8. Juli 1972

Mein Brieflein ist zwar schon fertig, aber ich muß Dir noch etwas erzählen, was Dich gewiß interessiert. Seit Eurem ersten Besuch habe ich verschiedene Leute gesehen, die ebenfalls eine längere zweite Zehe haben. Ich bin etwas enttäuscht. Aber so ist das Leben eben.

Wir entschieden uns für *Das Kleine Blumenmädchen.* Von den drei Filmen, die wir im Freiluftkino auf dem Basketballfeld in Yong Jing gesehen hatten, hatte dieses nordkoreanische Melodrama von dem Kleinen Blumenmädchen beim Publikum am meisten Erfolg gehabt. Wir hatten ihn den Bewohnern unseres Dorfes erzählt, und am Ende, als ich, mit kehligem Vibrato die sentimentale Offstimme imitierend, den schicksalsschweren Schlußsatz sprach – »Das Sprichwort sagt: Ein aufrichtiges Herz kann selbst einen Stein zum Blühen bringen. War das Herz des Kleinen Blumenmädchens vielleicht nicht aufrichtig genug?« –, war die Wirkung ebenso ergreifend wie bei der Vorführung des Films: Sämtliche Zuhörer weinten; sogar der Laoban, immerhin ein abgebrühter, fünfzigjähriger Mann, schneuzte sich umständlich mit dem Handrücken, und aus seinem linken Auge mit den drei Blutstropfen strömten heiße Tränen.

Trotz seiner Malariarückfälle machte sich Luo, der sich bereits als Genesenden betrachtete, mit der Begeisterung eines Filmhelden mit mir auf den Weg ins Dorf der Kleinen Schneiderin. Doch unterwegs hatte er wieder einen Fieberanfall.

Trotz der Sonnenstrahlen, die mit ihrer Glut seine

Glieder peitschten, spürte er die Kälte wieder in ihm aufsteigen. Und auch am Feuer, das ich aus Zweigen und dürrem Laub mühsam angefacht hatte, wurde ihm nicht warm, im Gegenteil, er fror entsetzlich.

»Gehn wir weiter«, sagte er und stand zähneklappernd auf.

Das Rauschen eines Wildbachs, das Gekreische der Affen, die Schreie wilder Tiere begleiteten uns auf dem ganzen Weg. Luo fror und ein paar Minuten später schwitzte er. Als ich ihn auf die Felsnase zutaumeln sah, die steil vor uns abfiel, als ich sah, wie sich Erdklumpen unter seinen Füßen lösten und es eine Ewigkeit dauerte, bis man sie in der Tiefe aufprallen hörte, packte ich ihn und zwang ihn, sich auf einen Stein zu setzen und zu warten, bis der Fieberanfall vorüber war.

Als wir im Haus der Kleinen Schneiderin anlangten, stellten wir fest, daß der Alte erneut auf Reisen war, worüber wir nicht unglücklich waren. Der schwarze Hund beschnupperte uns und bellte auch diesmal nicht.

Luos Gesicht war knallrot wie ein Purpurapfel. Die Kleine Schneiderin erkannte meinen delirierenden, vom Fieber geschwächten Freund kaum wieder. Sie ließ auf der Stelle die erzählte Filmvorstellung absagen und brachte Luo in ihrem Zimmer, in ihrem Bett unter einem weißen Moskitonetz unter. Sie steckte ihren langen Zopf auf ihrem Scheitel zu einem hohen, spitzen Haarknoten. Dann schlüpfte sie aus ihren rosa Schühchen und lief barfuß aus dem Haus.

»Komm«, rief sie mir zu. »Ich kenne eine Pflanze, die gegen das Fieber hilft.« Es handelte sich um eine ganz gewöhnliche Wiesenpflanze, die an einem Bächlein am Dorfrand wuchs, eine kaum dreißig Zentimeter hohe Staude mit leuchtenden rosafarbenen Blüten, die ähnlich aussahen wie große Pfirsichblüten und sich im untiefen Wasser des Baches spiegelten. Die Kleine Schneiderin pflückte einen Armvoll der gezackten, entenfußförmigen Blätter.

»Wie heißt die Pflanze?« fragte ich sie.

»Reisschalenscherbe«, erklärte sie.

Sie zerstampfte die Blätter in einem weißen Steinmörser so lange, bis eine grünliche Paste entstand, mit der sie Luos linkes Handgelenk einrieb und mit einem langen, weißen Leinenstreifen umwickelte. Er ließ sie teilnahmslos gewähren.

Gegen Abend schien das Fieber nachzulassen, er atmete ruhiger und schlief schließlich ein.

»Glaubst du an … an diese Dinge?« fragte mich die Kleine Schneiderin zögernd.

»Was für Dinge?«

»Ich meine … übernatürliche Dinge.«

»Kommt drauf an. Manchmal ja, manchmal nicht.«

»Hast du vielleicht Angst, ich könnte dich denunzieren?«

»Überhaupt nicht.«

»Also?«

»Also, man kann weder ganz an sie glauben noch sie ganz leugnen.«

Meine Antwort befriedigte sie offenbar. Sie warf

einen Blick auf den in ihrem Bett unter dem Moskitonetz schlafenden Luo und fragte: »Was ist Luos Vater? Buddhist?«

»Ich weiß nicht. Er ist jedenfalls ein berühmter Zahnarzt.«

»Ein Zahnarzt?«

»Ja, ein Zahnarzt. Einer, der Zähne heilt.«

»Einer, der imstande ist, die versteckten Würmer aus den Zähnen zu entfernen, die einem weh tun?«

»Richtig«, antwortete ich todernst. »Ich verrate dir sogar ein Geheimnis, aber du mußt mir schwören, es niemand weiterzusagen …«

»Ich schwöre es …«

Ich beugte mich zu ihr herunter und wisperte ihr ins Ohr: »Luos Vater hat die Würmer aus den Zähnen des Großen Vorsitzenden Mao entfernt.«

»Ehrlich?« flüsterte sie andächtig.

»Ehrlich!«

Sie preßte die Lippen zusammen und dachte angestrengt nach. »Meinst du, er wird böse sein, wenn ich Hexen kommen lasse, damit sie heute nacht über seinen Sohn wachen?«

女

In langen, schwarzen und blauen Flatterröcken, das Haar mit Blumen besteckt und Jadearmbänder an den Handgelenken, versammelten sich gegen Mitternacht vier alte Weiber aus drei verschiedenen Dörfern an Luos Bett, zwei am Kopfende, zwei am Fuß-

ende, und beäugten ihn durch das Moskitonetz. Sie waren alle vier derart häßlich und runzelig, daß es schwierig war, sich vorzustellen, vor welcher die bösen Geister schließlich Reißaus nehmen würden. Die eine – eindeutig die verhutzelteste – hielt Pfeil und Bogen in der Hand. »Ich verspreche dir«, sagte sie zu der Kleinen Schneiderin, »daß es der böse Geist der kleinen Grube, der es auf deinen Freund abgesehen hat, heute nacht nicht wagen wird, hierher zu kommen. Mein Bogen kommt aus Tibet, und mein Pfeil hat eine silberne Spitze. Wenn ich ihn abschieße, schwirrt er wie eine fliegende Flöte pfeifend durch die Luft und durchbohrt die Brust der mächtigsten Dämonen.«

Doch sie hatten Mühe, wach zu bleiben, die vier Hexen, was in Anbetracht ihres hohen Alters und der späten Nachtstunde verständlich war. Sie begannen, eine nach der anderen, zu gähnen. Trotz des starken Tees, den unsere Gastgeberin ihnen gebraut hatte, nickte eine nach der anderen ein. Die Besitzerin des Bogens legte ihre magische Waffe aufs Bett, und ihre schlaffen, geschminkten Lider senkten sich über die Augen.

»Weck sie auf«, bat mich die Kleine Schneiderin. »Erzähl ihnen einen Film.«

»Welchen?«

»Egal. Sie müssen bloß wach bleiben.«

Und ich gab in dem von hohen Bergen eingeschlossenen Dorf die ungewöhnlichste Vorstellung meines Lebens. Am Bett meines Freundes, der in einen un-

ruhigen Schlummer gefallen war, begann ich im flakkernden Licht einer Petroleumlampe für ein entzükkendes junges Mädchen und vier alte Hexen den nordkoreanischen Film vom Kleinen Blumenmädchen zu erzählen. Ich tat mein Bestes. Es dauerte nicht lange, und die Geschichte fesselte die Aufmerksamkeit meiner Zuhörerinnen. Sie stellten sogar Fragen.

Dennoch, Luos magisches Erzählertalent ging mir ab. Ich war kein geborener Geschichtenerzähler. Ich war nicht Luo. Nach einer halben Stunde, als das Kleine Blumenmädchen sich verzweifelt abgemüht hatte, etwas Geld aufzutreiben, und ins Krankenhaus eilte, war die Mutter, nachdem sie weinend nach ihrer Tochter gerufen hatte, gestorben. Gewöhnlich war dies der Höhepunkt der Geschichte. Ob auf der Leinwand oder bei der Vorstellung in unserem Dorf: an dieser Stelle begann das Publikum zu schluchzen. Vielleicht waren die Hexen aus einem anderen Stoff. Sie hörten mir zwar aufmerksam zu, ein bißchen gerührt sogar, ja ich stellte sogar leichtes Erschauern fest. Von Tränen jedoch keine Spur.

Frustriert fügte ich meiner Darbietung eine minuziöse Schilderung der Hand des Kleinen Blumenmädchens hinzu: das Zittern, die ihren Fingern entgleitenden Geldscheine … Mein Publikum widerstand.

Plötzlich hörten wir eine Stimme hinter dem Moskitonetz, eine Stimme, die aus einem tiefen Brunnen zu dringen schien. »Das Sprichwort sagt«, hörte ich Luos kehliges Vibrato, »ein aufrichtiges Herz kann selbst einen Stein zum Blühen bringen. Doch sagt,

war das Herz des Kleinen Blumenmädchens vielleicht nicht aufrichtig genug?«

Ich verlor vor Überraschung den Faden, um so mehr, als Luo den Schlußsatz zu früh gesprochen hatte. Doch ... tatsächlich: Die vier Hexen weinten! Ihre Tränen rannen majestätisch über ihre runzeligen Wangen, rissen alle Dämme ein, verwandelten sich auf ihren verwitterten Gesichtern in einen Wildbach.

Was für ein Zauberer, dieser Luo! Er brauchte bloß fiebrig eine Offstimme an der falschen Stelle einzusetzen, und schon war sein Publikum überwältigt.

Je länger die Geschichte dauerte, desto mehr hatte ich das Gefühl, daß mit der Kleinen Schneiderin etwas geschehen war. Ich schaute genauer hin und stellte fest, daß ihr langer Zopf sich gelöst hatte und ihr Haar wie ein dichtes, glänzendes Vlies über ihre Schultern floß. Ich erriet unschwer, was Luo unter dem Vorhang hervor mit seiner fiebrigen Hand angestellt hatte.

Mit einem Mal brachte ein scharfer Luftzug die Lampe zum Verlöschen, im kurz aufflackernden Licht war mir, als hätte ich gesehen, wie die Kleine Schneiderin einen Zipfel des Moskitonetzes hob und sich in der Dunkelheit über Luo neigte.

Eine der Hexen stand auf und zündete die Lampe wieder an, und ich fuhr mit der Geschichte des koreanischen Blumenmädchens fort, während die tränenseligen alten Frauen Rotz und Wasser heulten und das Geschneuze kein Ende nahm.

2. KAPITEL

Der Brillenschang besaß einen geheimnisvollen Koffer, den er sorgfältig versteckte.

Das Dorf, in dem er umerzogen wurde, lag, unterhalb unseres Dorfes, an der Flanke des Berges des Phönix-des-Himmels. Abends gingen Luo und ich oft zu ihm kochen. Wenn wir ein Stück Fleisch oder eine Flasche Alkohol auftreiben konnten oder frisches, knackiges Gemüse in den Nutzgärten der Dorfbewohner geklaut hatten, teilten wir mit ihm. Wir bildeten sozusagen eine Dreierbande, daher wunderten wir uns um so mehr, daß er den Koffer vor uns versteckte.

Seine Familie wohnte in der gleichen Stadt wie unsere Eltern; sein Vater war Schriftsteller, seine Mutter Dichterin. Weil seine Eltern kürzlich in Ungnade gefallen waren, blieb auch ihrem geliebten Sohn eine Chance von drei zu tausend. Wir saßen alle drei im gleichen Boot.

Der Brillenschang war achtzehn. Die verzweifelte Situation, die er seinen Erzeugern verdankte, löste bei ihm permanente Angstzustände aus. Mit ihm zusammen wurde alles zu einer Gefahr. Wir kamen uns wie drei Schurken vor, die im Licht einer rußenden Petroleumlampe ein Verbrechen aushecken. Wenn wir zum

Beispiel gemeinsam kochten und es an seiner Tür klopfte, geriet er sogleich in Panik. Er sprang auf und lief hastig das köstlich duftende Fleisch verstecken, auf das wir drei Ausgehungerte uns wollüstig gefreut hatten, und stellte statt dessen einen jämmerlichen Teller gärendes Salzgemüse auf den Tisch. Fleisch essen war in seinen Augen ein typisches Laster der Bourgeoisie, zu der seine Familie gehörte.

Am Morgen nach der erzählten Kinovorführung für die vier Hexen fühlte sich Luo etwas besser und bestand darauf, nach Hause zurückzukehren. Die Kleine Schneiderin versuchte nur schwach, uns zurückzuhalten. Kein Wunder, sie war wohl zum Umfallen müde nach der aufregenden Nacht.

Nach dem Frühstück machten Luo und ich uns auf den Weg. Die feuchte Morgenluft war eine Wohltat für unsere glühenden Gesichter. Luo rauchte. Der Weg führte zuerst leicht abwärts, zog sich dann steil den Berg hoch. Ich nahm ihn bei der Hand, denn der Aufstieg war beschwerlich. Die Erde war glitschig; über unseren Köpfen breitete sich ein Ästegewirr aus. Als wir an Brillenschangs Dorf vorbeikamen, sahen wir ihn in einem Reisfeld arbeiten; er ging mit bloßem Oberkörper und einer bis zu den Knien reichenden Hose hinter dem Pflug.

Man sah die Furchen im bewässerten Reisfeld nicht, denn der reine, fette, fünfzig Zentimeter tiefe Schlamm lag unter einer reglosen, bläulich schimmernden Wasserfläche. Unser Pflüger hinter dem schwarzen Büffel, der mühsam den Pflug hinter sich

herzog, versank bis zu den Waden im Schlamm. Die ersten Sonnenstrahlen spiegelten sich in seiner Brille.

Der Büffel war nicht besonders groß, sein Schwanz jedoch war ungewöhnlich lang; bei jedem Schritt wühlte er damit den Schlamm auf und bespritzte seinen unbeholfenen Meister mit Dreck. Dieser bemühte sich zwar nach Kräften, den Schwanzschlägen auszuweichen, doch eine Sekunde Unachtsamkeit genügte, und schon peitschte die Büffelschwanzquaste über sein Gesicht und wirbelte die Nasenchaise durch die Luft. Der Brillenschang fluchte, die Zügel entglitten seiner rechten Hand, seine linke Hand ließ den Pfluggriff los, er führte die Hände zu den Augen, heulte und fluchte wüst – wir trauten unseren Ohren nicht –, denn der Ärmste konnte ja nichts mehr sehen.

»Hei-hei«, riefen wir ihm winkend von der Straße aus zu. Doch er hörte uns nicht in seinem ohnmächtigen Zorn. Der Brillenschang war hochgradig kurzsichtig, und selbst wenn er die Augen riesig aufriß, war er nicht imstande, uns aus zwanzig Metern Entfernung zu erkennen und von den Bauern zu unterscheiden, die in den umliegenden Reisfeldern arbeiteten und sich über ihn lustig machten.

Er bückte sich, tauchte die Hände ins trübe Wasser und tastete blindwütig im Schlamm herum. Mir wurde fast angst, denn ich hatte ihn noch nie in einem solchen Zustand gesehen.

Der Brillenschang mußte den sadistischen Instinkt des Büffels geweckt haben, der inzwischen den Pflug herrenlos bis ans Ende des Feldes gezogen und gewen-

det hatte und nun schnaubend auf ihn zukam, als habe er vor, die weggefegte Brille zu zertrampeln oder mit der spitzen Pflugschar zu zersplittern.

Ich zog die Schuhe aus, krempelte die Hosenbeine hoch und stapfte ins Reisfeld, während mein Patient sich am Wegrand ausruhte. Obschon der Brillenschang mich vehement daran hindern wollte, ihm bei seiner an sich schon komplizierten Suche zu helfen, war schließlich ich es, der im Schlamm tastend auf die Brille trat. Sie war zum Glück noch ganz.

Als der Brillenschang die Welt wieder klar sah, war er über Luos jämmerlichen Zustand bestürzt. »Junge, Junge, du machst's wohl nicht mehr lange«, meinte er. Da er seine Arbeit nicht stehen- und liegenlassen konnte, schlug er vor, daß Luo und ich bei ihm zu Hause auf ihn warten sollen, bis er mit seiner Arbeit fertig war.

Er wohnte mitten im Dorf. Er besaß kaum persönlichen Besitz und sperrte daher seine Tür nie zu, um dadurch sein blindes Vertrauen in die revolutionären Bauern herauszustreichen. Das Haus, ein ehemaliger Speicher, stand auf Pfählen wie unseres, hatte aber einen Söller aus dicken Bambusrohren, auf dem Getreide, Gemüse oder scharfer Pfeffer getrocknet wurde. Wir setzten uns auf dem Söller in die Sonne. Zwischendurch verschwand die Sonne hinter den Bergen, und es wurde kühl. Luo fröstelte. Ich holte einen dicken Pullover aus Brillenschangs Stube, den ich Luo um die mageren Schultern legte und ihm die Ärmel um den Hals band.

Luo hörte nicht auf, vor Kälte zu zittern, obwohl die Sonne wieder hinter den Bergen hervorgetreten war. Ich ging also wieder ins Haus, um eine Bettdecke zu holen, überlegte mir dann aber, ich könnte nach einem zweiten Pullover suchen. Ich entdeckte eine große Holzkiste unter dem Bett, eine Art Plunderkiste, etwas höher als ein Koffer und mit ausgelatschten Sneakers und löchrigen, schlammsteifen Socken zugedeckt.

Ich zog sie unter dem Bett hervor; in den schräg ins Zimmer fallenden Sonnenstrahlen wirbelte Staub auf. In der Kiste befanden sich tatsächlich Kleider. Ich wühlte darin herum, um einen passenden Pullover für den abgemagerten Luo zu finden, als meine Finger plötzlich auf etwas Zartes, Geschmeidiges, Glattes stießen, was ich zuerst für wildlederne Frauenschuhe hielt.

Doch nein: es war ein Koffer. Ein eleganter, etwas abgewetzter Koffer. Ein von der Sonne beschienener Lederkoffer, der den fernen Duft von Zivilisation ausströmte.

Er war dreifach abgeschlossen. Er war nicht sehr groß, aber ziemlich schwer. Ich konnte mir einfach nicht vorstellen, was in dem Koffer sein könnte.

Als der Brillenschang, endlich von seinem hinterhältigen Büffel befreit, abends nach Hause kam, fragte ich ihn, was er denn für einen Schatz in dem Koffer unter dem Bett verstecke. Doch er überhörte meine Frage geflissentlich. Er war den ganzen Abend ungewöhnlich still und erwähnte den Koffer mit keinem

Wort. Als wir beim Essen saßen, schnitt ich das Thema nochmals an. Der Brillenschang schaute nicht von seinem Teller auf.

»Ich vermute, es sind Bücher drin«, sagte Luo plötzlich in die Stille. »Warum versteckst du ihn denn sonst so sorgfältig und schließt ihn dreifach ab? Da kommt doch jeder auf den Gedanken, daß da verbotene Bücher drin sind, oder?«

In Brillenschangs Augen flackerte kurz panische Angst auf; er rückte seine Brille zurecht, und sein Gesicht verwandelte sich in eine lächelnde Maske. »Du phantasierst wohl.« Er legte die Hand auf Luos Schläfe. »Du hast ja Fieber! Kein Wunder, daß du solchen Blödsinn daherredest. Hör mal, wir sind Freunde, wir haben Spaß miteinander, aber wenn du anfängst, von verbotenen Büchern zu schwafeln … Scheiße, Mann.«

Am nächsten Tag kaufte der Brillenschang bei einem Nachbarn ein großes kupfernes Vorhängeschloss und sperrte von da an seine Tür immer sorgfältig mit einer Kette zu, die er durchs Schlüsselloch zog.

Zwei Tage später hatten die »Reisschalenscherben« der Kleinen Schneiderin Luos Malaria besiegt. Als er den Verband um sein Handgelenk abwickelte, kam eine glänzende, durchsichtige Blase von der Größe eines Vogeleis zum Vorschein. Sie schrumpfte nach und nach, und als nur noch eine schwarze Narbe auf seiner Haut zurückgeblieben war, hörten seine Fieberanfälle für immer auf. Um seine Genesung zu feiern, kochten wir beim Brillenschang ein Festessen. Wir

blieben über Nacht bei ihm und schliefen alle drei auf seinem schmalen Bett, unter dem sich noch immer die Holzkiste befand (ich hatte natürlich nachgesehen), aber der Lederkoffer war verschwunden.

女

Brillenschangs erhöhte Wachsamkeit und sein Mißtrauen uns gegenüber schienen Luos Vermutung zu bestätigen: Der Koffer war bestimmt mit verbotenen Büchern gefüllt. Luo und mir ging die Sache nicht aus dem Kopf, und wir rätselten, um was für Bücher es sich handeln könnte. (Damals waren – mit Ausnahme von Maos Schriften und doktrinären politischen oder wissenschaftlichen Werken – alle Bücher verboten.) Wir stellten eine lange Liste möglicher Titel auf: Von den klassischen chinesischen Romanen – Jinpingmei, *Pflaumenblüten in goldener Vase*, das berühmte erotische Buch, *Die drei streitenden Reiche, Der Traum der roten Kammer* – über die Lyrik der Tang-, der Song-, der Ming- oder der Qing-Dynastie bis hin zur Dichtung der alten Maler, Zu Da, Shi Tao, Dong Qichang, Tao Qian … Wir listeten sogar die Bibel auf. Und die Worte der fünf Weisen, ein angeblich seit Jahrhunderten verbotenes Buch, in dem fünf mächtige Propheten der Zhou-Dynastie auf einem Heiligen Berg die Ereignisse der kommenden zweitausend Jahre voraussagten.

Wir löschten die Petroleumlampe in unserem Pfahlhaus oft erst nach Mitternacht, und jeder streckte

sich rauchend auf seiner Pritsche aus. Wir flüsterten Namen in die Dunkelheit, und der Klang der Worte, die Reihenfolge der Silben beschworen fremde, geheimnisvolle Welten herauf – wie das tibetische Räucherwerk, dessen Name, »Zang Xiang«, man nur auszusprechen braucht, um den würzigen, intensiven Wacholderduft zu riechen, die Räucherstäbchen vor sich zu sehen, an denen sich langsam echte Schweißtropfen bilden, die im Lichtschein glänzen wie Tropfen flüssigen Goldes.

»Hast du schon von der westlichen Literatur reden gehört?« fragte mich Luo eines Tages.

»Nur wenig. Du weißt ja, meine Eltern interessieren sich nur für ihre Arbeit.«

»Meine Eltern auch. Doch vor der Kulturrevolution besaß meine Tante ein paar ins Chinesische übersetzte ausländische Bücher. Ich erinnere mich, daß sie mir einmal ein paar Stellen aus einem dicken Schmöker mit dem Titel *Don Quichotte* vorgelesen hat. Es war die Geschichte eines verschrobenen alten Ritters.«

»Und wo sind die Bücher jetzt?«

»In Rauch aufgegangen. Sie sind von den Roten Garden beschlagnahmt und öffentlich verbrannt worden. Gnadenlos. Direkt vor ihrem Haus.«

Wir rauchten stumm in der Dunkelheit. »Die Literatur«, dachte ich traurig. Wir hatten entschieden kein Glück. Als wir endlich fließend lesen gelernt hatten, gab es bereits nichts mehr zu lesen. Eine Zeitlang fand man in den Buchhandlungen in der Abteilung »West-

liche Literatur« nur die Gesammelten Werke des albanischen Kommunistenführers Enver Hoxha; auf dem goldgeprägten Einband war das Porträt eines sorgfältig gescheitelten, grauhaarigen alten Mannes mit einem grellbunten Schlips abgebildet, der einen unter seinen faltigen Lidern aus einem braunen linken Auge und einem kleineren, hellbraunen rechten Auge mit blaßrosafarbener Iris anblickte.

»Warum erzählst du mir das alles«, fragte ich Luo.

»Nun ... ich frage mich, ob Brillenschangs Lederkoffer mit solchen Büchern gefüllt sein könnte ... mit westlicher Literatur.«

»Gut möglich. Sein Vater ist Schriftsteller, seine Mutter Dichterin. Sie müssen eine Unmenge Bücher besessen haben, so wie es bei dir und bei mir zu Hause jede Menge Bücher über westliche Medizin gab. Du glaubst doch nicht im Ernst, daß den Roten Garden ein Koffer voller Bücher entgangen sein könnte?«

»Warum nicht, wenn man schlau genug war, sie an einem sicheren Ort zu verstecken.«

»Das war verdammt riskant von seinen Eltern, den Koffer ihrem Sohn anzuvertrauen.«

»Deine und meine Eltern haben ja auch immer davon geträumt, daß wir Ärzte werden; seine Eltern möchten vielleicht, daß er Schriftsteller wird, und haben sich gesagt, daß diese Bücher für seine Zukunft wichtig sind.«

女

Eines Morgens zu Frühlingsanfang schneite es dicke weiße Flocken, und schon bald lag eine zehn Zentimeter dicke Schneedecke auf den Feldern. Das Dorf bekam vom Laoban arbeitsfrei. Luo und ich machten uns gleich auf den Weg zum Brillenschang. Wir hatten gehört, daß ihm ein Mißgeschick passiert war, seine Brillengläser seien zerbrochen.

Ich war sicher, daß er trotzdem zur Arbeit gegangen war. Er hatte furchtbare Angst vor den revolutionären Bauern, die ihn wegen seiner hochgradigen Kurzsichtigkeit als Schwächling oder, schlimmer noch, als Faulpelz hinstellen könnten, denn schließlich waren sie es, die eines Tages entscheiden würden, ob er genügend »umerzogen« war, also sein Schicksal in der Hand hielten. Der kleinste politische oder körperliche Fehler konnte fatale Folgen haben.

Sein Dorf hatte im Gegensatz zu unserem nicht arbeitsfrei. Die Bauern buckelten riesige, mit Reis gefüllte Hotten – die jährliche Steuerabgabe – ins zwanzig Kilometer entfernte Kreislagerhaus an einem Fluß, der in Tibet entsprang. Der Laoban hatte kurzerhand die Gesamtmenge Reis durch die Zahl der Dorfbewohner geteilt, so daß auf jeden einzelnen etwa sechzig Kilogramm kamen.

Als wir anlangten, hatte der Brillenschang gerade seine Hotte gefüllt und wollte losmarschieren. Wir warfen fröhlich mit Schneebällen auf ihn. Er schaute sich hilflos in alle Richtungen um, konnte uns aber nicht sehen. Ohne Brille traten seine kurzsichtigen Glupschaugen noch stärker hervor und erinnerten

mich an die trüben Augen eines verschüchterten Pekinesen. Er wirkte total erschöpft, noch bevor er seine Reishotte auf den Rücken geladen hatte.

»Sag mal, spinnst du?« sagte Luo zu ihm. »Ohne Brille siehst du nicht einmal, wo du den Fuß hinsetzt.«

»Ich hab meiner Mutter geschrieben. Sie wird mir so schnell wie möglich eine neue Brille schicken. Ich kann doch nicht einfach auf der faulen Haut liegen. Schließlich bin ich zum Arbeiten hier. So sieht es zumindest der Laoban«, erklärte er hastig, als wolle er seine Zeit nicht mit uns verplempern.

»Warte«, sagte Luo, »ich hab eine Idee. Wir tragen deine Hotte ins Kreislagerhaus, und wenn wir zurück sind, leihst du uns ein paar deiner im Koffer versteckten Bücher. Einverstanden?«

»Hau ab«, sagte der Brillenschang gehässig. »Ich weiß nicht, wovon du redest, ich besitze keine versteckten Bücher.« Und er hievte wütend die schwere Hotte auf den Rücken und stapfte davon.

»Wir geben uns auch mit einem Buch zufrieden«, rief Luo ihm nach.

Der Brillenschang wandte sich nicht einmal um.

Er stürzte sich masochistisch in eine Kraftprobe, der er, trotz seines verzweifelten Willens, körperlich nicht gewachsen war. An manchen Stellen versank er bis zu den Knöcheln im Naßschnee. Der Weg war glitschiger als sonst. Seine Glupschaugen starrten auf den Boden, sahen aber die Steine nicht, auf die er die Füße hätte setzen müssen. Er stolperte blindlings vorwärts. Als der Weg abwärts führte, tastete er mit einem Fuß

nach festem Halt, das andere Bein vermochte das Gewicht der Hotte nicht zu tragen, knickte ein, und er fiel auf die Knie. Er versuchte verzweifelt, im Gleichgewicht zu bleiben, damit die Hotte nicht über seinen Kopf kippte, er strampelte mit den Füßen, schaufelte mit den geballten Fäusten den Schnee weg, rutschte auf den Knien Meter um Meter vorwärts, rappelte sich schließlich wieder auf die Beine.

Wir blickten ihm nach, wie er sich im Zickzack wie ein Betrunkener entfernte und nach ein paar Metern wieder stürzte. Die Hotte streifte einen Felsen am Wegrand und hopste gefährlich ein paarmal auf und ab. Wir liefen zu ihm hin und halfen ihm, den ausgeschütteten Reis einzusammeln. Keiner sagte ein Wort. Ich getraute mich nicht, ihn anzublicken. Er setzte sich auf die Erde, zog seine mit Schnee gefüllten Stiefel aus, leerte sie, versuchte, seine vor Kälte steifen Füße warm zu reiben. Er bewegte dabei pausenlos den gesenkten Kopf hin und her, als sei er bleischwer.

»Hast du Kopfschmerzen?« fragte ich ihn.

»Nein. Ich hab so ein Summen im Ohr … Ist nicht weiter schlimm.«

Als wir den Reis eingesammelt hatten, säumten rauhe Eiskristalle die Ärmel seines Mantels. Ich sah Luo an: »Gehn wir?«

»Ja, hilf mir die Hotte aufladen. Ich friere, ein bißchen Gewicht auf dem Rücken wird mich wärmen.«

Wir lösten einander alle fünfzig Meter ab. Als wir die sechzig Kilogramm Reis im Lagerhaus ablieferten, waren Luo und ich halbtot vor Erschöpfung.

Bei unserer Rückkehr übergab uns der Brillenschang ein schmales, abgegriffenes Buch: einen Roman von Balzac.

B*a-er-za-ke!* Der ins Chinesische transkribierte Name des Autors setzte sich aus vier Ideogrammen zusammen. Was für eine Magie, die Übersetzung! Die harten, kriegerischen, aggressiven, kratzenden Laute der zwei ersten Silben klangen mit einem Mal sanfter. Die vier zierlichen, aus wenigen Strichen zusammengesetzten Schriftzeichen reihten sich harmonisch zu einem Wort von ungewöhnlicher Schönheit, das einen exotischen, einen sinnlichen, einen betäubenden Duft ausstrahlte: das warme, volle Aroma eines jahrhundertelang im Keller gelagerten Likörs.

(Ein paar Jahre später erfuhr ich, daß der Übersetzer ein berühmter Schriftsteller war, der aus politischen Gründen seine Werke nicht mehr veröffentlichen durfte und sein Leben dem Übersetzen der Werke französischer Autoren gewidmet hatte.)

Hatte es den Brillenschang große Überwindung gekostet, uns das Buch zu leihen? Hatte er absichtlich dieses Buch gewählt? Hatte er sich vom Zufall leiten lassen? Oder hatte er uns schäbig das dünnste, das zerlesenste gegeben? Was soll's, das Buch sollte jedenfalls unser Leben tiefgreifend verändern – unser Leben während unserer »Umerziehung« auf dem Berg des Phönix-des-Himmels zumindest.

Das schmale Buch trug den Titel *Ursula Mirouët.*

Luo verschlang es gleich in der ersten Nacht. Als der Tag graute, hatte er es ausgelesen. Er löschte die Petroleumlampe, weckte mich und übergab es mir. Ich blieb den ganzen Tag im Bett, mit glühenden Ohren in die französische Liebesgeschichte vertieft, vergaß darüber zu essen und zu trinken und die ganze Welt um mich herum.

Ich war neunzehn und in Liebesdingen unerfahren, ich kannte vom Leben nichts anderes als das kommunistische Propaganda-Blabla – und plötzlich erzählte mir dieses kleine Buch wie ein aufwieglerischer Kobold von erwachendem Verlangen, von Sexualität, von der Liebe, von all den Dingen, die die Welt mir vorenthalten hatte.

Obwohl ich kaum eine Ahnung von jenem Land genannt Frankreich hatte (mein Vater hatte ein paarmal den Namen Napoleon erwähnt, das war alles), kam mir Ursulas Leben ebenso wirklich vor wie das meiner Nachbarn. Die üble Erb- und Geldintrige, die die Waise aus dem Haus ihres Pflegevaters vertrieb, erschien mir absolut realistisch. Ich brauchte nur einen Tag, um mich in Nemours heimisch zu fühlen, in Ursulas Haus, am brennenden Kamin, in Gesellschaft der Doktoren, der Geistlichen … Sogar der Abschnitt über den Magnetismus und den Somnambulismus erschien mir glaubhaft und aufregend.

Ich legte das Buch erst aus der Hand, als ich es fertig gelesen hatte. Luo war noch nicht nach Hause gekommen. Ich vermutete, daß er am Morgen früh zur Klei-

nen Schneiderin geeilt war, um ihr Balzacs wunderbare Geschichte zu erzählen. Ich stand auf und setzte mich auf die Türschwelle unseres Pfahlhauses, aß ein Stück Maisbrot und betrachtete die dunklen Umrisse des gegenüberliegenden Berges. Ich konnte die Lichter des Dorfes der Kleinen Schneiderin nicht sehen, sie waren zu weit weg, ich sah aber Luo vor mir, wie er ihr Balzacs Geschichte erzählte. Und plötzlich packte mich, zum ersten Mal in meinem Leben, bittere, verzehrende Eifersucht.

Es war kalt; ich fröstelte in meiner kurzen Lammfelljacke. Die Dorfbewohner waren beim Essen, schliefen oder trieben in der Dunkelheit geheimnisvolle Dinge. Um unser Haus herum herrschte tiefe Stille. Gewöhnlich genoß ich die Ruhe auf dem Berg und nutzte sie, um auf meiner Geige zu üben, an jenem Abend jedoch bedrückte sie mich. Ich ging wieder ins Haus. Ich holte die Geige hervor, doch sie brachte nur sägende, falsche Töne heraus, als hätte jemand die Tonleiter durcheinandergebracht.

Plötzlich kam mir eine Idee: Ich würde die schönsten Stellen aus *Ursula Mirouët* Wort für Wort abschreiben! Es war gewiß das erste Mal in meinem Leben, daß ich auf den Gedanken kam, ein Buch abzuschreiben. Ich suchte überall nach einem Stück Papier, doch ich fand nur ein paar Blätter, die für die Briefe nach Hause bestimmt waren.

Warum also nicht den Text auf die Lederseite meiner Lammfelljacke schreiben, die ich bei meiner Ankunft von den Dorfbewohnern bekommen hatte?

Die Haarseite war verfilzt und rauh und stellenweise abgewetzt. Die Lederseite war an gewissen Stellen rissig und dünn. Da die mir zur Verfügung stehende Fläche begrenzt war, mußte ich die Textstelle sorgfältig auswählen. Ich entschied mich für das Kapitel, in dem Ursula nachtwandelt. Wie gerne wäre auch ich ein Schlafwandler gewesen: In meinem Bett schlafen und sehen, was meine Mutter in unserer fünfhundert Kilometer entfernten Wohnung macht, zuschauen, wie meine Eltern zu Abend essen, die Farbe der Gerichte sehen, deren Duft einatmen, ihre Unterhaltung mit anhören ... Ja, schlafen und aufregende Orte sehen, wohin ich nie den Fuß gesetzt hatte.

Mit einem Füller auf das stumpfe, rauhe Fell eines alten Bergschafs schreiben ist gar nicht so einfach. Um möglichst viel Text abschreiben zu können, mußte ich mich mit kleinstmöglichen, knappsten Schriftzeichen begnügen, was höchste Konzentration verlangte. Als endlich die ganze Lederseite bis zu den Ärmeln bekritzelt war, schmerzten meine Finger, als wären sie gebrochen. Schließlich schlief ich über meiner Arbeit ein.

Luos Schritte weckten mich; es war drei Uhr morgens. Ich glaubte, noch nicht lange geschlafen zu haben, denn die Petroleumlampe brannte immer noch. Ich sah ihn wie durch einen Nebel hereinkommen.

»Schläfst du?«

»Fast.«

»Komm, ich zeig dir etwas.«

Er füllte die Petroleumlampe nach. Als der Docht vollgesaugt war, nahm er sie in die linke Hand, setzte

sich mit flackerndem Blick und wirr in alle Richtungen abstehendem Haar auf die Bettkante. Er zog ein gefaltetes weißes Stück Stoff aus der Tasche.

»Hat die Kleine Schneiderin dir ein Taschentuch geschenkt?«

Als er das Stück Stoff feierlich auseinanderfaltete, stellte ich fest, daß es sich um einen Hemdzipfel mit einem von Hand aufgenähten Flicken handelte. Ein paar verschrumpelte Blätter waren darin eingewickelt, schöne, schmetterlingsförmige, orangefarben bis hellgoldgelb gesprenkelte Blätter mit bräunlichen Blutflecken.

»Ginkgoblätter«, sagte Luo fiebrig. »Von einem riesigen Baum zuhinterst in einem abgelegenen Tal östlich vom Dorf der Kleinen Schneiderin. Wir haben uns dort geliebt. An den Baum gelehnt … Im Stehen. Sie war noch Jungfrau, schau, ihr Blut ist auf die Erde getropft, auf die Blätter hier …«

Ich war wie vom Donner gerührt. Ich versuchte, mir den Baum, seinen majestätischen Stamm, das ausladende Astwerk, den Blätterteppich darunter vorzustellen … »Im Stehen?« fragte ich schließlich ungläubig.

»Ja, wie die Pferde. Vielleicht hat sie danach deswegen so gelacht, ein lautes, wildes Lachen, das im Tal widerhallte … sogar die Vögel sind erschrocken davongeflogen.«

女

Ursula Mirouët hatte uns die Augen geöffnet, und nachdem wir das Buch nochmals gelesen hatten, wurde es innerhalb der vereinbarten Leihfrist seinem rechtmäßigen Eigentümer, dem brillenlosen Brillenschang, zurückgegeben. Wir hatten uns in der Illusion gewiegt, er würde uns auch die anderen in seinem Geheimkoffer versteckten Bücher leihen. Hatten wir ihm nicht etwa aus der Bredouille geholfen, als er hilflos im Dreck saß? Doch er schien nicht im Traum daran zu denken. Wir besuchten ihn, wann immer wir Zeit hatten, schmeichelten ihm, spielten ihm auf der Geige vor ... Nichts zu machen.

Die neue Brille, die ihm seine Mutter geschickt hatte, befreite ihn schließlich von seiner Halbblindheit – und machte alle unsere Illusionen zunichte.

Verdammt, hätten wir ihm das Buch bloß nicht zurückgegeben. »Wir hätten's behalten sollen«, sagte Luo finster. »Ich hätte es der Kleinen Schneiderin vorgelesen, Seite für Seite. Sie wäre zu einem kultivierten jungen Mädchen geworden. Ich bin überzeugt.«

Luo hatte sich nämlich an einem arbeitsfreien Tag meine Lammfelljacke geborgt – wir tauschten oft unsere Kleider –, weil er sich mit der Kleinen Schneiderin am gewohnten Ort unter dem Ginkgobaum im Tal der Liebe verabredet hatte.

»Ich habe ihr Balzacs Text Wort für Wort vorgelesen«, erzählte er mir anschließend, »und sie hat deine Jacke genommen und, stumm die Lippen bewegend, den ganzen Text nochmals gelesen. Die Blätter raunten leise über unseren Köpfen, in der Ferne rauschte

ein Wildbach. Die Sonne schien, der Himmel war durchscheinend blau. Dann hat sie lange mit offenem Mund versonnen dagestanden, die Jacke wie ein aufgeschlagenes Buch in den ausgestreckten Händen, als handle es sich um einen geweihten Schrein.

Der alte Balzac ist ein Zauberer, weißt du? Er hat seine unsichtbare Hand auf den Kopf der Kleinen gelegt; sie war wie verwandelt; es hat eine ganze Weile gedauert, bis sie in die Wirklichkeit zurückgekehrt ist. Ja sie ist sogar in deine verdammte Jacke geschlüpft – sie steht ihr im übrigen gar nicht schlecht – und hat gesagt, die Berührung von Balzacs Worten auf ihrer Haut bringe ihr Glück und Klugheit. Verstehst du jetzt, was ich meine?«

Wir waren so hingerissen von der Reaktion der Kleinen Schneiderin, daß wir erst recht bereuten, das Buch zurückgegeben zu haben. Doch bis sich uns eine neue Gelegenheit bot, an den Koffer zu kommen, mußten wir bis Sommeranfang warten.

Es war wiederum an einem arbeitsfreien Tag. Der Brillenschang hatte ein Feuer im Hof vor seinem Pfahlhaus gemacht und einen großen Wasserkessel auf vier Steine gestellt. Luo und ich fragten uns erstaunt, was zum Teufel er vorhatte.

Er begrüßte uns nicht einmal. Er wirkte übernächtigt und entmutigt. Als das Wasser im Topf sprudelte, zog er angewidert seine Jacke aus, knüllte sie zusammen, tauchte sie in den Kessel und hielt sie mit einem langen Stock unter Wasser. In Dampf gehüllt, schwenkte er ununterbrochen die arme Jacke im

kochenden Wasser: schwarze Blasen, Tabakkrümel und pestilenzialischer Gestank stiegen an die Oberfläche.

»Sag, kochst du Flohsuppe?«

»Ja, ich habe auf der Felszinne über der Tausend-Meter-Schlucht Unmengen aufgelesen.«

Wir hatten von dem Felsen reden hören, waren aber nie dort gewesen. Er war mindestens einen halben Tag Fußmarsch von unserem Dorf entfernt.

»Was hast du denn dort oben gemacht?«

Der Brillenschang antwortete nicht. Er zog nacheinander sein Hemd, sein T-Shirt, seine Socken aus und tauchte alles ins kochendheiße Wasser. Sein schmächtiger, knochiger Körper war mit großen roten Flecken übersät und von seinen Fingernägeln blutig gestriemt.

»Die Flöhe auf dem verdammten Berg sind höllisch. Sogar in die Nähte meiner Klamotten haben sie Eier gelegt«, schimpfte der Brillenschang.

Er streckte uns seine Hose hin. Lieber Himmel! In den Nähten klebten dicke, wie Flußperlenschnüre schimmernde Nissenstränge. Allein schon vom bloßen Hinsehen lief mir Gänsehaut über den Rücken.

Nebeneinander vor der Feuerstelle kauernd, unterhielten Luo und ich das Feuer, wir schoben Holzscheite unter den Topf, während der Brillenschang mit dem Stock seine Kleider im blubbernden Wasser schwenkte. Schließlich ließ er sich dazu bewegen, uns das Geheimnis seines Ausflugs auf die Felszinne über der Tausend-Meter-Schlucht zu verraten.

Er hatte vor zwei Wochen einen Brief von seiner Mutter erhalten, der Dichterin, die einst in unserer Provinz für ihre Oden an den Nebel, den Regen und die keuschen Erinnerungen an die erste Liebe berühmt gewesen war. Sie teilte ihm mit, einer ihrer Freunde von früher sei zum Chefredakteur einer revolutionären Literaturzeitschrift ernannt worden, und er habe ihr, trotz ihrer heiklen Situation, versprochen, sein Möglichstes zu versuchen, um unseren Brillenschang bei seiner Zeitschrift unterzubringen. Damit nicht der Eindruck entstand, er protegiere ihn, habe er sich bereit erklärt, vorerst einmal Volkslieder zu veröffentlichen, die der Brillenschang *in situ* zusammengetragen hatte, authentische Lieder der Bergbevölkerung also, unverfälscht und von revolutionärer Romantik getragen.

Seit diesem Brief lebte der Brillenschang in einem Wachtraum. Er war ein anderer Mensch. Zum ersten Mal in seinem Leben sah er strahlende Hoffnung am Horizont aufsteigen. Er weigerte sich, zur Feldarbeit zu gehen, um sich statt dessen verbissen auf die einsame Jagd nach alten Volksliedern der Bergbevölkerung zu machen. Er war überzeugt, daß er eine umfangreiche Sammlung würde zusammenstellen können, dank der er sich bereits in der Redaktion des einstigen Verehrers seiner Mutter sah. Doch nach einer Woche hatte er nicht die kleinste Strophe aufgezeichnet, die würdig gewesen wäre, in einer offiziellen revolutionären Literaturzeitschrift veröffentlicht zu werden.

Er hatte seiner Mutter geschrieben, um ihr, vor bit-

terer Enttäuschung flennend, von seinem Mißerfolg zu berichten. Als er dem Postboten den Brief übergeben wollte, erzählte der ihm von einem alten Bergler, der sämtliche Volkslieder der Region kannte, einem alten, ungebildeten Sänger, einem echten Meister auf diesem Gebiet. Der Brillenschang hatte den Brief zerrissen und war erneut zur Jagd aufgebrochen.

»Der Alte ist eine Saufnase und mausarm«, erklärte uns der Brillenschang, »mausarm, sag ich euch, ich hab in meinem Leben noch nicht einen so bettelarmen Menschen gesehen. Wißt ihr, was er zu seinem Schnaps ißt? Kiesel! Ich schwör's euch auf den Kopf meiner Mutter! Kiesel! Er taucht sie in Salzwasser, steckt sie in den Mund, lutscht kräftig daran herum und spuckt sie wieder aus. ›Jadebouletten an Müllerinnensauce‹ nennt er das. Er hat sie mir zum Kosten angeboten, aber ich hab abgelehnt. Nun ja ... ich konnt ja nicht wissen, daß er so empfindlich ist. Daraufhin war er total eingeschnappt. Ich konnte tun, was ich wollte, ihm jede Menge Geld anbieten: er hat mir nicht das kleinste Lied vorgesungen. Zwei geschlagene Tage bin ich in seiner Mühle geblieben in der Hoffnung, ihm ein paar Strophen zu entlocken. Ich hab sogar in seinem Bett geschlafen, mit einer Decke, die offenbar seit Jahrzehnten nicht mehr gewaschen worden ist.«

Was für ein Bild: Unser Brillenschang auf dem von gierigem Ungeziefer wimmelnden Bett, der kein Auge zutut aus Angst, der alte Müller könnte – man weiß ja nie – im Schlaf authentische, unverfälschte Lieder singen. Die in der Dunkelheit aus allen Ritzen stür-

menden Flöhe, die sich auf den Brillenschang stürzen, gierig sein Blut saugen, auf seinen spiegelglatten Brillengläsern Schlittschuh laufen ... Der Alte, der sich auf seinem Lager auf die eine, dann auf die andere Seite kehrt, rülpst, hustet ... Unser James Bond hält den Atem an, bereit, seine winzige Taschenlampe anzuknipsen, um sich heimlich Aufzeichnungen zu machen ... Und schon schnarcht der Alte wieder im Takt seiner nie stillstehenden Mühlräder.

»Mir ist eben ein Gedanke gekommen«, sagte Luo gelassen. »Wenn wir es schaffen, deinem Müller Volkslieder abzulocken, leihst du uns dann weitere Bücher von Balzac?«

Der Brillenschang antwortete nicht gleich. Er starrte durch seine beschlagene Brille ins schwarze, bullernde Wasser im Kessel, als sei er von den zwischen den Blasen Purzelbäume schlagenden Flöhen hypnotisiert.

Endlich hob er den Kopf und fragte Luo: »Wie wollt ihr das anstellen?«

Hättet ihr mich an jenem Sommertag des Jahres 1973 auf dem Weg zur Felszinne über der Tausend-Meter-Schlucht gesehen, hättet ihr gedacht, ich sei geradewegs einem offiziellen Foto des Nationalen Volkskongresses entstiegen oder dem Hochzeitsfoto echter revolutionärer Kaderbrautleute. Ich trug einen hochgeschlossenen marineblauen Rock mit dunkelgrauem Kragen, den unsere Kleine Schneiderin für mich genäht hatte. Er war eine bis ins kleinste Detail haargenaue Kopie der Uniform des Großen Vorsitzenden, vom Kragen über die Taschen bis zu den Ärmeln, die mit drei hübschen, kleinen goldenen Knöpfen geschmückt waren; wenn ich die Arme bewegte, spiegelten sie das Licht wider. Um mein jugendlich-anarchistisches, nach allen Seiten borstig abstehendes Haar zu verstecken, hatte mir unsere Kleine Kostümière eine alte Schirmmütze ihres Vaters aufgesetzt, die durch ihr intensives Grün an die der Offiziere der Volksbefreiungsarmee erinnerte. Sie war bloß zu klein für mich; ich hätte mindestens die nächstgrößere Nummer gebraucht.

Luo hingegen trug – wie es seine Rolle eines Sekretärs erforderte – eine verwaschene Soldatenuniform. Er hatte sie von einem jungen Bauern entliehen, der

seinen Wehrdienst abgeleistet hatte. An seiner Brust war eine feuerrote Medaille geheftet, auf der ein vergoldeter Maokopf mit glatt nach hinten geklatschtem Haar prangte.

Unterwegs hätten wir uns beinahe in einem Bambusdickicht verirrt. Das hohe, regenglänzende Rohr umzingelte uns, schlug über unseren Köpfen zusammen und strömte den beißenden Geruch unsichtbarer Raubtiere aus. Zwischendurch hörte man das leise, geheimnisvolle Knacken der wachsenden Schößlinge. Kräftige Bambusrohre können anscheinend an einem einzigen Tag dreißig Zentimeter wachsen.

Die Mühle des alten Sängers stand direkt über dem tosenden Wildbach, der von dem hohen Felsen der Tausend-Meter-Schlucht zu Tale stürzt; mit ihren riesigen ächzenden Rädern aus weißem, schwarzgeädertem Stein, die sich mit typisch bäuerlicher Gemächlichkeit im Wasser drehten, sah sie aus wie ein Relikt aus uralten Zeiten.

Der Bretterfußboden im Untergeschoß zitterte. Stellenweise konnte man durch die alten, morschen Dielen das unter uns zwischen den großen Steinen strudelnde Wasser sehen. Das Echo des kreischenden Rades hallte in unseren Ohren. Ein alter Mann mit bloßem Oberkörper war damit beschäftigt, Getreide in die Mühlgosse zu schütten; er unterbrach seine Arbeit und musterte uns mißtrauisch. Ich begrüßte ihn höflich, aber nicht im Dialekt unserer Provinz, sondern – genau wie in einem Film – auf Mandarin.

»Was für eine Sprache redet der Kerl«, fragte der alte Müller Luo, meinen Sekretär.

»Die offizielle Sprache«, antwortete Luo, »die Sprache Beijings. Habt Ihr die noch nie gehört?«

»Beijing? Was zum Teufel ist das?«

Die Frage brachte uns aus dem Konzept, doch als wir begriffen, daß er wirklich nicht wußte, was Beijing war, lachten wir uns bucklig. Einen Moment lang beneidete ich ihn fast um seine Ahnungslosigkeit.

»Peiping, sagt Euch das etwas?« fragte ihn Luo.

»Bei Ping?« sagte der Alte. »Sicher, das ist die große Stadt des Nordens.«

»Die Stadt heißt seit über zwanzig Jahren nicht mehr so, Väterchen«, erklärte ihm Luo. »Und dieser Herr spricht die offizielle Sprache Bei Pings, wie Ihr die Stadt nennt.«

Der Alte wandte sich mir respektvoll zu. Er musterte meinen Maorock, vor allem die drei kleinen Knöpfe an den Ärmeln. Er berührte sie vorsichtig. »Wozu sind die kleinen Dinger«, fragte er mich.

Luo übersetzte die Frage. Ich antwortete in meinem radebrechenden Mandarin, ich hätte keine Ahnung. Mein Übersetzer erklärte dem alten Müller, die Knöpfe seien das Emblem der revolutionären Kader, der echten! »Dieser Herr aus Bei Ping«, fuhr Luo mit der Ruhe eines mit allen Wassern gewaschenen Bauernfängers fort, »ist in unsere Provinz gekommen, um alte Volkslieder zu sammeln, und jeder Staatsbürger, der solche kennt, hat die Pflicht, sie ihm vorzutragen.«

»Den alten Berglerkram?« fragte der Alte mißtrauisch. »Das sind keine Lieder, bloß Reime, Reime aus uralten Zeiten.«

»Genau das sucht der Herr, authentische, unverfälschte Reime.«

Der alte Müller runzelte kurz die Stirn, musterte mich dann verschmitzt lächelnd.

Ich nickte heftig.

»Der Herr will, daß ich ihm Schweinkram vorsinge? Denn unsere Berglerlieder, o-mei, das ist bekannt, die sind ...«

Er wurde durch das Eintreffen von ein paar mit großen Hotten beladenen Bauern unterbrochen.

Mir wurde ziemlich mulmig und meinem Dolmetscher ebenfalls. »Hauen wir ab?« flüsterte ich ihm ins Ohr. Doch schon fragte der Alte Luo: »Was hat er gesagt?« Ich spürte, wie mir die Röte ins Gesicht stieg, um meine Verlegenheit zu verbergen, stürzte ich den Bauern entgegen, als wollte ich ihnen behilflich sein, die Hotten abzuladen. Es waren ihrer sechs. Ich hatte keinen von ihnen je in unserem Dorf gesehen, sie konnten uns also unmöglich kennen. Mir fiel ein zentnerschwerer Stein vom Herzen. Sie stellten schwerfällig ihre mit Mais beladenen Hotten auf die Erde.

»Kommt, kommt, ich stelle euch einem jungen Mann aus Bei Ping vor«, rief der alte Müller den Bauern zu. »Schaut die drei Knöpfe an seinen Ärmeln?« Der alte Einsiedler packte mich strahlend am Handgelenk, hob meinen Arm hoch und schwenkte ihn vor ihren Augen, damit sie die verflixten gelben Knöpfe

aus der Nähe bestaunen konnten. »Wißt ihr, was die bedeuten?« rief er und hüllte uns in eine Schnapsfahne ein. »Es ist das Kennzeichen eines revolutionären Kaders!« erklärte er wichtig.

Ich hätte nie geglaubt, daß der ausgemergelte Alte soviel Kraft haben könnte; seine schwielige Hand brach mir beinahe das Handgelenk, derweil Luo-der-Bauernfänger unentwegt, tiefernst wie ein offizieller Dolmetscher, hin und her übersetzte. Ich mußte wie ein Staatsoberhaupt im Film jedem kräftig die Hand schütteln und eifrig kopfnickend ein paar Worte in meinem kläglichen Mandarin an sie richten.

In meinem ganzen Leben hatte ich mich noch nicht zu einer solchen Farce hinreißen lassen. Ich bedauerte unseren Inkognito-Besuch aus tiefstem Herzen. Und dies alles bloß, um Brillenschangs unmögliche Aufgabe zu erfüllen!

Vor lauter Nicken fiel meine grüne Schirmmütze – oder vielmehr die des alten Schneiders – herunter.

女

Endlich verabschiedeten sich die Bauern und ließen eine Tonne Maiskörner zurück, die gemahlen werden mußten.

Ich war total erledigt und dies um so mehr, als die zu kleine Mütze meinen Kopf umschloß wie ein eiserner Reifen und ich davon Migräne bekam.

Der alte Müller führte uns über eine Stiege, an der zwei oder drei Sprossen fehlten, ins obere Stockwerk.

Er stürzte sich auf einen Binsenkorb, aus dem er eine mit Schnaps gefüllte Kalebasse und drei Becher zog. »Hier staubt's weniger«, meinte er lächelnd. »Trinken wir 'n Schluck.«

Der Bretterboden des großen, düsteren Raumes war über und über mit kleinen Kieselsteinen bedeckt: Brillenschangs »Jadebouletten«. Auch in diesem Raum gab es weder Stuhl noch Hocker, noch sonstige Möbel, abgesehen von einem breiten Bett; die Wand hinter dem Bett war mit einem rötlichgelben, schwarzgefleckten Pantherfell bespannt, an dem ein Musikinstrument hing, eine Art dreisaitige Bambusviola.

Der alte Müller forderte uns auf, uns aufs Bett zu setzen: das Bett, das unserem Vorgänger, dem Brillenschang, dem grausamen Besitzer des Lederkoffers, eine juckende Erinnerung und rote, höllisch brennende Flecken hinterlassen hatte.

»Wollen wir uns nicht lieber draußen hinsetzen«, stammelte Luo, der gräßliche Angst hatte, auf den Kieseln auszugleiten, »hier drinnen ist's etwas dunkel ...« Ich warf meinem Dolmetscher einen strafenden Blick zu.

»Keine Sorge«, meinte der alte Mann fröhlich. Er zündete eine Petroleumlampe an und stellte sie mitten aufs Bett. Da sie fast leer war, verschwand er kurz und kehrte mit einer mit Lampenöl gefüllten Kalebasse zurück. Er goß die Hälfte in die Lampe und stellte die Kalebasse aufs Bett.

Alle drei auf den Fersen um die Lampe hockend, prosteten wir uns zu und tranken den Becher in einem

Zug aus. Die Bettdecke direkt hinter mir war zusammen mit schmutziger Wäsche zu einem unförmigen Knäuel gerollt. Ich spürte kleine Insekten unter der Hose an meinem Bein hochklettern. Als ich, ungeachtet des Protokolls, das mein offizieller Rang erforderte, unauffällig die Hand unter das Hosenbein schob, kribbelte es an meinem anderen Bein hoch. Ich hatte den Eindruck, Legionen von Biesterchen würden auf meinem Körper zusammenlaufen, begeistert, zur Abwechslung mal etwas anderes vorgesetzt zu bekommen, entzückt über den Festschmaus, den ihnen meine Adern großzügig spendierten. Vor meinen Augen zog flüchtig das Bild des großen Wasserkessels vorbei, in dem Brillenschangs Kleider an die Oberfläche stiegen, auf den Topfboden strudelten, sich im blubbernden schwarzen Wasser ineinander verschlangen und meinem prächtigen Mao-Rock Platz machten.

Der alte Müller ließ uns einen Moment inmitten der anstürmenden Flohbataillone allein, kehrte dann mit einem Teller, einer kleinen Schale und drei Paar Eßstäbchen zurück. Er legte alles neben die Lampe und setzte sich wieder aufs Bett.

Weder Luo noch ich hatten uns auch nur eine Sekunde lang vorgestellt, daß der Alte sich trauen würde, den gleichen Scherz mit uns zu treiben. Zu spät. Der Teller auf dem Bett war bis obenauf mit harmlosen, kleinen polierten Kieselsteinen in allen Graugrün-Schattierungen gefüllt, und die Schale enthielt eine klare, im Licht der Petroleumlampe durch-

scheinende Flüssigkeit. Den dicken, kristallisierten Körnern auf dem Boden der Schale nach zu schließen, mußte es sich um die berühmte Salzsauce handeln. Die angriffslustigen Flöhe dehnten ihr Schlachtfeld aus und drangen bis unter meine Schildmütze vor, ich spürte, wie sich meine Haare vom unerträglichen Juckreiz sträubten.

»Bitte bedient euch«, sagte der Alte. »Das ist meine tägliche Mahlzeit: Jadebouletten an Müllerinnensauce.« Und er griff munter nach den Eßstäbchen, fischte einen Kiesel aus dem Teller, tauchte ihn andächtig in die Sauce, führte ihn zum Mund und lutschte genüßlich daran herum. Ich sah den Kiesel hinter den geschwärzten Zähnen des Alten hin und her rollen, dann verschwand er in der Tiefe des Gaumens, tauchte gleich wieder auf – und der Alte spuckte ihn in weitem Bogen aus dem Mundwinkel aus.

Luo zögerte kurz, griff dann ebenfalls nach den Eßstäbchen und kostete, angenehm überrascht, seine erste Jadeboulette. Der Herr aus Bei Ping tat es ihm nach. Die Sauce war nicht zu salzig, und der Kiesel ließ einen süßlichen, leicht bitteren Geschmack im Mund zurück.

Der Alte füllte ständig unsere Schnapsbecher nach und forderte uns ein ums andere Mal auf, mit ihm ex zu trinken, während die ausgespuckten Kiesel mit einem harten, klaren, fröhlichen Klicken auf den bereits herumliegenden aufschlugen.

Der Alte war in Hochform. Eins mußte man ihm lassen: Sein Auftreten war hochprofessionell. Zuerst

ging er hinaus, um das ohrenbetäubend kreischende Rad anzuhalten. Dann schloß er das Fenster, um die Akustik zu verbessern. Er zog seinen Gürtel – eine Schnur aus geflochtenem Stroh – fester und holte endlich sein dreisaitiges Instrument von der Wand. Die Vorstellung konnte beginnen.

»Ihr wollt also alte Reime hören?« fragte er.

»Ja, im Auftrag einer offiziellen revolutionären Literaturzeitschrift«, gestand Luo. »Nur Ihr könnt uns retten, Väterchen. Wir brauchen authentische, unverfälschte, von revolutionärer Romantik getragene Texte.«

»Romantik? Was ist das schon wieder?«

Luo überlegte kurz, legte dann die Hand auf die Brust wie ein Zeuge, der einen Eid auf den Himmel ablegt: »Gefühl und Liebe!«

Die knochigen Finger des alten Mannes glitten lautlos über die Saiten des Instruments, das er wie eine Gitarre im Arm hielt. Er stimmte die ersten Noten an … und dann begann er mit leiser, heiserer Stimme zu singen.

Wir aber schauten fasziniert auf seinen Bauch, der uns zuerst von seiner Stimme, von der Melodie ablenkte. Was für ein Bauch! Besser gesagt, der Alte war so mager, daß er überhaupt keinen Bauch hatte, doch die welke Haut seines nackten, wettergegerbten Abdomens bestand aus zahllosen winzigen Fältchen. Wenn er sang, erwachten die Fältchen und verwandelten sich im Schein der Petroleumlampe in ein ansteigendes und wieder verebbendes Wellengekräusel. Die

dünne Strohschnur um seine bloßen Lenden tanzte wild auf und ab. Zwischendurch wurde sie von der Dünung seiner Runzelhaut verschluckt, doch wenn man sie endgültig in der ansteigenden Flut untergegangen wähnte, tauchte die magische Schnur würdig und unversehrt wieder auf.

Die heisere und gleichzeitig volltönende Stimme des alten Müllers schwoll an. Seine Augen schweiften von Luos Gesicht zu meinem, einmal fröhlich zwinkernd, dann wieder mürrisch starr.

Der alte Müller sang:

Sag mir, sag mir
Was ist der Graus
Einer alten Laus?
Das Wasser, wenn es kocht
Das Wasser, wenn es kocht
Das ist der Graus einer alten Laus.
Und die kleine Nonne
Sag mir, sag mir
Wovor ihr graust?
Bloß vor den alten Mönchen
Graust dem jungen Nönnchen.

Luo prustete los, und wir krümmten uns beide vor Lachen. Der alte Müller sang stolz lächelnd weiter, und die Wellen kräuselten sich auf seinem Bauch und schwollen an und verebbten. Und Luo und ich kugelten uns auf dem Fußboden und lachten und lachten und konnten nicht mehr aufhören zu lachen.

Als der alte Sänger sein erstes authentisches, von

revolutionärer Romantik getragenes Lied fertig gesungen hatte, wischte sich Luo die Tränen aus den Augen, stand auf und griff nach der Kalebasse, um unsere Becher zu füllen. »Komm, Väterchen, trinken wir auf Euren phänomenalen Bauch.«

Unser Sänger nahm den Becher und erlaubte uns, die Hand auf seinen fabelhaften Bauch zu legen, atmete ein und aus, um uns eine Freude zu machen. Dann stießen wir an und tranken den Becher in einem Zug aus. Im ersten Moment reagierte keiner von uns. Doch plötzlich spürte ich etwas Ungewohntes, Ätzendes im Hals … Ich zog eine Grimasse und fragte den Alten in tadellosem Sichuandialekt: »Verdammt, was ist das für ein Fusel?« Wir griffen uns alle drei gleichzeitig an die Kehle und spuckten das Gesöff aus.

Luo hatte sich in der Kalebasse geirrt. Er hatte uns, anstatt Schnaps, Lampenöl nachgeschenkt.

Zum ersten Mal, seit er auf dem Berg des Phönix-des-Himmels war, verzogen sich Brillenschangs Lippen zu einem aufrichtig glücklichen Lächeln. Es war heiß. Auf seiner Nase standen winzige Schweißperlen, seine Brille rutschte ihm über den Nasenrücken und wäre zweimal beinahe heruntergefallen und auf dem Fußboden zerbrochen; er war in die Lektüre der achtzehn Lieder des alten Müllers vertieft, die wir auf den mit Salzsauce, Feuerwasser und Petroleum verkleckerten Blättern aufgezeichnet hatten. Wir waren fast die ganze Nacht marschiert, hatten einen Bambuswald durchquert, bis zum frühen Morgen vom fernen Knurren unsichtbarer Raubtiere begleitet. Kein Wunder, daß wir vor Erschöpfung halbtot waren. Plötzlich verdüsterte sich Brillenschangs Gesicht.

»Scheiße«, schrie er uns an. »Was soll das? Das sind ja lauter Ferkeleien.« Er brüllte uns zornig an wie ein richtiger Kommandant. Ich schätzte diesen Ton überhaupt nicht, aber ich schwieg. Ich erwartete von ihm nur eins: daß er uns als Belohnung für unsere Mühe ein oder zwei Bücher lieh.

»Du hast gesagt, du brauchst authentische Berglerlieder«, erinnerte ihn Luo, »bitte, da sind sie!«

»Gütiger Himmel! Ich hab euch doch klar und deutlich gesagt, daß ich positive, von revolutionärer Romantik getragene Texte haben will.« Der Brillenschang hielt die Blätter mit spitzen Fingern hoch und schwenkte sie über unseren Köpfen; wir hörten das Papier knistern. »Warum seid ihr beide ständig auf verbotenes Zeug scharf«, kreischte seine Lehrerstimme.

»Jetzt übertreibst du aber«, warf Luo ein.

»Ich? Ich übertreibe? Soll ich das hier vielleicht dem Kreiskomitee zeigen? Der alte Müller würde auf der Stelle der Verbreitung obszöner Lieder beschuldigt und riskiert, ohne viel Federlesens ins Gefängnis gesteckt zu werden.«

Plötzlich haßte ich den Brillenschang, es war jedoch nicht der richtige Moment, es ihm zu sagen. Ich wollte lieber warten, bis er sein Versprechen hielt und uns die Bücher lieh. »So geh doch. Worauf wartest du?« fragte ihn Luo. »Ich finde den Alten wunderbar mit seinen Liedern, seiner Stimme, dem Gekräusel auf seinem phänomenalen Bauch. Ich geh noch mal zu ihm und bring ihm ein paar Fen für seine Mühe.«

Der Brillenschang saß auf der Bettkante, seine mageren, flachen Beine auf den Tisch gelegt, und überflog erneut die Blätter. »Wie habt ihr bloß eure Zeit mit dem Aufschreiben solcher Ferkeleien vergeuden können! Ist ja nicht zu fassen! Ihr seid nicht etwa so blöd und glaubt, daß eine offizielle Zeitschrift so etwas veröffentlicht? Und daß dieser Stuß mir die Türen einer Redaktion öffnet?«

Er hatte sich sehr verändert, der Brillenschang, seit er den Brief seiner Mutter erhalten hatte. Diese Art, mit uns zu reden, wäre noch vor ein paar Tagen undenkbar gewesen. Ich wußte nicht, daß der kleinste Zukunftsschimmer einen Menschen derart verändern, ja arrogant, bösartig werden lassen und seiner Stimme soviel Begierde und Haß verleihen konnte. Und was die Bücher anging, die er uns leihen sollte: keine Silbe davon. Er stand auf, warf die Blätter aufs Bett. Kurz darauf hörten wir ihn in der Kochecke herumhantieren. »Ich empfehle euch, eure Lieder auf der Stelle zu verbrennen oder tief in euren Hosentaschen zu vergraben«, schimpfte er weiter, während er das Gemüse putzte, »ich will keine verbotenen Ferkeleien auf meinem Bett herumliegen haben.«

Luo trat zu ihm. »Rück ein paar Bücher heraus, und wir verschwinden.«

»Was für Bücher?« hörte ich den Brillenschang fragen, während er weiter Kohl und Rüben kleinschnitt.

»Die, die du uns versprochen hast.«

»Willst du mich etwa veräppeln oder was? Ihr habt mir unsägliches Zeug gebracht, das mir nichts als Scherereien einbringen wird, und habt die Unverfrorenheit, mir das als …«

Plötzlich verstummte er und stürzte, das Messer in der Hand, zum Bett. Er sammelte die verstreuten Blätter ein, stellte sich ans Fenster und las sie nochmals durch. »Ich hab's! Ich bin gerettet«, rief er. »Ich brauche bloß die Texte etwas umzuschreiben, sie da und dort zu ergänzen, ein paar Wörter zu streichen … Tut

mir leid, Jungs, Köpfchen muß man haben, Köpfchen!« sagte er hämisch grinsend und tippte sich an den Kopf. Und rezitierte aus dem Stegreif seine adaptierte und verfälschte Fassung der ersten Strophe:

Sag mir doch
Die miesen Läus' der Bourgeoisie
Was fürchten sie?
Das Proletariat
Das kocht vor Wut
Ja das fürchten sie
Die miesen Läus' der Bourgeoisie.

Ich schoß empört auf und stürzte mich auf ihn. Ich wollte ihm bloß das Blatt aus der Hand reißen, doch in meiner besinnungslosen Wut schlug ich ihm mit der Faust ins Gesicht. Er taumelte, sein Hinterkopf schlug hart an der Wand auf, sein Messer fiel zu Boden, er blutete aus der Nase. Ich wollte meine Blätter wiederhaben, sie zerreißen, ihm die Fetzen in den Mund stopfen, doch er ließ sie nicht los. Ich sah seinen weit aufgesperrten Mund, hörte sein Gebrüll aber nicht. Um mich herum war alles wattig verschwommen. Ich kam erst wieder zur Besinnung, als Luo und ich unter einem überhängenden Felsen am Wegrand saßen. Luo zeigte auf meinen mit Brillenschangs Blut befleckten Mao-Rock. »Du siehst aus wie ein Held aus einem Kriegsfilm, Mann«, sagte er. »Nun, ich denke, wir können Balzac vergessen.«

Wenn man mich fragt, wie die Stadt Yong Jing aussieht, antworte ich jedesmal mit einem Satz meines Freundes Luo: Sie ist so klein, daß die ganze Stadt schnuppernd die Nase in die Luft streckt, wenn in der Kantine der Stadtverwaltung Rindfleisch mit Zwiebeln gekocht wird.

In der Tat gab es in der Stadt nur eine einzige Straße, in der sich der Sitz des Stadtkomitees befand, das Postamt, ein Kaufhaus, eine Buchhandlung, das Gymnasium und ein Restaurant, hinter dem sich ein Hotel mit zwölf Zimmern befand. Das Kreiskrankenhaus lag an einem Hügel am Stadtrand.

In jenem Sommer schickte uns der Laoban mehrere Male zu Filmvorstellungen in die Stadt. Ich glaube, wir verdankten diese Großzügigkeit Luos kleinem Wecker mit dem jede Sekunde ein Reiskorn pickenden Gockel und den blaugrün schimmernden Schwanzfedern, den der zum Kommunisten bekehrte Opiumbauer heiß begehrte. Die einzige Möglichkeit, auch nur für kurze Zeit in dessen Besitz zu gelangen, war, uns nach Yong Jing zu schicken. Während der vier Tage der Hin- und Rückreise war er der Herr des Weckers.

Gegen Ende August, einen Monat nach der Rauferei, die unsere diplomatischen Beziehungen zum Bril-

lenschang hatte einfrieren lassen, gingen wir wieder einmal in die Stadt, doch diesmal begleitete uns die Kleine Schneiderin.

Bei dem Film, der auf dem gerammelt vollen Basketballfeld des Gymnasiums vorgeführt wurde, handelte es sich immer noch um den alten nordkoreanischen Film vom *Kleinen Blumenmädchen*, den Luo und ich bereits gesehen und den Dorfbewohnern erzählt hatten: um jene Geschichte, die die vier alten Hexen heiße Tränen hatte vergießen lassen. Es war ein schlechter Film. Um die Handlung auswendig zu kennen, brauchte man ihn sich nicht zweimal anzuschauen. Wir ließen uns die gute Laune dadurch nicht verderben. Zum einen waren wir glücklich, wieder einmal den Fuß in die Stadt setzen zu können. Stadtluft atmen! Das Stadtleben genießen! Selbst in einer Stadt, die kaum größer war als ein Schneuztuch, duftete Rindfleisch mit Zwiebeln ganz anders als bei uns im Dorf. Und erst das elektrische Licht: Was für eine Helle im Vergleich zum Schummer der Petroleumlampen! Wir waren nicht etwa verrückt nach der Stadt, Luo und ich, doch die uns auferlegte Pflicht, einer Filmvorstellung beizuwohnen, ersparte uns vier Tage Plackerei in den Feldern, vier Tage Schleppen von menschlichem und tierischem Dünger, vier Tage Pflügen in den schlammigen Reisfeldern mit Büffeln, deren langer Schwanz einem ständig übers Gesicht fegt.

Zum andern begleitete uns die Kleine Schneiderin, was erst recht ein Grund für unsere gute Laune war.

Als wir ankamen, hatte die Filmvorführung bereits begonnen, und es waren nur noch Stehplätze hinter der Leinwand frei, auf der die Handlung spiegelverkehrt ablief und alle Schauspieler Linkshänder waren. Doch die Kleine Schneiderin wollte den Film auf keinen Fall versäumen. Wir wiederum konnten uns an ihrem im Widerschein der Leinwand strahlenden Gesicht nicht satt sehen. Manchmal wurde ihr Gesicht von der Dunkelheit verschluckt, und wir sahen nur noch ihre Augen, zwei phosphoreszierende Tupfer in der Nacht, doch gleich darauf leuchtete ihr entrücktes, in Farben getauchtes Gesicht wieder auf. Von den mindestens zweitausend Zuschauerinnen war sie ganz eindeutig die Schönste. In uns regte sich männlicher Stolz, als wir die eifersüchtigen Männerblicke um uns herum bemerkten. Plötzlich wandte sie sich mir zu und flüsterte mir ins Ohr: »Wenn du erzählst, ist's viel, viel spannender.« Ich war wie vom Donner gerührt.

Wir übernachteten im Hotel hinter dem Restaurant; das Zimmer kostete fünfzig Fen, kaum mehr als eine Portion Rindfleisch mit Zwiebeln. Der Nachtwächter, ein glatzköpfiger Alter, der uns inzwischen kannte, saß auf einem Stuhl dösend im Hof; er zeigte mit dem Finger auf ein beleuchtetes Fenster und erklärte uns flüsternd, eine etwa vierzigjährige elegante Dame sei für die Nacht abgestiegen, sie käme aus der Provinzhauptstadt und habe vor, am nächsten Morgen auf den Berg des Phönix-des-Himmels zu gehen. »Sie kommt ihren Sohn abholen«, fügte er hinzu. »Sie hat für ihn eine Arbeit in der Stadt gefunden.«

»Ist ihr Sohn in der Umerziehung?« fragte Luo.

»Ja, wie ihr zwei.«

Wer, zum Teufel, konnte der Auserwählte sein? Der erste Entlassene von den hundert jungen Umerzogenen auf unserem Berg? Die Frage beschäftigte uns die halbe Nacht; wir wälzten uns, von Eifersucht gequält, in unserem Hotelbett, als lägen wir fiebernd auf einem heißen Kang, und zählten immer wieder vorwärts und rückwärts die Namen aller in Frage kommenden Jungen auf – außer die Namen derjenigen natürlich, die am Schicksalsfaden der »drei Promille« hingen, die der Söhne »bourgeoiser« Eltern und der Söhne von »Volksfeinden«.

Am nächsten Tag begegnete ich unterwegs der Frau, die gekommen war, ihren Sohn zu erlösen. Und zwar an der Stelle, wo der Pfad sich hinter einer Wegbiegung steil zwischen den Felsen den Berg hinaufschlängelt und in den Nebelschwaden verschwindet. Etwas unterhalb des Weges breitete sich ein großer Hang aus, der mit tibetischen und chinesischen Gräbern übersät war, von denen Hunderte halb in die Erde eingesunken waren, andere wiederum waren von dichtem Unkraut überwuchert. Die Kleine Schneiderin hatte uns das Grab ihres Großvaters mütterlicherseits zeigen wollen, doch weil ich für Friedhöfe nicht viel übrig hatte, waren Luo und sie allein das Grab suchen gegangen.

Ich machte wie gewohnt unter einem vorspringenden Felsen am Wegrand ein Feuer aus Zweigen und dürrem Laub, holte aus meiner Schultertasche ein

paar Süßkartoffeln, die ich in der heißen Asche vergrub.

In dem Moment tauchte die Frau auf. Sie saß auf einem hölzernen Tragstuhl, der, wie eine Hotte, an zwei Lederriemen am Rücken eines jungen Burschen hing. Sie saß mit fast übermenschlicher Gelassenheit auf ihrer gefährlich schwankenden Chaise und strickte ruhig, als sitze sie gemütlich auf ihrem Balkon.

Sie war klein von Statur, trug eine dunkelgrüne Cordjacke, eine beige Hose und flache, verwaschene grüne Lederschuhe. Bei mir angelangt, stellte der Träger die Chaise auf einem großen rechteckigen Stein ab, um zu verschnaufen. Die Frau strickte ungerührt weiter, ohne ein aufmunterndes Wort an ihren Träger zu richten, ohne auch nur einen Blick auf meine gerösteten Kartoffeln zu werfen. Den lokalen Akzent imitierend, fragte ich sie, ob sie die Nacht im Hotel in der Stadt verbracht habe. Sie nickte kurz und wandte sich wieder ihrer Strickarbeit zu. Sie war eine elegante, eine zweifellos vornehme Dame, die sich durch nichts aus der Ruhe bringen ließ.

Ich fischte mit einem Stecken eine Süßkartoffel aus der Glut und klopfte die Asche ab. »Darf ich Ihnen eine lokale Grillspezialität anbieten?« fragte ich sie höflich in meiner Muttersprache.

»Kommst du aus Chengdu?«, rief sie mir erstaunt zu. Ihre Stimme klang sanft und angenehm.

Ich erklärte ihr, daß meine Familie tatsächlich in Chengdu wohnte. Sie stieg sogleich von ihrer Chaise herunter, kam mit ihrer Strickarbeit in der Hand zu

mir herüber und kauerte sich vor mein Feuer. Sie war es bestimmt nicht gewohnt, sich auf einem Bergpfad auf die nackte Erde zu hocken. Sie klemmte ihre Strickarbeit unter den Arm, nahm die heiße Süßkartoffel, die ich ihr hinhielt, und pustete lächelnd. Sie traute sich nicht hineinzubeißen.

»Was machst du hier? Bist du in der Umerziehung?«

»Ja, auf dem Berg des Phönix-des-Himmels«, antwortete ich, in der Glut nach einer weiteren Süßkartoffel stochernd.

»Wirklich?« rief sie aus. »Auch mein Sohn wird auf diesem Berg umerzogen. Vielleicht kennt ihr euch sogar. Er ist offenbar der einzige Brillenträger.«

Ich verfehlte die Süßkartoffel und mein Stecken stocherte ins Leere. Mein Kopf dröhnte, als hätte ich eine Ohrfeige gekriegt. »Sind Sie Brillenschangs Mutter?«

»Genau.«

»Er ist also der erste Entlassene!«

»Ach, du weißt Bescheid? Ja, er wird künftig in der Redaktion einer literarischen Zeitschrift arbeiten.«

»Ihr Sohn ist ein super Spezialist für Volkslieder.«

»Ich weiß. Zuerst befürchteten wir, er könnte auf diesem Berg seine Zeit vergeuden. Doch nein: Stell dir vor, er hat die alten Lieder der Bergbevölkerung gesammelt und hat sie adaptiert und modifiziert, der Chefredakteur war ganz angetan von den Texten dieser wunderbaren, von revolutionärer Romantik getragenen Lieder.«

»Diese Arbeit hat er nur dank Ihnen machen können. Dank der vielen Bücher, die Sie ihm mitgegeben haben.«

»Ja, natürlich …« Sie verstummte und starrte mich mit gerunzelter Stirn mißtrauisch an. »Bücher? Ich weiß nichts von Büchern«, sagte sie schroff. »Vielen Dank für die Kartoffel.«

Sie hatte eindeutig keinen Humor. Hätte ich die Bücher bloß nicht erwähnt. Ich sah aus dem Augenwinkel, wie sie ihre Süßkartoffel unauffällig auf den rauchenden Aschehaufen legte. Sie stand auf und wollte gehen, doch dann wandte sie sich abrupt um und stellte die gefürchtete Frage. »Wie heißt du? Ich werde meinem Sohn erzählen, daß ich dir begegnet bin.«

»Wie ich heiße?«, stotterte ich. »Ich heiße Luo.«

Kaum war mir die Lüge entschlüpft, wäre ich vor Scham am liebsten gestorben. Heute noch höre ich die sanfte Stimme von Brillenschangs Mutter: »Ach, du bist der Sohn des berühmten Zahnarztes? Was für eine Überraschung! Stimmt es, daß dein Vater die Zähne unseres Großen Vorsitzenden behandelt hat?« fragte sie mich honigsüß lächelnd, als sei ich ein alter Freund.

»Wer hat Ihnen das erzählt?«

»Nun, mein Sohn, in einem seiner Briefe.«

»Davon weiß ich nichts.«

»Hat dir dein Vater das nie erzählt? Was für ein bescheidener Mann. Er muß ein großartiger, ein ganz großartiger Zahnarzt sein.«

»Er sitzt zur Zeit im Gefängnis. Man hält ihn für einen Volksfeind.«

»Ich weiß. Brillenschangs Vater ist in einer ähnlich schlimmen Lage.« Sie senkte die Stimme: »Gräm dich nicht zu sehr, mein Junge. Zur Zeit haben die Ungebildeten das Sagen, doch eines Tages wird das Volk wieder gute Ärzte brauchen. Und der Große Vorsitzende wird um deinen Vater froh sein.«

»Sollte ich meinen Vater je wiedersehen, werde ich ihm Ihre anteilnehmenden Worte übermitteln.«

»Und du, laß dich nicht gehen. Ich, siehst du, ich stricke pausenlos an diesem blauen Pullover, doch das ist nur Schein: In Wirklichkeit dichte ich während des Strickens.«

»Ehrlich? Und was für Gedichte dichten Sie?«

»Berufsgeheimnis, mein Junge.« Sie kauerte sich wieder hin und spießte mit einer ihrer Stricknadeln eine Süßkartoffel auf, schälte sie und stopfte sie, ohne zu pusten, in den Mund. »Weißt du, daß mein Sohn dich sehr mag? Er hat in seinen Briefen oft von dir erzählt.«

»Wirklich?«

»Ja. Doch den andern, deinen Kameraden, der im gleichen Dorf ist wie du ... wie heißt er doch gleich? ... ist egal, den haßt er.«

Eine echte Offenbarung. Zum Glück hatte ich mich für Luo ausgegeben. »Warum denn?« fragte ich möglichst gelassen.

»Er soll nicht ganz richtig im Kopf sein. Stell dir vor, er verdächtigt meinen Sohn, einen Koffer zu ver-

stecken, und jedesmal, wenn er ihn besucht, sucht er überall danach.«

»Einen Bücherkoffer?«

»Ich hab keine Ahnung«, sagte sie, wieder mißtrauisch geworden. »Weil er die Schnüffelei nicht mehr ertragen hat, hat mein Sohn ihm eines Tages einen Faustschlag gegeben und hat ihn verprügelt. Er soll ziemlich geblutet haben.«

Ich sagte, seltsam, davon sei mir nichts bekannt. Und hätte ihr am liebsten gesagt, ihr Sohn wäre besser zum Film gegangen, anstatt Volkslieder-Fälscher zu werden. Dort hätte er jede Menge Zeit, blödsinnige Szenen zu erfinden.

»Ich hab gar nicht gewußt, daß mein Sohn so stark ist und sich auf eine Schlägerei einläßt«, fuhr sie fort. »Ich habe ihm geschrieben und ihn ausgescholten und habe ihn gebeten, sich in Zukunft nicht in solche Geschichten hineinziehen zu lassen.«

»Mein Kamerad wird sehr traurig sein, wenn er erfährt, daß Ihr Sohn uns endgültig verläßt.«

»Warum? Wollte er sich etwa rächen?«

»Nein, das glaub ich nicht. Aber er wird die Hoffnung aufgeben müssen, je an den versteckten Koffer zu kommen.«

»Tja, er wird sehr enttäuscht sein.«

Der Träger wurde ungeduldig, also verabschiedete sie sich von mir und wünschte mir viel Glück. Sie setzte sich wieder auf ihren Tragstuhl, nahm ihre Strickarbeit und verschwand nadelklappernd hinter der nächsten Wegkrümmung.

Das Grab des Ahnen der Kleinen Schneiderin lag, nach Süden gerichtet, weitab vom Hauptpfad im hohen, dürren Gras versteckt, zwischen abgerundeten, schiefen Grabsteinen, von denen einige bereits nur noch da und dort verstreute Erdbuckel waren. Das von der Kleinen Schneiderin aufgesuchte Grab war sehr bescheiden, ja armselig: Es war ein dunkelgrauer, blaugeäderter verwitterter Stein, in den nur ein Name und zwei Jahreszahlen geritzt waren, die ein unbedeutendes Leben zusammenfaßten. Die Kleine Schneiderin und Luo legten Wiesenblumen darauf: Pfeifenblumen mit glänzenden herzförmigen Blättern, anmutig nickende Zyklamen, Balsamine, die »Phönix Elfe« genannt wird, und auch seltene wilde Orchideen mit ihren makellosen, milchig weißen Blütenblättern, die ein zartgelbes Herz einhüllen.

»Was machst du für ein Gesicht«, rief mir die Kleine Schneiderin entgegen.

»Ich trauere um Balzac«, verkündete ich düster.

Und ich berichtete von meiner Begegnung mit der als Strickerin getarnten Dichterin. Weder die Schändung der Lieder des alten Müllers noch der Abschied von Balzac, noch Brillenschangs bevorstehende Abreise vermochte die beiden übermäßig zu erschüttern, im Gegenteil. Doch über die von mir improvisierte Rolle des Zahnarztsohnes mußten sie so lachen, daß ihr Lachen in den stummen Gipfeln widerhallte.

Und ich, ich war von der lachenden Kleinen Schneiderin hingerissen. Sie war jetzt von einer ganz anderen Schönheit als während der Filmvorführung,

nicht mehr so ernst, so verträumt. Wenn sie lachte, war sie unglaublich niedlich und so natürlich. Ich hätte sie am liebsten auf der Stelle geheiratet – obwohl sie doch Luos Freundin war. Ihr Lachen strömte den Duft wilder Orchideen aus; ihr heißer Atem duftete nach Moschus.

Während sie sich am Grab ihres Ahnen sammelte, standen Luo und ich stumm hinter ihr. Sie verneigte sich mehrmals tief und murmelte leise tröstende Worte.

Plötzlich schaute sie zu uns auf: »Und wenn wir Brillenschangs Bücher stehlen gingen?«

Dank der Kleinen Schneiderin verfolgten wir sozusagen Stunde um Stunde das Geschehen im Dorf des Brillenschangs; seine Abreise war für den 4. September vorgesehen. Um auf dem laufenden zu sein, brauchte sie nur ihre Kunden auszuhorchen, Frauen und Männer, Kinder und Kader aus den umliegenden Dörfern. Nichts entging ihr.

Um mit großem Pomp das Ende seiner Umerziehung zu feiern, bereiteten der Brillenschang und seine strickende-dichtende Mutter ein großes Festmahl für die Dorfbevölkerung vor, das am Tag vor ihrer Abreise stattfinden sollte. Es ging das Gerücht, die Mutter habe den Laoban des Dorfes bestochen, damit er seine Zustimmung gab, einen Büffel zu schlachten.

Welcher Büffel geopfert und auf welche Weise er geschlachtet werden sollte, das war die große Frage, denn das Gesetz untersagte das Schlachten von Büffeln, die für die Feldarbeit gebraucht wurden.

Obschon wir die zwei einzigen Freunde des glücklichen Auserwählten waren, standen wir nicht auf der Gästeliste. Was uns schnurzegal war, denn wir wollten den geplanten Einbruch während des Festmahls in die Tat umsetzen; nach unserer Einschätzung war das der

günstigste Zeitpunkt, den Geheimkoffer des Brillenschangs zu klauen.

Luo fand in der Schublade einer alten Kommode, die zur Aussteuer der Mutter der Kleinen Schneiderin gehört hatte, lange rostige Nägel. Wir fertigten daraus einen Dietrich und fühlten uns dabei wie abgebrühte Einbrecher. Was für ein Hochgefühl! Ich schliff den längeren Nagel an einem Stein, bis er zwischen meinen Fingern glühte. Dann polierte ich ihn an meiner schlammverkrusteten Hose, bis er funkelnagelneu glänzte. Als ich ihn prüfend vor die Augen hielt, glaubte ich, den Widerschein meiner Augen und den Spätsommerhimmel darin spiegeln zu sehen. Luo übernahm die heiklere Arbeit: Er legte den Nagel auf einen Stein, hielt ihn mit der einen Hand fest, mit der anderen hob er den Hammer mit durchgestrecktem Arm hoch; der Hammer beschrieb eine elegante Kurve und sauste federnd auf die Nagelspitze nieder, schlug sie flach … sauste nochmals nieder … und sauste nochmals nieder.

Ein oder zwei Tage vor unserem Einbruch träumte ich, daß Luo den Dietrich mir übergab. Es war ein nebliger Tag; ich schlich auf Zehenspitzen zum Haus des Brillenschangs. Luo stand unter einem Baum Schmiere. Man hörte die Rufe und die revolutionären Lieder der feiernden Dorfbewohner. Die Tür von Brillenschangs Haus bestand aus zwei hölzernen Türflügeln, die sich in zwei Zapfenlöchern drehten, das eine war in der Schwelle eingelassen, das andere im Türbalken. Ein kupfernes Vorhängeschloß an einer

dicken Kette hielt die Türflügel zusammen. Das Vorhängeschloß, kalt und feucht vom Nebel, widerstand meinem Dietrich. Ich drehte ihn mit aller Kraft nach links, drehte ihn nach rechts, beinahe wäre er im Schlüsselloch abgebrochen. Ich versuchte also, einen Türflügel hochzustemmen, um den Zapfen aus der Vertiefung in der Schwelle zu heben. Vergeblich. Ich versuchte es nochmals mit dem Dietrich, und – klick! – plötzlich gab das Schloss nach. Ich stieß die Tür auf. Doch – o Schreck! – kaum hatte ich das Haus betreten, blieb ich wie angewurzelt stehen. Die Mutter des Brillenschang saß ruhig strickend am Tisch. Sie lächelte mir stumm zu. Ich spürte, wie mir die Röte ins Gesicht stieg; meine Ohren glühten. Ich stammelte etwas, fragte, ob ihr Sohn da sei. Sie antwortete nicht. Sie schaute mich bloß lächelnd an und strickte und strickte; ihre knochigen, mit Leberflecken gesprenkelten Hände bewegten sich pausenlos. Die aufblitzenden Stricknadeln – einstechen-umschlagen-durchziehen-fallen lassen-einstechen … – flirrten vor meinen Augen. Ich machte kehrt, zog die Türflügel leise hinter mir zu, legte das Schloss wieder vor … Und obwohl kein einziger Laut aus dem Haus drang, rannte ich davon, so schnell meine Beine mich trugen. In dem Moment fuhr ich schweißbedeckt aus dem Schlaf.

Luo war es ebenso schwummerig wie mir, obwohl er ständig beteuerte, Einbrecheranfänger hätten immer Glück. Er dachte lange über meinen Traum nach und ging unseren Plan nochmals in allen Einzelheiten durch.

Am 3. September gegen Mittag, am Tag vor der Abreise von Mutter und Sohn, stiegen die Todesschreie eines Büffels aus der Tiefe eines engen Tals und hallten von Gipfel zu Gipfel. Man konnte sie sogar bei der Kleinen Schneiderin hören. Kurz darauf berichteten ein paar Kinder, der Laoban von Brillenschangs Dorf habe den Büffel absichtlich in die Schlucht gestoßen.

Der Mord wurde als Unfall ausgegeben; das Tier sei – laut dem Mörder – in einer engen Wegkehre gestolpert, sei Hörner voran wie ein Gesteinsbrocken in die Tiefe gekollert, sei auf einem vorspringenden Felsen aufgeschlagen und dann dreißig Meter tiefer auf einem Felsen zerschmettert.

Der Büffel war noch nicht tot. Sein langgezogener, klagender Schrei hallt heute noch in meinen Ohren nach. Die gellenden Rufe der Büffel in den Höfen und auf den Feldern fahren einem sonst durch Mark und Bein, an jenem warmen, ruhigen Spätsommernachmittag jedoch inmitten der grenzenlosen Gipfellandschaft der Berge klang seine klagende Stimme so gewaltig und voll, daß sie an das Brüllen eines in einem Käfig gefangenen Löwen erinnerte.

Gegen drei Uhr nachmittags begaben Luo und ich uns zum Schauplatz des Dramas. Als wir anlangten, war das Gemetzel beendet. Die Schreie des Büffels waren verstummt. Wir drängten uns durch die aufgeregt schnatternde Menge. Man sagte uns, die Notschlachtgenehmigung des Kreislaobans sei gekommen. Mit dem amtlichen Segen versehen, seien der

Laoban, gefolgt vom Brillenschang und ein paar Männern, den steilen Hang hinabgeklettert, um dem Tier den Gnadenstoß zu geben.

Wir warfen einen Blick auf die Hinrichtungsstätte in der Tiefe der Schlucht und sahen den Brillenschang vor der leblosen Masse des Büffels kauern und das aus der Wunde sickernde Blut in einem breiten Bambushut auffangen.

Als dann sechs Dorfbewohner singend den an einem dicken Bambusrohr hängenden Büffelkadaver die steile Halde hinauftrugen, blieben der Brillenschang und sein Laoban nebeneinander vor dem mit Blut gefüllten Bambushut sitzen.

»Was machen die beiden dort unten?« fragte ich einen der Umstehenden.

»Warten, bis das Blut gerinnt«, erklärte er. »Büffelblut ist gut gegen Hasenherzigkeit. Man muß es lauwarm schlucken, solange es noch schäumt.« Mich schauderte kurz.

Luo kletterte neugierig ein Stück weit in die Schlucht hinunter und winkte mir, ihm zu folgen. Von Zeit zu Zeit hob der Brillenschang den Blick und schaute zur Menge hinauf, ich weiß aber nicht, ob er uns erkannte. Schließlich zog der Laoban sein Messer. Er fuhr prüfend mit der Daumenkuppe über die lange, spitzige Schneide, schnitt dann den schwabbeligen Blutklumpen in zwei Hälften: eine für den Brillenschang, eine für sich.

Wo steckte eigentlich Brillenschangs Mutter? Ich stellte mir vor, was für ein Gesicht sie gemacht hätte,

hätte sie neben uns gestanden und gesehen, wie ihr Sohn das blutige Geschlabber in die hohle Hand nahm und sein Gesicht hineinsteckte wie ein Schwein den Rüssel in einen Haufen Küchenabfälle. Er war so knickrig, daß er sogar jeden Finger einzeln ableckte, um nicht das kleinste Tröpfchen Blut zu vergeuden. Auf dem Rückweg stellte ich fest, daß sein Mund immer noch an dieser ganz besonderen Schlabbermedizin herumkaute.

»Zum Glück ist die Kleine Schneiderin nicht mitgekommen«, meinte Luo.

Es wurde langsam dunkel. Von einem unbebauten Grundstück in der Mitte von Brillenschangs Dorf stieg eine Rauchfahne von einer Feuerstelle, auf der ein riesiger Kochkessel stand, der, seinem gewaltigen Fassungsvermögen nach zu schließen, zum Gemeinschaftsbesitz des Dorfes gehörte.

Aus der Ferne betrachtet wirkte das Bild romantisch und friedlich. Wir konnten das in Stücke geschnittene, im großen Kessel kochende Büffelfleisch zwar nicht sehen, aber sein strenger, herzhafter, etwas ordinärer Geruch ließ uns das Wasser im Mund zusammenlaufen. Die Dorfbevölkerung, Männer und Frauen und eine wimmelnde Kinderschar, hatte sich um die Feuerstelle versammelt. Die einen brachten Kartoffeln für das Monster-Potaufeu, die anderen Holz und Zweige, um das Freudenfeuer zu unterhalten. Eier, Maiskolben, Früchte stapelten sich um den Kochkessel. Brillenschangs Mutter war eindeutig der Mittelpunkt des Abends. Ihre helle, zarte Gesichts-

farbe hob sich von der dunklen, wettergegerbten Haut der Bauern ab. Sie hatte sich eine Blume, eine Nelke vielleicht, an die Brust gesteckt. Sie zeigte den Frauen ihre Strickarbeit, und ihr Werk, obwohl unvollendet, löste entzückte *mei-li-mei-li*-Rufe aus.

Die frische Nachtbrise trug einen verlockenden, zunehmend penetranten Geruch zu uns herüber. Der ermordete Büffel mußte verdammt alt und zäh gewesen sein, denn die Zubereitung dauerte länger als die eines zaddrigen Adlers. Das Biest stellte nicht nur unsere Geduld auf eine harte Probe, sondern auch die des neuerdings zum Bluttrinker konvertierten Brillenschangs. Wir sahen ihn zwischendurch, fröhlich wie ein Floh, den Topfdeckel heben, seine Eßstäbchen hineintauchen und einen rauchenden Fleischbrocken herausfischen, daran schnuppern, ihn prüfend vor seine Brillengläser halten und enttäuscht wieder in die Brühe zurückgeben.

In der Dunkelheit zwischen zwei Felsblöcken kauernd, hörte ich Luo mir zuflüstern: »Schau, da kommt die Glanznummer des Abschiedsbanketts.«

Ich folgte mit dem Blick seinem ausgestreckten Finger und sah fünf alte Weiber in langen, schwarzen Kleidern daherflattern. Selbst aus der Entfernung erkannte ich unter ihnen die wie in Holz geschnitzten Gesichter der vier Hexen, die die Kleine Schneiderin an Luos Krankenbett gerufen hatte.

Ihr Auftritt war offenbar von Brillenschangs Mutter arrangiert worden. Ich sah, wie sie nach einem kurzen Palaver ihre Brieftasche hervorzog und vor den

begehrlichen Blicken der Dorfbevölkerung jeder einen Geldschein in die Hand drückte.

Zu diesem ganz besonderen Anlaß waren alle fünf Hexen mit Pfeil und Bogen bewaffnet. Vielleicht verlangte die Begleitung eines glücklichen Auserwählten, der zu einer Reise ins Ungewisse aufbricht, einen größeren kriegerischen Einsatz als das nächtliche Hüten der Seele eines Malariakranken. Oder vielleicht war die Summe, die die Kleine Schneiderin für das Ritual hatte zahlen können, weit bescheidener gewesen als die der einst in unserer Provinz von hundert Millionen Seelen bewunderten Dichterin.

Während alle warteten, bis das Büffelfleisch für die zahnlosen Münder genügend weich war und auf der Zunge zerging, las eine der fünf Hexen im Schein des prasselnden Feuers dem Brillenschang die Zukunft aus den Linien seiner linken Hand. Leider konnten wir in unserem Versteck nicht verstehen, was die Alte sagte. Sie senkte die Lider, als sei sie eingeschlafen, dann bewegten sich ihre schmalen, welken Lippen murmelnd über dem zahnlosen Gaumen, während der Brillenschang und seine Mutter sie gespannt beobachteten. Als sie verstummte, blickten alle einander verlegen an, und ein Murmeln ging durch die Menge.

»Sie hat ihm offenbar ein Unheil vorausgesagt«, meinte Luo.

»Vielleicht hat sie in den Handlinien gesehen, daß sein Schatz in Gefahr ist.«

»Nein, sie hat wahrscheinlich Dämonen gesehen, die sich ihm in den Weg stellen.«

Was tatsächlich der Fall zu sein schien, denn mit einem Mal richteten sich die fünf Hexen auf, hoben mit einer weit ausholenden Armbewegung ihre Bogen hoch, kreuzten sie und stießen dabei schrille Schreie aus. Darauf folgte ein exorzisierender Tanz. Vermutlich ihres hohen Alters wegen, begnügten sie sich damit, mit gesenktem Kopf langsam das Feuer zu umschreiten. Von Zeit zu Zeit schauten sie auf, warfen wie Diebinnen ängstliche Blicke in alle Richtungen, starrten dann wieder auf die Erde. Sie psalmodierten Sprüche, die an buddhistische Gebete erinnerten, und ihr unverständliches Gemurmel wurde von der Menge andächtig aufgenommen. Plötzlich warfen zwei der Hexen ihre Bogen weg, schüttelten sich ekstatisch und erstarrten ebenso plötzlich wieder. Wahrscheinlich zeigten sie durch die Zuckungen die unsichtbare Anwesenheit von Dämonen an. Es war, als seien Geister in ihren Körper geschlüpft und hätten sie in furchterregende Monster verwandelt. Währenddessen zielten die drei anderen mit ausholenden kriegerischen Gesten und stießen, das Sirren der Pfeile imitierend, zischende Schreie aus. Sie sahen aus wie drei Krähen. Ihre langen schwarzen Röcke hoben sich flatternd im Rhythmus ihrer Tanzschritte, senkten sich, schleiften Wolken aufwirbelnd im Staub.

Der Tanz der zwei Gespenster wurde immer schleppender, immer langsamer, als wären die auf sie abgeschossenen Pfeile vergiftet gewesen. Luo und ich verschwanden kurz vor dem grandiosen Finale.

Der Festschmaus begann nach unserem Abgang.

Als wir durchs Dorf gingen, waren die Chöre, die den Tanz der Hexen begleiteten, verstummt. Kein einziger Dorfbewohner, ob Tattergreis oder Nuckelkind, wollte den kräftigen, mit gehackten Pfefferschoten und Nelken gewürzten Büffel-im-Topf versäumen. Das Dorf war ausgestorben, genau wie Luo es vorausgesehen hatte (Luo-der-Geschichtenerzähler war auch ein Meisterstratege). Plötzlich erinnerte ich mich an meinen Traum. »Soll ich Schmiere stehen?« fragte ich besorgt. »Nein«, antwortete er, »wir sind nicht in deinem Traum.«

女

Er befeuchtete kurz den alten, rostigen, zu einem Dietrich umfunktionierten Nagel zwischen den Lippen. Der Nachschlüssel glitt lautlos ins Schloß, er drehte ihn nach links, drehte ihn nach rechts, wieder nach links, zog ihn einen Millimeter heraus ... wir hörten ein kurzes, trockenes Knacken ... und das kupferne Vorhängeschloß gab nach!

Wir schlüpften ins Haus des Brillenschangs und zogen leise die Türflügel hinter uns zu. Drinnen war es stockdunkel, doch in der Luft schwebte der Geruch von Aufbruch, was uns vor Eifersucht krank machte.

Ich warf einen Blick durch den Spalt zwischen den zwei Türflügeln: weit und breit nicht der kleinste menschliche Schatten. Wir mußten uns beeilen. Vorsichtshalber, das heißt, um zu verhindern, daß der wachsame Blick eines zufällig Vorübergehenden das

Fehlen des Vorhängeschlosses an der Tür bemerkte, hatten wir die zwei Türflügel leicht nach außen aufgestoßen, so daß Luo gerade noch die Hand durch den Spalt stecken, die Kette durch das Schlüsselloch ziehen und das Schloß vorhängen konnte. Nach erfüllter Mission würden wir durch das Fenster verschwinden.

Als die Taschenlampe in Luos Hand aufleuchtete, waren wir im wahrsten Sinn des Wortes geblendet: Aus der Dunkelheit tauchte, zuoberst auf dem Gepäckstapel, der schimmernde Lederkoffer auf, unsere märchenhafte Beute: Sie schien nur auf uns gewartet zu haben, brennend vor Verlangen, geöffnet zu werden.

»Geschafft!« flüsterte ich Luo zu.

Bei der Ausarbeitung unseres Plans ein paar Tage zuvor waren wir zu dem Schluß gekommen, daß der Erfolg unseres anonymen Besuchs von einem wichtigen Faktor abhing: Wir mußten herausfinden, wo der Brillenschang seinen Koffer versteckt hatte. Aber wie? Luo hatte alle möglichen Indizien aufgelistet und sämtliche Möglichkeiten in Betracht gezogen. Und nun lag der Koffer vor uns! Obwohl sie eine argwöhnische Person war, hatte die pingelige Dichterin darauf bestanden, daß alles vor dem Fest ordentlich eingepackt und für die Reise bereit sein müsse.

Wir gingen ehrfürchtig auf den Koffer zu. Er war mit einem dicken, geflochtenen Strohseil kreuzweise verschnürt. Wir lösten die Verschnürung und öffneten den Koffer: Die Bücherstapel leuchteten im Lichtstrahl unserer Taschenlampe auf. Die berühmten

Autoren aus dem Westen hießen uns herzlich willkommen, angeführt von fünf oder sechs Romanen unseres alten Freundes Balzac, gefolgt von Victor Hugo, den beiden Dumas, Flaubert, Baudelaire, Romain Rolland, Rousseau, Tolstoi, Gogol, Dostojewski und ein paar Engländern, Dickens, Kipling, Emily Brontë …

Wir hielten den Atem an. Mir schwindelte. Ich nahm die Bücher eines nach dem andern in die Hand, schlug sie auf, betrachtete die Porträts der Autoren, reichte sie Luo weiter. Sie mit den Fingerspitzen berühren war, als würden Leben einen durchströmen, andere Leben.

»Ich komme mir vor wie im Film«, flüsterte Luo, »wenn die Gangster einen Koffer voller Geldscheine öffnen …«

»Kommen dir auch fast die Tränen?«

»Nein, ich spüre bloß Haß, Haß, Haß gegenüber allen, die uns diese Bücher verboten haben.«

Ich fuhr zusammen und schaute mich erschrocken um: Ein Satz wie dieser konnte viele Jahre Gefängnis kosten.

»Los, hauen wir ab«, zischte Luo.

»Warte.«

»Was ist?«

»Ich weiß nicht recht … Der Brillenschang wird bestimmt sofort vermuten, daß wir die Kofferdiebe sind. Wenn er uns anzeigt, sind wir erledigt. Vergiß nicht, warum wir hier sind.«

»Ich hab dir schon gesagt: seine Mutter wird es ver-

hindern. Sonst weiß alle Welt, daß ihr Sohn verbotene Bücher versteckt hat! Und er wird für alle Ewigkeit auf dem Berg des Phönix-des-Himmels bleiben.«

Ich öffnete den Koffer nochmals. »Wenn wir nur ein paar Bücher mitnehmen, wird er vorerst nichts merken.«

»Aber ich will alle lesen«, sagte Luo wild entschlossen. Er klappte den Koffer zu, legte die Hand darauf und erklärte feierlich wie ein Christ, der einen Eid ablegt: »Mit diesen Büchern werde ich die Kleine Schneiderin verwandeln.«

Wir gingen stumm auf den Vorhang zu, der den Schlafraum von der Stube abtrennte. Ich ging mit der Taschenlampe voraus, Luo folgte mir, den schweren Koffer in der Hand; ich hörte, wie er gegen Luos Beine schlug, an Brillenschangs Bett stieß, an das aus zwei Brettern improvisierte zweite Bett stieß, über das wir beinahe gestolpert wären.

Doch der Fensterladen war zugenagelt. Wir hatten in der Aufregung vergessen, nachzusehen, ob er offen war. Wir versuchten, ihn aufzustemmen, aber er knarrte nur leise seufzend, ohne einen Zentimeter nachzugeben.

Nur den Kopf nicht verlieren. Wir kehrten in die Stube zurück. Also würden wir eben das Manöver von vorhin wiederholen: die zwei Türflügel einen Spaltbreit nach außen stoßen, eine Hand durch den Spalt strecken und mit dem Dietrich das kupferne Vorhängeschloß aufschließen.

»Pst!« flüsterte Luo plötzlich.

Ich knipste erschrocken die Taschenlampe aus. Wir hörten schnell nahende Schritte. Dann undeutliche Stimmen, eine Männerstimme und eine Frauenstimme. Der Brillenschang und seine Mutter? Wir schlichen mit angehaltenem Atem rückwärts auf den Vorhang zu. Ich knipste kurz die Taschenlampe an, damit Luo den Koffer an seinen Platz auf dem Gepäckstapel legen konnte.

Mein Herz klopfte zum Zerspringen. Das Schlimmste war eingetreten: Mutter und Sohn würden uns beim Einbrechen erwischen. Sie standen nun direkt vor der Tür. »Mir ist schlecht von dem verdammten Büffelblut«, jammerte der Sohn. »Es stößt mir bis zum Hals auf.«

»Zum Glück hab ich ein Medikament gegen Magenverstimmung mit«, antwortete die Mutter.

Wir wußten nicht, wo uns verstecken. Um uns herum war es stockdunkel. Ich stolperte über Luo, der den Deckel eines großen Reiskruges in der Hand hielt. »Zu klein«, flüsterte er verzweifelt.

Kakophonisches Kettengerassel versetzte uns in Panik. Und genau in dem Moment, als wir hinter den Vorhang stürzten, um uns unter den Betten zu verstecken, gingen die Haustürflügel knarrend auf. Mutter und Sohn betraten den Raum und zündeten die Petroleumlampe an.

Verdammt, alles ging schief. Anstatt unter Brillenschangs Bett zu kriechen, weil ich größer und kräftiger war als Luo, lag ich zusammengekrümmt unter dem seiner Mutter, das eindeutig kürzer und schmaler war,

vor allem aber stand ein Abortkübel darunter, dem ein unverkennbarer Duft entströmte. Mit den Händen den Fußboden abtastend, versuchte ich, mich irgendwie auszustrecken, und mein Kopf stieß dabei fast den ekligen Kübel um, ich hörte leises Gluckern, und der widerliche Gestank verstärkte sich. Mein Körper wich instinktiv zurück, was ein deutlich hörbares Knarren auslöste.

»Hast du auch etwas gehört, Mama?« hörten wir den Brillenschang fragen.

»Nein.«

Es folgte Totenstille, die eine Ewigkeit zu dauern schien. Ich stellte mir Brillenschangs Mutter vor, wie sie theatralisch lauschte, um das kleinste Geräusch zu orten. »Ich höre bloß deinen Bauch rumpeln«, sagte sie schließlich.

»Es ist das verdammte Büffelblut. Mir ist sterbenselend, ich weiß nicht, ob ich die Kraft habe, zum Fest zurückzukehren.«

»Reiß dich zusammen«, beharrte die Mutter streng. »Man erwartet uns. Da, ich habe die Tabletten gefunden. Nimm gleich zwei, das wird deinen Magen beruhigen.«

Ich hörte, wie der gehorsame Sohn an der Spüle Wasser holte. Das Licht der Petroleumlampe entfernte sich. Ich konnte Luo in der Dunkelheit zwar nicht sehen, spürte aber seine Erleichterung.

Als er seine Tabletten geschluckt hatte, kehrte der Brillenschang in die Stube zurück. »Warum hast du den Bücherkoffer nicht verschnürt?« fragte die Mutter.

»Natürlich hab ich ihn verschnürt.«

»Merkwürdig, warum liegt denn die Schnur auf dem Fußboden?«

Himmel! Wir hätten ihn wirklich nicht öffnen dürfen. Ich versuchte in der Dunkelheit vergeblich, den Blick meines Komplizen einzufangen. Brillenschangs ruhige Stimme war vielleicht das Anzeichen eines Verdachts. »Ich hab den Koffer vorige Nacht hinter dem Haus ausgegraben. Dann habe ich ihn gesäubert und nachgesehen, ob keines der Bücher schimmlig ist. Und bevor wir ins Dorf gegangen sind, habe ich ihn verschnürt.«

»Hmm ... Ist vielleicht während des Festes jemand ins Haus eingedrungen?«

Die Petroleumlampe in der Hand, stürzte der Brillenschang zum Vorhang. Ich sah unter dem Bett nebenan Luos Augen im Lichtschein aufleuchten. Grenzenloses Aufatmen! Der Brillenschang schob nur kurz den Vorhang zur Seite. Er wandte sich um und sagte: »Unmöglich, der Fensterladen ist zugenagelt und die Tür war mit der Kette zugesperrt.«

»Wirf trotzdem einen Blick in den Koffer und schau nach, ob keine Bücher fehlen. Ich traue deinen zwei sauberen Kollegen überhaupt nicht. Wie oft hab ich dir geschrieben, du sollst den Kerlen aus dem Weg gehen. Sie sind zu schlau für dich. Doch du hast ja nicht auf mich hören wollen.«

Ich hörte die Kofferschlösser aufschnappen und Brillenschangs Stimme antworten: »Ich hab mich bloß mit ihnen angefreundet, weil ich dachte, daß Luos

Vater euch eines Tages nützlich sein könnte, wenn du oder Papa Zahnprobleme habt.«

»Im Ernst?«

»Im Ernst, Mama.«

»Wie lieb von dir, mein Sohn.« Die Stimme der Mutter klang gerührt. »Selbst in deiner schlimmen Situation denkst du an unsere Zähne.«

»Mama, ich hab die Bücher nachgezählt, es fehlt keines.«

»Um so besser. Komm, gehn wir.«

Der Brillenschang hob die Schnur auf, und ein paar Minuten später hörte ich ihn »Scheiße!« rufen.

»Du weißt, daß ich solche Ausdrücke nicht mag«, tadelte die Mutter.

»Ich hab Bauchkrämpfe«, verkündete der Brillenschang weinerlich.

»Geh auf den Kübel ...«

Zu unserer riesengroßen Erleichterung hörten wir den Brillenschang die Stiege hinunterpoltern.

»Wohin gehst du?« rief ihm die Mutter nach.

»Ins Maisfeld.«

»Hast du Klopapier mitgenommen?«

»Nein«, antwortete die sich entfernende Stimme des Sohnes.

»Warte, ich bring's dir!« rief die Mutter hinter ihm her.

Wir atmeten erleichtert auf: Allen guten Geistern sei Dank, daß der zukünftige Dichter sich lieber unter freiem Himmel entleerte!

Was, wenn er ins Zimmer gestürzt wäre, hastig den

Abortkübel unter dem Bett hervorgezogen hätte, sich darauf gesetzt und sich vor unserer Nase, mit dem ohrenbetäubenden Getöse eines rauschenden Wildbaches des Büffelbluts entleert hätte? Mich schauderte beim bloßen Gedanken daran.

Kaum war die Mutter hinausgelaufen, hörte ich Luo in der Dunkelheit flüstern: »Los, schnell, hauen wir ab.«

Im Vorbeirennen packte Luo den Bücherkoffer. Nach einer Stunde atemloser Flucht, als wir uns endlich in Sicherheit fühlten und uns eine Atempause erlauben konnten, öffnete er ihn. Ein schwarzer, ungewöhnlich langer Büffelschwanz mit verkrusteter Schwanzquaste und dunklen Blutflecken lag zuoberst auf dem Bücherstapel.

Es handelte sich ohne jeden Zweifel um den Schwanz des heimtückischen Büffels, der Brillenschangs Nasenchaise zerbrochen hatte.

3. KAPITEL

Ein Bild aus unserer Umerziehung hat sich mir mit unglaublicher Präzision unauslöschlich eingeprägt: Luo, der, unter dem gleichgültigen Blick einer rotschnäbligen Krähe, mit einer Hotte auf dem Rükken im Affengang über eine etwa dreißig Zentimeter breite Mure klettert, die auf beiden Seiten steil abstürzt. In seiner unauffälligen, schlammverkrusteten, aber soliden Bambushotte war ein Buch von Balzac versteckt, *Vater Goriot,* dessen Titel auf chinesisch *Der alte Go* lautete. Er wollte das Buch der Kleinen Schneiderin vorlesen, die damals noch eine bezaubernde, jedoch ungebildete Berglerin war.

Den ganzen September über tauchten wir mit heißen Ohren in die Geheimnisse der großen, weiten Welt ein, die uns die Autoren aus dem Westen Tag für Tag, Buch um Buch enthüllten. Frauen, Liebe, Sex ... Wir waren schlicht überwältigt.

Der Brillenschang war nach unserem erfolgreichen Einbruch tatsächlich abgereist, ohne es zu wagen, uns anzuzeigen, und überdies – was für eine glückliche Fügung – war unser Laoban nach Yong Jing zu einer Versammlung des regionalen Parteikomitees gegangen. Wir nutzten den Urlaub von der kommunistischen Autorität und die diskrete Anarchie, die wäh-

rend der Abwesenheit des Laoban im Dorf herrschte, und weigerten uns, auf den Feldern zu arbeiten, was die Dorfbewohner und ehemaligen Opiumbauern, die zu Wächtern unseres Seelenheils abgestellt worden waren, einen Dreck kümmerte. Ich verriegelte also unsere Haustür zweifach und brachte die Tage in Gesellschaft westlicher Romane zu. Ich ließ Balzac – Luos ausschließliche Leidenschaft – beiseite und verliebte mich mit der Frivolität und der Ernsthaftigkeit meiner neunzehn Jahre nacheinander in Flaubert, Gogol, Melville und sogar in Romain Rolland.

Romain Rolland! Im Koffer des Brillenschangs war nur ein einziges Buch von ihm, das erste der fünfbändigen Ausgabe von *Johann Christof.* Weil es sich um das Leben eines Musikers handelte und ich selber auf der Geige Stücke wie »Mozart ist in seinen Gedanken immer beim Großen Vorsitzenden Mao« spielte, blätterte ich neugierig darin, so wie man sich auf einen flüchtigen Flirt einläßt, vor allem aber weil das Buch vom großen Fu Lei, Balzacs Übersetzer, ins Chinesische übertragen worden war. Doch kaum hatte ich das Buch aufgeschlagen, konnte ich nicht mehr aufhören zu lesen. Ich bevorzugte sonst eher kurze Erzählungen, spannende Geschichten mit glänzenden, oft amüsanten Einfällen, oder solche, die einen in atemlose Spannung versetzen und ein Leben lang begleiten. Dicken Romanen gegenüber war ich eher mißtrauisch. Johann Christof hingegen mit seiner leidenschaftlichen Auflehnung gegen das kleinbürgerliche Pharisäertum war für mich eine Offenbarung. Ohne

dieses Buch hätte ich nie begriffen, was der Einzelne bewirken kann. Bis zu meiner geklauten Begegnung mit *Johann Christof* hatte mein armer, erzogener und umerzogener Kopf schlicht keine Ahnung davon gehabt, daß man allein gegen den Rest der Welt ankämpfen kann. Der Flirt verwandelte sich in eine große Liebe. Selbst die stellenweise übertriebene Emphase, von der der Autor sich mitreißen läßt, vermochte in meinen Augen die Schönheit des Werkes nicht zu schmälern. Ich war vom mächtigen Strom der Hunderten von Seiten buchstäblich mitgerissen. Das Buch öffnete mir neue Horizonte: Als ich es fertig gelesen hatte, waren weder mein verdammtes Leben noch meine verdammte Welt wie zuvor.

Meine Verehrung für *Johann Christof* war so groß, daß ich zum ersten Mal in meinem Leben etwas für mich allein besitzen wollte, für mich ganz allein und nicht mehr gemeinsam mit Luo. Also schrieb ich eine Widmung auf das Schmutzblatt, in der ich festhielt, daß es sich um ein Geschenk zu meinem irgendwann bevorstehenden zwanzigsten Geburtstag handelte, und bat Luo zu unterschreiben. Er fühle sich geschmeichelt, sagte er, handle es sich doch um einen äußerst seltenen und daher geradezu historischen Akt. Er kalligraphierte seinen Namen mit einem einzigen schwungvollen Pinselstrich, der die drei Zeichen seines Namens zu einem hübschen Bogen verband und fast die Hälfte der Seite ausfüllte. Ich wiederum widmete ihm drei Romane von Balzac, *Der alte Go*, *Eugenie Grandet* und *Ursula Mirouët*, ein Geschenk

zum Neujahrsfest, das in ein paar Monaten gefeiert werden würde. Unter meiner Widmung zeichnete ich drei Gegenstände, die die drei Schriftzeichen symbolisieren, aus denen sich mein Name zusammensetzt. Für das erste zeichnete ich ein galoppierendes, wieherndes Pferd mit einer prächtigen, im Wind flatternden Mähne. Für das zweite zeichnete ich ein langes, spitzes Schwert mit einem kostbaren, diamantenverzierten elfenbeinernen Griff. Das dritte war eine kleine Herdenglocke, die ich mit Strahlenlinien umgab, als riefe sie bimmelnd um Hilfe: Ich war so begeistert von meiner Unterschrift, daß ich sie am liebsten mit drei Blutstropfen besiegelt hätte.

Gegen Mitte des Monats ging ein gewaltiges nächtliches Gewitter über dem Berg nieder. Es goß wie mit Kübeln. Am nächsten Morgen machte sich Luo im ersten Morgengrauen unbeirrt mit dem *Alten Go* in seiner Bambushotte auf den Weg und verschwand wie ein einsamer Ritter ohne Pferd und Sattel auf dem in Morgennebel gehüllten Pfad, der zum Dorf der Kleinen Schneiderin führte. Nichts und niemand vermochte ihn von seinem ehrgeizigen Vorhaben abzuhalten, aus einer entzückenden Berglerin ein gebildetes junges Mädchen zu machen.

Um das von der politischen Autorität auferlegte kollektive Tabu nicht zu verletzen, kehrte er abends brav in unsere Pfahlhütte zurück. Beim Abendessen erzählte er mir, er hätte sowohl auf dem Hinweg als auch auf dem Rückweg über eine gefährliche Mure klettern müssen, die das nächtliche Gewitter ausgelöst

hatte. »Weißt du«, fügte er hinzu, »die Kleine Schneiderin und du, ihr wärt bestimmt darüber gehüpft. Ich aber habe zitternd auf allen vieren darüber klettern müssen.«

»Ist die Mure sehr breit?«

»Mindestens vierzig Meter.«

Wie er es geschafft hatte hinüberzukommen, ist mir heute noch ein Rätsel. Luo hatte vor nichts Angst, außer vor der Höhe. Er war ein Intellektueller, der in seinem Leben noch nie auf einen Baum geklettert war. Ich erinnere mich an einen Nachmittag fünf oder sechs Jahre früher, als wir auf den Gedanken gekommen waren, die rostige Eisenleiter eines Wasserturms hinaufzuklettern. Schon nach ein paar Sprossen waren seine Handflächen vom abblätternden Rost blutig geschürft. Auf etwa fünfzehn Metern Höhe sagte er: »Ich habe das Gefühl, daß die Sprossen bei jedem Tritt unter meinen Füßen nachgeben.« Seine die Holmen umklammernde Hand schmerzte. Schließlich gab er auf und ließ mich allein bis zuoberst hinaufklettern; vom Turm aus spuckte ich zum Spaß auf ihn hinunter, aber die Spucke wurde vom Wind verweht. Die Jahre vergingen, doch seine Höhenangst blieb. Auf den Bergpfaden liefen die Kleine Schneiderin und ich tatsächlich fröhlich über Steige und Felskämme, doch wir mußten oft lange auf Luo warten, weil er aus Angst auf allen vieren über die gefährlichen Stellen kroch.

Weil ich das ewige Einerlei satt hatte, begleitete ich ihn eines Tages auf seinem Pilgerweg zum Tempel der Schönheit.

An der gefährlichen Stelle angekommen, von der Luo mir erzählt hatte, verwandelte sich der Morgenwind in einen heftigen, durch die Schluchten fegenden Sturm. Ein einziger Blick genügte mir, um zu begreifen, wie sehr Luo sich hatte überwinden müssen. Sogar ich zitterte, als ich mich anschickte, die Mure zu überqueren. Ein Stein löste sich unter meinem linken Stiefel, und gleich darauf lösten sich unter meinem rechten Absatz ein paar Erdklumpen. Sie verschwanden im Leeren, und es dauerte geraume Zeit, bis wir sie in der Tiefe aufprallen hörten und das Echo erst von rechts, dann von links knatternd widerhallte.

Ich hätte von dem dreißig Zentimeter schmalen Steig hoch über dem Abgrund niemals hinunter blikken dürfen: rechts fiel eine zerklüftete Felswand steil ab, die Baumwipfel in der Tiefe waren nicht mehr dunkelgrün, sondern gräulichweiß und neblig verschwommen. Links bildete die Schlammlawine einen senkrecht abfallenden, fünfzig Meter breiten Geröllhang. Mein Kopf sauste.

Zum Glück war der gefährliche Übergang nur etwa dreißig Meter lang. Auf der gegenüberliegenden Seite saß eine rotschnäblige Krähe mit eingezogenem Kopf auf einem Felsen. Ich wandte mich nach Luo um. »Soll ich deine Hotte tragen?« fragte ich ihn möglichst gelassen.

»Ja, bitte.«

Als ich die Hotte auf den Rücken lud, fegte eine Sturmbö daher; das Sausen in meinen Ohren wurde stärker; wenn ich den Kopf drehte, löste die Bewe-

gung einen erträglichen, ja fast angenehmen Schwindel aus. Ich machte ein paar Schritte. Dann wandte ich mich um und sah Luo immer noch an der gleichen Stelle stehen; seine Gestalt schwankte leicht wie ein Baum im Wind.

Ich schaute geradeaus vor mich hin, schritt Meter um Meter vorwärts wie ein Schlafwandler. Doch plötzlich schwankte der gegenüberliegende Felsen, auf dem die Krähe mit dem roten Schnabel saß, neigte sich nach rechts, dann nach links wie bei einem Erdbeben. Instinktiv hockte ich mich hin, das Schwindelgefühl hörte erst auf, als meine Hände den Boden berührten. Schweiß rann mir über den Rücken, über die Brust und das Gesicht. Ich wischte mit der einen Hand die Schläfe ab; der Schweiß war eiskalt!

Ich warf einen Blick über die Schulter; Luo rief mir etwas zu, doch meine Ohren waren fast taub, so daß seine Stimme nur ein zusätzliches summendes Geräusch war. Ich hob die Augen, um nicht in die Tiefe zu blicken, und sah im gleißenden Sonnenlicht die schwarze Silhouette der Krähe über mir, die, träge mit den Flügeln schlagend, über meinem Kopf kreiste. »Was ist los mit mir?« fragte ich mich.

Und wie ich starr vor Angst an der gefährlichen Stelle hockte, fragte ich mich plötzlich, was der alte Johann Christof sagen würde, wenn ich umkehrte. Er würde mir mit seinem autoritären Dirigentenstab die Richtung zeigen. Nein, er hätte sich nicht geschämt, wenn er vor dem Tod zurückgewichen wäre. Nein, ich wollte doch nicht sterben, ohne die Liebe, den

Sex kennengelernt zu haben, ohne wie Johann Christof den Kampf des Einzelnen gegen den Rest der Welt geführt zu haben.

Die Lebenslust packte mich. Ich machte behutsam auf den Knien kehrt und kroch vorsichtig, Zentimeter um Zentimeter zurück. Ohne meine beiden, sich an die Erde klammernden Hände hätte ich das Gleichgewicht verloren und wäre in der Tiefe zerschmettert. Luo mußte wohl Ähnliches durchlitten haben, bevor er die gegenüberliegende Seite erreicht hatte.

Je näher ich kam, desto deutlicher hörte ich seine Stimme. Er war aschfahl im Gesicht, als hätte er noch mehr Angst gehabt als ich. Er schrie mir zu, ich solle mich hinsetzen und rittlings vorwärts robben. Ich befolgte seinen Rat und tatsächlich, noch ein paar Meter, und ich langte in dieser zwar demütigenden Stellung sicher bei ihm an. Ich richtete mich auf und reichte ihm die Hotte.

»Bist du tatsächlich jeden Tag rittlings da hinüber gerutscht?«

»Nein, nur am Anfang.«

»Ist die immer hier?«

»Wer?«

»Die dort.«

Ich zeigte mit dem Finger auf die Krähe mit dem roten Schnabel, die jetzt an der Stelle saß, wo ich steckengeblieben war.

»Ja, sie ist jeden Morgen hier. Als ob sie mich erwartet«, sagte Luo. »Aber wenn ich abends nach Hause zurückkehre, seh ich sie nie.«

Ich legte keinen Wert darauf, mich nochmals mit einer akrobatischen Balancenummer zu blamieren, also lud er die Hotte auf den Rücken, bückte sich tief nach vorn, bis seine Hände die Erde berührten. Er setzte langsam und regelmäßig eine Hand vor die andere, und die Beine folgten im gleichen regelmäßigen Rhythmus. Bei jedem Schritt berührten die Füße fast die Hände. Nach ein paar Metern blieb er stehen und wackelte schelmisch mit dem Hinterteil wie ein Affe, der auf allen vieren über einen Ast klettert. Die Krähe mit dem roten Schnabel flog davon und schraubte sich, langsam mit ihren großen Flügeln schlagend, in die Lüfte.

Bewundernd folgte ich Luo mit dem Blick bis zum Ende der Mure, die ich »Vorhölle« getauft hatte, dann verschwand er hinter den Felsen. Plötzlich, ich weiß nicht, warum, fragte ich mich, wohin seine Geschichte mit Balzac und der Kleinen Schneiderin ihn führen und was für ein Ende sie nehmen würde. Seit der große schwarze Vogel davongeflogen war, wirkte die Stille des Berges noch unheimlicher als sonst.

In der folgenden Nacht schreckte ich aus dem Schlaf. Ich brauchte ein paar Minuten, um in die vertraute Wirklichkeit zurückzukehren. Ich hörte in der Dunkelheit Luos regelmäßigen Atem. Das Grunzen der Sau, die im Koben unter unserem Pfahlhaus rumorte, beruhigte mich, und ich sah den Traum, der mich aus dem Schlaf geschreckt hatte, wie einen Film im Zeitraffer vor mir ablaufen.

Ich sah aus der Entfernung Luo mit einem Mäd-

chen über den schmalen, schwindelnden Steig gehen, der auf beiden Seiten steil in die Tiefe abfiel. Das Mädchen ging voraus; zuerst war es die Tochter des Pförtners im Krankenhaus, wo unsere Eltern arbeiteten. Ein unauffälliges Mädchen aus unserer sozialen Klasse, weder hübsch noch häßlich, das ich längst vergessen hatte. Doch während ich mich fragte, warum es plötzlich in dieser Berggegend an Luos Seite war, verwandelte es sich in die Kleine Schneiderin: Sie trug ein eng anliegendes weißes T-Shirt und eine schwarze Hose und hüpfte lachend über den Steig, während Luo ihr langsam auf allen vieren folgte. Weder er noch sie trugen eine Hotte auf dem Rücken. Die Kleine Schneiderin hatte ihr Haar nicht zu einem dicken Zopf geflochten wie sonst, es fiel offen über ihre Schultern und flatterte wie Vogelflügel im Wind. Ich sah mich vergeblich nach der Krähe mit dem roten Schnabel um, und als mein Blick wieder auf meine zwei Freunde fiel, war die Kleine Schneiderin verschwunden. Nur Luo war noch da, er kniete jetzt mitten auf dem Steig und blickte starr in den Abgrund zu seiner Rechten. Er schien mir etwas zuzurufen, aber ich hörte ihn nicht. Ich lief auf ihn zu, ohne an die Gefahr zu denken. Als ich näher kam, wußte ich, daß die Kleine Schneiderin in die Schlucht gestürzt war. Obwohl das Gelände gefährlich war, rutschten wir längs des Felsens den Steilhang hinunter. Unten angekommen, entdeckten wir ihren Körper, der schlaff an einem Stein lehnte wie eine verrenkte Stoffpuppe. Ihr Kopf baumelte vornüber. Am Hinterkopf waren zwei

große, klaffende Platzwunden, zwischen den Wundrändern hatten sich bereits Blutkrusten gebildet. Eine zog sich bis über die Stirn. Ihr offener Mund entblößte das rosafarbene Zahnfleisch und ihr weißes, regelmäßiges Gebiß. Es war, als schreie sie, doch sie blieb stumm und strömte nur faden Blutgeruch aus. Als Luo sie in die Arme nahm, sprudelte Blut aus ihrem Mund, aus dem linken Nasenloch und aus einem Ohr; es floß über Luos Arm und tropfte auf die Erde.

Als ich ihm meinen gräßlichen Traum erzählt hatte, war Luo nicht besonders beeindruckt. »Vergiß ihn einfach«, sagte er, »ich habe eine ganze Menge ähnlicher Träume gehabt.«

Er nahm seine Jacke vom Haken und lud seine Bambushotte auf den Rücken. »Meinst du nicht, es wäre klüger, deine Freundin zu bitten, diesen Weg besser nicht zu nehmen?«

»Sag, spinnst du? Sie möchte uns doch auch ab und zu besuchen.«

»Nur für kurze Zeit, nur bis der verdammte Steig wieder geräumt ist.«

»In Ordnung, ich werde es ihr sagen.«

Er schien es eilig zu haben. Ich war fast ein bißchen eifersüchtig auf sein Rendezvous mit der rotschnäbligen Krähe.

»Du wirst ihr doch nicht von meinem Traum erzählen.«

»Keine Sorge.«

Die Rückkehr des Laoban bereitete Luos täglichen Pilgerungen zum Tempel der Schönheit ein vorläufiges Ende.

Der Parteikongreß und ein Monat Stadtleben hatten unserem Laoban eindeutig keinen Spaß gemacht. Er lief finster, mit einer geschwollenen Backe umher und ließ seinen Zorn auf einen der revolutionären Ärzte im Kreiskrankenhaus an jedem aus, der ihm über den Weg lief. »Dieser verdammte Bastard, dieser Hornochse von einem Barfußarzt, der mir einen gesunden Zahn gezogen hat und den verdorbenen hat stehenlassen.« Seine Wut war verständlich, denn die vom Ausziehen seines gesunden Zahns verursachte Blutung hinderte ihn am Sprechen, so daß er sein Malheur nur mümmelnd erzählen konnte, was ihn um so mehr frustrierte. Er zeigte jedem, der Anteilnahme zeigte, den kläglichen Rest dieser Operation: einen langen, spitzen schwarzen Stummel mit einer schmutziggelben Wurzel, den er, sorgfältig in ein mohnrotes Satintüchlein eingeschlagen, das er auf dem Markt von Yong Jing gekauft hatte, in der Hosentasche mit sich herumtrug.

Weil im Moment nicht gut Kirschen essen war mit ihm, mußten Luo und ich wohl oder übel jeden Mor-

gen zur Arbeit auf die Mais- oder Reisfelder. Wir hielten es in Anbetracht der herrschenden dicken Luft für klüger, den kleinen magischen Wecker nicht zurückzustellen.

Eines Abends, als wir eben damit beschäftigt waren, unser Abendessen vorzubereiten, kreuzte der Laoban mit schmerzverzerrtem Gesicht bei uns auf. Er wickelte ein kleines Stück Metall aus dem roten Satintüchlein. »Echtes Zinn«, sagte er, »ein Straßenhändler hat es mir verkauft. Wenn man's aufs Feuer stellt, schmilzt es innerhalb einer Viertelstunde.«

Weder Luo noch ich sagten etwas. Wir konnten das Lachen kaum unterdrücken beim Anblick seiner bis zu den Ohren geschwollenen Backe, die an einen Klamaukfilm erinnerte.

»Mein lieber Luo«, sagte der Laoban in einem bisher ungewohnt aufrichtigen Ton, »du hast deinem Vater bestimmt tausendmal bei der Arbeit zugeschaut, oder? Wenn das Zinn geschmolzen ist, braucht man scheint's nur ein Stückchen in den faulen Zahn zu stecken, um die Würmer zu töten. Du verstehst von diesen Dingen mehr als ich, schließlich bist du der Sohn eines berühmten Zahnarztes, also bist du sicher imstande, meinen Zahn zu flicken.«

»Im Ernst? Ich soll Ihren Zahn mit Zinn füllen?«

»Genau. Und wenn ich keine Zahnschmerzen mehr habe, geb ich dir einen Monat Urlaub.«

Die Versuchung war groß, doch Luo warnte den Laoban: »Mit dem Zinn wird's nicht funktionieren. Mein Vater besaß moderne Apparaturen. Er bohrte

den Zahn zuerst mit einem elektrischen Bohrer aus, bevor er ihn mit was auch immer füllte.«

Der Laoban stand verdutzt auf und verabschiedete sich murmelnd: »Stimmt, ich hab's im Kreiskrankenhaus gesehen. Der Esel, der meinen gesunden Zahn gezogen hat, fummelte mit einem großen, surrenden Nagel herum.«

Ein paar Tage später wurde das Leiden des Laoban durch die Ankunft des alten Schneiders – des Vaters unserer Freundin – gemildert. Dieser hielt ein paar Wochen vor dem Neujahrsfest mit einer funkelnden Nähmaschine, die auf dem nackten Rücken eines Trägers das Licht der Morgensonne widerspiegelte, im Dorf Einzug.

Wir wußten nicht, ob er sich als vielbeschäftigter Mann mit überquellenden Auftragsbüchern aufspielte oder ob er einfach nicht in der Lage war, seine Zeit genau einzuteilen, jedenfalls hatte er das jährliche Ritual in unserem Dorf bereits wiederholt verschoben. Die Ankunft des alten Schneiders mit seiner Nähmaschine löste deshalb bei der Dorfbevölkerung einen um so überschwenglicheren Freudentaumel aus.

Einige Monate zuvor war er uns im Regen und Nebel auf einer schaukelnden Tragchaise entgegengekommen. An diesem sonnigen Tag jedoch war er den ganzen Weg rüstig zu Fuß gegangen. Er trug eine verwaschene grüne Schildmütze – zweifellos die, die ich mir für unseren Besuch beim alten Müller auf dem Felsen der Tausend-Meter-Schlucht ausgeliehen hatte –, eine weite, blaue, aufgeknöpfte Kitteljacke, darunter

ein beiges Leinenhemd mit den traditionellen Knötchenknöpfen und einen glänzenden schwarzen Gürtel aus echtem Leder.

Das ganze Dorf lief zu seiner Begrüßung zusammen. Das Geschrei der hinter ihm herrennenden Kinder, das Lachen der Frauen, die ihre seit Monaten wartenden Stoffe hervorzogen, ein paar explodierende Knallerbsen, das Grunzen der Schweine – all das trug zur festlichen Stimmung bei. Jede Familie lud ihn zu sich nach Hause ein in der Hoffnung, die Ehre zu haben, sein erster Kunde zu sein. Doch zur großen Überraschung aller erklärte der Alte: »Ich werde bei den jungen Freunden meiner Tochter Quartier nehmen.«

Wir fragten uns, was er mit seiner Entscheidung bezweckte, und kamen zu dem Schluß, daß der alte Schneider vielleicht einen direkten Kontakt zu seinem möglichen künftigen Schwiegersohn herstellen wollte. Wie auch immer, während seines Aufenthaltes konnten wir uns jedenfalls mit der weiblichen Intimsphäre vertraut machen, mit einer Facette der weiblichen Natur, von der wir bisher in unserem zu einem Schneideratelier umfunktionierten Pfahlhaus keinen blassen Schimmer gehabt hatten. Es war ein geradezu anarchisches Volksfest: Frauen jeglichen Alters rivalisierten mit Hilfe von Stoffen, Spitzen, Bändern, Knöpfen, Nähfaden und Kleiderträumen miteinander. Während der Anproben wurden Luo und ich von ihrer Erregung, ihrer Ungeduld, von dem fast physischen, in ihnen explodierenden Verlangen erstickt. Kein

politisches Regime, keine wirtschaftlichen Zwänge vermochten ihren Wunsch, sich herauszuputzen, zu ersticken; ein Wunsch so alt wie die Welt, so alt wie der Wunsch nach einem Kind.

Gegen Abend häuften sich Eier, Fleisch, Gemüse, Früchte, die die Dorfbewohner dem alten Schneider gebracht hatten, wie lauter Opfergaben in unserer Stube. Männer mengten sich allein oder in Grüppchen unter die zwitschernde-schnatternde Frauenschar. Andere saßen mit gesenktem Kopf am Feuer, schnitten mit der Sichelschneide ihre steinharten Zehennägel und warfen verstohlene Blicke auf die jungen Mädchen. Und wieder andere, erfahrenere, zudringlichere, riefen den Frauen mehr oder weniger schlüpfrige Bemerkungen zu. Es bedurfte der ganzen Autorität des erschöpften und unwirschen Schneiders, um sie schließlich samt und sonders hinauszuschmeißen.

Nach einem höflichen, eher schweigsamen Abendessen zu dritt, in dessen Verlauf wir über unsere erste Begegnung auf dem Bergpfad lachten, holte ich meine Wai-o-lin und anerbot mich höflich, unserem Gast vor dem Schlafengehen etwas vorzuspielen.

»Erzählt mir lieber eine Geschichte«, bat er ausgiebig gähnend. »Meine Tochter hat mir gesagt, daß ihr großartige Geschichtenerzähler seid. Das ist der Grund, warum ich mich bei euch einquartiert habe.«

Ob aus Bescheidenheit gegenüber seinem zukünftigen Schwiegervater oder angesichts der eindeutigen Müdigkeit des alten Bergschneiders, Luo forderte mich also auf zu erzählen. »Komm schon«, ermun-

terte er mich. »Erzähl uns eine Geschichte, die ich noch nicht kenne.«

Ich willigte nur zögernd ein, die Rolle des Mitternachtserzählers zu übernehmen. Bevor ich mit meiner Geschichte anfing, forderte ich meine Zuhörer höflich auf, die Füße zu waschen und sich aufs Bett zu legen, damit sie beim Zuhören nicht im Sitzen einschliefen. Wir holten zwei dicke, saubere Decken hervor und baten unseren Gast, es sich doch in Luos Bett gemütlich zu machen, derweil wir beide uns auf meinem Bett ganz dünn machten. Als alles vorbereitet war, als das Gähnen des Schneiders immer lauter wurde, löschte ich aus Sparsamkeit die Petroleumlampe, streckte mich auf dem Bett aus, stopfte mir das Kissen unter den Kopf und wartete mit geschlossenen Augen, bis der erste Satz einer Geschichte von selbst über meine Lippen kam.

Hätte ich nicht bereits von der verbotenen Frucht aus Brillenschangs Geheimkoffer gekostet, hätte ich bestimmt einen chinesischen oder einen nordkoreanischen, ja sogar einen albanischen Film erzählt, doch inzwischen erschienen mir diese kämpferischen, proletarisch realistischen Filme, aus denen einst mein ganzer kultureller Horizont bestand, unendlich weit von den menschlichen Sehnsüchten entfernt, vom echten Leiden, und vor allem fehlte ihnen jegliche Lebensfreude, warum hätte ich mir also die Mühe geben sollen, sie spätnachts zu erzählen? Ich entschied mich daher spontan für einen Roman, den ich eben fertig gelesen hatte. Luo kannte ihn bestimmt noch nicht,

da er sich ja ausschließlich mit seinem heiß bewunderten Balzac beschäftigte.

Ich setzte mich auf, schwang die Beine über die Bettkante und legte mir den ersten Satz zurecht: den schwierigsten, den heikelsten ... Ich mußte ganz sachlich zu erzählen anfangen.

»Wir sind in Marseille; es ist das Jahr 1815.« Meine Stimme durchschnitt die tintenschwarze Dunkelheit im Raum.

»Marseille, wo ist das?« unterbrach mich der alte Schneider schläfrig.

»Am anderen Ende der Welt. Es ist ein großer Hafen in Frankreich.«

»Warum willst du uns so weit weg entführen?«

»Ich möchte die Geschichte eines französischen Seemannes erzählen. Doch wenn Euch das nicht interessiert, können wir ebensogut gleich schlafen. Gute Nacht also und bis morgen.«

»Bravo, alter Junge!« flüsterte mir Luo ins Ohr.

Ein paar Minuten später hörte ich den alten Schneider fragen: »Wie heißt er denn, dein Seemann?«

»Am Anfang heißt er Edmond Dantès, dann wird er der Graf von Monte Cristo.«

»Cristo?«

»Das ist eine andere Bezeichnung für Jesus, was der Messias bedeutet oder der Erlöser.«

Und ich begann Dumas' Geschichte zu erzählen. Zwischendurch unterbrach mich Luo, stellte Fragen oder fügte kluge Kommentare hinzu; er war offensichtlich von der Geschichte fasziniert, was mir half,

meine Hemmungen zu überwinden. Der alte Schneider, zweifellos von all den französischen Namen, den vielen fremden Ländern und seinem langen Arbeitstag erschöpft, lag stumm im Bett nebenan und schien in bleischweren Schlaf gefallen zu sein.

Nach und nach ließ ich mich von Meister Dumas' Verve hinreißen und vergaß unseren Gast total; ich erzählte und erzählte und erzählte … Meine Sätze wurden präziser, konkreter, dichter. Ich schaffte es, den nüchternen Tonfall des ersten Satzes beizubehalten. Ich stellte während des Erzählens staunend fest, daß sich mir die klare Gliederung der Geschichte erschloß, der Aufbau des Rachethemas, die vom Autor geschickt, oft kühn gespannten Fäden, die er im Verlauf der Geschichte fest in der Hand hielt; es war, als betrachtete man einen entwurzelten Baum, der seinen majestätischen Stamm, sein dichtes Astwerk, die Blöße seiner dicken Wurzeln den Blicken preisgibt.

Ich wußte nicht, wieviel Zeit vergangen war. Eine Stunde? Zwei Stunden? Länger? Als jedoch unser Held, der französische Seemann, überführt und in ein Festungsverlies eingesperrt wurde, in dem er zwanzig Jahre darben würde, war ich ziemlich müde – obwohl ich noch weiter hätte erzählen mögen – und beschloß daher, die Geschichte zu unterbrechen.

»Du erzählst inzwischen viel besser als ich«, flüsterte Luo mir zu. »Du solltest Schriftsteller werden.«

Berauscht vom Kompliment eines begnadeten Geschichtenerzählers, fiel ich sogleich in Halbschlaf. Plötzlich hörte ich die Stimme des alten Schneiders in

der Dunkelheit murmeln: »Warum erzählst du nicht weiter?«

»Schlaft Ihr denn noch nicht?«

»Überhaupt nicht. Ich hab dir zugehört. Deine Geschichte gefällt mir.«

»Ich bin aber müde.«

»Versuch doch noch ein bißchen weiterzuerzählen«, bettelte der alte Schneider.

»Also noch ein kurzes Stück«, willigte ich ein. »Wo bin ich stehengeblieben?«

»An der Stelle, wo er das Festungsverlies auf der kleinen Insel im Hafen von Marseille betritt.«

Verblüfft über die Genauigkeit meines immerhin ziemlich betagten Zuhörers, fuhr ich mit der Geschichte unseres französischen Seemannes fort. Jede halbe Stunde hörte ich an einer möglichst spannenden Stelle auf zu erzählen, und zwar nicht, weil ich müde war, sondern aus harmloser Koketterie, und erzählte erst auf das flehentliche Drängen meines Zuhörers weiter. Als der Abbé, Edmonds Mitgefangener, ihm nach einer abenteuerlichen Flucht einen riesigen, auf der Insel Montecristo vergrabenen Schatz vermacht, drang das fahle Morgenlicht durch die Ritzen in der Wand, begleitet vom morgendlichen Trillern der Lerchen, dem Schlagen der Buchfinken und dem Gurren der Tauben.

Wir waren alle drei von der schlaflosen Nacht erschöpft. Der Schneider mußte dem Laoban ein paar zerknitterte Geldscheine zustecken, damit er uns arbeitsfrei gab.

»Ruh dich gut aus«, sagte der Alte augenzwinkernd zu mir. »Und bereite für heute abend mein Rendezvous mit dem französischen Seemann vor.«

Es wurde die längste Geschichte, die ich in meinem Leben erzählen sollte: Sie dauerte neun ganze Nächte. Ich weiß nicht, woraus der alte Schneider, der den ganzen folgenden Tag über arbeitete, die physische Ausdauer schöpfte. Allerdings ließ sich nicht übersehen, daß da und dort in den neuen Kleidern der Dorfbewohner ein paar spontane, nicht zu auffällige originelle Details auftauchten, seemännische Elemente vor allem, die ganz eindeutig auf den Einfluß des Romanciers zurückzuführen waren, der als erster gestaunt hätte, hätte er unsere untersetzten Bergler gesehen, die stolz eine Art eng anliegende Matrosenbluse mit abfallenden Schultern und großem, hinten rechteckigem und vorn spitzem, im Wind flatternden Kragen trugen. Sie strömten fast den Geruch des Mittelmeers aus. Die von Dumas geschilderten und von seinem Anhänger, dem alten chinesischen Schneider, genähten hüftengen blauen Seemannshosen mit den schwingenden, verwegen eleganten, unten ausgestellten Hosenbeinen eroberten die Herzen der Frauen im Sturm. Er bat uns, einen fünfzackigen Anker zu entwerfen, der auf dem Berg des Phönix-des-Himmels zum begehrtesten modischen Accessoire wurde. Es gab sogar Frauen, die ihn kunstvoll mit Goldfaden auf winzige Knöpfe stickten. Andere von Dumas minuziös beschriebene modische Details wie zum Beispiel die auf die Banner gestickte Lilie, Mercedes' Mieder und

ihr prächtiges Kleid, blieben exklusiv der Tochter des alten Schneiders vorbehalten.

Am Ende der dritten Nacht hätte ein Zwischenfall unseren Erzählnächten beinahe ein Ende bereitet. Es war gegen fünf Uhr morgens. Wir waren an einer entscheidenden Stelle der Handlung angelangt, nach meiner Ansicht die beste Stelle des Romans: in Paris zurück, gelingt es dem Graf von Monte Cristo dank klugem Kalkül, mit seinen drei Todfeinden in Verbindung zu treten, um an ihnen grausame Rache zu üben. Schritt für Schritt spannt er seine diabolischen Fäden. Der Staatsanwalt treibt unaufhaltsam dem Ruin entgegen, die von langer Hand vorbereitete Falle wird über ihm zuschnappen.

Genau in dem Moment, als unser Graf sich um ein Haar in die Tochter des Staatsanwalts verliebt hätte, ging plötzlich die Haustür laut knarrend auf … und auf der Schwelle erschien ein schwarzer Schatten. Der Schatten verjagte mit seiner angeknipsten Taschenlampe den französischen Grafen und holte uns brutal in die Wirklichkeit zurück.

Aja-aja: Es war der Laoban. Er trug eine Schirmmütze. Seine bis zu den Ohren geschwollene Backe wirkte im Dämmerschein gräßlich verzerrt. Wir waren derart in Dumas' Geschichte vertieft gewesen, daß wir die Schritte auf der Stiege nicht gehört hatten.

»Ja grüß Euch«, rief der alte Schneider aufgeräumt. »Welch guter Wind führt Euch her? Ich hab mich schon gefragt, ob ich Euch dieses Jahr überhaupt noch

zu Gesicht bekomme. Man hat mir gesagt, Ihr hättet Mordspech mit einem Quacksalber in der Stadt gehabt.«

Der Laoban gönnte ihm keinen Blick. Er richtete den Strahl seiner Taschenlampe auf mich.

»Was ist?« fragte ich möglichst kaltblütig.

»Aufstehen! Wir unterhalten uns im Büro für Staatssicherheit miteinander.«

Wegen seiner Zahnschmerzen konnte er nicht lospoltern, aber sein kaum hörbares Gemurmel war ebenso unheildrohend, denn die Erwähnung dieses Büros bedeutete für die »Feinde des Volkes« in den meisten Fällen Folter und Hölle.

»Wieso?« fragte ich, während ich mit zitternder Hand die Petroleumlampe anzündete.

»Du erzählst reaktionäre Ferkeleien. Ein Glück für unser Dorf, daß ich nie schlafe und Tag und Nacht wache. Ich bin seit Mitternacht hier und habe alles mit angehört – alles! –, deine reaktionären Geschichten vom Grafen Dingsbums.«

»Beruhigen Sie sich, Laoban«, mischte sich Luo ein. »Dieser Graf ist nicht einmal Chinese.«

»Das ist mir schnurzegal. Unsere Revolution wird eines Tages in der ganzen Welt triumphieren! Und ein Graf, egal welcher Nationalität, kann nur ein Reaktionär sein.«

»Warten Sie, Laoban«, fiel ihm Luo ins Wort. »Sie kennen den Anfang der Geschichte nicht. Bevor er sich als Adeliger verkleidete, war der Bursche, von dem die Geschichte handelt, ein armer Seemann,

gehörte also laut dem Roten Buch zu den revolutionärsten Arbeiterklassen überhaupt.«

»Laß mich in Frieden mit deinem dummen Geschwätz«, knurrte der Laoban. »Hast du schon mal einen einfachen Arbeiter gesehen, der auf den Gedanken kommt, einen Staatsanwalt hereinzulegen?« Und er spuckte auf den Boden, ein Zeichen, daß es klüger war, sich zu sputen.

Ich ergab mich meinem Schicksal und zog eine dicke Tuchjacke und eine solide Hose an wie jemand, der sich auf einen langen Gefängnisaufenthalt vorbereitet. Als ich meine Hemdtasche leerte, fand ich ein paar Geldstücke, die ich Luo aushändigte, damit sie nicht den Folterknechten der Staatssicherheit in die Hände fielen. Luo warf sie aufs Bett.

»Ich komm mit dir«, sagte er.

»Nein, bleib hier und kümmere dich um alles, egal, was geschieht.« Ich konnte die Tränen kaum zurückhalten. Ich sah in Luos Augen, daß er verstanden hatte, was ich mit »egal, was geschieht« meinte: die Bücher gut verstecken für den Fall, daß ich ihn unter der Folter verraten würde. Ich hatte keine Ahnung, ob ich es ertragen würde, geohrfeigt, geprügelt, ausgepeitscht zu werden, wie das anscheinend während der Verhöre in dem berüchtigten Büro der Fall war. Ich ging mit zitternden Knien wie ein geständiger Gefangener auf den Laoban zu – wie bei meiner ersten Rauferei, als ich mich auf meinen Gegner stürzte, um meinen Mut zu beweisen, aber meine zitternden Knie mich verrieten.

Sein Atem stank nach Zahnfäule. Seine Schlitzaugen mit den drei Blutstropfen starrten mir gnadenlos entgegen. Einen Moment lang glaubte ich, er werde mich am Kragen packen und die Stiege hinunterschmeißen. Doch er rührte sich nicht. Sein Blick schweifte ab, klammerte sich ans Bettgestell, ruhte dann auf Luo.

»Erinnerst du dich an das Stückchen Zinn, das ich dir gezeigt habe?« fragte er ihn.

»An das Stückchen Zinn?« antwortete Luo verblüfft.

»Ja, an das Bröckchen, das ich aus der Stadt mitgebracht habe; ich habe dich doch gebeten, es in meinen kranken Zahn zu stecken?«

»Ach so, natürlich, jetzt erinnere ich mich.«

»Ich hab's immer noch«, sagte der Laoban und zog das kleine rote Satinpäckchen aus der Hosentasche.

»Was haben Sie damit vor?« fragte Luo noch verblüffter.

»Wenn du, Sohn eines berühmten Zahnarztes, meinen Zahn flickst, laß ich deinen Freund in Ruhe. Ansonsten bring ich ihn schnurstracks ins Büro für Staatssicherheit, diesen dreckigen Erzähler reaktionärer Geschichten.«

女

Das Gebiß des Laoban war eine zerklüftete Sierra. Aus dem geschwollenen, dunkelvioletten Zahnfleisch ragten drei Schneidezähne, die an schwarze prähistorische Basaltfelsen erinnerten, während seine Eck-

zähne aussahen wie verwitterte priembraune Steine aus dem Pleistozän. Die Krone der Backenzähne war stark gerillt, was – stellte der Zahnarztsohn nüchtern in nosologischem Tonfall fest – eindeutig auf eine frühere Syphilis hinwies. Der Laoban wandte den Kopf ab, ohne jedoch die Diagnose zu leugnen.

Der kranke Zahn, Wurzel allen Übels, befand sich zuhinterst im Gaumen, ragte porös, einsam und drohend wie ein Korallenriff neben einer schwarzen Höhle aus dem Zahnfleisch. Es war ein Weisheitszahn, dessen Schmelz und Zahnbein sehr abgenutzt waren und an dem sich Zahnfäule gebildet hatte. Die glitschige, gelblich belegte fleischfarbene Zunge des Laoban sondierte pausenlos die Tiefe der danebenliegenden Höhle, die er dem Pfusch des Zahnarztes im Kreiskrankenhaus verdankte, fuhr dann liebevoll über das einsame Riff, um schließlich sich selbst tröstend zu schnalzen.

Eine verchromte Nähmaschinennadel, etwas dicker als ein Bohrereinsatz, glitt in den aufgesperrten Mund des Laoban und blieb über dem Weisheitszahn stehen, doch kaum berührte sie ganz zart den Zahn, stürzte sich die Zunge des Laoban blitzartig auf den Eindringling und tastete den kalten, metallischen Fremdkörper bis zur Spitze ab. Sie zog sich erschauernd zurück, ging dann, von dem unbekannten Kitzel erregt, wieder zum Angriff über und leckte geradezu wollüstig die Nadel ab.

Der Tritt der Nähmaschine setzte sich unter den Füßen des alten Schneiders in Bewegung. Die mit

Zwirn am Spuler befestigte Nadel begann sich zu drehen; die Zunge zog sich erschrocken zusammen – Luo, der die Nadel zwischen den Fingerspitzen hielt, lockerte seine Hand und brachte sie in die richtige Position. Er wartete ein paar Sekunden, dann beschleunigte der Treter das Tempo, die Nadel nahm die Zahnfäule in Angriff und entlockte dem Patienten einen markdurchdringenden Schrei. Kaum hatte Luo die Nadel zurückgezogen, kugelte der Laoban wie ein alter Gesteinsbrocken vom Bett, das man neben die Nähmaschine gerückt hatte.

»Hättest mich beinah umgebracht!« fauchte er den alten Schneider an. »Spinnst du oder was?«

»Ich hab dir ja gesagt«, entgegnete der alte Schneider, »daß ich das auf den Jahrmärkten gesehen habe. Du hast darauf bestanden, daß wir Zahnschlosser spielen.«

»Tut verdammt weh«, brummte der Laoban.

»Um die Schmerzen kommen wir nicht herum«, stellte Luo sachlich fest. »Wissen Sie, wie schnell ein richtiger elektrischer Zahnbohrer sich dreht? Er macht mehrere hundert Umdrehungen in der Sekunde. Und je langsamer sich die Nadel dreht, desto mehr tut es weh.«

»Versuch's noch mal«, sagte der Laoban grimmig entschlossen und schob seine Schirmmütze zurecht. »Seit einer Woche kann ich weder essen noch schlafen. Besser ein Ende mit Schrecken als ein Schrecken ohne Ende.«

Er schloß die Augen, um die Nadel nicht zu sehen,

doch kaum begann sie sich zu drehen, katapultierte ihn der durchdringende Schmerz aus dem Bett, so daß die Petroleumlampe, über deren Flamme ich den Zinn in einem Löffel schmolz, gefährlich schwankte.

Trotz der mehr als komischen Situation traute sich keiner zu lachen aus Angst, der Laoban könnte auf die Staatssicherheit zurückkommen.

Luo nahm ihm die Nadel aus dem Mund, wischte sie ab, hielt sie prüfend hoch, hielt dann dem Laoban ein Glas Wasser hin, damit er den Mund ausspülen konnte; der aber spuckte Blut auf den Fußboden, direkt neben seine Mütze.

Der alte Schneider meinte erstaunt: »Du blutest ja.«

Luo hob die Mütze auf und setzte sie auf den struppigen Kopf des Laoban. »Wenn Sie wollen, daß ich Ihren faulen Zahn ausbohre«, sagte er, »sehe ich keine andere Lösung, als daß wir Sie auf dem Bett festbinden.«

»Mich fesseln?« heulte der Laoban auf. »Du vergißt wohl, daß ich Kreisabgeordneter bin!«

»Wenn Ihr Körper die Kooperation verweigert, muß man eben aufs Ganze gehen.«

Ich habe mich oft gefragt und frage mich heute noch: Wie konnte dieser Tyrann, dieser Dorfdespot, dieser Leuteschinder einem Vorschlag zustimmen, der ihn in eine ebenso lächerliche wie demütigende Lage brachte? Was für ein Teufel ritt ihn? In jenem Moment hatte ich allerdings keine Zeit, über diese Frage nachzudenken. Luo fesselte ihn flink, und der alte Schneider, dem die schwierige Aufgabe zufiel,

mit beiden Händen den Kopf des Patienten festzuhalten, hieß mich, ihn am Pedal abzulösen.

Ich nahm die Verantwortung sehr ernst. Ich zog sogar die Schuhe aus, und als meine Fußballen den Tritt berührten, spürte ich die große Verantwortung auf mir lasten, die sich auf meine Muskeln übertrug.

Sobald Luo mir ein Zeichen gab, setzten meine vom rhythmischen Auf und Ab des Getriebes beflügelten Füße den Spuler in Bewegung. Ich beschleunigte das Tempo wie ein Fahrradfahrer auf einer geraden Landstraße; die Nadel bebte, zitterte, berührte nochmals das gefährliche Riff. Die Berührung löste zuerst ein Knistern im Mund des Laoban aus, der sich wie ein Wahnsinniger in der Zwangsjacke auf dem Bett wälzte. Er war nicht nur mit einem dicken Strick ans Bett gefesselt, sondern sein Kopf war auch noch vom eisernen Zangengriff des alten Schneiders umschlossen, der ihn in einer Stellung festklemmte, die eine unvergeßliche Filmszene abgegeben hätte. Schaum trat auf die Lippen des Laoban, er war leichenfahl im Gesicht und atmete röchelnd.

Plötzlich spürte ich aus meinen Eingeweiden eine sadistische Regung aufsteigen, es war wie eine Eruption: Ich erinnerte mich an die unsäglichen Leiden unserer Umerziehung … Und hörte abrupt auf zu treten.

Luo blinzelte mir verschmitzt zu.

Ich verlangsamte das Tempo ein zweites Mal, diesmal, um mich für seine Anschuldigungen zu rächen. Die Nadel drehte sich langsam, langsam wie ein

erschöpfter Bohrer, der demnächst den Geist aufgibt. Wie schnell drehte sie sich? Eine Umdrehung in der Sekunde? Zwei Umdrehungen? Egal, die verchromte Nähmaschinennadel kam langsam, langsam der Zahnfäule bei. Sie bohrte ... hielt plötzlich inne, als meine Füße eine endlose Pause einlegten, diesmal wie ein Fahrradfahrer, der auf einer abschüssigen Straße vom Pedal geht. Ich setzte eine unschuldige Miene auf. Meine Augen kniffen sich nicht etwa zu zwei haßerfüllten Schlitzen zusammen, o nein. Ich tat so, als prüfte ich den Spuler oder den Riemen. Dann begann sich die Nadel wieder langsam zu drehen, bohrte, als kletterte das Fahrrad mühsam einen steilen Hang hinauf. Die Nadel hatte sich in eine Schere verwandelt, in einen heimtückischen Stichel, der ein Loch in den schwarzen prähistorischen Felsen bohrte und dabei widerliche, gelbe, käsige Marmorstaubwolken auslöste. Was für ein Sadist, dieser Luo! Einer, der seinem Trieb freien Lauf läßt.

Der alte Müller erzählt:

»Ja, ich hab sie gesehen, sie waren beide barfuß bis zum Hals. Ich war wie jede Woche im hinteren Tal Holz schlagen gegangen; ich gehe immer an der kleinen Bucht unter dem Wasserfall vorbei. Wo genau ich sie gesehen habe? Einen oder zwei Kilometer von meiner Mühle entfernt. Der Wildbach stürzt dort ungefähr zwanzig Meter in die Tiefe und ergießt sich in eine kleine, versteckte Bucht. Auf den ersten Blick möchte man meinen, es sei bloß ein Tümpel, aber das Wasser ist tief und dunkelgrün. Sie liegt weit abseits vom Pfad und ist von Felsen umgeben. Es kommt ganz selten jemand dort vorbei.

Ich hab sie nicht gleich gesehen, doch irgend etwas schien die auf den Felsvorsprüngen schlafenden Vögel aufgeschreckt zu haben; sie flatterten auf und flogen laut krächzend über meinen Kopf hinweg.

Ja, es war ein Schwarm Krähen mit roten Schnäbeln, ungefähr ein Dutzend. Wieso weißt du das? Einer war anscheinend über die Störung besonders verärgert, er stürzte sich im Steilflug auf mich und streifte mit seinen Flügeln mein Gesicht. Ich erinnere mich genau an seinen scharfen Raubvogelgeruch.

Das Verhalten der Vögel hat mich neugierig ge-

macht. Also bin ich nicht meinen gewohnten Weg weitergegangen, sondern wollte einen Blick auf die kleine Bucht am Fuße des Wasserfalls werfen. Und dann habe ich sie gesehen; man sah nur ihre Köpfe über dem Wasser. Sie müssen von hoch oben ins Wasser gesprungen sein und dabei die Krähen aufgescheucht haben.

Dein Dolmetscher? Nein, ich hab ihn nicht gleich erkannt. Ich habe die zwei Körper betrachtet, die sich, zu einer Kugel ineinander verwickelt, im Wasser drehten, untertauchten, wieder auftauchten ... Ich war so erstaunt, daß ich lange brauchte, bis ich begriffen habe, daß ihr Tauchsprung nicht ihre einzige Glanzleistung war. Nein! Sie waren dabei, sich im Wasser zu paaren.

Was sagst du? Koitus? Das ist ein zu gescheites Wort für mich. Wir, die Bergler, sagen paaren. Ich bin kein Spanner, nein. Ich spürte, wie mein runzeliges Gesicht rot wurde. Ich habe in meinem Leben noch nicht so etwas gesehen: im Wasser vögeln! Ich konnte mich nicht von der Stelle rühren. Weißt du, in meinem Alter staunt man nur noch. Ihre verknäuelten Körper trudelten an der tiefsten Stelle in die Tiefe, stiegen wieder an die Oberfläche, ließen sich ans Ufer treiben und haben sich dann auf dem Steinbett im seichten Wasser gewälzt, und die auf die Bucht niederbrennende Sonne verzerrte ihre Umklammerung unter der klaren Wasseroberfläche.

Ich hab mich geschämt, ich geb's zu, nicht, weil ich den Blick nicht von diesem ungewöhnlichen Schau-

spiel hab wenden können, sondern weil ich plötzlich gespürt habe, daß ich alt bin, daß, abgesehen von meinen alten Knochen, alles schlaff ist an mir. Ja, daß ich es niemals mehr werde treiben können wie die beiden dort unten im Wasser.

Nach der Paarung hat das Mädchen einen Armvoll Laub aus dem Wasser gefischt und um ihre Lenden gewickelt. Sie war eindeutig viel weniger erschöpft als ihr Freund, im Gegenteil, sie sprühte vor Energie und ist seitlich die Felswand hinaufgeklettert. Zwischendurch hab ich sie aus den Augen verloren. Sie ist hinter einem moosbedeckten Felsen verschwunden, dann auf einem anderen aufgetaucht, als wäre sie aus einer Spalte gestiegen. Sie hat ihr Lendentuch zurechtgeschoben, um ihre Musche zu verdecken. Sie wollte auf einen großen Felsblock klettern, etwa zwölf Meter über der kleinen Bucht.

Natürlich hat sie mich nicht sehen können. Ich war hinter einem dichten Gebüsch versteckt. Nein, ich kenne das Mädchen nicht, es ist nie zu meiner Mühle heraufgekommen. Als es auf dem vorspringenden Felsen stand, konnte ich ihren nassen, nackten Körper betrachten. Sie spielte mit ihrem Lendentuch, rollte es über ihrem nackten Bauch hoch bis unter ihre jungen Brüste mit den spitzen geröteten Nippeln.

Die Krähen mit den roten Schnäbeln sind zurückgekehrt. Sie haben sich im Kreis auf den schmalen Felsvorsprung gesetzt.

Plötzlich ist sie zwei, drei Schritte zurückgetreten und hat sich mit weit ausgebreiteten Armen in die

Luft geschwungen wie eine am Himmel segelnde Schwalbe.

Die Krähen sind aufgeflattert. Doch bevor sie davongeflogen sind, haben sie sich zusammen mit dem Mädchen, das sich in eine segelnde Felsenschwalbe verwandelt hat, mit aufgespannten Flügeln in die Tiefe gestürzt. Es flog, bis es knapp über dem Wasser die Arme lang ausstreckte, ins Wasser tauchte und verschwand.

Ich habe nach ihrem Freund Ausschau gehalten. Er saß nackt am Ufer, mit geschlossenen Augen an einen großen Stein gelehnt. Sein Ding war schlaff und schläfrig.

Da habe ich plötzlich den Eindruck gehabt, daß ich den Jungen schon einmal gesehen habe, konnte mich aber nicht erinnern, wo. Ich bin gegangen, und erst im Wald, als ich mich darangemacht habe, einen Baum zu fällen, habe ich mich erinnert, daß es der junge Dolmetscher war, der dich begleitet hat, als du mich vor ein paar Monaten aufgesucht hast.

Er hat Glück gehabt, dein falscher Dolmetscher. Nichts vermag mich noch zu erschüttern, und ich hab nie jemand denunziert. Sonst hätt er wohl Probleme mit denen von der Staatssicherheit bekommen, das kannst du mir glauben.«

Luo erzählt:

»Woran ich mich erinnere? Ob sie gut schwimmt? Ja, sie ist eine wunderbare Schwimmerin, sie schwimmt jetzt wie ein Delphin. Früher? Nein, da schwamm sie wie die Bauern, bloß mit den Armen und mit den Beinen strampelnd. Bevor ich ihr das Brustschwimmen beigebracht habe, konnte sie nicht einmal die Arme richtig ausbreiten, sie schwamm wie ein Hund. Doch sie hat den Körper einer richtigen Schwimmerin. Ich hab ihr bloß ein, zwei Dinge beibringen müssen. Jetzt kann sie richtig schwimmen, sie beherrscht sogar den Schmetterlingsstil; sie wiegt sich rhythmisch in den Lenden, ihr Oberkörper taucht in einer perfekten aerodynamischen Kurve aus dem Wasser, ihre Arme öffnen sich weit, und ihre Beine peitschen das Wasser wie der Schwanz eines Delphins.

Was sie ganz allein entdeckt hat, das sind die gefährlichen Sprünge. Ich hab panische Angst vor der Höhe, also hab ich's nie versucht. In unserem Wasserparadies, einer abgelegenen, einsamen Bucht, wo das Wasser sehr tief ist, bleibe ich unten, wenn sie auf einen der hohen Felsen klettert, um herunterzuspringen, und betrachte sie aus der Froschperspektive, doch selbst

dann wird mir schwindlig, und der Felsen verschmilzt mit den großen Ginkgobäumen, die sich wie Schattenfiguren dahinter abzeichnen. Sie ist winzig klein, wie eine in den Baumwipfeln hängende Frucht. Sie ruft mir etwas zu, aber es ist nur das leise Rascheln einer Frucht. Ein fernes, kaum wahrnehmbares Geräusch, das im Rauschen des Wasserfalls untergeht. Plötzlich löst sich die Frucht und schwebt durch die Luft, fliegt durch den Wind auf mich zu, verwandelt sich in einen schlanken, purpurnen Pfeil, der kopfüber geräuschlos ins Wasser taucht.

Bevor er eingesperrt wurde, pflegte mein Vater zu sagen, daß man das Tanzen nicht lehren könne. Er hatte recht; es ist wie das Tauchspringen oder wie Gedichte schreiben: Man muß es selber entdecken. Es gibt Menschen, die das ganze Leben trainieren, aber wie ein Stein ins Wasser plumpsen und niemals zu einer durch die Luft fliegenden Frucht werden.

Ich besaß einen Schlüsselring, den meine Mutter mir zum Geburtstag geschenkt hatte, einen vergoldeten Ring, der mit winzigen, dünnen, zartgrün geäderten Jadeblättern verziert war. Ich trug ihn immer bei mir, es war mein Glücksbringer. Obschon ich nichts besitze, habe ich jede Menge Schlüssel daran befestigt: die Schlüssel zu unserer Wohnung in Chengdu, die meines persönlichen Schubfaches unter dem meiner Mutter, die Küchenschlüssel, überdies ein Taschenmesser, einen Nagelknipser … Kürzlich hatte ich auch den Dietrich hinzugefügt, den wir aus einem Nagel gebastelt hatten, um Brillenschangs Bücher zu stehlen.

Ich hatte ihn sorgfältig, als Erinnerung an einen erfolgreichen Einbruch, aufbewahrt.

Eines Nachmittags im September ging ich zusammen mit der Kleinen Schneiderin zu unserer einsamen kleinen Bucht. Das Wasser war ein bißchen kühl. Ich las ihr ein Dutzend Seiten aus Balzacs *Verlorene Illusionen* vor. Dieses Buch hatte mich übrigens weniger beeindruckt als *Der alte Go.* Sie fing eine Schildkröte zwischen den Steinen auf dem Grund der Bucht; ich hab mit dem Taschenmesser die Köpfe der zwei ehrgeizigen Langnasen in den Panzer des Tieres geritzt, und dann ließen wir sie wieder laufen. Die Schildkröte verschwand schleunigst. Und ich hab mich gefragt: Wer wird mich eines Tages aus diesem Berg befreien?

Eine sinnlose Frage natürlich, aber sie löste eine Flut schmerzlicher Gedanken in mir aus. Ich hatte einen schrecklichen Durchhänger. Ich klappte das Taschenmesser zu und betrachtete, einen nach dem andern, die am Ring befestigten Schlüssel: die Schlüssel zu unserer Wohnung in Chengdu, die ich nie wieder brauchen würde. Und mir kamen die Tränen. Ich war eifersüchtig auf die Schildkröte, die frei herumlaufen konnte.

In meiner Verzweiflung schleuderte ich den Schlüsselring ins Wasser. Und sie sprang mit einem Kopfsprung hinterher, um ihn heraufzuholen. Sie blieb endlos lange unten, und ich begann, mir Sorgen zu machen. Das Wasser war reglos, dunkel, unheimlich, nicht die kleinste Luftblase stieg an die Oberfläche. Ich rief: ›Wo bist du denn?‹ Ich rief ihren Namen und

ihren Spitznamen: ›Kleine Schneiderin, wo steckst du?‹ Dann sprang ich ebenfalls ins Wasser. Plötzlich sah ich sie direkt vor mir: Sie stieg mit geschmeidigen Bewegungen an die Oberfläche wie ein Delphin. Ihr langes Haar schwebte wie ein Schleier im Wasser. Ein märchenhafter Anblick.

Als ich auftauchte, sah ich meinen Schlüsselring zwischen ihren Lippen, an denen Wassertröpfchen funkelten.

Sie ist bestimmt der einzige Mensch auf der Welt, der fest daran glaubt, daß ich eines Tages aus der Umerziehung entlassen werde und dann meine Schlüssel brauche.

Seit jenem Nachmittag wurde das Heraufholen des Schlüsselrings zu unserem bevorzugten Zeitvertreib. Ich war ganz verrückt danach, nicht wegen irgendwelcher Zukunftsdeutungen, sondern einzig und allein, um ihren verzaubernden nackten Körper mit dem fast durchsichtigen Lendentuch aus zitterndem Laub zu bewundern, der sich geschmeidig im Wasser bewegte. Sie schwamm und tauchte wie ein Delphin.

Doch dann haben wir den Schlüsselring im Wasser verloren. Ich hätte sie mit allen Mitteln daran hindern sollen, ein zweites Mal nach dem Schlüssel zu tauchen. Zum Glück ist nichts passiert. Doch wie auch immer, ich mag nicht mehr zu der kleinen Bucht gehen.

Als ich an jenem Abend ins Dorf zurückkehrte, erwartete mich das Telegramm, mit dem mir mitgeteilt wurde, meine Mutter liege im Krankenhaus und verlange dringend nach mir.

Der Laoban hat mir wahrscheinlich wegen meiner erfolgreichen Zahnbehandlung einen Monat Urlaub zugestanden. Ich reise morgen früh ab. Die Ironie des Schicksals will es, daß ich ohne Schlüssel nach Hause komme.«

Die Kleine Schneiderin erzählt:

»Wenn Luo mir aus einem Roman vorlas, hatte ich das Bedürfnis, mich ins kühle Wasser des Wildbachs zu stürzen. Warum? Um mich tüchtig auszutollen! So, wie einem manchmal das Herz überfließt.

Auf dem Grund der Bucht lag ein großer, runder, bläulicher Schatten; man sah die Dinge wie durch einen dunklen Schleier. Zum Glück landete Luos Schlüsselring jedesmal fast an der gleichen Stelle in einem Umkreis von ein paar Quadratmetern. Die Steine sah man kaum; einige waren wie helle, weißschimmernde Eier, sie lagen seit Jahren, vielleicht seit Jahrhunderten dort. Andere wiederum erinnerten mich an Menschenköpfe, und manchmal waren sie geschweift wie Büffelhörner. Ehrlich. Hin und wieder, aber eher selten, fand man kantige, spitze, scharfe Steine, und man mußte höllisch aufpassen, daß man sich nicht daran verletzte und sie einem nicht ins Fleisch schnitten. Es gab auch Muscheln, weiß der Himmel, woher die kamen. Sie hatten sich in Steine verwandelt und waren mit zartem Moos bewachsen und gut versteckt im felsigen Grund, doch man spürte, daß es Muscheln waren.

Wieso? Wieso es mir Spaß machte, Luos Schlüsselring heraufzuholen? Ach so. Verstehe. Du denkst

bestimmt, ich sei läppisch wie ein Hund, der nach dem Knochen rennt, den sein Meister ihm wirft. Ich bin nicht wie die französischen Mädchen in Balzacs Romanen. Ich bin ein Kind der Berge. Ich mache Luo gern eine Freude. Das ist alles.

Was beim letzten Mal passiert ist? Das ist mindestens schon eine Woche her. Es war kurz bevor Luo das Telegramm von zu Hause erhalten hat. Zuerst sind wir ein bißchen geschwommen, dann haben wir Maisbrote, Eier und ein paar Früchte gegessen, die ich von zu Hause mitgebracht habe, während Luo mir ein kurzes Kapitel aus der Geschichte des französischen Seemannes vorlas. Weißt du, die berühmte Geschichte von einem Seemann, der dann ein Graf geworden ist, die, die du meinem Vater erzählt hast. Er war hin und weg von dieser Geschichte, mein Vater. Luo hat mir nur eine kurze Szene erzählt, jene, in welcher der Graf die Frau wiederfindet, mit der er als junger Mann verlobt gewesen war, also die Frau, derentwegen er zwanzig Jahre im Knast gesessen hat. Sie tut so, als ob sie ihn nicht erkennt. Sie spielt so gut, daß man ihr fast glaubt, daß sie sich wirklich nicht mehr an ihre Vergangenheit erinnert. Ich war ganz erschlagen.

Wir wollten ein Mittagsschläfchen machen, aber ich konnte die Augen einfach nicht zumachen, ich mußte ständig an jene Szene denken. Weißt du, was wir dann gemacht haben? Wir haben gespielt, als wäre Luo Monte Cristo und ich seine einstige Verlobte und wir würden uns zwanzig Jahre später irgendwo begegnen.

Ich habe sogar improvisiert, die Sätze kamen mir spontan über die Lippen, einfach so. Auch Luo ist ganz in die Haut des ehemaligen Seemannes geschlüpft. Er liebte mich immer noch. Mein Verhalten hat ihm das Herz gebrochen, dem Ärmsten, man hat es seinem Gesicht angesehen. Er warf mir einen harten, haßerfüllten Blick zu, als hätte ich wirklich den Freund geheiratet, der ihn in eine Falle gelockt hatte.

Daß man jemand spielen kann, der man nicht ist, und man trotzdem man selbst bleibt, das war eine ganz neue Erfahrung für mich: zum Beispiel eine reiche, zufriedene Frau spielen, auch wenn ich es überhaupt nicht bin. Luo hat gesagt, daß ich eine gute Schauspielerin abgeben würde.

Nach dem Theater folgte das gewohnte Spiel. Luos Schlüsselring landete wie ein Kieselstein mehr oder weniger an der üblichen Stelle. Ich bin mit einem Kopfsprung ins Wasser getaucht. Ich habe jeden Stein und die düstersten Ritzen Zentimeter um Zentimeter abgetastet ... und plötzlich habe ich in der fast völligen Dunkelheit eine Schlange berührt! Igittigitt! Ich habe seit Jahren keine Schlange mehr berührt, doch selbst unter Wasser habe ich auf der Stelle ihre kalte, glitschige Haut erkannt. Ich bin blitzschnell an die Oberfläche gestiegen.

Woher die Schlange kam? Keine Ahnung. Sie ist vielleicht vom Wildbach hinuntergespült worden; vielleicht war es eine hungrige Natter, die ein neues Revier suchte.

Ein paar Minuten später bin ich trotz Luos Verbot

nochmals getaucht. Ich wollte die Schlüssel nicht einfach einer Schlange überlassen.

Doch diesmal hab ich Angst gehabt, schreckliche Angst. Der Gedanke an die Schlange machte mich total nervös. Selbst unter Wasser spürte ich kalten Schweiß über meinen Rücken laufen. Die reglosen Steine auf dem Grund schienen sich plötzlich alle zu bewegen und rund um mich herum lebendig zu werden. Kannst du dir das vorstellen? Ich bin wieder an die Oberfläche gestiegen, um Luft zu holen.

Das dritte Mal hab ich den Schlüsselring endlich entdeckt. Er glänzte ganz schwach, doch als ich ihn mit der Hand berührt habe, spürte ich einen Schlag auf dem rechten Handgelenk: den schmerzhaften Biß eines Hakenzahns, es brannte wie Feuer, und ich bin geflohen und habe den Schlüsselring liegenlassen.

In fünfzig Jahren wird man die häßliche Narbe an meinem Finger noch sehen. Da, schau.«

Luo war abgereist. Er würde einen Monat weg sein.

Ich schätzte es, hin und wieder allein zu sein, zu tun und zu lassen, was ich wollte, zu essen, wann ich Lust hatte. Ich wäre der glückliche Herr und Meister unseres Pfahlhauses gewesen, hätte Luo am Tag vor seiner Abreise mir nicht eine delikate Mission anvertraut.

»Ich möchte dich um einen Gefallen bitten«, hatte er geheimnisvoll zu mir gesagt. »Ich zähle darauf, daß du in meiner Abwesenheit gut auf die Kleine Schneiderin aufpaßt.«

Er behauptete, sie werde von vielen jungen Berglern umschwärmt, die »jungen Umerzogenen« mit eingeschlossen. Seine Abwesenheit nutzend, würden alle potentiellen Nebenbuhler in Scharen zur Schneiderwerkstatt pilgern und sich gegenseitig einen gnadenlosen Krieg liefern. »Vergiß nicht«, sagte er, »sie ist die begehrteste Schönheit des Phönix-des-Himmels.« Meine Aufgabe bestand darin, täglich an ihrer Seite zu sein und die Pforte zu ihrem Herzen zu bewachen, um ja keinem Rivalen die kleinste Chance zu lassen, in ihr Privatleben einzudringen, sich in eine Domäne einzuschleichen, die einzig und allein ihm, Luo, gehörte, meinem General.

Überrascht und geschmeichelt nahm ich das Amt an. Daß er mich vor seiner Abreise um diesen Dienst bat, war der Beweis, daß Luo mir grenzenloses Vertrauen schenkte; als hätte er mir einen märchenhaften Schatz anvertraut, die angehäuften Reichtümer seines Lebens, ohne zu befürchten, ich könnte sie ihm stehlen.

Damals hatte ich nur einen Wunsch: mich dieses Vertrauens würdig zu erweisen. Ich stellte mir vor, ich wäre General einer flüchtenden Armee, der eine riesige Wüste durchqueren muß, um die Frau seines besten Freundes, eines anderen Generals, in Sicherheit zu bringen. Ich würde jede Nacht mit einem Revolver und einer Maschinenpistole bewaffnet vor dem Zelt dieser göttlichen Frau Wache stehen, um die mit gierigen, in der Dunkelheit phosphoreszierenden Augen lauernden Raubtiere in die Flucht zu jagen. Einen Monat später würden wir die Wüste hinter uns lassen, nachdem wir gemeinsam die schlimmsten Prüfungen überstanden hatten: Sandstürme, Hunger, meuternde Soldaten ... Und wenn die Frau endlich meinem Freund entgegenlief, dem General, wenn sie einander in die Arme fielen, würde ich auf dem Gipfel der letzten Düne erschöpft und verdurstet das Bewußtsein verlieren.

Und so begegnete man am Tag nach Luos Abreise jeden Morgen auf dem Pfad, der zum Dorf der Kleinen Schneiderin führte, einem ernst blickenden, forsch ausschreitenden Polizisten in Zivil. Einem hartnäckigen Polizisten. Es war Herbst, der Polizist

kam zügig voran wie ein vor dem Wind segelndes Schiff. Doch hinter dem ehemaligen Pfahlhaus des Brillenschangs bog der Pfad nach Norden ab, und der Polizist mußte jetzt mit gesenktem Kopf gegen den Wind stapfen wie ein Wind und Wetter trotzender Wanderer. Bei der gefährlichen, dreißig Zentimeter breiten Mure, die beidseitig schwindelerregend in die Tiefe abfiel, bei dem berüchtigten Steig, über den der Pilgerweg zum Tempel der Schönheit führte, verlangsamte er den Schritt. Aber er ging jeden Tag siegreich aus seinem Kampf gegen die Höhenangst hervor. Er überquerte leicht schwankend den Steig, jedoch ohne sich hinzuhocken, den Blick fest auf die gleichgültig blickenden Knopfaugen der Krähe mit dem roten Schnabel gerichtet, die wie immer auf der gegenüberliegenden Seite auf ihrem Felsen saß.

Beim kleinsten Fehltritt hätte unser schlafwandelnder Polizist in den Abgrund stürzen können, ob in den linker Hand oder in den rechter Hand.

Plauderte unser verdeckter Polizist mit der Krähe, brachte er ihr ein paar Brotbröckchen? Soviel ich weiß, nicht. Er war beeindruckt, gewiß, und selbst nach Jahren würde er sich an den gleichgültigen Blick des Vogels erinnern. Nur gewisse Gottheiten legen eine solche Gleichgültigkeit an den Tag. Doch der Vogel vermochte unseren Polizisten nicht zu erschüttern, der nur eines im Kopf hatte: seine Mission.

Man beachte, daß die einst von Luo getragene Bambushotte nun am Rücken unseres Polizisten hing. Ein von Fu Lei übersetzter Roman von Balzac war nach

wie vor zuunterst unter Laub, Gemüse, Reis- oder Maiskörnern versteckt. Wenn der Himmel tief verhangen war, sah man aus der Ferne nur eine einsame Hotte den Pfad hochklettern und in den grauen Wolken verschwinden.

Die Kleine Schneiderin hatte natürlich keine Ahnung, daß sie unter besonderem Schutz stand, und betrachtete mich schlicht als stellvertretenden Vorleser.

Ich bildete mir nichts darauf ein, ganz bestimmt nicht, aber meine Art vorzulesen – besser gesagt, meine besondere Art vorzulesen – schien meiner Zuhörerin fast ein bißchen besser zu gefallen als die meines Vorgängers. Eine ganze Seite laut vorzulesen war unerträglich langweilig, also ging ich zu einer ungefähren Lektüre über, das heißt, ich las zuerst zwei, drei Seiten oder ein kurzes Kapitel, während die Kleine Schneiderin an der Nähmaschine saß, legte eine kurze Pause ein, stellte ihr dann eine Frage oder forderte sie auf zu erraten, wie die Handlung weiterging. Nachdem sie geantwortet hatte, erzählte ich, sozusagen Abschnitt für Abschnitt, was im Buch stand. Ich konnte es mir allerdings nicht verkneifen, da und dort ein paar Kleinigkeiten hinzuzufügen, sagen wir einmal, kleine, persönliche Pinselstriche, damit die Geschichte ihr noch besser gefiel. Es kam sogar vor, daß ich Situationen erfand oder Episoden aus einem anderen Roman einflocht, wenn ich der Ansicht war, der alte Balzac wirke etwas ausgelaugt.

Und was war mit dem Gründer der Schneiderdyna-

stie, dem Oberhaupt des Familienbetriebes? Seine Aufenthalte zwischen zwei Kundenfahrten in den umliegenden Dörfern beschränkten sich in der Regel auf zwei oder drei Tage. Er gewöhnte sich schnell an meine täglichen Besuche und war der bestmögliche Komplize meiner Mission, denn der Schwarm der als Kunden verkleideten Verehrer traute sich nicht in seine Nähe. Er hatte die neun in unserem Pfahlhaus verbrachten Nächte nicht vergessen, als ich ihm die Geschichte des *Grafen von Monte Cristo* erzählte. Ein Vergnügen, das sich nun in seinem Haus wiederholte. Etwas weniger leidenschaftlich vielleicht, aber immer sehr aufmerksam, war er der zeitweilige Zuhörer von *Vetter Pons*, einer ziemlich düsteren Geschichte, auch sie von Balzac. Rein zufällig handelte es sich dreimal um eine Episode, in der Cibot, der Schneider, auftritt, eine Nebenfigur, die hinterlistig von Rémonencq ins Verderben getrieben wird.

Kein Polizist auf der ganzen Welt widmete sich hingebungsvoller als ich der Erfüllung seiner Mission. Zwischen zwei Kapiteln aus *Vetter Pons* beteiligte ich mich freiwillig an den Hausarbeiten; ich war's, der täglich das Wasser am gemeinschaftlichen Zapfhahn holte, zwei große Holzeimer an einer über die Schultern gelegten Bambusstange, um das Familienreservoir der jungen Schneiderin zu füllen. Ich bereitete oft ihre Mahlzeiten zu und entdeckte die bescheidene Genugtuung, die einem gewisse geduldige kulinarische Handgriffe bereiten: Gemüse putzen, Fleisch klein schneiden, mit einer stumpfen Axt Holzscheite

spalten, das Holz zum Brennen bringen, mit List und Tücke das Feuer unterhalten, das ständig auszugehen drohte. Manchmal blieb mir nichts anderes übrig, als mit aufgeblähten Backen ins Feuer zu blasen, um inmitten eines dicken, erstickenden Ascheregens mit meinem ungestümen jugendlichen Atem die Flammen anzufachen. Es dauerte nicht lange, und die von Balzacs Romanen gelehrte Höflichkeit und Achtung gegenüber der Frau verwandelte mich – wen wundert's – in jenem Winter, als die Kleine Schneiderin mit Bestellungen überhäuft war, sogar in einen Wäscher, der im Dorfbach die Wäsche einseifte und rumpelte und klatschte und spülte.

Diese unschuldige Zähmung führte zu einer intimeren Annäherung an die Weiblichkeit. Die Balsamine, sagt euch das etwas? Man findet sie überall in den Blumengeschäften oder auf den Fensterbänken. Es gibt eine gelbe und eine blutrote Sorte, deren Fruchtkapsel anschwillt und bei der kleinsten Berührung aufspringt und die Samen in die Luft schleudert. Die Balsamine war die emblematische Königin des Bergs des Phönix-des-Himmels, denn in ihrer Form kann man angeblich den Kopf, die Flügel, die Füße und selbst den Schwanz des Phönix erkennen.

Eines Spätnachmittags befanden wir uns, vor neugierigen Blicken geschützt, allein in der Küche hinter dem Haus. Der Polizist, der die Funktion des Vorlesers, des Geschichtenerzählers, des Kochs, des Wäschers ausübte, war eben dabei, die Finger der Kleinen Schneiderin liebevoll in einem Holzbecken

zu waschen, danach pinselte er behutsam wie eine perfekte Maniküre den dickflüssigen Saft der zerstampften Balsaminenblüte auf jeden einzelnen Fingernagel.

Die Finger der Kleinen Schneiderin waren weich und zart und nicht von der Feldarbeit entstellt wie die der Bäuerinnen; am Mittelfinger der linken Hand war eine rosafarbene Narbe, die zweifellos von den Zähnen der Schlange in der kleinen Liebesbucht herrührte.

»Von wem hast du diese Mädchentricks?« fragte die Kleine Schneiderin.

»Von meiner Mutter. Wenn du morgen die Stoffschnipselchen entfernst, die ich jetzt um deine Nägel binde, sind deine Nägel leuchtendrot, als hättest du sie lackiert.«

»Hält die Farbe lange?«

»Ungefähr zehn Tage.«

Ich hätte sie gern gebeten, am nächsten Morgen ihre roten Fingernägel küssen zu dürfen ... nur einen, als Entschädigung für mein kleines Meisterwerk, die noch frische Narbe an ihrem Mittelfinger zwang mich jedoch, die von meinem Status diktierten Verbote zu achten und das gegenüber dem General eingegangene ritterliche Versprechen einzuhalten.

Als ich an jenem Abend mit meiner Bambushotte, in der *Vetter Pons* lag, nach Hause stapfte, bekam ich die Eifersucht der Dorfbewohner zu spüren. Kaum war ich in den Bergpfad eingebogen, tauchte eine Gruppe von ungefähr zwei Dutzend junger Burschen hinter mir auf und folgte mir stumm.

Ich warf ihnen einen Blick über die Schulter zu: Die grimmige Feindseligkeit in ihren jungen Gesichtern verhieß nichts Gutes. Ich ging schneller.

Plötzlich hörte ich hinter mir eine Stimme, die übertrieben meinen städtischen Akzent nachäffte: »Tse-tse, Fräulein Kleine Schneiderin, gestatten Sie mir, Ihre Wäsche zu waschen?«

Ich wurde rot bis über die Ohren, denn sie machten sich ganz eindeutig über mich lustig. Ich wandte mich um, um den Anstifter dieser häßlichen, aber nicht aus der Luft gegriffenen Farce ausfindig zu machen: Es war der Hinkefuß des Dorfes, der älteste in der Gruppe, der hämisch grinsend eine Steinschleuder schwenkte wie einen Dirigentenstab.

Ich tat nicht dergleichen und ging weiter, während mich die Gruppe einkreiste, mich stupste, im Chor Hinkefuß' »Tse-tse, Fräulein-Kleine-Schneiderin« brüllte und dann in rohes Gelächter ausbrach.

Die Situation wurde langsam bedrohlich.

Einer der Burschen drängte sich vor und hielt mir feixend den Finger unter die Nase: »Ho-ho, du drekkiger Höschenwäscher der Kleinen Schneiderin.«

Es war wie eine schallende Ohrfeige. Meine Gegner hatten mich in der Hand. Ich brachte kein Wort hervor und konnte auch meine Verlegenheit nicht verbergen, hatte ich doch eines ihrer Höschen gewaschen.

In dem Moment überholte mich der Hinkefuß, versperrte mir den Weg, stieg aus seiner Hose, zog seine Unterhose aus, entblößte sein schrumpeliges Glied zwischen dem struppigen Schamhaar.

»Nimm, wasch doch bitte auch meins!« brüllte er, das Gesicht zu einer schweinischen Fratze entstellt. Er schwenkte seine schmutzige, gräulichgelbe, gestopfte Unterhose über seinem Kopf.

Ich war so wütend, daß ich kein Wort hervorbrachte. Ich zitterte an allen Gliedern und hätte am liebsten losgeheult.

Ich erinnere mich nicht mehr genau, was dann geschah. Ich weiß nur noch, daß ich plötzlich einen Anlauf nahm und mich, die Hotte herumwirbelnd, auf den Hinkefuß stürzte. Ich wollte sie ihm ins Gesicht schleudern, aber er wich aus, und ich traf ihn bloß an der Schulter. Ich hatte keine Chance, sie waren in der Überzahl. Zwei kräftige Kerle packten mich und drehten mir die Arme auf den Rücken, meine Hotte barst auseinander und verstreute den Inhalt auf dem Weg: Zwei zerbrochene Eier liefen auf einem Kohlblatt aus und befleckten den Einband von *Vetter Pons,* der elendiglich im Dreck lag.

Stille trat ein. Meine Angreifer, das heißt der Schwarm der beleidigten Verehrer der Kleinen Schneiderin, starrten entgeistert auf den fremden Gegenstand: ein Buch! Sie gingen vorsichtig darauf zu und bildeten einen Kreis darum herum. Der hinkende Sansculotte kauerte nieder, schlug das Titelblatt auf mit dem Schwarzweißporträt von Balzac mit seinem langen Bart und dem ergrauten Schnauzbart.

»Ist das Karl Marx?« fragte einer den Hinkefuß. »Du solltest es wissen, bist ja weiter herumgekommen als wir.«

Der Hinkefuß wußte nicht recht, was antworten.

»Oder ist's vielleicht Lenin?« fragte ein anderer.

»Oder Stalin ohne Uniform?«

Die allgemeine Ratlosigkeit nutzend, befreite ich mich wild entschlossen und stürzte mich mit einem Kopfsprung auf *Vetter Pons.* »Finger weg«, brüllte ich, als handle es sich um eine Bombe.

Bis der Hinkefuß begriff, was los war, hatte ich ihm das Buch entrissen und war im Wald verschwunden.

Geschleuderte Steine und wütendes Geschrei verfolgten mich eine Zeitlang. »Dreckiger Höschenwäscher! Feigling! Wir erziehen dich schon noch!« Ein Stein traf mein linkes Ohr, ein heftiger Schmerz durchzuckte mich und machte mich taub. Instinktiv führte ich die Hand ans Ohr, Blut lief über meine Finger.

Hinter mir nahmen die Beschimpfungen an Lautstärke und Obszönität zu. Die Stimmen prallten an den Felswänden ab, hallten zwischen den Gipfeln und verwandelten sich in Lynchdrohungen, in Warnungen. Dann hörte das Geschrei auf. Stille.

Auf dem Heimweg beschloß der verletzte Polizist blutenden Herzens, seine Mission aufzugeben.

Die Nacht war endlos lang. Unser ausgestorbenes Pfahlhaus kam mir feuchter, düsterer, trostloser denn je vor. Der kalte, ranzige, schimmelige, intensive, hartnäckige Geruch eines unbewohnten Hauses, ein leicht erkennbarer Geruch klebte an den Wänden, an den Möbeln, überall. Um mein schmerzendes Ohr zu vergessen, las ich in jener Nacht im Licht von zwei oder drei Petroleumlampen mein Lieblingsbuch nochmals:

Johann Christof. Doch selbst der rußige Rauch der Petroleumlampen vermochte den Geruch nicht zu vertreiben, in dem ich mich unendlich allein fühlte.

Das Ohr blutete nicht mehr, aber es war blau und geschwollen, es schmerzte und hinderte mich am Lesen. Ich betastete es vorsichtig, und erneut durchzuckte mich ein heftiger Schmerz, der meinen Zorn auflodern ließ.

Jene Nacht, ich werde sie nicht mehr vergessen, aber selbst viele Jahre später kann ich mir meine damalige Reaktion nicht erklären. Mein Ohr schmerzte. Ich wälzte mich unruhig in meinem Bett, das wie mit tausend Nadeln besteckt war. Und statt mir vorzustellen, wie ich mich rächen und dem eifersüchtigen Hinkefuß das Ohr abschneiden würde, sah ich mich erneut von der gleichen Bande angegriffen. Ich war an einen Baum gefesselt. Man folterte mich, man lynchte mich. Die letzten Sonnenstrahlen ließen ein Messer in der Hand des Hinkefuß aufblitzen. Es war kein gewöhnliches Fleischermesser; die schmale Klinge war lang und spitz. Der Hinkefuß fuhr hämisch grinsend mit der Fingerkuppe über die Schneide, dann hob er die Waffe und schnitt schwupps mein linkes Ohr ab. Das Ohr fiel zu Boden, hüpfte ein paarmal auf und ab, während mein Folterknecht die blutverschmierte Klinge abwischte. In dem Moment erschien die in Tränen aufgelöste Kleine Schneiderin und unterbrach die grausame Lynchjustiz, und die Hinkefuß-Bande suchte das Weite.

Ich sah, wie mich das Mädchen mit den blutrot

gefärbten Fingernägeln losband. Ich nahm ihre Finger, steckte sie in den Mund, leckte sie mit meiner glühenden Zungenspitze gierig ab. Sie ließ mich gewähren. Der eingedickte Saft der Balsamine, des Emblems unseres Berges, auf ihren funkelnden Fingernägeln schmeckte süßlich und eine Spur nach Moschus, was mich erregte. Durch den Speichel wurde das Rot leuchtender, intensiver, weichte sich dann auf und verwandelte sich in meinem Mund in glühende, zischende, sich blähende, brodelnde Lava.

Dann ergoß sich der Lavastrom, einen Weg suchend, über meinen gemarterten Körper, schlängelte sich über die kontinentale Ebene, floß um meine Brustwarzen, glitt auf meinen Bauch zu, kam vor meinem Bauchnabel zum Stehen, versickerte in meinem Bauchfell, verlor sich in den Windungen meiner Blutbahnen und meiner Eingeweide und fand schließlich den Weg, der zur Quelle meines erwachten, lodernden, anarchischen Mannseins führte, das die Mündigkeit erreicht hatte und sich weigerte, den scheinheiligen Zwängen zu gehorchen, die der Polizist sich auferlegt hatte.

Die letzte Petroleumlampe flackerte auf und verlöschte, ließ den Polizisten auf dem Bauch liegend in der Dunkelheit zurück, der sich einem nächtlichen Verrat überließ und seine Hose beschmutzte.

Die Leuchtzeiger des Weckers zeigten auf Mitternacht.

Ich hab Ärger«, sagte die Kleine Schneiderin.

Es war am Tag nach dem Überfall ihrer gieprigen Verehrer. Wir saßen in der Küche, in grünen, dann wieder gelben Rauch und in den faden Geruch des garenden Reises gehüllt. Sie schnitt Gemüse klein, und ich unterhielt das Feuer, während ihr Vater, der ausnahmsweise nicht unterwegs war, in der großen Stube nähte; man hörte das vertraute Surren der Nähmaschine. Anscheinend hatten weder er noch seine Tochter etwas von dem Zwischenfall erfahren. Seltsam, daß sie die Quetschung an meinem linken Ohr nicht bemerkt hatte. Ich war in Gedanken so sehr damit beschäftigt, nach einem Vorwand für meine Abdankung zu suchen, daß die Kleine Schneiderin ihren Satz wiederholen mußte.

»Ich hab großen Ärger.«

»Mit Hinkefuß' Bande?«

»Nein.«

»Wegen Luo?«

»Auch nicht«, sagte sie niedergeschlagen. »Ich mach mir Vorwürfe, aber es ist zu spät.«

»Wovon sprichst du?«

»Mir ist ständig übel. Ich hab heute morgen wieder erbrochen.«

Ich sah Tränen über ihr Gesicht laufen und schwer auf die Kohlblätter in ihren Händen mit den blutroten Fingernägeln tropfen. Ich spürte einen Stich im Herz.

»Mein Vater wird Luo umbringen, wenn er's erfährt«, sagte sie lautlos weinend.

Sie hatte seit zwei Monaten ihre Tage nicht mehr gehabt, hatte aber Luo nichts davon gesagt, der doch immerhin verantwortlich, ja sogar schuld an dieser Verzögerung war. Als er abreiste, hatte sie sich noch keine Gedanken gemacht.

Im ersten Moment wühlten mich die ungewohnten Tränen mehr auf als ihr unerwartetes Geständnis. Ich hätte sie am liebsten in die Arme genommen und sie getröstet. Ich litt, sie leiden zu sehen, doch das Surren der Nähmaschine holte mich in die Wirklichkeit zurück.

Trotz meiner praktisch totalen Unkenntnis in geschlechtlichen Dingen war mir die Tragweite dieser zwei Monate Verzögerung klar. Ich weiß nicht, wie ich sie hätte trösten können.

Ich ließ mich von ihrer Ratlosigkeit anstecken und verdrückte verstohlen zwei Tränen, als handelte es sich um mein Kind, als hätte ich – und nicht Luo – sie unter dem riesigen Ginkgobaum oder im klaren Wasser der kleinen Bucht geliebt. Ich fühlte mich romantisch aufgewühlt und ihr sehr nahe. Ich hätte mein ganzes Leben damit zugebracht, sie zu beschützen, ich war bereit, als Junggeselle zu sterben, hätte ihr das geholfen. Ich hätte sie geheiratet, hätte das Gesetz es erlaubt, ich wäre selbst mit einer keuschen Ehe einver-

standen gewesen, damit sie das Kind meines Freundes legitim und in aller Ruhe zur Welt bringen konnte.

Ich betrachtete aus dem Augenwinkel ihren Bauch unter ihrem dicken, handgestrickten roten Pullover, aber ich sah bloß das durch ihr stummes Weinen verursachte Beben ihrer Brust. Wenn eine Frau wegen des Ausbleibens ihrer Tage zu weinen anfängt, ist jeder Trost vergebens. Angst stieg in mir auf. Gütiger Himmel, was bahnte sich da an?

Ich vergaß das Wichtigste, nämlich sie zu fragen, ob sie mit achtzehn Mutter werden wollte. Aus einem einfachen Grund: die Möglichkeit, das Kind zu behalten, war gleich Null und dreimal Null. Kein Krankenhaus, keine Hebamme in der Gegend würde bereit sein, gegen das Gesetz zu verstoßen und das Kind eines unverheirateten Paares auf die Welt zu bringen. Und Luo würde die Kleine Schneiderin erst in sieben Jahren heiraten können, denn vor fünfundzwanzig heiraten, das war von Gesetzes wegen untersagt. Hinzu kam, daß es weit und breit keine Insel gab, wohin unser Romeo mit seiner Julia vor dem Arm des Gesetzes hätte fliehen können, um dort nach Art des alten Robinson zu leben, begleitet von einem zu Freitag mutierten Ex-Polizisten. Jeder Quadratzentimeter unseres Landes stand unter der wachsamen Kontrolle der »Diktatur des Proletariats«, die ganz China überzog wie ein riesiges, perfektes, lückenloses Netz.

Als sie sich beruhigt hatte, zogen wir gemeinsam alle Möglichkeiten einer Abtreibung in Betracht; wir berieten uns hinter dem Rücken ihres Vaters, suchten

nach der unauffälligsten, nach der sichersten Lösung, die das Paar vor einer politischen und einer administrativen Strafe und vor dem Skandal rettete. Die scharfsichtige Gesetzgebung schien alles vorgesehen zu haben, um sie in die Enge zu treiben: Sie konnten ihr Kind vor der Heirat nicht auf die Welt bringen, heiraten durften sie nicht, und das Gesetz verbot die Abtreibung.

In dieser heiklen Situation mußte ich immerhin Luos Voraussicht bewundern. Zum Glück hatte er mir die Beschützermission übertragen, denn kraft meines Amtes schaffte ich es, seine uneheliche Frau davon abzuhalten, sich an die Kräuterärzte in den Bergdörfern zu wenden, die sie womöglich nicht nur vergiftet, sondern überdies auch noch angezeigt hätten. Ich schilderte ihr in den schwärzesten Farben die Folgen, die sie zwingen würden, den Hinkefuß zu heiraten, ich überzeugte sie davon, daß vom Dach des Hauses springen, um eine Fehlgeburt herbeizuführen, gefährlicher Unsinn war.

Am nächsten Morgen ging ich, wie mit ihr vereinbart, als Auskundschafter nach Yong Jing, um das Terrain in der gynäkologischen Abteilung des Kreiskrankenhauses zu sondieren.

Nach Yong Jing, wo die ganze Stadt schnuppernd die Nase in die Luft streckt, wenn in der Kantine der Stadtverwaltung Rindfleisch mit Zwiebeln gekocht wird. Auf einem Hügel am Stadtrand, hinter dem Basketballfeld, wo wir die Freiluftkino-Vorstellungen besucht hatten, befanden sich die zwei Gebäude des

kleinen Krankenhauses. Das erste, in dem das Ambulatorium untergebracht war, lag am Fuße des Hügels; über dem Eingang prangte ein Riesenporträt des Großen Vorsitzenden in Militäruniform, der dem Gewusel der Schlange stehenden Patienten und greinenden Kindern zuwinkt. Das zweite Gebäude aus weißgetünchten Backsteinen lag auf dem Hügel, es war dreigeschossig und hatte keine Balkone; dort befanden sich die stationären Abteilungen.

Nach einem zweitägigen Fußmarsch und einer schlaflosen Nacht in einer flohwimmelnden Herberge schlich ich mich also unauffällig wie ein Spion in das Ambulatorium. Ich trug meine alte Lammfelljacke, um in der Menge nicht aufzufallen. Kaum hatte ich den Fuß in die medizinische Umgebung gesetzt, die mir von Kindheit an vertraut war, wurde ich von Unbehagen gepackt. Im Erdgeschoß, am Ende eines düsteren, engen, feuchten, moderig riechenden Korridors saßen wartende Frauen auf zwei Reihen Bänken längs der Wände; die meisten hatten einen dicken Bauch, einige stöhnten leise. Ich schwitzte vor Aufregung. Endlich entdeckte ich an einer geschlossenen Tür das mit roter Farbe auf ein Holzschild gemalte Wort GYNÄKOLOGIE. Ein paar Minuten später ging die Tür einen Spaltbreit auf, und eine hagere Patientin kam mit einer Verschreibung in der Hand heraus … und eine andere verschwand im Sprechzimmer. Ich hatte kaum den Schatten eines Arztes in weißem Kittel hinter seinem Schreibtisch erspäht – und schon schloß sich die Tür wieder.

Die Sturheit der verschlossenen Tür zwang mich zu warten, bis sie das nächste Mal aufging. Ich mußte unbedingt sehen, was für ein Typ der Gynäkologe war. Doch als ich den Kopf wandte, erschrak ich über die wütenden Blicke, die mir die wartenden Frauen zuwarfen.

Was sie empörte – das war mir klar –, war mein Alter. Ich hätte mich als Frau verkleiden sollen und ein Kopfkissen um den Bauch binden, um eine Schwangerschaft vorzutäuschen. Denn der Neunzehnjährige mit seiner Lammfelljacke im Korridor der Gynäkologie war tatsächlich fehl am Platz. Sie blickten mich haßerfüllt an, als sei ich ein perverser Lüstling oder ein Spanner, der versucht, weibliche Geheimnisse zu beluchsen.

Ich wartete endlos! Die Tür rührte sich nicht. Ich schwitzte, mein Hemd war klatschnaß. Ich zog die Jacke aus, damit Balzacs Text auf der Innenseite der Jacke nicht zerfloß. Die Frauen begannen untereinander zu tuscheln. In dem düsteren Korridor sahen sie aus wie dicke Verschwörerinnen, die im Dämmerlicht ein Komplott schmiedeten. Als planten sie einen Lynchmord.

Eine Frau tippte mir auf die Schulter. »Was hast du hier zu suchen?« fragte sie gehässig.

Sie hatte kurz geschnittenes Haar und trug eine Männerjoppe, eine Hose und eine grüne Soldatenmütze mit der rot-goldenen Mao-Medaille, das äußere Zeichen ihres ruhigen politischen Gewissens. Trotz ihrer Schwangerschaft war ihr Gesicht mit eiternden

oder vernarbten Pickeln übersät. Ich hatte Mitleid mit dem in ihrem Bauch wachsenden Kind.

Ich beschloß, mich dumm zu stellen, um sie ein bißchen auf die Schippe zu nehmen. Ich starrte sie wortlos an, bis sie ihre Frage wiederholte, worauf ich ganz langsam in Zeitlupe meine Hand hinters Ohr führte wie ein Taubstummer.

»Er hat ein geschwollenes, blutunterlaufenes Ohr«, sagte eine der auf der Bank sitzenden Frauen.

»Die Ohrenabteilung ist nicht hier«, krähte die Frau mit der Soldatenmütze. »Einen Stock höher, in der Ophthalmo.«

Was für eine Aufregung! Und während sie diskutierten, wer für die Ohren zuständig war, ein Ophthalmo oder ein Oto-rhino, ging die Tür auf, und zwar diesmal lange genug, daß ich mir das lange, graumelierte Haar und das eckige, müde Gesicht des Gynäkologen, eines etwa vierzigjährigen Mannes mit einer Zigarette im Mundwinkel, einprägen konnte.

Nach diesem ersten Resultat meiner Erkundungen machte ich einen langen Spaziergang, das heißt, ich lief auf der einzigen Straße der Stadt im Kreis herum. Ich weiß nicht, wie oft ich bis ans Ende der Straße schlenderte, das Basketballfeld überquerte und zum Krankenhauseingang zurückkehrte. Ich mußte ständig an den Arzt denken. Er wirkte jünger als mein Vater. Vielleicht kannten sie einander. Man hatte mir gesagt, er arbeite montags und donnerstags in der Gynäkologie und an den übrigen Wochentagen abwechselnd in der Chirurgie, in der Urologie und in

der Gastroenterologie. Möglich, daß er meinen Vater kannte, dem Namen nach zumindest, denn bevor dieser ein Volksfeind geworden war, war er in unserer Provinz ziemlich bekannt gewesen. Ich versuchte, mir meinen Vater oder meine Mutter an seinem Platz, in diesem Kreiskrankenhaus vorzustellen, wie sie die vor der mit GYNÄKOLOGIE beschrifteten Tür wartende Kleine Schneiderin in Begleitung ihres geliebten Sohnes hereinriefen. Es wäre bestimmt die schlimmste Katastrophe ihres Lebens gewesen, schlimmer als die Kulturrevolution! Sie hätten mir gar keine Zeit gelassen, ihnen klarzumachen, wer der Urheber der Schwangerschaft war, und hätten mich empört hinausgeschmissen und mich nie mehr sehen wollen. Es ist schwierig zu erklären, aber die »bourgeoisen Intellektuellen«, denen die Kommunisten soviel angetan hatten, waren, was die Moral anging, ebenso streng wie ihre Verfolger.

Am Mittag aß ich im Restaurant. Ich bereute diesen Luxus schnell, der meine Geldbörse beträchtlich erleichterte, doch es war der einzige Ort, wo man ein Gespräch mit Unbekannten anknüpfen konnte. Wer weiß, vielleicht würde ich dort ein Schlitzohr antreffen, das alle Schliche für eine Abtreibung kannte.

Ich bestellte pfannengerührtes Hähnchenfleisch mit frischen Pfefferschoten und eine Schale Reis. Meine Mahlzeit, die ich unendlich hinzog, dauerte länger als die eines zahnlosen Greises. Doch je leerer mein Teller wurde, desto mehr sank meine Hoffnung. Die Schlitzohren der Stadt waren wohl ärmer oder

geiziger als ich und setzten offenbar keinen Fuß ins Restaurant.

Zwei Tage lang zeitigten meine gynäkologischen Annäherungen keine Resultate. Der einzige Mann, mit dem ich das Thema erörtern konnte, war der Nachtpförtner des Krankenhauses, ein dreißigjähriger ehemaliger Polizist, der vor einem Jahr seinen Beruf wegen Frauengeschichten hatte aufgeben müssen. Ich blieb bis Mitternacht in seinem Kabäuschen, und wir spielten Schach und erzählten einander unsere Abenteuer. Er bat mich, ihm die hübschen umerzogenen Mädchen auf dem Berg vorzustellen – »he-he, du bist doch ein Kenner, was?« –, weigerte sich aber strikt, meiner Freundin, die »Probleme mit ihren Tagen« hatte, in irgendeiner Weise zu helfen.

»Bitte kein Wort mehr«, sagte er erschrocken. »Wenn die Krankenhausleitung erfährt, daß ich mich mit solchen Dingen befasse, schickt sie mich auf der Stelle wieder ins Gefängnis.«

Am dritten Tag gegen Mittag, überzeugt, daß ich die Tür des Gynäkologen niemals erreichen würde, beschloß ich, wieder auf meinen Berg zurückzukehren, als ich mich plötzlich an eine bestimmte Person in der Stadt erinnerte: an den Pastor.

Ich wußte nicht, wie er hieß, doch als wir uns die Filme angesehen hatten, war uns seine graue, im Wind flatternde Mähne aufgefallen. Er hatte, selbst wenn er die Straße kehrte, etwas Aristokratisches an sich. Er steckte in einem blauen, viel zu weiten Straßenkehrerkittel und hielt einen langen Besen in der Hand, und

alle, selbst die fünfjährigen Knirpse, beschimpften ihn, schlugen ihn, spuckten ihn an. Seit zwanzig Jahren verbot man ihm, sein religiöses Amt auszuüben.

Wenn ich an ihn zurückdenke, kommt mir eine Anekdote in den Sinn: Eines Tages durchwühlten die Roten Garden sein Haus und entdeckten ein unter seinem Kopfkissen verstecktes Buch, das in einer fremden Sprache geschrieben war, die niemand lesen konnte. Die Szene war nicht viel anders als die mit Hinkefuß' Bande um *Vetter Pons.* Man mußte die Beute an die Universität Peking schicken, die feststellte, daß es sich um eine lateinische Bibel handelte. Der Pastor mußte teuer dafür bezahlen, denn seither zwang man ihn, bei Regen und Schnee und Sommerhitze die Straße zu kehren. Mit der Zeit wurde er in der Stadt zu einer wandelnden Straßendekoration.

Einen Pastor wegen einer Abtreibung zu konsultieren erschien mir ziemlich abwegig. War ich wegen der Kleinen Schneiderin von allen guten Geistern verlassen? Und ich stellte mit einem Mal fest, daß ich in den drei Tagen, seit ich in der Stadt weilte, kein einziges Mal die silberne Mähne des alten Straßenkehrers mit den mechanischen Gesten gesehen hatte.

Ich fragte einen Zigarettenverkäufer, ob der Pastor seine Strafe abgebüßt habe. »Nein«, antwortete er. »Er ist zwei Fingerbreit vom Tod entfernt, der Ärmste.«

»Was hat er?«

»Krebs. Seine zwei Söhne sind aus den großen Städten gekommen. Sie haben ihn ins Kreiskrankenhaus gebracht.«

Anstatt weiter durch die Stadt zu schlendern, stürzte ich, ohne lange zu überlegen, in atemlosem Lauf zum Krankenhaus auf dem Hügel, fest entschlossen, mein Glück zu versuchen und dem sterbenden Pastor einen Rat zu entreißen.

Im Flur stieg mir penetranter Medizingeruch, vermischt mit dem Gestank der schmutzigen Latrinen und dem Mief von Fett und Rauch in die Nase. Man hätte sich in einem Flüchtlingslager während des Krieges geglaubt: Die Krankenzimmer dienten gleichzeitig als Küche. Töpfe, Schneidebretter, Pfannen, Gemüse, Eier, Sojasauceflaschen, Essigflaschen lagen überall herum, neben den Krankenbetten, zwischen den Bekken und den Geräteständern, an denen die Infusionsflaschen hingen. Es war Mittagessenszeit, und die Patienten beugten sich über die rauchenden Töpfe und steckten die Eßstäbchen hinein und zankten sich um die Nudeln; andere wiederum wendeten brutzelnde Omeletts, die in das heiße Öl klatschten. Es war ein einziges Chaos.

Ich konnte ja nicht wissen, daß es in den Kreiskrankenhäusern keine Kantinen gab und die Patienten selber für das Essen sorgen mußten, obschon sie schwach und hinfällig waren, ganz zu schweigen von den Verletzten, den Behinderten, den Verstümmelten. Sie boten ein buntes, aufgeregtes Schauspiel, die Peking-Oper-Köche mit ihren roten, grünen oder schwarzen Gipsverbänden, ihren sich lösenden Verbänden, die über dem in den Kochtöpfen siedenden Wasser flatterten.

Ich entdeckte den im Sterben liegenden Pastor in einem Sechsbettzimmer. Er hing am Tropf, umringt von seinen zwei Söhnen und seinen Schwiegertöchtern, alle um die Vierzig, und einer bitterlich weinenden Frau, die ihm sein Essen auf einem Petroleumkocher zubereitete. Ich schlüpfte ins Zimmer und hockte mich neben sie.

»Sind Sie seine Frau?« fragte ich.

Sie nickte. Ihre Hand zitterte so stark, daß ich ihr die Eier aus der Hand nahm und für sie aufschlug.

Die beiden Söhne trugen bis zum Kragen zugeknöpfte Mao-Röcke, sahen aus wie Funktionäre oder Leichenbestatter mit Reporterallüren, denn sie hantierten an einem alten, gelben, rostigen Kassettenrecorder herum.

Plötzlich drang ein ohrenzerreißendes Geräusch aus dem Gerät und hallte wie ein Alarm, so daß die anderen Patienten vor Schreck beinahe ihre Reisschalen fallen ließen.

Dem älteren Sohn gelang es, das höllische Geräusch leiser zu stellen, während sein Bruder das Mikrophon an die Lippen des alten Pastors hielt.

»Sag etwas, Papa«, flehte der ältere Sohn.

Das silbergraue Haar des Alten war fast gänzlich ausgefallen, und sein Gesicht war kaum wiederzuerkennen. Er war stark abgemagert, war nur noch fahle, pergamentene Haut über den hervorstehenden Knochen. Sein einst kräftiger Körper war schrecklich geschrumpft. Er lag kraftlos unter der Decke und kämpfte mit seinen Schmerzen. Schließlich öffnete er

seine schweren Lider. Seine Angehörigen reagierten mit staunender Freude auf dieses Lebenszeichen. Das Mikrophon wurde wieder vor seinen Mund gehalten. Das Tonband begann knirschend zu laufen, als würden Stiefel Glasscherben zertreten.

»Papa, bitte, streng dich an«, bettelte der Sohn. »Wir möchten deine Stimme als Erinnerung für deine Enkel aufnehmen.«

»Bitte, wiederhole einen Satz des Großen Vorsitzenden Mao. Einen einzigen Satz, bitte, einen Slogan! Und sie werden wissen, daß ihr Großvater kein Reaktionär mehr ist, daß sein Hirn saubergewaschen ist«, rief der zum Toningenieur mutierte Sohn.

Ein kaum wahrnehmbares Zittern lief über die Lippen des Pastors, doch seine Stimme war zu schwach. Er flüsterte unverständliche Worte. Selbst die alte Frau gestand hilflos, sie verstehe nicht, was er sage.

Dann fiel er ins Koma zurück.

Der Sohn spulte das Band zurück, und die ganze Familie hörte nochmals die geheimnisvolle Botschaft ab.

»Es ist Latein«, erklärte der ältere Sohn. »Er hat sein letztes Gebet auf lateinisch gesprochen.«

»Das sieht ihm gleich«, sagte die alte Frau und wischte mit einem Taschentuch den Schweiß von der Stirn des Pastors.

Ich stand auf und ging wortlos zur Tür. Ich hatte zufällig die Gestalt des weiß bekittelten Gynäkologen wie eine Spukerscheinung vor der Tür vorbeigehen sehen, hatte wie in Zeitlupe gesehen, wie er einen letz-

ten Zug aus seiner Zigarette tat, den Rauch ausspuckte, den Stummel wegwarf und verschwand.

Ich stürzte aus dem Zimmer, stieß eine Sojasauceflasche um und stolperte über eine auf dem Fußboden herumliegende Bratpfanne. Als ich endlich im Flur stand, war der Arzt verschwunden.

Ich suchte ihn von Tür zu Tür, fragte alle, die mir entgegenkamen. Schließlich zeigte ein Patient auf eine Zimmertür am Ende des Flurs. »Ich habe ihn in das Privatzimmer dort drüben gehen sehen. Ein Arbeiter aus der Maschinenfabrik Rotes Banner hat sich scheint's in einer Maschine fünf Finger abgeschnitten.«

Ich ging auf das Zimmer zu, aus dem Schmerzensschreie drangen. Ich drückte leicht die Klinke herunter, die Tür öffnete sich leise wie von selbst.

Der Verletzte saß mit nacktem Oberkörper auf dem Bett, mit steifem Nacken und zurückgeworfenem Kopf an das Kopfende gelehnt, während der Arzt ihm einen Verband anlegte. Er war ungefähr dreißig, muskulös, an seinem Hals traten die Sehnen hervor. Ich betrat das Zimmer und schloß die Tür hinter mir. Die weiße Gaze war blutdurchtränkt, das Blut tropfte trotz des Verbandes, tick-tack-tick-tack, vom Stöhnen des Mannes begleitet, in ein Emailbecken neben dem Bett.

Der Arzt hatte den erschöpften Gesichtsausdruck eines Schlaflosen, doch er wirkte weniger gleichgültig, weniger »abwesend« als das letzte Mal, als ich ihn durch den Türspalt erspäht hatte. Er wickelte eine dicke Gazerolle ab und verband die Hand des Mannes,

ohne mir Beachtung zu schenken. Meine Lammfelljacke erstaunte ihn nicht weiter.

Ich zog eine Zigarette aus der Tasche und zündete sie an. Dann ging ich auf das Bett zu und steckte dem möglichen Retter meiner Freundin lässig, als sei es die selbstverständlichste Sache der Welt, die Zigarette zwischen die Lippen. Er schaute wortlos zu mir auf, zog an der Zigarette, ohne seine Arbeit zu unterbrechen. Ich zündete eine zweite an, streckte sie dem Verwundeten hin, der seine rechte Hand danach ausstreckte.

»Hilf mir«, sagte der Arzt und hielt mir ein Gazeende hin. »Fest ziehen«, befahl er. Ich stellte mich an die andere Seite des Bettes, und wir zogen den Verband an wie zwei Männer, die ein Bündel satt verschnüren.

Die Blutung wurde schwächer, der Verletzte stöhnte nicht mehr. Er ließ die Zigarette auf den Fußboden fallen, glitt zur Seite und schlief auf der Stelle ein. »Die Wirkung der Narkose«, meinte der Arzt.

»Wer bist du?« fragte er, eine letzte Gazelage um die bereits dick verbundene Hand wickelnd.

»Ich bin Sohn eines Arztes, der im Provinzkrankenhaus arbeitet. Nun, gearbeitet hat …«

»Wie heißt er?«

Ich wollte den Namen von Luos Vater nennen, doch der meines Vaters entschlüpfte mir spontan. Beklemmende Stille folgte. Ich hatte den Eindruck, daß er nicht nur meinen Vater kannte, sondern auch über sein politisches Mißgeschick Bescheid wußte.

»Was willst du?« fragte er.

»Es ist wegen meiner Schwester ... Sie hat ein Problem ... ich meine, sie hat seit fast drei Monaten ihre Tage nicht mehr gehabt.«

»Das kann nicht stimmen«, sagte er kalt.

»Wieso?«

»Dein Vater hat keine Tochter. Verschwinde, mieser kleiner Lügner.«

Er hob die Stimme nicht, zeigte mir nicht die Tür, obwohl er ganz offensichtlich wütend war; er hätte mir beinahe seinen Zigarettenstummel ins Gesicht geschleudert.

Rot vor Scham wollte ich gehen, kehrte aber nach ein paar Schritten wieder zurück. »Ich schlage Ihnen einen Tauschhandel vor«, hörte ich mich sagen, »wenn Sie meiner Freundin helfen, wird sie Ihnen ihr ganzes Leben dankbar sein, und ich schenke Ihnen dafür ein Buch von Balzac.«

Er zuckte zusammen, als er in diesem Krankenhaus am Ende der Welt, während er eine verstümmelte Hand verband, diesen Namen hörte. Es verschlug ihm beinahe die Sprache. Endlich sagte er: »Ich hab dir schon gesagt, daß du ein mieser kleiner Lügner bist. Wie kämst du dazu, ein Buch von Balzac zu besitzen?«

Wortlos zog ich meine Lammfelljacke aus, wendete die Innenseite nach außen und zeigte ihm den Text, den ich auf die Lederseite abgeschrieben hatte; die Tinte war etwas verblaßt, aber immer noch lesbar.

Er beugte sich prüfend über den Text, zog dann

ein Päckchen Zigaretten aus seiner Kitteltasche und reichte mir eine. Er überflog rauchend den Text.

»Eine Übersetzung von Fu Lei«, murmelte er. »Ich erkenne seinen Stil. Er ist ein Volksfeind wie dein Vater, der Ärmste.«

Dieser Satz brachte mich zum Weinen. Ich hätte es gern unterdrückt, aber es war zuviel für mich. Ich heulte wie ein kleines Kind. Meine Tränen galten nicht der Kleinen Schneiderin und auch nicht meiner erfüllten Mission, sondern Balzacs Übersetzer, den ich nicht einmal kannte. Ist das nicht die größte Würdigung, die größte Anerkennung, die einem Intellektuellen auf dieser Welt zuteil werden kann?

Wenn ich an jenen ergreifenden Moment zurückdenke, vergesse ich fast die folgenden Ereignisse. Eine Woche später, einem Donnerstag, betrat die als dreißigjährige Frau verkleidete Kleine Schneiderin mit einem weißen Band um die Stirn an dem vom polyvalenten Arzt und Literaturliebhaber vereinbarten Termin den Operationssaal, derweil ich – der Verursacher der Schwangerschaft war noch nicht zurück – drei Stunden im Korridor saß und auf den kleinsten Laut hinter der Tür lauschte: die gedämpften Geräusche, das Fließen von Wasser, den markdurchdringenden Schrei einer unbekannten Frau, die undeutlichen Stimmen der Krankenschwestern, die hastigen Schritte …

Der Eingriff verlief problemlos. Als ich endlich in die Operationsabteilung durfte, erwartete mich der Gynäkologe in einem karbolgeschwängerten Raum.

Die Kleine Schneiderin saß zuhinterst auf einem Bett und zog sich mit Hilfe einer Krankenschwester an.

»Es war ein Mädchen, wenn es dich interessiert«, flüsterte der Arzt mir zu, riß ein Streichholz an und begann zu rauchen.

Als Zugabe zu der versprochenen *Ursula Mirouët* schenkte ich dem Arzt auch noch *Johann Christof*, damals mein Lieblingsbuch, das ebenfalls von Fu Lei übersetzt worden war.

Obwohl die frisch Operierte noch etwas wackelig auf den Beinen war, war ihre Erleichterung grenzenlos, als sie das Krankenhaus verließ, und wahrscheinlich mit der eines Angeklagten vergleichbar, für den der Staatsanwalt lebenslänglichen Freiheitsentzug gefordert hat und der, als nicht schuldig erklärt, das Gerichtsgebäude verläßt.

Sie wollte sich nicht im Gasthof hinlegen und beharrte darauf, auf den Friedhof zu gehen, wo der Pastor vor zwei Tagen beigesetzt worden war. Sie behauptete, er sei es gewesen, der mich ins Krankenhaus geführt und mit unsichtbarer Hand meine Begegnung mit dem Gynäkologen herbeigeführt hatte. Mit dem uns verbliebenen Geld kauften wir ein Kilo Mandarinen und legten sie als Opfergabe auf sein schmuckloses Zementgrab. Wir bedauerten, kein Grabgebet in Lateinisch sprechen zu können, der Sprache, in der er in seiner Todesstunde zu seinem Gott gebetet … oder sein Straßenkehrerleben verflucht hatte. Wir überlegten hin und her, ob wir an seinem Grab schwören sollten, Lateinisch zu lernen und eines Tages zurückzu-

kehren, um uns in dieser Sprache mit ihm zu unterhalten. Schließlich beschlossen wir, es sein zu lassen, denn wir wußten nicht, wo uns ein Lehrbuch besorgen (vielleicht hätten wir diesmal bei Brillenschangs Eltern einbrechen müssen), vor allem aber war es unmöglich, einen Lehrer zu finden. Wir kannten außer dem alten Pastor keinen einzigen Chinesen in unserer Gegend, der eine Ahnung von Lateinisch hatte.

Auf seinem Grabstein waren sein Name und zwei Daten eingraviert und sonst nichts, kein Hinweis auf sein Leben und kein Hinweis auf sein religiöses Amt. Bloß ein Kreuz war mit greller roter Farbe darauf gemalt, als wäre er Apotheker oder Arzt gewesen.

Wir schworen, daß wir, wenn wir eines Tages reich sein sollten und die Religionen nicht mehr verboten waren, zurückkehren wollten, um einen bemalten Grabstein für ihn setzen zu lassen, in den ein Mann mit silbernem Haar und einer Dornenkrone – genau wie Jesus – gemeißelt war, aber nicht mit ans Kreuz genagelten Händen, sondern mit einem langen Besenstiel in den Händen.

Die Kleine Schneiderin wollte anschließend zu einem verbotenen, von den Roten Garden geschlossenen buddhistischen Tempel gehen, um ein paar Geldscheine über die Mauer zu werfen aus Dankbarkeit für die ihr gewährte Gnade. Aber wir besaßen keinen einzigen Fen mehr.

Nun ist der Moment gekommen, den Schlußakt dieser Geschichte zu schildern. Zeit, sechs angerissene Streichhölzer in der Winternacht aufflammen zu sehen.

Drei Monate waren seit der Abtreibung der Kleinen Schneiderin vergangen. Das leise Murmeln des Windes und das Grunzen aus dem Schweinekoben erfüllten die Nacht. Luo war seit drei Monaten auf unserem Berg zurück.

Die Luft roch nach Frost.

Das zischende Knistern eines angerissenen Streichholzes. Der reglose schwarze Schatten unseres Pfahlhauses in ein paar Metern Entfernung wurde von dem aufblitzenden gelben Licht aufgeschreckt und erschauerte unter dem Mantel der Dunkelheit.

Das Flämmchen wäre beinahe in seinem schwefligen Rauch erstickt und ausgegangen, flackerte schließlich doch auf und näherte sich dem *Alten Go,* der vor dem Pfahlhaus auf der kalten Erde lag. Die von der züngelnden Flamme geleckten Seiten krümmten sich, schmiegten sich aneinander, und die Worte stürzten ins Freie. Das arme französische Mädchen schreckte durch die Feuersbrunst aus seinem Schlafwandlertraum, wollte flüchten … doch es war zu spät.

Als sie ihren geliebten Vetter wiederfand, war sie bereits mitsamt den Geldanbetern, ihren Freiern und ihrem Millionenerbe von den Flammen verschlungen und in Rauch aufgelöst.

Drei weitere Streichhölzer zündeten gleichzeitig die Scheiterhaufen von *Vetter Pons, Oberst Chabert* und *Eugenie Grandet* an. Das fünfte erwischte Quasimodo am Rockzipfel, der, Esmeralda auf dem Rücken, mit seiner knochigen Gestalt über das Kopfsteinpflaster von *Notre-Dame de Paris* floh. Das sechste entflammte *Madame Bovary.* Doch die Flamme hielt plötzlich in einem luziden Aufleuchten inne und weigerte sich, bei der Seite anzufangen, wo Emma, im Bett rauchend, in einem Hotelzimmer in Rouen in den Armen ihres jungen Liebhabers flüsterte: »Auch du wirst mich verlassen …« Das zornige, aber wählerische Streichholz entschloß sich, von der letzten Seite des Buches her vorzugehen, bei der Szene, wo die sterbende Heldin glaubt, einen Blinden singen zu hören:

Ein schöner Tag, ein warmer Wind,
Von Liebe träumt das schöne Kind.

Eine Geige stimmte eine Trauermelodie an, und genau in dem Moment fegte ein Windstoß durch die flammenden Bücher; Emmas noch warme Asche flog davon, vermischte sich mit der ihrer verkohlten Landsleute und hob sich wirbelnd in die Luft.

Das aschestaubige Roßhaar des Bogens strich über die glänzenden Metallsaiten, in denen der Widerschein des Feuers aufblitzte. Der Klang dieser Geige, das war der meiner Geige. Der Geiger, das war ich.

Luo, der Brandstifter, der Sohn des berühmten Zahnarztes, der romantische Liebhaber, der auf allen vieren über die gefährliche Mure gekrochen war, der große Bewunderer Balzacs hockte stockbetrunken auf der Erde, den Blick starr aufs Feuer gerichtet, fasziniert, ja hypnotisiert von den Flammen, in denen Worte oder einst geliebte Wesen flirrend tanzten, bevor sie zu Asche wurden. Er weinte und lachte und weinte.

Kein einziger Zeuge wohnte unserem Opferfeuer bei. Die an mein Geigenspiel gewöhnten Dorfbewohner zogen es vor, in ihren warmen Betten zu bleiben. Wir wollten unseren alten Freund, den Müller, einladen, damit er uns auf seinem dreisaitigen Instrument begleitete und seine schlüpfrigen »alten Reime« sang und dabei die zahllosen Fältchen auf seinem Bauch spielen ließ. Doch er war krank. Als wir ihn zwei Tage zuvor besucht hatten, lag er mit Grippe auf seinem Bett.

Das Autodafé ging weiter. Der berühmte *Graf von Monte Cristo,* der aus seinem Festungsverlies entkommen war, wurde von Luos Wahnsinn eingeholt. Die anderen Frauen und Männer, die im Koffer des Brillenschang gehaust hatten, entkamen ebenfalls nicht.

Selbst wenn plötzlich der Laoban vor uns gestanden hätte, hätten wir keine Angst vor ihm gehabt. In unserem Rausch hätten wir ihn vielleicht lebendigen Leibes verbrannt, als sei auch er eine literarische Gestalt.

Jedenfalls saßen nur wir beide am Feuer. Die Kleine Schneiderin war weggegangen und würde uns nie

mehr besuchen. Ihre ebenso plötzliche wie unerwartete Abreise hatte uns total überrascht.

Wir mußten lange in unserer vom Schock betäubten Erinnerung wühlen, um ein Anzeichen zu finden, ein modisches Omen, das auf den sich vorbereitenden tödlichen Schlag hindeutete.

Vor ungefähr zwei Monaten hatte Luo mir erzählt, sie hätte sich nach einer Zeichnung, die sie in *Madame Bovary* gesehen hatte, einen Büstenhalter genäht. Ich hatte damals darauf hingewiesen, daß es sich um die erste Damenwäschekollektion auf dem Berg des Phönix-des-Himmels handelte, ein Ereignis also, das würdig war, in die lokalen Annalen einzugehen. Ihr neuster Spleen sei, hatte Luo mir anvertraut, den Mädchen aus der Stadt gleichen zu wollen: »Sie imitiert jetzt beim Sprechen unseren Akzent.«

Wir schrieben die Konfektion des Büstenhalters der unschuldigen Koketterie eines jungen Mädchens zu, ich kann aber nicht begreifen, wie wir die zwei weiteren Neuerungen ihrer Garderobe übersehen konnten, da weder die eine noch die andere auf dem Berg von irgendwelchem Nutzen sein konnte. Zuerst einmal hatte sie meinen blauen Mao-Rock mit den drei kleinen goldenen Knöpfen – den ich ein einziges Mal getragen hatte – zurückverlangt. Sie hatte ihn geändert, gekürzt und eine Damenkostümjacke daraus genäht, die jedoch durch die vier Taschen und den kleinen Kragen den männlichen Look bewahrt hatte. Ein entzückendes Modell, das in den damals herrschenden Zeiten aber nur von einer Städterin getragen werden konnte.

Daraufhin hatte sie ihren Vater gebeten, ihr aus dem Kaufhaus in Yong Jing ein Paar Tennisschuhe zu bringen, deren makelloses Weiß dem allgegenwärtigen Berglöß keine drei Tage widerstanden hätte.

Ich erinnere mich auch an das westliche Neujahrsfest jenes Jahres. Es handelte sich nicht eigentlich um ein Fest, sondern um einen nationalen Urlaubstag. Wie gewöhnlich waren Luo und ich zu ihr gegangen. Mann-o-Mann, ich hätt sie beinahe nicht wiedererkannt. Als ich das Haus betrat, glaubte ich, eine junge Gymnasiastin aus Chengdu vor mir zu sehen. Ihr langer Zopf mit der roten Schleife war durch einen Kurzhaarschnitt ersetzt worden, was ihr eine andere Schönheit verlieh, den Charme eines modernen jungen Mädchens. Sie war eben dabei, den Mao-Rock zu ändern. Luo freute sich über ihre unerwartete Verwandlung. Als sie das entzückende Mao-Modell anprobierte, war er hell begeistert: der strenge männliche Schnitt ihrer Kleidung, ihre neue Frisur, ihre makellos weißen Tennisschuhe anstelle ihrer rosafarbenen Pantöffelchen verliehen ihr eine aparte Sinnlichkeit, eine besondere Eleganz, die den Tod des hübschen, etwas linkischen Bauernmädchens ankündigten. Luo wurde vor Künstlerfreude überwältigt, als er sein vollendetes Werk betrachtete. Er flüsterte mir ins Ohr: »Die paar Monate Lektüre waren nicht vergebens, was meinst du?«

Der Ausgang dieser Verwandlung, dieser Balzacschen Umerziehung schwang bereits unterschwellig in Luos Satz mit, doch wir überhörten die Warnung.

Schläferte uns unser selbstgefälliger Stolz ein? Überschätzten wir die Tugenden der Liebe? Oder hatten wir ganz einfach den eigentlichen Kern der Romane nicht verstanden, die wir ihr vorgelesen hatten?

Eines Morgens im Februar, am Tag vor der Wahnsinnsnacht unseres Autodafés, pflügten Luo und ich, jeder hinter seinem Büffel, ein ehemaliges Maisfeld, das in ein Reisfeld umgewandelt worden war. Gegen zehn Uhr unterbrachen die Rufe der Dorfbewohner unsere Arbeit: »Hei-hei, geht nach Hause, der alte Schneider wartet auf euch.«

Daß er ohne Nähmaschine gekommen war, war bereits ein schlechtes Omen, doch als wir vor ihm standen, machten uns sein zerfurchtes Gesicht, seine hervorstehenden Wangenknochen, sein zerzaustes Haar geradezu angst.

»Meine Tochter ist heute Morgen in aller Frühe weggegangen«, begrüßte er uns.

»Weggegangen?« fragte Luo. »Ich versteh nicht.«

»Ich auch nicht. Aber sie ist gegangen.«

Er berichtete, seine Tochter hätte sich hinter seinem Rücken vom Kreiskomitee alle notwendigen Papiere und Bescheinigungen ausstellen lassen, die für eine lange Reise notwendig waren. Sie hatte ihm erst am Abend vor der Abreise mitgeteilt, sie habe die Absicht, ihr Leben zu ändern und in einer großen Stadt ihr Glück zu versuchen. »Ich hab sie gefragt, ob ihr beide etwas davon wißt«, fuhr er fort. »Sie hat gesagt nein und daß sie euch schreiben wird, sobald sie eine feste Adresse habe.«

»Ihr hättet sie nicht gehen lassen dürfen«, sagte Luo tonlos. Er war am Boden zerstört.

»Nichts zu machen«, entgegnete der alte Mann traurig. »Ich hab ihr sogar gesagt: Wenn du weggehst, wirst du keinen Fuß mehr hierher setzen.«

Luo stürmte Hals über Kopf davon, rannte verzweifelt die steilen Bergpfade talwärts, um die Kleine Schneiderin einzuholen. Ich folgte ihm holterdiepolter auf einer Abkürzung zwischen den Felsen. Die Szene erinnerte mich an meinen Traum, in dem die Kleine Schneiderin in den Abgrund neben der Mure gestürzt war. Wir liefen mit fliegender Hast, wir jagten durch eine Schlucht, in der es keinen Weg gab, wir rutschten die steilen Felswände hinunter ... Einen Moment lang wußte ich nicht, ob ich in meinem alten Traum oder in Wirklichkeit lief und stolperte und kollerte ... oder ob ich träumend rannte. Die Felsen hatten fast alle die gleiche düstergraue Farbe und waren mit glitschigem Moos bewachsen.

Ich konnte mit Luo nicht mehr Schritt halten. Vor lauter Rennen, über Felsen balancieren, von Stein zu Stein springen tauchte das Ende meines Traums in allen Einzelheiten vor mir auf. Das klagende Krächzen der Krähe mit dem roten Schnabel, die über meinem Kopf kreiste, hallte in meinem Kopf nach. Ich glaubte, jeden Moment den Körper der Kleinen Schneiderin am Fuße eines Felsen zu finden, den Kopf auf der Brust baumelnd, mit zwei großen, ausgebluteten Wunden an ihrem Schädel. Jeder meiner Schritte schmerzte im Kopf. Ich weiß nicht, warum ich mich

auf dieses wahnsinnige Abenteuer eingelassen hatte. Aus Freundschaft zu Luo? Wegen meiner Liebe zu seiner Freundin? Oder war ich ein Zuschauer, der den Ausgang einer Geschichte nicht versäumen wollte? Ich verstand nicht, warum, aber die Erinnerung an meinen Traum verfolgte mich auf dem ganzen Weg. Ich verlor unterwegs einen Absatz.

Als ich nach drei oder vier Stunden wildem Lauf, Galopp, Trab, Rutschen, Stürzen und selbst Überschlägen die Gestalt der Kleinen Schneiderin erblickte, die auf einem Stein am Wegrand saß und auf ein buckliges Gräberfeld hinunterblickte, atmete ich erleichtert auf: Das Gespenst meines Alptraums war ausgetrieben.

Ich verlangsamte mein Tempo, ließ mich dann am Wegrand mit gurgelndem Bauch und sausendem Kopf auf die Erde fallen. Die Umgebung war mir vertraut. An dieser Stelle hatte ich vor ein paar Monaten Brillenschangs Mutter getroffen.

»Ein Glück«, sagte ich mir, »daß die Kleine Schneiderin hier Rast gemacht hat.« Vielleicht hatte sie sich im Vorbeigehen von ihren mütterlichen Ahnen verabschieden wollen. Dem Himmel sei Dank, denn sonst wäre mein Herz stillgestanden oder ich wäre übergeschnappt.

Ich saß etwa zehn Meter weiter weg auf einem überhängenden Felsen, was mir erlaubte, das Wiedersehen von oben zu beobachten. Als Luo näher kam, wandte sie den Kopf. Er ließ sich, genau wie ich am Ende seiner Kräfte, auf die Erde fallen.

Ich traute meinen Augen nicht: Die Szene erstarrte

zu einem lebenden Bild. Das auf einem Stein sitzende Mädchen mit dem Männerrock, dem kurzgeschnittenen Haar und den weißen Schuhen rührte sich nicht, während der auf dem Rücken liegende junge Mann die Wolken über seinem Kopf betrachtete. Ich glaube, sie sprachen kein Wort miteinander. Zumindest hörte ich nichts. Ich hätte gerne eine heftige Szene erlebt, Schreie, Anschuldigungen, Erklärungen, Tränen, Beschimpfungen ... Doch nichts. Stille. Ohne den Rauch von Luos Zigarette hätte man meinen können, sie seien zu steinernen Statuen erstarrt.

Obschon in solchen Situationen Wut oder Schweigen aufs Gleiche herauskommt und es schwierig ist, zwei verschiedene Ansichten auf einen versöhnlichen Nenner zu bringen. Wandte Luo vielleicht die falsche Strategie an? Oder ergab er sich zu früh der Ohnmacht der Worte?

Ich machte an einer geschützten Stelle aus Zweigen und dürrem Laub ein Feuer. Ich holte ein paar Süßkartoffeln aus meinem kleinen Schulterbeutel und vergrub sie in der Asche.

Im Geheimen und zum ersten Mal war ich der Kleinen Schneiderin böse. Obwohl ich mich auf die Rolle des Zuschauers beschränkte, fühlte ich mich ebenso verraten wie Luo, nicht durch ihren Weggang, sondern durch die Tatsache, daß sie mir nichts davon gesagt hatte, als ob für sie unsere Komplizenschaft während Luos Abwesenheit nicht mehr existierte. Als sei ich für sie nichts anderes gewesen – und würde nie etwas anderes sein – als ein Freund ihres Freundes.

Ich fischte mit einem spitzen Stecken eine Süßkartoffel aus dem rauchenden Haufen, pustete darauf und klopfte die Asche ab. Da drang endlich von unten Stimmengemurmel zu mir herauf. Die zwei steinernen Statuen unterhielten sich leise, aber in gereiztem Tonfall. Ich hörte undeutlich den Namen Balzac und fragte mich, was der denn mit der ganzen Geschichte zu tun hatte. In dem Moment, als ich mich schon über die Unterbrechung der Stille freute, begann das lebende Bild sich zu bewegen: Luo richtete sich auf, und sie hüpfte von ihrem Stein. Doch anstatt sich gegenseitig in die Arme zu werfen, nahm sie ihr Bündel und entfernte sich entschlossenen Schrittes.

»Warte«, rief ich ihr nach und schwenkte die Süßkartoffel. »Komm, iß eine Kartoffel! Ich habe sie eigens für dich geröstet.«

Mein erster Ruf ließ sie nur noch schneller laufen, mein zweiter noch schneller und mein dritter verwandelte sie in einen davonfliegenden Vogel. Sie wurde kleiner und kleiner und verschwand.

Luo setzte sich zu mir ans Feuer. Er war blaß, verlor aber kein Wort über das, was geschehen war. Das war ein paar Stunden vor dem Autodafé gewesen.

»Sie ist gegangen«, stellte ich fest.

»Sie will in eine große Stadt«, entgegnete er. »Sie hat von Balzac gesprochen.«

»Ja und?«

»Sie hat gesagt, sie habe dank Balzac etwas begriffen: daß die Schönheit der Frau ein unbezahlbarer Schatz ist.«

SERIE PIPER

Muo und der Pirol im Käfig

ERSTER TEIL

Parabel von der Ritterlichkeit

Ein Jünger Freuds

Eine mit pinkfarbenem Plastik ummantelte Stahlkette spiegelt sich wie eine glänzende Schlange in der Scheibe eines Abteilfensters, hinter dem die aufblitzenden Lichtsignale zu smaragdblauen und rubinroten Punkten schrumpfen, bis sie vom Dunst einer warmen Julinacht verschluckt werden.

(Noch vor ein paar Minuten hatte diese Kette in der schmuddeligen Gaststätte eines kleinen Bahnhofs in der Gegend des Gelben Berges im Süden Chinas einen hellblauen Delsey-Rollenkoffer mit verchromtem Ziehgriff am Bein eines Tischchens aus Mahagoniimitation festgebunden; der Koffer gehört Muo Xiansheng*, einem Jünger der Psychoanalyse und gebürtigen Chinesen, der kürzlich aus Frankreich zurückgekehrt ist.)

Der Reisende gibt sich erstaunlich selbstsicher für einen Mann, der weder mit Charme noch mit Schönheit gesegnet ist mit seinen ein Meter dreiundsechzig, mit seinem mickrigen Körperbau, mit seinen struppigsträhnigen Haaren, mit seinen Glupschaugen, denen die dicken Brillengläser den starren, typisch »muosischen« Blick verleihen: Er zieht seine französischen

* Xiansheng: Herr, im Chinesischen nachgestellt.

Schuhe aus, enthüllt rote Socken mit einem Loch an der Spitze, aus dem eine magermilchweiße knochige Zehe blinzelt, klettert auf die (ungepolsterte) Bank der »harten Klasse«, um seinen Delsey auf der Gepäckablage zu verstauen und ihn mit der pinkfarben ummantelten Stahlkette zu sichern, hängt den Bügel eines kleinen Vorhängeschlosses an zwei Kettenglieder und reckt sich auf den Zehenspitzen, um sich zu vergewissern, daß das Schloß richtig eingeschnappt ist.

Nachdem er sich wieder hingesetzt hat, stellt er seine Schuhe ordentlich nebeneinander unter die Bank, schlüpft in weiße Flip-Flops, putzt seine Brille, zündet ein Zigarillo an, schraubt die Kappe seines Füllfederhalters ab und beginnt »zu arbeiten«, das heißt, seine Träume in einem Schulheft festzuhalten, das er in Frankreich gekauft hat; eine Tätigkeit, die er sich in seiner Eigenschaft als »angehender Psychoanalytiker« zur täglichen Pflicht gemacht hat. Rund um ihn herum bemächtigt sich ein lautes kunterbuntes Durcheinander des Nachtzugabteils »harter Klasse« (des einzigen, für das es überhaupt noch Fahrkarten gab): Kaum zugestiegen, bieten Bäuerinnen mit großen Körben am Arm oder Bambushotten auf dem Rücken ihre Waren feil, um dann am nächsten Bahnhof wieder auszusteigen. Sie drängen sich schwankend durch den Gang, verkaufen hartgekochte Eier oder Dampfbrötchen, Früchte, Zigaretten, Dosen-Cola, chinesisches Mineralwasser und sogar französisches Marke Evian. Uniformierte Bahnbedienstete drängeln sich, im Gänsemarsch Wägelchen schiebend, durch den verstopften Gang und bieten ge-

pökelte Entenfüße, scharf gewürzte, gegrillte Schweinerippchen, Zeitungen und Skandalblätter an. Ein auf dem Fußboden kauernder zehn-, zwölfjähriger Junge trägt sorgfältig Schuhcreme auf die Stöckelschuhe einer Dame reiferen Alters auf, die sich – in einem Nachtzug – durch das Tragen einer viel zu großen marineblauen Sonnenbrille vom gemeinen Volk abhebt. Niemand schenkt Muo Beachtung, der seinen Delsey-Koffer Modell 2000 mit mißtrauischer Wachsamkeit scharf im Auge behält. (Ein paar Tage zuvor hatte er – ebenfalls in einem Abteil »harter Klasse« in einem Zug, der tagsüber fuhr – gerade seine täglichen Aufzeichnungen mit einem prägnanten Zitat Lacans beendet und den Kopf von seinem Schulheft gehoben und, wie in einem in Zeitlupe gedrehten Stummfilm, Fahrgäste auf die Bank klettern sehen, die, neugierig geworden, seinen offenbar wertvollen angeketteten Koffer beschnüffelten, betatschten und mit ihren schmutzigen Fingern abklopften.)

Wenn er in seine Aufzeichnungen vertieft ist, vermag anscheinend niemand seine Konzentration zu erschüttern. Sein Nachbar rechter Hand auf der Dreierbank, ein netter buckliger Fünfzigjähriger, wirft zuerst schüchterne, dann unverschämte Blicke auf sein Heft.

»Sagen Sie, Brillenschang Xiansheng, schreiben Sie auf englisch?« fragt er schließlich ehrfurchtsvoll. »Darf ich Sie um einen Rat bitten? Wissen Sie, mein Sohn geht aufs Gymnasium und ist in Englisch eine Null, eine absolute Null!«

»Wen wundert's«, antwortet ihm Muo ernst, ohne eine Spur von Verärgerung über den »Brillenschang«.

»Ich will Ihnen eine Anekdote von Voltaire erzählen; Voltaire war ein großer französischen Denker des 18. Jahrhunderts, müssen Sie wissen. Eines Tages fragte ihn Boswell, ein berühmter schottischer Schriftsteller: ›Sprechen Sie Englisch?‹ Worauf Voltaire ihm antwortete: ›Um Englisch zu sprechen, mein Lieber, muß man mit den Zähnen auf die Zungenspitze beißen. Aber ich bin zu alt, ich habe keine Zähne mehr.‹ Klar, oder? Voltaire spielte nämlich auf die Aussprache des ›th‹ an. Nun, ich halte es wie der alte Voltaire: Ich bin nicht doppelzüngig genug, um diese Sprache der Globalisierung zu sprechen, obwohl ich, zugegeben, ein paar englische und ein oder zwei amerikanische Autoren überaus schätze. Nein, guter Mann, ich schreibe französisch.«

Über eine derart ausführliche Antwort verblüfft und von der Erklärung überfordert, muß sich der Mann zuerst erholen, starrt dann seinen Banknachbarn gehässig an. Wie alle einfachen Arbeiter haßt er gebildete Menschen, die auf die Ungebildeten hinabschauen und im Namen der Bildung die Macht an sich reißen. Wart nur, denkt er grimmig. Und um ihm eine Lektion in Bescheidenheit zu erteilen, holt er ein chinesisches Schachspiel aus seiner Reisetasche und fordert Muo auf, eine Partie mit ihm zu spielen.

»Tut mir wirklich leid«, sagt Muo ernst. »Ich spiele nicht, aber ich kenne die Geschichte dieses Spiels. Ich weiß, woher es kommt und aus welcher Zeit es stammt ...« Völlig aus dem Konzept gebracht, fällt ihm der Mann ins Wort: »Ehrlich, ist das, was Sie da schreiben, Französisch?«

»Ja.«

»Aha, Französisch«, wiederholt er mehrmals, und das Wort hallt im Wagen des Nachtzugs wider wie ein leises Echo: ein Schatten, ein Abklatsch des glorreichen Wortes »Englisch«, während sich in seinem Gesicht eines braven Familienvaters Verwirrung abzeichnet. Und er nickt ein. Sein Kopf sinkt auf die Brust, und aus seinem Mundwinkel rinnt ein Speichelfaden.

Seit gut zehn Jahren verbringt Muo in Paris seine Nächte in einer Dienstmädchenkammer im siebten Stockwerk (ohne Aufzug, bis zum sechsten Stock ist ein roter Läufer auf der Treppe ausgelegt); in einem feuchten Raum mit Rissen an der Decke und an den Wänden, der in ein kleines »Studio« umgewandelt worden war; seit gut zehn Jahren verbringt Muo von elf Uhr abends bis sechs Uhr morgens seine Nächte damit, Träume aufzuschreiben, seine Träume vor allem, aber auch die anderer Leute. Er verfaßt seine Aufzeichnungen auf französisch, ein dikkes Larousse-Wörterbuch neben sich aufgeschlagen, in dem er jedes Wort nachschlägt, das sich ihm in den Weg stellt. Mengen, Unmengen von Heften hat er schon vollgekritzelt! Er hat alle fein säuberlich in Schuhschachteln aufbewahrt, die, mit Gummibändern umwickelt, auf einem Wandbord mit Metallstützen aneinandergereiht sind, genau so, wie die Franzosen ihre Strom- und Telefonrechnungen, ihre Gehaltsabrechnungen, ihre Steuerbescheide, ihre Bankauszüge, ihre Versicherungsquittungen, ihre Teilzahlungsrechnungen für die Finanzierung von Möbeln, Autos oder Renovierungen horten

und bis in alle Ewigkeit horten werden. Kurz, in Schachteln, die die Bilanz eines Lebens enthalten. Seit 1989, dem Jahr seiner Ankunft in Paris, im Lauf eines guten Jahrzehnts also (inzwischen hat er die Schwelle der Vierzig überschritten – laut dem alten Weisen Kongfuzi das Alter der geistigen Klarheit), haben diese Aufzeichnungen in einem Französisch, das er Wort für Wort dem Larousse entrissen hat, ihn in einen anderen Menschen verwandelt. Seine vom Schweiß getrübten, von hartnäckigem Fett gesprenkelten runden Brillengläser aus Kronglas mit ihrem dünnen Drahtgestell (wie die Brille des letzten Kaisers in Bertoluccis Film) haben unter der Zeit gelitten, und deren Bügel sind inzwischen endgültig verformt, so daß sie in kein Etui mehr passen.

»Hat sich vielleicht die Form meines Schädels verändert?« schrieb er nach dem chinesischen Neujahr 2000 in sein Heft. An jenem Tag hatte er eine Küchenschürze umgebunden, die Ärmel hochgekrempelt und beschlossen, in seiner Junggesellenbude Großputz zu machen. Doch er hatte das sich seit Wochen im Ausguß stapelnde schmutzige Geschirr (eine schlechte Angewohnheit alleinstehender Männer) – eine schattenhafte bläuliche Masse, die wie ein Eisberg aus dem Wasser ragte – noch nicht fertig gespült, als seine Brille von der Nase glitt und, pluff, mit einem kapriziösen Sprung ins Schaumbad tauchte, an dessen Oberfläche Teeblätter und Speisereste schwammen, um dann zwischen Reisschaleninselchen und Tellerklippen unterzugehen. Er war gezwungen gewesen, halbblind unter dem Schaum den Grund des Spülbeckens abzutasten, hatte

triefende Eßstäbchen geborgen, reisverkrustete rostige Kochtöpfe, Teetassen, einen gläsernen Aschenbecher, Wassermelonenkerne, glitschige Schalen, angestoßene Teller, klebrige Löffel und ein paar schmierige Gabeln, die seinen Händen entglitten und klimpernd zu Boden gefallen waren. Schließlich hatte er seine Brille gefunden und sie herausgefischt, hatte sie sorgfältig gereinigt, getrocknet und sie gegen das Licht gehalten: Die Gläser hatten neue Kratzer abbekommen wie lauter kleine Narben, und die verbogenen Bügel waren um eine Spur verbogener und geradezu modisch originell.

Jetzt, in diesem chinesischen Nachtzug, der unerbittlich durch die Nacht keucht, vermögen ihn weder der harte Sitz noch die Anwesenheit seiner Mitreisenden zu stören. Er läßt sich nicht einmal von der attraktiven Dame mit der Sonnenbrille ablenken (ein inkognito reisendes Showbizsternchen?), die, den Ellbogen auf dem Klapptischchen aufgestützt, neben einem jungen Paar und drei älteren Frauen gegenüber am Fenster sitzt und ihm anmutig den Kopf zuwendet. Nein. Unser Muo Xiansheng befindet sich nicht etwa in einem Eisenbahnabteil, sondern mitten in einer Zeile, die in der Sprache eines fernen Landes geschrieben ist, vor allem aber mitten in seinen Träumen, die er mit so viel Berufsethos, mit so viel Eifer, genauer gesagt, mit so viel Liebe aufzeichnet und analysiert.

Hin und wieder spiegelt sich in seinem Gesicht das Vergnügen, das er bei seiner Arbeit empfindet, vor allem wenn er wollüstig vor sich hin murmelnd eine Erinne-

rung festhält oder seinen Träumen ein paar Sätze oder sogar einen ganzen Absatz von Freud oder Lacan hinzufügt, zwei Lehrern, denen er bedingungslose Bewunderung zollt. Und er strahlt vor kindlicher Freude, als erkenne er einen alten Freund wieder. Seine eben noch harten Gesichtszüge werden weich wie ausgetrocknete Ackerkrume im Regen, die Konturen seines Gesichts zerfließen von Minute zu Minute mehr, seine Augen glänzen feucht und durchscheinend. Seine von der kalligraphischen Anstrengung befreite Handschrift verwandelt sich in ein strahlendes Gekritzel, die Striche werden immer länger, schmücken sich mit schwindelerregenden, mit wogenden harmonischen Schleifen und Schnörkeln: Zeichen, daß er eine andere, eine vibrierende, mitreißende, immer wieder neue Welt betritt.

Zuweilen unterbricht das Beschleunigen oder das Verlangsamen des Zuges den Fluß seiner Aufzeichnungen: Er schaut auf (die typische Geste eines echten, ständig wachsamen Chinesen) und vergewissert sich argwöhnisch, ob der Koffer noch an der Gepäckablage angekettet ist, führt dann instinktiv die Hand zu der mit einem Reißverschluß versehenen Innentasche seiner Jacke, um zu kontrollieren, ob seine französische Aufenthaltsgenehmigung und seine Kreditkarte noch da sind, betastet dann unauffällig mit den Fingerspitzen die von einem im Slip verborgenen Beutel hervorgerufene Schwellung an seinem Hinterteil, in dem er die nicht unbeträchtliche Summe von rund zehntausend Dollar in der Wärme seines Körpers aufbewahrt.

Gegen Mitternacht gehen die Leuchtstoffröhren an

der Decke aus. In den brechend vollen Wagen wird es still, nur drei oder vier schlaflose Kartenspieler sitzen neben der Tür zum Waschraum auf dem Fußboden und geben sich dem Spiel und schwindelerregenden Wetten hin; die Geldscheine wechseln pausenlos den Besitzer unter der nackten Glühbirne des blauen Nachtlichts, das gedämpfte violette Schatten auf die Gesichter der Spieler und auf die vor die Brust gehaltenen Kartenfächer wirft; im schummerigen Gang rollt eine leere Bierdose hin und her und nirgendwohin. Muo schraubt die Kappe seines Füllers zu, legt sein Heft auf das Klapptischchen und betrachtet die schöne Dame, die im verdunkelten Abteil endlich ihre Panoramasonnenbrille abgenommen hat und jetzt ihr Gesicht mit einer bläulichen Creme einreibt, einer Feuchtigkeits- oder Verjüngungsmaske vielleicht. Und er sagt sich: »Ist das aber eine gepflegte Dame! China hat sich tatsächlich sehr verändert!« Die Dame nähert in regelmäßigen Abständen ihr Gesicht dem Fenster und mustert ihr Spiegelbild, wischt die dicke bläuliche Schicht ab und trägt eine andere Creme auf; sie wendet den Kopf hin und her und betrachtet sich lange im Fenster. Die Maske steht ihr wirklich gut. Die Dame sieht jetzt noch geheimnisvoller aus, fast wie eine Femme fatale; ein in der Gegenrichtung vorbeifahrender Zug wirft jäh eine Reihe rasch nacheinander aufleuchtender Lichtstrahlenbündel durchs Fenster, und Muo stellt fest, daß die Frau stumm weint. Die Tränen fließen ihre Nasenflügel entlang, rillen die dicke bläuliche Schicht ihrer Gesichtscreme und zeichnen entzükkende Lineamente.

Innerhalb von Minuten weichen die scherenschnittscharfen Umrisse der wuchtigen Berge und die endlosen Tunnels dunklen Reisfeldern, dazwischen tauchen in der weiten Ebene verstreut schlafende Dörfer auf. Nur der immer gleiche, melancholische gelbe Mond schreitet mit der Sturheit eines Säufers auf der schmutzigen Scheibe des Fensters. Dann verschwindet er hinter dikken Wolken, und es beginnt zu regnen. Plötzlich taucht ein einsamer, von Lichtmasten beleuchteter tür- und fensterloser Backsteinturm aus der Dunkelheit auf (ein Silo vielleicht oder ein verfallener Wehrturm) und kommt aus der öden Kulisse majestätisch auf Muo zu; auf der mit Kalkmilch geweißten kahlen Wand prangt in riesigen schwarzen Piktogrammen eine Werbeaufschrift: »Garantierte Heilung vom Stottern!« (Wer garantiert? Wie werden die Stotterer therapiert? Und wo? In diesem fensterlosen Turm?) Das Ungewöhnliche des Slogans an der Backsteinwand wird von einer vertikalen Linie noch unterstrichen, einer rostigen Feuerleiter, die sich mitten durch die spukhafte Aufschrift bis zuoberst hinaufzieht. Die Piktogramme werden größer und größer, bis eines das ganze Wagenfenster ausfüllt, als wolle es ins Abteil dringen, und die rostige Feuerleiter streift beim Vorbeifahren um ein Haar Muo Xianshengs Nase; eine Leiter – lassen wir ihr Gerechtigkeit widerfahren –, deren Anblick auf jeden Psychoanalytiker (abgesehen von den ihrer Höhe innewohnenden Gefahren der Gravitationsbeschleunigung) eine obskure erotische, rein freudsche Faszination ausübt. Plötzlich flattert eine vergilbte Zeitung aus einem der Zugfenster, wirbelt ein

paarmal kunstvoll um sich selbst, landet auf der Feuerleiter und bleibt schlaff an einer Sprosse hängen.

In diesem Moment wird Muo in seinem Abteil »harter Klasse« vom gleichen psychoanalytischen Schwindelgefühl gepackt wie vor zwanzig Jahren (am 15. Februar 1980 genau) in einem Schlafraum von sechs Quadratmetern, den er mit acht anderen Studenten teilte, einem feuchten kalten Zimmer mit Etagenbetten, in dem ein widerlicher Geruch von Abfällen, von Spülwasser und Fertignudeln hing, der in den Augen brannte und den man noch heute in den Schlafsälen aller chinesischen Universitäten antrifft. An jenem Tag waren die Schlafsäle – das heißt drei haargenau gleiche neunstöckige Gebäude für die Studenten und zwei für die Studentinnen – wie an jedem anderen Tag nach Mitternacht (das Lichterlöschen war gemäß der strengen Hausordnung auf dreiundzwanzig Uhr festgesetzt) in disziplinierte stille Dunkelheit getaucht. Der junge Muo, damals zwanzig Jahre alt und Student der klassischen chinesischen Literatur, hielt zum erstenmal ein Buch von Freud mit dem Titel *Die Traumdeutung* in den Händen. (Ein alter kanadischer Historiker, eine Koryphäe, hatte es ihm geschenkt, für den er in den Wintersemesterferien die Inschriften alter Stelen ins moderne Chinesisch übersetzt hatte, ohne dafür auch nur einen Fen zu bekommen.) Er las auf dem oberen Bett seiner Etagenbettzeile ausgestreckt und unter einer Steppdecke versteckt. Der gelbe Lichtstrahl seiner Taschenlampe folgte erregt den von weither gekommenen Worten, rückte von Zeile zu Zeile, verweilte ab und zu auf einem geheimnisvollen abstrakten Be-

griff und verlor sich erneut in den langen, endlos langen Pfaden eines sich verjüngenden Labyrinths, bevor er bei einem Punkt oder auch nur bei einem Komma anlangte. Freuds Analyse eines *Stiegentraums* traf Muos Hirn wie ein Backstein, der in eine Fensterscheibe geschleudert wird. In seine Steppdecke eingewickelt, die von Schweiß und sonstigen Spuren seines nächtlichen Treibens durchtränkt war, versuchte er herauszufinden, ob es sich um einen Traum Freuds handelte oder ob vielleicht Freud in seine Hirnwindungen eingedrungen war, um an einem seiner wiederholten Träume teilzuhaben. Hatte er, Muo, vielleicht ganz einfach geträumt, was Freud vor ihm, an einem andern Ort, geträumt hatte? Tatsächlich, es gibt keine Grenzen für die Gnade, die einem jungen Mann durch ein Buch zuteil werden kann. In jener Nacht hatte Freud im wahrsten Sinne des Wortes ein loderndes Glücksfeuer im Geist seines künftigen Schülers entfacht, der seine ärmliche Steppdecke auf den Fußboden warf und, ungeachtet der Proteste seiner Kollegen, eine Lampe über seinem Kopf anzündete und, von Seligkeit über seine Begegnung mit einem lebenden Gott durchdrungen, laut zu lesen anfing und las und las, mitgerissen las … bis der Schlafsaalaufseher, ein muskulöser Einäugiger, in der Tür erschien, ihn beschimpfte, ihm drohte und das Buch konfiszierte. Seit damals war der Spitzname »Muofreud« an ihm haften geblieben.

Er erinnert sich an die Etagenbetten und an das riesige Piktogramm, das er nach jener Nacht der Offenbarung mit Tusche neben seine Pritsche an die weißgetünchte Wand gezeichnet hatte: *Traum*. »Was ist wohl aus jenem

jugendlichen Graffito geworden?« fragt er sich. Er hatte das Wort nicht in der vereinfachten Schrift des modernen Chinesisch geschrieben und auch nicht in der komplizierten des klassischen Chinesisch, sondern in der ursprünglichen, fünftausend Jahre alten »Schrift des Altertums« auf Schildkrötenbrustpanzern, in der sich das Piktogramm für *Traum* aus zwei Radikalen zusammensetzt. Links symbolisieren zwei lange vertikale Striche, die von zwei kurzen horizontalen Linien gekreuzt werden, das Wort »Liegestatt«; und rechts stellen drei haarfeine geschwungene Striche, wie auf einer Kinderzeichnung, die Wimpern eines schlafenden Auges dar (das in nichts Cocteaus berühmtem Auge nachsteht); darunter ein Finger, der warnend darauf zeigt: »Selbst schlafend sieht das Auge. Paß auf!«

Muo war Ende der achtziger Jahre in Paris angekommen, nachdem er in China eine extrem schwere Prüfung glänzend bestanden und von der französischen Regierung ein Stipendium für seine Doktorarbeit über eine der zahlreichen alphabetischen Sprachen der Zivilisationen längs der Seidenstraße erhalten hatte: über die Sprache eines jener Völker, die im Sand der Takla-Makan, der Wüste des Todes, untergegangen waren. Dieses, was die Höhe angeht, ziemlich schäbige Stipendium (zweitausend Francs monatlich) war jedoch für vier Jahre gewährt worden und erlaubte ihm, dreimal wöchentlich (Montag, Mittwoch und Samstagvormittag) Michel Nivat aufzusuchen, einen Psychoanalytiker der Lacanschen Schule, und sich auf eine Mahagonicouch zu legen, den Blick während langer Bewußtmachungs-Sit-

zungen starr auf eine elegant geschwungene Treppe mit schmiedeeisernem Geländer gerichtet, die von der Mitte des Behandlungsraums zum Arbeitszimmer und der Wohnung seines Mentors führte.

Monsieur Nivat war der Onkel eines Kommilitonen, den Muo bei einer Vorlesung an der Sorbonne kennengelernt hatte. Weder schön noch häßlich, weder korpulent noch mager, hatte der Psychoanalytiker einen derartigen Grad von Geschlechtslosigkeit erreicht, daß Muo, nachdem er sein Empfehlungsschreiben überreicht hatte, ihn eine ganze Weile keinem Geschlecht zuordnen konnte. Er betrachtete seinen im Zwielicht rauhreiffarben schimmernden Haarschopf, der sich vom Hintergrund eines an der Wand hängenden abstrakten Bildes abhob, das sozusagen aus lauter monochromen Linien und Punkten bestand. Seine zeitlose, alterslose Kleidung ließ nicht auf seine geschlechtliche Identität schließen, und auch die eine Spur zu rauhe Stimme konnte nicht einwandfrei einem Mann oder einer Frau zugeordnet werden.

Der Mentor ging hastig und den Fuß leicht nachziehend im Zimmer auf und ab, und sein hinkender Gang beschwor das Bild einer anderen Person herauf, die einer anderen Zeit und einem anderen Land angehörte: Muos Großmutter. Für ein symbolisches Honorar (in Anbetracht von Muos schmalem Stipendium) und vier Jahre lang empfing ihn Monsieur Nivat dreimal die Woche, hörte sich höflich und mit der Ruhe und Geduld eines christlichen Missionars die Phantasmen und intimen Geheimnisse eines von der Gnade der Psychoanalyse berührten Konvertiten an.

Die Geburt des ersten chinesischen Psychoanalytikers erfolgte unter Schmerzen, doch manchmal nahm sie auch groteske Züge an. Am Anfang zum Beispiel, als Muo die französische Sprache noch nicht beherrschte, sprach er Chinesisch, eine Sprache, von der sein Psychoanalytiker wiederum kein Sterbenswort verstand; es handelte sich überdies um den Dialekt der Provinz Sichuan, woher Muo stammte. Und Muo ließ sich manchmal, von seinem Über-Ich getrieben, mitten in einem langen Monolog von Erinnerungen an die Kulturrevolution mitreißen und lachte und lachte, bis Tränen seine Wangen hinunterliefen und er gezwungen war, seine Brille abzunehmen und sie vor den Augen des Mentors zu trocknen, der ihm stumm zuhörte, in seinem Innersten aber argwöhnte, Muo mache sich über ihn lustig.

Muo ist eingeschlafen, und in seinem Schlaf verschmelzen die Erinnerungen an seine Pariser Vergangenheit mit einem gedämpften Hüsteln, mit der Soundtrackmelodie einer Fernsehserie, die ein Glückspilz unter den Kartenspielern vor sich hin summt, und mit seinem kostbaren, auf dem Gepäckträger angeketteten Koffer… Der Kopf seines Sitznachbarn, Vater eines miserablen Englischschülers, fällt vornüber, richtet sich abrupt auf, fällt wieder vornüber und sinkt schließlich in genau dem Moment, als der Zug eine Brücke überquert, auf Muos Schulter; in der Tiefe schlängelt sich das Band eines dunklen Flusses. Muo hat auf einmal das Gefühl, von einer Reihe Lichter gestreift zu werden,

die nacheinander sein Gesicht mustern, bis eines unbeweglich auf seinem Gesicht haften bleibt. Er öffnet die Augen.

Ohne Brille sieht er zwar nicht viel, glaubt aber, undeutlich einen Stab oder einen Stiel zu erkennen, der ständig vor seinem Gesicht hin und her pendelt, zuerst von hinten nach vorn, dann von links nach rechts.

Als er seine Benommenheit abgeschüttelt hat, stellt er fest, daß der Stab ein langer Besenstiel in den Händen eines jungen Mädchens ist, von dem er nur die unscharfen gebückten, gestikulierenden Umrisse erkennt, das mit energischen Gesten den Fußboden unter seiner Bank fegt.

Der Zug setzt sich wieder in Bewegung, bleibt nach ein paar Metern abrupt erneut stehen. Durch den Ruck fällt ein Gegenstand vom Klapptischchen und streift die kleine Fegerin. Es ist Muos Brille mit den verbogenen, verformten Bügeln. Sie versucht, sie aufzufangen… Muo stürzt sich gleichzeitig darauf… und, päng!, der Besenstiel versetzt seiner Schläfe einen harten Schlag. Sie hebt die Brille auf und legt sie auf das Tischchen, dabei berühren sich ihre Körper kurz, und er erkennt schnuppernd den vertrauten Geruch der Seife Marke Adler, den ihr Haar ausströmt. Auch seine Mutter und seine Großmutter wuschen ihr Haar mit dieser billigen Bergamottseife. Der kleine Muo holte kaltes Wasser aus dem Gemeinschaftswasserhahn im Hof des Häuserblocks, in dem sie damals wohnten, mischte es in einer emaillierten Henkeltasse (auf der Maos Kopf mit einem roten Strahlenkranz abgebildet war) mit

warmem Wasser aus der Thermosflasche und übergoß damit das dichte, seidige, ebenholzschwarze Haar seiner Mutter und manchmal das silberne Haar seiner Großmutter mit einem klaren plätschernden Wasserstrahl. Vor einer Waschschüssel kauernd (auch die emailliert, aber mit roten Blumen verziert, die den großen, sehr großen Revolutionsfrühling symbolisierten), rieb seine Mutter ihr nasses Haar mit einem schäumenden, angenehm nach Bergamotte duftenden Stück Adler-Seife ein, und durchsichtige irisierende Blasen entwischten zwischen ihren Fingern, verbreiteten davonfliegend den Geruch von würdiger Armut und entschwebten.

»Sagen Sie mal, Kleine, warum kehren Sie zu dieser Nachtstunde den Fußboden?« fragt Muo. »Gehört das zu Ihrer Arbeit?«

Kichernd fegt sie geschäftig weiter. Sie trägt ein T-Shirt, das Muo dank seiner geretteten Brille als ein Männerunterhemd identifiziert. Eines ist sicher: Sie ist keine Bahnangestellte. Sie strahlt blanke Armut aus mit ihren zu weiten, bis zu den Knien reichenden Shorts, mit ihren billigen verdreckten Gummischuhen und ihrer geflickten staubigen Tasche, deren Umhängeriemen schonungslos ihren flachen Busen unterstreicht. Muo bemerkt die feinen schwarzen Achselhaare, riecht den säuerlichen Schweißgeruch, der sich mit dem Bergamottduft ihres Haars vermischt.

»Darf ich Ihre Schuhe anderswohin stellen?« fragt sie statt einer Antwort.

»Natürlich.«

Sie bückt sich und faßt Muos Schuhe ehrfürchtig mit den Fingerspitzen an. »Was? Europäisch! Mensch, schau mal die Sohlen! Sogar die Sohlen sind schön! Ich hab noch nie solche Sohlen gesehen.«

»Woran erkennen Sie denn, daß es europäische Schuhe sind? Was soll an meinen ganz gewöhnlichen armen Schuhen Besonderes dran sein?«

»Mein Vater war Schuhputzer«, antwortet sie lächelnd. Dann stellt sie die Schuhe zuhinterst unter die Bank.

»Er hat uns ständig gepredigt«, fügt sie dann hinzu, »daß die europäischen Schuhe dauerhafter sind und sich nicht austreten lassen.«

»Ihre Haare sind frisch gewaschen, nicht wahr? Sie duften nach Bergamotte, einem südamerikanischen Baum, wahrscheinlich einem brasilianischen, der im 17. Jahrhundert, fast zur gleichen Zeit wie der Tabak, nach China eingeführt wurde. Doch entschuldigen Sie, ich langweile Sie bestimmt, ich lasse mich gern hinreißen ...«

»Ja, ich hab meine Haare gewaschen, weil ich nach Hause fahre. Ich bin schon ein Jahr weg und hab mich in Pingxiang zu Tode geschuftet; eine Scheißstadt, zwei Stationen von hier entfernt.«

»Was arbeiten Sie denn?«

»Klamottenverkäuferin. Das Geschäft hat kürzlich Konkurs gemacht. Daher kann ich zum Geburtstag meines Vaters nach Hause fahren.«

»Was bringen Sie ihm denn für ein Geschenk mit? Entschuldigen Sie meine Neugierde, aber bei meinem

Beruf geht es vor allem darum, die Beziehungen zwischen Kindern und Eltern zu untersuchen. Ich bin Psychoanalytiker.«

»Psychoanalytiker? Was ist das? Ein richtiger Beruf?«

»Aber sicher. Es handelt sich darum ... Wie soll ich Ihnen das erklären? Ich arbeite nicht in einem Krankenhaus, werde aber wahrscheinlich demnächst eine Privatpraxis eröffnen.«

»Sind Sie Arzt?«

»Nein. Ich deute Träume. Menschen, die Probleme haben, erzählen mir ihre Träume, und ich versuche, die Träume zu analysieren und ihnen so zu helfen.«

»Ehrlich? Das sieht man Ihnen aber überhaupt nicht an, daß sie Wahrsager sind!«

»Wie bitte?«

»Daß sie Wahrsager sind!« wiederholt sie.

Und noch bevor Muo dazu kommt, empört dieser volkstümlichen Definition der Psychoanalyse zu widersprechen, zeigt sie mit dem Finger auf einen Karton auf dem Gepäckträger: »Das ist ein Geschenk. Ein kleiner chinesischer Fernseher Marke Regenbogen mit einem Achtundzwanzig-Zentimeter-Bildschirm. Mein Vater hat sich zwar einen größeren gewünscht, einen japanischen, wegen seines grauen Stars, wissen Sie? Aber die sind zu teuer.«

Während Muo aus der Froschperspektive andächtig den Fernsehkarton betrachtet, diesen Liebesbeweis, der auf dem Gepäckträger im Rhythmus des fahrenden Zuges schaukelt, wirft die kleine Fegerin ihren Besen weg, holt eine Bambusmatte aus ihrer Umhängetasche, breitet sie

unter der Bank aus, gähnt herzhaft, zieht ihre Gummischuhe aus, stellt sie neben die von Muo, kauert nieder und schlüpft langsam, anmutig, katzenhaft, ja geradezu elegant unter den Sitz und verschwindet aus Muos Blickfeld. (Sie muß sich ganz klein machen, damit ihre Füße nicht unter der Bank hervorschauen. Die plötzlich eingetretene Stille läßt darauf schließen, daß das Mädchen gleich eingeschlafen ist, kaum hat es den Kopf auf die Umhängetasche gelegt, die ihm als Kopfkissen dient.)

Muo, ihr einziger Zuschauer, ist über den genialen Liegeschlafplatz verblüfft. Er leidet mit ihr, fühlt mit ihr, ist nahe daran, sich zu verlieben, geblendet von diesem Schwall Mitgefühl, das er nur allzu gut kennt und das sich aus seinen kurzsichtigen Augen ergießt und seine Brillengläser beschlägt, durch die er verschwommen die nackten Füße des Mädchens unter dem Sitz hervorlugen sieht. Was für ein hypnotisierendes Schauspiel, diese zwei Füße, die sich kreuzen, sich wollüstig aneinander reiben, wenn unsichtbare Mücken sich darauf setzen. Die schmalen Fesseln, stellt er fest, sind überaus reizend, und der Hauch Korallenrot auf den Nägeln der großen Zehen erst... Spuren weiblicher Eitelkeit. Gleich darauf zieht sie die Knie an, und die schmutzigen Füße der kleinen Fegerin entziehen sich Muos Blick, doch deren Umrisse haben sich in seinem Hirn festgesetzt, wirbeln hartnäckig darin umher, bis es ihm schließlich gelingt, die fehlenden Teile, das Bild des in der Dunkelheit unter der Bank liegenden Mädchens zusammenzusetzen: die aufgeschürften Knie... die schlotternden Shorts... das schweißnasse Männerunterhemd... Der klebrige Ruß

zeichnet eine melancholische Halskrause um ihren Nakken, umrandet ihren Mund und zeichnet einen Kajalstrich unter ihre schweißverklebten Wimpern.

Er steht auf, entschuldigt sich bei seinen Banknachbarn, bahnt sich einen Weg zwischen den im Gang auf dem Fußboden sitzenden Passagieren und geht zur Toilette. Als er zurückkehrt, ist sein kostbarer Platz, das winzige Paradies aus einem Drittel Sitzbank »harter Klasse«, von seinem Nachbarn, Vater des miserablen Englischschülers, eingenommen worden, dessen Kopf nun reglos auf dem Klapptischchen ruht, als sei der Mann aus nächster Nähe erschossen worden. Dessen Platz hingegen ist von einem weiteren Thronräuber besetzt worden, der, ebenfalls einen Speichelfaden am Kinn, seinen Kopf auf die Schulter des Familienvaters gelegt hat. Am äußersten Ende der Bank, zum Gang hin, sitzt eine Bäuerin. Sie hat die Bluse aufgeknöpft und stillt ihr Kind, sie preßt mit der Hand ihre hart geschwollene linke Brust. Muo ergibt sich verbittert und mürrisch in seine Herabwürdigung und setzt sich zu ihren Füßen auf den Fußboden.

Die Glühbirne des Nachtlichts über den nackten Oberkörpern der Kartenspieler wirft einen schwachen Lichtstrahl auf das rote Käppchen des Babys. »Warum hat man ihm ein Käppchen aufgesetzt in dieser Höllenhitze?« fragt sich Muo. »Ist es krank? Weiß seine Mutter nicht, daß ein berühmter Psychoanalytiker im Zusammenhang mit einer europäischen Märchengestalt gesagt hat, ihr rotes Käppchen sei nichts anderes als das Symbol ihrer Menstruation?«

Das rote Käppchen, oder das Wort Menstruation, läßt sein Hirn auflodern.

»Ist das Mädchen vielleicht noch Jungfrau?«

Plötzlich verwandelt sich alles um ihn herum. Das Stampfen der Räder ist nicht mehr das gleiche, ist zu einem grollenden Donner angeschwollen, der in seinem Kopf widerhallt. Die Kappe seines Füllers fällt vom Klapptischchen und rollt hysterisch durch den Gang, während Muo ihr gleichgültig nachblickt, wie sie ungestüm davonrollt wie der Zug und rollt und rollt ... Sein Blick fällt wieder auf das rote Käppchen. In seinem Kopf hört er den immer gleichen Satz: »Muo, überleg mal, vielleicht ist sie noch Jungfrau ... vielleicht ist sie noch Jungfrau ... vielleicht ...«

Das Kind kneift die Augen zusammen, sperrt den milchverschmierten Mund auf und beginnt zu greinen.

Muo graut es vor greinenden Kindern. Er wendet den Blick ab. Er betrachtet die von Gesicht zu Gesicht wandernden Schatten, die aufblitzenden vorbeiziehenden Lichter, eine ausgestorbene Tankstelle, eine Reihe verdunkelter Schaufenster entlang einer Straße, schattenhafte Rohbauten mit den spitz zulaufenden vertikalen Linien ihrer Bambusgerüste.

Das Baby mit dem roten Käppchen hat aufgehört zu weinen, es beugt sich zu Muo hinunter und schlägt ihm mit seinem unschuldigen kapriziösen Fäustchen ins Gesicht; die erschöpfte Mutter greift nicht ein. Muo läßt das Kind gewähren, sein Blick folgt der leeren Bierdose, die vorhin zwischen den Kartenspielern hin und her rollte und jetzt das Abteil durchquert, eine Wasser- oder

Kinderpipilache überquert, einen zähen Rotzklecks umrollt und fast neben ihm zum Stehen kommt, er kann im schwachen Licht die Öffnung im Deckel erkennen. Ein lauer Atem kitzelt ihn am Nacken, er wendet den Kopf: Das Baby hat sich aus den mütterlichen Armen befreit, es ist auf ihn zu gekrabbelt und beschnuppert ihn neugierig. Dann wirft es ihm einen mißtrauischen, fast feindseligen Blick zu, rümpft sein winziges Näschen und nimmt seine schnuppernde Erkundung wieder auf. Grauenhaft! Der kleine Fratz schnüffelt, niest und beginnt zu weinen.

Jetzt heult er, was seine kleinen Lungen hergeben, brüllt ohrenzerreißend. Muo schaudert. Als sein Blick den anklagenden Blick des Babys auffängt, gerät er in Panik, als hätte das Kind ihn durchschaut, als wüßte es, was sich in der Tiefe seines Hirns versteckt, als verurteile es diesen abwegigen Plan oder vielmehr diesen abwegigen Wahn, ein unberührtes Mädchen zu finden, um das Vorhaben in die Tat umzusetzen, dem er seine ganze Kraft widmet und dessen Gelingen eines Tages allgemeines Staunen auslösen wird.

Muo wendet sich brüsk vom Kind ab, um diese Gedanken zu vertreiben, die ihn verunsichern und seine Entschlossenheit als Seelenarzt erschüttern könnten.

Vom Schluchzen des Babys begleitet, kriecht er auf allen vieren in die tiefe Dunkelheit unter der harten Sitzbank. Er hat das Gefühl, völlig erblindet zu sein. Widerliche Geruchsschwaden schlagen über ihm zusammen; er muß sich die Nase zuhalten. Nach ein paar Sekunden erkennt er die erstickenden, ihm seit langem, seit sei-

ner Kindheit zu Beginn der Kulturrevolution vertrauten Gerüche von damals, als er in einen Keller hinuntergging, wo sein Großvater, ein christlicher Pastor (nicht weiter verwunderlich, daß das Blut des Erlösers in Muos Adern fließt), und andere Gefangene eingesperrt waren: den Geruch von Urin, von Exkrementen, von saurem Schweiß, von Unrat, von Feuchtigkeit, von Moder und auch von verwesenden Rattenkadavern, die auf den schmalen Stufen herumlagen und über die er ständig stolperte. Jetzt versteht er, warum die ehemalige Kleiderverkäuferin aus Pingxiang so sorgfältig unter den Bänken gefegt hat, bevor sie daruntergekrochen ist, und er wagt sich nicht vorzustellen, wie es ohne diese peinlich sorgfältige Vorbereitung dort unten gerochen hätte.

Geographisch gesprochen: der *Underground*-Mikrokosmos ist nicht so klein, wie er geglaubt hat. Der Raum ist zwar nicht hoch, hat aber die Tiefe von zwei Bänken, die, Rückenlehne an Rückenlehne, durch eine Mittelwand miteinander verbunden sind. Die Beleuchtung links und rechts ist fahl, hundertmal schwächer als oben, ungenügend, um etwas deutlich zu erkennen, doch er spürt die Anwesenheit des Körpers der schönen Schläferin, die wie ein schattenhafter Lumpen- oder Laubhaufen auf dem Fußboden liegt.

Er bereut nicht, daß er die Streichhölzer auf dem Klapptischchen vergessen hat, und vermißt auch sein hübsches Dupont-Feuerzeug im angeketteten Koffer nicht. Er wird eben ohne Beleuchtung auskommen. Die Dunkelheit um ihn herum erscheint ihm geheimnisvoll, gemütlich, romantisch, ja sogar eine Spur sinnlich. Er

stellt sich vergnügt vor, er sei ein Abenteurer, der sich unter einer Pyramide durch einen Geheimgang tastet oder durch einen versiegten römischen Abwasserkanal, der zu ungeahnten Schätzen führt.

Bevor er ganz unter der Bank verschwindet, vergewissert er sich aus reiner Gewohnheit, ob sein Geld immer noch in seinem Slip ist und seine französische Aufenthaltsgenehmigung in der Innentasche seiner Jacke.

Zeitweilig blind, was in der gegebenen Situation sogar ein Vorteil sein könnte, kriecht er, schräg, Zentimeter um Zentimeter durch die Dunkelheit. Plötzlich trifft ihn ein dumpfer Schlag – das knochige Knie des Mädchens? – mitten ins Gesicht und rammt ihm die Brille ins Nasenbein. Der betäubende Schmerz treibt ihm die Tränen in die Augen und läßt die finstere *Underground*-Welt noch finsterer erscheinen.

Der Schrei des romantischen Erlösers löst keinerlei Reaktion bei der schönen Schläferin aus.

»Entschuldigen Sie, kleines Fräulein.« Seine leise, aufrichtige Stimme eines Pastorenenkels hallt in der Dunkelheit. »Haben Sie keine Angst. Ich bin der Psychoanalytiker, mit dem Sie sich vorhin unterhalten haben. Sie interessieren mich. Ich möchte, daß Sie mir einen Ihrer Träume erzählen, falls Sie sich an einen erinnern. Sonst zeichnen Sie einfach einen Baum, egal was für einen, einen großen oder einen kleinen, mit oder ohne Blätter. Ich deute dann Ihre Zeichnung und kann daraus lesen, ob Sie Ihre Jungfräulichkeit schon verloren haben.«

Immer noch auf allen vieren und über seine Worte grübelnd, wartet er auf eine Reaktion des Mädchens. Er

ist ziemlich zufrieden mit dem entschiedenen Ton, in dem er von ihrer Jungfräulichkeit gesprochen hat, und glaubt, seine sexuelle Unerfahrenheit gut getarnt zu haben.

Keine Antwort. Muo spürt, wie seine Finger im Dunkeln ihre nackten Füße berühren, und sein Herz, das sonst so ruhig ist, schlägt ihm bis zum Hals. Er heftet seinen Blick verlangend auf den unsichtbaren Fuß.

»Ich weiß, daß Sie mich hören«, fährt er fort, »auch wenn Sie mir nicht antworten. Ich habe Sie wahrscheinlich mit meinen Vorschlägen in Verlegenheit gebracht. Ich kann das gut verstehen, daher drängt sich eine Erklärung auf: Die Deutung einer Zeichnung ist weder Scharlatanerie noch eine Erfindung von mir. Ich habe diese Methode in Frankreich gelernt, in Paris, an einem vom französischen Erziehungsministerium organisierten Fortbildungsseminar für Pädagogen, die mit traumatisierten Kindern arbeiten. Ich erinnere mich an die von einem Jungen und zwei kleinen Mädchen gezeichneten Bäume, alle drei Opfer von sexuellen Übergriffen. Düstere, triefende, riesige Bäume wie drohende behaarte Arme in einer Art *no man's land*.«

Plötzlich... plötzlich regt sich sein ärgster Feind (sein Unbewußtes oder sein Über-Ich), erhebt sich schamlos und richtet in seinem Kopf Verheerungen an. Muo streichelt den kalten, aber samtenen Fuß. Seine Finger erkunden das zarte Relief, betasten den knochigen Spann, der bei der Berührung zu erschauern scheint. Schließlich legt er die Hand auf das ach so schmale zer-

brechliche Fußgelenk und spürt das kaum wahrnehmbare Erschauern eines Knöchelchens … und spürt, wie sich sein Penis regt.

In der fast völligen Dunkelheit nimmt dieser unsichtbare Fuß eine andere Dimension an. Je länger er ihn berührt, desto mehr verwandelt er sich in einen anderen Fuß, einen Fuß, dem der Erlöser Muo vor zwanzig Jahren begegnet war. Er hatte die Geschichte seinem psychoanalytischen Mentor gestanden (doch der beging den Fehler, diese Spur zu vernachlässigen und statt dessen die der Kindheit zu verfolgen).

Es war an einem Frühlingstag zu Beginn der achtziger Jahre. Kulisse: die kahle, lärmende Mensa einer chinesischen Universität, in der es von Tausenden Studenten wimmelte, alle mit einer emaillierten Schale und Eßstäbchen in der Hand. Der Lautsprecher brüllte Hymnen zum Lob und Preis der neuen Regierungspolitik. Man stand Schlange. In einem luftigen Nebel und einer friedlichen Atmosphäre drängte sich vor jeder der zwanzig schmutzstarrenden Essensausgaben eine endlose Reihe schwarzer Köpfe. Muo vergewisserte sich verstohlen, ob ihm niemand Beachtung schenkt, dann ließ er den mit Sojasauce, Fett und Suppentropfen gesprenkelten Bon fallen. Der Bon flog davon und landete im allgemeinen Stimmengewirr »zufällig« neben den Schuhen einer Studentin, auf denen die durch ein vergittertes zerbrochenes Fenster dringenden hauchfeinen Sonnenstrahlen spielten. Die schwarzen Samtschühchen mit den papierdünnen Sohlen betonten den Rist und die wei-

ßen Söckchen. Muo bückte sich verstohlen wie ein Dieb, kauerte sich mit klopfendem Herzen neben die von den würzigen Küchendämpfen eingehüllten Füße, streckte die Hand nach dem Bon aus, streifte dabei mit den Fingerspitzen die Samtschühchen und spürte, erschauernd, eine sanfte Wärme.

Dann hob-hob-hob er den Kopf und erblickte im Mensanebel das junge Mädchen, das ihm einen weder neugierigen noch überraschten Blick zuwarf. Sie lächelte mit verwirrender Zustimmung.

Sie war es, H.C., seine Studienkollegin, auch sie auf das Studium der alten Texte spezialisiert. (H. ist ihr Familienname, dessen Piktogramm sich, links, aus dem Zeichen für »alt« oder »ehrwürdig« zusammensetzt und, rechts, aus dem für »Mond«. Ihr Vorname setzt sich ebenfalls aus zwei Radikalen zusammen, links aus dem Zeichen für »Feuer« und rechts aus dem für »Berg«. H.C.! Noch kein Name ist je Träger von so viel Einsamkeit gewesen: »Vulkan des Alten Mondes«! Und keiner war je Träger von solch graphischer Schönheit und klingender Magie. Seither und auch heute noch zerfließt Muo, wenn seine Lippen diese Worte artikulieren.)

Und er ließ den Bon nochmals fallen, und wieder landete der Bon neben den schwarzen Samtschühchen. Als er ihn aufhob, streichelte er unauffällig mit den Fingerspitzen die langen, gelenkigen verführerischen Zehen unter dem schwarzen Samt.

In der Dunkelheit wirkt das Knarren des Bretterbodens leiser, das Stampfen der Räder ruhiger, doch plötzlich –

o-wei – stöhnt Muo halb vor Ekstase, halb vor Schmerz und Scham auf: Etwas Heißes fließt über seinen Unterbauch, näßt seinen Slip und seine Hose. Verschont zum Glück den Beutel mit dem versteckten Geld.

Der Zug hält an. Vom Bahnsteig aus beleuchten zitternde Scheinwerferkegel den Wagen und dringen unter die Bank. Und Muo stellt verdutzt fest, daß der Fuß, den er hingebungsvoll streichelt, daß der Gegenstand seiner Demütigung bloß der im Dunkel zurückgelassene Besenstiel ist!

Mit geschlossenen Augen, die Hände vor dem Gesicht, streckt er sich auf dem Rücken aus und betet, der Zug möge schnell weiterfahren und die Dunkelheit zurückkehren, um die Spuren seiner Schmach zu verdekken. Drinnen und draußen herrscht erstickende Stille. Der Zug rührt sich nicht.

Da hallt eine männliche Stimme unter der Bank: »Wo sind wir?«

Muo zuckt zusammen und kehrt sich schnell auf den Bauch, um den Fleck auf seiner Hose zu verbergen. Durch die brüske Bewegung rutscht die Brille wieder von Muos Nase.

»Wer sind Sie? Und wo ist das Mädchen aus Pingxiang, die Kleiderverkäuferin?«

»Sie ist vorhin ausgestiegen. Sie hat mir ihren Schlafplatz für drei Yuan verkauft.«

Muo dämmert, daß, während er kurz auf der Toilette war, sich die Zusammensetzung unter der Bank zu seinen Ungunsten verändert hat. Ist sie dann weggegangen? Er muß unbedingt Genaueres erfahren und

rückt näher zum Mann, der wieder eingeschlafen ist. Tatsächlich, die Gummischuhe des Mädchens sind verschwunden. Doch daß auch seine (europäischen, strapazierfähigen, unaustretbaren) Schuhe verschwunden sind, stellt er erst ein paar Minuten später fest.

Staubbedeckt, die Hose feucht, das Gesicht rußig… Als er zum Gepäckträger hinaufschaut, wird ihm schwarz vor Augen: Nur noch ein Ende der pinkfarben ummantelten Kette schwingt einsam im Widerschein der Bahnhofslampen am Gepäckträger hin und her. Wann und von wem durchgeschnitten? Ein Rätsel.

Verstört, verzweifelt, außer sich läuft er zur Wagentür. Steigt aus. Draußen hüllt ein Nieselregen den Bahnhof in eine dichte Dampfwolke, so daß er kurz glaubt, erblindet zu sein. Er rennt schreiend und gestikulierend den Bahnsteig auf und ab, doch seine Stimme verhallt über den regenglänzenden Gleisen, zwischen den ein- und aussteigenden Passagieren, zwischen den vor den Wagentüren plaudernden Grüppchen, den auf dem Bahnsteig hockenden und Fertignudeln mampfenden Reisenden, den Billardspielern im Büro des Bahnhofsvorstehers, das kürzlich in ein Karaokelokal mit blitzschleudernden Fluoreszenzröhren verwandelt worden ist wie eine Theaterkulisse. Natürlich hat niemand die Diebin des hellblauen Delsey-Rollenkoffers gesehen.

»Als ich den Diebstahl einem Polizeibeamten meldete, fuhr der Zug bereits an«, schreibt Muo (in ein neues Heft mit einem schlichten perlgrauen Pappdeckel, das er am folgenden Morgen gekauft hat; er hat zudem einen neuen rechteckigen schwarzen Koffer, ohne Rollen, er-

standen, eine festere Stahlkette mit solideren Gliedern und ein Mobiltelefon). »Ich lief dem Zug nach, doch ich erwischte ihn wegen meiner phobischen Angst vor gefährlichen Sprüngen nicht mehr. Ich lief lange im Regen die Gleise entlang, die sich im Nichts verloren, ich rief laut den Namen von H.C., meines Vulkans des Alten Mondes, Verkörperung der Klugheit und der vollkommenen Schönheit, und ich flehte sie an, mir zu helfen.«

Nachdem er im Zimmer eines kleinen Hotels seine Aufzeichnungen beendet hat, stellt er ein mehrseitiges Inventar zusammen, in dem er, Gegenstand für Gegenstand, den ganzen Inhalt seines verlorenen Koffers auflistet, und zwar mit dem Wert in französischen Francs und in chinesischer Währung: seine Schuhe, seine Hefte, seine Reisethermosflasche und so weiter, mit der Absicht, bei der Eisenbahnverwaltung eine Beschwerde einzureichen. Doch dann lacht er laut auf. »Was ist, Muo? Kennst dein großes Vaterland nicht mehr?«

Er zerreißt das Blatt, streut lachend die Schnipsel aus dem Fenster. Und damit hat es sich.

Das Entjungferungsdrama der Balsameuse

»Sag, wann hast du zum erstenmal das Wort ›Homosexuelle‹ gehört?«

»Das war... laß mich nachdenken... ich glaub, ich war fünfundzwanzig.«

»Bist du sicher? Fünfundzwanzig? Erst so spät?«

»Bist immer noch der gleiche, Muo. Immer diese peinliche Art, Salz auf die Wunden anderer zu streuen. Ich bin verletzlich wie alle Frauen um die Vierzig.«

»Auch wenn die Wunde nicht verheilt ist, so möchte ich zumindest den Schmerz mildern, wenn du einverstanden bist. Betrachte also dieses Telefongespräch aus fast tausend Kilometer Entfernung als eine unentgeltliche psychoanalytische Sitzung.«

»Hör bitte damit auf, Muo. Du rufst mich an, um mir zum Geburtstag zu gratulieren, oder? Gut, ich bin gerührt. Danke. Doch laß das Theater. Wir sind keine Schulkinder mehr. Ich bin Witwe und auch noch Balsamiererin.«

»Balsam, Balsamieren, Balsameuse... was für ein wunderbares Wort! Ich verstehe zwar nichts von diesem Beruf, finde ihn aber wunderbar. Genau wie bei gewissen Filmen, von denen man begeistert ist, bevor man sie gesehen hat.«

»Ja und?«

»Warum bist du so in der Defensive? Du weißt doch, daß ich es niemals wagen würde, was auch immer weiterzuerzählen. Ein Psychoanalytiker ist wie ein Priester, er würde niemals etwas verraten, was man ihm beichtet. Das ist eine Frage des Berufsethos. Vertrau mir. Über deine Probleme zu sprechen, kann dir nur guttun. Versuch's.«

»Wie ich das erstemal erfahren habe, daß es das gibt?«

»Ja, Homosexuelle. Man könnte meinen, du fürchtest dich vor dem Wort.«

»Ich hatte mit fünfundzwanzig noch nie davon reden gehört.«

»Erinnerst du dich ans erste Mal?«

»Natürlich erinnere ich mich. Es war ungefähr zwei Monate vor unserer Hochzeit, Jian und ich waren aber schon verlobt. Er arbeitete als Englischlehrer an einem Gymnasium. Es war an einem Samstag; damals arbeitete man samstags. Er kam mich gegen sechs Uhr abends im Bestattungsinstitut abholen. Ich stieg hinter ihm auf den Gepäckträger. Er trat in die Pedale ...«

(*Pedale ... pedalte ... Päde ...* Am Ende der Zeile angelangt, denkt Muo über dieses Wort nach. Er war ihm damals oft begegnet, jenem großen, etwas gebückten jungen Mann mit dem sorgfältig gekämmten langen Haar und seinem Fahrrad; er war immer wie aus dem Ei gepellt, mit seinem hageren Gesicht eines Intellektuellen. Wenn er vor der grauen Mietskaserne an-

langte, wo die Familie der Balsameuse und die Familie Muos wohnten, bremste er und blieb jeweils eine Weile balancierend, reglos auf seinem Fahrrad sitzen wie ein Zirkusartist, bevor er langsam, fast lässig den Fuß auf den Boden setzte. Er stellte sein Fahrrad immer etwas abseits ab, als hätte er Angst, es könnte im schwarzen Metallhaufen der kreuz und quer vor dem Eingang hingestellten Fahrräder untergehen.)

»Wir sind wie immer an der Musikhochschule vorbeigefahren, dann an der Bonbonfabrik und an der Reifenfabrik.«

»Warte, ich habe eine kleine indiskrete Frage, die jedoch von großer Bedeutung ist für einen Psychoanalytiker der freudschen Schule wie mich. Ist dir der Schornstein jener Reifenfabrik schon einmal im Traum erschienen? Du weißt, jener hohe, hohe Schornstein, der wie eine riesige phallusförmige Säule in den Himmel ragt und Tag und Nacht Rauch ausspuckt.«

»Nein. Nie. Ich hasse diesen Schornstein. Er spuckt immer noch seinen schwarzen Rauch in den Himmel. Überall in den Straßen liegt Ruß und Schmutz, auf den Häusern, auf den Bäumen. Und wenn Regen bevorsteht, schwebt der erstickende dicke Rauch über den Köpfen oder schlägt einem mitten ins Gesicht. Scheußlich. An der Bonbonfabrik hingegen geh ich gern vorbei. Es riecht so fein. Erinnerst du dich?«

»Natürlich. In den sechziger Jahren, als wir noch Kinder waren, roch es nach Vanillekaramellen, nach einem köstlichen Bonbon, das ich seither nirgends sonst

gefunden habe. Doch erzähl weiter. Ihr seid im schwarzen Rauch der Reifenfabrik auf dem Fahrrad unterwegs …«

»Richtig. Vor dem Tor der Sichuan-Oper hat Jian, mein Verlobter, eine Abkürzung genommen, weil es bereits Nacht wurde.«

»Ich weiß, welche Abkürzung du meinst: einen ungepflasterten Fahrweg, der an einer offenen Kanalisation entlangführte, die pestilenzialisch stank. Ein sehr holperiger Weg. Auf dem Gepäckträger war's wohl nicht gerade bequem.«

»Nur wenige nahmen diese Abkürzung. Erinnerst du dich? In der Mitte war eine Art Schuppen.«

»Meinst du die öffentliche Männertoilette?«

»Toilette? Du scherzt wohl. Das waren schlicht Latrinen.«

»Stimmt. Es war eine düstere, feuchte, halb verfallene Backsteinhütte mit einem Ziegeldach voller Löcher, durch die das Tageslicht drang. Ich erinnere mich an die summenden Fliegenschwärme und an die Wasserlachen überall. Der Fußboden war selbst bei schönem Wetter nie trocken. Und wenn es regnete erst! Es war unmöglich, den Fuß hineinzusetzen. Alle pinkelten von der Tür aus. Manchmal veranstalteten wir Wettkämpfe, unsere persönlichen olympischen Spiele, um zu sehen, wer am weitesten pinkelt.«

»An jenem besagten Tag war die öffentliche Toilette, wie du es nennst, von Polizeibeamten umringt. Zuerst sah ich aus der Entfernung bloß Schatten. Ich wunderte mich. Als wir dann näher kamen, sah ich Gewehrläufe

im schwachen Licht der Straßenlaterne aufblitzen. Uniformierte Polizisten. Es waren viele. Totenstille herrschte. Sie hatten etwa ein Dutzend Männer verhaftet, junge und weniger junge. Ich konnte ihre Gesichter nicht sehen, sie kamen mit gesenktem Kopf, im Gänsemarsch aus der Hütte. Der Fahrweg war von der Polizei abgesperrt worden. Wir stiegen von unserem Rad ab und gingen zu Fuß weiter. Ich fragte meinen Verlobten, wer die armen Teufel seien. ›Homosexuelle‹, antwortete er mir. Ich hörte dieses Wort zum erstenmal in meinem Leben, mit fünfundzwanzig.«

»Was machten sie im Schuppen?«

»Jian erklärte mir, das sei ihr geheimer Treffpunkt. Sie gingen, von den Polizisten eskortiert, mit niedergeschlagenen Augen an uns vorbei auf einen gepanzerten und vergitterten Polizeiwagen zu. Weißt du, mit ihrer verlegenen Haltung von Verbrechern... Sie erinnerten an Tiere, denen man das Rückgrat gebrochen hat. Sogar die Polizisten schauten seltsam drein... neugierig. Die Stille war bedrückend. Man hörte das Summen der Stromleitungen. Neben uns plätscherte das Wasser zwischen den Kieselsteinen am Ufer des Kanals, und ich hörte meinen leeren Bauch knurren. Jian hielt den Kopf gesenkt, den Blick auf das schlammbespritzte Vorderrad gerichtet. Erst als wir das Fahrrad wieder bestiegen und ich meine Wange an seinen Rücken legte, spürte ich durch sein Hemd hindurch, daß er schweißüberströmt war. Ich hab ihn gefragt, was mit ihm los sei. Doch er antwortete nicht. Wir haben jene Abkürzung nie mehr genommen.«

»Holte er dich oft von der Arbeit ab?«

»Ja. Fast jeden Tag, er begleitete mich mit dem Fahrrad nach Hause.«

»Das war aber nett von ihm. Ich hätte nie so viel Mut gehabt, selbst wenn ich verliebt gewesen wäre. Ich habe Angst vor den Toten. Erzähl mir noch mehr von ihm, wenn du magst.«

»Jian hatte keine Angst vor den Toten.«

»Willst du damit etwa sagen, daß der Tod ihn faszinierte? Ihn anzog? Ja? Dann entsprach seine Psyche ziemlich der abendländischen. Er interessiert mich, dein Jian. Schade, daß ich ihn nicht psychoanalysiert habe.«

»Weißt du, wo wir uns kennengelernt haben, Jian und ich? Im Bestattungsinstitut. Ehrlich. In genau dem Raum, in dem ich heute noch arbeite.«

»Erzähl weiter.«

»Es war zu Beginn der achtziger Jahre. Es sind schon fast zwanzig Jahre her. Ich erinnere mich nicht einmal mehr, wie er an jenem Tag gekleidet war.«

»Denk nach, es kommt dir bestimmt wieder in den Sinn.«

»Nein, ich bin müde. Ich muß schlafen gehen. Wir machen morgen weiter, einverstanden?«

»Ich möchte trotzdem wissen, wie ihr euch kennengelernt habt, bitte.«

»Wir reden morgen darüber.«

»In Ordnung. Bis morgen also. Ruf mich an.«

»Es war gegen fünf Uhr abends. Mein Vorgesetzter und meine Arbeitskollegen waren zu einem Basketball-

Freundschaftsspiel gegen die Mannschaft der Feuerwehr gegangen. Als ich die Aufbahrungshalle betrat, stand Jian vor einer Frauenleiche, die auf einem Bahrentisch lag. Ich erinnere mich an sein sorgfältig gekämmtes Haar, das ihm bis auf die Schultern fiel. Und ich erinnere mich auch an sein trauriges, verschlossenes Gesicht, an seinen gequälten Blick und vor allem an sein Parfüm. Du weißt, damals, Anfang der achtziger Jahre, war Parfüm kaum erhältlich. Selbst für Reiche. Kaum hatte ich den Raum betreten, erkannte ich den Geruch von echtem Parfüm. Mit einer Note Rose und viel Geranium, es war ein raffinierter, ein würziger exotischer Duft. Ich erinnere mich, daß er eine lange Perlenkette in den Händen hielt, die irgendwie seine Weiblichkeit unterstrich und die er pausenlos durch die Finger gleiten ließ, so wie ein Mönch einen Gebetskranz. Er hatte kurze schwielige Finger (ich habe viel später erfahren, daß dies von seiner Umerziehung in einem abgelegenen Bergdorf herrührte, während der Kulturrevolution), und an seiner rechten Hand waren zwei häßliche Schnittnarben.«

»Wie warst du an jenem Tag gekleidet?«

»Ich trug einen Arbeitskittel und Handschuhe.«

»Einen weißen Kittel?«

»Ja. Wie eine Krankenschwester. Ich trage immer einen makellos weißen Kittel, der nach frischer Wäsche duftet. Nicht wie meine Kollegen. Wenn du ihre Kittel sehen würdest! Sie waschen sie erst, wenn der Schmutz eine dicke, speckige schwarze Fettschicht bildet.«

»Verstehe. Jian mochte offenbar sauber gekleidete Leute!«

»Er schaute mich nicht einmal an. Er starrte auf einen blauen Fleck neben dem Ohr seiner Mutter. Das erste Zeichen von Zersetzung. Er zog ein kurzes Ermächtigungsschreiben des Leiters des Bestattungsinstituts aus der Tasche – ich weiß nicht, wie er dazu gekommen war –, das ihm, ausnahmsweise, erlaubte, als diskreter Beobachter der Balsamierung beizuwohnen. Ich hatte damals noch nie eine Leiche balsamiert. Ich weiß nicht, welcher Teufel mich ritt, aber ich unterließ es, ihm zu sagen, daß ich eine schlichte Leichenfriseuse war und daß ich für die eigentliche Behandlung auf den Abteilungsleiter warten mußte.«

»Kommt das oft vor, daß Beobachter zugelassen werden?«

»Nein, nur sehr selten.«

»Weißt du, wenn ich dir zuhöre, identifiziere ich mich langsam mit dem armen Kerl. Ich wette, sein Parfüm war das seiner Mutter, und die Perlenkette gehörte ebenfalls ihr.«

»Bravo, mein französischer Psychoanalytiker! Bist ein kluger Kopf. Sag, warum bist du eigentlich noch nicht verheiratet? Bist immer noch in deine ehemalige Mitstudentin verliebt? Die sich absolut nichts aus dir machte? Wie hieß sie schon wieder? Vulkan irgend etwas, oder?«

»Vulkan des Alten Mondes. Aber ich verbitte mir diesen Ton. Erzähl weiter.«

»Wo waren wir stehengeblieben?«

»Du mußtest seine Mutter balsamieren.«

(Geräusche dringen durch die Wand seines billigen Hotelzimmers und lenken unseren Psychoanalytiker ab. Wasser gurgelt in den Leitungsrohren, ein Mann singt unter der Dusche, eine Wasserspülung rauscht direkt über seinem Kopf wie ein von den Felsen stürzender Wasserfall, alte Risse in der Decke vibrieren, verbreitern sich und verwandeln sich in klaffende Wunden, aus denen es Zementbrösel regnet, die eine fröhliche Note in die ernste psychoanalytische Telefonsitzung bringen. Dann endet alles mit dem sanften, regelmäßigen Rieseln des sich füllenden Spülkastens, das sich mit dem Plätschern einer Waschmaschine vermischt. Geräusche, die in seiner Erinnerung auftauchen wie eine alte Melodie, und er fühlt sich in einen fernen Frühlingssonntag zurückversetzt, vor zwanzig Jahren war das gewesen, an einem Sonntag. Er sieht die Balsameuse und ihren Verlobten vor sich: Umringt von einer dichten Schar Bewohner des Häuserblocks, stehen sie vor dem Gemeinschaftswasserhahn im Hof neben einer funkelnagelneuen Waschmaschine, die sie vor ihrer Hochzeit gekauft hatten. Es war ihre erste Haushaltsanschaffung. Zu sehen, wie der Wasserpegel im Sichtfenster stieg, genügte, sie mit Seligkeit zu erfüllen. Muo erinnerte sich, daß es damals in jener Millionenstadt noch keine Taxis gab und das Paar zu Fuß nach Hause gekommen war, er die Lenkstange seines Fahrrads manövrierend und sie, glückstrahlend, hinten schiebend. Auf dem Gepäckträger thronte eine Waschmaschine Marke Ostwind, ein mit geflochtenen Strohseilen festgebundenes lokales Produkt aus der

gleichnamigen Fabrik. Ein regelrechtes Ereignis, würdig, in die Annalen dieses von grauen Mietshäusern umgebenen Hofes einzugehen, in denen mehrere hundert Arzt- und Pflegerfamilien wohnten. Ihre Ankunft wurde mit stürmischem Applaus begrüßt; Kinderscharen, Erwachsene und Ärzte, darunter ein paar alte Koryphäen, bestaunten das Gerät. Alle redeten durcheinander: Einige konnten sich vor Staunen nicht fassen, andere wiederum überschütteten sie mit Fragen über den Preis oder über technische Details. Auf allgemeines Verlangen erklärte sich das Paar zu einer öffentlichen Vorführung bereit. Die Balsameuse ging ihre schmutzige Wäsche in der Wohnung holen, während Jian, ihr Verlobter, die Maschine unbeholfen an den Wasserhahn anschloß. Auch Muo war unter den Zuschauern, und er erinnerte sich, daß er den Eindruck gehabt hatte, den feierlichen Start eines Raumschiffs zu erleben. Als Jian mit seinem schwarz verschmierten Finger auf die Starttaste drückte, blinkten grüne und rote Lichter über dem Sichtfenster auf, hinter dem die Kleider naß und nässer wurden, herumwirbelten und fröhlich im Zufluß und Rückfluß des Wassers planschten, begleitet von Bachgemurmel und einer Unzahl Blasen, auf denen Frühlingssonnen zu tausend bunten Sternen explodierten. An Jians Arm schritt die Balsameuse feierlich um die Maschine herum, inspizierte sie, berührte sie, stieß mit ihrer angenehmen Stimme chromatische Halbtöne aus, während das weiße Gehäuse immer heftiger vibrierte und dröhnte und schüttelte wie ein startendes Flugzeug.

Nach minutenlangen Erschütterungen endete die Vorführung mit dem Öffnen der Tür: Vor der Maschine kniend, zog das Paar vor den Augen der gespannten Menge ehrfürchtig die gewaschenen Wäschestücke heraus: Sie waren unkenntlich und vom gnadenlosen Ostwind zu Lumpen zerfetzt.)

»Seine Mutter bot keinen schönen Anblick, gar nicht, das kannst du mir glauben. Als ich näher trat, war ich erschüttert. Es war nicht die Blässe, die mich entsetzte, daran war ich schließlich gewöhnt, doch ihre Gesichtszüge waren verzerrt, als sei sie in einem haßerfüllten Aufbäumen gestorben; ihre Gesichtsmuskeln waren in einem zornigen Aufschrei oder sonstwie erstarrt, es war wirklich unheimlich. Die Augen waren aufgerissen, der Mund war verzerrt, das Zahnfleisch entblößt wie bei einem von Granatsplittern getroffenen Pferd, das in eine schwarzweiße sepiafarbene Welt wiehert. Sie sei Sprachwissenschaftlerin gewesen, erklärte mir Jian mit erstickter Stimme. Sie war an der sino-tibetischen Grenze gestorben, als sie dort die Sprache eines primitiven matriarchalischen Stammes erforschte. Sie wollte beweisen, daß ein Großteil der Wörter dieser Sprache aus dem alten Chinesisch der Zeit der ›Streitenden Reiche‹, vor dem ersten Kaiser, stammt. Kannst du dir das vorstellen? Sie soll im dortigen Distriktskrankenhaus im Todeskampf Wörter in dieser unbekannten Sprache geschrien haben. Im übrigen sollen es nicht einmal Wörter gewesen sein, sondern Wortfragmente, eine Folge von ungewöhnlichen Silben und zischenden Konsonanten.«

»Was sagte der Autopsiebericht? Von diesen linguistischen Betrachtungen abgesehen?«

»Er schwankte in Fachtermini zwischen einer unbekannten Tropenkrankheit und einer Lebensmittelvergiftung durch den Genuß einer Giftpflanze oder eines giftigen Pilzes, weil ihre Leber unter dem Fingerdruck des Gerichtsmediziners sozusagen zerbröselt war. Jian wirkte verloren und überfordert von diesem Unglück und von den Bestattungsformalitäten. Er war ganz allein, der Ärmste.«

»Und sein Vater? Er soll ebenfalls Sprachwissenschaftler sein, hab ich gehört.«

»Sein Vater arbeitet in Beijing. Jians Eltern haben sich Ende der sechziger Jahre scheiden lassen. Seine Mutter hatte ihn allein aufgezogen. Er wünschte, daß sie im Tod schön aussah, egal, was es kostete; mit dem würdigen Gesichtsausdruck einer berühmten Sprachwissenschaftlerin und nicht mit dieser dämonischen Fratze. Doch die Leiche war mit dem Flugzeug nach Chengdu überführt worden, und wie schon erwähnt, sie war bereits in Zersetzung begriffen. Als ich ihr die Augen schloß – es war mein erster beruflicher Reflex –, sah ich bläuliche Flekken an ihren Schläfen und am Hals. Ich sagte zu Jian, daß jede Minute zähle. Da die Arbeiter, die sich um den Transport der Leichen kümmern, mit dem Abteilungsleiter weggegangen waren und die dafür reservierten Aufzüge mit einer Kette und einem Vorhängeschloß abgesperrt hatten, mußten wir seine Mutter selbst ins erste Stockwerk bringen, um sie im Balsamiersaal auf ein Kühlbett zu legen. Wir hoben den Körper hoch, wickel-

ten ihn in eine dünne Steppdecke. Er war starr. Ich faßte sie an den Schultern, Jian an den Füßen, und wir schritten langsam zur Treppe. Jian sagte kein Wort. Er wirkte teilnahmslos. Er ging mit staksenden Schritten, als hätte er Holzbeine. Er litt. Um die Hände frei zu haben, hatte er die Perlenkette um seinen Hals gelegt, und ich sah Tränen über seine Wangen laufen. Die Treppe war nicht weit entfernt, doch mir schien, als würde der Körper mit jedem Schritt schwerer. Wir mußten ein- oder zweimal stehenbleiben, damit ich Atem holen konnte. Ich roch sein Parfüm. Schließlich ließ ich mich an der Wand hinuntergleiten und kauerte mich hin, ich bettete den Kopf seiner Mutter in meinen Schoß und schloß die Augen. Ich war fertig. Jian stand ganz nahe vor mir, aber ich sah ihn nicht, ich hörte weder seinen Atem noch seine Stimme, ich roch nur sein Parfüm, den Duft von Geranium, von über dem Feuer getrocknetem Geranium mit einer Spur Rose und Moschus, doch weniger ausgeprägt als vorher, so kam es mir wenigstens vor. Was meinst du? War es eine subjektive Empfindung? Na ja. Ich atmete diesen Duft gierig ein, er breitete sich in meinem Körper aus, überflutete mich. Kannst du dir das vorstellen? Ich fühlte mich wie in einem Traum, wie ich dort kauerte, den Kopf seiner Mutter in meinem Schoß, die Augen geschlossen wie eine Tote ... Und ich atmete diesen Duft von getrocknetem Geranium bis zum Ersticken ein, so daß ich den Eindruck hatte, ich würde mich langsam in eine Frucht verwandeln, in eine auserlesene, längliche Frucht. Hast du schon eimal die Frucht des Geraniums gesehen? Sie ist nicht sehr groß. Wie soll ich sie dir be-

schreiben… Sie gleicht dem Schnabel des weißen Kranichs und ist ebenso zierlich.«

»Wie habt ihr sie dann die Treppe hinaufgetragen? Zu zweit?«

»Nein. Es war eine steile Betontreppe, vor allem aber war sie eng. Zuerst meinte er, ich soll ihn lieber allein machen lassen. Er versuchte, seine Mutter auf den Armen zu tragen, ein bißchen wie man es im Kino sieht, weißt du? Wenn ein Mann am Hochzeitsabend seine verliebte junge Braut über die Schwelle und dann, zwei Stufen auf einmal nehmend, die Treppe hinaufträgt. Doch er hat es nicht geschafft. Er konnte einfach nicht. Er konnte die Füße nicht heben. Er bat mich, ihm zu helfen, seine Mutter huckepack zu nehmen. Dabei stellte ich fest, daß die Wangen der Toten noch eingefallener waren und ihre Haut noch grauer als vorher. Die Totenstarre hatte sich zu lösen begonnen, und demnächst würde der Unterkiefer herunterfallen, und dann würde ich große Schwierigkeiten haben beim Schminken und um die Totenmaske zu nehmen. Ich versuchte, ein Handtuch um ihren Kopf zu binden, um den Kiefer zu fixieren. Im Licht der nackten Glühbirne im Treppenhaus stellte ich fest, daß sie die Augen wieder geöffnet hatte; sie starrte ins Leere, aber mit einem anderen Ausdruck als vorher; es lag weniger Zorn darin, weniger Haß, aber eine solche Traurigkeit, eine solche Verzweiflung, daß ich den Blick abwenden mußte. Was für ein Aufstieg! Mir kam es vor, als könnte nichts schwerer sein als der Körper dieser Frau. Seine Waden zitterten, die Knöchel standen spitz heraus. Plötzlich riß die Perlenkette, die Perlen

prallten mit einen hellen ›Klick‹ auf den harten Betonstufen auf und hüpften die enge Treppe hinunter. Da ich ein paar Stufen hinter ihm ging, streckte ich die Hände aus und fing ein paar Handvoll Perlen im Flug auf. Über mir hörte ich ein schallendes Lachen. Ich zuckte zusammen. Jian schaute über seine Schulter auf mich herunter und entschuldigte sich für seinen Lachanfall. Dann nahm er hinkend den Aufstieg wieder auf, und bei jedem Schritt fielen Perlen von seinem Pullover und rollten auf mich zu und hüpften um mich herum. Ein entzückendes Schauspiel.«

(Ein Geräusch, nicht so hell und klar wie das von hüpfenden Perlen auf Beton, hallt in Muos Kopf: das Geräusch von Wasser, das, am Sonntag nach dem dramatischen Zwischenfall des ersten Probewaschgangs, zur großen Freude der Balsameuse, ihres Verlobten Jian und eines Hofes voller Neugieriger gurgelnd in eine Waschmaschine strömt. Das Paar hatte die Waschmaschine Marke Ostwind, die Wäschekillerin, in die Fabrik Ostwind zurückgebracht. Sieben Tage später erschien es mit einer neuen Waschmaschine auf dem Gepäckträger des Fahrrads, das er an der Lenkstange führte und sie hinten schob. Obwohl es schon Abend war, löste ihre Ankunft noch größeres Aufsehen und noch heftigere Kontroversen aus als das erste Mal. Ein Arzt, der im Erdgeschoß eines der Mietshäuser wohnte und der für seinen Geiz und seine nervösen Zuckungen bekannt war – fünf- bis sechstausend täglich, hieß es –, reichte ein Verlängerungskabel aus dem Fenster und lieferte, unentgeltlich!,

den Strom für eine 500-Watt-Glühbirne, die über dem Gemeinschaftswasserhahn aufgehängt wurde, neben dem der neue Ostwind thronte. Der Vorführung wohnte nicht nur die sich aufgeregt um die Waschmaschine drängende Menschenmenge bei, sondern auch ein neugieriges Publikum, das sich aus den Fenstern der umliegenden Häuser lehnte wie Zuschauer über die Brüstung einer Theaterloge. Jungen zündeten Knallfrösche und warfen sie den Mädchen vor die Füße, die mit einer Schale in der Hand ausnahmsweise ihr Abendessen im Hof fertig aßen und sich mit den Eßstäbchen gegenseitig in den Schalen herumpickten. Es herrschte ein einziges Lachen, Flirten, Quatschen. Mit einem Wort: eine richtige Feststimmung. Da die Balsameuse all ihre schmutzige Wäsche für den ersten Versuch geopfert hatte, blieb ihr nichts anderes übrig, als gute Miene zum bösen Spiel zu machen und die Maschine mit sauberen Kleidern zu füllen, was sie lächelnd vor den Augen aller tat. Einander bei den Händen haltend, betrachtete das junge Paar durch das Sichtfenster die in einem Schaumbad wirbelnden blauen Jacken und geblümten Hemden, die bedruckten Popelinröcke, Blusen, eine Jeans, eine Schlaghose (die man sie übrigens nie hatte tragen sehen) und mehrere mit Slogans bedruckte weiße T-Shirts, Werbegeschenke des Bestattungsinstituts.

Nach und nach, wie im Finale des letzten Satzes eines Musikstücks, ging die für einen Waschgang vorgesehene Zeit ihrem Höhepunkt zu. Jedermann war aufs höchste gespannt: Alle erinnerten sich an das alptraumhafte diabolische Flugzeugdröhnen, das dem fata-

len Ende der ersten Vorführung vorausgegangen war. Die nackte Glühbirne schaukelte in der Abendbrise im Takt der vibrierenden Maschine und warf gelbe, karmesinrote oder graue zuckende Schatten auf die Gesichter der Zuschauer. Alle Blicke waren auf die Besitzer des Ostwinds gerichtet, die betreten, aber mit Zuversicht gewappnet, nervös auf das mit Dampf und Wassertröpfchen beschlagene Sichtfenster starrten. Nichts Verdächtiges bis jetzt. Die Waschtrommel drehte und drehte sich mit dem regelmäßigen, gut geschmierten, volltönenden Timbre einer Baritonstimme. Ein Aufatmen ging durch die Menge.

Doch der Ostwind schlug nochmals zu, und zwar dort, wo niemand es erwartet hatte. Die für einen Waschgang vorgesehene Zeit war abgelaufen: Die Maschine, störrisch wie ein Muli, weigerte sich stillzustehen. Zehn Minuten vergingen, zwanzig Minuten, die ersten Zuschauer verschwanden, andere murrten. Da meinte jemand spöttisch, die Fabrik Ostwind habe ihnen keine Waschmaschine verkauft, sondern einen Roboter für Todeskandidaten, was allgemeines Gekicher und Gelächter auslöste. Muo sah, daß die junge Frau gezwungen lachte und rot im Gesicht wurde. Es hagelte von allen Seiten Spott auf die Balsameuse und ihren geknickt vor dem Gerät kauernden Verlobten, während Fieselregentropfen im gelben Licht tanzten.

Ein paar Minuten später lag der Hof ausgestorben da. Seinem Ruf eines Geizkragens treu, verlangte der Arzt aus der Erdgeschoßwohnung seine Glühbirne zurück, er bereute, sie zur Verfügung gestellt zu haben, und for-

derte von der Balsameuse eine Entschädigung für den Stromverbrauch; er zwinkerte ein ums andere Mal mit dem linken Auge und verzog dabei den rechten Mundwinkel.

Der Regen prasselte jetzt auf das Gehäuse, doch die Maschine drehte sich in der Abenddämmerung fröhlich weiter, als habe sie eine wollüstige Freude daran, ihr niederträchtiges Vergnügen möglichst in die Länge zu ziehen. Von seinem Platz unter dem Vordach des gegenüberliegenden Hauses aus sah Muo das rubinrote und smaragdgrüne spektrale Leuchten der eingeschalteten Tasten. Das gnadenlose entfesselte Monster sang unbeirrt im anhaltenden Regen: Der Bariton verwandelte sich in einen alptraumhaften, in einen größenwahnsinnigen Tenor.

Auf einmal drangen Gesprächsfetzen aus den Fenstern und schwollen zu Protesten an, zu gehässigen eifersüchtigen Beschimpfungen an die Adresse der Balsameuse und ihres Verlobten, die unter einem schwarzen Regenschirm neben dem Wasserhahn standen und den Blick vom Regen zur Waschtrommel – die sich drehte und drehte und drehte – und über den nassen Hof schweifen ließen.

Was für ein grausamer Streich! Als sie endlich, »klick«, den Sicherheitstürverschluß öffneten und im zaudernden, zitternden Strahl einer Taschenlampe die Kleider betrachteten, waren diese wiederum und ausnahmslos zu einem kläglichen Haufen Lumpen geschrumpft.)

»Du erinnerst dich: Ich hab dir erzählt, daß ich damals noch nicht die Balsameuse, sondern Leichenfriseuse war. Bis dahin hatte ich noch nie Leichen präpariert oder geschminkt. Daß ich meinen wahren Beruf verschwiegen hatte, brachte mich in schreckliche Verlegenheit, wie du dir bestimmt vorstellen kannst. Nachdem wir also seine Mutter auf einen Kühltisch gelegt hatten, begann ich sie zu waschen, in der Hoffnung, der Abteilungsleiter und meine Kollegen kämen demnächst von ihrem Basketballmatch zurück. Es war sehr peinlich, sie so entstellt dort liegen zu sehen; ich sehe sie heute noch vor mir; sie sah aus, als leide sie, ja, als erdulde sie eine endlose Marter. Auf ihrem Gesicht lag der Ausdruck eines unsäglichen Leids. Der Abteilungsleiter und die anderen waren immer noch nicht zurück, also beschloß ich, die Komödie zu Ende zu spielen. Ich hatte mir etwas Schönes eingebrockt. Nun mußte ich den Sprung in die Welt des Balsamierens wagen. Es blieb mir nichts anderes übrig.«

»War's Liebe auf den ersten Blick?«

»Meinst du nicht, wir sollten aufhören für heute?«

»Warum erzählst du mir nicht, was du mit seiner Mutter gemacht hast? Nur kurz. Verrate mir ein einziges kleines Berufsgeheimnis.«

»Ich hatte es noch nie versucht, wußte aber, theoretisch zumindest, was man tun mußte: vier bis sechs Liter einer Formaldehydlösung in die Schlagader der Toten injizieren und gleichzeitig das Blut durch die Drosselvene ablassen. Nein, das ist etwas ganz anderes als eine Bluttransfusion. Man muß einen Schnitt in

der Leiste oder oberhalb des Schlüsselbeins anbringen, um einen Katheter anzulegen, durch den man mit einem speziellen Gerät die Flüssigkeit in den Körper pumpt und durch den sie wieder abfließt. Den Schnitt brachte immer der Abteilungsleiter persönlich an. Manchmal ging ich ihm dabei zur Hand, half ihm beim Waschen oder reichte ihm die Instrumente. Aber ich konnte ihm nicht zusehen, ich weiß nicht warum, es war eine physische Abneigung, ich wandte immer den Kopf ab. Nicht wegen des Körpers der Toten. Daran hatte ich mich gewöhnt. Es war mein Vorgesetzter, der mich anwiderte. Er hatte so weiße, so blasse Hände, pfui, schrecklich! Du hättest seine Nägel sehen sollen, sie waren immer sehr lang und fast spitzig, wie in einem Gruselfilm. Aber das war es nicht, was mich ekelte. Es war sein Geruch. Er hatte immer eine Alkoholfahne. Ich habe nichts gegen Alkohol. Ich trinke auch hin und wieder gern ein Gläschen zu einer guten Mahlzeit oder an Feiertagen. Doch das Balsamieren einer Leiche, weißt du, das ist das letzte, was man einem Toten an Gutem zuteil werden läßt, der letzte angenehme Moment, den er auf Erden erfährt. Doch selbst der nur schwache Atemgeruch des Abteilungsleiters würgte mich. Als ich in jenem Moment meinen ersten Schnitt anbringen mußte, bereute ich natürlich, daß ich ihm nie richtig zugeschaut hatte. Ich hatte schreckliche Angst, einen Fehler zu begehen. Weißt du, wie schlimm das gewesen wäre? Eine Sünde. Ich dachte mit Entsetzen daran. Und meine Hände zitterten, als ich die Instrumente, die Flüssigkeit und die leicht rostige Pumpe vorbereitete, die aber noch funk-

tionierte. Dann nahm ich das Skalpell und ritzte zitternd ein Kreuz in der Nähe des Nabels, und eine dicke, breiige, mit Blut vermischte Flüssigkeit floß heraus. Jian, der an sich schon blaß war, hielt die Augen geschlossen, als sei ihm übel. Plötzlich glaubte ich, ich hätte das Geräusch von Schritten im Erdgeschoß gehört. Ich dachte, es wäre der Abteilungsleiter, mein Retter, der durch den Flur ging und dann die Treppe hinaufkäme. Ich war erleichtert. Ich wollte ihm entgegenlaufen. Ich hatte solche Angst, ausgerechnet am Körper dieser Frau etwas falsch zu machen, daß ich lieber meinem Vorgesetzten meine unerlaubte Einmischung in seine Domäne gestand und bereit war, mich tadeln oder bestrafen zu lassen. Ich lief die Treppe hinunter und durch den Flur bis zur Eingangstür. Der Flur war dunkel, und die schwach beleuchtete Tür war zu. Weit und breit niemand. Es würde bald Nacht werden, und alles würde dann noch dunkler sein. Draußen blies ein kalter Wind, ebenso eisig wie die Glieder von Jians Mutter. Der Widerhall meiner Schritte auf dem Kunstmarmor der Eingangshalle oder auf den Betonstufen der Treppe, die stummen Schatten, ja sogar mein eigener Schatten ließen mich erschauern. Ich stürzte von Panik erfaßt zur Eingangstür. Ich wäre am liebsten sang- und klanglos verschwunden, wollte weinend meinen alkoholabhängigen Vorgesetzten auf dem Basketballfeld holen gehen. Doch dann machte ich kehrt, ging ratlos die Treppe hinauf und in den Balsamierungsraum zurück. Ich sagte zu Jian, es sei niemand im Haus und wir würden mit dem Balsamieren fortfahren, wenn er mir helfe, den Körper seiner Mutter

hochzuheben und anders hinzulegen, und wenn er danach das Bein festhalten könne, würde ich den Katheter leichter anlegen können. Während er also mit Hand anlegte, fragte er mich, ob er ein englisches Gedicht für seine Mutter rezitieren dürfte, die ihm diese Sprache beigebracht hatte, als er noch ein Kind war; du erinnerst dich, er war ja Englischlehrer und beschäftigte sich von morgens bis abends, Tag und Nacht, mit dieser Sprache, die für ihn nicht nur eine berufliche Tätigkeit, sondern auch ein Vergnügen und seine einzige Leidenschaft war. Er gestand mir das alles mit rührender Schüchternheit, so daß ich ihm den Wunsch nicht abschlagen konnte. Er begann laut zu rezitieren, er hatte keine besondere Stimme, aber sie klang angenehm und leicht feminin. Du weißt, daß ich kein Wort Englisch verstehe, aber das Gedicht war sehr schön anzuhören. Schön und traurig. Meine Hand zitterte nicht mehr, das Skalpell gehorchte ihr sicher, und danach verlief der Eingriff reibungslos im Fluß der ansteigenden und verebbenden magischen fremden Sätze. Er erklärte mir, es handle sich um ein altes irisches Volkslied, das er in einem Roman von Joyce gelesen hatte. Ich fragte ihn nach dem Inhalt, er übersetzte es mir, und das Gedicht hat mir so gefallen, daß ich es aufgeschrieben habe, um es immer bei mir zu tragen. Wenn du möchtest, kann ich es dir aufsagen:

Bimbam! Die Glocke vom Schloß!
Leb wohl, mein Mütterlein!
Im alten Kirchhof bett mich zur Ruh

Da liegt auch mein Brüderlein.
Aus Tannholz ist mein Sarg gemacht,
Sechs Englein halten dran die Wacht,
Zwei, die beten, zwei, die singen,
Zwei, die meine Seel' in Himmel bringen.

Wie durch ein Wunder nahm das Gesicht seiner Mutter dank der Flüssigkeit, die die nun von Jian betätigte rostige Pumpe in ihren Adern zirkulieren ließ, nach und nach eine blaßrosa Farbe an. Er hatte spontan meinen Platz eingenommen. Das Gedicht hatte ihn offenbar beruhigt. Ich desinfizierte inzwischen die Körperöffnungen und putzte der Toten die Zähne, ich erinnere mich, daß sie eine kleine Lücke zwischen den beiden Schneidezähnen hatte, genau wie ihr Sohn. In weniger als einer Stunde war zuerst die Muskelerschlaffung ihres Kiefers, dann die ihrer Hände verschwunden. Ihr Gesicht war nicht mehr schmerzverzerrt, sondern ruhig wie der Himmel nach dem Regen. Dann kämmte ich sie. Sie hatte trotz ihres Alters wunderbares Haar, nicht sehr dicht und bereits leicht grau, aber seidig wie eine Mähne. Ich habe es gewaschen, getrocknet und Strähne um Strähne durchgekämmt und es zu einem Knoten aufgesteckt, wie sie es laut Jian zu besonderen Anlässen, an Geburtstagen oder an Neujahr getan hatte. Sie liebte es, ihren langen, faltenlosen schlanken Hals im Spiegel zu betrachten. Der Chignon stand ihr wirklich gut, er verlieh ihr das Aussehen einer Gelehrten, einer Adeligen sogar. Sie hatte ihre Heiterkeit einer Sprachwissenschaftlerin wiedererlangt und war glücklich darüber.

Der Dialekt ihres sino-tibetischen Stammes quälte sie nicht mehr. Ihre Gesichtszüge waren wieder anmutig, und ihr Sohn meinte, das sei eine Aufforderung, sie noch schöner zu machen. Einverstanden, antwortete ich, und er ging nach Hause, die Schminkutensilien seiner Mutter holen. Ich blieb allein in Gesellschaft der Frau zurück. Ich betrachtete sie lange, und dann bin ich eingeschlafen. Als ich aufwachte, regnete es. Ich weiß nicht, was während meines Schlafes passiert war, aber irgend etwas in mir hatte sich verändert: Alles kam mir jetzt lieblich vor, neu, selbst das Geräusch des Regens erschien mir wie eine Melodie. Ich hätte am liebsten ein Klagelied angestimmt, ein uraltes Lied, das in meiner Erinnerung aufstieg, meinen Kopf füllte und über meine Lippen floß. Weißt du, wenn man einen Beruf wie den meinen ausübt, hat man immer wieder Gelegenheit, Totenlieder zu hören. Ich kenne eine ganze Menge. Ich begann also zu singen. Jian kam zurück und fand mein Lied wunderbar, vor allem den Rhythmus, den er als klar und strahlend bezeichnete. Er bat mich, noch mehr Lieder zu singen. Dann öffnete er eine schwarze Lackliederschatulle, der ich, immer noch singend, einen Eyeliner entnahm, um die Lider seiner Mutter von den Wimpern bis zu den Schläfen mit einem leichten Strich, sanft wie eine Liebkosung, zu betonen. Danach trug ich ein leuchtendes Korallrot auf die Lippen auf und bürstete ihre Wimpern mit einem speziellen französischen Öl. Am Schluß legte er ein goldenes Kollier mit einem Saphir um ihren Hals. Sie wirkte heiter und auf besondere Art schön.«

»Ich vermute, daß er sich an jenem Tag in dich verliebt hat.«

»Ich glaubte es auch. Doch wie auch immer, du weißt so gut wie ich, mein lieber Psychoanalytiker, daß es einem Homosexuellen widerstrebt, mit einer Frau zu schlafen. Sonst hätte er sich vor unserer Hochzeitsnacht nicht aus dem Fenster gestürzt, und ich wäre nicht Witwe: Witwe und immer noch jungfräulich.«

»Vielleicht.«

»Das ist das Drama.«

Majiang-Fieber

Die telefonische Psychoanalysesitzung endet um Mitternacht. Wunderbar! Muo hat also diese weitläufige Provinz im Südwesten Chinas nicht vergeblich bereist. Du liebe Güte! Er hatte geglaubt, im Laufe der zahlreichen Auditionen dieses ungewöhnlichen Castings, im Umgang mit Ganoven und Prostituierten, die als unschuldige junge Mädchen verkleidet waren, in einen endlosen Tunnel eingedrungen zu sein, wo ihm, nacheinander, in einem Zug ein Koffer, auf einem Markt ein silbernes Zigarettenetui, in einem schäbigen Hotel eine Uhr und in einer Karaoke-Bar ein Lumberjack gestohlen worden waren. Dank dem Bekenntnis seiner ehemaligen Nachbarin, der Balsameuse, die ihre Jungfräulichkeit noch nicht verloren hat, sieht er endlich ein Licht am Ende des Tunnels aufleuchten.

Nachdem er den Hörer aufgelegt hat, setzt Muo in seinem Übermut zu einem schwungvollen Rückwärtssalto an. Auf einer Glückswolke schwebend, steigt sein Körper höher und höher… und plumpst auf den verstreuten Kram auf dem Bett, landet auf einem harten Gegenstand, der in tausend Stücke zerspringt. Es ist der Teekrug aus Porzellan, den er am selben Tag gekauft hat. Doch weder der zerbrochene Krug noch die Prel-

lung an der Hüfte vermögen seiner guten Laune etwas anzuhaben. Unvermittelt erinnert er sich an Michel, seinen geschlechtslosen französischen Psychoanalytiker, der einem Durchschnittsfranzosen in einem durchschnittlichen französischen Film gleicht und der, wenn er etwas feiern will, im Bistro um die Ecke eine Runde spendiert. Muo beschließt, trotz der späten Stunde seinem Beispiel zu folgen. Er zieht sich an und geht aus. Zum erstenmal hallt ein von unserem Psychoanalytiker gepfiffenes Chanson Serge Gainsbourgs fröhlich im Treppenhaus des kleinen Hotels, in dem kein einziges Fenster Licht hereinläßt.

»Es lebe die Liebe!« sagt er, als er den Zimmerschlüssel mit dem geschnitzten, numerierten Holzschildchen auf den Tresen legt, und wirft mit den Fingerspitzen dem Angestellten am Empfang einen Abschiedskuß zu.

(Dieser, ein Student, der nachts und an den Wochenenden im Hotel arbeitet, klopft jeden Abend um elf Uhr reihum an jede Zimmertür, um den Gästen eine Prostituierte anzubieten. Man hört das Geräusch seiner Nikes, die vor den Türen stehenbleiben, hört, wie er mit dem Finger an die Türen tippt wie auf eine Computertastatur, und hört seine jugendliche optimistische Stimme verkünden: »Hallo-hallöchen, die Liebe kommt vorbei.« Er war in Muos düsterer und mühseliger Jungfrauensuche der gebildetste, aber erfolgloseste einheimische Führer gewesen.)

Muo tritt auf die Hauptstraße der Stadt hinaus, deren Laternen aus Spargründen nicht brennen. Nichtsdestotrotz herrscht Hochbetrieb in den Friseursalons

mit ihren kalten blauen, rosafarbenen oder bunt blinkenden Neonbeleuchtungen und den offiziell als Friseusen angemeldeten Nutten, die in schwarzen Büstenhaltern und engen Slips in den Türen stehen oder auf einer Couch vor dem laufenden Fernsehgerät sitzen. Sie mustern Muo von Kopf bis Fuß, rufen ihm etwas zu, törnen ihn mit lasziven Gesten an und necken ihn mit Akzenten entfernter Provinzen. Ebenfalls offen sind, nebst einem Restaurant, zwei Apotheken, die auf Aphrodisiaka spezialisiert sind und in deren raffiniert beleuchteten Schaufenstern zusammengerollte Schlangen ausgestellt sind, Krabbenpanzer, Hirschgeweihe und Rhinozeroshörnerimitationen, seltsame Pflanzen, Wurzeln und ziegenbärtige Ginsengs. Dann wieder Friseursalons mit ihrer Neon- und Mädchenoffensive entlang der menschenleeren Straße und Muos nächtlichem Spaziergang. Am Ende der Hauptverkehrsader der Stadt erheben sich die Öfen einer privaten Ziegelei, die durch den kürzlichen Immobilienboom einen mächtigen Aufschwung erlebt. Die Umrisse gebückter Arbeiter mit bloßem Oberkörper zeichnen sich im Mondlicht ab, die, Stoßkarren vor sich her schiebend, wie Ameisen aus dem Rachen der Brennöfen auftauchen, Luft schöpfen, den gleichen schwarzen Hohlweg zurückgehen und von neuem von den Öfen verschlungen werden, über denen kräuselnde weiße Rauchspiralen in den Himmel steigen und sich in der Dunkelheit verflüchtigen.

Muo betritt ein Teehaus gegenüber der Fabrik. Er ist schon vor einer Woche mit einem seiner einheimischen

Führer hier gewesen. Er mag dessen spitzes Ziegeldach mit den hochgezogenen Traufen, die kleinen Höfe unter freiem Himmel, die niedrigen Holztische, die ungezwungen knarrenden Bambusstühle, den schwarzen, gestampften feuchten Fußboden, der mit Erdnußschalen, mit Sonnenblumenkernen, mit Zigarettenstummeln übersät ist, den vertrauten zarten Geruch, der in ihm die Erinnerung an das Land seiner Kindheit wachruft. Und wenn der Kellner den Tee aus dem kupfernen Wasserkessel mit dem dünnen, glänzenden, einen Meter langen Schnabel einschenkt und einen Strahl kochend heißes Wasser in die Porzellanschale auf dem eisernen Untersatz gießt und sie randvoll füllt, ohne auch nur einen Tropfen zu verschütten, und sie dann behutsam mit einem hübschen Porzellandeckel zudeckt, durchströmt Muo ein unbeschreibliches Glücksgefühl. Doch bei seinem zweiten Besuch bleibt Muo wie vom Donner gerührt in der Tür stehen: Das Teehaus ist einem riesigen, in Rauch gehüllten Billardsaal gewichen, in dem es von Menschen wimmelt, die im Schatten stehen, sich dann unter den großen Deckenlampenschirmen über die Tische beugen, um mit einem Stab Elfenbeinkugeln über den grünen Teppich zu stoßen, die aneinanderprallen, auf die Ecken zurollen, wieder aneinanderprallen … Muo glaubt sich in den Wilden Westen eines billigen amerikanischen Films der sechziger Jahre versetzt: Alles ist falsch, schlecht gespielt, schlecht beleuchtet, selbst das Klacken der aneinanderprallenden Kugeln klingt falsch, hohl, vulgär, mit Schallschwingungen, die an billigen Soundtrack erinnern. Er geht breitbei-

nig und hüftenwiegend im Clint-Eastwood-Schritt zur Bar. Für einmal in seinem Leben hat er das Bedürfnis, spendabel zu sein, freigebig, jedermann zum Anstoßen einzuladen, nicht auf sein persönliches Glück, sondern auf den »amerikanischen Imperialismus«, und er erkundigt sich beim Barmann nach den Getränkepreisen. Die Schnapspreise sind zwar moderat, jagen ihm dennoch einen Schrecken ein, also erkundigt er sich nach dem Preis für lokales Bier und zählt dabei verstohlen die Billardspieler. Die Rechnung macht ihn schwindlig, und noch bevor der Barmann Zeit hat, ihm zu antworten, ist er schon verschwunden, ohne auch nur einen Tropfen angerührt zu haben.

»Mein lieber Vulkan des Alten Mondes, deinetwegen werde ich vernünftig und sparsam sein, ich verspreche es dir«, schwört er laut, durstig und hungrig auf dem Weg zum Strand, sorgfältig darauf bedacht, die Füße zwischen die matschigen Müllhaufen zu setzen.

Er überquert eine Brücke, wandert einen glitzernden nächtlichen Fluß entlang, der unter der silbernen Mondscheibe am dunkelgrauen Himmel träge dahinfließt. Die Krabbenbucht ist noch nicht in Sicht, er riecht aber bereits das Meer. Die steife Brise weht einen kalten, salzigen Geruch herüber. Einen fremden und gleichzeitig vertrauten Geruch, einen weiblichen Hauch. Längs der Straße reiht sich Bretterbude an Bretterbude, besser gesagt, die Pfahlhütten der Krabbenfischer, die aus den armen ländlichen Gegenden hierhergezogen sind. Schreiende Babys. Das traurige Jaulen herrenloser Hunde. Der Wind weht jetzt sanfter. Ein Nachtfalter

hat sich in einem der unentwirrbaren Fischernetzlabyrinthe verfangen, die am Strand trocknen. Muo geht darauf zu, bückt sich und kriecht auf allen vieren unter das Netz. Das zarte Geschöpf zuckt zusammen, flattert panisch mit seinen schokoladefarbenen, grau gemaserten Flügeln. Sein in den Maschen gefangener schlanker Leib zuckt vor Angst.

»Mein armer Freund, brauchst keine Angst zu haben«, sagt Muo zum Insekt. »Vor ein paar Stunden ist es mir wie dir ergangen. Auch ich habe mich aus einem Gewirr dunkler, raffiniert verschlungener Fäden befreien müssen: denen der chinesischen Justiz.«

Er befreit den Falter und freut sich, ihn, kaum wahrnehmbar summend, in der sepiafarbenen Nacht davonfliegen zu sehen wie einen winzigen Hubschrauber.

Ein paar tausend Kilometer von hier entfernt, denkt er, schläft zu dieser Stunde ein anderes zartes Geschöpf in einer Zelle, mein Vulkan des Alten Mondes. Wie schläfst du, wo du doch immer Probleme mit dem Schlafen gehabt hast? In einem Bett oder auf einer Pritsche? In deinem gestreiften Sträflingshemd?

Seine Wangen glühen. Das Blut hämmert in seinen Schläfen. Er zieht die Schuhe aus. Seine Füße brennen. Er geht barfuß im körnigen Sand weiter, watet an der Flußmündung durch eine Stillwasserlache. Er besprengt sein Gesicht mit Wasser. Das Wasser ist lauwarm. Er macht kehrt, geht wieder zum Strand; er entkleidet sich, vergißt nicht, seine Uhr in eine seiner roten Socken zu wickeln und sie in den Schuhen zu verstecken. Dann nimmt er das Kleiderbündel unter seinen mageren Arm

und stelzt vorsichtig zu einem Felsen. Die wogenden, dunkel smaragdgrünen Algen knistern unter seinen Füßen. Spitze Kieselsteine, Wracksplitter, scharfkantige Muscheln schürfen seine Fußsohlen. Der Wind kommt ihm mit betäubendem Donnern entgegen, bläst ihn fast um, hätte beinahe seine Brille fortgeweht und beruhigt gleichzeitig sein brodelndes Blut. Er gelangt an die Stelle, wo die Fischer den Krabben auflauern; er setzt behutsam einen Fuß vor den andern. Er weiß, daß die Krabben da sind, unsichtbar, heimtückisch, riesig, mit Mandibeln, mit gefährlichen Greifzangen bewaffnet, berühmt für ihr weißes Fleisch mit seinen ganz besonderen aphrodisischen Eigenschaften. Sie sind da, auf dem Meeresgrund, im klebrigen Sand, unter den Kieseln, in den Felsenhöhlen, beobachten zwischen den niedrigen Klippen seine Füße, und er glaubt, sie murmelnd über die Strategie eines unmittelbar bevorstehenden Angriffs beraten zu hören.

»Wenn Vulkan des Alten Mondes aus dem Gefängnis entlassen sein wird, kehre ich mit ihr hierher zurück«, sagt er sich. »Ich werde sie in einen großen Gummireifen setzen, damit ihre Füße nicht von den Krabben überfallen werden. Ich sehe sie schon vor mir, ihre entzückenden nackten Füße, auf denen der körnige Sand und die Muschelsplitter eine dünne Kruste bilden. Ich höre schon ihre schrillen Freudenjauchzer im Rauschen der Wellen. Was für ein Glücksgefühl, sie ihre wiedererlangte Freiheit genießen zu sehen… Wie sie sich an den schwarzen Gummireifen klammert, der im schäumenden Ebbestrom untertaucht und wiederauftaucht!

Sie würde ihre Kamera mitbringen und Aufnahmen von den Krabbenfischern knipsen, eine Reportage über deren harte Arbeit, über ihren elenden Alltag, dem elendesten Chinas, wenn nicht der ganzen Welt. Und ich werde die Träume dieser Menschen aufzeichnen, die der Erwachsenen und die der Kinder. Ich werde ihnen von Freuds Lehre erzählen, vor allem von deren Quintessenz, dem Ödipuskomplex, und was für ein Spaß, wenn sie, ihre dunklen Köpfe schüttelnd, vor Staunen rufen und schreien und fragen.«

Muo, der kurzsichtig ist, glaubt, leuchtende Würmer träge im Rhythmus der Wellen auf und ab schaukeln zu sehen. Nicht doch: Es sind Holzbarken, winzige Boote, dunkler als die Nacht, mit einer regenbogenfarben leuchtenden Karbidlampe über dem Kopf des Ruderers, dessen Kumpel, der Krabbenfischer, die Netze auswirft. Ihre Umrisse verschwinden in der Brandung, die rollt und schlägt und brüllt und sich erschöpft zurückzieht und verebbt. Die Ruhe. Das Murmeln, das Seufzen des Wassers. Es ist Zeit für die Fischer, die Netze einzuholen.

Man hört nahenden Motorenlärm. Ein Touristenbus hält an. Männer und Frauen steigen am Strand aus, zweifellos Feinschmecker, die eigens zum Krabbenessen gekommen sind. Kaum sind sie ausgestiegen, verlangt ein Mann lauthals nach Krabben, nach den allerallerkleinsten, deren Fleisch weißer und am aphrodisischsten ist. Ist es der Dolmetscher? Sind es japanische Touristen? Taiwanesen? Hongkonger? In einem der kleinen Freiluftrestaurants gehen die Lichter an. Plastiktische und

Plastikstühle werden eilig hinausgetragen und, mit Sicht aufs Meer, unter nackten farbigen Glühbirnen aufgestellt. Ein paar Jungen, bestimmt Küchengehilfen, gehen zum Wasser hinunter und rufen den Fischerbooten zu, daß man auf frische Krabben wartet. Zuerst kann Muo in diesem Tumult gastronomischer Erregung und kulinarischer Vorbereitung, im Durcheinander von Stimmen und Rufen die Herkunft dieser nächtlichen Besucher nicht erkennen. Doch als an allen Tischen die Majiang-Steine klappern, weiß er, daß es sich um Chinesen handelt. China, das Reich des Majiang. Eine Milliarde besessener Spieler. Nur Chinesen kann es einfallen, während sie auf die im Dampf garenden Krabben warten, Majiang zu spielen, um sich ja keine Sekunde zu langweilen. Und als sich einer von ihnen, vermutlich der Fahrer, neben dem Bus auf die Erde setzt und anfängt, auf der Mundharmonika eine chinesische Revolutionsmelodie aus den sechziger Jahren zu spielen, sieht er sich in seiner Annahme bestätigt.

»In deinem Gefängnis gibt es keine Mundharmonika. Sie ist verboten. Es gibt auch kein Krabbenfleisch, es gibt nur zweimal die Woche ein paar Klümpchen Schweinefleisch so groß wie ein Daumennagel, am Mittwoch unter verkochten Kohlblättern versteckt und am Samstag einsam auf einer Kohlsuppe schwimmend. Immer nur Kohl. Im Dampf gegarter Kohl. Pfannengerührter Kohl. Gewürzter Kohl. Eingelegter Kohl. Fauliger Kohl. Kohl mit Sand. Kohl mit Haaren von weiß nicht wem. Kohl mit rostigen Nägeln. Ewiger Kohl. Es

gibt auch kein Majiang. Du hast mir bei meinem letzten Besuch im Gefängnis erzählt, das einzige Spiel in deiner Zelle heißt ›Die alte Tang muß pinkeln‹; das Spiel dreht sich um eine Ärztin namens Tang, die wegen fahrlässiger Tötung verurteilt worden ist und die aufgrund einer Geschlechtskrankheit Probleme mit dem Wasserlassen hat. Jedesmal, wenn sie sich auf den gemeinsamen Eimer setzt, warten ihre Mitgefangenen aufgeregt und von Spielleidenschaft erhitzt, bis der klare, duftende, bernsteinfarbene Urin aus ihrer geschwollenen, gemarterten Blase tropft; und sie schließen Wetten über die Störrischkeit ihrer Harnröhre ab und setzen meistens ein paar Bröckchen des kostbaren Schweinefleischs ein. Stille! Spannung! Wenn der schmerzhafte Versuch scheitert, wenn die alte Tang nicht pinkeln kann, hüpfen diejenigen, die gewettet haben, sie würde es nicht schaffen, wollüstig sabbernd umher, als hätten sie das bißchen Fleisch bereits im Mund. Wer verloren hat, steht auf, geht auf die alte Tang zu, umringt sie drohend: ›Los! Preß! Entspann deinen Schließmuskel!‹, als würde sie entbinden. Sie stöhnt, die Tränen steigen ihr in die Augen. Sie schreit vor Schmerz. Und wenn pling… pling… ein paar Urintropfen in den Eimer fallen, verkündet dieses wenn auch schwache Geräusch, daß das Glück ins andere Lager übergewechselt ist, daß es den einen eine vergängliche Freude gewährt und die anderen in eine weitere Frustration stürzt. Ich erinnere mich an das erste Mal, als ich dich in der Strafanstalt besuchte und man mich in das Gefängnisgebäude führte, und ich erschauerte, als ich den Kopf hob und die mit dicker

schwarzer Farbe gepinselten riesigen Schriftzeichen an der langen, langen, endlos langen weißen Mauer mit den Stacheldrahtzäunen darüber sah: WER BIST DU? WO BIST DU? WAS MACHST DU HIER? (Du bist mein Vulkan des Alten Mondes, sechsunddreißig Jahre alt, unverheiratet, eine Photographin, die den westlichen Medien heimlich aufgenommene Bilder der in China üblichen Foltermethoden übergeben hat. Du sitzt in der Strafvollzugsanstalt Nr. 5 der Provinz Sichuan ein und wartest auf das Gerichtsurteil.)«

Das Meer ist jetzt ruhig und lockt mit seinen sanften Wellen. Muo läßt sich ganz vorsichtig ins Wasser gleiten. Seine Brille stört ihn, er kehrt um, klettert auf die Klippe und verstaut sie in der Tasche seiner Hose, die er zusammen mit den anderen Kleidungsstücken auf den Felsvorsprung gelegt hat. Von dort aus will er einen jungenhaften Kopfsprung wagen, aber der Mut verläßt ihn. Er schreitet energisch rücklings ins Wasser und wirft sich schwungvoll in die Fluten. Er braucht ziemlich lange, um die Mitte der Bucht zu erreichen. Er schwimmt mit kontemplativer, unsportlicher, mit echt muosischer Langsamkeit, seine Arme rudern in einem ebenso fließenden, ebenso feierlichen Rhythmus wie beim Tai-Chi, beugen sich, strecken sich würdevoll, seine nur leicht gespreizten Beine stoßen mit der Kadenz eines alten Gedichts aus der Tang-Dynastie ab, in einem Rhythmus, der mit der violetten Nacht verschmilzt, mit den zeitlosen Gestirnen, mit dem geheimnisvollen Plätschern der Wellen, das an eine Schubert-Sonate

erinnert, die er übrigens haßt; eine Sonate mit allzu häufig wiederholten Akkorden, die aber unter den Fingern eines russischen Musikers namens Richter – was für ein Poet! – hypnotisch wirkt. Eine Magie, der sich der junge Freud mit einem Glücksgefühl überläßt. Plötzlich hört er einen gedämpften Aufschrei. »Ruft jemand um Hilfe? Eine Frau?« fragt er sich.

»Du hast dich über meine Art zu schwimmen lustig gemacht, damals, während des Schwimmunterrichts im Hallenbad der Universität. Du hast mich mit zwei, drei langen, flinken Zügen überholt wie ein Riesenfrosch, du hast eine Kehrtwendung gemacht und hast mich gefragt: ›Sag mal, wie stellst du das an, so langsam zu schwimmen? Wie eine alte Frau mit gebundenen Füßen, würde man meinen.‹ Du hast dich auf den Rand des Schwimmbeckens gehievt und hast vor aller Augen spöttisch meine Bewegung nachgeäfft. Das Wasser lief in kleinen Bächen an deinem geschmeidigen Körper herunter, an deiner glitschigen Haut, auf der sich ein paar entzückende, fast verwachsene Windpockennarben abzeichneten. Dann hast du dich hingesetzt und hast deine vollkommenen Beine im grünlichen, fast braunen Wasser geschlenkert. Ich bin schüchtern und stammelnd auf dich zugegangen und habe dir erklärt, alles, was ich nachahmen könne, sei der Affe, und von ihm hätte ich das in den Bergen gelernt, wohin ich zur Umerziehung geschickt wurde und wo es jede Menge Affen gab. Der Affe. Doch du hast kein Wort geglaubt. Mein schelmischer, ungläubiger, hochmütiger Vulkan des Alten Mon-

des. Du bist mit einem Kopfsprung geflüchtet und flink davongeschwommen.«

Die Brandung, dunkel, dunstig, undeutlich im Licht des verschleierten Mondes, erschwert Muos Vorhaben, zum östlichen Ufer der Bucht hinüberzuschwimmen, woher die verhaltenen, unmenschlichen Schreie zu kommen und über dem offenen Meer in der Luft zu schweben scheinen. »Eine Sirene vielleicht? Wie auch immer, wenn es etwas zu sehen gibt, werd ich's schon sehen.« Nach ein paar schnelleren Zügen erkennt er, brillenlos, einen leuchtenden lebendigen Punkt, der größer und größer wird, je näher er darauf zuschwimmt. Aha, die Laterne eines Krabbenfischerbootes. Die Schreie verstummen. Doch irgend etwas stimmt mit dem Boot nicht. Aber was? Das Auf und Ab des Laternenstrahls auf den Wellen ist stärker als bei den anderen Booten, der Rhythmus zu unregelmäßig. Manchmal schwankt und zuckt der Strahl heftig, als würde er im Sturm kentern, wo doch das Meer ruhig ist wie ein schlafendes Baby. Dann wieder beruhigt er sich und scheint zu verlöschen. Obwohl Muo ganz nahe ist und das Netz an der Wasseroberfläche vor seinem Gesicht sanft auf den Wellen wogt, sieht er niemand im Boot, das immer noch von ruckartigen Krämpfen geschüttelt wird. Halluzination? Trugbild? Ein abdriftendes Boot? Ist die Frau nach einem letzten Hilferuf vor Erschöpfung untergegangen? Eine Krabbenfischerin? Die Überlebende einer Schiffskatastrophe? Eine illegale Einwanderin? Das Opfer eines Haifischs? Eines Mordes? Von Pira-

ten? Vom Gewissen eines braven Bürgers aufgeschreckt und von ritterlichem Geist beseelt, klammert sich Muo, der chinesische Sherlock Holmes, an den Bootsrand… Doch als er eben hineinklettern will, steigen schwache, fast tierische Schreie vom Heck auf. Er erstarrt. Was sind das für Laute? Ein hastiges, ersticktes doppeltes Keuchen: das eines Mannes und das einer Frau. Verlegen und hochrot im Gesicht, läßt er sich so unauffällig wie möglich ins Wasser zurückgleiten, um nicht für einen Spanner gehalten zu werden, der sich bei dem Schauspiel eines Ficks auf offener See die Augen ausguckt.

Richters magische Finger klimpern und flattern unsichtbar über die Tasten. Schuberts Sonate begleitet das schwankende, von sinnlicher Erregung, von menschlichen Schwingungen und ewigen Worten ächzende Boot. Eine dem Krabbenfischer, dem nackten Fürsten des Meeres gewidmete Sonate, der seinen Spaß hat, und seiner unsichtbaren Partnerin, einer vielleicht zerlumpten und nach Fisch stinkenden, in diesem Augenblick jedoch Königin des nächtlichen Meeres.

»Eines Sommerabends vor einem Jahr in meinem Pariser Studio, das in den pfeffrigen, aromatischen Dampf gehüllt war, der von den Töpfen auf den zwei elektrischen Kochern aufstieg: Meine chinesischen Gäste – politische Flüchtlinge, Wirtschaftsflüchtlinge und sogar Kulturflüchtlinge – tauchten wie bei einem Ritual mit ihren Eßstäbchen Garnelen, dünn geschnittenes Rindfleisch, Gemüse, Tofu, Bambussprossen, Kohl und Wol-

kenohren in die dampfende Brühe. Wir stritten uns wie gewohnt – wir, das heißt Vertriebene, Studenten, Straßenmaler, ein blinder Dichter –, ich weiß nicht mehr worüber. Die Worte flogen hin und her, und plötzlich schoß eine kleine blaue Funkengarbe aus der Steckdose. Was keiner weiter beachtete. Die Funken breiteten sich im würzigen Rauch aus. Der blinde Dichter stand in einer zornigen Anwandlung auf, taumelte durch den Qualm, zog zwei Hundertfranc-Scheine aus seinem Geldbeutel und schwenkte sie brüllend vor meinen Augen. ›Wie wagst du es, von Psychoanalyse zu sprechen! Ausgerechnet du, der noch nie mit einer Frau geschlafen hat!‹

Totenstille trat ein! Das Gezanke der anderen verstummte auf der Stelle. Der Blinde fuhr fort: ›Geh, geh doch, nimm die zweihundert Francs, los, nimm sie, hüpf in ein Taxi, und fahr zur Rue Saint-Denis, und nachher, wenn du erst einmal mit einer Nutte gefickt hast, kannst mir dann von Freud und Lacan erzählen.‹

Er wollte das Geld auf den Tisch werfen, doch die zwei Scheine flatterten davon und landeten jeder in einem Topf, wo sie einen Moment lang auf der roten, öligen, brodelnden Brühe schwammen und dann untergingen. Das Geldscheinfischen löste ein derartiges Durcheinander aus, daß die funkensprühenden Steckdosen schließlich durchbrannten und das Studio in völlige Dunkelheit getaucht war.«

Muo kraxelt vorsichtig auf die Klippe, wo er seine Kleider hingelegt hat, stolpert mit kurzsichtiger Unbe-

holfenheit von Stein zu Stein und streckt sich auf dem vorspringenden Felsen aus. Der Wind weht jetzt sanfter, trotzdem hört er im Flüstern der Dünung das Klappern der Majiang-Steine und dazwischen die Mundharmonika. Im Restaurant wartet man auf die Krabben mit dem ganz besonders zarten weißen Fleisch. Die Melodie, ein Lied aus der chinesischen Oper, läßt sich a priori unmöglich auf der Mundharmonika spielen, doch der Busfahrer hat sie nicht allzusehr verfälscht, und sie klingt lebhaft und fröhlich. Muo pfeift ein paar begleitende Takte, trällert dann vor sich hin. Die Mundharmonika spielt anschließend ein dümmlich romantisches, aber nach Pinkepinke klingendes Hongkonger Liebeslied. Muo pfeift und summt gut gelaunt Melodien aus seinem persönlichen Musikrepertoire, und in die letzte mit dem Titel *Majiang-Fieber*, die er übrigens falsch singt, legt er so viel Inbrunst, daß die Majiang-Spieler im Freiluftrestaurant am Strand im Chor mitsingen.

Alle Nächte, alle Nächte sind lang
Außer beim Majiang.
Freunde, schlagen wir Majiang!
Da majiang, da majiang!
Da majiang, da majiang!
Zwar habe ich keinen Fen,
Was soll's, was denn,
Das Glück ist mir heut hold.
Schlagen wir Majiang!
Alle Nächte, alle Nächte . . . (da capo)

Der Chor ist disparat, die Silhouetten der Spieler sind disparat, disparat sind die Glühbirnen über den Tischen, orangefarbene Kleckser auf der schaumgekrönten murmelnden Brandung. Eine Wolke zieht langsam über den Mond, vertieft mit ihrem Schatten das Marineblau der Bucht. Plötzlich erinnert er sich an einen Satz von Richter Di (Namensvetter eines anderen, rein imaginären Richters Di aus der Tang-Dynastie, eines von van Gulik erfundenen Kriminalhelden; van Gulik wiederum wurde durch sein wissenschaftliches Werk über die Sexualität im alten China berühmt). Ein kalter Schauer läuft Muo über den Rücken. »Die kleinen Spielsteine des Majiang, wunderbar samten und zart, und ihr milchiges Weiß erst, was für eine köstliche Kühle, ebenso köstlich wie die elfenbeinerne Hand einer zierlichen Jungfrau.«

Der Duft der im Dampf gegarten Krabben dringt in Schwaden bis zu ihm hinüber, ein aromatischer Geruch mit einem Hauch von Nelke, von fein gehacktem Ingwer, Basilikum, Bergkräutern und weißem Zimt, dessen Aroma von der frischen salzigen Meeresbrise noch verstärkt wird. Zusammengerafft, gemischt, gestapelt, weichen die kleinen Spielsteine des Majiang den dampfenden Platten, den Reisschalen, den immer wieder mit chinesischem Schnaps, mit gefälschtem französischen Wein und falschem mexikanischen Bier nachgefüllten Gläsern.

Auf der Klippe ausgestreckt, denkt Muo über den Satz von Richter Di nach: »Ebenso kühl, samten und köstlich wie die elfenbeinerne Hand einer zierlichen Jungfrau.«

Im Mai, zwei Monate vor dem Verlust seines Koffers im Zug und viereinhalb Monate nach jener unter den barocken Gestirnen der Krabbenbucht verbrachten Nacht, hatte er Richter Di sein Empfehlungsschreiben übergeben, besser gesagt, er hatte vorgehabt, ihm ein Schmiergeld in der Höhe von zehntausend Dollar zu überreichen.

Der vollständige Name von Richter Di lautet Di Jian guo; Di ist sein Familienname – er stammt aus einer Arbeiterfamilie –, Jian guo sein Vorname, ein weitverbreiteter Name bei Chinesen, deren Geburt im Jahre 1949 mit der Ausrufung der Volksrepublik China zusammenfiel. Der Name bedeutet »Aufbau des Vaterlands«, was sich wiederum auf die feierliche Erklärung bezieht, die Mao mit seiner hohen, etwas zitternden Countertenorstimme auf dem Tian'anmen-Platz abgab: »Das chinesische Volk hat sich erhoben.« Zu Beginn der siebziger Jahre war Di Jian guo der Polizei beigetreten, dieser Stütze der Diktatur des Proletariats, bei der er fünfzehn Jahre gedient, als Scharfschütze den Exekutionskommandos angehört hatte und ein guter Kommunist geworden war. 1985, zur Blütezeit der Wirtschaftsreform Chinas, war er an den Gerichtshof von Chengdu, einer Millionenstadt, berufen worden. Was für ein Geschenk, dieses Amt, eines der privilegiertesten und begehrtesten überhaupt! Da in diesem Land die meisten Angelegenheiten, vor allem die juristischen, mit Hilfe von Schmiergeldern erledigt werden, hatte er seinen Tarif schnell festgelegt: tausend Dollar für jedes strafrechtliche Vergehen, damals eine geradezu astrono-

mische Summe; dann hatte sich sein Entgelt dem rasanten Anstieg der Verbraucherpreise angepaßt (zumal sich seine Ausgaben laufend entsprechend erhöhten), und zum Zeitpunkt der Verhaftung von Vulkan des Alten Mondes wegen eines politischen Delikts, das in seinen Zuständigkeitsbereich fiel, hatte das Handgeld die Summe von zehntausend Dollar erreicht.

Obwohl unser Psychoanalytiker in diesem ihm teuren Land geboren und aufgewachsen war, wo er die Kulturrevolution und die anderen Reformbewegungen der vergangenen drei Jahrzehnte am eigenen Leib erfahren hatte, und obwohl er oft zu seinen Freunden gesagt hatte: »Der beste Satz aus Maos Rotem Buch, der einzige, der auf Wahrheit beruht, ist der, daß es unter der aktiven Leitung der Kommunistischen Partei Chinas keinerlei Schwierigkeiten auf der Welt gibt, mit denen man nicht fertig werden könnte«, hatte ihn diese aktive Methode, mit Schwierigkeiten fertig zu werden – nämlich die den Richtern bezahlten Schmiergelder –, dennoch schockiert. Trotzdem hatte er wohl oder übel versucht, sich tolerant und verständnisvoll zu zeigen, als der Rechtsanwalt seiner Freundin Vulkan des Alten Mondes ihm das Vorgehen erklärte. Der Rechtsanwalt, fünfunddreißig Jahre alt, offiziell vom Gerichtshof bestellt, inoffiziell jedoch unabhängig und beim Gericht zugelassen, gehörte derselben kommunistischen Zelle an wie Richter Di, das heißt derjenigen des Gerichtshofs. (Ein weiteres, bescheideneres Wunder, doch höchst aufschlußreich, über das Muo ebenfalls schockiert war.) Dieser Rechtsanwalt war in der Stadt wegen seiner ewi-

gen schwarzen Cardin-Anzüge und seiner leuchtend roten Krawatten bekannt, die Anlaß zu einem berühmten Widerspruch mitten in einer Gerichtsverhandlung gegeben hatten: Eine arme, des Lesens und Schreibens unkundige Verkäuferin, die wegen Diebstahls angeklagt war, gab ihm während der Verhandlung – er trat als Ankläger und gleichzeitig als Rechtsanwalt ihres Arbeitgebers auf – schließlich eins auf die Nase: »Du würdest dich lieber im Spiegel anschauen, du dreckiges Windei, hast dir den Monatsfetzen deiner Frau umgebunden.« Man riß sich darum, ihn als Rechtsanwalt zu gewinnen, denn er war für sein dickes Adreßbuch berühmt, für seine Nähe zu den Richtern und vor allem für seine Drahtzieherkünste. Dazu gehörte zum Beispiel, am Abend vor der Gerichtsverhandlung ein fürstliches Bankett für einen Richter und einen mutmaßlichen Mörder in einem privaten Salon oder hinter dem neuantiken Lackparavent eines Fünfsterne-Restaurants (im *Holiday Inn* zum Beispiel) zu organisieren, um die Strafe zu vereinbaren, zu der ersterer am nächsten Tag letzteren verdonnern würde, und dabei in bestem Einvernehmen raffinierte Leckerbissen zu schlemmen: Abalone, auch Rotes Seeohr genannt, Meeresschnecken aus Südafrika, aus Sibirien importierte Bärentatzen oder eine ganz besondere Delikatesse namens »Drei Piepser«, die aus lebenden Mäuschen besteht, deren Angstpiepsen dem Weinen eines Babys gleicht. Wenn man sie zwischen grausame, gierige, kalte Jadestäbchen klemmt, stoßen sie den ersten Piepser aus; der zweite wird ihnen entrissen, wenn man sie mit den Stäbchenspitzen vom Teller

klaubt und in eine Reisessig-Ingwer-Sauce taucht; und der dritte, wenn sie im Mund des Essers beziehungsweise zwischen den gelblichen Zähnen des Richters oder dem perlweiß strahlenden Gebiß des Rechtsanwalts verschwinden, dessen saucenverkleckerte rote Cardin-Krawatte an seiner Brust baumelt.

Das Dossier »Vulkan des Alten Mondes« jedoch erwies sich als viel komplexer, schwieriger, diskreter. Wenn es sich um Politik handelte, um Schädigung des Ansehens des Landes, war der Verschwörer-Rechtsanwalt förmlich: Kein Essen, selbst das teuerste der Welt, könne die Angelegenheit in Ordnung bringen, man müsse »vorsichtig, überlegt und geduldig vorgehen, der kleinste Fehler könnte fatale Folgen haben«.

In der Küche von Muos Eltern kehrte der Rechtsanwalt zwischen Pfannen und Töpfen den großen Strategen hervor. Sein tatsächlich schlauer Plan stützte sich auf Richter Dis wöchentliches Jogging. Seit Anfang seiner Richterkarriere und, laut seinen eigenen Worten, um »Energie zu tanken«, joggte er jeden Sonntagvormittag allein auf dem Gelände, wo das Exekutionskommando seit jeher die zum Tode Verurteilten hinrichtete und immer noch hinrichtet. Diese dem ehemaligen Scharfschützen heimische und ans Herz gewachsene Stätte befand sich am Fuße des Mühlenhügels am nördlichen Stadtrand. Der Rechtsanwalt riet Muo, Richter Di dort abzupassen und sich ja nicht als Psychoanalytiker vorzustellen, sondern als Professor für Rechtswissenschaft an einer großen chinesischen Universität, der im Hinblick auf einen vorzubereitenden Gesetzentwurf die

Exekutionsstätten besucht. Die Begegnung mußte rein zufällig wirken. Während Muo die höchst interessanten Empfehlungen des Richters niederschrieb, sollte er seiner freudigen Überraschung laut Ausdruck geben, so daß der Richter – das war der Trick – sich von ihm zu einem Tee einladen ließ, um das Gespräch zu vertiefen. Und im Laufe dieses vertraulichen Gesprächs im traulichen Séparée eines Teehauses würde Muo beiläufig das Gespräch auf das Schicksal von Vulkan des Alten Mondes bringen und versuchen, ihm gegen ein Schmiergeld von zehntausend Dollar ihre Freilassung zu entlocken.

Am darauffolgenden Sonntag zog Muo einen alten braunen Anzug an, den er sich von seinem Vater geborgt hatte, schlang hastig eine Schale Fertignudeln mit Ei, die ihm seine Mutter gekocht hatte (seine Eltern, zwei bescheidene Assistenzärzte an der Fakultät für westliche Medizin, blieben vorsichtig im Hintergrund, um in keiner Weise in die Angelegenheit »Vulkan des Alten Mondes« verwickelt zu werden), nahm ein Taxi, durchquerte die Stadt und erreichte gegen sieben Uhr dreißig den Mühlenhügel. Es war noch kaum Tag. Er lauschte dem letzten Satz des Kröten-, Frosch- und Zikadenkonzerts und vergegenwärtigte sich die geographische Beschaffenheit des Geländes, wo er als zwölfjähriger Junge im Sommer den revolutionären Bauern bei der Arbeit geholfen hatte. Er schlug einen schlecht unterhaltenen Weg ein, den er für eine Abkürzung hielt, und wäre mindestens zweimal beinahe hingefallen, nicht wegen der wackeligen Steinplatten, sondern wegen zwei oder

drei menschlicher Gestalten, die ihm entgegenkamen und die er alle, egal ob Mann oder Frau, für Richter Di hielt. Der falsche Professor spürte jeweils eine Hitzewallung, als schieße ihm dickes schwarzes Blut in die Wangen. Einmal glaubte er, sich in der ausgestorbenen Hügelgegend mit all den sich kreuzenden Pfaden verirrt zu haben. Er überquerte ein riesiges abfallendes Terrain, auf dem überall Gräber verstreut waren: hügelige Grabstätten der ärmsten Hingerichteten, auf deren Leichen niemand Anspruch erhoben hatte; viele waren nur noch kleine, kahle Bodenerhebungen ohne Grabstein und ohne Namens- oder Datumserwähnung.

Ein Glöckchen bimmelte; auf dem sich zwischen den Gräbern schlängelnden Pfad tauchte ein Büffel aus dem Morgennebel auf. Muo, der überall Richter Di zu sehen glaubte, geriet erneut in Panik, atmete dann aber erleichtert auf: Hinter dem Büffel schritt ein Pärchen. Ein junger Bauer, der eine westliche Jacke, jedoch keine Krawatte, eine bis zu den Knien hochgekrempelte Jeans und einen schweren Holzpflug auf den Schultern trug, in Begleitung eines Bauernmädchens in Glockenrock und Gummischuhen mit hohen rechteckigen Absätzen, die ein Fahrrad schob. Als sie an ihm vorbeigingen und er sie nach dem Weg fragte, zeigten die beiden jungen Menschen keinerlei Überraschung, sie erklärten ihm den Weg, ohne ihr lebhaftes Gespräch zu unterbrechen; dann entfernten sie sich wie in einem Schäfergedicht, begleitet vom sanften Widerhall des Büffelglöckchens. »Was für eine friedliche Morgenstimmung! Wie großartig ist doch mein sozialistisches Heimatland und des

Lobes eines ihrer umherirrenden Söhne würdig«, sagte sich Muo.

Die Szenerie der letzten Folter, der Hinrichtung, war schrecklich banal. Ganz anders, als er es sich vorgestellt hatte. Keine raunenden, zitternden, hohen gelben Gräser, keine von den Tränen der Opfer getränkte Erde, braungelb wie der Auswurf eines kranken Greises, keine im feuchten Schatten der Büsche wuchernden fleischigen weißen Pilze, keine flügelschlagenden, über den Köpfen kreisenden schwarzen Aasgeier am klaren Himmel. Ein ganz gewöhnliches, absolut enttäuschendes Gelände. Farblos, geräuschlos, sinnlos. Erhaben gleichgültig gegenüber dem Leiden. Muos Augen gewöhnten sich an die Umgebung, und es dauerte nicht lange, da entdeckte er die Umrisse zweier Männer, die lautlos eine Grube ausschaufelten.

»Vielleicht«, sagte sich Muo, »vielleicht hat Richter Di eine neue Methode, Energie zu tanken. Oder sind es Gespenster? Die Seelen zweier Toten, die zurückgekehrt sind, um sich zu rächen?«

Jäh tauchte in seiner Erinnerung das Gesicht eines seit langem vergessenen Freundes aus seiner Kindheit auf. Er schauderte: Chen, Weißhaar genannt, der einzige seiner Freunde, der zu Beginn der achtziger Jahre erfolgreich gewesen war, der zu Geld gekommen und Schwiegersohn des Bürgermeisters geworden war und Vorsitzender eines an der Börse gehandelten Unternehmens, um dann, drei Jahre waren es her, wegen Schmuggels ausländischer Autos zum Tode verurteilt zu werden. War er am Fuße dieses Hügels hingerichtet worden?

Kniend? Der Rücken einem anonymen Gewehrlauf ausgesetzt, dem Knall eines gnadenlosen Schusses? Muo hatte sagen hören, die Stellung der Finger eines zum Tode Verurteilten sei entscheidend: Man fessle ihm die Arme peinlich genau auf den Rücken, damit die Kugel des Scharfschützen das kleine Rechteck zwischen Zeigefinger und Mittelfinger, hinter dem sich das Herz befindet, präzise trifft.

Die zwei Schaufelnden trugen Soldatenuniformen ohne Achselklappe. Nein, keiner von beiden war Richter Di. Die Hitzewallung in Muos Gesicht flaute ab. Der eine trug einen zu großen Stahlhelm, und als er mit seinem erdverkrusteten, an der Spitze durchlöcherten Stiefel auf die Schaufel trat, um sie in die Erde zu stoßen, glitt ihm der vorn mit einem glänzenden roten Stern geschmückte Helm vom Kopf und fiel in die Kuhle, die er fast fertig ausgehoben hatte. Er bückte sich, hob ihn auf und entdeckte grinsend einen langen, dunkelbraunen, grünlich gestreiften Erdwurm, der sich auf der glatten Innenseite des Helms ringelte. Er schüttelte den Helm aus, und der Wurm fiel auf die Erde, er schnitt ihn mit der Schaufelkante in mehrere Teile, die schleimige Wurmsubstanz spritzte kurz auf, und die beiden lachten fröhlich.

Es war nicht das erste Mal, daß Muo über sich selbst staunte, doch seine Schauspielerbegabung war für ihn eine echte, eine berauschende Entdeckung. Die erfundene Lüge sprudelte wie ein natürliches poetisches Fluidum über seine Lippen. Hatte Mallarmé nicht gesagt, »Du, nackte Blume meiner Lippen«? Ja, es gelang ihm

sogar, den ernsten, eine Spur zu akademischen Tonfall eines Professors der juristischen Fakultät Beijings nachzuahmen. Seine falsche Identität war ihm wie auf den Leib geschnitten. Seine amtliche Mission beeindruckte die zwei jungen Soldaten. Er erkundigte sich nach dem Zweck der kleinen Gruben.

»Ohne die«, erklärte ihm der Wurmmörder, »fällt der Kerl einfach auf die Nase, bevor er den letzten Atemzug tut, und das Blut fließt überallhin.«

»Ein Verbrecher«, fügte der andere hinzu, offensichtlich der intelligentere von beiden, »wird kniend hingerichtet, durch eine Kugel mitten ins Herz. Und er bricht in der Grube zusammen. Wenn er sich im Todeskampf windet, stürzt die Erde um ihn herum ein, und er kann sich nicht mehr rühren. Danach kommen die Ärzte, um ihm an Ort und Stelle die Organe zu entnehmen. Ersuchen Sie morgen doch um eine Sonderbewilligung, wenn es Sie interessiert. Sie können dann selbst sehen, wie so etwas in der Praxis vor sich geht.«

Muo warf einen flüchtigen Blick auf die hinterhältigen Gruben und spürte einen eisigen Schauer über seinen Rücken laufen.

»Eure Erklärungen sind sehr präzise«, sagte er und tat so, als mache er sich Notizen.

»Da können Sie sich drauf verlassen, mein Kamerad hier ist der Philosoph unseres Kommandos«, antwortete der Wurmmörder.

Die beiden Soldaten verabschiedeten sich mit geradezu kriecherischer Unterwürfigkeit. Sie wandten sich schon zum Gehen, da sah Muo einen fünfzigjährigen

Mann über das Gelände laufen: Er trug ein blaugestreiftes weißes Hemd, das an eine Pyjamajacke erinnerte, an dem zwei Knöpfe fehlten.

»Richter Di joggt wie üblich«, sagte Muo mit erregter Stimme.

»Richter Di?« fragte der Wurmmörder seinen Kameraden. »Wer soll das sein? Schau doch mal seine Kleider an, sie sehen aus wie die Klamotten, die man den Patienten in der Klapsmühle anzieht.«

»Hast noch noch nie einen der berühmten Romane des Holländers gelesen?« antwortete der Philosoph des Erschießungskommandos. »Richter Di. Eine wunderbare Figur, ein großartiger Detektiv. Weißt du, was das ist? Das Hemd, das er anhat? Eine Richterrobe aus der Tang-Dynastie.«

Die Augen des jungen Soldaten leuchteten stolz auf, und er drückte Muo lachend die Hand, dann entfernte er sich mit seinem Erschießungsabteilungs-Kameraden.

Muo lief ihnen nach: »He, macht ihr euch etwa über mich lustig? Ich warte auf den bedeutendsten Richter der Provinz. Ihr kennt ihn vielleicht nicht, doch er ist es, der die Verurteilten in den Tod schickt. Ist es jener Mann dort?«

»Klar«, bestätigte der Philosoph, seinem Kumpan verstohlen zuzwinkernd.

»Ja, das ist der berühmte Richter Di aus Chengdu, der König der Verbrecherhölle«, fügte der Wurmmörder hinzu.

Muo setzte sich auf die Erde und folgte mit dem Blick den im Kreis um das Exekutionsgelände laufenden Jog-

ger. Er traute sich nicht, ihn zu stören. Er wartete. Die Bewegungen des Läufers waren ebenso regelmäßig, mechanisch, unerschütterlich wie die der Ameisenarmee, die den Kadaver des Erdwurms wegschleppte und den schwierigen Aufstieg eines Baumstamms in Angriff nahm. Das Hupen eines Fahrzeugs, das zu weit entfernt war, als daß er es hätte identifizieren können, stoppte abrupt Richter Dis Lauf. Er lauschte in gequälter Reglosigkeit. Muo zögerte. Eine Minute verging… Dann geschah alles gleichzeitig: Alles war wieder ruhig. Der Läufer atmete erleichtert auf. Die Ameisen setzten sich in Bewegung. Muo, mehr tot als lebendig vor Angst, stand auf und ging, nervös an seiner trockenen, gesprungenen Unterlippe nagend, auf den Mann zu.

»Sind Sie Richter Di?«

Der Mann musterte ihn stumm. Muo kam es vor, als deute er ein Nicken an. Mit einem mulmigen Gefühl, einer Mischung aus Angst, aus Respekt, aus Haß und Verachtung, musterte er dessen blasses, graues, erschöpftes Gesicht. Er war unglaublich mager, knochig, ja klapperdürr, und das blaugestreifte weiße Hemd hing wie ein Sack an ihm herunter. Sein Haar war ungepflegt. Zwei riesige schwarze Tränensäcke unter den Augen. Jäh ging Muo ein Licht auf: Der Mann war ein Gepeinigter, ein von den Gespenstern seiner Opfer Verfolgter. Nein: Er war selbst eine irrende Seele geworden.

Muo vergaß die vorbereitete Lüge und streckte ihm die Hand entgegen. »Ich bin Muo, Psychoanalytiker und seit kurzem aus Paris zurück. Ich glaube, ich kann Ihnen helfen, Richter Xiansheng.«

»Mir helfen?«

»Ja, Sie brauchen eine ernsthafte Psychoanalyse auf der Grundlage von Freuds und Lacans Lehren ...«

Freud! Ein Name, der vor diesem Individuum unter keinen Umständen hätte erwähnt werden dürfen. Zu spät.

Ohne Muo Zeit zu lassen, den Satz zu beenden, ließ der falsche Richter Di jählings seiner Demenz freien Lauf und verpaßte ihm einen Faustschlag ins Gesicht, der ihm die Brille ins Nasenbein rammte. Muo schrie vor Schmerz auf, er hörte ein Dröhnen in seinem Kopf, sah Funken sprühen, dann wurde alles schwarz um ihn herum. Er begriff nicht, warum er auf der Erde lag, aber er nahm instinktiv die Brille ab, überlebenswichtiges Zubehör im Leben eines kurzsichtigen Intellektuellen. Er verlor das Bewußtsein, derweil der Jogger wütend seinen Kopf, den Unterleib, den Magen, die Leber mit Fußtritten traktierte. Reinster Wahnsinn.

Worauf der falsche Richter Di seinen Lauf fortsetzte, nach ein paar Sekunden jedoch stehenblieb, zurückkehrte, sich zum bewußtlos auf der Erde liegenden Muo hinunterbeugte, ihm die dunkelbraune Jacke auszog und sie kaltblütig gegen sein gestreiftes Hemd tauschte, es mit einem perversen Lächeln bis zum Kinn zuknöpfte. Erneutes Hupen ließ ihn zusammenzucken. Er schlüpfte hastig in Muos Jacke und lief davon. Eine Sirene heulte auf. Es war der Krankenwagen einer psychiatrischen Anstalt. Er fuhr über das Exekutionsgelände und zog eine kreisrunde Reifenspur um Muo herum. Zwei hünenhafte Pfleger stiegen aus. Sie gingen vorsich-

tig auf den Bewußtlosen zu. Der eine hielt ein Foto in der Hand.

Muo erwachte, schlug die Augen auf und sah aus der Froschperspektive zwei über ihn gebeugte Riesen, die ihn aufmerksam musterten. Er stellte zudem erstaunt fest, daß er das gestreifte Hemd seines Angreifers anhatte, dessen Geruch ihn störte: »Es stinkt, dieses lächerliche Hemd stinkt«, sagte er und fiel wieder ins Koma.

Die zwei Pfleger unterzogen ihn, Zentimeter um Zentimeter, einem minuziösen Vergleich mit dem Foto. Ohne Brille war Muo unkenntlich, zumal er ziemlich entstellt war mit den handgroßen violetten Flecken im Gesicht und der blutspritzenden Nase. Schließlich kamen sie überein, daß er der Mann auf dem Foto war: der Irre, der durch die Grube der Gemeinschaftslatrinen entwichen war. (Sie suchten ihn seit zwei Tagen und hatten ihn schließlich aufgrund des Anrufs eines jungen Bauernpärchens lokalisieren können. Eine Glanzleistung.) Sie verpaßten ihm ein paar Ohrfeigen, um ihn zu wecken. Jedoch vergeblich.

Der Krankenwagen startete mit Blaulicht und triumphierend aufheulendem Motor und raste über das Exekutionsgelände, mit dem angebundenen, in Handschellen gelegten Muo auf dem Rücksitz. Richter Di, der echte, hatte an jenem Sonntag sein Fitneßbedürfnis nicht befriedigen können, er war nach einer durchwachten Nacht beim Majiang stark verschnupft. Tatsächlich. Das gebieterische Majiang.

WENN MAN UNVERMITTELT ZU EINEM ANDEREN WIRD

(Von unserem Sonderkorrespondenten aus Chengdu) Vor ungefähr einer Woche wurde ein gewisser Ma Jin, der aus der psychiatrischen Anstalt entflohen war, mit blutüberströmtem Gesicht auf dem Hinrichtungsareal unterhalb des Mühlenhügels gefunden. Er lag im Koma und litt an schweren Körperverletzungen und an einer leichten Gehirnerschütterung. Er wurde in die psychiatrische Anstalt zurückgebracht, und als er aus dem Koma erwachte, leugnete er kategorisch seine Identität und behauptete, ein gewisser Muo zu sein, ein aus Frankreich zurückgekehrter Psychoanalytiker, ein Jünger Freuds, der aber, laut seinen eigenen Aussagen, Lacan »intellektuell interessanter« findet: »Eine starke Persönlichkeit, die sich nicht scheute, seiner Pariser Klientel saftige Honorare in Rechnung zu stellen für Konsultationen, die nie länger als fünf Minuten dauerten.« Dr. Wang Yusheng, eine der hervorragendsten psychiatrischen Kapazitäten unseres Landes, stellvertretender Direktor des Behandlungszentrums für Geisteskrankheiten in Beijing, und Prof. Qiu, Ordinarius für französische Literatur an der Universität Shanghai, unterzogen besagten Ma Jin einer Reihe strenger Tests. Dieser rezitierte sicher, und sogar auf französisch, ganze Stellen aus Freuds Werken, Zitate von Lacan, Fou-

cault, Derrida, die ersten Zeilen eines Gedichts von Paul Valéry, den Namen der Straße, wo er in Paris gewohnt hatte, den der Metro-Station und des Bistros *Le chien qui fume* im Erdgeschoß des Mietshauses, in dem er wohnte, des Cafés gegenüber und so weiter. Er ermunterte seine Befrager, das französische Wort *amour* auf der Zunge zergehen zu lassen, und wies auf die unübersetzbare Vielfalt und Komplexität des Wortes *hélas* hin. Der brillante Frankophone (Ma Jin oder Muo?) behauptete, von einem Jogger überfallen und ausgeraubt worden zu sein. Er erinnerte sich aber nicht, warum er sich auf dem Exekutionsareal aufgehalten hatte. Was sich vermutlich durch eine auf den Schock zurückzuführende Gedächtnislücke erklärt.

Die Schlußfolgerung der zwei Experten war schlüssig: Es handelt sich um den außergewöhnlichsten Fall in der Geschichte der Psychiatrie; eine Schlußfolgerung, die prompt in den intellektuellen Kreisen Chengdus eine Kontroverse auslöste. Professoren, Forscher, Journalisten, Studenten der Literaturwissenschaft und vor allem der Philosophie, die seit langem den Ehrgeiz hegen, Psychoanalytiker zu werden, strömen während der Besuchszeiten in die psychiatrische Klinik. Im Zimmer des frankophonen Entflohenen wimmelt es nur so von Besuchern. Es handelt sich um ein Einzelzimmer, das mit den modernsten Sicherheitsvorkehrungen ausgestattet ist, mit

verstärkten Gittern vor den Fenstern und einem Pfleger-Bodyguard, der permanent durch den Spion in der Tür blickt. Der Patient ist zum obskuren Objekt aller intellektuellen Spekulationen unserer Stadt geworden. Als ich ihn besuchte, wurde er eben von einem Forscher befragt, einem Spezialisten für chinesische Mythologie, der ein dickes Heft vollkritzelte und gleichzeitig das Gespräch auf Tonband aufnahm. Der Forscher versuchte, einen Zusammenhang zwischen Ma Jin Muo und dem berühmten unsterblichen »Hinkenden« herzustellen, einer sehr populären mythischen Gestalt. (Laut der Legende entdeckte die Seele des »Hinkenden«, als sie von einer spirituellen Reise zurückkehrte, daß einer ihrer Schüler ihren seit sieben Tagen leblosen Körper verbrannt hatte. Der Bodhisattva des unendlichen Mitleidens erbarmte sich schließlich und bewirkte ein Wunder, das der irrenden Seele erlaubte, heimlich in den Leichnam eines kürzlich verstorbenen hinkenden alten Bettlers zu schlüpfen. Was dann geschah, kann man sich leicht vorstellen: Der leblose Körper erwachte unversehens, stand auf, brach in feixendes Lachen aus und hinkte benommen zu seinem alten Tempel, gerade rechtzeitig, um den unter Schock stehenden Schüler zu retten, der sich das Leben nehmen wollte.) Unter den vielen Geschenken, die sich um sein metallenes Krankenhausbett stapelten, entdeckte ich eine lokale Studentenzeitschrift und stieß beim Blät-

tern auf einen Artikel, der eine andere Hypothese vertritt: Der Entflohene sei nämlich schlicht und einfach die Reinkarnation eines kürzlich erschossenen Französischübersetzers. Ich befragte in der Klinik verschiedene Zeugen, die sich alle in einem Punkt einig sind: Der Patient komme von auswärts und habe nichts mit den anderen Kranken zu tun. Er beklage sich nie über das Essen oder die strenge Disziplin. Er mache den Eindruck, als sei er zufrieden, sich dort zu befinden. Er wiederhole ständig, und etwa nicht im Scherz, eine Irrenanstalt sei die beste Universität der Welt. Es handelt sich offenbar um einen sanften, liebenswürdigen Mann, der alles aufzeichnet: die hysterischen Schreie in der Nacht, die Auswirkungen der Elektroschocks, die Träume der Mitpatienten und so weiter. Er sei ein sehr romantischer Mensch, sagte mir sein Pfleger-Bodyguard. Trotz der vielen Beruhigungsmittel, die er morgens und abends schlucken muß, erzählte er mir eine Menge mehr oder weniger schmutzige Witze, chinesische und ausländische, und bat mich, ihm als Gegenleistung Schreibpapier zu besorgen. Er schreibt offenbar Liebesbriefe, die so umfangreich sind wie Romane, und dies, obwohl er weiß, daß sie nie ankommen werden; sie sind alle an eine Gefängnisinsassin, seine große Liebe, wie er behauptet, mit einem ungewöhnlichen, unvergeßlichen Namen, gerichtet. Diesen Namen nennt er allerdings nie. Es ist sein Geheimnis.

Gestern besuchte ihn die von der Klinikleitung zitierte Ehefrau Ma Jins, eine ehemalige Opernsängerin, um die Identität des frankophonen Entflohenen zu bestätigen. Im ersten Moment schien sie schockiert zu sein. Dazu muß gesagt werden, daß ihr Ehemann, der zum Buddhismus konvertierte, sie vor drei Jahren verlassen hatte, um als Novize in einem Tempel zu leben. Er hatte sich offenbar physisch so stark verändert, daß sie ihn kaum wiedererkannte. Sie verlangte, sich mit ihm allein unterhalten zu dürfen, was ihr gestattet wurde. Sie unterhielten sich eine Stunde lang miteinander. Worauf sie bestätigte, daß es sich zweifelsfrei um ihren Ehemann Ma Jin handelte. Sie füllte die notwendigen Papiere aus, um ihn mit nach Hause nehmen zu dürfen. Am selben Abend jedoch verschwand der falsche oder echte Ma Jin erneut; als er zum Duschen ins Badezimmer gegangen war, flüchtete er an einem langen Seil aus Handtüchern, Slips und Nachthemden durchs Fenster. Und wurde nicht wieder gesehen.

Heute morgen erklärte die ehemalige Opernsängerin einem Journalisten: »Ich möchte ihn wirklich sehr gern zurückhaben.«

Ein Flugzeug en miniature

Die dritte Schublade von Richter Dis Schreibtisch war einen Spaltbreit aufgezogen, genau wie der Rechtsanwalt von Vulkan des Alten Mondes angedeutet hatte. Dieser diskrete, kaum erkennbare Schlitz war das unauffällige Zeichen, daß man geneigt sei, ein »Empfehlungsschreiben« entgegenzunehmen. Der Bestechende mußte, wie vereinbart, einen roten Umschlag mit dem Schmiergeld durch besagten Schlitz in die Schublade des zu Bestechenden stecken, und der Empfänger tat, natürlich, als hätte er nichts gesehen.

Hinter seinen wunderbarerweise intakt gebliebenen Brillengläsern fixierte Muo mit seinen noch senfgelb-blau-vioett unterlaufenen Augen fiebrig die millimetergenau aufgezogene Schreibtischschublade wie ein Geheimagent in einem Spionagefilm, der dank des vereinbarten Zeichens einen Unbekannten als Eingeweihten erkennt. Eine Zentnerlast fiel ihm vom Herzen, und ihm war, als stiege ein berauschender Wein ihm zu Kopf. Richter Dis Referent hatte ihn in die Kanzlei geführt und allein gelassen. Muo setzte sich auf ein Sofa, dessen Geruch nach verschossenem und abgesessenem Leder in der Luft hing. Er schob die Hand in seine Mappe, berührte mit den Fingern den schicksalhaften Umschlag

und spürte die erregende Schwellung der funkelnagelneuen gebündelten Hundertdollarscheine mit dem dünnen, zum Zerreißen gespannten Gummiband darum.

Er stand auf. Ging rasch zum Schreibtisch hinüber. Ihm war, als schreite er auf Wolken. Noch nie war er dem Glück so nah gewesen. Der Schreibtisch vor ihm war in einen funkelnden Lichtschein gehüllt, als würde Vulkan des Alten Mondes gleich durch den verschämten Spalt der dritten Schublade hüpfen. Er betrachtete glückstrahlend die erregende Lücke, die er endlich in der Mauer der Diktatur des Proletariats entdeckt hatte.

Doch dann dämmerte ihm die Wahrheit: Natürlich! Die berühmte dritte Schublade war immer einen winzigen Spaltbreit aufgezogen. Eine permanent auf Grün stehende Ampel! Eine an jedermann gerichtete Aufforderung, und nicht etwa eine eigens für seinen Zweck vorbereitete. Wie oft hatte ihr korrumpierter Besitzer schon in die Schublade gegriffen und ihr rote Umschläge entnommen, ohne den Namen des Spenders und ohne den Grund für die Spende zu kennen?

Die Nebel des Gefühlsüberschwangs verflüchtigten sich, und das Möbelstück zeigte sein wahres Gesicht: glänzend poliertes Holz mit einer staubigen Marmorplatte, auf der das gerahmte Foto von zwei in die Kamera lachenden jungen Mädchen stand (Richter Dis Töchter?). Auf dem Fernsehgerät daneben ein eigentümlicher Gegenstand, den die Sonne durch die Lamellenstores hindurch mit schillernden Flitterchen überzog; der einzige Gegenstand im Raum, den man als Kunstwerk hätte bezeichnen können; er funkelte und

glitzerte, als sei er aus lauter goldenen, silbernen und kupfernen Münzen gefertigt. Es war ein detailgetreues Kampfflugzeug en miniature aus Patronenhülsen. Aus Hunderten kupfernen Patronenhülsen, und in jede waren ein Name geprägt und ein Datum.

Muo hörte einen gemessenen Schritt auf dem Marmor der Eingangshalle näher kommen, dann knarrte der Parkettboden des Zimmers; seine Augen wandten sich vom Kampfflugzeug ab und kreuzten den starren Blick eines alten Mannes in einer dunkelblauen Uniform mit dem gestickten roten Emblem der Volksrepublik China auf dem Ärmel und dem Wort »Richter« in dessen Mitte.

»Guten Tag«, murmelte Muo. »Sind Sie Di Xiansheng?«

»Richter Di«, korrigierte der alte Mann mit dem dünnen Schnurrbart und stellte sich hinter den Tisch.

Er strömte den Geruch von Vertrocknetem aus. Er war, trotz seiner schwarzen Schuhe mit hohen Absätzen, nicht größer als Muo. »Verschrumpelter Schädel. Wie alt mag er sein? Fünfzig? Sechzig? Nur eines ist sicher: Er hat nicht die geringste Ähnlichkeit mit dem psychotischen Ausbrecher. Er ist nicht kräftig genug, mich zu schlagen. Seine Brutalität ist von anderer Art. Gefährlicher, viel gefährlicher.«

Richter Dis Augen waren klein, kleine schmale Schlitze, das linke war winzig und die ganze Zeit zu. Er entnahm der obersten Schublade mehrere Fläschchen, aus denen er Tabletten und Pillen in die Hand schüttete, er zählte sie und reihte sie auf dem Marmor anein-

ander. Es war ein gutes Dutzend. Er schluckte sie mit einer großen Tasse Tee. Als Muo sich als Herausgeber bei einem wissenschaftlichen Verlag in Beijing vorstellte, heftete sich das rechte, braune Auge des Richters auf Muo; er kniff sein schweres runzeliges Lid zusammen, ein Merkmal, an dem man einen Scharfschützen erkennt, der kaltblütig seine Zielscheibe anvisiert.

Das Klingeln von Richter Dis Mobiltelefon unterbrach abrupt das eben begonnene Gespräch über den Anlaß von Muos Besuch, der mit gesenktem Blick unzusammenhängende Worte stammelte und verzweifelt versuchte, sich an die Sätze zu erinnern, die der Rechtsanwalt vorbereitet und die er am Tag zuvor stundenlang geübt hatte.

Der Anruf betraf die Olympischen Spiele, die gerade in Sydney stattfanden. Als Richter Di hörte, daß China eben im Frauenjudo die zwanzigste Medaille gewonnen hatte und somit – hinter den Vereinigten Staaten, aber vor Rußland – den zweiten Rang belegte, schaltete der Richter aufgeregt das Fernsehgerät ein. Auf dem Bildschirm wälzten sich zwei junge Frauen von gewaltigem Umfang schreiend und hechelnd in Zeitlupe ein-, zwei-, dreimal auf dem Teppich. Das feuchte linke Auge des Richters öffnete sich, und heiße Tränen der Rührung über die aufregenden Aussichten des erfolgreichen Vaterlands liefen ihm über die Wangen, während sein rechtes Auge blinzelte. Das Mobiltelefon am Ohr, ging er auf seinen Besucher zu. Der Boden schwankte unter Muos Füßen. Er wußte nicht, wie diese unprotokollarische Annäherung interpretieren.

»Will er mich umarmen?« fragte er sich.

Der von Begeisterung mitgerissene Richter hob einen Arm, den mit dem gestickten rotchinesischen Wappen über dem Ellbogen, hielt ihn hoch, wartete, daß sein Gegenüber es in der gleichen Begeisterung ihm gleichtat und sich ihre Hände in einem triumphierenden klatschenden Schlag trafen, wie bei zwei Fußballspielern nach einem entscheidenden Tor. Muo, nun gänzlich aus der Fassung gebracht, dachte, es handle sich vielleicht um ein weiteres Zeichen, um einen Geheimcode, den der Rechtsanwalt vergessen hatte ihm mitzuteilen.

Diese Hand gab ihm ein Zeichen. Doch was für eines? Muß auch ich den Arm heben? Was will diese gespenstische Hand mit ihren in einem Nebel verschwommenen Fingern? Und erst recht dieser dicke, gedrungene Zeigefinger mit dem schmutzigen Nagel. Finger des Scharfschützen, der auf den Abzug drückt? Muß ich diese Geste nachahmen? Nein, Muo! Nein, es wäre ein fataler Fehler. Aber mit welcher Geste könnte ich sonst auf dieses Geheimzeichen reagieren?

Etwas verblüfft über die ausbleibende Reaktion seines Besuchers, senkte Richter Di den Arm und ging wieder im Zimmer auf und ab. Die rote Flagge mit den fünf gelben Sternen (der größte ist das Symbol der allmächtigen Kommunistischen Partei, und die vier kleinen darum herum stellen die revolutionären Arbeiter, die revolutionären Bauern, die revolutionären Soldaten und die revolutionären Geschäftsleute dar), die bei der Siegerehrung über der Tribüne flatterte, füllte den ganzen Bildschirm aus. Von triumphierenden Trompeten

geblasen, hallte die chinesische Nationalhymne so laut wider, daß das Miniatur-Kampfflugzeug auf dem Fernsehgerät zitterte.

Muo nahm mit einem tiefen Seufzer die Brille ab und rieb sie mit einem Jackenzipfel trocken. Eine Geste, die dem kleinen braunen Auge des einstigen Scharfschützen nicht entging. »Weinen Sie vor Rührung?« fragte er. »Ich habe geglaubt, Sie wären kalt und gleichgültig.« In Erwartung des versäumten triumphierenden Schlages senkte sich Richter Dis Arm Muo entgegen.

Friß, Muo, oder stirb! Er streckte ein Bein in die Luft, balancierte auf dem linken Fuß in der herzergreifenden Stellung eines Kriegsinvaliden.

»Nein, mit der Hand macht man das«, sagte der Richter ungewöhnlich nachsichtig und mit dem rechten Auge blinzelnd.

Die Bemerkung falsch interpretierend, legte Muo die Hand unter die rechte Wade. Sein Bein hob sich wie das einer Tänzerin an der Stange, schmerzhaft muskelzerrend Zentimeter um Zentimeter bis auf Schulterhöhe. Das linke Auge des Richters fiel wieder zu. Das rechte Auge musterte ihn kalt. Dann schaltete er brüsk sein Mobiltelefon aus. »Was soll dieser Zirkus? Wissen Sie eigentlich, wo Sie sind? Sie sind in der Kanzlei von Richter Di!«

»Der Rechtsanwalt…«, murmelte Muo niedergeschlagen und stellte den Fuß wieder auf den Boden. Schweißperlen standen ihm auf der Stirn. »Denn… weil… verzeihen Sie… Er ist der Rechtsanwalt meiner Freundin Vulkan des Alten Mondes.«

Das düstere, krächzende sardonische Gelächter des Richters unterbrach das peinliche Gestammel. Muo erschauerte. Er war auf ein grausames Verdikt gefaßt. Auf dem Bildschirm wich die chinesische Spitzensportlerin, die, den Kopf in den Nacken geworfen, die Landeshymne mitsummte, einem Hockeymatch zwischen Rußland und Kanada, die um die Goldmedaille spielten.

»Vulkan des Alten Mondes?« fragte der Richter, der sich in seinen Großinquisitor-Sessel gesetzt hatte.

»Ja, sie ist meine Freundin.«

»Diese Person, die Fotos an die ausländische Presse verkauft hat? Wi-der-lich!«

»Sie hat sie nicht verkauft. Sie hat keinen Fen daran verdient.«

Die Finger des Richters tippten auf der Tastatur des Mobiltelefons. »Warten Sie, ich muß kurz den Parteigeneralsekretär anrufen.«

Dieser Satz stürzte Muo in eine unbeschreibliche, in eine abgrundtiefe Niedergeschlagenheit. Wozu dieser dringende Anruf? Bestimmt wegen Vulkan des Alten Mondes. Gefahr war im Verzug. Das von seinen ungeschickten akrobatischen Kunststücken schweißdurchtränkte Hemd fühlte sich jetzt eiskalt an.

Das Telefongespräch zog sich in die Länge. Zuerst hörte Muo, wie Richter Di dem Parteigeneralsekretär die ausnahmsweise Aufhebung des Knallfroschverbots vorschlug, um dem Volk zu erlauben, den sportlichen Sieg zu feiern. Muo staunte. Dann hörte er, wie Richter Di das Gespräch vom Hundertsten aufs Tausendste brachte, flüchtig das Problem der öffentlichen Sicherheit

streifte, sich für den Sport begeisterte, am Budget des Justizministeriums herummäkelte, einen Lagebericht über die Bauarbeiten am neuen Gerichtsgebäude gab und schließlich eine Majiang-Partie vereinbarte. Und da hörte er Richter Dis Kommentar und den unvergeßlichen Satz: »Ebenso kühl, samten und köstlich wie die elfenbeinerne Hand einer zierlichen Jungfrau.«

Das Warten wurde zu einer unerträglichen Qual. Muo war am Rand des Nervenzusammenbruchs, die kleinste Veränderung im Tonfall, ein unterdrücktes Hüsteln, ein barsches Wort ließen sein Herz klopfen wie das eines gejagten Hasen, und vor seinen Augen entstanden Schreckensszenarien. Falsches Anstandsgefühl hinderte ihn daran, das zu tun, was er hätte tun sollen: nämlich sein königliches Geschenk zücken, heiter die dritte Schublade aufziehen und den Umschlag hineinlegen. Wer weiß ...

Die Stimme des chinesischen Fernsehreporters kreischte vor Enttäuschung ... der russische Mittelstürmer hatte eben in der letzten Spielminute ein entscheidendes Tor geschossen. Die Anhänger der Russen jubelten. Die russische Flagge stieg über der Tribüne auf.

Muo ging zögernd auf den Schreibtisch zu. Er hatte das Gefühl, Richter Di folge ihm mit den Augen. Jäh wurde ihm klar, daß dieser nur darauf gewartet hatte. Das ganze Theater, das er im übrigen sehr gut gespielt hatte, diente nur dem einen Zweck: ihn zu drängen, diese Geste zu vollziehen.

Angewidert vom Gedanken, eine von unsichtbaren Fäden geführte Marionette zu sein, vermied er es, den

winzigen Griff der Schublade zu berühren. Er betrachtete das Miniatur-Kampfflugzeug, auf dem keine glänzenden Flitterchen mehr tanzten. Das Kupfer der Patronenhülsen war jetzt dunkel.

Und plötzlich fiel ihm ein Detail auf: Mehrere Hülsen trugen dasselbe Datum. Ihm wurde blitzartig klar, was es damit auf sich hatte: Die eingravierten Namen waren diejenigen der von Richter Di Hingerichteten, und das Datum war das des Hinrichtungstags. Ja, und manchmal waren mehrere am selben Tag erschossen worden. Jede Patronenhülse war die Reliquie einer tödlichen Kugel, die das kleine Rechteck zwischen Zeigefinger und Mittelfinger des Hingerichteten durchschlagen hatte, das kleine Rechteck, hinter dem das Herz schlug.

Die frühere Tätigkeit von Richter Di war zwar kein Geheimnis, dennoch war Muo zutiefst empört über dieses Kunstobjekt, das mit so viel Sorgfalt, mit so viel Präzision, mit so viel Zeitaufwand und vor allem mit so viel Liebe geschaffen worden war. Plötzlich erschien ihm der an seinem Schreibtisch sitzende Mann wie ein blutrünstiger Teufel, eine Verkörperung des reinen Grauens, der unbegründeten Grausamkeit: des Bösen schlechthin! Wo waren die rächenden Geister? Offenbar nirgends. Muo, der immer der Existenz Gottes gegenüber skeptisch gewesen war, glaubte seit der Kindheit an die Existenz von Geistern. Hast du den Geist gesehen? In einer stockfinstren Nacht… Geisterfreiheit. Geisterjustiz. Alles stürzt zusammen. Ich muß einem Tyrannen Tribut zahlen, dessen Leben nicht einmal mehr die Geister zu stören wagen. Oder ihm Gänsehaut zu ver-

ursachen. Keine Erscheinung nach dem Tod. Kein Geist, der ihn verfolgt. Muos wilde Entschlossenheit, im Diesseits Vulkan des Alten Mondes zu helfen, schwand. Es war stärker als er. Er steckte den Umschlag wieder in die Mappe und ging auf die Tür zu.

Das Hallen seiner Schritte beschleunigte sich, entfernte sich in wilder Flucht durch den langen Flur … und Richter Di fragte sich erstaunt, was denn passiert sei. Er ging zur Tür und sah Muo am anderen Ende des Flures am Referenten vorbeilaufen, ihm etwas in die Hand drücken. Zweifellos ein Zwanzig-Yuan-Schein. »Nehmen Sie, das ist für Sie.« Stummer Dank. Auf Wiedersehen.

Kungelei

Ein Gespenst! Zwei, drei Minuten lang glaubte Muo, einen Geist vor sich zu sehen. Wegen seiner geschwollenen Augen erkannte er ihn nicht gleich. Aber er hatte diesen Mann, der über ihm auf dem langen verglasten, tunnelartigen Rollsteig eines riesigen supermodernen Einkaufszentrums (einer Nachahmung des Centre Pompidou in Paris) erschien, schon einmal gesehen. Zwei melancholische Augen, die ihn an jemand erinnerten. Aber an wen? »Leide ich an einer Halluzination?« Zerknitterter Anzug, graumeliertes Haar, Bürstenschnitt, hageres, knochiges Gesicht, vor allem die zwei tiefen Furchen, die sich die Nasenflügel entlang um die Mundwinkel über das Kinn ziehen und in den Halsfalten verlaufen. Die gedämpfte Mittagssonne drang durch die milchig-matten Scheiben des gewölbten Tunnels. Die Rollsteige glitten parallel nebeneinander. Das Gespenst fuhr abwärts, Muo aufwärts. Der Geist stürzte mit großen Schritten auf ihn zu. Auch diese langen Schritte kamen ihm bekannt vor. »Verflixt, den Mann kenn ich doch!«

»Xiao Muo!«

Muo hörte sich bei seinem Kindernamen rufen. Diese Stimme … Plötzlich erkannte er ihn: den zum Tode ver-

urteilten Schwiegersohn des Bürgermeisters, der vor ein paar Jahren hätte hingerichtet werden sollen.

Der Rollsteig fuhr unbeirrt aufwärts. Sein ehemaliger Freund packte ihn am Arm und zog ihn abwärts; Muo erkannte die Stigmata der Sträflinge auf seinem Handgelenk, die Zahl 3519. Er stolperte verblüfft zwischen Einkaufswagen und Caddies der aufwärts fahrenden Kunden. Ein halluzinierender Rückwärtsgang.

»Du? Was machst denn du hier?« fragte er ihn verdutzt. Und schämte sich gleich für die ihm herausgerutschte Frage, die in Anbetracht der Umstände wirklich taktlos war. Daher fügte er hinzu: »Ich bin aus dem Irrenhaus abgehauen. Und du?«

»Ich habe eine Inspektionsrunde gemacht.«

»Inspektion wovon?«

»Der Restaurants.«

»Bist du Restaurantbesitzer?«

»Nicht wirklich. Aber mein Gefängnis hat zwei Restaurants eröffnet, weißt du? Und ich bin der Geschäftsführer. Mein Schwiegervater hat dafür gesorgt, daß meine Todesstrafe in Lebenslänglich umgewandelt wurde. Ich habe dann der Gefängnisleitung vorgeschlagen, ein Restaurant zu eröffnen, was ein sehr einträgliches Geschäft sei, und mir die Geschäftsführung anzuvertrauen. Das Projekt wurde verwirklicht. Da man mit mir zufrieden ist, hat man hier im Einkaufszentrum ein zweites Restaurant eröffnet.«

»Du siehst nicht gerade aus, als seist du dabei reich geworden.«

»Nein. Der ganze Ertrag geht an die Gefängnisdirek-

tion. Alles hat seinen Preis, aber auf diese Weise bin ich zumindest tagsüber in Freiheit.«

»Warum tagsüber?«

»Sobald es Nacht wird, muß ich ins Gefängnis zurück und in einer Zelle für Lebenslängliche schlafen. Gleich neben dem Gang der Todeskandidaten. Wenn eine Hinrichtung bevorsteht, sieht man einen Aufseher mit einem schmackhaften Fleischgericht in den Händen an unserer Tür vorbeigehen und in den anderen Gang einbiegen, man hört ihn vor einer Zellentür stehenbleiben und dem Kerl, der anderntags hingerichtet wird, den Teller hineinbringen. Und da sage ich mir: Scheiße, bist noch einmal an dieser Henkersmahlzeit vorbeigekommen.«

Sie feierten ihr Wiedersehen in dem vom Gefängnis eröffneten Restaurant *Die Mongolentöpfe,* einem Self-Service. Hunderte verschiedene Speisen waren auf langen Tresen in der Mitte des Lokals angerichtet; einen Teller in der Hand, suchte sich jeder aus, worauf er Lust hatte und soviel er wollte (die Gäste drängten sich tatsächlich): Aal, Schweinehirn, Ziegenblut, Garnelen, Meeresfrüchte, Schnecken, Froschschenkel, Entenfüße und so weiter zu einem Einheitspreis von achtundzwanzig Yuan (lokales Bier inbegriffen). Rund hundert Tische; das erhitzte Gesicht über den auf Brennern brodelnden Töpfen, tauchte man ein Stück Fleisch oder Gemüse in eine scharf gewürzte, dickflüssige, rot schäumende fette Brühe, in der Millionen kleiner Bläschen an die Oberfläche stiegen. Der Rauch, der Dampf, das Lachen, die Stimmen, die Gäste mit einem tropfenden Tel-

ler in der Hand, die ständig zwischen den Tischen und den Tresen hin und her gingen, das alles machte Muo ganz schwindlig. Er wußte nicht mehr, was er dem ehemaligen Todeskandidaten alles erzählt hatte. Vom Exekutionsgelände, von der psychiatrischen Anstalt, von Vulkan-des-Alten-Mondes-Rechtsanwalt, von Richter Di... Der ölstarrende Fußboden war glitschig. Die Gäste gingen vorsichtig wie auf Glatteis. Für ältere oder kurzsichtige und unbeholfene Menschen wie Muo war es ein regelrechtes Abenteuer. Ein Betrunkener glitt auf der Toilette aus und versuchte, wieder aufzustehen, aber es war unmöglich, auf dem schmierigen Fußboden Halt zu finden, so daß er nochmals auf dem Hinterteil landete und schließlich einschlief, den Kopf an das Urinal gelehnt. Eindeutig, *Die Mongolentöpfe* verdankten ihre überschwengliche Feststimmung und ihren Erfolg dem Schwiegersohn des Bürgermeisters, der die Idee eines *Self-Service à discretion* zu achtundzwanzig Yuan gehabt hatte. »Es ist ein Duell«, erklärte er Muo. »Zwischen dem Kunden und dem Besitzer; wer über Leichen geht, gewinnt, wer zuerst aufgibt, verliert.«

Es regnete. Das rassige knallrote Fiat-Cabrio, das dem Schwiegersohn des Bürgermeisters gehörte und von einem jungen Burschen mit breiten Boxerschultern gefahren wurde, erklomm forsch den schmalen Weg, der zur Villa des Richters führte. Im *Mongolentopf* hatte sein Freund sich anerboten, »die Dinge ins Lot zu bringen«, was Muo, der den Glauben an sein humanitäres und amouröses Unterfangen verloren hatte, fast Tränen der Rührung entlockte.

Auf einer kleinen Anhöhe angelangt, ließ der Schwiegersohn des Bürgermeisters den Wagen anhalten. Er steckte sich ein holländisches Zigarillo an und dachte, rauchend, angestrengt nach. Die zwei Furchen, die sich längs seiner Nase zum Kinn hinabzogen, schienen sich noch tiefer in sein Gesicht einzugraben. Muo traute sich weder, ihn anzublicken, noch, ihn anzureden. Feilte er seinen Angriffsplan aus? Wollte er anrufen, um seinen Besuch anzukündigen? Hatte er vielleicht den Mut verloren? Wappnete er sich mit Mut? Was war los? Der Fahrer stellte den Motor ab, und alle drei blieben eine ganze Weile reglos im Wagen sitzen. Muo starrte in den Regen. Rauschen, ein paar Pappeln, ein Bauer mit einem Reisstrohumhang über den Schultern, der in der Ferne ein Reisfeld pflügte. Dann gab sein Freund das Zeichen, weiterzufahren. Der Fiat fuhr an, rollte langsam weiter, bog schließlich in eine Allee ein und hielt vor einem Metalltor in einer zwei Meter hohen Umfassungsmauer an. Der breitschultrige Fahrer stieg zuerst aus, er öffnete die Wagentür, der Schwiegersohn des Bürgermeisters kletterte ebenfalls aus dem Wagen und lief im Regen zur Sprechanlage.

Nach einer Stunde hörte es auf zu regnen. Muo blieb im Wagen sitzen, bis am Himmel die Sterne aufleuchteten. Bald würde es für seinen Freund, den Gastwirt tagsüber und Sträfling nachts, Zeit sein, in seine Zelle zurückzukehren. Als Muo schon verzagen wollte, ging das Tor auf, sein Freund trat heraus und kam breit lächelnd auf den Wagen zu; die beiden Kummerfurchen waren geglättet.

»Alles in Ordnung«, sagte er beim Einsteigen. »Aber er will kein Geld. Er hat bereits zuviel davon. Das einzige, was er von dir als Gegenleistung verlangt, ist eine Jungfrau, na ja, du weißt schon... Ein junges Mädchen, das seine Jungfräulichkeit noch nicht verloren hat: dessen rote Melone noch nicht geschlitzt worden ist.«

Die geschlitzte rote Melone! Dieser seltsame Ausdruck erinnerte Muo immer an eine nach Schweiß riechende feuchte Nacht, an Männer mit Körben voller frischer Krebse, an die laue Wärme eines hartgekochten Eies, an ein mit weißem Talg beschmiertes Gesicht vor dem felsigen Hintergrund einer Höhle in Fujian, der Heimat seiner Großeltern, wo er zum erstenmal diesen Ausdruck für die Defloration gehört hatte. Er war zehn Jahre alt. Er verbrachte seine Ferien bei den Großeltern. Einer seiner Onkel, ein Mathematiklehrer, der aus politischen Gründen in den Rang eines Fleischers zurückgestuft worden war, ein gebückter dreißigjähriger Mann, den man für einen Greis hätte halten können, war mit ihm in einem Bergfluß schwimmen gegangen. Ein Sturm war aufgezogen, und sie flüchteten sich in eine Felsenhöhle, wo auch andere Schutz gesucht hatten: Männer und Frauen, Junge und Alte, Durchreisende, Bauern und ein paar Fischer mit Körben voller wimmelnder Krebse, die sie in einem Bergsee gefischt hatten und die für den Export nach Japan bestimmt waren. Ein am Boden hokkender älterer Krebsfischer, an dessen mit Blatternarben übersätes Gesicht er sich heute noch erinnerte, erzählte,

hustend und spuckend, mit einer ungewöhnlich tiefen Stimme einen Witz, während Muo ein noch lauwarmes hartgekochtes Ei schälte, das eine Bäuerin ihm zugesteckt hatte: Zur Zeit der Tang-Dynastie hatten die Japaner, die sich noch nicht lange um ihren ersten König geschart hatten, Mühe, eine Landesflagge zu zeichnen. Also beschlossen sie, die der Chinesen zu kopieren, und sie schickten einen Spion nach China, das hochstehender und zivilisierter war als Japan und im goldenen Zeitalter des Reiches lebte. Nach manch einem Abenteuer auf seiner Seereise ging der Spion an der chinesischen Küste an Land und betrat das erstbeste Dorf. Es war eine milde Nacht. Der Himmel war klar. Er sah Menschen, die ausgelassen sangen und um ein weißes Tuch tanzten, in dessen Mitte ein roter, an den Rändern leicht bräunliche Flecke prangten. Es herrschte laute Feststimmung. Es muß ihr Nationalfeiertag sein, dachte er, und das Tuch dort ist bestimmt die chinesische Fahne. Er beschloß, sich diese Trophäe anzueignen, Lohn für die monatelange Reise voller Todesängste und Hunger. Also wartete er hinter Büschen versteckt, bis auch der letzte Dorfbewohner nach Hause gegangen war. Er entwendete das Tuch und floh in der Dunkelheit, nicht ahnend, daß das, was er auf den Armen trug, bloß ein Laken war, befleckt mit dem Saft der roten Melone einer jungen Braut, die in der Hochzeitsnacht geschlitzt worden war.

Der Witz von der »roten Melone« löste widerhallendes Gelächter in der Höhle aus, während Muo, der nichts begriffen hatte, das geschälte Ei zwischen seinen

eiskalten Händen hielt, um sie daran zu wärmen. Plötzlich war er spontan aufgestanden und entschlossen auf den am Feuer sitzenden Witzereißer zugegangen, dessen bloßer Oberkörper von den Flammen beleuchtet war, die zuckende Schatten an die Felswand warfen. Und er steckte ihm gewaltsam das Ei in den Mund. Der Mann schluckte, würgte, wäre beinahe erstickt, und er rollte hustend seine Schalk sprühenden Äuglein. Muo erinnerte sich noch an die Haut jenes hageren, knochigen Gesichts, sie war wie Butterbrotpapier. Er hatte die Blatternarben gezählt, hatte die Hand ausgestreckt, um sie zu berühren, und bei der Gelegenheit hatte sich ihm der Ausdruck »geschlitzte rote Melone« in seine Erinnerung eingeprägt mit all den damit verbundenen Farben und dem dunklen, leise rauschenden Strom, der durch seine schmalen Adern flutete und sich in seinem ganzen Körper ausbreitete. Der Meeresgeruch in der Grotte. Die rauhe Felswand...

Auf dem Rückweg war der Onkel ungewöhnlich gut gelaunt gewesen. (In der Grotte hatte er nicht gewagt, den Mund aufzumachen oder in das Gelächter der anderen einzustimmen.) Der Platzregen hatte das Laub der Bäume am Wegrand glänzend lackiert. Die Luft war angenehm frisch. Das Licht war zauberhaft. Muo erinnert sich, daß sein Onkel und er sich an einem Hang auf die Erde gesetzt und tief den Duft des feuchten Farns eingeatmet und den glitzernden Gipfel des Berges betrachtet hatten, der sich in einer irisierenden Woge in der Ferne abzeichnete. Und sein Onkel hatte ihn mit leiser, geheimnisvoller Stimme ein achthundert Jahre altes

Gedicht aus der Yuan-Dynastie gelehrt, das von den Kommunisten verboten worden war. Er ließ es ihn Wort für Wort aufsagen:

Heute abend fand eine prächtige Hochzeit statt;
Doch als ich mich anschickte, die duftende Blume
zu erkunden,
Da stellte ich fest, daß der Frühling schon daran
genippt hatte.
Viel Rot, wenig Rot, wozu so viel verlangen?
Nichts ist zu sehen, nein, nichts ist zu sehen!
Meine Dame, ich schicke Ihnen das weiße
Seidentuch zurück.

Wie auch immer, Muo hatte sich selbst in seinen orgiastischsten Träumen nicht vorstellen können, daß er sich eines Tages mit den Gelüsten eines gieprigen alten Richters in fortgeschrittenem Korruptionszustand würde herumschlagen müssen, der mit seinen dicken Scharfschützenfingern eine knackfrische rote Melone schlitzen wollte.

Ja, in ihm stieg sogar der Verdacht auf, daß sein großer Meister Freud, Kenner aller menschlichen Laster, den Fall des Richters Di, oder besser gesagt, den besonderen Fall der Chinesen, übersehen hatte. Denn Freud schreibt in *Das Tabu der Virginität*, daß der an einem Kastrationskomplex leidende Mann durch »die Zerreißung des Hymens« seiner Braut »fürchtete, vom Weibe geschwächt, mit dessen Weiblichkeit angesteckt zu werden und sich dann untüchtig zu erweisen«. In den

Augen des Mannes erinnert das Blut der Defloration an Verwundung und Tod, also vertraut er, immer laut Freud, die undankbare Aufgabe »einem Vertreter« an, der einen »offiziellen Koitus oder Scheinverkehr« mit der Braut vollzieht.

Freud und Richter Di sind nicht von der gleichen Welt. Um ehrlich zu sein, seit Muo wieder in China ist, regen sich in ihm gewisse Zweifel an der Psychoanalyse. Leidet auch Vulkan des Alten Mondes am berühmten Ödipuskomplex? Die Männer, die sie geliebt hat, die sie liebt oder lieben wird, ja sogar ich, sind sie schlicht ein Ersatz für ihren Vater? Warum will Richter Di eine geschlitzte rote Melone kosten, ohne Angst zu haben, dabei seinen Penis zu verlieren? Was ist mit seinem Kastrationskomplex? Muo hat das Gefühl, das Schicksal gängle ihn, mache sich über ihn lustig wie ein kapriziöser Monarch. Nachts quälen ihn diese Fragen und lassen ihn nicht schlafen, und er wälzt sich schweißbedeckt im Bett. Er versucht, psychoanalytischen Werken entliehene orthodoxe Antworten auf diese Fragen zu finden, ohne die manchmal ziemlich befremdlichen Antworten frohen Herzens akzeptieren zu können. Was ihn am meisten quält, ist, daß er nicht ablassen kann von diesen Fragen, obschon er weiß, daß sie nie wirklich beantwortet werden können.

Manchmal sagt er sich tieftraurig, daß er nicht zum Psychoanalytiker taugt. Es mangelt ihm an Selbstvertrauen und an Erfahrung auf dem Gebiet der Sexualität. Die Menschen schüchtern ihn schrecklich ein.

Als Dank dafür, daß er »die Geschichte ins Lot« brachte, schenkte Muo dem Schwiegersohn des Bürgermeisters einen kostbaren Fächer, den ein Mönch in den zwanziger Jahren gemalt hat. Auf Felsen sitzende Seidenschwänze waren darauf abgebildet, die mit ihren winzigen rubinroten Schnäbeln ihr Gefieder glätten. Der Schwiegersohn des Bürgermeisters wiederum lud ihn erneut zum Essen ein – nicht in sein Restaurant, sondern in eines am anderen Ende der Stadt; eine Luftveränderung würde beiden guttun. Nach dem Mittagessen führte er ihn in ein Teehaus am Ufer des Brokatflusses, eines im Stil »Shanghai der dreißiger Jahre« mit Lackparavents, geschnitzten niedrigen Tischen und bestickten Satinkissen. Sanfte Hintergrundmusik berieselte den Raum.

Beim Tee fragte ihn der Schwiegersohn des Bürgermeisters: »Wie findest du die Puppe dort? Die auf dem Bambusstuhl in der Eingangshalle?«

Muo schaute hinüber. Das Mädchen war jung, achtzehn ungefähr. Die strähnigen, strohigen rotgefärbten Haare fielen ihm bis auf die Schultern. Es trug ein langes weißes Hemd, das ihm knapp über das Hinterteil reichte. Er stand auf und ging zum Schein zur Toilette, um das Mädchen aus der Nähe zu betrachten. Unter dem raffiniert gedämpften Licht sah er ihre gezupften Brauen, ihre häßlichen Gesichtszüge, den flachen Busen und ihren abstoßenden knochigen Körper unter dem aufgeknöpften Hemd und ihrem durchsichtigen schwarzen Spitzenbüstenhalter.

»Eine Jungfrau für den Richter, oder?« fragte er sei-

nen Freund, den Schwiegersohn des Bürgermeisters, als er an den Tisch zurückkehrte.

»Nein, eine Nutte, ich hab sie für dich reserviert.«

Muo verschlug es kurz die Sprache. Er musterte verstohlen das Mädchen nochmals. »Für mich reserviert? Was soll das bedeuten?« murmelte er und spürte, wie sein Gesicht glühte.

»Amüsier dich heute abend. Ist bereits bezahlt. Entspann dich mal.«

»Nein, nein ... Danke, ich mag nicht.«

»Enttäusch mich nicht, alter Freund. Kürzlich, weißt du, hab ich echt Bewunderung für dich empfunden. Toll, die hingebungsvolle Liebe zu deiner im Kittchen sitzenden Fotografinkollegin, und erst deine Begeisterung für die Psychoanalyse! Aber ich hab auch Mitleid mit dir. Schau, du bist müde, du siehst schlecht ernährt aus, verängstigt. Mach es wie Richter Di, nimm die Yin-Lebensenergie eines jungen Mädchens auf, um deine Vitalität zu stärken.«

Da ging Muo – endlich! – ein Licht auf. Er spürte, daß er etwas Wichtiges begriffen hatte. Sein Atem beschleunigte sich. Seine Brillengläser liefen an.

»Du meinst, daß dieser Schweinepriester von einem Richter so begierig darauf ist, Mädchen zu entjungfern, um dadurch seine Lebensenergie zu steigern?«

»Ja sicher, er tut es, um seine Vitalität zu erhalten, seine Macht, seine Gesundheit, sein Leben ... Keine falsche Bescheidenheit, ein alter Knastbruder wie ich weiß in Sachen Sex Bescheid. Wenn die Chinesen miteinander schlafen, dann aus zwei wesentlichen Grün-

den, die nichts miteinander zu tun haben. Der erste Grund: um Kinder zu kriegen. Mechanisch sozusagen, wie eine Arbeit. Das ist zwar stumpfsinnig, aber es ist so. Der zweite hingegen, um sich beim sexuellen Akt von der Lebensenergie der Partnerin zu nähren, von deren weiblicher Stärke. Und wenn es dann auch noch die einer Jungfrau ist, stell dir vor…! Wisse, daß ihr Speichel ein Aroma ausströmt, das viel duftender ist als das verheirateter Frauen, und daß ihr Vaginalsekret bei der Paarung höchste Wonnen auslöst. Das ist die Quelle der wertvollsten Lebensenergie überhaupt.«

Eine fliegende Couch

Links symbolisieren zwei lange vertikale Striche, die von zwei kurzen horizontalen Linien gekreuzt werden, das Wort »Liegestatt«; und rechts stellen drei haarfeine geschwungene Striche wie auf einer Kinderzeichnung die Wimpern eines schlafenden Auges dar; darunter ein warnender Finger, der darauf zeigt: »Selbst schlafend sieht das Auge. Paß auf!« Das ist in der fünftausend Jahre alten »Schrift des Altertums« das Piktogramm für »Traum«. Es strahlt einen primitiven Charme aus, der seiner geheimnisvollen Schönheit etwas Göttliches verleiht, was Muo, damals ein zwanzigjähriger Student, tief beeindruckt hatte, als er im Palastmuseum in Beijing dieses Zeichen sah, das in eine Schildkrötenschale eingeritzt war, die so alt war, daß man fürchtete, sie könnte sich von einem Atemhauch mitsamt den harmonischen Linien in Luft auflösen.

Der alte Schriftgelehrte hatte sich wohl kaum vorgestellt, daß dieses Piktogramm viele Jahrhunderte später zum Emblem eines fliegenden Psychoanalytikers werden würde. Denn Muo übertrug das Zeichen minutiös und im genauen Verhältnis vergrößert auf ein Stück schwarzer Seide, er schnitt es aus und bat einen Schneider, es mit der Maschine auf ein sauberes, nach Kampfer

duftendes weißes Laken aufzunähen, das er hinter dem Rücken seiner Mutter aus einer Schublade der Mahagonikommode entwendet hatte. Unter diesem Zeichen ließ er mit roter Farbe seinen Titel drucken:

Traumdeuter
Aus Frankreich zurückgekehrter
PSYCHOANALYTIKER
Schüler der Freudschen und der
Lacanschen Schule

Dann mußte er nur noch eine passende Stange für seine Fahne finden. Muo klapperte den Möbelmarkt ab und verglich lange die feilgebotenen Bambusrohre. Doch sie waren alle häßlich. Hatten weder die Qualität noch die Festigkeit, eine im Wind wehende Fahne zu tragen. Wieder zu Hause, schwankte er zwischen dem Stab, an dem seine Mutter die Wäsche zum Trocknen aufhängte, und der zerlegbaren Angelrute seines Vaters, die aus einzelnen hübsch lackierten Bambusstäben gefertigt war. Nach langem Überlegen entschied er sich für die Angelrute, die zwar weniger solide, aber optisch gefälliger war.

Und er fiel in der milden Sommernacht in einen kurzen unruhigen Schlaf. (Seit er *Die Verwandlung* von Kafka gelesen hatte, war ihm das morgendliche Aufwachen ein Grauen.) An jenem Tag aber fühlte er sich ungewohnt frisch und voller Tatendrang. Er stand auf, ging zum Fenster und warf einen Blick hinaus. Ein einsamer Stern – war es der Polarstern? – leuchtete noch

am nördlichen Himmel. Es war das erstemal seit seiner Rückkehr, daß er in dieser unglaublich luftverschmutzten Stadt einen Stern erblickte. Er schaute zu ihm hinauf und deutete ihn als gutes Omen für den geplanten psychoanalytischen Ausflug. Noch bevor der Stern verschwand, fuhr er auf dem ächzenden Fahrrad seines Vaters los. Die zu dieser Morgenstunde blaßgrauen Straßen hatten alle ihre Farben verloren. Er radelte bis zur Stadtgrenze und hielt vor einem Hochhaus an, dessen Fenster sich mit den märchenhaften Spiegelungen der Sonnenaureole über dem Funan He schmückten. Er holte sein Banner hervor und hißte es an der am Gepäckträger seines Fahrrads festgemachten Angelrute. Dann schwang er sich wieder in den Sattel, trat kräftig in die Pedale und flitzte mit der im Rücken flatternden Fahne davon. In Richtung der südlichen Vorortbezirke.

(An dieser Stelle muß ich ein Geheimnis verraten: Dieser psychoanalytische Ausflug war für ihn bloß ein Vorwand, eine Tarnung, die ihm erlaubte, ein junges Mädchen ausfindig zu machen, dessen Jungfräulichkeit er kaufen würde, um sie Richter Di zu schenken. Ein erster entscheidender Schritt in Richtung Freiheit seiner gefangenen Geliebten Vulkan des Alten Mondes. Sein eigentliches, klar definiertes Ziel.)

... und unterm wüsten Wind / der Geilheit klatscht euer Fleisch wie eine alte Fahne. Radelnd und radelnd hörte Muo diesen Satz Baudelaires in seinem Kopf summen.

Er ließ die Stadt immer weiter hinter sich zurück. Nach einer Stunde erreichte er den Gemeindebezirk

Rotes Tor. Die erste von der Modernisierung auserwählte Ortschaft namens Jade-Bambus bildete eine gespenstische Kulisse: Sämtliche Grundstücke waren verkauft, alle alten Häuser waren abgerissen und durch spekulative Bürohochhäuser ersetzt worden, deren Skelette nun aus Geldmangel verlassen ohne Dach, ohne Zwischenwände, ohne Unterböden in den Himmel ragten. Gebäude, die keinerlei Funktion mehr erfüllten. Zwischen den Zement- und Backsteinfugen der leeren Tür- und Fensterrahmen wuchsen gelbe Wiesenblumen, die sich im Morgenwind wiegten. Muo wagte sich in das Erdgeschoß einer dieser Ruinen vor, um zu pinkeln; die zukünftige Eingangshalle war von üppigem Gras überwuchert, das im Morgentau überschwenglich duftete. Eine Herde bis zu den Knien eingesunkener Schafe graste ruhig im saftigen Grün. Ohne Muo eines Blickes zu würdigen, stießen sie hin und wieder ein langgezogenes idyllisches Blöken aus, das in der Luft schwebte, von den rohen Wänden widerhallte und sich mit dem leise plätschernden Echo des Pinkelstrahls vermischte.

In diesem zerfallenen, heideduftenden Gebäude, dessen Fenster- und Türöffnungen den Blick auf den Himmel freigaben, deutete Muo seinen ersten Traum! Er beging manchmal ahnungslos Fehler, vor allem im Umgang mit seinen Mitmenschen und im täglichen Leben. Man mochte ihn sogar für einen Knallkopf halten, doch wenn es sich um Psychoanalyse handelte, um die Theorie der Traumdeutung vor allem, waren seine Kenntnisse immens.

Sein erster Klient war der Besitzer der Schafherde, ein fünfundvierzigjähriger Invalide, der an Holzkrücken auf ihn zu humpelte. Obwohl er den Blick abgewandt hatte, bemerkte Muo, daß das eine Bein des Mannes kürzer und bestimmt auch dünner als das andere war, weil das eine Hosenbein schlotterte und den Fuß versteckte. Der Invalide feilschte und drückte das Honorar von zwanzig auf zehn Yuan herunter, womit Muo sich bereitwillig zufriedengab.

Im Traum, den der Mann, eine Zigarette rauchend, erzählte, schritt er, oder vielmehr watete er, in untiefem Wasser, wahrscheinlich am Ufer des Yangzi; er war in Begleitung einer fünfzigjährigen Frau, mit der er vor ein paar Jahren ins Bett gegangen war. Ein Nachbar, der an einem beliebten Ausflugsort arbeitete, hatte ein Foto von ihnen beiden geknipst. Eines Tages nun wurde er von dieser Frau, seiner früheren Geliebten, geweckt. Sie war ganz aufgeregt und kam, ihm das Foto zu zeigen: Das Wasser des Yangzi war so klar, daß man Steine und Gräser auf dem Grund erkennen konnte. In der Tiefe des reglosen Flusses sah man ein Schiff, auf dem Wäsche an einer Leine flatterte. Die Frau hielt den Mann am Arm, und er stand strahlend lächelnd neben ihr, die Krücken nachlässig über den Arm gehängt. Seine hochgekrempelte Hose war feucht, und aus seinem Hosenladen lugte eine sehr lange, sehr harte Rute, die bis zur Wasseroberfläche reichte. Eine bunt schillernde Rute wie aus geschliffenem Kristallglas.

Ein Kinderspiel für Muo, diesen Traum zu entziffern, es war, wie einen Schachweltmeister bitten, eine Par-

tie gegen einen blutigen Anfänger zu spielen. Ohne zu zögern oder auch nur eine Frage zu stellen, verkündete unser Psychoanalytiker seinem Klienten ernst, daß eine andere Behinderung – eine sexuelle – ihn bedrohe und daß der Böse, den die Frommen Satan und die Literarischen diabolisches Feuer der Sinnenlust nennen, am Verlöschen war. Er riet ihm, die Medizin zu Rate zu ziehen.

Kaum waren ihm diese Worte über die Lippen gekommen, bereute er sie auch schon. Er erinnerte sich an sein Ziel, an seine Mission: eine Jungfrau zu finden. Er wollte das Thema wechseln und Erkundigungen einziehen, doch es war zu spät. Sein Klient begehrte wütend auf und stürzte sich zitternd, mit böse funkelnden Äuglein auf ihn. Er beschimpfte ihn zornig, nannte ihn einen Miesmacher, der nichts anderes im Sinn hätte, als einen Behinderten zu verspotten, und überschüttete ihn mit einem Schwall Verwünschungen. Er warf ihm die Zigarette ins Gesicht; auf die linke Krücke gestützt, fuchtelte er mit der rechten wild in der Luft und wollte ihm damit eine runterhauen. Muo floh. Der andere folgte ihm auf die eine Krücke gestützt, auf einem Fuß hüpfend und die andere Krücke über seinem Kopf wirbelnd wie in einem Kung-Fu-Film. Die Schafe stoben verstört in alle Richtungen. Das Gebrüll des Mannes verfolgte Muo, bis er sich, von plötzlichem Schwindel gepackt und ohne auf die Bezahlung zu bestehen, auf sein Fahrrad schwang. Und er verschwand im zarten Morgennebel, durch den die fahlen Sonnenstrahlen drangen.

So begann seine Traumdeutertournee durch die Vorstadtbezirke. Sein persönlicher langer Marsch. Eine

Geduldsprobe. Drei Wochen lang fuhr er am frühen Morgen auf dem alten Fahrrad seines Vaters los. Gegen Mittag weichte der Straßenbelag in der sengenden Hitze auf, und es kam ihm vor, als kämpfe er sich durch Morast. Schweiß. Staub. Einmal platzte sein Vorderreifen, und er mußte sein Rad eine Stunde lang schieben, die Hände auf der Lenkstange und unter der niederbrennenden Sonne keuchend.

Nachdem er im nächsten Dorf den Reifen hatte reparieren lassen, war der Sattel immer noch glühendheiß, so daß er unmöglich darauf sitzen konnte. Wenn er mit seinem wehenden Banner an der Angelrute in ein Dorf kam, versuchte er, Kunden zu ködern. Er tat so, als könne man mit ihm feilschen, senkte aber meistens von sich aus das Honorar auf einen Yuan und verlangte oft gar nichts. Abends, wenn er erschöpft nach Hause zu seinen Eltern zurückkehrte, spürte er seine Beine nicht mehr.

Zuweilen hatte er den Eindruck, nicht er fahre das Fahrrad, sondern das alte Fahrrad fahre ihn. Der Geruch der Äcker, die Büffel in den Reisfeldern und sogar die Autos, alles kam ihm schöner vor als sonst. Er glitt vorbei an Feldern und Wiesen und begegnete manchmal auf den mit Platanen gesäumten Landstraßen hübschen Fahrradfahrerinnen. (Er war schon immer der Ansicht, Frauen auf dem Fahrrad seien besonders anmutig und sexy, und er träumte davon, Modenschauen mit Models auf dem Fahrrad zu organisieren.)

Seine Suche nach einer Jungfrau ließ sich jedoch mühsam an, denn die meisten jungen Menschen aus den

ländlichen Gegenden waren weggezogen, um ihren Lebensunterhalt in den großen Städten zu verdienen. Noch jungfräulich oder nicht? Das war die Frage, wenn er einer der wenigen Zurückgebliebenen begegnete. Vom beruflichen Standpunkt her, fand er ein paar Fälle interessant. Zu Hause holte er seine französischen Schulhefte und sein schweres Wörterbuch hervor, um seine Erfahrungen in der Sprache Molières aufzuzeichnen. Ein oder zwei seiner traumdeuterischen Glanzleistungen verdienen es, erwähnt zu werden.

Eines nebligen Junimorgens hatte er die Nationalstraße 351 verlassen, und sein Fahrrad kurvte zwischen den Pfützen einer ungeteerten Straße, die an einem Bach entlang durch ein stilles grünes Tal führte. Er gelangte an ein abgelegenes Haus mit Ziegeldach und Holzwänden, einer fünfzig Zentimeter hohen Schwelle und einer schweren, geschnitzten zweiflügligen Eingangstür, die mehrere hundert Jahre alt war. In einem großen rechteckigen Hof hinter der Geister-Schirmwand plauderten zwei alte Frauen vor zwei funkelnagelneuen Särgen, die unter dem vorspringenden Walmdach aufeinandergestapelt waren. (Der lokale Brauch will es, daß man den Sarg betagter Familienangehöriger bereitstellt, damit sie ihn sich ein paar Jahre lang bis zum letzten Tag ansehen können, als eine Art Versicherung, eine Wohngarantie für das nächste Leben sozusagen.) Er lehnte sein Fahrrad an die Wand, stieg über die hohe Schwelle und ging auf die zwei alten Frauen zu. Er schnupperte: Neben dem Holzgeruch der Särge schwebte etwas anderes, etwas Undefinierbares im Hof. Er bot ihnen eine Traumdeutung zu

einem günstigen Tarif, aber von allerbester Qualität an, so wie ein fahrender Messerschleifer, ein Haarschneider oder ein Hähneverschneider seine Arbeit anbietet.

Die beiden Alten – eindeutig Schwestern, denn sie glichen sich wie ein Ei dem andern – hüstelten und zeigten keinerlei Interesse an den von ihm gepriesenen magischen Kräften der Methode seines großen Meisters Freud.

Er war nicht enttäuscht. Er war es gewohnt. Zudem konnte er sich nicht vorstellen, daß die alten Schwestern ihm einen Traum erzählen würden. Im übrigen war er nicht einmal sicher, ob sie noch träumten mit ihren zwei Särgen unter dem Vordach. Nachdem er lange um den heißen Brei herumgeredet hatte, wollte er sie eben fragen, ob sie vielleicht eine Jungfrau in der Gegend kennen würden, als eine der Schwestern ihm höhnisch, ja fast kränkend erklärte: »Wir sind zwei weitherum bekannte Hexen. Unser Vater war ein Medium, und er befaßte sich insbesondere mit Träumen. Er verstand bestimmt viel mehr davon als dein ausländischer Lehrer.«

Muo hüstelte verlegen. Er wußte nun, was Seltsames in der Luft hing. Er lachte. Entschuldigte sich. Lachte nochmals. Und wollte gehen. Plötzlich juckte ihn das unwiderstehliche Bedürfnis, die beiden Alten zu provozieren.

Er wandte sich nach ihnen um: »Wart ihr nicht zufällig in euren Vater verliebt?«

Die Frage wurde im unschuldigsten Tonfall der Welt gestellt, doch es war, als sei im Hof eine Bombe explo-

diert, die selbst die tonnenschweren Särge zu erschüttern schien.

Er fuhr fort: »Nach der von mir vertretenen Theorie haben früher oder später alle Mädchen in ihrer Kindheit Lust, mit ihrem Vater ins Bett zu gehen.«

Er erwartete eine zornige Reaktion. Und sie trat auch ein. Doch nur von seiten der einen Schwester, die drohte, ihn zu verhexen.

Die andere aber wies sie nachdenklich in die Schranken. »Was der junge Mann da sagt, ist nicht ganz falsch, vor allem, was dich betrifft. Kaum war Mama frühmorgens aufgestanden, liefst du immer zu Papa und schlüpftest unter seine Decke, und er mußte dich verjagen. Erinnerst du dich nicht mehr?«

»Du spinnst wohl! Du warst es, hinterlistiges Ding, die wie eine Katze in sein Bett kroch, und dich mußte er mit Fußtritten in unser Bett zurückjagen. Ich erinnere mich, daß du dich manchmal im Dunkeln verstecktest, um ihn pinkeln zu sehen. Warst ganz begierig darauf.«

»Du verlogenes Miststück. Noch vor ein paar Wochen hast du mir erzählt, du hättest geträumt, Vater pinkle im Hof, und du hättest ihn nachgeahmt und stehend gepinkelt wie er, und er hätte darüber gelacht. Stimmt's, oder stimmt's nicht?«

Muo entfernte sich mit vorbedachter übertriebener Langsamkeit, damit ihm ja kein Fitzchen ihrer gegenseitigen Anschuldigungen entging, die den häuslichen Frieden bedenklich ins Wanken brachten. Als sein Fahrrad den Weg in Richtung der anderen im Tal verstreuten

Dörfer wiederaufnahm, bedauerte er, die beiden nicht schluchzen gesehen zu haben. Einerseits empfand er große Sympathie für die zwei alten Hexen, mehr noch als für seine anderen Klienten. Er liebte Anschuldigungen, Abrechnungen, die wie ein Fluß in Vollmondnächten anschwollen und die Dämme überfluteten. Die Enthüllungen, die Geständnisse. Wie urgewaltig und magisch war doch die Psychoanalyse! Es lebe die unverblümte Sprache!

Die Erkundung des Tales erwies sich als unergiebig. Die jungen Leute aus den zwei oder drei Dörfern waren alle schon lange in die Stadt gegangen. Zurückgeblieben waren die Greise mit ihren Särgen im Hof, die verheirateten Frauen mit den auf den Rücken festgebundenen Babys, die zu bestellenden Felder und die zu fütternden Schweine. Einen Moment lang glaubte er, das Glück lächle ihm, als er nämlich eine kaum achtzehnjährige mollige Person hinter dem Tresen des einzigen Gemischtwarenladens im Dorf entdeckte. Er trat auf sie zu und musterte sie von Kopf bis Fuß: Sie schrieb die Namen der in der Kreide stehenden Kunden in ein Rechnungsheft, klebte dann eine Briefmarke auf einen Umschlag, der an die Steuerbehörde adressiert war. Sie machte einen beherzten Eindruck und schien fest entschlossen zu sein, ihr Geschäft wieder in Schwung zu bringen. Doch Muos Hoffnung wurde leider, leider enttäuscht: Das halb kindliche, halb jungfräuliche Gesicht des Mädchens war durch den offenkundigen Stempel der Mode verunstaltet, wie ihre ordinär gezupften Brauen verrieten. Die, unentgeltliche, Traumdeutungssitzung

verwandelte sich in eine reichlich mit Tränen begossene Beichte. Sie weinte über ihre kurze mißlungene Erfahrung in der Stadt, wo sie in einem Restaurant gearbeitet und, um bleiben zu können, ihre wertvolle Jungfräulichkeit verloren hatte, was aber letztlich umsonst gewesen war. Was für eine Vergeudung! Als Muo nach der Toilette fragte, führte sie ihn in den ersten Stock, zeigte ihm die Tür eines engen, schmutzstarrenden Verschlags und schlüpfte feierlich ernst hinter ihm hinein. Ein Schmeißfliegenschwarm flog summend auf.

»Darf ich Ihnen helfen, den Hosenladen aufzumachen?« fragte sie mit der Natürlichkeit einer alten Prostituierten.

»Nein, danke«, antwortete er verlegen.

»Mein Tarif ist ein Klacks für jemand, der so reich ist wie Sie, Professor Xiansheng.«

»Hinaus«, brüllte er sie an. »Sie sind ja wahnsinnig. Im übrigen, wer hat Ihnen gesagt, ich sei Professor?«

Sie ging folgsam hinaus und setzte sich ruhig wieder hinter ihren Verkaufstisch. Hätte sie im Namen ihres Geschäfts, im Namen ihrer Familie beharrt, oder hätte sie die in Not geratene Waise gespielt ... wer weiß, wie diese Klokomödie ausgegangen wäre.

Muo, der Unbestechliche! Muo, der unverbrüchlich Treue! Muo, der Ritterliche! Er rief wie einst Don Quijote den Namen seiner Angebeteten an, beschwor das Bild von Vulkan des Alten Mondes herauf, während er auf dem holperigen Weg strampelte und strampelte, die wehende Fahne mit dem aufgenähten Piktogramm für das Wort »Traum« in seinem Rücken.

Die Landstraße war noch nicht in Sicht, aber unser Traumdeuter hörte bereits das ungeduldige Gehupe der Lkws. Er erkannte in der Ferne zwei schwarze Punkte mitten auf dem Feldweg, auf der Höhe des alten Holzhauses. Das Fahrrad ächzte, der Gepäckträger knirschte, die Lenkstange zitterte, und die Kette drohte bei jedem Tritt zu reißen. »Hab ich einen Durst. Hätt' ich nur einen Eislutscher.« Die zwei schwarzen Punkte kreuzten sich, man sah genau, wie sie sich bewegten. Er nahm eine lange Steigung in Angriff. Die Zeit blieb stehen. Das Vorderrad war blockiert, dann begann es sich abrupt wieder zu drehen. »Ach, kühlendes Fruchteis, wo bist du?«

Dann verschwanden die zwei schwarzen Punkte aus seinem Gesichtsfeld, tauchten, immer noch verschwommen, wieder auf, wurden größer und größer, je näher sie kamen, bis sie die Gestalt der zwei Hexen annahmen, die sich ihm in den Weg stellten. O je, es war wohl besser, vom Rad zu springen. Der Schweiß – der Angstschweiß – floß nur so an ihm herunter. Seit Beginn seiner psychoanalytischen Ausflüge hatte er noch nie so geschwitzt.

Doch die beiden Schwestern bereiteten ihm einen äußerst herzlichen Empfang. Sie entschuldigten sich und erklärten, sie hätten volles Vertrauen in ihn. Sie zeigten sogar lebhaftes Interesse an der Psychoanalyse. Verdächtig, sehr verdächtig diese Sinnesänderung! Er wollte sich höflich verabschieden. Sie hörten nicht auf ihn. Sie hießen ihn, sein Fahrrad hinzustellen, luden ihn zum Essen ein. Der Eßraum war niedrig, die Wände mit

alten Zeitungen tapeziert. Zwischen zwei geschlossenen Fenstern hing das gerahmte Foto eines älteren Mannes, des verstorbenen Vaters zweifellos. Im Haus roch es intensiv nach tibetischem Räucherwerk. Zwei schwere, imposante, ockerrote Bogen, die wahrscheinlich für die Vertreibung von Dämonen benutzt wurden, hingen über dem Erdherd mitten im Raum, in dem ein Feuer brannte. Das Wasser simmerte. Und gleich wurde der Tee aufgetragen.

Muo mußte ihnen eines zugute halten: Ihre Nudeln, ihre scharfe Karpfensuppe und ihre Schweinenieren mit Frühlingszwiebeln waren es wert, gesehen, gerochen und gekostet zu werden. Während er dieses köstliche Mahl genoß, das die Kunst des Siedens, des Fritierens und des Dünstens vereinigte, erzählten ihm die beiden Hexen einen Traum, den sie sich nie hatten erklären können. Ihr Vater hatte sie zu Lebzeiten nie gelehrt, Träume zu deuten. (Obwohl grenzenlos wie der Ozean, findet man in den chinesischen Annalen keine einzige in diese Kunst eingeweihte Frau.)

Der fragliche Träumer war der Sohn der älteren der beiden Schwestern. Er war vor zwei Monaten im Alter von fünfunddreißig Jahren gestorben. Eines natürlichen Todes; er war offenbar erstickt. Keinerlei Spuren von Gewaltanwendung. Er arbeitete seit ein paar Jahren im fünfhundert Kilometer entfernten Chongqing in einem Marmorbruch. Die Ärzte hatten bei einer Routineuntersuchung auf dem Röntgenbild einen Schatten an der rechten Lunge entdeckt, eine häufige Erkrankung bei Steinbrucharbeitern. Da ihm seine Firma zum 1. Mai

fünf Tage Urlaub gewährt hatte, nutzte er die Gelegenheit, seine Frau und seine Familie zu besuchen. Ein Jahr zuvor hatte er sich ein Haus bauen lassen, das schönste im Dorf, mit zwei Geschossen, Balkonen und die Fassaden mit Tausenden kleinen weißen Mosaikplättchen belegt, die seine Mutter und seine Tante auf schwindelerregenden, gefährlich schwankenden Bambusgerüsten einzeln von Hand verlegt hatten. Der Ärmste hatte keine Zeit mehr gehabt, sein neues Heim zu bewundern, von dem jeder Quadratzentimeter von seinem Schweiß und seinem Blut eines Marmorhauers getränkt war. Als er ankam, war es bereits dunkel, und er war von der Reise so erschöpft, daß er weder essen noch ein Bad nehmen wollte. Seine Frau füllte einen Holzbottich mit warmem Wasser und wusch ihm die Füße. Worauf sie ihn – in ungefährer Reihenfolge – entkleidete, ihm half, in ein T-Shirt und in eine saubere Hose zu schlüpfen, dann ging er zum Pinkeln hinaus, kehrte dann ins Schlafzimmer zurück. Er sagte zu seiner Frau, er wolle vor dem Schlafen noch beten. Er war Anhänger der Falun Gong, der von der Regierung verbotenen Sekte. Seine Frau wollte nicht beten und verließ das Zimmer. Sie räumte im Haus auf und ging dann ebenfalls zu Bett. Er schlief bereits. Am nächsten Morgen erwachte sie gegen sieben Uhr und stellte fest, daß er tot im Bett lag. Da er Mitglied der Falun Gong war, ließ sie keine Autopsie vornehmen, und die Polizei sah keinen Anlaß einzugreifen.

Bevor er nach Hause gegangen war, hatte er bei seiner Mutter und seiner Tante vorbeigeschaut. Er hatte ihnen

guten Abend gesagt und war ungefähr eine Viertelstunde geblieben. Er überprüfte den Zustand der Särge und erzählte ihnen einen Traum, den er am Abend vor seiner Abreise gehabt hatte: Im Traum fuhr er auf einem schweren Motorrad einen Fluß entlang nach Hause. Plötzlich schaute er zu Boden und stellte fest, daß sich der Sand und der Kies in seiner Reifenspur teilten: Der rechte Teil war trocken und weiß, der linke feucht und schwarz.

Ein echtes Rätsel. Während er den beiden Schwestern zuhörte, hielt Muo den Blick auf das verstaubte gerahmte Foto des Vaters, des Traummediums, gerichtet. Er spürte undeutlich, daß dieser ihm ein paar durch und durch chinesische Überlegungen einflüsterte, kam aber nicht gleich auf die Lösung dieses Traumes. Er bat die Schwestern, ihm ein paar Tage Zeit zu lassen, und kehrte zu seinen Eltern nach Hause zurück. Nachts schlief er kaum zwei oder drei Stunden. Er rauchte mehr Zigaretten, als seinen Lungen zuträglich war. Er dachte oft an jenen berühmten englischen Detektiv, der verkehrte Fußspuren aufklärte. Seine Ausflüge in die Vorortsbezirke setzte er zwar fort, war aber zusehends zerstreuter. Eines Tages bat ihn ein kranker alter Mann, der an einem Straßenrand wartete, an dem nie ein Bus vorbeifuhr, ihn ein Stück weit mitzunehmen. Er willigte ein, gerührt von diesem unglaublich abgezehrten Mann, der unter seiner fahlen, blassen Haut nur Knochen zu haben schien. Kaum hatte der alte Mann sich auf den Gepäckträger gesetzt, kaum hatte Muo wieder angefangen zu treten, schlief der Alte ein. In seine Gedanken über den

rätselhaften Traum vertieft, radelte Muo eine Stunde lang, ohne einen Mucks vom Fahrradanhalter zu hören, so daß er ihn schließlich vergaß. Bis zu dem Moment, als er im Schatten eines großen Gingkos anhielt. Er wandte sich um: Der Alte war verschwunden. Er war unterwegs vom Fahrrad gefallen. Darauf versuchte Muo, ein paar Tage und Nächte durchzuschlafen, um anhand seiner Träume das Geheimnis dieses verflixten Traumes zu lösen. Als eines Morgens das blaßblaue Licht an seinem Fenster hochkletterte, wachte er wieder auf, nachdem er geträumt hatte, Vulkan des Alten Mondes im gestreiften Sträflingshemd habe ihm vorgeworfen, er hätte sie vergessen. In diesem Moment war ihm alles klar, sonnenklar geworden. Er suchte die beiden Hexen auf und deutete ihnen den Traum. Der Traum des Verstorbenen war eine Warnung und drückte aus, daß dieser, unbewußt, seine Frau verdächtigte, ein Verhältnis mit einem anderen Mann zu haben, einem Nachbarn namens Feng und mit dem Vornamen Chang möglicherweise: dem Mörder. (Das Piktogramm Feng setzt sich aus zwei Radikalen zusammen, einem links, der das Wasser, und einem rechts, der das Pferd darstellt: das Motorrad. Zwei Sonnen symbolisieren zwei Männer, die eine Frau teilen; und zwei Sonnen übereinander bilden das Wort Chang.)

Die ältere Schwester, die Mutter, sprang auf und brach in Schluchzen aus. Die jüngere Schwester hingegen lachte. Denn im Dorf trug ein Nachbar ihres Neffen tatsächlich den Namen Feng. Ein paar Tage später gelang es den beiden Schwestern, die Polizei zu über-

zeugen, und zwei Tage später wurde der Mann verhaftet. Er gestand sein Verbrechen nach nur zehn Minuten Verhör.

Muo mußte dafür büßen, daß er den Traum eines anderen geträumt hatte. Nachts und manchmal auch tags tauchte mitten in einer Traumdeutungssitzung das Motorrad auf, auf dem er selbst saß: Es fuhr dröhnend am Ufer eines Flusses entlang. Das Ufer war schwarz, der Fluß flaschengrün. Links war der Sand trocken, rechts war er naß. Muo, der Motorradfahrer, war in einen Schwarm Möwen gehüllt, die mit ihren weißen Flügeln sein Gesicht peitschten. Ein Fischerboot mit aufgezogenem Segel und ein Kind, das vom Steg eines Lastkahns pinkelte, fügten dem Bild Tiefenschärfe hinzu.

Ein anderer Traum, der eines Nachtwächters auf einer Baustelle, verdient es ebenfalls, erwähnt zu werden. Muo erinnert sich immer noch an die einsame Baracke mit dem Wellblechdach, die nachts manchmal durch die Scheinwerfer der vorbeifahrenden Lkws angestrahlt wurde. Er war dem Mann am späten Nachmittag in einem Teehaus begegnet. Der hatte ihn in seine Baracke eingeladen. »Wir hauen heute abend auf die Pauke, was?« Ehrenwort eines dreißigjährigen Mannes, der ebenso klein war wie Muo, aber puppenlustig und stockbetrunken. Er steuerte ihn zu seiner Wächterloge, deren Tür mit einem Vorhängeschloß gesichert war. Als er feststellte, daß er den Schlüssel verloren hatte, hob er taumelnd eine rostige Eisenstange vom Boden auf und schob sie zwischen die Türflügel… die Tür gab mit ohrenbetäu-

bendem Krachen nach. Muo betrat die Baracke, deren Wellblechdach noch vibrierte.

Drinnen war es unbeschreiblich dreckig. Der Kühlschrank aber war nicht leer. Der Mann bot Muo ein Bier an. Er fragte ihn, ob er nicht für zwei Mädchen bezahlen wolle. »Weißt was? Wir ziehen eine Nummer zu viert ab.«

»Nutten? Nicht schon wieder! Immer nur Nutten, ich hab langsam die Nase voll«, seufzte Muo nach kurzem Nachdenken.

Er beschloß, seine alte Strategie aufzugeben, und obwohl er sonst lieber behutsam vorging, zwang er sich diesmal, rundheraus zu fragen: »Kennst du zufällig Mädchen, die noch Jungfrau sind?«

»Was? Was für Mädchen…?« Der Nachtwächter schlug ihm auf die Schulter.

»Jungfrauen. Reine, unschuldige Mädchen, die noch nicht… Jungfrauen eben…«, wiederholte Muo, als handle es sich um ein Wort aus vergangenen Zeiten, und ließ dessen seltsamen Klang auf der Zunge zergehen.

Der Wächter brach in entnervendes Gelächter aus. Muo fühlte sich plötzlich schmutzig. Der Säufer hielt sich den Bauch vor Lachen. Er packte Muo beim Arm, führte ihn zur aufgesprengten Tür und riet ihm, mit seinem Fahrrad zu verschwinden, aber dalli!, als sei er ein gefährlicher Geisteskranker.

Würdevoll richtete Muo seine Standarte wieder auf und entfernte sich langsam zu Fuß, sein Fahrrad auf dem sandigen, kiesigen Weg schiebend. Er ging an einem sich im Rohbau befindlichen mehrstöckigen Gebäude

vorbei. Er hob den Kopf und betrachtete das Bambusgerüst, das sich wie ein riesiges Schachbrett über ihm in die Höhe zog. Das Leben gleicht einer Schachpartie, dachte er, und meine Suche nach einer Jungfrau weicht von dieser Regel nicht ab. Wann habe ich einen falschen Zug getan? Ist die Partie bereits verloren?

Er hörte das entnervende Lachen des Nachtwächters wieder, das ihn das Absurde seines Plans hatte erkennen lassen.

Er entdeckte eine Wendeltreppe mit Eisenstufen am Baugerüst. Er hatte plötzlich Lust auf eine Zigarette. Warum sie nicht auf dem Dach dieses hohen, unvollendeten Gebäudes rauchen? Der Gedanke gefiel ihm. Und ein einsamer nächtlicher Aufstieg begann. Die Stufen waren schmal, er machte unbeholfen einen falschen Schritt und wäre beinahe gestürzt. Und er mußte über sich selbst lachen. Er fühlte sich nicht mehr so niedergeschlagen. Er erinnerte sich an sein Fahrrad. O Schreck: Wenn er wieder hinunterstieg, würde das Fahrrad verschwunden sein, und er würde stundenlang zu Fuß nach Hause zurückkehren müssen. Er warf einen Blick in die Tiefe: Ein Glück, es stand noch da. Er lief hastig hinunter, lud das Fahrrad auf die Schulter und nahm den Aufstieg wieder in Angriff.

Das Dach war eine riesige geteerte Terrasse mit einem Drahtzaun darum herum. Als der Nachtwächter ihm nachkletterte, radelte Muo, tief über die Lenkstange gebeugt, übermütig die Umzäunung entlang; ließ sich atemlos auf den Sattel fallen, strampelte kräftig weiter, kehrte dann mit einem eleganten Schwung

zur Mitte der Terrasse zurück. Stellte lässig den Fuß auf eine Belagswalze, zündete sich eine Zigarette an, nahm einen tiefen Zug, kostete den Rauch seiner Träumereien und die Trunkenheit seiner Niedergeschlagenheit, stieß ab und nahm radelnd seine ausgelassene Runde wieder auf.

Du liebe Güte, wenn er vom Dach stürzte? Oder gar Selbstmord beging? Der Nachtwächter, dessen Verantwortungsgefühl sich zum erstenmal in seinem Leben regte, befahl Muo, er solle unverzüglich heruntersteigen. Doch Muo setzte seine Zirkusnummer fort, dabei lauthals Shakespeare rezitierend: »Ich bin der Dieb des Mondes, des Meeres und der Sterne«, und fügte »der Dieb der Jungfrauen« hinzu.

Seine mit dem Piktogramm »Traum« geschmückte Standarte auf dem Gepäckträger klatschte im Gegenwind. Er hatte das Gefühl, fortgeweht, in den Himmel getragen zu werden, dann wieder glaubte er, über den Drahtzaun hinweg in die Tiefe gerissen zu werden. Er war schweißüberströmt. Der Wind erhob sich röchelnd und miauend, blies heftiger, drohte, den Stab seines Banners zu knicken. Doch gleich darauf legte er sich leise wimmernd wieder. Muo schwamm in einer luftigen Leere, die ebenso sanft war wie das Wasser. Der Himmel wirkte niedriger als sonst. Er hatte das Gefühl, ein Riese zu sein, als brauche er nur die Hand auszustrecken, um den kalten schwarzen Himmel zu berühren. Ein paar Sterne leuchteten so stark, daß sie ihn blendeten.

Die Stimme des Nachtwächters drang an sein Ohr, doch sie forderte ihn nicht auf, vom Rad zu steigen.

Die Stimme erzählte ihm einen Traum: »Weder ich noch meine Frau haben diesen Traum gehabt, sondern ein Nachbar, als wir im Süden von Chengdu wohnten, er war ein traditioneller Arzt im Ruhestand. Hin und wieder gab er den Nachbarn Kräuter oder Pflanzen. Er war ein ausgezeichneter Akupunkteur. Eines Tages erzählte er mir, er hätte im Traum meine Frau vor einem Geschäft gesehen, es sei sehr früh am Morgen gewesen. In der Straße war niemand sonst. Meine Frau kniete auf dem Gehsteig, sie las ihren Kopf auf, setzte ihn auf ihren Hals, stand auf und lief durch die ausgestorbene Straße davon, den Kopf mit den Händen festhaltend. Sie lief an ihm vorbei, ohne ihn zu sehen ...«

Muo, ganz beseelt und in hervorragender Form, fiel ihm ins Wort: »Soll ich Ihnen sagen, was dieser Traum bedeutet?«

»Bitte, ja.«

»Daß Ihre Frau bald sterben würde, wahrscheinlich an einer unheilbaren Halskrankheit. Einem Krebsleiden.«

Kaum war ihm diese kühne Diagnose entschlüpft, kniete der Nachtwächter vor ihm nieder, dem Psychoanalytiker mit der göttlichen Aura, entschuldigte sich für sein rüpelhaftes Benehmen vorhin und gestand, daß seine Frau tatsächlich einen Monat nach dem Traum des Nachbarn gestorben war.

Trotz der Verehrung für unseren Psychoanalytiker konnte er kein jungfräuliches Mädchen für ihn finden, denn »unter den Baustellenmädchen« oder in seiner Nachbarschaft gab es die Jungfräulichkeit schon

lange nicht mehr. Alles, was er für ihn tun konnte, war, ihn anderntags zu einem Markt zu begleiten, wo man Dienstpersonal suchen ging und wo Muo, so hoffte er, mehr Glück haben würde.

Die Mrs. Thatcher vom Dienstmädchen-Markt

Muo hätte nie geglaubt, daß es einen solchen traumhaften Ort gibt: das Wunderland der jungen Mädchen. Als er den Dienstmädchen-Markt betrat, durchströmte ihn angesichts dieser Menge weiblicher Wesen und weiblicher Düfte ein belebender Strom, obschon sich sein soziales Gewissen gegen diese Ungerechtigkeit regte. Selbst das Echo ihrer Stimmen war erotisch. Mensch, Muo, dachte er, was würdest du dafür geben, um in dieser Gasse bleiben zu können, diesen Mädchen zu helfen, sie zu lieben, ihre knospenden Brüste zu küssen, ihre knackigen Hintern in den engen Jeans zu streicheln und ihnen ein viel kostbareres Gut als einen Job oder Geld anzubieten: die Zuneigung nämlich, die Liebe. Die Knie wurden ihm weich: Noch nie war er seinem Ziel so nah gewesen.

Der Dienstmädchen-Markt erstreckte sich über eine lange, gepflasterte, winklige Gasse am Fuße eines felsigen Hügels, die leicht abwärts und dann den Funan He entlangführte und die weiterhin den Namen trug, den man ihr zur Zeit der Revolution gegeben hatte: Straße-des-Großen-Sprungs-nach-vorn. Hierher kamen also die Hausfrauen, Städterinnen zumeist, um ihr Dienstpersonal auszusuchen. Sie parkten den Wagen auf dem

gegenüberliegenden Ufer, überquerten den Fluß auf einem der kleinen Motorboote, spazierten durch die Gasse, verglichen die angebotene Ware wie auf einem Gemüsemarkt und feilschten um den Preis. Eine halbe Stunde später bestiegen sie mit einem Mädchen das vom knatternden Außenbordmotor vibrierende Boot, mit dem sie gekommen waren, und entschwanden auf dem berühmten Funan He, über dem oft Nebelschwaden liegen und dessen strudelndes und strömendes braunes Wasser von den eingeleiteten Abwässern und Industrieabfällen brodelt und schäumt.

Die Aufsicht über den Markt führte Frau Wang, eine strenge, unerschrockene, energische fünfzigjährige Polizeibeamtin, die, aus der Ferne betrachtet, nicht reizlos wirkte und auch nicht einer gewissen Eleganz entbehrte mit ihrer schlanken Figur, ihrem kurzgeschnittenen Haar und ihrer Brille mit dem dünnen Metallgestell. Sie war zweifellos ein hübsches junges Mädchen gewesen, doch leider hatten im Jungmädchenalter die Pokken ihre Schönheit zerstört: Ihr Gesicht war gnadenlos durchsiebt wie eine Schaumkelle. Weil sie für ihre an Geiz grenzende Sparsamkeit und für ihre eiserne Hand berühmt war, so daß niemand ihr je auch nur einen Fen hatte stehlen können, hatte man ihr den Spitznamen »Mrs. Thatcher, die Blatternarbige des Dienstmädchen-Markts« gegeben. Dieser Spitzname war ihren Ohren bestimmt nicht entgangen, denn als Muo sie aufsuchte, um die offizielle Genehmigung für das Praktizieren der Traumdeutung auf dem Markt einzuholen, hatte er in ihrem Büro – das im einzigen zweistöckigen Gebäude

in der Gasse untergebracht war und den Markt wie eine Festung überragte –, auf einem Bord unter dem Porträt des gegenwärtigen chinesischen Präsidenten, zwischen den Büchern, die von den Behörden verteilt wurden, und den gesammelten Reden verschiedener kommunistischer Parteiführer, eine Biographie von Margaret Thatcher entdeckt.

Sie hatte sich drei Minuten lang Muos eifrige Erklärungen angehört und ihn dann mit einer Handbewegung unterbrochen: »Wir Kommunisten sind Atheisten, das weißt du doch.«

»Was hat das mit der Psychoanalyse zu tun?« hatte er gestammelt. Er war verloren.

»Ich habe bestens verstanden. Psychoanalyse praktizieren, das heißt Wahrsagen, oder?«

Er blickte sie fest an (er hatte sagen hören, daß sie Leute haßte, die es wagten, ihr offen in ihr blatternarbiges Gesicht zu blicken) und entgegnete: »Hätte Freud Xiansheng gehört, was Sie da behaupten ...« Noch bevor er den Satz zu Ende gesprochen hatte, verließ ihn der Mut. Er ertrug den Anblick dieses Gesichts nicht mehr. Er hätte am liebsten den Blick abgewandt, aber er bezwang sich und sperrte tapfer die Augen auf.

»Und wer ist dieser Freud?« fragte sie.

»Der Begründer der Psychoanalyse. Ein Jude wie Marx.«

»Brauchst mich nicht so anzustarren, Kleiner«, sagte sie mit einer gekünstelten Backfischstimme. »Ich bin alt und häßlich.«

»Sie sind zu bescheiden.«

»Und du bist zu höflich«, meinte sie und legte flüchtig ihre Hand auf Muos Ärmel. »Ich werde dir einen Traum erzählen, und wenn deine Deutung stimmt, erlaube ich dir, deinen Beruf in der Straße-des-Großen-Sprungs-nach-vorn auszuüben.«

Sonntag, 25. Juni. Dieses Miststück von einer Mrs. Thatcher raubt mir den letzten Nerv. Ich benutze zum ersten Mal ordinäre Wörter in meinen psychoanalytischen Aufzeichnungen, Wörter, die eigentlich aus meinem Vokabular verbannt sein sollten (ich benutze immer neutrale, wissenschaftliche Wörter), doch nur diese ungeschminkten Ausdrücke vermögen mein alptraumhaftes Gespräch mit dieser Vertreterin der Obrigkeit wiederzugeben. Sie raubt mir wirklich den letzten Nerv. Zuerst wurde ich von einer unerklärlichen Allergie auf ihre Blattern befallen und versagte total. Wenn ich einen Blick auf meine kurze Karriere als Traumdeuter zurückwerfe, stelle ich folgendes fest: Ich brauche nur die Augen zu schließen und mir die Träume meiner Patienten anzuhören, die manchmal wunderbar sind. Die Traumerzählerinnen treten in den Hintergrund, ihre Worte dringen von weit weg zu mir, dennoch spüre ich, daß dem einen oder anderen Wort eine besondere Kraft innewohnt und es sich blitzartig, schlagartig vergegenständlicht. Das ist meine Methode. Doch heute war es mir unmöglich, darauf zurückzugreifen, weil besagte Mrs. Thatcher

es haßt, wenn ihr Gegenüber die Augen schließt. Als sie mir ihren Traum erzählte, zwang ich mich, sie anzusehen, und ich sah ihr blatternarbiges, mit kleinen Löchern übersätes Hirn vor mir. Ich glaubte verschwommen zu hören, daß sie von einem ausgestopften Hund erzählte, von dem sie geträumt hatte, aber, seltsam, ich war von dem Augenblick an, als sie den Mund aufmachte, in einem Gefühl von Ohnmacht erstarrt, und ich erschauerte, denn mir wurde bewußt, daß mein Geist unendlich träge reagierte. Ich war in meine Erinnerungen an psychoanalytische Wörterbücher vertieft, an Sätze von Freud oder Jung, die sich mit chinesischen Wörtern und Kongfuzis Lehren vermischten; ich ahnte verworren, daß ich mich der Situation stellen mußte, daß ich das tun mußte, was sie von mir erwartet – Wahrsagen –, und die Antwort in ihrem Leben einer machthungrigen Frau fand. Was könnte in ihrem Leben wohl unvermeidlich sein?

»Der ausgestopfte Hund bedeutet, daß Sie demnächst zu einem prominenten Bankett eingeladen werden«, sagte ich zu ihr. (Werden Sie mir diese Profanierung je verzeihen, Freud Xiansheng, mein großer Lehrer? Doch ihre Blatternarben machten mich wahnsinnig.)

»Wann?« fragte sie.

»Heute abend oder morgen«, sagte ich, die Augen schließend, und auf meinen Augäpfeln tanzten seltsame schwarze Flecken.

Sie lachte laut auf und legte wieder ihre Pfote auf meinen Ärmel. Es war ein lautes, hallendes, theatralisches Lachen, eine schallende Bestätigung ihrer Macht, die ihre Gesichtszüge verzerrte. Ihre Blatternarben zitterten, wimmelten, hundert kleine Löcher öffneten sich in ihrem Gesicht, blinzelten, atmeten, verzogen sich, vergrößerten sich, gingen auf wie Trockenerbsen, platzten und zerstoben. Eine Explosion! Sie machte mir angst. Ich sagte mir: Sie wird sie mir nie mehr ausstellen, ihre verfluchte Genehmigung. Eine Katastrophe! Ich hatte mich in den Dienstmädchen-Markt verliebt, der sich, ich ahnte es, bei meiner Suche nach einer Jungfrau als Goldgrube erweisen würde.

Montag, 26. Juni. Es hat geklappt. Mein Heft lebt wieder auf. Mrs. Thatcher hat mir die Genehmigung zum Praktizieren erteilt. Ich stelle stolz fest, daß sich alles meinem Willen unterordnet, daß sich alles entsprechend meinen Voraussagen entwickelt: Gestern abend ist sie völlig unerwartet vom regionalen Parteikomitee zu einem offiziellen Essen eingeladen worden.

Heute nachmittag hat mein Freudsches Banner mitten unter den vielen jungen und nicht mehr ganz so jungen Frauen auf dem Markt geflattert. (Der Glücksstern der Psychoanalyse hat mich bisher kein einziges Mal verlassen.) Meine Praxiseröffnung in der Straße-des-Großen-Sprungs-

nach-vorn bedeutet ohne jeden Zweifel, daß die Mission, die ich für Richter Di erfüllen muß, in eine entscheidende Phase tritt.

Nebenbei halte ich mit Vergnügen und Interesse fest, daß mir mein Leben als Traumdeuter zunehmend Spaß macht, besonders, wenn es sich darum handelt, als Wahrsager aufzutreten.

Dienstag, 27. Juni. Manchmal folgt die Wirklichkeit dem Traum nur zaghaft. Der Tag erwies sich vom Standpunkt meiner Nachforschungen aus als ziemlich enttäuschend. Die meisten Frauen, die mich aufsuchten, gehörten zu der Minderheit, die ich als mittelalt bezeichnen würde.

Die Holzkiste, die ich mir vom einzigen Lebensmittelgeschäft in der Gasse geborgt habe und die mir als Stuhl dient, ist unbequem. Ich setzte mich darauf, um mich mit meinen Klientinnen zu unterhalten, die ich in den zuckenden Schatten meiner Flagge auf einen traditionellen Sessel setzte, den ich von einem Rentner am Ende der Gasse gemietet habe. Ein niedriger Bambussessel mit einem tiefen Sitz, so daß man mehr schlecht als recht die Beine darauf ausstrecken kann, und der vage an die Couch meiner westlichen Kollegen erinnert.

Meine ersten Kundinnen waren also mittelalt und betucht. Den Tarif für die Konsultation habe ich auf drei Yuan festgelegt, was man als fast unentgeltlich bezeichnen könnte, doch sich eine

Traumdeutungssitzung zu leisten, gilt immerhin als kleiner bourgeoiser Luxus, der einem einen gewissen Status verleiht und die Mittelalten von den Jüngeren, den Berufsanfängerinnen, unterscheidet. Die meisten von ihnen hatten bereits bei Generaldirektoren von Großunternehmen gearbeitet, bei Ärzten, Rechtsanwälten, Professoren, sogar bei lokalen Berühmtheiten oder Showgrößen. Die Bambusliege ächzte, wenn sich eine Klientin neben meiner Kiste ausstreckte. Keine hielt es lange in dieser Stellung aus. »Mann-o-Mann, was für eine Qual«, beschwerten sie sich lachend. Sie zogen es vor, im Sitzen zu sprechen. Sie versuchten, mit mir zu plaudern. Vergeblich. Zwar wollten sie mir einen Traum erzählen, doch sie schweiften immer wieder vom Thema ab. Ihre Träume ließen sie im Stich. Je länger sie redeten, desto konfuser wurden ihre Schilderungen. Von mir dazu ermutigt, versuchten einige, ihr Herz und ihre Eingeweide auszuschütten, aber über sich selbst zu reden, dazu waren sie nicht imstande. Die Einzelheiten stimmten oft nicht überein: eine zerklirrende Blumenvase, ein halber grüner Apfel, der große Meister Li der Falun Gong, ein vertrockneter Fisch, büschelweise ausfallendes oder weiß werdendes Haar, eine im Wind flackernde Kerzenflamme, eine in der Nacht pfeifende Ratte, die schrumpfende Haut einer Schlange.

Trotz des bescheidenen Tarifs nahm ich meine Verantwortung als Psychoanalytiker sehr ernst.

Ich versuchte jeweils, mich an eine Textstelle von Freud oder Lacan zu erinnern, die sich auf die mir erzählten Träume anwenden ließ, und zitierte sie entsprechend, um dadurch meinen geliebten Lehrern eine große, sozusagen rituelle Hommage zu erweisen. Ich muß allerdings einräumen, daß die psychoanalytische Sprache mit ihrer Terminologie und ihren spezifischen Formulierungen fast unübersetzbar ist. Wenn ich laut zitierte – nicht in Mandarin, sondern im Sichuan-Dialekt, einem ziemlich musikalischen, geradezu melodiösen Dialekt –, nahmen die kabbalistischen Worte oft eine komische Bedeutung an, und die dichte Schar Frauen, die mich umringte, brach in Gekicher oder in lautes Gelächter aus. Wenn man sie hörte, hätte man sich in einer One-Man-Show glauben können, obwohl ich persönlich dieses Genre verachte und mißbillige.

Meine erste Klientin war eine fünfzigjährige Frau mit dauergewelltem Haar und einem Klunker am Finger. Sie hatte geträumt, sie fange einen Fisch. Ich fragte sie, ob es sich um einen großen oder um einen kleinen Fisch gehandelt habe. Sie erinnerte sich nicht mehr. Um ihr die Bedeutung dieses Details begreiflich zu machen, übersetzte ich, so gut ich konnte, einen langen Satz von Freud, dem zufolge kleine Fische das Sperma des Mannes symbolisieren und große Fische die Kinder, die Angelrute hingegen verkörpert den Phallus. Unmöglich, den Tumult, das Kreischen und

Lachen zu beschreiben, das meine Erläuterung auslöste. Meine Analysierte wurde rot und versteckte das Gesicht in den Händen, während die Menge nicht nur lachte, sondern auch noch stürmisch applaudierte. Es dauerte keine Sekunde, und die Angst vor der Arbeitslosigkeit war aus den Gesichtern gefegt. Ich hatte den Eindruck, daß die Frauen mich akzeptiert hatten und daß die Straße-des-Großen-Sprungs-nach-vorn mich vor allem als öffentlichen Possenreißer adoptiert hatte.

Ein Gegenstand kam in ihren Träumen öfter vor, das Bügeleisen, Symbol von Konflikten und Unterdrückung. (»Sie wünschen sich, daß Ihre Situation sich ändert.« Ich wiederholte den Träumerinnen von Bügeleisen diese Diagnose endlos.) Eine von ihnen hatte geträumt, sie gähne beim Bügeln (wie auf Degas' Bild, auf dem er seinem Mitgefühl für die Armen Ausdruck gibt). Sie gähnte also und streckte sich und stellte plötzlich fest, daß sie die Kleider der zehnjährigen Tochter ihrer Arbeitgeberin trug.

Heute abend, kurz bevor ich ich meine Praxis schloß, besuchte mich Mrs. Thatcher. Im Unterschied zu den anderen streckte sie sich bereitwillig auf der Bambuscouch aus, so gut es eben ging, eine harte Nackenrolle unter dem Kopf. Ihre Gesichtszüge waren gespannt, sie hielt den Blick auf die Erde gerichtet. Ihr Körper strömte einen merkwürdigen Geruch aus, es war weder ein billiges Parfüm noch sonst ein lokales Duftwasser. Sie

sprach leise, fast stockend. Sie erinnerte mich an die von Freud beschriebenen Hysterikerinnen.

»Ich hab wieder von ihm geträumt gestern abend, vom ausgestopften Hund.«

Worauf ich mich bemühte, ihr ein paar Details zu entlocken: War er in der gleichen Stellung? War er gleich groß? War er von der gleichen Rasse wie der frühere? Und von welcher Rasse? Schaute er sie an? Bellte er? Vergeblich. Sie hatte ihn im Traum gesehen. Basta.

»Erstaunlich, was?« fragte sie mich.

»Nein. Freud hat gesagt, daß ›alles, was in unseren Träumen auftritt und was wir geneigt sind als Schöpfung des Traumlebens anzusehen, sich bei näherer Prüfung als unerkannte Reproduktion erweist, als *souvenir inconscient*‹. Auf diesem Grundpfeiler hat Freud seine Forschung aufgebaut. Und er hat weiter gesagt, daß ›die zeitliche Wiederholung eines Aktes im Traum regelmäßig zur zahlenmäßigen Vermehrung eine Objekts wird‹«.

Sie schaute mich verblüfft an. Ich war nicht sicher, ob sie den Schluß meiner Übersetzung gehört hatte, denn kaum hatte ich den Namen des großen Meisters ausgesprochen, brach die Menge wie immer in Gelächter aus. Ein paar junge Zuschauerinnen trällerten sogar seinen Namen.

»Wer ist dieser Freud?«

»Ich habe es Ihnen bereits gesagt, der Neuerer der Traumdeutung.«

»Ich verstehe kein Wort von dem, was er erzählt.«

»Er lehrt uns ganz einfach, den Ursprung unserer Träume in unserer Kindheit zu suchen. Erinnern Sie sich an das erste Mal, als Sie einen ausgestopften Hund gesehen haben?«

»Ich erinnere mich nicht.«

»Versuchen Sie es bitte. Eine der großen Entdeckungen Freuds ist die destruktive Rolle der Wiederholung. Es geht nicht mehr darum, einen Traum zu entziffern, dieses Rätsel zu lösen, sondern zu suchen, wie eine systematische Wiederholung, der man unterworfen ist, aufgehalten werden kann, indem der Weg für einen Abfluß geöffnet wird ...«

Und wieder zwang mich das Gelächter des Publikums, meine Freudsche Darlegung zu unterbrechen. Die Polizeibeamtin runzelte die Brauen, und ihre Nasen-Lippen-Furche war ausgeprägter denn je.

»Ich will bloß wissen, was dieser ausgestopfte Hund bedeutet. Dein Freud kann mich mal ...«

Sie setzte sich abrupt auf, ihre Stimme wurde schrill, fast hysterisch, und sie verfiel in krampfartiges, nervöses Zungenschnalzen.

»Jetzt erinnere ich mich. Der Hund roch. Er roch nach verwestem Hasen.«

Sie näherte schnuppernd ihr Gesicht dem meinen.

»Er roch ein bißchen wie du.«

»Dieser ausgestopfte Hund bedeutet, daß Sie demnächst zu den Hinkenden gehören werden.«

Es war weder ein Gedankenblitz noch eine Vision; in meiner Wut wollte ich sie einfach nur beschimpfen. Ich weiß nicht, wie dieser Lapsus mir entschlüpfen konnte. Aus meinem Unterbewußten. Es gibt eine chinesische Redensart, um Behinderte zu bezeichnen. »Die Blatternarbigen, die Hinkenden, die Grindigen ...«

In der eingetretenen Stille hörte man das Knakken des Bambussessels, ihr Zungenschnalzen und das Geflüster der Umstehenden. Und dann lachte sie.

Als ich mit meinem Fahrrad das Motorboot bestieg, erzählte mir der Fährmann, die Frauen auf dem Markt hätten Wetten über die Zukunft von Mrs. Thatchers Füßen abgeschlossen.

Zwei Uhr morgens. Ich bin plötzlich aufgewacht und habe versucht, mich daran zu erinnern, was ich eben geträumt hatte. Ich bin aufgestanden, um den Traum aufzuschreiben, doch zu spät. Leider. Das Wesentliche meines Traumes ist mir zwischen den Fingern zerronnen. Ich erinnere mich, daß es ein grauenhafter Traum war, von dem mir nur ein paar Bilder geblieben sind: ein großer politischer Aufmarsch, in der Straße-des-Großen-Sprungs-nach-vorn, ein Meer schwarzer Frauenköpfe. Es war sehr heiß, der Lautsprecher brüllte, ich sah mich auf einer Tribüne knien. Eine tonnenschwere

Zementtafel hing an einem Draht um meinen Hals. Der Draht schnitt sich in mein Fleisch ein. Auf dieser Tafel waren mein Name und mein Verbrechen geschrieben: Jungfrauendieb! Die Thatcher sprach ins Mikrophon, sie klagte mich offensichtlich an, doch ich konnte nicht hören, was sie sagte. Es war zu heiß, Schweiß tropfte von meiner Stirn und bildete eine Lache. Dann band man mich mit der absurden Plötzlichkeit der Träume am alten Fahrrad meines Vaters fest (das schlammverspritzte Vorderrad drehte sich), auf dessen Gepäckträger meine heroische Traumdeuterflagge gehißt war. Kreischend warfen mich die Mädchen in den Funan He. Die dunkle Strömung riß mich mit; in der Tiefe wogten Pflanzen (oder vielmehr Gräser und Algen), das zuerst schwarze Wasser wurde smaragdgrün, verdüsterte sich, war nun olivgrün. Das Banner löste sich vom Fahrrad, schwamm träge um mich herum, trieb dann in den Wellen schaukelnd ab.

Mittwoch, 28. Juni. Mein Traum von heute nacht ließ mich auf der Fahrt zum Dienstmädchen-Markt nicht los. Ich grübelte und grübelte: Wenn sich das erste Bild, das der politischen Versammlung, der Kategorie der Prozeßträume zuordnen ließ (Muo, erinnere dich an den berühmten Anfang von Kafkas *Prozeß*, den grauenhaftesten Satz der Weltliteratur: »Jemand mußte Josef K. verleumdet haben, denn ohne daß er etwas Böses

getan hätte, wurde er eines Morgens verhaftet«!), dann stellte das zweite Bild, mein Ertrinken entsprechend einer unvermeidlichen Logik und unvermeidlichen Chronologie das Prozeßurteil dar. Man braucht nicht Psychoanalytiker zu sein, um das Symbol einer drohenden Gefahr zu erkennen, die über meinem Kopf schwebt, einer Katastrophe, die auf mich lauert; ich spürte bereits die eiskalte Waffe der Polizeibeamtin auf meiner armen blassen Schläfe eines Traumdeuters. Das Stigma des Schicksals. Ich versuchte mit einem Schulterzucken, meine Ängste zu verdrängen, was lediglich einer Geste mentaler Resignation gleichkam, doch mein Hemd war von Angstschweiß durchtränkt.

Dennoch, ich war nicht ganz überzeugt. Ich verharrte in meiner Niedergeschlagenheit und war nahe daran, meine Mission aufzugeben. Mein logischer Sinn, die Angst und gewisse Äußerungen meiner verehrten Lehrer drehten sich in meinem Kopf. Und dann, als ich am Ufer des Funan He anlangte, als ich auf das Schiff wartete, erinnerte ich mich an einen Satz von Jung über das Wasser. Eine Offenbarung! Ich glaubte, den Nebel dieses seltsamen Traumes durchdrungen zu haben: Der Prozeß bedeutet, daß ich ein Geheimnis in mir trage (mein Vorhaben? meinen Plan? meine Liebe?), und was mein Ertrinken angeht, so ist es das Wasser, das die entscheidende Rolle spielt. Nun aber hat Jung gesagt, daß »unser Unbewuß-

tes belebtes Wasser birgt, das heißt naturhaft gewordener Geist«. Ich kann mich im Moment nicht an den Titel von Jungs Werk erinnern, aber ich könnte es in jeder westlichen Universitätsbibliothek finden. Ich erinnere mich, daß ich beim Gedanken an diese neue Perspektive so glücklich war, daß ich meine Reisethermosflasche hervorholte und genüßlich ein paar Schluck grünen Tee schlürfte, als sei es ein köstlicher Scotch. Ich zog meine Schuhe aus, band sie an den Schnürsenkeln zusammen und hängte sie über die Lenkstange, krempelte die Hose hoch und watete mit meinem Fahrrad über der Schulter ins Wasser. Meine Schuhe baumelten an den Schnürsenkeln. Ich schritt vorsichtig auf das Boot zu, das mich holen kam, und kletterte hinein. Ich betrachtete mit grenzenloser Erleichterung die liebliche Gegend. Über mir zogen die Wolken lautlos am Himmel und verschmolzen mit dem Blau. Das Boot tanzte wie eine Nußschale auf den Wellen. Die Strömung sang rauschend, als hauche sie meinen Adern neue Lebenskraft ein.

»Danke, Richter Di«, sagte ich mir. »Dank dir bin ich dem unbezähmbaren Herzen des Lebens ganz nah.«

Ich war nicht auf den Empfang gefaßt, der mich bei der Ankunft in der Straße-des-großen-Sprungs-nach-vorn erwartete. Kaum hatte das Boot angelegt, wurde ich mit einem Applaus schriller Stimmen, einem mächtigen Grillen-

gezirpe und einem Wirbel aufgeregter Frauen begrüßt, meinen glühenden neuen Verehrerinnen, die fröhlich wie gaukelnde Schmetterlinge auf mich zustürzten, um mir ins Ohr zu flüstern: »Die Thatcher hinkt tatsächlich. Als sie gestern abend aus dem Boot gestiegen ist, hat sie sich den linken Knöchel verstaucht.«

Donnerstag, 29. Juni. Mrs. Thatcher, die Blatternarbige, ist, entgegen ihrer Gewohnheit, weder gestern noch heute aufgetaucht. Der Grund für ihre Fußverstauchung ist noch ungeklärt. Es handelt sich wahrscheinlich um das psychologische Gesetz, das ich als »Gegensuggestion« bezeichne. Damit ist gemeint: je mehr Angst man vor einer verbal suggerierten Gefahr hat und je vorsichtiger man ist, desto geringer ist die Chance, dieser Gefahr zu entrinnen. Was keineswegs der Beweis dafür ist, daß ich mich auf dem Gebiet des Hellsehens im volkstümlichen Sinn besonders hervortue.

Wie auch immer, zwei Tage lang habe ich mich in meiner Aura eines legendären Traumdeuters gesonnt, und meine Kundschaft hat beträchtlich zugenommen. Auf einmal träumten alle, und alle wollten einen Traum erzählen. Sogar mittags. Auf dem Straßenpflaster kauernd, verschlangen sie hastig ein Sandwich und träumten sie während ihrer kurzen Mittagspause. Besonders freute mich, daß sich auf dem Markt mein Kontakt

zu der jungen Generation vertiefte. (Das Auge des Jungfrauendiebs lauerte unbarmherzig und mitleidlos. Wer würde Richter Dis Opfer sein?)

Ich kann mir jetzt die rein physische Freude des Botanikers vorstellen, der den Fuß auf einen unbekannten Kontinent setzt. Er läßt sich von neuen bittersüßen, würzigen, lieblichen, moschusartigen Düften durchdringen, sieht sich an köstlichen fremdartigen Formen und noch nie geschauten Farben satt und vergißt seine oberste Mission, Pflanzen zu entdecken. Ich hingegen fürchte, meine Erinnerung könnte all diesen obskuren Objekten der Träume erliegen, die mir die jungen weiblichen Wesen, eines erregender als das andere, anvertrauen: ein Spiegel, eine Eisentür, eine schwere Holztür, ein rostiger Ring, eine Karte mit Sojasauceflecken, ein wie Perlmutt schimmerndes Parfümfläschchen, ein milchiges Glas, ein längliches Stück Seife in einem schwarzen Döschen, ein Drehständer mit Lippenstiften in einem Kaufhaus, der sich dreht und dreht und dreht, eine eingestürzte Brücke, eine in den Felsen gehauene Treppe, deren wackelige Stufen sich spalten, ein Stück zerriebene, geknetete Kohle, der erste Sturz vom Fahrrad, dessen Sattel mit bunten Fransen geschmückt ist, ein alter Gürtel, kleine rote Lacksandaletten, die im Schlamm eines Pfades waten … Diese armen jungen Geschöpfe, die größtenteils aus den Bergregionen kamen, träum-

ten nie von Puppen, von Teddybären oder Plüschelefanten, und schon gar nicht von einem weißen oder rosafarbenen Hochzeitskleid.

»Mein Traum ... (Lachen.) Ich träume oft den gleichen Traum, er handelt vom Kino. (Lachen.) In meinem Traum spiele ich in einem Film. Welchem? Ich erinnere mich nicht mehr. Eine Szene? Warten Sie ... Doch, ja ... ich spielte ein Mädchen, das man küssen wollte oder das zuschaute, wie andere sich küßten ... Ich schäme mich. Doch ich weiß sogar, bevor ich aufwache, daß es ein Traum ist. Verstehen Sie, was ich meine? Ich sage mir, daß ich träume, aber ich träume weiter ...«

Sie war eine der Jüngsten auf dem Markt, nicht älter als sechzehn; ein kaum entwickelter Busen, einen glänzenden Kamm im Haar, barfuß. (Sie lag auf dem Bambussessel, und während sie redete, rieb sie den linken Rist an der schmutzigen rechten Wade. Ich erinnerte mich, daß sie mir vor zwei Tagen aufgefallen war, am Flußufer, wo sie sich mit anderen Mädchen raufte.) Ich hörte ihr zu, während ich ihre wohlgerundeten Schenkel und den »hauchzarten samtenen Flaum ihrer Pfirsichhaut« bewunderte, den die Dichter der Tang-Dynastie nicht müde wurden zu besingen. Ich sagte mir: »Muo, das ist das untrügliche Zeichen, daß du dich einer Jungfrau gegenüber befindest.« Ich hatte Mühe, die Tränen der Rührung zurückzuhalten.

»Wie alt bist du?«

»Siebzehn.«

»Das glaub ich dir nicht, spielt aber keine Rolle. Ich möchte auf einen Punkt zurückkommen, den du eben erwähnt hast. Du schaust in deinem Traum zu, wie andere sich küssen. Hast du schon einmal geküßt?«

»Sie reden daher wie ein Lehrer.«

»Meine Mutter wäre beinahe Lehrerin geworden. Doch antworte, es ist wichtig für die Deutung deines Traums. Hast du schon einmal jemand geküßt?«

»Was fällt Ihnen ein! Im Leben nie. Ich hab aber einmal geträumt, daß ich bei uns zu Hause einen Film im Fernsehen anschaue, obwohl ich es war, die darin spielte. Ein junger Mann, ein sehr berühmter Schauspieler, wollte mich küssen. Es war Nacht. Wir standen auf einer Brücke. Er näherte sich mir, näherte sich mir ... doch genau in dem Moment, als er mich auf den Mund küssen wollte, bin ich aufgewacht.«

»Gratuliere, mein Kind, dein Leben wird sich bald ändern. Das ist es nämlich, was dein Traum ankündigt.«

»Glauben Sie? Werde ich Arbeit finden?«

»Mehr als das, ich versichere es dir.«

Diese Prognose löste Erstaunen, ja Eifersucht bei den Umstehenden aus. Ich beschloß, vorerst die Sitzung mit ihr zu beenden und mich später allein mit ihr zu unterhalten. Andere Mädchen kamen an die Reihe, einige versuchten, mir

irgendein Zeichen der Ermutigung zu entlocken, und als ich meine Sprechstunde beendete, war die Filmträumerin verschwunden.

Freitag, 30. Juni. Heute morgen bin ich angekleidet, mit den Schuhen an den Füßen, aufgewacht wie ein Schachmeister, der die Nacht damit zugebracht hat, sich einen raffinierten Eröffnungszug auszudenken. Als ich mich umziehen wollte, stellte ich verärgert fest, daß meine leichte seidige Hose nur noch ein zerknitterter Lumpen war und desgleichen mein Hemd. Hastiges Durchwühlen des Wandschranks. Ich fand nichts Anständiges zum Anziehen und klemmte mir erst noch den Zeigefinger der rechten Hand zwischen den heimtückischen Schranktüren blutig. Von meinem Schmerzgeheul aufgeschreckt, streckte meine Mutter den Kopf durch die Schlafzimmertür. Inzwischen wirbelten meine drei Paar Hosen fröhlich in der Trommel der Waschmaschine. Eine Glanzidee meiner tüchtigen Mutter. Ich war also gezwungen, auf das Ende des Waschgangs zu warten. Ich ging mit nacktem Oberkörper, im Slip im miefigen Wohnzimmer auf und ab, wo ich das Gefühl hatte zu ersticken und wo mein mickeriger Körper und mein keimendes Spitzbäuchlein dem gnadenlosen Wandspiegel ausgesetzt waren. Als ich zum wiederholten Mal am Tisch vorbeiging, streifte ich einen Fayenceteller, der herunterfiel und zerbrach.

Schließlich schlüpfte ich in eine feuchtwarme Hose. In der Hast vergaß ich, den Müllsack, den meine Mutter mir aufgezwungen hatte, hinunterzutragen, und erinnerte mich erst ein paar Straßen weiter daran, als mich ein alter Mann mit der Armbinde des Straßenordnungsdienstes fähnchenschwenkend an einer Kreuzung stoppte. Er sah sich schnuppernd nach allen Seiten um, bis sein Blick auf den an meiner Lenkstange schaukelnden weißen Müllsack fiel. Er schlurfte mißtrauisch auf mich zu und schlug auf meine eingeholte Fahne an meinem Gepäckträger, während ein schwärzliches Rinnsal aus dem Müllsack sikkerte. Zum Glück sprang die Ampel auf grün, ich trat kräftig in die Pedale und flitzte pfeilschnell davon.

An der Stadtgrenze stoppte ich, um mich des Mülls zu entledigen. Ein heftiger Wind blies, so daß ich meine Traumdeuterflagge nicht hissen konnte. Ich fühlte mich ganz ruhig, entspannt, innerlich erfüllt, und mein Selbstvertrauen kehrte zurück. Ich hatte das Bedürfnis, langsamer zu radeln und, vielleicht zum letzten Mal, die lieblichen Landschaften Südchinas zu genießen: die in Dunst gehüllten Hügel, die Reisfelder links und rechts der Straße, die hinter Bambusgehölzen versteckten Dörfer längs des Funan He. Erleichtert dachte ich, daß ich auf dem Markt das Mädchen, die Filmträumerin, wiedertreffen würde, von dessen Jungfräulichkeit ich überzeugt war, und ich

sagte mir, daß mein psychoanalytischer Ausflug wohl zu Ende war, sollte sie meinen Vorschlag annehmen. Ich würde meine kostbare Flagge sorgfältig aufbewahren wie eine Reliquie, die für alle Zeiten Zeugnis von meiner ewig glühenden Liebe für Vulkan des Alten Mondes geben würde.

Das Motorboot wartete bereits auf mich, und ich ging mit meinem Fahrrad an Bord.

Der Fährmann drückte mir wortlos einen Umschlag in die Hand. »Ein Brief für mich?« fragte ich ihn überrascht. »Wer hat ihn dir gegeben?«

»Die Polizistin.«

Er ließ den Motor an, und das Boot nahm langsam Richtung auf das gegenüberliegende Ufer. Ich riß den Umschlag auf und warf einen Blick auf den Brief. Und erstarrte. Das Schicksal spielte mir nochmals einen seiner ganz besonders bösen Streiche.

Ekel packte mich. Ein Kälteschauer lief mir über den Rücken. Ich zwang mich, das Zittern meiner Hände zu unterdrücken. Ich zerriß den Brief, ohne ihn fertig zu lesen, und warf die Schnipsel in den Fluß.

»Fahr zurück, ich geh nicht mehr zum Dienstmädchen-Markt hinüber«, sagte ich zum Fährmann.

Er verlangsamte die Fahrt, schaltete den Motor ab, stand eine Zeitlang reglos im Heck und starrte mich an.

»Worauf wartest du?« fragte ich ihn.

»Bezahlst du mir die Hin- und die Rückfahrt?«

Ich nickte gedankenverloren. Holte langsam die Flagge ein, auf der das Wort »MENG« in der ältesten chinesischen Schrift aufgenäht war. Trotz der Situation hätte ich beinahe losgeprustet. Dann warf ich die Flagge in den Fluß. Sie flog schlaff, fast wehmütig davon, landete auf den dunkelbraunen Fluten, umschwamm einen Strudel, drehte sich um sich selbst, wurde abgetrieben und versank.

Ich erinnere mich an den schrecklichen Brief, an die ordentliche, saubere Schrift einer Musterschülerin, der, ohne Rechtschreibfehler, mit einem weichen, schmierenden Kugelschreiber geschrieben war und mit diesen denkwürdigen Sätzen begann: »Ich kann einfach nicht glauben, daß ich mich, in meinem Alter!, verliebt habe. Aber es ist so! Jetzt kann ich Ihnen gestehen, daß ich nie Träume von einem ausgestopften Hund gehabt habe. Weder den ersten noch den zweiten Traum, auch wenn ich Sie bat, sie zu deuten. Ich habe sie frei erfunden, um die Ausübung Ihres Berufes zu beglaubigen. Stimmt Sie das mir gegenüber zärtlich? Geben Sie mir ein Zeichen. Wenn Sie mich heiraten wollen, eilen Sie zu mir, Geliebter, die Straße-des-Großen-Sprungs-nach-vorn gehört uns. Wenn Sie ablehnen, seien Sie so freundlich, und setzen Sie nie mehr den Fuß hierher. Lassen Sie mich bitte in Frieden.« (Es folgten eine ganze

Seite Auskünfte über ihre Kinder und ihre Enkel und eine weitere über ihre Eltern ...)

Der Ehemann einer Blatternarbigen zu sein, die bereits Großmutter ist ... Nein, lieber stürze ich mich in den Yangzi und ertrinke. Meine Güte! Was habe ich in meinem Leben verbrochen, um eine solche Ehre zu verdienen, eine solche Liebe, eine solche Strafe? Gipfel der Ironie: Es ist das erste Mal, daß mich eine Frau bittet, sie zu heiraten. Doch was für eine Frau!

Um sechs Uhr abends, am Tag nach dem Empfang von Mrs. Thatchers Brief, der seinen Traumdeutungen auf dem Dienstmädchen-Markt ein Ende gesetzt hatte, bereitete sich Muo, der erste und einzige chinesische Psychoanalytiker, in der hintersten Ecke seines Zimmers in der Wohnung seiner Eltern auf eine nächste große Reise vor. Diese würde ihn nach Hainan führen, in eine von der chinesischen Regierung geschaffene Sonderwirtschaftszone, von der Bevölkerung »Insel der Lüste« genannt wegen der vielen jungen Mädchen, die von überallher in China dorthin reisen. Eine Insel, Tausende Kilometer von der fröhlichen Stadt seiner Eltern, von Richter Di und dem Gefängnis von Vulkan des Alten Mondes entfernt.

Er packte ein Transistorradio in seinen hellblauen Delsey, einen durchsichtigen Plastikregenmantel, eine Sonnenbrille (genauer gesagt, zwei schwarze Gläser mit einer dünnen vergoldeten Drahtfassung, die sich wie ein Kneifer an die Brille klemmen läßt, eine geniale

Erfindung der französischen Optik), T-Shirts, Shorts, mehrere Hemden, ein paar Sommersandalen und Flip-Flops mit Sohlen so flach wie dünne Pappe. Dann folgt die schönste Phase seiner Reisevorbereitungen: das Sortieren seiner Lieblingsbücher, seiner unverzichtbaren Reisebegleiter. *(… woraus meine täglichen geistigen Mahlzeiten bestehen, auf die ich nicht länger als vierundzwanzig Stunden verzichten kann, ohne krank zu werden …)* Er entschied sich für einen dicken, schweren Larousse mit goldenen Buchstaben auf dem Einband; für das zweibändige *Wörterbuch der Psychoanalyse* in einem fünf Kilogramm schweren Schuber; für *Selbstdarstellung. Die Frage der Laienanalyse* von Freud (in der von Freud selbst durchgesehenen französischen Übersetzung von Marie Bonaparte, eine der ersten Veröffentlichungen dieses Textes in Frankreich, 1928 bei Gallimard erschienen); dann ein Werk aus der von J.-B. Pontalis herausgegebenen Reihe *Connaissance de l'Inconscient*; ferner das *Tagebuch eines halbwüchsigen Mädchens* (in der französischen Übersetzung von Malraux' Frau und mit einem Geleitwort von Freud, der darin schreibt: »[…] ich glaube, noch niemals hat man in solcher Klarheit und Wahrhaftigkeit in die Seelenregungen hineinblicken können, welche die Entwicklung des Mädchens […] in den Jahren der Vorpubertät kennzeichnen«); *Begehren und seine Deutung* von Lacan, laut Muo der beste Text über den weiblichen Orgasmus; *Das Geheimnis der goldenen Blüte*, ein Meditationshandbuch, mit dem Jung sich sein Leben lang auseinandergesetzt hat. Als er sich nicht zwischen *Ein Fall von obsessionel-*

ler Neurose mit Ejakulatio praecox von Andreas Embirikos, Dichter und erster griechischer Psychoanalytiker, und *Traurige Tropen* von Claude Lévi-Strauss entscheiden konnte, glitt *Das sexuelle Leben im alten China* von Robert van Gulik vom Bücherstapel auf den abgewetzten Teppich, öffnete sich und zeigte einen fünfhundert Jahre alten Holzschnitt von Lie Nutschuan mit vier sich auskleidenden Frauen. Zwei haben ihre Unterjakken bereits abgelegt, die dritte hebt das rechte Bein, um ihre mit winzigen Blumen bestickten Pluderhosen auszuziehen, unter denen ihre verkrüppelten abgebundenen Füße hervorlugen. Muos Blick wurde gleich vom anmutig geneigten Kopf der vierten angezogen, die noch eine Art breites, trägerloses gemustertes Stoffmieder anhat, das vorn mit kleinen Perlen zugeknöpft wird. Er zog hastig eine Schublade auf und entnahm ihr einen Zettel, auf dem er die Quellenangabe der Zeichnung notierte, und nahm sich vor, eines Tages, wenn er aus Hainan zurück war, in einer Bibliothek nachzuforschen, ob es sich um die erste Darstellung eines chinesischen Büstenhalters handelt.

Die Bereitstellung der für seine einsamen mentalen Gelage bestimmten Leckerbissen erfüllte ihn mit reiner, unschuldiger Freude, und er konnte es – wie ein naschhaftes Kind – nicht unterlassen, in den zu Hause bleibenden Werken zu blättern. Er las ein paar Seiten, klappte das Buch zu und fuhr mit den Fingerspitzen gedankenverloren über den Einband. Oder er erinnerte sich, die gleiche These schon einmal, in einem anderen Buch, gelesen zu haben, und entschlossen, die Quelle nachzu-

prüfen, stürzte er sich in eine leidenschaftliche Suche durch die Tausende Seiten seiner Notizhefte. Und wenn es ihm nach einer Weile nicht gelang, das zu finden, was er suchte, fragte er sich: »War es ein Professor an der Universität, der davon gesprochen hat? Wie könnte ich das feststellen?« Und er wühlte in den randvollen Zettelkästen aus seiner Studentenzeit. Seiner glücklichen Universitätsjahre mit Vulkan des Alten Mondes.

Er setzte sich auf den Bettrand, um eine letzte Kontrolle seines fast vollen Koffers vorzunehmen. Die Rollläden waren heruntergelassen, sechs oder sieben Lampen brannten im Zimmer. Er hakte gewissenhaft seine Liste ab und packte noch seine Reisethermosflasche für seinen täglichen Tee ein, ein Glas höllisch scharfer roter Pfefferschötchen für die Hauptmahlzeiten, einen Topf ebenso scharfer eingelegter grüner Pfefferschoten für das Frühstück, ein paar Konserven, mehrere Packungen Fertignudeln, einen Kamm, an dem ein paar Zähne fehlten, leere Hefte für seine Aufzeichnungen, drei oder vier verchromte Füller, eine Anzahl Farbstifte ... Zuhinterst in einer Schublade fand er einen hübschen, nur leicht angerosteten Bleistiftspitzer, der in der Dunkelheit glänzte wie ein Juwel. Er testete ihn und sah befriedigt, wie die leise raschelnden, dünnen Holzspiralen sich im Leeren ringelten.

Den Rücken an die Wand gelehnt, den Kopf in den Nacken geworfen, schloß er die Augen, als höre er Musik, in Wirklichkeit jedoch war er außer Atem, und irgend etwas (das Blei der Bleistiftmine?) lag ihm schwer im Magen.

»… daß ich nie Träume von einem ausgestopften Hund gehabt habe, auch wenn ich Sie bat, sie zu deuten. Weder den ersten noch den zweiten Traum …«

Die Sätze der blatternarbigen Polizeibeamtin tauchten unvermittelt in seiner Erinnerung auf.

Er stand auf, durchquerte das Zimmer, ging, ohne Licht zu machen, ins Badezimmer, zog sich aus, behielt bloß die Brille auf. Die weiße Badewanne schimmerte im Halbdunkel wie Marmor. Das Wasser strömte warm und dampfend und gurgelnd aus dem kreischenden Hahn. In der Badewanne ausgestreckt, ließ er die Brille davonschwimmen. Ein gesunkenes Schiff. Und er grübelte über die Demütigung nach, die die Polizistin ihm zugefügt hatte. Ihm wurde speiübel. »Hätte ich den kleinsten Verdacht hegen können, als sie mir ihre Träume erzählte? Sicher nicht. Dennoch … ihr abgewandtes Vollmondgesicht, ihre stockende Stimme.« Er mußte sich bestürzt eingestehen, daß die Psychoanalyse, das beste Denksystem, das erlaubt, die menschliche Seele zu durchdringen, an ihre Grenzen stößt angesichts einer Kommunistin, selbst einer ganz gewöhnlichen rangniedrigen Kommunistin, die sich den Spaß erlaubte, nicht nur Träume zu erfinden, sondern auch noch die von einem professionellen Traumdeuter vorgesehenen Folgen vorzutäuschen. Er streckte sich lang in der Badewanne aus, bis nur noch sein Kopf aus dem Wasser schaute, und verfluchte diese falsche Mrs. Thatcher, diese falsche Hinkende, dieses falsche Miststück … Das Bedürfnis, sich zu übergeben, packte ihn wieder. »Nein, ich kann das nicht auf mir sitzen lassen«, sagte

er sich, als er aus der überschwappenden Badewanne stieg.

Er rieb sich hastig trocken und kehrte in sein Zimmer zurück. Er setzte sich an seinen Schreibtisch, nahm ein Blatt Papier, schraubte die Kappe seines Füllfederhalters ab und begann einen Brief zu schreiben.

»Geehrte Frau Polizeibeamtin«, schrieb er mit leserlicher, aber zügigerer Schrift als sonst. »Ich habe die Ehre, Ihnen mitzuteilen, daß nichts der Wahrheit der Psychoanalyse entgeht, nicht einmal ein Vertreter der staatlichen Macht und der öffentlichen Ordnung. Erlauben Sie mir, Ihnen zu erklären, daß vom psychoanalytischen Standpunkt aus ein Traum, der in Wirklichkeit Ihren Schlaf nicht aufgesucht hat, sondern eine von Ihrem Unbewußten diktierte Erfindung ist, sich in nichts von einem Traum unterscheidet, den Sie im unbewußten Zustand geträumt haben. Beide Träume haben den gleichen psychischen Ursprung. Was bedeutet, daß sowohl der eine als auch der andere gleichermaßen Ausdruck Ihrer Angst sind, Ihrer unterdrückten Wünsche, ihrer Komplexe, ihrer unreinen, verdorrten, gemeinen kindischen Seele ...«

Während er schrieb, erinnerte er sich unwillkürlich an die Filmträumerin, auf die allein sich seine physische und berufliche Verzückung eines Traumdeuters konzentriert hatte. Er erinnerte sich an ihren Gesichtsausdruck, als sie ihm erzählte, im Traum die Rolle eines Mädchens gespielt zu haben, das gerne geküßt worden

wäre. Er rief sich freudig und gleichzeitig wehmütig ihre nackten Füße in Erinnerung und die Geste, mit der sie ihren linken Rist an ihrer schmutzigen rechten Wade gerieben hatte. Was für eine Träumerin! Eine richtige Jungfrau, eine asiatische Alice im Wunderland des Films! Mensch, Muo! Wie nah am Ziel du warst!

Er schrieb seinen Brief an Mrs. Thatcher nicht fertig aus Furcht, sie würde ihm antworten, und das Ganze könnte in eine lange, erbitterte Polemik über die Bedeutung eines erfundenen Traumes oder in einen endlosen Briefwechsel ausarten. Er legte den angefangenen Brief in einen Aktendeckel, den er in seinem Koffer verstaute.

Ein paar Tage später verschwand der Brief in einem Nachtzug nach Hainan samt dem hellblauen Delsey, der, umsonst, mit einer pinkfarben plastikummantelten Stahlkette festgebunden war. Das war am 6. Juli gewesen.

Was weiter geschah, ist bekannt: Mehrere Wochen lang war er vergeblich über jene riesige Insel gereist, aber Anfang September hatte er, ganz unerwartet, dank einem Telefongespräch mit einer früheren Nachbarin aus Chengdu, endlich ein junges Mädchen gefunden (wenn man die Balsameuse als »junges Mädchen« bezeichnen kann), dessen Jungfräulichkeit noch intakt war.

ZWEITER TEIL
Endlos ist die Nacht

Ein ungewöhnliches Nachttaxi

h.w. Ungefähr eine Woche nach seiner Rückkehr aus Hainan klingelt gegen ein Uhr morgens das Telefon in der Wohnung seiner Eltern. Am anderen Ende der Leitung spricht seine Nachbarin, die Balsameuse.

»Er ist tot. Ich habe gerade seine Villa verlassen.«

»Wer ist tot?«

»Richter Di. Es ist aus. Ich werd noch wahnsinnig!«

(In diesem Moment spürt er lediglich tausend Nadelstiche. Kalter Schweiß bricht aus seinen Poren. Er hat Angst, panische Angst. Richter Di ist bestimmt vor wollüstiger Erregung gestorben, sein Herz hat versagt beim Schäferstündchen, das er für ihn arrangiert hat. »Wird man mich verhaften? Zweifellos. Nicht wegen Beamtenbestechung, sondern wegen Anstiftung zum Mord. Wart mal, ich erinnere mich, etwas über eine ähnliche Situation gelesen zu haben. In einem Roman? Nein. In einer Kurzgeschichte. Ich erinnere mich weder an den Titel noch an den Namen des Autors. Was steht mir bevor? Wie soll ich Vulkan des Alten Mondes befreien? Ich muß erst einmal kühlen Kopf bewahren und mir den Bericht der Balsameuse anhören. Bloß, mein Kopf ist wie ein durchlässiger Boden, wie eine poröse Keller-

decke. Ihre Worte sickern wie eine unsichtbare Flüssigkeit in die winzigen Zwischenräume meines Hirns, überschlagen sich gnadenlos, drehen gefährliche Salti in meinem Schädel, in meinen Trommelfellen, in meinem Puls. Mir sträuben sich die Haare. Lösen widersprüchliche Gefühle in mir aus. *Mission: Impossible!* Ein Gefühl der Erleichterung und entsetzliche Angst vor einer drohenden Verhaftung. Eine innere Stimme hämmert in meinem Kopf: ›Stell dich der Polizei! Stell dich der Polizei!‹«)

»Bist du noch da? Hörst du mich?« fragt die Stimme der Balsameuse am anderen Ende der Leitung. »Du hast doch gesagt, jemand würde mich gegen acht Uhr abends abholen? Doch um sieben Uhr ist ein Typ im Bestattungsinstitut aufgetaucht. Er hat sich als der sechste Referent von Richter Di vorgestellt. Ein kleiner nervöser Mann. Er hat gesagt, daß wir gleich aufbrechen müssen, der Richter hätte es eilig. Ich hab nicht einmal Zeit gehabt, zu duschen und mich umzuziehen. Dann eben nicht, hab ich mir gesagt. Der alte Knacker von einem Richter erwartet wohl keinen Filmstar, oder? Je schneller es vorbei ist, desto erleichterter wird Muo sein. Wir sind also gleich los. Ich habe rasch noch etwas Chanel-Lippenstift aufgetragen; den, den du mir zum Geburtstag geschenkt hast, erinnerst du dich? Draußen hat der sechste Referent ein Taxi gerufen. Geschlagene zehn Minuten hat er in sein Mobiltelefon gebellt. Er hatte eine Heidenangst. Und vor wem? Vor Richter Di. Ein Häuflein Elend, sag ich dir. Er ist erst kürzlich aus den

Vereinigten Staaten zurückgekehrt; hat dort Jura studiert und spielt sich damit auf, wann immer sich die Gelegenheit bietet. Solltest ihn hören. Er streut überall englische Wörter ein, am Anfang, in der Mitte und am Schluß der Sätze. Er geht einem wirklich auf den Keks. Um ihm aus der Patsche zu helfen, hab ich ihm vorgeschlagen, einen der Kastenwagen des Bestattungsinstituts zu nehmen, die man für die Leichentransporte braucht. Ich hab's eigentlich nur im Scherz gesagt, weil gerade einer vor der Tür geparkt war. Ich hab darauf gezeigt und gesagt, er gleiche einem der gepanzerten Gefangenenwagen, mit denen man die zum Tode Verurteilten transportierte; weißt du, einer von denen mit zwei aufgesetzten großen Scheinwerfern vorn wie zwei riesige Froschaugen. Es war ein alter Kastenwagen mit einer zweiteiligen Windschutzscheibe. Der falsche amerikanische Teufel war verärgert. Er rief im Hotel an, wo der Richter mit Freunden beim Majiang saß, um ihn um Erlaubnis zu fragen, aber man teilte ihm mit, der Richter sei nach Hause gegangen. Er rief in der Villa an, doch seltsamerweise antwortete dort niemand. Es war inzwischen fast halb acht. Also hat er ein Fünf-Yuan-Stück aus der Tasche gezogen, ›Kopf oder Zahl?‹ hat er gefragt und hat es dann in die Luft geworfen. Die Münze fiel auf den Zementboden, kreiselte kurz und ist leise klirrend zum Stillstand gekommen, ich hör das Geräusch immer noch. ›Kopf!‹ Also sind wir mit dem Kastenwagen losgefahren. Wenn ich daran zurückdenke, ist mir ziemlich mulmig zumute. War's vielleicht eine Vorahnung? Der arme Richter Di. Stell dir vor, wenn die Münze Zahl ge-

zeigt hätte oder wenn das Taxi rechtzeitig gekommen wäre oder wenn ich ganz einfach den Schlüssel zum Kastenwagen nicht gehabt hätte, wäre Richter Di vielleicht noch am Leben. Ich fühl mich schuldig, weißt du? Diese dumme Geschichte hast du mir eingebrockt.«

(Die Stimme der Balsameuse summt, summt! Sie kämpft sich durch Muos panische Angst und beschwört das Bild eines Projektionssaals und einer nassen Hose in Muo herauf: Eine private Vorführung im Kreml des Films *Lenin im Oktober*; in den fünfziger Jahren war das. Der Regisseur saß ein paar Reihen hinter Stalin. Im Laufe der Vorführung sah er im Halbdunkel, wie das Väterchen des Volkes seinem Nachbarn den Kopf zuwandte und diesem etwas zuflüsterte, was, wie man später erfuhr, lautete: »Man muß X ein Telegramm schicken.« Doch der Regisseur glaubte »dieser Film ist Scheiße« gehört zu haben. Der Saal war an sich schon dunkel, aber vor seinen Augen wurde es auf einmal stockfinster. Er brach zusammen, glitt von seinem Sessel und landete auf dem Fußboden. Als die Wachen ihn aus dem Saal schleppten, stellten sie fest, daß seine Hose vollgepißt war. Warum erinnerte er sich ausgerechnet jetzt an diese Anekdote? Muo stellte erleichtert fest, daß der Tod von Richter Di beim ihm bloß Angstschweiß ausgelöst hatte.)

»Kaum hatte ich den Kastenwagen gestartet, war ich nervös und schlecht gelaunt. Ich versuchte mir vorzustellen, was mich in der Villa des Richters erwartete. Du hast mir zwar nicht alles gesagt, aber ich bin nicht auf

den Kopf gefallen, weißt du? Ich hab genau verstanden, was du meinst. Muo, ich muß dir was sagen …«

»Los, sag schon …«

»Ich war echt wütend auf dich. Ich hab während der ganzen Fahrt eine Mordswut auf dich gehabt. Im Grunde bist du hartherzig, Muo, bist hartherzig und grausam. Wenn es um dein Glück geht, bist du zu allem imstande.«

»Was soll ich zu meiner Rechtfertigung sagen? Vielleicht hast du recht, wer weiß.«

»Mistkerl. Ich berichte weiter. Unterwegs hat der Referent seine Fassung wieder zurückgewonnen. Er hat nicht aufgehört, mir Befehle zu erteilen, mir zu sagen, welchen Weg ich nehmen muß, und mir irgendwelchen Quatsch über Richter Di zu erzählen. Weißt du, wie lange Richter Di beim Majiang gesessen hat? Rate?«

»Bevor er in die Villa zurückgekehrt ist?«

»Ja. Rat mal!«

»Vierundzwanzig Stunden?«

»Drei Tage und drei Nächte! Zwei-und-siebzig-Stunden! Seit Donnerstagabend! Er hat sich in einem Hotelzimmer an einen Tisch gekettet. Im Hotel *Holiday Inn*, einem Fünfsterne-Hotel im Stadtzentrum mit griechischen Säulen aus falschem Marmor. Wir sind mit dem Kastenwagen daran vorbeigefahren, haben aber nicht angehalten. Es ist schon faszinierend, dieses Hotel mit seinen zwei fünfundzwanzigstöckigen Flügeln und dem gepflegten Rasen davor und dem Springbrunnen in der Mitte. Es sieht blitzsauber aus, ruhig, luxuriös mit seinen gläsernen Drehtüren, aber kalt und geruchlos. Der

Referent hat mir erzählt, die Tresen in der Halle und auf den Etagen seien aus schwarzem Granit und die Lifttüren aus gehämmerter Bronze. Das Tollste, hat er gesagt, sei, daß die Zimmernummer nicht an der Tür steht, sondern wenn du vor der Tür stehst, wird die Nummer von einem gedämpften Licht an der Decke genau vor deine Füße auf den dicken beigen Teppichboden des Flurs projiziert. Wie in einem Kriminalfilm. Er hat gesagt, daß er so etwas nicht einmal in den Vereinigten Staaten gesehen hat. Vor drei oder vier Jahren, als das Hotel eröffnet wurde, war Richter Di einer der ersten Ehrengäste. Er hat damals vierundzwanzig Stunden am Spieltisch gesessen, ohne zu essen und zu trinken. Er ist total verrückt. Was er sucht, ist die Erregung von einst, weißt du? Als er sein Gewehr auf sein Opfer richtete und ihn, den Finger am Abzug, durch das Visier beobachtete. Du hast das alles gewußt, nicht wahr? Hast mich aber trotzdem den Klauen dieses perversen Kerls ausgeliefert.«

(Den Hörer am Ohr, tastet sich Muo durch die Dunkelheit, findet aber den Schalter des Nachttischlämpchens nicht. Er schlüpft balancierend in seine Hose und in die Jacke. Er muß aufs Polizeirevier oder zumindest sich bereithalten, hinzugehen. Sein Hemd ist platschnaß vom Angstschweiß. Soll er ein frisches anziehen? Er hört etwas aus einer Jackentasche auf den Parkettboden fallen. Und erinnert sich plötzlich: Singer! Isaac Bashevis Singer, der Autor der Kurzgeschichte, dessen Name ihm entfallen war, und die von einer ähnlichen grauenhaften

Situation handelt. Muo erinnert sich an die Geschichte, aber nicht an die Namen der Personen. Die Geschichte spielt in einem kommunistischen Land. Polen? Ungarn? Egal. Ein charmanter junger Mann, Frauenheld und Lebemann, reiht Eroberung an Eroberung. Einmal jedoch schläft er aus Mitleid mit einer fünfzigjährigen Lehrerin, die mager ist wie ein Streichholz, schwach, zart, und die ihn leidenschaftlich bewundert. Sie wartet bei ihm zu Hause, bis es Mitternacht wird, dann nimmt sie einen Schlafanzug und ein paar Hausschuhe aus ihrer Tasche, duscht und legt sich zu ihm ins Bett. Doch mitten im Geschlechtsverkehr erstarrt ihr Körper, sie bäumt sich auf… und ist tot. Der charmante Verführer gerät in Panik, er fürchtet, als Mörder verhaftet zu werden. Muo erinnert sich, daß in der Folge erzählt wird, wie der junge Mann mitten in der Nacht versucht, sich in den ausgestorbenen Straßen einer großen Stadt der Leiche der Lehrerin zu entledigen. Flüchtiges Geraschel, Schritte, Streifenwagen, Nachtbummler, Betrunkene, Prostituierte… Er gelangt an einen tauenden Teich, wo ein Hund in den Mülleimern wühlt… »Genau so muß ich es machen, mich des Körpers von Richter Di entledigen«, sagt er sich schwer atmend, während er der Balsameuse zuhört, die redet und redet, als würde sie reden, um nicht durchzudrehen, nachdem sie einen toten Richter in den Armen gehalten hat.)

»Weißt du, Muo, vorhin hab ich dir gesagt, daß ich dir am Steuer des Kastenwagens den Tod an den Hals gewünscht habe. Das stimmt nicht ganz. Auf dem ganzen

Weg hab ich mich gefragt: Ist das nicht Wahnsinn? Mit vierzig meine erste Nacht mit einem majiang-verrückten Richter zu verbringen? Worauf hab ich mich da eingelassen? Ich hab nicht etwa geweint oder gejammert, aber ich habe Halluzinationen gehabt. Die Straßenlampen verbreiteten plötzlich ein gespenstisches gelbliches Licht. Das Hupen der Autos drang wie durch einen Nebel zu mir, wie in einem Traum... ja, ich hatte das Gefühl, eine Strecke zu fahren, die ich bereits im Traum gefahren bin. Im übrigen weiß ich immer noch nicht, ob ich nicht träume. Während ich in meinen stummen Wahnsinn eingelullt am Steuer saß, summte der sechste Referent, der falsche amerikanische Teufel, gutgelaunt an meinem Ohr. Er hat mir einen Trick vorgeführt, mit dem er bei Abendeinladungen oder Festen immer einen Riesenerfolg hat und der ihm das Wohlwollen von Richter Di eingebracht hat: Er kann nämlich mit den Lippen und der Zunge die klackenden Geräusche einer Majiang-Partie nachahmen. Ehrlich, Muo, es ist einmalig. Man glaubt, das Rauschen eines Geröll mitführenden Wildbachs zu hören, dann wiederum hörst du nur zwei, drei Majiang-Steine, die sich einander heimtückisch nähern, hörst ein sanftes Klicken, das sich steigert, steigert, in der Schwebe bleibt... und sich plötzlich in einem Rausch überschlägt oder in ein schwarzes Loch stürzt. Ich glaubte, die glänzenden, glatten weißen Spielsteine zu sehen, die sich voneinander lösen, sich nähern, einander angreifen... Es war einfach umwerfend. Der Kerl hat mich aufgeheitert. Ich war noch etwas gespannt, aber es war nicht mehr die gleiche Spannung. Wie bei

jemand, der unter großen Schmerzen leidet und dem man eine Morphiumspritze gibt. Das bringt die Ursache der Schmerzen nicht zum Verschwinden, doch was für eine Erleichterung.«

(Der Mordanstifter überlegt sich: Wie kann man die sterbliche Hülle von Richter Di verschwinden lassen? Filmszenen ziehen in Muos Kopf vorbei: das Bild eines schweren Körpers erscheint / die leise plätschernden Wellen, auf denen sich das Mondlicht spiegelt, schlagen über ihm zusammen / der Körper sinkt langsam auf den Grund / der Strick, mit dem er notdürftig gefesselt ist, löst sich / die Uniformschöße des Generalstaatsanwalts blähen sich / sein Bauch bläst sich auf wie ein Ballon / sein mageres Skelett rollt davon / seine Füße stampfen in einer letzten Reflexbewegung und erstarren / er verliert einen Schuh / der Schuh bleibt im Schlamm stecken / dunkelgrüne Gräser treiben im Wasser, vermodertes Laub, Abfälle breiten sich aus wie schwarzes Gewölk und verbreiten Gestank / Richter Di wird wie eine Holzpuppe mit ausgebreiteten Armen von der Strömung mitgerissen / er treibt wie ein Gekreuzigter auf einen bugförmigen Brückenpfeiler zu / gleich wird der schuldbeladene Körper aufprallen und zerschmettert werden / im letzten Moment packt ihn ein unsichtbarer Strudel / rollt ihn von Wirbel zu Wirbel wie ein dürres Blatt im Auge des Zyklons. Nein, dieser Henker mit den blutverschmierten Händen verdient keine Wasserbestattung, wie die Tibeter sie seit Jahrhunderten für Bettler und Verbrecher praktizieren, und eben-

sowenig verdient er das Wasser des Funan He, aus dem die ältesten Gebete der Welt »mit umschlungenen Akzenten, mit gepaarten Worten« aufsteigen. »Wer hat das geschrieben? Joyce? Valéry? Habe ich richtig aus der Erinnerung zitiert?«)

»Ich fuhr hinter einem Lkw auf einer Straße, die ich schon seit über zwanzig Jahren kenne, weil ich sie täglich nehme, aber mir kam es vor, als würde ich durch eine unbekannte Stadt fahren, ich fragte mich, ob ich den Rückweg finden würde. Wir sind am offenen Markt vorbeigefahren, Metzger spalteten Fleischviertel. Die Klinken blitzten unter den nackten Glühbirnen auf, die über ihren Köpfen im Wind schaukelten und sie in einen unwirklichen blaßgelben Lichtschein hüllten. In dem Moment spurte ich die ersten Anzeichen einer Migräne. Wir sind die Mauer der Musikhochschule entlanggefahren. Jemand spielte Klavier, ein Student höchstwahrscheinlich. »Flamboyant«, rief der sechste Referent von Richter Di aus und erklärte, daß es sich um die *Sonate Nr. 29* von Beethoven handelt. Er hat mich zum erstenmal beeindruckt. Er war so glücklich, seine Musikkenntnisse auszubreiten, daß er mir von seinen Jahren in Amerika erzählte, wo er seine schlaflosen Nächte mit Radiohören verbrachte. Er verliebte sich in den Jazz, dann ins Klavier. Ich habe ihm gesagt, er habe einen guten Geschmack. Er hat sich bedankt und mir etwas gestanden: In den Vereinigten Staaten sei er zum Christentum konvertiert. Ich warf ihm einen Blick zu und sagte mir: Unglaublich, dieser Kerl, der mich eskortiert wie ein

Polizeibeamter, der einen Gefangenen ins Gerichtsgebäude oder zum Hinrichtungsplatz bringt, ist ein Christ. Ich konnte es nicht fassen. Wie traurig, dachte ich. Er hat mir dann erzählt, daß er sich in den Vereinigten Staaten Hämorrhoiden geholt hat, gegen die nichts mehr helfe. Sie durchwuchern seine Eingeweide, weißt du? Verhärten seinen Stuhl und explodieren manchmal wie eine Bombe und lösen einen Blutfluß aus, als hätte er die Menses. Das Peinlichste für ihn ist, daß er hier, in unserer Stadt, wegen seiner plötzlichen Krisen nicht an den Majiang-Partien seiner Vorgesetzten teilnehmen kann, die oft tage- und nächtelang dauern. Er ist nie in den engen Kreis um Richter Di zugelassen worden, der seine Mitarbeiter unter seinen Spielgefährten aussucht. Beruflich ist er erledigt.

Nach der Fabrik sind wir in den Fahrweg abgebogen, der zur Brücke am Südtor führt. Er ist nicht mehr so holperig wie damals, als mein Verlobter mich mit dem Fahrrad abholte. Wir sind an den öffentlichen Toiletten vorbeigefahren. Du erinnerst dich doch? Ich habe dir am Telefon davon erzählt. Es sind keine schmutzigen Latrinen mehr, sondern ein sauberes Gebäude mit einem Ziegeldach und einer weiß gefliesten Fassade. Du kannst dir nicht vorstellen, wie ich sie hasse, diese blöden Latrinen. Dort hab ich zum erstenmal das Wort »homosexuell« gehört, und weißt du, sie mögen noch so häßlich und stinkend gewesen sein, sie verbinden mich nun einmal mit meinem Mann, sie sind Teil meines Lebens. Manchmal überlege ich mir, wo er sich nach seinem Tod mit Männern trifft. Ich hab meinen Begleiter

rundheraus gefragt, er heißt übrigens Lü: ›Du bist doch Christ, Lü, du hast die Bibel und alles andere studiert?‹ Er hat gefragt: ›Was meinst du damit?‹ Ich hab gesagt: ›Halt so Fragen wie die vom Paradies, hast du darüber nachgedacht?‹ – ›Wie darüber nachgedacht?‹ – ›Glaubst du, daß es im Paradies Toiletten gibt? Schönere, größere, hellere …‹ – ›Denkst du vielleicht, ich hätte Zeit, an so dummes Zeug zu denken, verdammt?‹ hat er verärgert geantwortet. Also sagte ich nichts mehr. Ich fuhr konzentriert, die Hände auf die Mitte des Lenkrads gelegt. Als wir am Park des Volkes vorbeifuhren, sagte er dann zu mir: ›Hör mal, ich bin Jurist. Ich mag klare Formulierungen. Was pinkelt und kackt, das ist dein Körper. Und nach dem Tod geht dein Körper nirgendwohin. Nur die Seele steigt zum Paradies. Und die von den Engeln umgebenen Seelen pinkeln und kacken nicht. Also gibt es keine Toilette.‹ Ich hab zu ihm gesagt: ›Muß man in die Hölle gehen, um Toiletten zu finden?‹ – ›Wie soll ich das wissen?‹ hat er mürrisch gemeint. Dann haben wir beide geschwiegen. Im Zentrum von Chengdu habe ich angehalten, um etwas zu trinken zu kaufen. Er wollte nicht aussteigen. Dann sind wir weitergefahren. Als ob meine Frage ihm immer noch durch den Kopf ginge, hat er plötzlich verdrossen gemeint: ›In der Verbotenen Stadt in Beijing gab's auch keine Scheißhäuser.‹ – ›Wirklich?‹ hab ich verblüfft gefragt. ›Warst du schon einmal dort? Und hast du vielleicht welche gesehen? Weder in dem für die Verwaltung reservierten Teil des Palastes noch in den inneren Gemächern des Kaisers, der Kaiserin und der Konkubinen, noch in den Häusern der Eunu-

chen gibt's welche.‹ Ich hab gefragt: ›Ja, wo erledigten sie dann ihr Geschäft? In Eimern?‹ Er war sauer: ›Verdammt! Überleg doch mal, das ist doch nicht das gleiche! Ein Eimer ist ein Eimer und kein Scheißhaus!‹«

(Muos rechte Hand hält den Hörer, während die linke Hand an seinem Rücken genau die Stelle sucht, die der Scharfschütze anvisieren wird, um ihm eine Kugel ins Herz zu jagen. Er sagt sich, daß sein doppeltes Verbrechen – Bestechung eines Beamten und Anstiftung zum Mord an einem Richter – ihm bestimmt die Todesstrafe einbringen wird. An einem sonnigen Morgen wird ihn das Erschießungskommando zum Gelände am Fuße des Mühlenhügels begleiten, den er – war's Zufall? – kürzlich erkundet hatte. Am Vortag werden zwei der rangniedrigsten Soldaten eine Grube ausheben. Er wird sich hineinknien, die Arme mit dicken Stricken auf dem Rücken gefesselt, der Schütze wird durch eine winzige Lupe das kleine Rechteck zwischen seinem Zeige- und seinem Mittelfinger anvisieren. »Wirst du vor Angst in die Hose pissen wie jener russische Regisseur?« fragt er sich, während er mit den Fingerspitzen den unbekannten Kontinent seines Rückens und seines Schulterblatts erkundet. Ein kleines, spitziges, dreieckiges knochiges Wrack. Er beklopft seine Wirbelsäule. Knochenfragmente. Er betastet sein Gerippe, um das schicksalhafte Viereck zu orten. Wird sein Brustkasten explodieren, wenn die Kugel ihn durchbohrt? Die gnadenlose glänzende Kugel, die mörderische Kugel, die man im Volksmund »Erdnuß« nennt. Warum? Hat sie eine ähnliche

Form? Plötzlich erinnert er sich, daß die Kugel nicht etwa unentgeltlich ist. Er hat früher einmal sagen hören, daß die Kugel der Familie des Hingerichteten in Rechnung gestellt wird. *Conditio sine qua non*, um die Leiche abholen zu dürfen. Wenn dieser das Glück gehabt hatte, beim ersten Schuß zu fallen, bezahlten die Eltern nur eine Kugel, in Chengdu zu jener Zeit also siebzig Fen, einen Yuan in Peking und einen Yuan zwanzig in Shanghai. Bei den heutigen Preisen kann eine Kugel schnell einmal zehn bis zwanzig Yuan kosten. »Ist ja schrecklich«, sagt er sich. »Werden meine Eltern – in ihrem Alter! – die Stadt durchqueren und sich am Mühlenhügel melden müssen, um die Kosten für meine Hinrichtung zu begleichen? Grauenhaft! Nein, niemals!«)

»Bist du schon einmal bei Richter Di gewesen? Es ist ziemlich weit bis dorthin. Fährst den Fu He entlang ungefähr zehn Kilometer in Richtung Wenjiang, bei der Abzweigung zum Fünf-Farben-Teich … du weißt doch, der Stausee in Form der olympischen Ringe, der als Wasserreservoir für die Region dient … biegst du in eine schmale Straße ein und fährst einen bewaldeten Hügel hinauf und dann durch ein Villenviertel mit lauter protzigen Häusern im westlichen Stil. Überall beleuchtete Terrassen und helle Veranden wie Seidenkokons, lange Arkaden und Statuen auf dem Rasen und Springbrunnen und Giebeldächer wie in Skandinavien und russische Zwiebeltürme. Eines häßlicher und geschmackloser als das andere. Grauenvoll. Und wieder hatte ich das Gefühl, mich in einem Traum zu befinden. Ich war nahe

daran, umzukehren, mir war übel, die Migräne wurde immer heftiger und strahlte vom Hals in die Schläfen aus. Sie war noch nicht explodiert, aber ich war sicher, daß es nicht mehr lange dauern würde.

Die Villa von Richter Di befindet sich zuoberst auf einem Hügel hinter einer zwei Meter hohen, mit Stacheldraht gesicherten Mauer. Ich hielt an, der Referent stieg aus und ging zum Tor, klingelte und meldete uns durch die Sprechanlage an. Ein Scheinwerfer leuchtete auf, sein mächtiger Lichtkegel blendete mich. Die Metalltür öffnete sich langsam, fast wie auf einer Opernbühne.

Zuerst hab ich das Haus nicht gesehen. Ich fragte meinen Begleiter, ob es im westlichen Stil sei, und er hat geantwortet, es sei eine zweigeschossige kleine Villa zuhinterst im Garten. Ich steuerte den Kastenwagen langsam durch eine dunkle Allee, durch ein Bambuswäldchen, bog scharf ab und dann nochmals fast im rechten Winkel. Alles war dunkel. Auf einmal tauchte eine Gestalt im Scheinwerferlicht auf: ein langes, wuchtiges, unheimliches Tier, das aussah wie ein Drache oder eine Riesenschlange, mit einem häßlichen flachen Kopf, der sich einen Meter über der Erde hin und her bewegte. Ich habe nicht gleich bemerkt, daß das Monster aus einem Blumentopf wuchs. Es schien sein Riesenmaul aufzusperren und die Sägezähne zu blecken. Mein Begleiter lachte und sagte, es handle sich um eine ganz seltene Chrysantheme, die Richter Di als Geschenk erhalten habe, so unendlich kostbar, daß vier hochspezialisierte Gärtner allein damit beschäftigt seien,

ihre Drachenform zu erhalten, sie zu pflegen, sie täglich zu beschneiden, sie mit besonderem Wasser zu gießen, dessen Zusammensetzung geheim sei. Die Pflanze sei unbezahlbar. Ich stieg aus, um sie mir aus der Nähe anzusehen. Es war tatsächlich eine echte Chrysantheme mit ungewöhnlich großen Blättern und eng eingerollten Blüten, die eine spiralförmige Schuppensäule bildeten. Ich zerrieb ein Blütenblatt zwischen den Fingern, und der intensive Geruch blieb daran haften. Es gab noch andere von diesen ungewöhnlichen Chrysanthemen. Eine war pferdeförmig, die übrigen waren jedoch schwieriger zu identifizieren.

Nach einer weiteren Biegung erklärte mir der Referent, wir würden jetzt durch den Päoniengarten fahren. Das Scheinwerferlicht durchbohrte niedrige Bambushecken, doch weil es nicht die richtige Jahreszeit war, gab's nicht viel zu sehen. Als wir am Bonsaigarten vorbeifuhren, stockte mir der Atem ein zweites Mal. Es lief mir kalt über den Rücken. Kannst dir nicht vorstellen, wie viele es waren: Sie bedeckten einen riesigen terrassierten Hang, so weit das Auge reichte. Verrenkte, verkümmerte Pflanzen, die an verkrüppelte Zwerge erinnerten, mit abstehenden Schuppen und Stacheln übersäte Monsterglieder… Ich mußte an jene abartigen Föten denken, die in den Laboratorien in Gläsern aufbewahrt werden. Viele waren zu perfekten symmetrischen Formen zurückgeschnitten. Natur, die nichts Natürliches mehr aufweist. Genau das, wovor mir graut. Diesmal hatte ich keine Lust, auszusteigen. Ich fuhr sogar schneller. Doch es wimmelte von Zwerg-

pflanzen, es war unmöglich, ihnen zu entkommen: zu Amphoren und Lyren verkrüppelte Eiben; giftige Sadebäume; Zwergopuntien mit Trieben, die sich zur Erde biegen und Wurzeln schlagen und einen neuen Feigenkaktus bilden; Ulmen mit schwarzen Zweigen; ich habe sogar einen Miniaturpapayabaum gesehen, dessen nacktes Säulenstämmchen mit winzigen grünen Baummelonen bewachsen war und einem Blätterbüschel zuoberst wie ein Regenschirm; japanische Schnurbäume, Linden, Tulpenbäume, winzige knorrige Gewürznelkenbäume. Am leichtesten zu erkennen waren die Zypressen, denn selbst wenn sie ganz klein sind, behalten sie ihre Kampanileform. Viele Bäumchen waren radikal bis zur Unkenntlichkeit gestutzt. Zum Beispiel glaube ich, eine Buche erkannt zu haben, einen Baum, den ich wegen seiner silbergrau schimmernden Rinde sehr mag, aber ich bin nicht sicher, ob es eine war. Es gab welche darunter, die mich an Magnolien erinnerten, an Judendorn, an Stechpalmen, an Steineichen …

Schließlich kam die Villa des Richters in Sicht, sie hob sich auf der Anhöhe gegen den dunkelblauen Himmel ab. Ich dachte, wir würden endlich aus diesem Bonsaihinterhalt herauskommen, aber nein, Zwerglärchen überzogen einen weiteren Hang, dicht wie eine Horde kleiner Wilder mit grünen Helmen auf dem Kopf. Ich kurbelte das Fenster herunter: Der Geruch von Harz und Weihrauch, den die Winzlinge ausströmten, schlug mir entgegen. Und dann ist etwas Ungewöhnliches passiert. Ein uniformierter Polizeibeamter tauchte aus der Dunkelheit auf und stoppte uns. Zur großen Über-

raschung meines Begleiters zeigte er auf einen Platz und bedeutete mir höflich, den Wagen zu parken. Der Referent von Richter Di war zuerst verblüfft, dann wütend, er zog einen Arbeitsausweis hervor und hielt ihn stolz dem Polizeibeamten unter die Nase. Der gab schließlich nach und erlaubte ihm, nur ihm, zu Fuß zur Villa zu gehen.

Ich war nicht unglücklich über diese unerwartete Programmänderung. Meine Migräne war nicht schlimmer geworden. Ich blieb hinter dem Lenkrad sitzen wie jemand, der zu früh zu einem Rendezvous gekommen ist. Durch die Windschutzscheibe beobachtete ich die Villa, in der mein Leben verändert werden und meiner Jungfräulichkeit ein Ende bereitet würde. Es war ein Backsteingebäude an einem Seerosenteich, eine Mischung aus westlicher und chinesischer Architektur, mit Kletterpflanzen, die eine Laube um die Haustür bildeten und einen Säulenbalkon im ersten Stock überwucherten. Durch das Gitterwerk sah man aufgesperrte Fenster, alle waren mit zylinderförmigen roten Lampions beleuchtet. Eine regelrechte Festbeleuchtung.

Weil der Referent von Richter Di auf sich warten ließ, stieg ich betont langsam, fast mit Mühe, aus. Der Polizeibeamte musterte mich stumm. Ich spazierte ein paarmal um den unter den Bäumen geparkten Kastenwagen herum. Unter meinen Füßen knirschten Pinienzapfen und geplatzte Ginsterschoten. Ich ging zum Eukalyptuswäldchen hinüber; ich liebe dieses Parfüm, es erinnert mich an Pfefferminze, vor allem wenn es mit dem Bittermandelduft des Ginsters gemischt ist.

Ich schaute wieder zu den roten Lampions in der Villa hinüber und sah Leute geschäftig von Zimmer zu Zimmer eilen. Sie redeten und gestikulierten, aber ihre Stimmen wurden vom Kletterpflanzenvorhang gedämpft. Ich konnte den Blick nicht von diesem Bild abwenden, weißt du, wie einem manchmal im Leben geschieht, wenn dich eine unerklärliche Angst vor einer nahenden Gefahr packt. Meine Migräne war verschwunden. Ein Wagen nahte in der Allee. Der uniformierte Polizeibeamte hielt das Fahrzeug an; ich hörte es bremsen. Es war ein Krankenwagen; das blinkende Blaulicht streifte die Baumstämme. Mein Begleiter, der Referent des Richters, kam aufgelöst zurück. Richter Di war tot! Nachdem er drei Tage und drei Nächte Majiang gespielt hatte, wollte er zu Hause weitermachen. Er ließ das Personal kommen, sie spielten fünf Partien, doch als sie die Plätze für eine sechste Partie auswürfeln wollten, glitt der Richter von seinem Sessel unter den Tisch. Tot!

Was sagst du dazu, Muo? Unglaublich, oder? Bist du erleichtert? Ich schon. Ich rufe vom Bestattungsinstitut aus an, ich muß ihn heute abend balsamieren. Ja, morgen früh muß alles fertig sein, bevor die Prominenzen und seine Familie kommen … Einverstanden, ich warte … Bis bald … Halt, bring mir etwas zu essen mit, ich hab einen Mordshunger.«

Nachtstunden

Als Muo die Tür zur Balsamierungsabteilung aufstößt, kitzelt ihn ein süßlich-lauer Geruch in der Nase. Pferdemist? Fauliges Zitronengras? Ngaikampfer? Weihrauch? Nein, es ist ein herbes Parfüm, das in der Nase brennt wie roter Pfeffer im Mund. Er schnuppert: Myrrhe! Sie hat wahrscheinlich Myrrhestäbchen verbrannt, um den Formaldehydgeruch zu übertünchen, der den Neuling ekelt, ihn erstickt, ihn würgt. Sie weiß das.

»Bist du ganz allein?« fragt er. »Hast keine Angst?«

»Doch, vor allem, wenn es so spät ist wie heute«, antwortet die Balsameuse in Arbeitskleidung. Sie trägt bis zu den Ellbogen reichende Gummihandschuhe und ist mit den Vorbereitungen beschäftigt.

»Ich hab dir noch gar nicht guten Abend gesagt.«

»Ist es noch Abend?«

»Nein, es ist schon spätnachts.«

Der Raum ist ganz anders, als Muo es sich vorgestellt hat. Er ist weder nackt noch leer, noch weiß. Er kommt ihm sogar weniger düster vor als ein Zimmer in der psychiatrischen Klinik. Lampen verbreiten gedämpftes Licht. Die großen, schweren Tuchvorhänge sind zugezogen, durch die schmalen Zwischenräume sieht man

Streifen der Täfelung aus lackierter tibetischer Kiefer mit Teakrahmen, auf denen da und dort Chrom- oder Kupferbeschläge aufblitzen. Eine Stimmung wie in einer Schiffskabine oder in einem Schiffsraum, die vom Rauschen des Wassers noch betont wird, das in einer dunklen Ecke des Raumes in die Badewanne fließt. Jäh erinnert sich Muo, daß er geträumt hatte, er betrete ein in die Tiefe gerissenes Haus, dessen Dachziegel mit einer dicken Schicht weißer Muscheln überzogen waren. Im Wasser wimmelte es nur so von kleinen roten Krebsen, und sie hingen in Trauben an den Tür- und Fensterverkleidungen, ihre irisierenden Panzer warfen ein glitzerndes Licht in das dunkle Innere.

Obwohl er auf dem riesigen Schachbrett aus schwarzen und weißen Bodenfliesen schreitet, wäre er nicht weiter verwundert, wenn er kleine Krebse unter seinen Füßen knacken hörte. Er hat das Gefühl, alles um ihn herum habe die Farbe von tiefem Wasser.

»Wo soll ich das Essen hinstellen?« fragt er. »Zu dieser späten Stunde hatte nur noch die Imbißbude bei der Brücke am Südtor offen. Ich hab dir ein Sandwich mit Pfefferschinken und zwei Tee-Eier mitgebracht.«

»Tee-Eier? Wunderbar. Ich hab einen Bärenhunger. Schälst du sie mir bitte?«

Die Eierschale war nach dem Kochen vorsichtig mit einem Löffel beklopft worden, um die Schale anzubrechen, damit der Tee eindringen konnte. Muo löst sorgfältig die Schalenfragmente ab, bis das Ei glatt und glänzend zum Vorschein kommt, auf dem der Tee schuppige, kaffeebraune Pinienzapfenmuster gezeichnet hat.

»Ich nehm das Eigelb heraus, oder? Es soll nicht gut für das Cholesterin sein.«

»Ja, bitte.«

Sie wirft mit aufgesperrtem Mund den Kopf in den Nacken, und Muo steckt ein Stück Ei in ihren rosigen Rachen; es verschwindet hinter ihrer Zunge und taucht zerkaut wieder auf.

»Noch eins«, sagt sie.

Heißhungrig verschlingt sie die Eier. Bei dieser unschuldigen Fütterung berührt Muo flüchtig die gierige heiße Zunge der Frau. Er betrachtet ihr vertrautes Gesicht, die feinen Fältchen um die Augen, die nicht mehr so glatte hohe Stirn, den nicht mehr ganz straffen Hals …

»Komm«, fordert sie ihn auf, »verabschiede dich vom alten Richter Di, dann wartest du draußen auf mich, ja?«

Er folgt ihr zum Bett in der Mitte des Balsamierungsraums, auf dem eine Gestalt in einer milchigen Plastikhülle liegt, die von einer kleinen Lampe mit Seidenschirm beschienen wird. Das sanfte Licht erinnert ihn an eine archäologische Ausstellung in einem Museum. Der Reißverschluß öffnet im Zeitlupentempo einen Spalt in der Hülle, das metallische Knirschen zerreißt Muos Trommelfell, es klingt wie das leise Knacken einer Nußschale zwischen den Greifern eines Nußknakkers. Zuerst erscheint der Kopf des Richters, dann sein Oberkörper; er trägt ein schwarzes Hemd.

»Scheiße, er klemmt«, sagt die Balsameuse. »Kannst du mir helfen? Ich muß die Hülle entfernen.«

»Meinst du?«

»Meinst du was? Mach schon, zieh!«

Die Balsameuse streift die Handschuhe ab. Trotz vereinter und getrennter Anstrengungen der Balsameuse und ihres Amateurassistenten weigert sich der Reißverschluß, auch nur einen Hundertstelmillimeter nachzugeben: Zwei Zähnchen wollen partout nicht ineinandergreifen. Muo hört seinen eigenen Atem, hört ein undefinierbares Gurgeln. Manchmal spürt seine Hand die feine, fast erotisierende Seide von Richter Dis Hemd. Muo schnuppert: identifiziert im würzigen Myrrheparfüm den aus der Hülle strömenden Geruch, einen Geruch nach Mief und Tabak, nach Rotwein und Lagerhalle, das ihn an die Clochards in Paris erinnert, und er ist überzeugt, daß sich dieser Majiang-Verrückte vor seinem verhängnisvollen Herzanfall mindestens drei Tage nicht gewaschen hatte.

»Warte«, sagt sie, »ich gehe eine Schere holen; wir schneiden diese verdammte Hülle auf.«

Sie entfernt sich. Muo, ihr pflichtbewußter freiwilliger Helfer, versucht nochmals, den verchromten kleinen Schieber nach oben zu ziehen, wo die zwei Zähnchen problemlos ineinandergreifen, dann ganz sorgfältig, Millimeter um Millimeter, nach unten. Der Reißverschluß öffnet sich; beim letzten Millimeter versucht es Muo mit einem energischen Ruck, doch der Schieber blockt an derselben Stelle. Er kämpft nervös mit dem Reißverschluß weiter; als er es fast geschafft hat, ist ihm plötzlich, als blicke ihn jemand an... Und als er feststellt, woher dieser Blick kommt, erstarrt er vor Ent-

setzen: Richter Di blickt ihn an! Horror! Seine Lider blinzeln von der Anstrengung, aufzuwachen, seine glasigen Augäpfel verdrehen sich, starren ihn dann mit dem matten abwesenden Blick eines Menschen an, der dem Tod von der Schippe gesprungen ist. Muo verharrt wie gelähmt über das Gesicht des Richters gebeugt. Ein Traum? Wirklichkeit? Eine Auferstehung? Sollte sich der Arzt, der den Tod bescheinigte, geirrt haben? Noch so ein Wunder der Kommunisten? All diese Fragen stürzen wie eine Lawine auf ihn ein, während Richter Dis Augen hinter den halbgeschlossenen Lidern aufleuchten: SIE ist es. Sie kehrt mit der Schere in der Hand zurück. Verstellt den Lampenschirm ... und erstarrt wie vom Blitz getroffen. Die Schere entgleitet ihren Fingern, fällt klirrend auf die Schachbrettfliesen. Der Richter setzt sich energisch auf, grapscht nach ihr, nimmt sie in die Arme. Sie stößt einen Schrei aus, er klammert sich an sie, versucht aufzustehen, preßt sie an sich. Sie wehrt sich verzweifelt.

Richter Di fragt: »Bist du die Balsameuse?«

Sie nickt, windet sich, schlägt um sich.

Er bedeckt sie mit geifernden Küssen: »Hab keine Angst«, flüstert er ihr zu, »es ergeht allen Jungfrauen so, wenn sie zu richtigen Frauen werden.«

Die Worte des Richters explodieren in Muos Ohren wie eine Bombe. Er versucht mit weichen Knien und kraftlosen Armen, die beiden zu trennen. Er wird zur Seite geschoben, er läßt nicht locker, bietet verzweifelt all seine Kraft auf, packt den Richter am Hemdkragen, der Hemdkragen zerreißt.

Er ruft der Balsameuse zu: »Verschwinde!« Er spürt einen Schlag, tausend Sterne tanzen vor seinen Augen, und er landet auf dem Fußboden, vom spitzen knochigen Ellbogen des Richters niedergestreckt. Die Balsameuse ist geflüchtet. Muo steht auf, er blutet aus der Nase, seine Beine versagen ihm den Dienst. Er fällt wieder lang hin.

In dem Moment steigt der Richter schwerfällig vom Bett. »Wo bin ich?« fragt er und sieht sich verwundert um. »Scheiße! Ich bin im Leichenhaus.«

Benommen hört Muo ihn zur Tür laufen. Wie lange liegt er schon da? Als er wieder klar denken kann, spürt er alle Knochen im Leib; sein Gesicht ist blutüberströmt wie bei einem Westernheld und seine Hose vollgepinkelt wie bei jenem Regisseur im Filmvorführsaal des Kreml. Der Richter aber ist in der Nacht verschwunden.

»Bravo, Muo«, sagt er sich, »du vereinst die zwei Großmächte in dir.«

Die Lichterstadt

Es gibt keine andere Möglichkeit, als das Bestattungsinstitut in der Arbeitskluft des Bestattungsinstituts zu verlassen, die er in einem Wandschrank gefunden hat und dank der er sich seiner demütigend nassen Hose entledigen kann. Es ist eine Art hellblaues Überkleid aus einem festen, strapazierfähigen Stoff, etwas zwischen einer weiten Latzhose und der Robe eines alten Gelehrten, eine feierliche und gleichzeitig lächerliche Kleidung, die vorn und hinten die (weiße) Aufschrift *Cosmos. Bestattungsunternehmen* trägt mit einem Astronauten auf einer (gelben) Rakete, der (roten) Telefon- und Faxnummer sowie der Adresse der Firma. Was Muo zusagt, ist, daß sie jede Menge Taschen hat, in denen er den ganzen Kram aus seiner Hose verstaut: Zigaretten, Feuerzeug, Geldbeutel, Schlüsselbund und das kürzlich gekaufte Mobiltelefon, das in der Dunkelheit blinkt.

Der Gedanke, nach Hause zurückzukehren, behagt ihm nicht. Muo fürchtet, zu dieser Nachtstunde seine Eltern aus dem Schlaf zu reißen und sie mit seiner makabren Aufmachung zu schockieren. (Er hört seine Mutter schon: Warum so spät? Mein Sohn, wann wirst du uns den Gefallen tun zu heiraten?) Also verzichtet er darauf, ein Taxi zu nehmen, und macht sich auf einen Spa-

ziergang durch die schlafende Stadt. Er schlägt spontan den Weg ein, den die Balsameuse am Abend gefahren ist und der ihn am Tor der verdunkelten Musikhochschule vorbeiführt, dann biegt er rechts ab und schlendert die Hauswände entlang bis zu einem ausgestorbenen Arbeiterviertel. Wenn er doch nur an einem Schaufenster vorbeikäme, in dem er sich sehen könnte, doch in dieser menschenleeren Gegend gibt es weder Geschäfte noch Straßenlampen. Hin und wieder überquert ein Hund die Straße, bleibt stehen, schaut ihn an und folgt ihm auf dem Gehsteig gegenüber. Er geht an Müllcontainerzeilen vorbei und hört das Pfeifen der raufenden Ratten.

Er hat die Orientierung verloren. An einer Kreuzung fragt er sich ernsthaft, ob er nicht etwa verrückt geworden ist. Ein warmer Wind weht ihm ins Gesicht. Ein Schauer überläuft ihn. »Was ist mit mir los? Ich bin in dieser Stadt geboren, ich bin hier aufgewachsen, ich kenne dieses Viertel wie meine Hosentasche. Und habe mich verirrt.« Nur keine Aufregung! Er tröstet sich damit, daß die deutlich sichtbaren Veränderungen, die der ungezügelte Kapitalismus seiner Stadt beschert hat, ihm die Orientierung erschweren. Er schreitet die Straßenkreuzung ab, erkundet eine nach der anderen die neuen Straßen mit ihren Plattenbauten, die sich gleichen wie ein Ei dem andern. Nach einer Viertelstunde kommt er zu dem Schluß, daß er in Richtung Norden gehen muß. Doch er mag noch so sehr am sternenlosen Himmel suchen, er weiß nicht, wo Norden ist, und im übrigen fängt es an zu regnen. Am besten geht er in der

gleichen Richtung weiter; die Straße ist mit jungen Eukalyptusbäumen gesäumt, die anscheinend nicht so kränkeln wie die in den anderen Vierteln.

»Was würde Vulkan des Alten Mondes sagen, wenn ich sie unangemeldet im Gefängnis besuchen würde? In der Arbeitskluft der Balsameuse?« fragt er sich. »Würde sie lachen? Ja, sie würde laut lachen. Sie hatte schon immer so eine Art, in Gelächter auszubrechen und sich zu kugeln vor lachen, was einen zusammenzukken ließ oder peinlich war. Sie würde hinter der Trennscheibe sitzen, und ich würde ihr durch das Telefon erklären (verdammt, ein so armes Land und so supermoderne Gefängnisse, das macht mich wahnsinnig!), ja, ich würde ihr erklären: ›Schau diese Rakete und diesen Astronauten! Das ist meine neue Leidenschaft.‹ Nein, ich würde ihr viel schönere Dinge erzählen. Ich würde ihr erzählen, daß ich mich entschlossen habe, den Beruf zu wechseln, ich hätte jetzt einen Engelberuf: Begleitung menschlicher Wesen vom Moment ihres Aufbruchs zu der großen Reise bis in den Himmel. Ich würde ihr erklären, was ein Balsamierer ist: ›ein Kosmetiker für die Toten‹. Und sie würde antworten: ›Red keinen Unsinn, was verstehst du schon vom Schminken.‹ Ich würde meine Brust an die Scheibe pressen, und sie würde auf der anderen Seite die Hand heben, um mit ihren langen schlanken Fingern das Männchen im Raumanzug auf dem Overall zu berühren. Dann würde sie mir schelmisch zwinkernd einen fragenden Blick zuwerfen. Sie würde sich fragen, ob das, was ich da erzähle, stimmt, oder ob ich einen Knall habe. Doch dann würde

sie in Tränen ausbrechen, weil sie alles verstanden hat, ohne daß ich ihr etwas zu verraten brauche. Denn sie ist klug, verteufelt klug. Sie hat gleich verstanden, daß mein Vorhaben erneut gescheitert ist. Ein fataler Mißerfolg. Einer zuviel. Sie würde den Kopf in ihren auf dem Tisch verschränkten Armen vergraben. Sie würde in dieser Stellung verharren, bis die Knastaufseher sie holen kommen. Und die würden ihre liebe Mühe mit ihr haben. Wenn sie in dieser Stellung verharrt, haben selbst ausgebuffte Polizeibeamte Probleme. Sie entwickelt plötzlich unwahrscheinliche Kräfte. Es würde einen erbitterten Kampf geben, um sie von dort wegzuzerren. Nein, ich darf sie jetzt nicht besuchen, ich besuche sie eine Weile lieber nicht. Ich muß sie mit dieser Unglücksbotschaft verschonen. In diesem schrottigen Plattenbautenlabyrinth möchte auch ich am liebsten weinen.«

Das erste Mal, als Muo Vulkan des Alten Mondes herzzerreißend hatte schluchzen sehen, waren sie beide noch Studenten an der Sichuan-Universität. Der Winter war streng, und, was selten vorkam in dieser Stadt im Südwesten Chinas, es hatte ein paar Tage lang geschneit. Ende November hatte er eines Nachmittags Professor Li aufgesucht, der Shakespeares Werk lehrte, und er, Muo, gehörte zu seinen Lieblingsstudenten. Weil das Wohnzimmer des Professors groß und eiskalt war und nur das Arbeitszimmer (ein fünf Quadratmeter großer Raum, der ringsum mit gebundenen Büchern tapeziert war) mit einem Kohleöfchen geheizt wurde, zogen sie sich dorthin zurück, um wie zwei alte Freunde über dieses und jenes zu plaudern. Muo unterbreitete ihm einen

Text, den er eben fertig übersetzt hatte, und Professor Li setzte seine Brille mit dem durch einen Bindfaden ersetzten, gebrochenen Bügel auf, um den Text durchzusehen und Wort für Wort mit dem Original zu vergleichen. Plötzlich klopfte jemand an die Tür. Professor Li ging aufmachen … Und Muo sah durch die halboffene Tür des Arbeitszimmers Vulkan des Alten Mondes eintreten. Er war erstaunt, sie bei Professor Li zu treffen, denn sie hatte sich nie besonders für Englisch interessiert und noch viel weniger für Shakespeare. Unkenntlich, blaß, mit geschwollenen Augen, schien sie in einem Zustand großen Kummers oder großer Sorge zu sein. Sie war schweigsam, schlimmer noch, sie blieb sogar stumm, als der Professor sie begrüßte. Sie ging zögernd auf den Eßtisch in der Mitte des Zimmers zu, setzte sich auf einen Stuhl mit geflochtener Rückenlehne und brach in Schluchzen aus, das Gesicht in den Armen vergraben. Von seinem Platz aus konnte Muo nur ihre langen Haare erkennen, die zwischen zwei Schluchzern auf ihren Schultern zitterten oder sich bei jedem Aufschluchzen wellten. Er ging im kleinen Arbeitszimmer auf und ab und konnte sich nicht entscheiden, ob er hinübergehen sollte. Er hörte Professor Li reden, seine Stimme klang nicht selbstbewußt wie sonst, vor allem hatte sie ihre beeindruckende Klangfülle verloren, die so wunderbar in den Hörsälen hallte. Es war die stammelnde Stimme eines Mannes, der sich für das Verhalten seines Sohnes entschuldigt (dieser, ein Philosophiestudent, war ein ungewöhnlich gutaussehender junger Mann und ein in der ganzen Universität berüchtigter Don Juan, dessen

Name oft über die Lippen der Studentinnen kam, deren Träume er, scheint's, häufig aufsuchte). Sie saß stumm da. Professor Li nannte seinen Sohn einen ruchlosen Lügner, einen schamlosen Betrüger, dem man nicht vertrauen könne und so weiter und so fort. Muo ging zum Fenster und entdeckte im Spiegelbild in der matten Scheibe Tränenspuren in seinem Gesicht. Der Ofen, der vorhin wie eine treue alte Katze geschnurrt hatte, war ausgegangen. Er versuchte, das Feuer wieder anzufachen, legte Holz nach und blies durch die kleine Ofentür in die Glut. Der Kohlenstaub wirbelte auf und legte sich wie eine erstickende Wolke auf sein Gesicht. Der Rauch qualmte ins Eßzimmer. Als der Professor ihm zu Hilfe eilte, lief Muo hustend aus dem Arbeitszimmer. Sein unerwartetes Auftauchen unterbrach den Kummer von Vulkan des Alten Mondes. Überrascht sah sie ihn in einer Rauchschwade aus dem Zimmer nebenan kommen. Schwer zu sagen, wer von den beiden verlegener war, sie in ihrer peinlichen Situation, oder er, der sie in dieser Situation sah. Er wischte mit dem Handrücken das Gesicht ab, verschmierte es dadurch noch mehr mit Kohlenschwärze, so daß er nun aussah wie ein Clown aus der chinesischen Oper. Er murmelte leise eine Entschuldigung. Sie weinte nicht mehr. Er nahm einen Stuhl, wollte sich neben sie setzen… doch plötzlich fand er sich vor ihr auf den Knien. »Denk nicht mehr an ihn«, beschwor er sie, »vergiß ihn!« Sie nickte und legte die Hände auf Muos Schultern. Zweifellos, um ihn aufzurichten. Er spürte, daß sie gerührt war. Vulkan des Alten Mondes, ich bin kurzsichtig, häßlich, klein, un-

interessant, arm, aber ehrgeizig, ich schenke dir alles, was ich besitze, sogar meinen letzten Atemzug, hätte er am liebsten zu ihr gesagt. Doch er war vor Schüchternheit wie gelähmt und brachte kein Wort heraus. Er hob sein Gesicht. Ihre Brüste waren ganz nahe über ihm, und dahinter schlug ihr unglückliches Herz. Er flüsterte ihren Spitznamen, da beugte sie sich zu ihm hinunter, um ihm aufzuhelfen. »Steh auf, sonst sieht er uns noch«, sagte sie. Sie kämpfte gegen die Tränen, doch vergeblich, sie rannen unter ihren Lidern hervor, liefen über ihre Wangen, über ihre Lippen. Muo wollte sie wegwischen, aber seine Hände waren zu schmutzig, waren schwarz vom Kohlenstaub. Da küßte er sie auf den Mund. Es war nicht eigentlich ein Kuß, sondern eine unschuldige Berührung: ein sinnlicher Hauch auf ihren Lippen. Er spürte den salzigen Geschmack ihrer Tränen. Sie rückte von ihm weg. Sie saß reglos da, ihre geschwollenen Augen ruhten starr auf ihm, aber sie sah ihn nicht, und er wußte es. Sie erinnerte ihn an eine Kranke inmitten unbekannter Menschen in einem Krankenhauswartesaal. Dann stand sie rasch auf, verabschiedete sich im verrauchten Arbeitszimmer von Professor Li und verschwand.

Heute nun, als er in der Arbeitskluft der Balsameuse die Stadt, oder zumindest ein Stadtviertel, zu Fuß durchquert, erinnert sich Muo an diesen weit zurückliegenden Kuß, seinen ersten Kuß, einen Kuß voller Liebe und Verlangen, einen komplexen Kuß, der salzig nach Tränen schmeckte. Er erinnert sich an ihre wattierte schwarze Cordjacke, die einen Kontrast zu der Blässe

ihres schönen Gesichts bot, an ihre schwarze Hose, an ihre schwarzen Schuhe und ihren Rollkragenpullover, dessen makelloses Weiß den Blick auf sich zog. Jener Novembertag war zu einem Markstein in seinem Leben geworden, zu einem geheimen Gedenktag, den er jedes Jahr in bewegender Einsamkeit feiert; und zu diesem ganz besonderen Anlaß trägt er stets den über die Jahre fadenscheinig gewordenen dunkelblauen Mantel mit dem schmalen Stehkragen und dazu seine inzwischen fettglänzende Mütze. (Es ist an der Zeit, das Geheimnis unseres Freundes zu verraten. Vulgär ausgedrückt, unser Psychoanalytiker ist noch unberührt: ein mönchischer Unberührter, der die Erfahrung meidet, das ist augenfällig, wenn man ihn in Gegenwart einer Frau sieht.) Und dieser mit sentimentalen Reminiszenzen durchtränkte Mantel und die speckige Clochardmütze spenden ihm bei den jährlichen Novemberrendezvous des Herzens eine romantische Wärme. Ob in China oder in Paris.

Ein fast unsichtbarer Nieselregen hat eingesetzt. Muos Brillengläser sind angelaufen, der Regen tropft von den Blättern, tropft von Muos Haar auf den Leichenbestatter-Anzug. Er bedauert, daß dieser keine Kapuze hat wie die Skianzüge. Ein Taxi naht von hinten, fährt langsam den Bordstein entlang und wartet auf ein Zeichen. Doch Muo gibt keines. Er hat ganz einfach keine Lust. Er glaubt, den Weg gefunden zu haben: Ein eindeutiger Anhaltspunkt – die Latrinen, ehemaliges geheimes Paradies der Homosexuellen – taucht plötzlich mit den blinkenden Leuchtzeichen »W.C.« auf dem Dach hin-

ter einer Reihe gespenstischer Platanen aus dem Nebel auf. Von der Neugier des Historikers getrieben, betritt Muo das Gebäude. Alles wirkt märchenhaft. Er sieht sich einem Aufseher gegenüber, einem melancholischen Patriarchen mit Tränensäcken unter den Augen in einer Uniform, die seiner Bestatterkluft gleicht, der hinter einem verglasten Schalter im schwachen kalten Schein einer Leuchtröhre sitzt wie ein fahles Gespenst. »Macht zwei Yuan«, sagt er wie ein Museumswächter.

Als er an der Bonbonfabrik vorbeigeht, fischt Muo sein Mobiltelefon aus der Tasche und betrachtet mißtrauisch das in der Dunkelheit blinkende kleine Gerät. Wen soll er überhaupt anrufen? Vulkan des Alten Mondes? Er würde gern mit ihr plaudern, aber sie sitzt ja in einer Gefängniszelle. Michel, seinen französischen Psychoanalytiker? Er weiß aufgrund des Zeitunterschieds, daß dieser wach sein muß. Er stellt sich unter eine tropfende Buche und wählt erschauernd die Nummer. Er hört ein Klicken, dann die sehr ferne Stimme seines ehemaligen Mentors: »Oui?«, ein unpersönliches, abweisendes gehauchtes »Oui?«. Allzuoft gestört von den Anrufen seiner Patienten am Rande eines Nervenzusammenbruchs, beschränkt sich Michel auf ein schlichtes, möglichst neutrales »Oui?« und wartet defensiv schweigend. Muos Bedürfnis zu telefonieren hat sich verflüchtigt. Er legt auf, ohne zu antworten. Ein paar Minuten später klingelt es in seiner Latzhosentasche.

»Entschuldigen Sie, Michel«, murmelt er, »es tut mir leid, daß ich Sie gestört habe, aber ich stecke bis zum Hals in der Scheiße.«

Doch am anderen Ende der Leitung spricht eine chinesische Frauenstimme. Muo zuckt zusammen, als reiße ihn diese Stimme aus einem Traum, und glaubt in seiner Verwirrung, die Stimme seine Mutter zu erkennen.

»Hallo, Muo? Bist du's? Sag, spinnst du? Warum sprichst du in einer fremden Sprache mit mir?«

Es ist die Balsameuse. Er fragt sich erstaunt, wie er sie vergessen, völlig vergessen konnte. Er ergeht sich in Entschuldigungen und nimmt sich vor, gleich zu ihr zu gehen.

Die Balsameuse. Muo weiß nicht genau, seit wann und von wem seiner Nachbarin im oberen Stockwerk dieser Spitzname gegeben wurde. Inzwischen haben sich alle daran gewöhnt, und selbst ihre Eltern, die alten Liu, nennen sie so: zwei Anatomieprofessoren, die seit einem guten Dutzend Jahren im Ruhestand sind und ihrer Tochter die Wohnung überlassen haben. Eine bescheidene Zwei-Zimmer-Mansardenwohnung in einem weiß gekalkten sechsstöckigen Plattenbau ohne Aufzug, mit Stuckverzierungen an der Fassade und einbruchsicheren Fenstern, die vergittert sind wie die Käfige im Zoo. Über der Eingangstür des Gebäudes heben ein Landarbeiter und ein Soldat aus weißem und rosafarbenem Gips gemeinsam ein Zahnrad, das aussieht wie eine Girlande. Das ist also das Haus, aus dem sich der Ehemann dieser noch jungfräulichen Witwe am Abend ihrer Hochzeit vom sechsten Stockwerk gestürzt hat.

Um sie zu besuchen, überlegt sich Muo nach dem Anruf, wird er wie ein Einbrecher am zweiten Stock vorbeischleichen müssen, wo seine Eltern wohnen.

Sich alle möglichen Szenarien vorstellend, betritt er das weitläufige Gelände der Medizinischen Fakultät. Die einen Kilometer lange, mit mächtigen Bäumen gesäumte Zufahrtsstraße bildet eine grüne Laubkuppel, die das Universitätsgelände in zwei Teile teilt: Im südlichen Teil befinden sich die Fakultätsgebäude und der Campus, im nördlichen das Professorenviertel, eine richtiggehende kleine Stadt, wo nicht nur die Dozenten, sondern alle Fakultätsangestellten wohnen. (Die chinesischen Universitäten bauen und verwalten seit jeher die Wohnungen ihrer Angestellten selbst. Daran hat sich auch heute nichts geändert. Der Universitätspräsident einer solchen Institution genießt Privilegien, von denen seine westlichen Kollegen nicht einmal zu träumen wagen: angefangen bei den Anstellungen über die Entlohnungen, die Beförderungen, die Erstattung der Arztkosten, die Spengler- und Elektrikerrechnungen, die Rechnungen für das Reinigen verstopfter Toiletten, die Speisekarten und die Preise der verschiedenen Kantinen, die Familienplanung und Schwangerschaftskontrollen, die Anmeldegebühren für Kinderkrippen und Primarschulen bis hin zu den Wohnungszuteilungen hängt alles von ihm ab. Ein wahres Imperium. Die Reformwelle der achtziger Jahre nutzend, haben die Universitäten alle ihre Wohnungen an die Mieter verkauft, was allein für die Medizinische Fakultät die beträchtliche Zahl von mehreren tausend Wohnungen ausmacht.)

Das Professorenviertel der Medizinischen Fakultät ist in fünf Bezirke aufgeteilt mit hübschen Namen wie »Garten des Westens«, »Stadt des Friedens«, »Lichter-

stadt«, »Bambusgarten«, »Blumengarten der himmlischen Harmonie«. Jedes Viertel umfaßt ein paar Dutzend mehr oder weniger ähnlicher, fünf- bis siebenstöckiger Gebäude ohne Aufzug, die wiederum als Häuserblocks angelegt und durch Straßenzüge miteinander verbunden sind. Lang und mühselig ist die Durchquerung dieses schlafenden Reiches. Muo trabt mindestens eine Viertelstunde im Regen die Zufahrtsstraße entlang, durchquert die »Stadt des Friedens«, dann den »Blumengarten der himmlischen Harmonie« und gelangt schließlich in die »Lichterstadt«.

Der sozusagen hermetisch abgeschlossene, sorgfältig verriegelte Haupteingang in der hohen Umfassungsmauer ist trotz dieses schönen Namens in tiefe Dunkelheit gehüllt. Muo klopft an und ruft nach dem Nachtwächter. Er ruft und ruft, bis er fast heiser ist. Seine Stimme hallt weit in die Stille der Nacht. Endlich geht eine Lampe über seinem Kopf an, und das Tor erstrahlt in seiner ganzen feierlichen Pracht. Unter dem überhängenden Giebeldach aus glasierten Ziegeln mit den hochgezogenen Traufen, das mit geschnitzten Kapitellen und mythologischen Figurinen verziert ist: ein riesiges Tor mit zwei schweren roten Holzflügeln, an denen die Farbe abblättert und die mit mehreren Lagen bunter Anschläge zugeklebt sind: Öffnungs- und Schließzeiten, Verbote, Hausordnungen, Fotos von steckbrieflich gesuchten Verbrechern, Programme der politischen Versammlungen für die Bewohner, Selbstkritiken, Plakate von amerikanischen Filmen, Slogans, Spendenaufrufe für Aidskranke, Kleinanzeigen, ein Brief mit einer

öffentlichen Denunziation aus einer anderen Epoche, jedoch immer noch sichtbar und tadellos leserlich, Zeitungsartikel alten oder jüngeren Datums, die vom Welt- und Zeitgeschehen berichten. Die Tür geht unter lautem Riegelgekreische auf, die rechteckige kleine Tür im unteren Teil des Doppeltors dreht sich in ihren rostigen Angeln, und mit einem übergeworfenen Soldatenmantel der Volksarmee erscheint der Nachtwächter auf der Schwelle. Muo hat ihn noch nie gesehen. »Danke, daß Sie aufgestanden sind, sehr liebenswürdig von Ihnen«, sagt Muo zu ihm und steckt ihm im Vorbeigehen diskret einen Zwei-Yuan-Schein zu, wie es sich gehört.

Der Nachtwächter nimmt das Geld, läßt ihn eintreten und schließt die Tür hinter ihm wieder zu. Er hebt den schweren Vorlegebalken hoch. Wendet sich ihm dann plötzlich zu: »Ist jemand gestorben?« fragt er mißtrauisch, Muos Aufmachung musternd.

»Ja, Liao, der Hinkende aus Haus Nr. 11 von Block 3«, erklärt Muo und staunt selbst über seine Antwort, die ihm spontan über die Lippen geflossen ist.

Liao, der Hinkende, der frühere Wohnungsnachbar von Muos Familie, ist schon vor über einem Dutzend Jahren gestorben. Der junge Nachtwächter nickt anteilnehmend mit einem tiefen Seufzer – wie ein Held aus einer amerikanischen Fernsehserie –, als sei der Hinkende ein alter Freund von ihm gewesen.

»Wie wollen Sie die Leiche transportieren, Sie haben ja kein Auto mit?« ruft er Muo nach.

»Brauch ich nicht. Ich komme, seine Seele in Empfang zu nehmen.«

Der Nachtwächter schaut mit offenem Mund Muo nach, der sich im Regen wie ein Gespenst in Richtung des ersten Blocks entfernt und an dessen Haupteingang vorbeigeht, ohne einen Blick auf die sechs mustergültig identischen Kästen zu werfen. Dann biegt Muo vor dem Eingang des zweiten Blocks nach links ab und verschwindet aus dem Blickfeld des Nachtwächters.

Zwei weitere große Tore unterbrechen die disziplinierten Backsteinmauern, die einander in perfekter Symmetrie gegenüberstehen: das von Block 3 und Block 4, eines wie das andere die Nachtschließzeiten respektierend mit seinen regengepeitschten Gittern, den grünlackierten Ketten, den tropfenden Kupferschlössern, als würden in den Gebäuden längs der gewundenen Allee Schätze von unvorstellbarem Wert aufbewahrt.

Muo stellt sich wieder verschiedene Szenarien vor für den Fall, daß er sich unverhofft seinen Eltern, vor allem seiner Mutter, gegenübersehen sollte. Er klopft gewohnheitsmäßig an das Tor linker Hand. Niemand antwortet. Er ruft und klopft nochmals. Doch diesmal traut er sich nicht, allzu laut zu rufen, und versucht sogar, seine Stimme zu verstellen aus Angst, seine Mutter könnte noch wach sein und ihn hören. Er traut sich nicht einmal, zu den acht Gebäuden hinaufzuschauen, die in der Dunkelheit wie perfekte Doppelgänger in den verhangenen Regenhimmel ragen. Seit seiner Kindheit befällt ihn jedesmal, wenn er vor diesen Gittern steht (damals waren sie rostig und schon um halb neun Uhr abends geschlossen anstatt um halb zwölf wie jetzt), die gleiche Angst vor seiner Mutter.

Der Nachtwächter, der ihn endlich hereinläßt, ist ebenfalls ein junger Mann in einem Soldatenmantel, aber er ist kleiner und magerer als jener der »Lichterstadt«. Er nimmt den Zwei-Yuan-Schein entgegen, ohne den Spender oder das »Bestattungsinstitut« auf Muos Overall eines Blickes zu würdigen. Dann schließt er hinter ihm zu und eilt zu seiner Wohnung, um weiterzuschlafen. Muo stutzt: »Als ich kurz nach Mitternacht weggegangen bin, hat mich doch ein alter Mann hinausgelassen? Er war bestimmt sechzig; wie jener in der gebührenpflichtigen Toilette. Was soll's! Wahrscheinlich vertritt ihn sein Sohn oder sein Schwiegersohn, ein junger Bursche, der noch nicht gelernt hat, sich zu bedanken, aber ein bißchen was verdienen will, um sein Gehalt aufzubessern.«

Zu dieser Nachtzeit schlafen alle. Der Arbeiter und der Landmann aus weißem und rosafarbenem Gips über dem Haupteingang sind die einzigen Zeugen seines späten Nachhausekommens. Er schlüpft leise in die ausgestorbene Eingangshalle, die vertraut nach Erbrochenem riecht. Das Wasser läuft über sein Gesicht, in seinen Hals, zwischen den Kragen seines Überkleids. Er schlottert vor Kälte. Er lauscht: Nichts regt sich.

Er geht auf Zehenspitzen die Treppe hoch. Kaum im ersten Stock angelangt, ist unser gehorsamer ängstlicher Sohn schon am Ende seiner Kräfte, am Ende seiner Entschlossenheit und völlig mit den Nerven fertig. Die Strecke zwischen dem zweiten und dem dritten Stock ist besonders beschwerlich. Je höher er steigt, desto intensiver riecht er bei jedem Tritt den Geruch seiner Woh-

nung. Einen undefinierbaren Geruch, der ihm aber so vertraut ist, daß er ihn selbst im Schlaf erkennen würde.

Stellen wir uns also zwei gegenüberliegende Wohnungen auf dem Treppenpodest des zweiten Stockwerks vor: links die der Familie Muo, rechts die der Familie des verstorbenen Hinkenden. Als er auf Zehenspitzen vorbeischleicht, traut er sich weder die eine noch die andere Tür anzusehen. Doch er sieht ja ohnehin nichts und ist dazu verdammt, kein Licht zu machen. Er geht langsam, vorsichtig. Tastet mit der Fußspitze die nächste Stufe ab. In Ordnung. Er nimmt den nächsten Treppenlauf in Angriff. Er weiß, daß sein Vater schon seit langem kaum mehr etwas hört mit seinem halb durchbohrten Trommelfell. Wenn er fernsieht, stellt er den Ton auf volle Lautstärke. Seine Mutter hingegen hat ein empfindliches Gehör, vor allem, seit sie wegen ihrer Zuckerkrankheit schlechter sieht; sie hört alles, selbst das Niesen der Katze im Haus gegenüber oder das Trippeln der Küchenschaben auf ihrem Kühlschrank. Als er glaubt, an der elterlichen Wohnung vorbeizugehen, erreicht seine Nervosität den Höhepunkt, er wagt nicht zu atmen … Plötzlich stolpert er über etwas Weiches und wäre fast lang hingefallen. Es ist ein Müllsack, auf den sein unglücklicher linker Fuß getreten ist. Der Müll entquillt, eine Coladose rollt in wilder Flucht scheppernd die Treppe hinunter, knallt an die Tür der Nachbarn einen Stock tiefer und rollt weiter. Eine Katastrophe. Sein Atem stockt. Sein Herz klopft zum Zerspringen.

Er rührt sich nicht von der Stelle. Es dauert endlos, bis das Geschepper endlich verstummt. Er atmet auf.

Niemand scheint etwas gehört zu haben, nicht einmal seine Mutter. Ein Wunder! Vielleicht sind die Hausbewohner die nächtlichen Einfälle der Ratten gewohnt. »Bei uns zu Hause, in unserem Wohnblock«, hatte er einmal seinem Psychoanalytiker anvertraut, »gibt es Horden von Ratten, und ich übertreibe nicht, es sind die größten der Welt.«

Er steigt leise weiter hinauf bis zum vierten Stock, im fünften geht er schneller, frohlockend, berauscht, im physischen Schwebezustand eines Mannes, der zu einem galanten Rendezvous eilt. Er fährt mit den Fingern durch sein nasses Haar, kämmt sich mehr schlecht als recht, trocknet seine Brillengläser und hält die gewölbte Hand vor den Mund, um seinen Atem zu kontrollieren.

Im sechsten Stockwerk befinden sich vier Zweizimmerwohnungen; die der Balsameuse ist ganz hinten rechts, neben einem Fenster, durch welches das blasse Licht einer Straßenlampe einen schwachen Schein auf die Tür wirft. Als Muo anklopfen will, zieht er verwundert die Hand zurück. Was ist das für ein seltsames perlmutternes Licht? Er berührt mit den Fingerspitzen die Tür: Sie ist verglast! Am Abend vorher, als er die Balsameuse aufgesucht hatte, um ihr das Rendezvous mit Richter Di vorzuschlagen, war diese Tür aus kugelsicherem Metall gewesen wie alle anderen im Haus, mit Angeln, einem Türdrücker, einem Schloß, einem Spion.

»Hat mich die Auferstehung von Richter Di um den Verstand gebracht?« fragt er sich verwirrt.

Kleine Funken sprühen aus einem Wegwerffeuerzeug und bilden ein winziges Flämmchen, das sich

sachte-sachte der Tür nähert. Sie ist nicht nur verglast: Auf einem an die Wand gezweckten Kärtchen steht überdies »Wang«, was eindeutig nicht der Name der Balsameuse ist.

Er weicht erschrocken zurück und tastet sich in der Dunkelheit rücklings ein paar Stufen abwärts.

»So was!« sagt er sich. »Ich leide, medizinisch gesprochen, eindeutig an Demenz.«

Er testet auf der Stelle seine Hirnfunktionen. Am einfachsten und wirksamsten scheint ihm, mit einem Gedächtnistest anzufangen wie zum Beispiel, sich an französische Wörter zu erinnern. Er wagt sich nicht vorzustellen, seine Kenntnisse der französischen Sprache, die so schwierig zu erlernen ist, die ihn jahrelange Mühe gekostet hat, nein, er wagt sich keine Sekunde vorzustellen, diese Kenntnisse könnten sich in Luft aufgelöst haben. Er betet zu allen guten Geistern, ihn nicht zu verlassen.

Das erste französische Wort, das ihm in den Sinn kommt, ist *merde*. Er erinnert sich an *Les Misérables*: »... un général anglais ... leur cria ... ›Braves Français, rendez-vous!‹ Cambronne répondit: ›Merde!‹«*

Erleichterung! Das einprägsamste Wort vielleicht aus dem Mund eines Franzosen hat er also nicht vergessen. Er kostet den ermutigenden Beweis seines Erinnerungsvermögens aus und versucht es mit einem anderen Wort, das er überaus mag, einem Wort, das, je nach Si-

* Er erinnert sich an Victor Hugos *Les Misérables*: »... ein englischer General ... rief ihnen zu ... ›Tapfere Franzosen, ergebt euch!‹ Cambronne antwortete: ›Scheiße!‹«

tuation, die Bedeutung ändert: *Hélas!* Er erinnert sich an das sattsam bekannte Streitgespräch zwischen Paul Valéry (seinem bevorzugten französischen Dichter) und André Gide. Ersterem, der behauptete, der größte französische Dichter sei Victor Hugo, antwortete letzterer: »Hélas!« Ja, und was ist mit diesem ganz besonderen Wort, das Muo schöner, lieblicher findet als auf chinesisch oder englisch? *L'amour!* Bei einem seiner wöchentlichen Besuche im Gefängnis von Vulkan des Alten Mondes hatte er ihr einmal von dieser kleinen, persönlichen linguistischen Vorliebe erzählt, und sie hatte das Wort ein paarmal auf französisch wiederholt. Da sie, wie alle Chinesen, das »l« und das »r« nicht unterscheiden konnte, ließ sie den Artikel und die Endung aus und sagte nur »a-mou«, zuerst mit spitzen Lippen, dann immer lauter und lauter, bis der Zauber dieses Wortes wie ein Akkord im wimmelnden Sprechraum des Gefängnisses widerhallte: »a-mou, a-mou«, und alle, vom jungen Burschen bis zum Tattergreis, bezauberte. Was für ein berauschendes, sinnliches Parfüm in diesem Fremdwort. Die Gefängniswärter mußten eingreifen, bevor dieses Wort zu einem Chor anschwoll.

Als er sein Erinnerungsvermögen getestet hat, geht Muo nochmals zur Tür, um das Geheimnis zu lüften. Er beleuchtet das an die Wand gezweckte Kärtchen, auf dem eindeutig der Name »Wang« steht. Er stellt sich vor, was für eine Wirkung seine Bestatteruniform auf die Wangs haben könnte, und da er keine Lust hat, Anlaß für einen Herzstillstand zu sein, ruft er mit seinem Mobiltelefon die Balsameuse an.

Am anderen Ende der Leitung antwortet ihre aufgeregte Stimme: »Wo bist du? Nein …! Natürlich kenne ich die Wangs, sie sind beide Sportlehrer. Du stehst vor ihrer Tür? Aber sie wohnen doch in Block 4 und deine Eltern in Block 3! Das ist ein Ding! Bist nicht einmal in der Lage, dein Haus zu finden.«

Er stürmt, vier Stufen auf einmal nehmend, die Treppe hinunter, läuft an der Wohnung vorbei, die er für die seine gehalten hatte, geht langsamer und verpaßt im Vorbeigehen übermütig kichernd dem halbleeren Müllsack einen hinterhältigen Tritt. Der restliche Müll stiebt in alle Richtungen.

Draußen regnet es Bindfäden, und als Muo endlich seinen Häuserblock erreicht, ist er wieder bis auf die Haut durchnäßt, das Wasser fließt aus seinen Nasenlöchern wie bei einem Fischotter, der den Kopf aus einer Grotte steckt, ins Wasser taucht und vor einer anderen Grotte auftaucht.

Alles sieht wie Meerestiefe aus. Er hat nicht nur Mühe zu atmen, die Betonstufen hallen plötzlich nicht mehr, geben unter seinen Füßen nach, ziehen sich zusammen, dehnen sich und nehmen ihre ursprüngliche Form wieder an, als wären sie aus Gummi, als schreite er auf einem sumpfigen Gelände, einem fruchtbaren und gleichzeitig höllisch stinkenden, wie in jenem Traum, in dem er auf grau- und schwarzgeädertem Marmor ging, der unter seinen langen Schritten nachgab und schließlich zu einem riesigen Stück reifem Käse wurde.

Die Balsameuse ist es, die unseren scharfsinnigen und feinfühligen Psychoanalytiker in diesen Zustand versetzt: Sie geht Hand in Hand mit ihm die Treppe hoch.

Als er vor ein paar Minuten die Eingangshalle betrat, fand er auch diesmal den Lichtschalter nicht und war gezwungen, leise wie ein Dieb die Treppe hinaufzuschleichen. Doch als er im ersten Stockwerk anlangte, ging weiter oben das Licht an, und jemand kam flip-flop-flip-flap leise die Treppe hinunter. Ein Schauer lief ihm über den Rücken.

Er hielt den Atem an und versuchte, das Flip-floppen zu entziffern, um schleunigst zu verschwinden, falls es sich um seine Mutter handelte. Doch seit er vor Jahren China verlassen hatte, war er nicht mehr imstande, allein am Flappen auf den Treppenstufen zu erkennen, woraus die Schlappen waren. (Plastik? Leder? Gummi? Schaumstoff? Wem gehörten sie? Einem Mann? Einer Frau? Jemand Schüchternem? Jemand Gewalttätigem? Jemand Zärtlichem? Jemand Strengem?) Und er war auch nicht mehr imstande, anhand des Flip-floppens auf die Gemütsverfassung ihres Besitzers zu schließen: Wenn jemand in die Kommunistische Partei eintrat, veränderten seine Flip-Flops ihren Klang, ihren Nachhall, sogar ihren Sinn, und lange Zeit schienen sie die Nationalhymne zu schlappen.

Die von oben nahenden Flip-Flops tappelten in einer seltsamen Mischung aus Ungestüm und Lässigkeit. Die Treppenhausbeleuchtung ging wieder aus, man sah die Hand nicht mehr vor Augen, doch die Dunkelheit veränderte den Rhythmus der Schritte nicht. Sie bogen,

ohne das Tempo zu verlangsamen, um den Treppenabsatz des zweiten Stocks. Muo nahm schüchtern den Aufstieg wieder auf, und das Geräusch seiner zögernden, feierlichen Schritte gesellte sich zum rascheren, heitereren, und beide zusammen verschmolzen zu einer spontanen Serenade.

Die Treppe wurde abrupt steiler, bog nach etwa zwanzig Stufen um den Podest und führte weiter nach oben.

Muo hörte die Balsameuse fragen: »Bist du's?«

»Pst«, flüsterte er, »du weckst noch meine Mutter.«

In der Dunkelheit erkannte er auf dem Treppenpodest des zweiten Stockwerks einen blassen Schatten. Das Tappeln verlangsamte sich nicht und beschleunigte sich auch nicht. Die Gestalt bewegte sich, ohne ihm entgegenzukommen. Sie ging immer im gleichen Takt.

Ohne zu begreifen, was los war, hörte er sich mit leiser Stimme sagen: »Achtung, meine Mutter hat ein feines Gehör …«

Sein Satz brach jäh ab. Das Flip-Flop-Konzert verstummte. In der Stille hörte er ein dumpfes »Klick« in seinem Kopf. Die Hand der Balsameuse griff nach seiner Hand. Ihr kleiner, warmer Handballen zitterte, ihre Finger schlossen sich nervös um seine. Er spürte etwas Hartes, ach so, ihr Ehering. Ihr Gesicht streifte seines. Es roch nach Desinfektionsmittel.

»Was für eine Gesichtslotion verwendest du?« fragte er flüsternd.

»Keine. Rieche ich nach Formaldehyd?«

»Nein.«

»Sicher?«

»Ja.«

»Um so besser. Ich mag's überhaupt nicht, wenn ich nach der Arbeit nach Formaldehyd rieche.«

»Riecht irgendwie nach Jodtinktur. Hast du dich verletzt?«

»Nein. Ich habe bloß eine Feuchtigkeitsmaske aufgetragen. Dein Richter Di hat mich derart erschreckt, daß ich zu Hause noch zitterte. Also habe ich eine Gesichtsmaske aufgetragen. Ich bin ganz versessen auf dieses Zeug. Es brennt ein bißchen auf der Haut, doch es beruhigt mich, du kannst dir gar nicht vorstellen wie. Ich mußte nicht einmal mehr an den Zwischenfall von gestern abend denken.«

»Ich bin vor Schreck beinahe gestorben.«

Torkelnder Aufstieg, Hand in Hand in der Dunkelheit; flüsternd treten sie ins Leere oder stolpern wie zwei Komödianten. Als sie an der geschlossenen Wohnungstür der Familie Muo vorbeikommen, glaubt er, die Mutter hüsteln zu hören. Doch alle Lichter sind gelöscht.

»Du hast ja eiskalte Hände, du Ärmster.«

»Ich bin patschnaß. Hast du meine Aufmachung gesehen? Nein, du kannst sie ja nicht sehen. Ich trage die Uniform des Bestattungsinstituts, vielleicht ist es deine, sie ist mir zu klein und zu eng.«

»Du kannst dich bei mir umziehen. Ich habe die Kleider meines Mannes als Erinnerung aufbewahrt. Sie könnten dir passen.«

Die Jiaozi sind gar

Ein paar Minuten später stecken Muos Füße in dunkelblauen Wildlederpantoffeln, die mit drei Blümchen in abgestuftem Fliederblau bestickt sind: einem Wasserdost, einer Meerlavendelblüte und einer Taubenskabiose. Ausgetretene Pantoffeln mit knarrenden Sohlen.

Die Balsameuse hat ihre Schuhe auf den Fächern eines kleinen Regals neben der Wohnungstür aneinandergereiht, wie es alle Asiaten tun. Auf einem Kunststoffhocker in der engen Diele sitzend, hat Muo seine vom Regen schwammigen, schlammigen Schuhe mit den ausgetretenen Fersen ausgezogen und sie neben die der Balsameuse gestellt: rot-schwarze Sneakers, Espadrilles, Flip-flops, Schnürstiefelchen … Alle eindeutig kleiner als die Wildlederpantoffeln ihres Selbstmörder-Ehemanns, die Muo aber zu groß sind. Wenn er die Beine übereinanderschlägt, baumelt ein Pantoffel an seiner nackten großen Zehe in der Luft. Er mag sie nicht, diese Pantoffeln, aber er hat keine Wahl.

»Hübsche Pantoffeln«, meint die Balsameuse. »Wir haben sie ein paar Wochen vor unserer Hochzeit gekauft, im Kaufhaus an der Yanshikou. Fünf Yuan fünf Fen haben sie gekostet, ich erinnere mich noch genau. Ich bewahre sie seit seinem Tod im Schuhschrank auf,

manchmal bürste ich sie und ziehe sie an. Bei jedem Schritt spüre ich ein angenehmes Kribbeln vom Spann bis in die Waden, aber sie sind mir zu groß.«

Ihr Wohnzimmer ist, ähnlich wie der Balsamierungsraum, mit fünf oder sechs Lampen beleuchtet, die mildes Licht, leuchtende Flecken und diskrete weißliche Lichtkegel verbreiten und eine neblige, trauliche, fast unterirdische Stimmung schaffen. Sie geht mit der Leichtigkeit eines Vogels und dem Glücksgefühl einer wiedergefundenen Jugend in der Wohnung hin und her, die cremige Maske auf dem Gesicht. (Ihr kurzer, rosafarbener seidener Morgenmantel ist mit einer goldenen Landschaft, mit blauen Blumen und weißen Vögeln bestickt.)

»Was möchtest du essen? Ich habe mit Sellerie und Lammfleisch gefüllte tiefgefrorene Jiaozi im Kühlschrank, magst du das?«

Ohne die Antwort abzuwarten, verschwindet sie mit einem tiefen Seufzer durch die Küchentür: »Endlich wieder ein Mann im Haus!«

In der Wohnung schwebt – wie dünner Staub, wie feiner Rauch, wie verglühter Wacholder – die trostlose, kalte Melancholie einer kinderlosen alten Jungfer. Auf dem Fußboden ist eine große, auf Maß gefertigte, feingeflochtene alte Bambusmatte ausgelegt. Da und dort, vor dem Sofa, vor dem Fernseher und vor den zwei Sesseln, schützen verschiedenfarbige Spannteppichreste oder Vorleger die Matte. Nirgends ein Tisch, an dem man essen könnte. Ißt sie in der Küche? Die Ledersessel sind immer noch mit der Plastikfolie des Händlers

zugedeckt und das Sofa mit einer durchsichtigen Hülle. Der Fernseher steht auf einem runden Tischchen und hat einen purpurroten Samtbezug übergestülpt, die Fernbedienung ist in knirschendes Zellophan gewickelt. Über dem Telefon liegt ein blaßrosafarbenes Frotteehandtuch. Ein vergrößertes gerahmtes Familienfarbfoto hängt an der Wand. Nirgends eine Porträtaufnahme, weder von ihr noch von ihrem Mann, aber ein paar ziemlich gut getroffene Scherenschnitte. Nur eines stellt das Paar dar: er mit wehenden Regenmantelschößen über die Lenkstange gebeugt, sie hinter ihm auf dem Gepäckträger, an einem flatternden Pullover strickend.

Sie besitzt einen Safe und eine Marionettensammlung, die Muo in grenzenloses Entzücken versetzt. Er kann sich an den kleinen Schauspielern in ihren leuchtenden Satin- oder Seidenkostümen nicht satt sehen; Kaiser in drachenbestickten Roben, mit Juwelen geschmückte Kaiserinnen, Gelehrte mit einem Fächer in der Hand, Generäle mit Säbeln und Speeren, Bettler … Ein buntes Völkchen, das einen durch das matte Glas eines Vitrinenaufsatzes anblickt. Ein Geschenk ihres Mannes, der die Sammlung von einem Großonkel geerbt hatte. Es sind etwa zwanzig »zum Sterben schöne« Figuren, eine entzückender als die andere. Muo könnte sie stundenlang bewundern. Vor seinem Tod hatte der Mann der Balsameuse eine gedämpfte Beleuchtung in die Vitrine eingebaut. Die seitlich angebrachten kleinen Schalter zünden jeder eine der winzigen Lampen an, die geschickt in den Falten der Samttapete versteckt

sind. Muo öffnet die Glastür. Er beugt sich fasziniert vor, schaltet nacheinander die Lämpchen an, die wie Bühnenscheinwerfer die Marionetten in Lichtkegel hüllen. Die Balsameuse tritt zu ihm und wirbelt mit einem schnurrenden Fön energisch sein Haar trocken. Die Kleider der Marionetten flattern im Luftzug, die Fächer der Weisen fächeln, die Juwelen der Kaiserinnen pispeln. Muos Hand streichelt verträumt die Flip-Flops der Balsameuse, die wieder zur Friseuse geworden ist; dann gleitet sie über ihren schmalen linken Fuß, dessen knochiger Spann unter seinen Fingern zittert.

Das Brodeln der überkochenden Jiaozi beendet dieses idyllische Vorspiel. Die Balsameuse läuft in die Küche. Muo kniet auf dem Fußboden, die zuckenden Marionetten in seinen zitternden Händen. Sie wiegen sich hin und her, ihre langen Ärmel wehen anmutig, sie nicken mit ihren Köpfchen, die eine Krone oder einen hohen Hut aufhaben, und begrüßen ihren verzückten einzigen Zuschauer. Seine Brillengläser sind vom Küchendampf angelaufen, er sieht nur bunte tanzende, schwankende, einander umschlingende Flecken, die sich in tausend Sterne verwandeln, in eine Flamme, die aus den Dampfschwaden züngelt, in Myriaden Glühwürmer, die in dieser aufregenden Nacht davonfliegen.

Auf das Drängen seiner Gastgeberin (Meisterköchin im Garen von Jiaozi, ist sie der Ansicht, der Geschmack dieser Köstlichkeit sei vom zu langen Garen verdorben, also stellt sie frische aufs Feuer) geht Muo seine nasse Uniform gegen trockene Kleider tauschen. Im Wandschrank verliert er sich in der Menge Kleiderbügel, die,

auf der einen Seite, ihre Kleider tragen: Satindessous mit festoniertem Saum, ein Mantel aus Pelzimitation, Blusen, Kleider, Röcke und so weiter, und, auf der anderen Seite, die Kleider ihres Mannes, denen ein schwerer Kampfergeruch entströmt: eine wattierte blaue Jacke mit Mao-Kragen, ein schwarzer Anzug mit passender Weste, ein weißes Hemd mit gestärktem Kragen, über dem ein Selbstbinderschmetterling aus schwarzer Seide hängt, Hosen, ein abgewetzter Lederblouson, ein Gürtel aus weichem Leder, Soldatenmützen … aber nichts für die Jahreszeit. Die tadellos aufgehängten Kleider beschwören das Gespenst des Toten herauf. Ihr Anblick schnürt ihm kurz die Kehle zu. Er öffnet den Spiegelschrank: Darin dominieren drei Farben – Weiß, Rosa und Blau – in den Stapeln der nach Sauberkeit duftenden Wäsche, die in drei tiefen Abteilen eingeordnet sind. Er entscheidet sich für einen Sportanzug, er nimmt ihn heraus, faltet ihn auseinander, und plötzlich hat er das Gefühl, etwas Lebendes, Atmendes in den Händen zu halten. Er schließt die Schranktür und geht ins Badezimmer, um sich umzuziehen.

Die Neonröhre an der Decke erzeugt eine leuchtende Spiegelung, deren kaltes Licht zusammen mit dem weißen Widerschein der Emailbadewanne, der WC-Schüssel und des Waschbeckens dem Raum die Stimmung einer Grotte verleihen. Über dem Waschbecken ein schmales Glasregal, auf dem eine Zahnbürste, ein Schminkkästchen, Cremetuben und Fläschchen stehen; ein gerahmter ovaler Spiegel darüber wirft Muo das fahle Spiegelbild eines falschen Bestatters zurück, der

durch den Sportanzug des Ehemanns der Balsameuse in einen Studenten aus den achtziger Jahren verwandelt worden ist. (Der verwaschene himmelblaue Veloursanzug mit Ajournähten unter den Armen ist auf der Brust mit einer roten Flagge und dem gelben Emblem der kommunistischen Jugendliga geschmückt. Muo erinnert sich, daß dies die Kleidung der Universitäts-Basketballmannschaft war.)

Fasziniert von seiner Verwandlung, betrachtet er sein Spiegelbild. Er erinnert sich an gewisse Mienenspiele des Eigentümers dieses Trainingsanzugs, und das Gesicht dem Licht zugewandt, imitiert er ihn zum Spaß. Er ist verblüfft über die Ähnlichkeit in seinem Blick, über die Art, den Mund zu verziehen.

Diese Inspektion führt dazu, daß in seinem vernebelten Geist die grausame Angst wieder aufflackert, die ihn seit dem Zwischenfall im Balsamierungsraum quält. »Handeln, Muo, handeln!« sagt er sich, »aber du kannst doch dein asketisches Zölibat nicht aus reiner Dankespflicht beenden? Durch die Tilgung einer moralischen Schuld? Nein! Du mußt von hier verschwinden. Selbst wenn es für dich die Gelegenheit ist, einen sensationellen Beweis deiner Männlichkeit zu liefern, mußt du deinen Prinzipien treu bleiben. Verschwinde! Du schuldest niemand etwas. Rein gar nichts!«

Er verläßt das Badezimmer und zieht die Tür hinter sich zu. Die Tür klinkt mit einem leisen metallischen Klicken ins Schloß. Er spitzt die Ohren und hört seine Gastgeberin in der Küche hantieren. Wenn er einen Fluchtversuch wagen will, dann jetzt oder nie! Doch ein

Satz Freuds oder eines anderen seiner Lehrer (er ist derart verwirrt, daß er nicht mehr in der Lage ist, sich an die Quelle zu erinnern) hallt in seinem Kopf: »... Mörder flüchten sich hinter die Maske von Patrioten, und Impotente verkleiden sich oft als Asketen.«

»Ich bin zum Glück nicht impotent, und ich verkleide mich nicht als Asket, sondern als Student und Basketballspieler«, gluckst er vergnügt und bedauert, der einzige Zeuge dieses brillanten Aphorismus zu sein. »Doch ... bin ich mir meiner Männlichkeit wirklich so sicher?«

Er senkt den Kopf und bemerkt den vorwitzigen Hökker, der seit einer Weile unter der Sporthose des verstorbenen Ehemanns anschwillt. »Warte! Überlege! Das ist vielleicht die Gelegenheit, eine Erfahrung im Umgang mit Frauen zu erlangen, die sich eines Tages in deinem Eheleben als nützlich erweisen wird«, sagt er sich. Die Wahrheit ist, daß er sich zwar den Schädel mit Freuds Büchern, mit Psychoanalyse, mit Sittengeschichte, mit Busengeschichte oder mit der Geschichte des Sexuallebens seit dem Altertum vollgestopft hat, was aber die Praxis auf dem geheimnisvollen Gebiet des Sex angeht, da fehlt ihm jegliche Erfahrung.

Er kehrt ins Wohnzimmer zurück. Zu seiner Verblüffung laufen seine Beine nicht nach rechts, das heißt auf die Wohnungstür zu, sondern steuern mit dem energischen, ungeduldigen Schritt eines rechtmäßigen Ehemanns, der mit einem Riesenhunger von der Arbeit nach Hause kommt, nach links, das heißt in Richtung Küche.

»Sind sie fertig, deine berühmten Sellerie-Jiaozi?« fragt der falsche Ehemann in der Küchentür. »Mmh, es riecht verdammt gut.«

Sie steht geschäftig vor dem Gaskocher und wendet sich ihm zu. Der Anblick der Kleider ihres Gatten, wenn auch von einem anderen getragen, gibt ihr einen Stich ins Herz. Sie glaubt, ohnmächtig zu werden. Ein Schauer läuft ihr über den Rücken. Wie durch einen Nebel sieht sie den schlichten, verwaschenen, stellenweise (von ihr selbst) ausgebesserten hellblauen Sportblouson aus den achtziger Jahren mit dem angeschnittenen kleinen Kragen und dem auf der Brust gekreuzten V-Ausschnitt, an dem nur noch ein einziger Knopf einsam an einem Faden baumelt. Als Muo sich ihr nähert, wird der Knopf vor ihren Augen größer und größer. »Ich werde ihn annähen müssen«, denkt sie und fährt kurz mit der einen Hand darüber, während die andere im Kochtopf rührt.

Muo packt sie um die Taille und küßt sie, ungeschickt zwar, aber so leidenschaftlich, daß er sie fast auf die Kredenz schubst. Die geschmeidigen, bebenden Glieder der Balsameuse locken Muos Hände. Ihre Taille windet sich. Ihre Zungen suchen sich, zuerst in einem jugendlichen, höflichen, etwas gehemmten Staunen, das sich schnell in Trunkenheit verwandelt, schlingen sich ineinander, liebkosen, erkunden, beißen, rollen wie zwei Delphine von einem Mund zum andern. In seiner Unschuld kostet Muo verwirrt das Sellerieаroma der im kochenden Wasser sprudelnden Jiaozi, den Medizingeruch der Feuchtigkeitsmaske seiner Freundin, das liebliche Parfüm

ihres Mundes, die Härte ihrer Zähne, Riffe in der Tiefe einer Grotte, das Schnurren des Kühlschranks, das Ächzen des Tellerschranks, ihr tiefes Seufzen: Der aus dem Kochtopf aufsteigende Dampf hüllt ihre umschlungenen Körper ein wie ein Moskitonetz über einem Brautlager, wie ein schwebender Mousselineschal, wie ein paradiesischer Nebel. Sie hat die Augen geschlossen, und als er ihre Oberschenkel streichelt, stöhnt sie wollüstig auf. Er ist erstaunt, erkennt sie kaum mehr: ihr rundes Gesicht, ihren träumerischen Gesichtsausdruck, der ihr einen ganz neuen Charme verleiht. Sie stehen dort wie zwei dürre Holzscheite in einem brennenden Kaminfeuer. Sie haben keine Zeit, ins Schlafzimmer zu gehen. Die Hand der Balsameuse gleitet unter die verwaschene Sporthose, die, pluff, auf den Fliesenboden sinkt und sich kunstvoll um Muos blasse, knochige Füße legt. Sie entledigt sich ebenfalls ihrer Hose, ihres rosafarbenen Slips und schleudert beides mit der Fußspitze weg. Sie lieben sich im Stehen, an den Tellerschrank gelehnt, dessen zweiflügelige Tür dem Erdbeben nicht standhält, nachgibt, bei jedem Stoß bündelweise Bambusstäbchen, Plastiklöffel und Plastikgabeln spuckt. Dann rollt die seismische Welle die Wand entlang und erschüttert ein schmales Wandbord über ihren Köpfen. Inmitten der zu einer schwankenden Pyramide gestapelten Töpfe kippt ein Sack Mehl. Das weiße Pulver ergießt sich (im Rhythmus der Erschütterungen der Liebesskala) in Schwaden, löst sich in Staubwolken, in feinen Staub auf, vermischt sich mit Zetteln (Notizen? unbezahlte Rechnungen?), die auf ihren Haaren, ihren Schultern, ihren Gesichtern

und selbst auf den strudelnden Jiaozi landen. Ein paar Schnipsel bleiben an der Feuchtigkeitsmaske der Balsameuse kleben. »Es schneit«, flüstert ihr Muo romantisch zu. Sie antwortet nicht. Sie hört ihn nicht. In genau diesem Moment glaubt er, die Quintessenz der modernen Kunst begriffen zu haben. »Sie allein, meine Geliebte, meine Balsameuse, verkörpert alle Frauen, deren Porträts in den großen Museen hängen, mit zwei Augen auf der einen Gesichtshälfte, mit ihren krummen, eckigen, geraden, zerschlagenen, zersplitterten Gesichtern; er sieht vor allem ein Bild Picassos vor sich, *Die Frau mit der Mandoline* und ihre schmelzende, tropfende Brust; nun versteht er, was für eine Leidenschaft auf diesem Bild festgehalten wurde. Er erinnert sich an ihren verfeinerten, auf das Wesentliche, auf ein winziges Rechteck reduzierten Kopf mit einem riesigen Auge in der Mitte, das anmutig und verschmitzt aus einer dunklen, birnenförmigen Mandoline strahlt. Muos erster sexueller Akt läuft perfekt ab wie in einem Handbuch, ja, er verwandelt sich geradezu zu einer Dissertation über Picassos Werk. Er träumt, er sei Picasso, nicht wegen dessen Genialität oder Berühmtheit, sondern wegen seines zynischen, ungehemmten, unbestechlichen Blickes. Muo wirft mit dem Auge eines großen Frauenhelden einen picassischen Blick auf die Jiaozi, die in der aufschäumenden Brühe fröhliche Purzelbäume schlagen: weiße Brüstchen, Wellen, Fluten, wiehernd galoppierende Pferde mit schneeigen Mähnen... In dem Moment, als das Ganze überzukochen droht, greift die Balsameuse zu einem langstieligen Löffel und rührt damit im Sud.

Er betrachtet ihre Hand und die Jiaozi, die enttäuscht auf den Grund sinken, und staunt über den Reflex dieser Frau, die inmitten einer solchen ekstatischen Aufwallung den Bezug zur Außenwelt nicht verliert. Plötzlich denkt er an die Leichen, die diese Hand berührt hat, ihre schweißnasse, glänzende, fast fluoreszierende Hand, diese mehlbestäubte jungfräuliche Hand, der er sein Glied überlassen hat. Er hört, wie sie ihn heiser flüsternd »Liebster-o-Liebster« nennt. Die Reaktion ist verblüffend und gleichzeitig höchst erotisch. Er stellt verwundert fest, daß er tatsächlich ein bißchen in sie verliebt ist. Er hätte Lust, ihr »ich liebe dich« ins Ohr zu flüstern. Doch ein Gurgeln steigt aus der Tiefe ihrer Kehle. Und sie stöhnt mit starrem Blick, mit starren Gliedern »mein Mann«. Schweigen! Er hört weder das Summen des Kühlschranks noch das Brodeln der Jiaozi. Nur dieses eine, im sozialen Sinne heilige Wort widerhallt in der Küche.

Er weiß nicht, ob sich diese zärtliche Bezeichnung auf seinen künftigen verpflichtenden Status eines Familienoberhaupts bezieht, ob sie ihn zu einem Lückenbüßer erniedrigt – oder gar zu einem armen Opfer.

Sie nimmt seine Brille ab, legt sie auf den Tellerschrank, nimmt sein Gesicht zwischen ihre Hände und bedeckt es mit Küssen.

»Umarme mich fester, mein Mann-o-mein Mann«, schreit sie auf. »Verlaß mich nie, nie mehr, nie mehr ...!«

Ohne Brille, verlegen, verloren, doch heftig ruckelnd, richtet er den Blick zur Decke, dann zum Fußboden, holt tief Luft und sagt: »Dein Mann läßt dich grüßen.«

Dieser Satz kommt so unerwartet, daß sie ihn einen Moment lang verstört anschaut, dann wirft sie den Kopf in den Nacken und bricht in Lachen aus, schüttelt sich vor Lachen, schüttelt ihn vor Lachen: ein unwahrscheinlich erregendes Geschüttel, das Muo einen warmen Strom entreißt.

»So schnell?« fragt sie erstaunt. »Die Jiaozi sind doch noch nicht gar.«

»Entschuldige«, murmelt er, zieht beschämt seine Hose hoch und sucht seine Brille.

Er sieht wieder klar. Das erste, was seine entjungferten Augen sehen, ist ein Jiaozi. Ein geplatztes Jiaozi, das wie ein verletzter Riesenschmetterling obenauf schwimmt, abtreibt und in breiten Spiralen langsam auf den Grund des Topfes sinkt, einen langen, brodelnden Sellerie- und Hackfleischschweif hinter sich lassend.

Er setzt sich auf den Fußboden, den Rücken an die Tür des summenden Kühlschranks gelehnt. Sie nimmt ein Papiertüchlein, bückt sich und trocknet den Blutfaden, der ihr die Beine hinunterläuft. Dann trocknet sie mit einem frischen Papiertüchlein die Spuren auf Muos Haut.

»Ich bin keine Jungfrau mehr«, murmelt sie vor sich hin. Tränen fließen über ihr Gesicht und ziehen Furchen in die bläuliche Kruste ihrer mehlbestäubten Feuchtigkeitsmaske.

»Komm«, sagt sie zu ihm und küßt ihn auf die Wange. »Laß uns essen, ich hab einen Mordshunger.«

»Warte, ich geh mich zuerst waschen.«

Die tiefgefrorenen Jiaozi schmecken nach Kleister, auch wenn sie von der Balsameuse nach allen Regeln der Kunst gekocht worden sind. Doch die Sauce, die sie selbst zubereitet hat, ist köstlich mit dunklem Reisessig, mit gehackten Frühlingszwiebeln, mit gepreßtem Knoblauch und ein paar Tropfen Sesamöl gewürzt. Einander gegenüber auf dem Fußboden an einem niedrigen Tisch hockend, der mit Zeitungspapier gedeckt ist, essen sie stumm. Ihr Schweigen ist ein bißchen unheimlich. Aus Angst, sie zu verletzen, zwingt sich Muo, alles aufzuessen, was sie ihm auf den Teller legt. Zum Glück kommt sie auf den Gedanken, eine Porzellanschnapsflasche in Form eines zerknitterten Jutesacks hervorzuholen, einen teuren Schnaps namens »Rauschphantom«, der für seinen Alkoholgehalt, sein besonderes Aroma und seine originelle Verpackung berühmt ist. Ein paar Tropfen genügen, die Moral des vorschnellen Ejakulators zu heben. Die eben erlittene demütigende Havarie seiner Männlichkeit verblaßt. Das ist nun mal seine Art: Sein Leben lang hat er Niederlagen in Kauf genommen und immer wieder neue eingesteckt. Mit einem picassischen Auge lauert er auf die Gelegenheit, wieder von vorn anzufangen. Er muß seine männliche Ehre retten, sein Selbstwertgefühl.

Um die neue Energie zu konzentrieren, die das »Rauschphantom« in ihm weckt, verzichtet er darauf, mit ihr die Wassermelone zu teilen, die sie aus dem Kühlschrank holt. Sie schneidet sie mit einem Küchenmesser auf, der Saft fließt die scharfe Klinge entlang und durchnäßt die Zeitungspapiertischdecke auf dem niedri-

gen Tisch. Sie spuckt die Kerne in eine Porzellanschale. Jedesmal, wenn sie in die Frucht beißt, läuft roter Saft über ihr Kinn. Plötzlich hat Muo ein heftiges Bedürfnis zu schlafen, ihn übermannt bleierne Müdigkeit, in die sich seine Gedanken flüchten, sich wollüstig darin zusammenrollen. Er fühlt sich völlig ausgepumpt. Die Lider werden ihm schwer, seine Brille rutscht von der Nase und fällt in die abgeknabberten Melonenschalen. Er kämpft gegen seine Erschöpfung an, setzt lächelnd seine verschmierte Brille wieder auf, unterdrückt ein Gähnen, steht auf und geht ins Badezimmer, die Flasche »Rauschphantom« in der Hand.

»Ich nehme kurz ein Bad und komm gleich wieder.«

»Warte«, sagt sie. »Ich mag nicht allein bleiben.«

Nachdem er dreimal den Kopf ins überschwappende warme Wasser getaucht hat, kann er wieder klar denken. Ein gefährlicher Kampf, in den er sich da gestürzt hat. Er fühlt sich immer noch schlapp. Schlimmer noch, er stellt erschrocken fest, daß sein Penis zusehends schrumpft, bis er unter einem Büschel schwimmender Haare verschwindet, während die Balsameuse, die Füße auf den Rand gelegt, auf einem Hocker neben der Badewanne sitzt und perlmuttsilbernen Nagellack auf die Zehennägel aufträgt.

»Gestern abend mit deinem Richter Di«, sagt sie, »war ich fast tot vor Angst. Es ist das erste Mal in meiner langen Berufskarriere, daß mir so etwas passiert ist: ein Toter, der aufwacht! Bisher hatte ich das nur in einem Hongkonger Gruselfilm gesehen. Mensch, was für ein Schreck!«

Sie ist wie ein undichter Wasserhahn; sie kann nicht aufhören zu reden und redet und redet, fortgerissen von diesem Glücksgefühl nach der Liebe, das so alt ist wie die Welt: dem unwiderstehlichen Drang zu Geständnissen. Sie ist sich nicht bewußt, daß ihr Monolog allein ihrem seit Jahren toten Mann gilt, ohne dem armen Muo den kleinsten Platz einzuräumen. Keinen Satz. Er ist verblüfft über diese schicksalhafte Identifikationsübertragung und steckt ergeben die von allen Seiten hagelnden Hiebe ein. »Wie grausam ist doch das Weib! Was für ein wunderbares Geschöpf!« sagt sich die unglückliche Zweitbesetzung und gleitet tief in die Badewanne, bis das Wasser über ihm zusammenschlägt und seine Gehörgänge füllt.

»Von all meinen Behandlungen war die Balsamierung meines Mannes das Grauenhafteste, was ich je erlebt habe. Ich werd es nie vergessen. Normalerweise rührt man in meinem Beruf nicht an die Leiche eines Nahestehenden, ob es sich nun um ein Familienmitglied handelt, um einen Freund oder auch nur um einen Nachbarn. Das ist die goldene Regel. Meine vier Arbeitskollegen waren überlastet. Ich war unten geblieben. Ich wartete. Die Stunden vergingen. Sie hatten mit dem Waschen der Leiche angefangen, waren dann zur Massage übergegangen. Er war übel zugerichtet, kannst dir ja vorstellen: nach einem Sturz vom sechsten Stock. Es erforderte viel Präzision und Geduld, um sein geronnenes Blut wieder zu verflüssigen. Schließlich bin ich entschlossen hinaufgegangen und habe meine Kollegen gebeten, mich allein weitermachen zu lassen und das Heikel-

ste mir zu überlassen: nämlich den Schädel wiederherzustellen. Sie waren erleichtert und froh, daß ich ihnen diese beschwerliche und vor allem undankbare Arbeit ersparte. Ich konnte das verstehen; sie wußten, daß trotz ihrer bestmöglichen Anstrengungen das Resultat immer enttäuschend sein würde: Sein Schädel war nicht nur zerschmettert, sondern sozusagen in zwei Teile gespalten wie eine mit einem Beil mittendurch halbierte Wassermelone. Das schwärzliche Blut, das eingetrocknete Gehirn und vor allem die vielen feinen Schädelrisse machten die Wiederherstellung riskant. Beim kleinsten Fehler würde der Schädel in Bruchstücken auseinanderfallen. Der schlimmste Alptraum. Niemand hätte sie zusammennähen können. Selbst ich nicht. Ich mußte die Tränen zurückhalten und getraute mich kaum zu atmen, als ich die feinste Rundnadel in die Hand nahm und mit der Arbeit begann. Der Faden, ein japanisches Produkt von bester Qualität, wird auch von Chirurgen verwendet. Die Schädelhautwunde war sehr breit und etwa zwanzig Zentimeter lang; zwischen den beiden Wundrändern klafften mindestens fünf Zentimeter. Ich drückte sie mit der Hand aneinander und begann an der schmalsten Stelle. Im unteren Stockwerk übten meine Kollegen zu Klaviermusik von einem Plattenspieler einen traurigen langsamen Walzer. (Du weißt, daß damals das Tanzen Mode war. Eine Milliarde Chinesen tanzten Walzer. Das war vor der Majiang-Welle.) Ich erinnere mich, daß ich nie einen so herzergreifenden traurigen Walzer gehört hatte, er war noch trauriger als die Requiems, die man Europäer mit Kerzen in der Hand

und Frauen mit Schleiern auf dem Kopf im Fernsehen singen hört ...«

Im Dämmerzustand, bereits von Müdigkeit, vom Schlaf, vom Alkohol überwältigt, hört Muo dieser Beichte zu, dieser Stimme, die wie aus einer anderen, einer fernen Welt dringt, einer Stimme, die eher ein leiser, in der Luft schwebender Hall zu sein scheint. Vielleicht klingt eine Gespensterstimme so. Er weiß nicht mehr, ob die Gegenstände um ihn herum wirklich oder unwirklich sind, ob sie tatsächlich spricht oder ob er träumt. Er schlägt kurz die Augen auf und sieht über den länglichen Wellen des Wassers in der Badewanne eine geschmeidige kleine Schlange, die zwischen seinen Schenkeln züngelt. Er greift kichernd nach dem »Rauschphantom« und trinkt einen Schluck, während seine andere Hand das Spiel mit dem geheimnisvollen Schlängelchen wiederaufnimmt.

»Den Skalp nähen, das ist der medizinische Fachausdruck, war eine sehr langwierige Operation. Ein richtiggehender Marathon. Stich um Stich, Millimeter um Millimeter, hab ich ihn zusammengenäht. Der Knochen war hart, und sein Haar war komplett verfilzt. Ich mußte zweimal eine neue Nadel nehmen. Danach hab ich eine Wachsschicht auf sein Gesicht aufgetragen, während der traurige Walzer durch einen viel rhythmischeren Tango ersetzt wurde; dennoch, in dieser Musik und selbst im Geräusch der Schritte meiner Kollegen lag etwas zum Heulen Trauriges. Ich mußte weinen. Stell dir vor, die Wachsmaske, die die Jahre und die klimatischen Schwankungen hätte überdauern sollen, aber noch weich

und geschmeidig war, wurde – obwohl zwei Millimeter dick – von meinen tropfenden Tränen durchlöchert. Es war schrecklich. Ich mußte mich zusammennehmen und von vorn anfangen. Danach habe ich ihn geschminkt. Ich habe seine Augen mit einem Stift nachgezogen und den Lidern die natürliche Farbe gegeben. Schließlich habe ich ihn gekämmt. Doch als ich fertig war, passierte etwas Entsetzliches. Ein Horror. Ich wollte schon den Raum verlassen, aber irgend etwas ließ mir einfach keine Ruhe. Also bin ich zum Balsamiertisch zurückgekehrt und habe sein Gesicht aufmerksam betrachtet. Und da wußte ich, was fehlte: das Lächeln. Ich habe also angefangen, ganz sanft mit den Fingern die Mundwinkel zu massieren. Doch als sich in seinem Gesicht ein Lächeln abzuzeichnen begann, hörte ich plötzlich ein Knirschen in seinem Schädel. Ein Knirschen wie von einer alten Tür. Ich zuckte zusammen. Seine genähte Schädelwunde öffnete sich, klaffte langsam auseinander: Alle Stiche waren geplatzt. Ich hab seinen Kopf in die Hände genommen, hab um Hilfe gerufen. Doch die Tangomusik war zu laut, jemand mußte den Ton auf höchste Lautstärke aufgedreht haben. Die Luft war von romantischer Stimmung erfüllt. Ich zwang mich, meine Ruhe wiederzufinden. Du hast keine Ahnung, wie schwierig das war. In einer übermenschlichen Anstrengung hab ich von vorn angefangen und hab die widerspenstige Schädelhautwunde nochmals genäht, sie wollte einfach nicht … Was ist los mit dir? Muo, weinst du? Warte, gib mir deine Brille. So. Beruhige dich … Komm, laß dich streicheln. Sag, warum weinst du? Meinetwegen? Du

bist so lieb ... Mann, du kriegst ja einen Steifen, schau ... Was stellst du mit mir nur an ... Bist wahnsinnig! Halt, meine Klamotten! ... sie werden ja naß.« (Wellengeplätscher, als sie in die Badewanne steigt.) »Wir sind wahnsinnig, total wahnsinnig ... Leg deine Hände hierher ... Zieh mir den BH aus, er klebt auf der Haut. Au! Du tust mir weh. Du beißt mich ja. Lutsche ganz ganz sanft ... ja, so. Ich bin eine Wölfin. Deine Wölfin. Es ist so schön mit dir. Bin ich nicht zu schwer? Ich hab Angst, ich könnt' dich erdrücken. Ich bin nämlich ziemlich kräftig. Wie könnt' ich sonst meinen Beruf ausüben. Um die Leichen zu heben, braucht man Muskeln. Was machst du? Ich ... ich weiß nicht mehr, wo ich bin ... wo sind wir? Rühr dich nicht. Laß mich machen ... Mmh. Komm, Liebster ... Ja, so ... sanft, ganz sanft. O mein Mann. Noch mal bitte! Ich sterbe, ich sterbe ...«

Das mit einem Moskitonetz aus dunkler Gaze in einem Schieberahmen versehene Wohnzimmerfenster ist genügend breit und hoch, daß Muo, Verlierer auf Erden und Sieger zu Wasser, sich trotz seines Schwipses auf das Sims setzen kann. Er hat sogar den Eindruck, das Sims sei so niedrig und schmal, daß man mit einem Hopser darüber hinwegspringen könnte. Er lehnt sich hinaus, soweit es ihm der Holzrahmen des Moskitonetzes erlaubt, sieht aber nur ein undefinierbares dunkles Schillern zu seinen Füßen.

Von Schwindel gepackt, beschließt er, sich rittlings auf die Fensterbrüstung zu setzen. Ein Bein hängt nach innen, das andere läßt er übermütig, ja wollüstig in der

wabernden Dämmerung über dem einlullenden Abgrund baumeln. Es hat aufgehört zu regnen. Ein Sperling oder ein unsichtbarer Buchfink tschilpt fröhlich, und das Quinkelieren eines Kanarienvogels antwortet. Auf dem Fernsehturm in der Ferne leuchtet der milchige Strahl eines großen Scheinwerfers auf und zeichnet einen wandernden Kegel in die Dunkelheit. Muo ist sicher, dieses Bild schon einmal gesehen zu haben, aber wo? In einem Hotelzimmer? Bei einem Freund? In einem Film?

Das »Rauschphantom« hat es in sich! Muos Kehle ist verbrannt, und seine Brust wird von einem alkoholgesättigten Schluckauf geschüttelt.

»Jetzt bin ich tatsächlich übergeschnappt!«

Er bedauert, sein Heft nicht mitgenommen zu haben. Er hat nichts von diesem aufregenden Tag aufgezeichnet, er weiß, daß er sich dank »Rauschphantom« am nächsten Tag an nichts mehr erinnern wird. Er klettert von der Fensterbrüstung, schlüpft in die Ehemannpantoffeln und sucht überall nach einem Füller und Papier. Die Balsameuse wäscht im Badezimmer trällernd ihre Unterwäsche – Relikte ihrer Jungfräulichkeit – im Waschbecken.

Er geht zum Fenster und setzt sich wieder in gefährlichem Gleichgewicht rittlings auf die Brüstung. Diesmal hat er es so eilig, daß er vergißt, die Pantoffeln abzustreifen. Er kritzelt auf eine der großen Streichholzschachteln aus der Packung, die er in der Küche gefunden hat: »Ich bin nicht Fan Jing. Aber ich habe den Verstand verloren. In dieser Welt, wo der Erfolg als

Kardinaltugend gilt, hat mein Wahnsinn nichts mit meiner sexuellen Leistung zu tun, ganz im Gegenteil.«

(Fan Jing, auf den er hier anspielt, ist der berühmte Held aus einem chinesischen Film: ein weißhaariger alter Student, der Jahr für Jahr erfolglos versucht, zur staatlichen Beamtenprüfung zugelassen zu werden, und dies, bis er sechzig ist. Als er schließlich, mit einundsechzig, die Mitteilung von seiner bestandenen Prüfung erhält, ist seine Freude so groß, daß er vor Aufregung den Verstand verliert.)

Muo schaut auf. Der Himmel über ihm ist klar, doch der Geruch des Regens liegt noch in der Luft; die Sterne, deren Namen er nicht kennt, scheinen zum Greifen nah. Die weiße Farbe am Fensterrahmen blättert ab oder ist von den Ratten angenagt; wenn man mit der Hand darüber fährt, zerbröselt sie. Er betrachtet sein Spiegelbild in der Fensterscheibe: Sein Haar steht ab wie Stoppelkraut. Zwei rote Punkte, Spiegelung zweier Lampen im Wohnzimmer, flackern wie zwei winzige Irrlichter auf seinen Brillengläsern, wandern über seine Stirn, gleiten über seine Nase, und als er den Kopf senkt, verschwinden sie. Er liest nochmals, was er auf die Streichholzschachtel geschrieben hat, und unsäglicher Stolz erfüllt ihn, kühlt wie Balsam seinen Übermut und sein aufgewühltes Herz. Er nimmt eine zweite Streichholzschachtel aus der Packung und kritzelt:

»SOS. Ich habe den Verstand verloren. SOS.

Eine schreckliche Feststellung, dieses Erkennen meines wahren Wesens: Ich liebe alle Frauen der Welt, ich möchte am liebsten mit allen schlafen. Die unum-

schränkte Herrschaft von Vulkan des Alten Mondes ist zusammengestürzt, die einzige Liebe ist ein Ruinenfeld. Ein anderer lebt in mir, ein jüngerer, lebhafterer, ein Wassermonster vielleicht. Ich habe eben einen ganz großen Moment seines Lebens erlebt. Spinner! Wer von uns beiden ist der echte?«

Eine fette Mücke summt um ihn herum, summt eine Geigenmelodie, prallt an seine Brillengläser und landet schließlich auf dem blaugeäderten Puls seiner linken Hand.

»Was willst du, Schätzchen?« fragt er die Mücke.

Er strafft mit den Fingerspitzen der rechten Hand sachte-sachte die Haut über seinem Puls, wo das arme Insekt eben sein Blut saugen will. Plötzlich schließen sich die Poren und klemmen ihren Rüssel ein, und die Mücke ist gefangen. Muo beobachtet belustigt, wie sie die Flügel faltet, schrumpft, schrumpft, bis sie fast so klein ist wie eine Hautpore. Dann fliegt sie jäh mit rotierenden Flügeln davon wie ein winziger Hubschrauber, steigt bis zu seiner Brille, sticht ihn in die Nase und verschwindet im Sturzflug unter seinen Füßen. »Eigentlich müßte auch ich fliehen wie diese kühne Mücke«, sagt sich Muo.

Er überlegt sich zynisch, daß die Balsameuse vierzig ist wie er und nicht bloß ein sexuelles Abenteuer sucht, sondern auch einen neuen Mann. Was an sich legitim und menschlich ist. Sie will eine Familie gründen. Will die Frau des ersten chinesischen Psychoanalytikers werden! Eine sehr kluge Wahl. Denkbar, daß sie ihm im Hinblick auf diese Möglichkeit den riesengroßen Dienst

erwiesen hat, in das Schäferstündchen mit Richter Di einzuwilligen.

»Wie ziehe ich mich aus dieser komplizierten Affäre?« fragt er sich. »Wie soll ich das alles Vulkan des Alten Mondes erklären?«

In dem Moment hätte er am liebsten die ganze Pakkung Streichhölzer an seinen Kleidern befestigt und sie gezündet wie eine Bombe; er sieht sich durch die Luft trudeln wie ein brennendes Flugzeug, im Leeren Loopings drehen, eine schwarze Rauchsäule hinter sich lassend, Wolken und Nebel durchbrechen. Und durch diesen imaginären Rauch sieht er den »anderen« – das »Wassermonster« – den Kopf am Fenster anschlagen und hört ihn rufen: Ich will hinaus.

Auf einmal denkt er ans Beten.

Bisher hat er nie im religiösen Sinne gebetet. Wie betet man? Er überlegt hin und her. Soll er sich für den Buddhismus entscheiden? Den Taoismus? Im einen wie im anderen Fall beten die Anhänger mit den gleichen Gesten: kniend, die aneinandergelegten Hände vor der Brust, ihre Herzenswünsche murmelnd. Was das Christentum angeht, kennt er sich nicht aus. In seiner Kindheit war die Ausübung einer Religion streng verboten, so daß seine Eltern nie einen Tempel oder eine Kirche besucht hatten. Das erste Mal, als er jemand beten sah, im religiösen Sinn beten, war er sieben gewesen. Zur Zeit der Kulturrevolution. Seine Mutter war von Rotgardisten zu einem Verhör abgeführt worden. Um Mitternacht war sie immer noch nicht zurück. Damals lebten seine Großeltern bei ihnen. In jener Nacht konnte er

nicht einschlafen. Er stand auf, und als er am Zimmer der Großeltern vorbeiging, sah er erstaunt ein ungewohntes Licht. Die beiden Alten knieten auf ihrem Bett vor einer Kerze und beteten (hatten sie sich nicht getraut, eine Lampe anzuzünden?). Niemand hatte dem Kind je erklärt, was ein Gebet ist. Doch er verstand spontan, daß es ein Gebet war, auch wenn er nicht wußte, zu wem sie beteten. Er erinnerte sich zwar nicht mehr an ihre Gesten, dafür aber an das blasse flackernde Flämmchen, von dem etwas Heiliges ausströmte und sich auf die Gesichter seiner Großeltern legte, auf ihre runzeligen, verzerrten, schmerzerfüllten, verzweifelten Gesichter, die zusehends einen gespannten, glühenden, ehrfürchtigen und würdigen Ausdruck annahmen. Sie waren beide schön.

»Worum kann ich den Himmel bitten?« überlegt er. »Daß er sich um mich sorgt? Daß er mir hilft zu fliehen? Mir hilft, mich aus der Wohnung dieser Frau zu befreien? Ist es nicht anmaßend zu glauben, daß sich der Himmel mit mir beschäftigt? Wenn ich mich jetzt umbringe, ist das dem Himmel gleichgültig? Wird er den Verwesungsgeruch riechen, der vom kleinen Hof aufsteigt? Ein pestilenzialischer Geruch, der allen Bewohnern des Blocks anhaften wird? Oder wird er mich zu dieser Befreiung beglückwünschen, dem Ende meiner Kümmernis, dieser totalen, radikalen Läuterung? Vielleicht übt dieses Fenster eine seltsame Anziehung auf mich aus«, grübelt er weiter. »Ist die Versuchung, sich aus dem Fenster zu stürzen, eine seltene Erscheinung? Oder ist es dieses fluchbeladene Fenster, das

mich lockt? Vor zehn Jahren hat es den homosexuellen Mann der Balsameuse in Versuchung geführt, und er war der Versuchung erlegen. Vielleicht hat nicht er sich umgebracht, sondern ist von der Fensterscheibe, von der Tiefe, von einer Schande umgebracht worden. Auch ich gehöre zweifellos zu dieser Sorte Mensch (wie groß ist der Prozentsatz, auf die ganze Menschheit bezogen? Fünf Prozent? Zehn?), die auf einer schwindelerregenden Plattform tief in ihrem Herzen diesen Klick spürt. Meine Psychoanalysejahre, Michel, mein feinfühliger Mentor, alle Bücher Freuds voller Weisheit und Scharfsinn und was weiß ich, das alles vermag nichts dagegen. Ein natürlicher Reflex, klick-klack, wie ein Mann, der auf das berauschende Parfüm einer Frau reagiert.«

Er glaubt, von wogenden Nebeln umhüllt zu sein, und ahmt spontan die Gesten seines Großvaters in jener weit zurückliegenden Nacht seiner Kindheit nach. Er klettert vorsichtig von der Brüstung und hockt sich auf das Sims wie ein Vogel. Ein magerer bebrillter Vogel mit knochigen Füßen am Rande eines sechsstöckigen Felsens. Er versucht, balancierend aufzustehen. Bereit, davonzufliegen, und – uff – kann sich gerade noch rechtzeitig auf die schmale Brüstung aus blaßrötlichen Backsteinen hinknien, die mit einer vom Regen nassen Zementschicht verputzt sind und deren Kälte an ein Totenbett erinnert; er fröstelt. Er betrachtet den Abgrund, als handle es sich um einen Weiher, in den zu springen er sich nicht entschließen kann.

Eine Stimme flüstert an seinem Ohr. Eine Sinnestäuschung? Nein, eine Mücke, die seinen Kopf

umschwirrt. »Drecksbiest«, murmelt er. »Sie ist zurückgekehrt. Ich erkenne ihr Lied.« Sie setzt sich ruhig auf seine Nasenspitze, bereit, ihren Rüssel in eine seiner Venen zu tauchen. Muo schüttelt den Kopf, damit sie davonfliegt, seine Gesten haben die Präzision einer gefährlichen Trapeznummer. Eine Spur heftiger, und er wäre im Hof unten gelandet.

Der Wind weht, ein bißchen frisch zwar, aber erträglich. Der wolkige Himmel spiegelt sich in der dunklen Scheibe. Er sucht nach Worten, um einen Wunsch zu formulieren. Wehmütig sagt er sich, daß der schönste Wunsch der Welt gewesen wäre, seine Unberührtheit bis zu Vulkan des Alten Mondes Entlassung aus dem Gefängnis zu bewahren, um sie ihr dann schenken zu können. Jetzt ist es zu spät. Er muß wieder an Richter Di denken, an die Balsameuse, und die Verbitterung reißt ihn mit wie ein Orkan.

Er hat das Gefühl, ein Insekt zu sein, eine verletzte Mücke, die mit eingezogenen Beinen – sie sind viel länger, als man glaubt –, mit gefalteten Flügeln schrumpft und schrumpft, ein im Wind zitternder, sterbender winziger Körper, zusammengerollt in der Hand eines Unbekannten: des Schicksals. Plötzlich beginnt er zu beten wie einst sein Großvater, die Hände vor der Brust gefaltet. Doch über seine Lippen kommt ein Lied aus seiner Kindheit, das er seit Jahren nicht mehr gesungen hat.

Mein Vater ist der Chef der Kantine.
Man klagt ihn an: Marken hat er gestohlen.
Was für Marken?

Lebensmittelmarken für Reis und Öl.
Mein Vater kniet,
mit groben Stricken gefesselt,
auf einem Tisch.
Die Menge verlangt Rechenschaft!
Rechenschaft! Rechenschaft!

Seine vom »Rauschphantom« belegte Stimme ist zuerst kaum hörbar. Aber nach und nach befreit sie sich, wird rauh wie das Krächzen des Vogels, der ihm vom Dach gegenüber antwortet: eine fröhliche Stimme mit einem ironischen Beiklang, ein zuversichtliches Echo. Er summt den Refrain am Ende der ersten Strophe, ahmt zungenschnalzend eine Trompete nach und gluckst vor Vergnügen, denn er entdeckt in seiner Stimme die Intonation des Idols seiner Jugendzeit, eines Nachbarn, genannt »der Spion«, Sohn eines Pathologieprofessors, der während der Zeit seiner Umerziehung Anführer einer Diebesbande wurde und in den siebziger Jahren wegen eines bewaffneten Banküberfalls zu zwanzig Jahren Gefängnis verurteilt worden war. Es war das Lieblingslied des »Spions« gewesen; sein in die Stirn geschobener breitkrempiger Hut vor ungezähmtem Übermut vibrierte auf seinen widerspenstigen Locken, wenn er, durch die Stadt schlendernd, das Lied trällerte, es im Treppenhaus pfiff oder lauthals sang, wenn er hinter einem Mädchen her war. Armer Spion! Er hatte eine ganz besondere Art, es zu singen, seine persönlichen Variationen.

Er läßt die zweite Strophe mit langen Tremoli ausklingen und summt den traurigen und gleichzeitig

fröhlichen Refrain, der die Last seiner Versagen, seines Verrats und den Gedanken an Richter Di, den Jungfrauenlüstling, aus seiner Erinnerung vertreibt. Heiser lullt er mit diesem Agit*pop*-Lied sein Gewissen ein. Plötzlich … zwei kräftige Arme umfangen seine Hüften. Er stößt einen Schreckensschrei aus, und der Sternenhimmel über ihm kreist, schwankt, kippt … seine mit Blümchen bestickten Pantoffeln schlagen im freien Fall einen Purzelbaum wie zwei himmlische Erscheinungen.

Sein Schrei hallt zwischen den Häuserblocks wider, begleitet vom Flöten einer Drossel und dem Trillern eines Seidenschwanzes. Es beginnt wieder zu regnen. Das Geräusch der Wassertropfen an den Fensterscheiben.

Die Balsameuse hält ihn fest in ihren Armen. Als sie aus dem Badezimmer kam und ihn auf dem Fenstersims kauern sah, hatte sie zuerst geglaubt, ihren verstorbenen Mann zu sehen. Sie war leise, Zentimeter um Zentimeter, auf ihn zugegangen, um ihn nicht zu erschrecken, hatte ihn dann blitzartig um die Hüften gepackt und in die Wohnung zurückgezerrt. Und beide waren, eng umschlungen, unsanft auf dem Parkettfußboden gelandet.

Sie ist kräftig, diese Frau. Nicht umsonst wird sie von ihren männlichen Kollegen als eine Perle ihres Berufsstands angesehen. Sie schubst ihn schluchzend in einen Wandschrank und sperrt die zwei Metalltüren mit einem großen Vorhängeschloß zu.

»Ich will nicht auch noch dir den Schädel nähen«, antwortet sie auf seine verzweifelten Rufe und Fußtritte. »Es ist nur zu deiner Sicherheit, ich schwöre. Du hast wirklich den Verstand verloren.«

DRITTER TEIL

»Kleiner Weg«

Schluck meinen Zahn nicht

Muo betrachtet die sich in der Ferne verlierenden Gleise, auf denen die letzten seidigen Lichtreflexe des entschwindenden Tages funkeln. Er befindet sich in der Schalterhalle des Bahnhofs Chengdu, neben einem Fenster, dessen zerbrochene Scheiben mit Spinnennetzen überzogen sind, durch die kristallgelbes Licht filtert. Die rostigen Fenstergitter haben die Farbe von blaugrünem antikem Kupfer. »Ist es das gleiche milde, reine Licht«, fragt sich Muo, »das in diesem Moment auf den Wachttürmen (Wie viele sind es? Vier? Einer an jeder Ecke der mit Stacheldraht bewehrten Mauer?) des Bezirksgefängnisses und auf den dunklen Gestalten der bewaffneten Wachen verweilt, die reglos wie Statuen, die Maschinenpistole im Anschlag, ihren Dienst tun? Ist es das gleiche Abendlicht, das Vulkan des Alten Mondes und die neue Inhaftierte, die Balsameuse, durch ihr Zellenfenster sehen?«

Seit einer Stunde steht er vor dem Schalter Schlange, das Gesicht unter einer grauen Kapuze versteckt. Neben ihm zanken sich zwei Frauen lauthals, und schon bald mischen sich junge und alte Angehörige in den Streit ein. Dumpfes, brodelndes Stimmengewirr, Lautsprecherdurchsagen, der Geruch von Schweiß, von Zigaretten-

qualm, von Fertignudeln... Die lange Warteschlange setzt sich in Bewegung, stockt wieder, schleppt sich schläfrig endlos dahin.

Vor dem Fenster mit den zerbrochenen Scheiben hüllt die Nacht langsam die Welt in ihr geheimnisvolles Dunkel. Die roten und grünen Signallichter längs der Gleise schillern im leichten Dunst wie die unheilbringenden Irrlichter in den Feenmärchen und erinnern ihn an die Blaulichter der Funkstreifen, die vielleicht in ebendem Moment durch die Straßen patrouillieren auf der Suche nach einem bebrillten Psychoanalytiker, der zum geschworenen Feind von Richter Di geworden ist.

»Du mußt all deine Kräfte zusammennehmen und Ruhe bewahren, Muo«, versucht er sich selbst zu beschwichtigen, »um diese Tageszeit wird dich niemand verhaften. Die Bullen sitzen in irgendwelchen Kneipen beim Abendessen.«

Trotzdem: Kaum taucht ein Uniformierter verschwommen am Eingang der Schalterhalle auf, beginnen Muos Beine zu zittern. Die sich hastig durch die Menge drängende Gestalt kommt näher und näher... Und das Zittern in seinen Unterschenkeln geht in heftige Muskelzuckungen über. Erleichterung! Der eilige Beamte stürzt zur Toilette zuhinterst in der Schalterhalle.

Je näher die Schlange auf den Schalter zurückt, je rücksichtsloser man sich mit den Ellbogen vorwärtskämpfen muß, desto sicherer fühlt sich Muo in dieser schubsenden, schiebenden, drängelnden, erstickenden Menschenmenge. Jemand hat einen Schuh verloren, einen Damenschuh mit einem Loch in der Sohle und

einer ausgetretenen Hinterkappe. Muos Hand greift nach dem verchromten Schaltergitter. »Einmal Kunming einfach«, ruft er, »für den Abendzug um einundzwanzig Uhr.«

»Sprechen Sie lauter«, schreit die Fahrkartenverkäuferin ins Mikrophon. »Wohin?«

»Kunming.«

Vom Gedränge mitgerissen, verfehlt seine Hand das Schaltergitter, an das er sich klammern wollte, er wird weggeschoben, kämpft sich zurück, brüllt den Namen seines Reiseziels. Endlich kommt er zu seiner Fahrkarte, doch in den Liegewagen sind keine Plätze mehr frei, sondern nur noch in der »harten Klasse« wie in jener schicksalhaften Nacht vor ein paar Monaten, als ihm sein Delsey-Rollenkoffer abhanden gekommen war.

Ein paar Minuten später, den Kopf unter seiner grauen Kapuze versteckt (einem zu warmen Kleidungsstück für die Jahreszeit, das ihm überdies ein clowneskes Aussehen verleiht), sitzt er inkognito im Schummerlicht eines Fast-food-Imbisses längs der kolossalen Bahnhofshalle im Stil des sowjetischen Neoklassizismus der fünfziger Jahre, die in eine schlecht beleuchtete Galerie verwandelt worden ist und von kleinen Früchte- und Lebensmittelläden in Beschlag genommen wurde, von Schließfächern, Geschenk-, Souvenir- und Zeitungskiosken, die Titelblätter mit Fotos von halbnackten westlichen und chinesischen Schönheiten aushängen.

Eine Fliege summt.

Weder Teller noch Schale. Das Essen wird in einer rechteckigen Styroporschachtel serviert: ein paar Stücke

in Öl gebratenes kaltes Huhn, ein paar ebenso kalte, in eine klebrige scharfe Sauce getauchte fritierte Tintenfischringe, eine Handvoll öltriefende, eiskalte gebakkene Nudeln. Aber billig. Fünf Yuan, ein Glas Sojamilch inbegriffen. Billiger als eine Metro-Fahrkarte in Paris. Einem bemitleidenswerten Flüchtling ein preiswertes Essen. Das Huhn schmeckt nach nichts. Eine Katastrophe. Er probiert einen fritierten Tintenfischring, aber der ist noch zäher, er kaut wild darauf herum, doch das ledrige Fleisch ist renitent. Er schafft es nicht, hineinzubeißen. Er horcht auf: Eine Lautsprecherstimme ruft einen Mao Xiansheng aus, der Name klingt ähnlich wie seiner. Der Tintenfisch gibt sich schließlich geschlagen und läßt sich kauen wie Kaugummi. Plötzlich hat er das Gefühl, daß in seinem Mund etwas nicht stimmt, daß es nicht mehr sein Mund ist, daß er in eine Phase getreten ist, die ein Historiker oder ein Biograph als »postkalmar« bezeichnen würde. »Was ist los?« Seine Zunge untersucht minuziös seine Zähne, berührt sie einen nach dem andern: Ein Schneidezahn ist verschwunden!

Fliegengesumme.

Er erforscht mit der Zungenspitze das gähnende Loch zwischen zwei Zähnen, dessen Breite und Tiefe ihn erstaunt. Seltsam, kein Tröpfchen Blut.

Er sucht mit Hilfe der Zunge den in seinem Mund vermißten Zahn. Vergeblich. Wahrscheinlich hat er ihn verschluckt wie ein Knöchelchen oder eine Gräte. Die Angst steigt. Sein Speichel würgt ihn. Wo ist sein Zahn? Hat er ihn verschluckt? Grenzenlose Erleichterung, als

er ihn endlich in der Styroporschachtel unter den gebackenen Nudeln entdeckt: Er ist unversehrt, teefarben, da und dort braun, am Rand fast schwarz. Es ist das erste Mal, daß er sich einen Zahn, seinen Zahn, genauer ansieht, live sozusagen und nicht im Spiegel. Er staunt über dessen Häßlichkeit: Er ist mindestens drei Zentimeter lang mit einer spitzen Wurzel in Form eines Stilettoabsatzes, was ihn an Vampirzähne in Gruselfilmen erinnert; das andere Ende hingegen, dessen scharfe Schneide er seit vierzig Jahren zum Beißen benutzt, gleicht einem Silexsplitter voller feiner Kratzer, die die Jahre an seinem Zahn hinterlassen haben.

Mit der Behutsamkeit und Ergriffenheit eines Archäologen wickelt er den Zahn in einen Zipfel Papierserviette, als handle es sich um ein kostbares fossiles Relikt. Er zündet sich eine Zigarette an, doch der durch die Zahnlücke eingezogene und ausgeblasene Rauch schmeckt nicht mehr so wie vorher.

Voller Groll auf den Tintenfisch verläßt er den Fastfood-Imbiß. Er tritt aus dem Bahnhofsgebäude und überquert den großen Platz davor. Das Bild des Mädchens, dem er vor ein paar Monaten im Nachtzug begegnet war, taucht wie eine kurze Rückblende vor ihm auf. Er beschließt, eine Bambusmatte zu kaufen, die er im Nachtzug unter einer Bank der »harten Klasse« ausrollen wird wie die Kleine damals.

Plötzlich steigt ihm ein Schwall billiges Parfüm in die Nase, und eine flüsternde Frauenstimme an seinem Ohr läßt ihn zusammenzucken. »Suchen Sie ein Hotel, Boß?«

»Tut mir leid, ich nehme in zwei Stunden den Zug.«

»Kein Problem.« Die stark geschminkte Frau läßt nicht locker. »Besuchen Sie doch unsere Karaoke-Bar. Sie können sich in der Zwischenzeit mit hübschen Mädchen amüsieren. Los, kommen Sie, Boß, entspannen Sie sich, das Leben ist kurz.«

»Danke. Ich bin im übrigen kein Boß.«

»Das sagt man heute eben so anstatt Xiansheng. Möchten Sie, daß ich Sie anders nenne, intimer vielleicht?«

»Verschwinde«, schreit er sie zornig an, das Gesicht ganz nahe an ihrem.

Die Wirkung ist verblüffend: Das schwarze Loch in seinem Gebiß, das im schwachen Licht der Straßenlampe noch breiter und tiefer wirkt, versetzt der Frau einen Schock, und sie verdrückt sich schleunigst.

In einem noch offenen Geschäft gegenüber dem Bahnhof findet er keine passende Matte und begnügt sich also damit, einen jener seidenpapierdünnen, blaßrosafarbenen, durchsichtigen Radfahrer-Regenumhänge zu kaufen.

Der Zug nach Kunming fährt mit nur zehn Minuten Verspätung ab. Als er die hell beleuchteten Straßen Chengdus, der Stadt von Richter Di, am Fenster vorbeiziehen sieht, läßt seine Anspannung nach. Er atmet erleichtert auf! Nimmt dann sein Heft aus der Reisetasche und notiert: »Ezra Pound hat bei seiner Verhaftung eine Eukalyptusblüte als Erinnerung vom Boden aufgelesen. Bei mir ist es ein ausgefallener Zahn, der die Erinnerung an meine Flucht bewahren wird.«

Die Balsameuse hingegen wird ihre erste Nacht im Gefängnis verbringen. Am Tag der Auferstehung von Richter Di wurde sie morgens verhaftet, ohne *daß sie etwas Böses getan hätte. An einem ruhigen Morgen und bei strahlendem Sonnenschein.* Im Balsamierungsraum raschelten die Lamellenstores im leichten Luftzug der Klimaanlage. Das Telefon klingelte. Es war der Direktor des Bestattungsinstituts, der die Balsameuse wegen einer Rückerstattung von Arztkosten in sein Büro bestellte. Seine Stimme klang wie immer. Sie streifte ihre Handschuhe ab, behielt aber den weißen Kittel an, und folgte der Aufforderung. Im Büro des Direktors wurde sie von zwei Polizeibeamten in Zivil verhaftet. Etliche Zeugen behaupteten, sie hätte Handschellen getragen, als sie diskret den vor dem Verwaltungsgebäude geparkten Gefängniswagen bestieg.

»Ich dachte, es handle sich um einen Leichentransportwagen«, berichtete einer ihrer Kollegen Muo, der sie gegen Mittag mit einem Taxi zum Mittagessen abholen wollte.

Die zweihundert Meter bis zum vor dem Eingang wartenden Taxi kamen ihm endlos vor. Seine Knie schwankten, als hätte er einen Herzanfall erlitten. Seine Waden wurden von heftigen Zuckungen befallen, und als er sich endlich auf den Sitz des Taxis fallen ließ, mußte er seine außer Rand und Band geratenen Muskeln mit beiden Händen festhalten.

Was für ein Dilemma! Sich, keiner Schuld bewußt, bei der Polizei melden? Oder flüchten wie ein Verbrecher? Seinen ganzen gesunden Menschenverstand auf-

bietend, entschied er sich für ersteres und beschloß gefaßt, das Allernotwendigste für den ihm höchstwahrscheinlich bevorstehenden Gefängnisaufenthalt zu besorgen. Mit Schlafwandlerstimme hieß er den Taxifahrer, ihn zur großen Buchhandlung »Die Stadt der Bücher« im Stadtzentrum zu fahren. Er kaufte möglichst ungezwungen die sieben Bände von Freuds Gesamtwerk in chinesischer Übersetzung, das zweibändige *Wörterbuch der Psychoanalyse* auf französisch in einem blauen Schuber – das ihn ein Vermögen kostete – und eine Sammlung von Kommentaren zu Zhuangzis Werk, seines chinesischen Lieblingsautors. (Der Aufenthalt in Frankreich hatte ihn tatsächlich sehr verändert: Es wäre ihm nicht in den Sinn gekommen, sich zu fragen, ob es in einem chinesischen Gefängnis überhaupt erlaubt war, Freud oder Bücher von sonstwem zu lesen.) Er verteilte die im wahrsten Sinne des Wortes schwere geistige Nahrung eines zukünftigen Sträflings auf zwei Plastiktragetaschen, die ihm der Verkäufer über den Ladentisch zugeschoben hatte. Um nicht nach Hause zurückkehren und sich von seinen Eltern verabschieden zu müssen, erstand er in einem Kaufhaus nebenan noch Wäsche zum Wechseln, Handtücher, Zahnbürste und Zahnpasta, Shampoo und Seife und ein paar solide schwarze Tennisschuhe, die ihm als Arbeitsschuhe dienen würden. Vom Hörensagen wußte er zumindest, daß man in einem chinesischen Gefängnis arbeitet.

Er nahm ein Taxi und ließ sich zum früheren Maultiermarkt hinter dem Tian-Fu-Platz fahren. (Es wäre zu gefährlich, sagte er sich, mit dem Taxi beim Justizpalast

vorzufahren. Richter Di hätte in seinem Wahnsinn diese Geste als Provokation deuten können.) Er mußte noch ein gutes Stück Weg zu Fuß zurücklegen. Bei jedem Schritt wurden seine Bücher schwer und schwerer, so daß er gebückt und gebückter ging und das Gefühl hatte, die Kunststoffschlaufen würden lang und länger, würden in seinen Händen dünn und dünner, würden demnächst reißen, und die Bücher würden krachend auf dem mit dürrem Laub, mit Spucke und Hundekot übersäten Gehsteig landen. Als er den zwischen den anderen Gebäuden aufragenden Justizpalast erblickte, befielen ihn die Muskelzuckungen wieder, und der gewohnte Wadenkrampf, der den tapfersten Mann vor Schmerz hätte aufheulen lassen, lähmte ihn fast. Er blieb stehen, stellte die Taschen ab, setzte sich auf den Bücherstapel und wartete, bis der Schmerz vorbei war, um dann mit seinem hinkenden Clowngang den Marsch wiederaufzunehmen.

Achtundvierzig Wörter, hatte er irgendwo gelesen, nicht mehr und nicht weniger, sondern genau achtundvierzig, genügten, um wo auch immer auf der Welt in einer Kaserne zu überleben. Wie viele Wörter benötigt man, um in einem chinesischen Gefängnis zu überleben? Hundert? Tausend? Wie auch immer, dank seinen zehn Bänden auf französisch und auf chinesisch würde er zweifellos zu den reichsten und sogar zu den aristokratischsten Sträflingen gehören.

Das Zucken in seinen steifen Beinen ließ etwas nach. Seine Tragetaschen in den Händen, trottete er den Gehsteig entlang. Wenn ich eines Tages Millionär bin, ver-

sprach er sich, werde ich Bücher kaufen, Bücher und nochmals Bücher. Die Werke der chinesischen und der europäischen Literatur bewahre ich alle in meiner Pariser Wohnung auf, die ich im 5. Arrondissement kaufen werde, in der Rue Buffon neben dem Jardin des Plantes vielleicht oder mitten im Quartier Latin. Sämtliche Werke über die Psychoanalyse lasse ich in Beijing, wo ich die meiste Zeit auf dem Campus der dortigen Universität am Ufer des ›Sees ohne Namen‹ (ja, so heißt dieser märchenhafte kleine See tatsächlich) verbringen werde. Die anderen Bücher, Geschichtswerke, philosophische Werke, Werke über Malerei und so weiter, würde ich in einer kleinen Wohnung bei meinen Eltern in Chengdu lassen, die gleichzeitig mein Arbeitszimmer wäre.

Doch dann wurde ihm schlagartig die klagliche Lage bewußt, in der er sich befand, und er sagte sich, daß er in dieser Welt nie viel besessen hatte und wahrscheinlich nie viel besitzen würde, ja nicht einmal eine düstere Mansarde, um seine Bücher unterzubringen. »Vielleicht«, sagte er sich, »sind diese zehn Bände mein letztes Vermögen, der ganze Reichtum meines Lebens.« Und er begann zu weinen. Er hinkte, die Tränen flossen über seine Wangen. Er wollte sie abwischen, doch seine Hände trugen ja die schwere Last. Er schniefte, wollte aufhören zu weinen… und brach in um so heftigeres Schluchzen aus. Die Vorübergehenden wandten sich nach ihm um. Die Autofahrer und die Busfahrer schüttelten den Kopf. Doch die äußere Welt war für ihn unendlich weit weg.

»Unglaublich! Ich flenne wegen des Geldes«, murmelte er aufschluchzend vor sich hin. »Scheißmammon! Selbst in dem Moment, da man mich ins Gefängnis werfen will, gönnst du mir keine Sekunde Ruhe und gibst mich der Lächerlichkeit preis.«

Durch die Tränen hindurch sah er sich selbst humpelnd-humpelnd, die schweren Tragetaschen in den Händen: wie eine Ameise, die trippel-trippel, ein Brotkrümelchen schleppt, ihr ganzes Vermögen also …

Drehbuchautor der Schlüsselszene seines autobiographischen Films, sieht Muo sich den Justizpalast betreten (man hört das hallende Echo seiner Schritte im langen gewölbten Gang mit den Marmorsäulen) / die Sonne wirft goldene Tupfer auf seine Brillengläser / er gelangt zur Treppe, die ins Untergeschoß führt (wo sich die enger und dunkler werdenden Büros der Richter in die Erde eingraben) / er schreitet energisch durch den langen Flur, in dem sich die verschiedenen Abstufungen des Grauens aneinanderreihen / er stößt die Tür von Richter Dis Büro auf / Richter Di brüllt mit der schrillen Stimme eines Mannes in Todesangst Mordio (weil er glaubt, die zwei Plastiktüten seien mit Sprengkörpern vollgestopft) / er fleht Muo an, ihn am Leben zu lassen / (nach einer Sequenz von *shot-reverse-shot*-Nahaufnahmen) nimmt Muo erschöpft seine Brille ab / wischt mit dem Ärmelzipfel die Gläser ab / sagt kühl zu Richter Di: »Legen Sie mir Handschellen an, und lassen Sie die Balsameuse frei!« (Er ahmt den Tonfall des Kapitäns der *Titanic* nach, der, entschlossen an Bord zu bleiben, zuerst Frauen und Kinder in die Rettungsboote schickt.

Wahnsinnig, wie kaltblütig man im Film auftritt, selbst wenn man im Begriff ist, sich der Justiz zu stellen.) Nächste Szene: Muo sitzt im fahlen Licht einer übervölkerten Zelle (man hört das höllische Geschnarche seiner Mitgefangenen) / er hält sein Tagebuch auf den Knien und schreibt vor sich hin murmelnd: »Worin besteht der Unterschied zwischen meiner Zivilisation und der abendländischen Zivilisation? Was trägt das französische Volk zur Weltgeschichte bei? Meiner Auffassung nach ist es nicht die Revolution von 1789, sondern der ritterliche Geist. Genau in diesem Geiste habe ich heute gehandelt: durch eine ritterliche Geste.«

Der Justizpalast, ein von einem australischen Architekten gebautes hypermodernes Gebäude an der Stelle, wo sich laut der Überlieferung das Grab von General Zhang Fei aus der Zeit der »Drei Reiche« befand, ist ein Schloß aus funkelndem Glas. Die Sonne schien steil auf diesen riesigen Diamanten, versilberte die künstlichen Regen, die den Rasen sprenkelten, und Wassertropfen glitzerten auf dem spitzen Dach von Benchai, dem massigen Turm, der sich an den Palast lehnt wie der Wehrturm einer Festung, und sein marmornes Zifferblatt in den strahlend blauen Himmel taucht, dessen Zeiger auf drei Uhr standen. (Endlich ein Architekt, dem es nicht an Humor mangelt: Der Glockenturm erinnerte alle Einwohner der Stadt an ein chinesisches Sprichwort, das dem König der Unterwelt zugeschrieben wird: »Wenn es Zeit ist, ist es Zeit.«)

Eins, zwei, drei … Er zählte mit gesenktem Kopf die Stufen der breiten Treppe, die zum gläsernen Schloß

führt, vor dessen Eingang Soldaten, darunter etliche bewaffnete, stumm die zwei prallvollen Plastiktüten musterten. Außer Atem, ganz mit dem Zählen der Stufen beschäftigt, stieg Muo langsam die Treppe hinauf. Auf halber Höhe angekommen, mußte er stehenbleiben und Atem holen. Er betrachtete aus der Froschperspektive die Soldaten, deren dunkle Umrisse sich scharf vor der Glasfassade abhoben.

Einer von ihnen, ein Unbewaffneter, kam ihm ein paar Stufen entgegen und rief, den Blick auf Muo gerichtet, die Hände in die Hüften gestemmt, in der Art eines autoritären Werkmeisters: »Schon müde?«

»Erschöpft.«

»Los, reiß dich zusammen!«

Die Arme verschränkt und spöttisch lächelnd, folgte er mit dem Blick Muos Aufstieg. »Was schleppst du da mit dir herum?«

»Bücher«, antwortete Muo, ziemlich stolz auf seine ruhige Stimme. »Ich komme zu Richter Di. Ich nehme an, ihr kennt ihn.«

»Hast Pech. Er ist soeben weggegangen.«

»Dann warte ich eben in seinem Büro auf ihn«, sagte Muo. Fügte dann wichtig hinzu: »Ich bin mit ihm verabredet.«

Noch ein Dutzend Stufen, und er hatte es geschafft! Er schwitzte derart, daß seine Brille von der Nasenspitze glitt. Reflexartig ließ er die Tragetaschen fallen, um ungeschickt und vor allem halbblind die Brille aufzufangen ... und aus der linken Tüte glitten Freuds Meisterwerke und aus der rechten die von Zhuangzi! Als

er sie bunt durcheinander in wilder Flucht die Treppe hinunterkullern sah (oder vielmehr hörte), gab es ihm einen Stich ins Herz.

Das Antischuppen-Shampoo und die Zahnpasta rollten die Stufen hinunter, die Rasierschaumdose hüpfte mit metallischem Geschepper von Stufe zu Stufe und landete schließlich auf der untersten Treppenstufe, wo Muo die verstreuten Bücher und die Toilettenartikel für sein zukünftiges Sträflingsleben aufsammeln mußte.

Die Soldaten krümmten sich vor Lachen, sie kamen ihm vor wie Hampelmänner mit durchgeschnittenen Fäden. Einer schulterte ausgelassen das Gewehr, zielte auf ein Buch und tat so, als würde er auf den Abzug drücken. Er ahmte den Rückschlag des Gewehrlaufs an seinem Kiefer nach, zielte auf ein zweites Buch, imitierte das Geräusch einer abgeschossenen Kugel und mimte hämische Zufriedenheit über den Treffer.

Als Muo erschöpft wieder oben anlangte, kam es zu einer ungewöhnlichen Begegnung: Er sah, wie ein hochgewachsener, schmächtiger, etwa fünfzigjähriger Mann mit einer vollgestopften ledernen Aktenmappe unter dem Arm sich über eines seiner Bücher beugte. Er bückte sich tief und kniff die Augen zusammen, um besser sehen zu können. Sein Kopf war klein, schmal, spitz, sein Hals war lang. Er erinnerte an einen Storch.

»Kennst du diese Bücher?« fragte er Muo.

Dieser nickte bloß.

»Was ist? Bitte antworte mit Ja oder mit Nein, mein Junge, laß mich das mit aller Deutlichkeit sagen«, for-

derte der Storch ihn heiser auf. »Ich wiederhole meine Frage ...«

»Ja, ich kenne sie«, sagte Muo.

»Du antwortest erst, wenn ich meine Frage wiederholt habe. Kennst du diese Bücher?«

»Ja.«

»Gehören sie dir?«

»Ja.«

»Folge mir. Ich habe meine Brille im Büro vergessen. Ich muß nämlich ein paar Details nachprüfen«, sagte er und zückte seinen mit einem Foto versehenen Ausweis. »Laß mich das mit aller Deutlichkeit sagen, du bist genau an den Richtigen geraten: Ich bin Richter Huan, Vorsitzender der Kommission für die Überwachung der Veröffentlichung verbotener Bücher. Die Bücher von Freud sind strikt verboten.«

»Aber ich hab sie doch soeben in der Buchhandlung gekauft.«

»Genau. Ich will sehen, wer sie verlegt, wer sie druckt und unter welcher falschen Genehmigungsnummer.«

Im Gegensatz zu seinem Kollegen Richter Di, der die unterirdischen Büros vorzog, hatte sich der Storch zuoberst im gläsernen Schloß eingenistet.

Im Aufzug gab's ein kleines Mißverständnis. Muo erwähnte den Namen von Richter Di, daher hielt ihn der Storch für einen Besucher des Richters oder für dessen psychoanalytischen Berater. Um sich – man weiß ja nie! – für seinen schroffen Ton von vorhin zu entschuldigen, zeigte sich der Storch lockerer und sehr geschwätzig, beklagte sich über den Personalmangel in

seiner Abteilung, darüber, daß er mit Arbeit überlastet sei und oft in klösterlicher Einsamkeit bis spätnachts Überstunden leisten müsse. Das übliche Geplauder, die tägliche Gymnastik sämtlicher Beamter mit ihren Allgemeinplätzen, ihrem offiziellen Vokabular und von theatralischem Gelächter durchsetzt, das die gläserne Fahrstuhlkabine erzittern ließ. Übrigens eine etwas ermüdende Konversation, weil er alle drei Sätze »laß mich das mit aller Deutlichkeit sagen« schloß (ein Satz, den der Staatspräsident und gleichzeitig Parteivorsitzende in Fernsehinterviews einzustreuen pflegt). Er erzählte sogar von seiner bescheidenen Herkunft und von seiner Karriere: vom rasanten Aufstieg eines kommunistischen Schullehrers, der Ende der achtziger Jahre auf Befehl der Partei zur Justiz übergewechselt war. Er gestand resigniert, daß es ihm unmöglich sei, mit gewissen seiner Kollegen zu rivalisieren, die von der Armee kamen.

»Der allmächtige Richter Di, mit dem du verabredest bist«, gestand er in einem Ton, in dem sich Verbitterung und Speichelleckerei mischten, »ist mir oft unheimlich, laß mich das mit aller Deutlichkeit sagen.«

Die mit dem Namen seiner Kommission beschriftete Tür zu seinem Büro im fünften Stockwerk war mit drei Schlössern versehen: Eines war am schweren, funkelnden Sicherheitsgitter angebracht, die anderen beiden auf zwei verschieden hohen Glastüren. Der Storch zog einen Schlüsselbund aus der Tasche, dessen Klirren in der Stille widerhallte, dann tippte er eine Zahl in den Digicode an der Wand, um den Alarm auszuschalten.

Das Klicken der Schlösser, das Kreischen des Gitters, das lautlose Aufgleiten der Glastüren, die Geräusche griffen ineinander über und endeten mit dem Summen einer Klimaanlage.

Der Luftzug der Klimaanlage vermochte jedoch den strengen Geruch nicht zu vertreiben, der über Muos Nase herfiel, noch bevor er den Raum betreten hatte. Ein Geruch nach Tugendhaftigkeit, nach Moral, nach Macht, nach Verlogenheit, nach eingesperrten Leichen, nach raffiniert einbalsamierten Kadavern.

Im ersten Raum der Kommission für die Überwachung der Veröffentlichung verbotener Bücher waren die Rolläden heruntergelassen. Muo folgte dem Storch auf dem Fuß. Zuerst glaubte er, sich in einem düsteren Keller zu befinden. Seine kurzsichtigen Augen erkannten verschwommene Schatten und verstreute helle Flekken; als er sich jedoch an die Dunkelheit gewöhnt hatte, begriff er, daß er von verbotenen Büchern umgeben war, die in einem chaotischen Durcheinander auf Regalen gestapelt waren. Der Geruch von modrigem Papier erfüllte den Raum. In der Mitte der Decke war eine kleine Luke wie in den traditionellen chinesischen Häusern, durch die ein fahler Lichtkegel in den Raum fiel, der Rest lag im Dunkeln. Muo hatte das Gefühl, sich in einer vergessenen Bibliothek zu befinden. Die unnumerierten breiten Bücherregale aus billigsten Furnierplatten reichten vom Boden bis zur Decke und hingen unter der Last der nicht alphabetisch eingeordneten Bücher durch. Die waagrechten Linien der Fachböden wellten und bogen sich, andere wiederum, vor allem die untersten, waren

unter der Last der Bücher zusammengekracht und lagen auf den Teppichbrücken.

In der Mitte des Raumes angelangt, da, wo es am hellsten war, nutzte Muo einen kurzen Moment der Unaufmerksamkeit des Storches, um seine Tragetaschen hinzustellen und das erstbeste Buch aus dem Regal zu nehmen. Es war *Ich war Maos Leibarzt*; auf dem Schutzumschlag war ein schwarzweißes Foto des Autors, in knielangen Shorts und mit einem dümmlichen Lächeln auf den Lippen, an Maos Seite, der, in einem Schlabberhemd und einer zu langen, zu weiten Hose geblendet in die Kamera blinzelt. Muo schlug es zufällig auf der Seite auf, wo eine Krankheit Maos beschrieben wird: eine Trichomonasis, die beim Mann nicht in Erscheinung tritt, mit der er aber alle seine Geschlechtspartnerinnen ansteckt, die wiederum zu Überträgerinnen werden. Eines Tages riet dieser Arzt (mit einem dümmlichen Lächeln?) Mao, er solle sich sein Glied häufiger waschen lassen, worauf der Große Vorsitzende ihm antwortete, er ziehe es vor, seinen Pinsel in den Mösen der Frauen zu baden. Muo klappte das Buch zu und stellte es ins Regal zurück. Dann ging er zur politischen Literatur über: Es handelte sich größtenteils um Berichte oder Analysen über die Ereignisse von 1989 auf dem Platz des Himmlischen Friedens, aber auch um Dokumente über die Machtkämpfe innerhalb der Parteiführung, über den ungeklärten Tod von Lin Biao, über die wahre Persönlichkeit von Zhou Enlai, um Artikel über die Hungersnöte in den sechziger Jahren, über die Massenhinrichtungen von Intellektuellen in den Umerzie-

hungslagern, über den revolutionären Kannibalismus… Muo war ganz schwindlig, er verlor sich in diesem Labyrinth aus Büchern, Rapporten, Berichten über grausames Blutvergießen und Komplotte… Um dann schwimmend, watend, gegen die Wogen kämpfend in einem Ozean aus erotischen Romanen wiederaufzutauchen, aus unzüchtigen Werken ausschweifender Mönche mitten in den gesammelten Schriften des Marquis de Sade, aus verbotenen alten Handbüchern, aus Sammlungen pornographischer Holzschnitte aus der Ming-Dynastie, verschiedenen Ausgaben des chinesischen Kamasutra, mehreren Dutzend verschiedener Fassungen des Jin Ping Mei (eines Buches, das Muo in Frankreich gelesen und das ihn derart nachhaltig inspiriert hatte, daß er beinahe eine psychoanalytische Dissertation darüber geschrieben hätte; sein Vorhaben war allerdings nicht über das Stadium zahlreicher mit Notizen gefüllter Hefte hinaus gediehen). Es gab da sogar zwei Regale voller sehr alter fadengehefteter Werke auf handgeschöpftem Reispapier. Muo fragte den Storch, wovon sie denn handelten und warum sie verboten seien.

»Es handelt sich um die geheimen Forschungsberichte der Taoisten über die Ejakulation«, erklärte der Storch.

»Meinen Sie die Masturbation?«

»Nein, die Ejakulation, vielmehr das Nichtejakulieren. Die Taoisten haben Hunderte von Jahren geforscht, wie man während des Geschlechtsakts die bei einer unterdrückten Ejakulation frei werdende Energie im Körper zirkulieren lassen und bis ins Hirn leiten kann,

um sie dort in eine Art übernatürliche Energie zu verwandeln.«

Muo bedauerte, sein Heft nicht dabei zu haben, um die bibliographischen Angaben festzuhalten. »Wirklich schade«, sagte er sich, »daß ich diese Schriften nicht ins Gefängnis mitnehmen kann; ich hätte Bände und Bände von Kommentaren dazu geschrieben.«

Der zweite Raum war kleiner und wurde ebenfalls durch die Luke in der Decke erhellt. Hier gab's weder Bücher noch Regale, dafür aber jede Menge Aluminiumdosen, in denen verbotene Filme aufbewahrt wurden. Filmspulen häuften sich, stapelten sich, türmten sich zu Dutzenden, zu Hunderten, zu Tausenden in diesem Grabeslicht. Der Lichtkegel verlieh dem greulichen Leichenhaufen einen gespenstisch eisigen Glanz. Einige Stapel waren eingestürzt, Filmstreifen wickelten sich wie tote Schlangen von der Spule, bildeten Schlaufen, Kreise, Kringel, entfalteten sich zu riesigen, stellenweise angekohlten oder mit grünlichem Schimmel bedeckten Krausen.

Das Büro des Storches, Vorsitzender und einziger Angestellter dieser Kommission, befand sich im dritten Raum. Während dieser, die Brille auf der Nase, mit gerecktem Hals über Freuds Bücher gebeugt, jeden einzelnen Band prüfte und verdächtige Verweise in einem schmalen, langen Heft mit schwarzem Kunstledereinband festhielt, entdeckte Muo Dokumente, die ihn noch stärker erschauern ließen als die in den vorderen Räumen: Denunziationsbriefe, wohin er blickte. »Meine persönliche Sammlung«, erklärte der Storch stolz.

Die bereits gelesenen Briefe waren sorgfältig beschriftet, archiviert und wie Museumsobjekte in sieben Ebenholzschränken eingeschlossen, die mit anmutig geschnitzten Figuren verziert und bis zur Decke verglast waren. Jeder Schrank hütete eine besondere Sammlung.

Im ersten waren die Denunziationsbriefe von Vätern archiviert, die ihre Söhne, und von Söhnen, die ihre Väter anzeigten; im zweiten die von Männern, die ihre Frauen, und von Frauen, die ihre Männer anzeigten; im dritten die von Nachbarn, die Nachbarn anzeigten; im vierten die von Arbeitskollegen, die Arbeitskollegen anzeigten; der fünfte und der sechste Schrank enthielten die Denunziationen anonymer Briefeschreiber. In jedem Schrank waren die Briefe thematisch in verschiedenfarbige Aktenordner eingereiht, die einen Regenbogen bildeten. Rot für politische Aktivitäten; Gelb für Geldangelegenheiten; Blau für außereheliche Beziehungen; Violett für Homosexuelle; Indigoblau für sexuelle Übergriffe; Orange für verbotene Glücksspiele; Grün für Diebstähle und Einbrüche.

Im siebten Schrank wurden die »Selbstkritik-Briefe« aufbewahrt. Auch wenn der Schlüssel im Schloß steckte, hätte Muo ihn, selbstverständlich, nicht aufgemacht, ohne vorher den Storch um Erlaubnis zu fragen. Die meisten Briefe datierten von der Kulturrevolution und waren daher sehr lang; einige zählten bis zu hundert Seiten und erinnerten an jene autobiographischen Romane, in denen der Autor gnadenlos die verborgensten Winkel seines Lebens mitsamt seinen lasziven Gedan-

ken, seinen verborgenen Wünschen, seinem geheimsten Ehrgeiz enthüllt.

In einer Ecke stapelten sich mehrere mit einem roten Etikett beschriftete Schachteln mit Briefen, die darauf warteten, gelesen und eingeordnet zu werden. Der Storch war eindeutig überlastet mit seiner privaten Leidenschaft.

»Vielleicht kann ich mit einem Brief zu Ihrer Sammlung beitragen«, sagte Muo zu ihm.

»Wen willst du anzeigen?«

»Richter Di.«

Der Storch brach in herzhaftes Lachen aus. »Ich weiß, warum Richter Di dich mit diesen Freud-Büchern hierher bestellt hat, laß mich das mit aller Deutlichkeit sagen«, meinte er dann und wandte sich wieder seiner Arbeit zu.

Jetzt war es an Muo, herzhaft zu lachen.

»Sagen Sie es mir doch.«

»Er sucht einen Verbrecher, eine Art Psychoanalytiker, der in der Stadt Morde in den Bestattungsinstituten organisiert. Vielleicht liefern ihm Freuds Bücher den Schlüssel dazu ...«

Muos Lachen erstarrte. Erneut durchzuckte ihn ein heftiger Schmerz von der Wade bis zu den Knöcheln abwärts und aufwärts bis ins Kreuz, als er sich seiner Lage bewußt wurde.

»Richter Di wird ihn doch nicht etwa erschießen lassen?«

»Zumindest zu einer lebenslangen Haft verurteilen, daran führt kein Weg vorbei.«

»Bitte, wo sind die Toiletten?« fragte Muo leichthin, bemüht, kaltes Blut zu bewahren.

»Zuhinterst im Flur, links.«

Kaum hatte er das Büro verlassen, stürzte er hinkend auf die Treppe zu, um nicht Gefahr zu laufen, Richter Di im Aufzug zu begegnen. Vier Stufen auf einmal nehmend, rannte er bis ins Erdgeschoß des gläsernen Schlosses und dann die Freitreppe hinunter.

»Der Richter hat bestimmt den Flughafen sperren lassen«, sagte er sich. »Die einzige Lösung ist, den Zug zu nehmen.«

Trotz seines Wadenkrampfs skizzierte er in Gedanken eine Fluchtroute: mit der Bahn von Chengdu nach Kunming und von Kunming aus im Autobus bis an die birmanische Grenze. Dort einen Schlepper finden, der ihn zu Fuß über die Grenze bringt. Dann Rangun–Paris mit dem Flugzeug.

Eine Lokomotive taucht aus der Finsternis auf, wird, von herrischem Donnern begleitet, größer und größer und füllt den ganzen Fensterrahmen aus, um dann wieder zu verschwinden. Gigantische, schwankende, betrunkene Massen projizieren ihren Schatten ans Fenster. Güterwaggons. Das Kreuzen eines anderen Zuges endet mit dem flüchtigen Bild der bewaffneten Wachen, die im letzten Wagen im Kreis unter einem grünen Lampenschirm sitzen, dem einzigen in der Dunkelheit kleiner und kleiner werdenden Licht.

Das Spiegelbild eines alten Mannes erscheint auf der Fensterscheibe, zuerst verschwommen und dun-

kel; dann, als der Zug durch einen Tunnel fährt, wird es schärfer und schärfer wie ein Foto in einem Fixierbad. Man erkennt in diesem Spiegelbild eine ziemlich deutliche dentale Topographie, eine Zungenspitze, die die gräulichen Riffe abtastet, und ein schwarzes Loch, eine Lücke, mittendrin, die riesig erscheint und die Physiognomie der Person verändert.

»Mein Spiegelbild«, stellt Muo mit narzißtischer Faszination und Tränen in den Augen fest. Das warnende Vorzeichen dessen, was Muo in zwanzig Jahren sein wird: Muo, der Großvater. Vielleicht Muo, der alte Sträfling von Richter Di, im Gefängnis verreckend wie ein Sklave in einem Stollen. Vorläufig ist alles bestens. Auf der Flucht zu bleiben bedeutet, am Leben zu bleiben.

Auf einmal glaubt er, in der Fensterscheibe eine junge Person zu sehen, die er kennt oder schon einmal gesehen hat, er weiß nicht mehr wo, ein junges Mädchen, kaum achtzehn Jahre alt, das im Gang vorbeigeht, vor seinem Abteil stehenbleibt und ihn zu erkennen scheint. Er nimmt spontan seine Brille ab und zieht die Kapuze tief ins Gesicht, senkt den Kopf und tut so, als sei er Knall und Fall eingeschlafen. Ohne sich zu trauen, auch nur eine Sekunde zum Gang hinüberzuschielen, verharrt er in dieser Stellung, bis der Zug aus dem Tunnel fährt. Das Mädchen ist verschwunden. Er atmet erleichtert tief auf und leistet sich den Luxus, seinen angeregt plaudernden Mitreisenden zuzuhören.

Die Lolo! Thema ihrer Unterhaltung ist die ethnische Minorität der Lolo oder, auf Mandarin, der Yi,

die in der am Fenster vorbeiziehenden Bergregion lebt. Muo weiß wenig von diesem Volk, er kennt nur die berühmte große Pelerine, eine Art Umhang aus grobem Wolltuch, die die Männer tags nie ablegen, und nachts (im Winter ziehen sie eine zweite Pelerine aus Filz darunter) wickeln sie sich darin ein und legen sich zum Schlafen neben die Erdfeuerstelle in der Mitte ihrer Häuser. Das wahre Heim eines Lolo, hat er sagen hören, sei seine Pelerine. Sein Sitznachbar, ein Arbeiter, der diese Strecke wie seine Hosentasche kennt, erzählt mit einem gleichgültigen stoischen Lächeln von einem Zwischenfall, den er vor einem Monat am hellichten Tag auf der Streck zwischen Emei und Ebin erlebt hat. Der Wagen, in dem er sich befand, war überfallen worden, was »gang und gäbe« sei in dieser abgelegenen Gegend: Ein gutes Dutzend Lolo in schwarzen Pelerinen sei mit langen Messern in der Hand in den Wagen eingedrungen. Drei von ihnen hätten die linke Tür versperrt, zwei oder drei andere die rechte, während die übrigen Banditen in den Wagen gestürzt seien. Ohne Geschrei. Kein einziger Reisender hätte sich gerührt. Selbst die Kinder hätten nicht geweint. Die Lolo hätten sich, wie Schaffner, in zwei Gruppen aufgeteilt: Die eine fing an einem Ende des Wagens an, die zweite am anderen Ende. Das Messer an der Kehle, sei den Reisenden nichts anderes übriggeblieben, als zu gehorchen wie Lämmer. Die Jakkentaschen, die Hosentaschen, die Hemdentaschen, die Handtaschen, die Aktenmappen, die Hotten, die Koffer, alles sei von den Lolo mit ihren stahlharten knochigen Fingern durchwühlt worden. Sie würden sich einen

ganz besonderen Spaß daraus machen, ihre Finger an deinem Gesicht, an deiner Brille, an deiner Brust und an deinen Geschlechtsteilen schnalzen zu lassen. Das tue sehr weh. Wenn ein Koffer zu groß oder zu vollgepackt war, hätten sie den Inhalt einfach auf den Boden gekippt. Die Beute war um so beträchtlicher gewesen, als in der Gegend Bankschecks kaum angenommen würden und jedermann mit Bargeld reist, manchmal handelt es sich um das Ersparte eines ganzen Lebens oder einer ganzen Familie. Die Operation hatte knapp zehn Minuten gedauert. »Und wißt ihr, wie die Lolo verschwunden sind? Sie sind einfach vom fahrenden Zug gesprungen. Sie haben nicht einmal gewartet, bis er langsamer fährt, nein, es war ihnen schnurzegal, sie sind einfach vom fahrenden Zug gesprungen. Wahnsinn, Wahnsinn… reinster Wahnsinn.«

»Ich werde bereits von den Bullen verfolgt«, sagte sich Muo, »und lasse mich jetzt, als krönender Abschluß sozusagen, auch noch von den Lolo ausrauben.«

Entsetzliche Angst machte sich in seinem Herzen breit. Er fürchtet um die unter seinem Slip versteckten Dollars. Die draußen vorbeiziehende majestätische, nostalgische Landschaft erscheint ihm plötzlich abweisend. Es kommt ihm vor, als reise er durch ein fremdes Land: schroffe Felsen, steile Hänge, Berge, so weit das Auge reicht. Alles erinnert ihn an die grauen, schwarzen oder nachtbraunen Pelerinen der Lolo. Die Wälder, Sümpfe, Schluchten, die sich vor dem Wagenfenster drängen, die vielen gespenstischen Schatten belauern ihn voller Haß. Selbst die vereinzelten schwach blinken-

den Lichter in einem Weiler am steilen Berghang oder in einem sich im Tal duckenden Dorf erscheinen ihm haßerfüllt.

Schnell! Schnell! Der Zug soll diese Gegend möglichst schnell hinter sich lassen.

Seine Mitreisenden diskutieren hitzig. Er steht auf und geht zur Raucherecke.

Der Geschmack der Zigaretten ist entschieden nicht mehr der gleiche, seit sein Zahn ausgefallen ist. Der erste Zug hinterläßt einen ungewohnten, einen schrecklich faden Nachgeschmack im Mund. Statt zwischen seine Zähne zu gleiten, sich in seinem Mund zusammenzurollen, seine Zunge und seinen Gaumen zu liebkosen, schießt der Rauch in einem undefinierbaren Schwall durch die Lücke geradewegs in seine Kehle. Sein Mund ist nicht mehr sein Mund, sondern ein Kanal, ein Ventil, ein Kamin.

Die Raucherecke zwischen zwei Wagentüren ist vor Blicken geschützt. Er holt seinen in den Papierserviettenzipfel gewickelten Zahn hervor. Tastend steckt er ihn an seinen alten Platz und preßt die Wurzel ins Zahnfleisch. Das Wunder geschieht: Er sitzt zwischen den beiden anderen Zähnen fest. Das Loch ist verschwunden.

Die Marlboro entwickelt wieder ihr volles Aroma, das er in kleinen Schlucken genießt wie eine Delikatesse. Neben ihm klappert die Tür des Waschraums im Wind (ein schläfriger Benutzer hat vergessen, sie zu schließen) und läßt einen ekligen Geruch entweichen. Doch nichts vermag nunmehr seinen Rauchgenuß zu verderben. Der Zug fährt erneut durch einen Tunnel,

eine Stromunterbrechung taucht den Wagen in Dunkelheit, und auf einmal sieht er einen roten Funken in diesem vorübergehenden Dunkel. Er erkennt ihn gleich: Es ist das Glimmen seiner ersten Zigarette in seiner fernen Jugendzeit. Dreizehn? Nein, vierzehn war er gewesen. Eine Jinshjiang-Kippe (Goldsand-Strom, eine Marke zu drei Fen das Päckchen). Die ersten Zeilen eines Gedichts, das er damals zum Lobe seines ersten Glimmstengels mit unbeholfenen, kindlichen Worten geschrieben hatte, hallt in seinem Kopf wider. Er hatte es *Der Kleine Brillenschang* genannt.

Wonne,
Mein erster Kuß
Auf den verführerischen Schenkel
Einer Goldsand-Strom
Funkelnd in einer Februarnacht.

Er läßt sich vom vibrierenden Echo des Zuges einhüllen, genießt die Freude über sein wieder vollständiges Gebiß, die Erinnerung an seine ferne Jugendzeit und merkt nicht einmal, daß das Licht wieder angegangen ist.

Auf einmal hört er eine weibliche Stimme in seinem Rücken: »Guten Tag, Muo Xiansheng!«

Stille. Alles erstarrt vor Schreck, die Luft, der Zug, seine Glieder, sein Hirn. »Es ist aus. Ein Bulle«, sagt er sich.

Die Stimme wiederholt ihr von einem geheimnisvollen Klirren begleitetes »Guten Tag«. Was ist das für ein

Klirren? Ein Schlüsselbund? Nein, es sind bestimmt Handschellen. »Himmel! Mein altes Herz schlägt zum Zerspringen. Ich bin erledigt«, sagt er sich. Er hält die Hände hoch und dreht sich langsam-langsam um, darauf gefaßt, daß eine chinesische Jodie Foster ihm in einer sichuanesischen Version des *Schweigens der Lämmer* eine Pistole an die Schläfe drückt. Mit angstzitternder Stimme sagt er: »Führen Sie mich zu ...«

»Zu Richter Di«, wollte er sagen ... Und traut seinen Augen nicht: Vor ihm steht die junge Person, die er vorhin in der Scheibe gesehen hat.

Sie hat sich mit offenem Mund vor ihm aufgepflanzt. Zu groß, dieser Mund. Im übrigen scheint alles an ihr zu groß zu sein, ihr Jeansblouson, ihre weißgetupfte rote Hose, ihr knallgelber Rucksack und selbst der Heineken-Sixpack, den sie in der Hand hält und der im Rhythmus des Zuges vibriert. Das war also das geheimnisvolle Klirren.

»Erinnern Sie sich an mich, Muo Xiansheng?« fragt sie. »Sie haben mir auf dem Dienstmädchen-Markt einen Traum gedeutet.«

»Ich heiße nicht Muo«, antwortet Muo barsch. »Sie irren sich in der Person.«

Er drückt mit gesenktem Kopf seine Kippe in einem Wandaschenbecher aus, dreht sich verärgert auf dem Absatz um und läßt sie stehen. Damit es nicht aussieht, als flüchte er wie ein Dieb, bemüht er sich, die aufrechte, würdige Haltung eines Gentleman zu bewahren. Er ist so durcheinander, daß er sich in der Richtung irrt und im Waschraum landet. Zornig schlägt er die Tür hin-

ter sich zu. »Ich drehe durch«, sagt er vornübergebeugt, die Hände auf den Rand des Waschbeckens gestützt, als müsse er sich übergeben. »Ich bin total übergeschnappt. Natürlich ist sie's. Wie habe ich sie nicht wiedererkennen können, das kleine Mädchen vom Land, das davon träumte, in einem Film zu spielen. Ich bin wirklich von mir enttäuscht! Ich hätte sie richtig anbrüllen müssen: ›Scheiße, dumme Ziege! Wie wagst du es, eine Kontemplation zu stören, das Heiligste auf der Welt, die edelste Meditation überhaupt?‹« flucht er laut vor sich hin. Da fliegt plötzlich etwas aus seinem Mund und landet im Waschbecken. Er braucht ein paar Sekunden, bevor er begreift, daß es sein Zahn ist. Zum Glück ist das Waschbecken seit unvordenklichen Zeiten verstopft, und sein Zahn ist in einem mit gräulichweißem Schaum bedeckten Bad untergegangen. Nach einer langen, geduldigen Unterwassererkundung entdecken seine Fingerspitzen ihn schließlich. Er fischt ihn heraus, reinigt ihn, trocknet ihn, putzt ihn, trocknet ihn nochmals, doch ein hartnäckiger Geruch nach Abwasser, nach Zug und Latrine klebt daran, der sich offenbar unmöglich entfernen läßt.

Plötzlich hört er schwere Schritte und die gebieterischen Aufforderungen der Schaffner. Er hält sein Ohr an die Waschraumtür. Die Filmträumerin antwortet mit einem tränenerstickten dünnen Stimmchen. Sie reist ohne Fahrkarte. Der Ton der Schaffner wird schärfer. Sie behandeln sie wie eine in flagranti ertappte Diebin. Sie kann sich nicht verteidigen. Es sei das erste Mal in ihrem achtzehnjährigen Leben, daß sie schwarzfährt.

Es sei bestimmt das letzte Mal, Ehrenwort. Die Schaffner verlangen, daß sie ihnen den Heineken-Sixpack als Pfand zurückläßt. Beschwörend erklärt sie ihnen, es sei ein Geburtstagsgeschenk für ihren Vater, es habe sie zwei Dienstmädchen-Monatsgehälter gekostet. Doch sie lassen sich nicht besänftigen. Sie sind wirklich scharf aufs Bier. Einer versucht, es ihr zu entreißen. Sie leistet Widerstand. Ein verzweifelter Schrei entringt sich ihrer Kehle und explodiert durchdringend, schmerzlich, bestialisch. (Noch lange Zeit später wird Muo jedesmal, wenn er an sie denkt, diesen durchdringenden Schrei in seinen Ohren hallen hören und die gleiche Angst in sich aufsteigen spüren.)

Er öffnet die Tür und verläßt die Toilette, entschlossen, einzugreifen, aber wie?

Sie ruft ihm zu: »Muo Xiansheng, bitte, erklären Sie ihnen, was vorhin passiert ist, als ich mit meiner Fahrkarte gespielt habe. Sie sind mein einziger Zeuge. Ich habe sie auf den Fensterrahmen gelegt, und ein Windstoß hat sie fortgeweht.«

Er bestätigt, ohne eine Sekunde zu zögern, zieht drei Zehn-Yuan-Scheine aus der Tasche und verteilt sie an die drei Schaffner.

»Das ist für euch, Freunde«, sagt er. »Jedem ein Scheinchen, meine Herren, und die Sache ist geregelt.«

Wellenrauschen. Die Stimmen der Reisenden scheinen von weither zu dringen. Murmelnde schläfrige Stimmen. Die Männer plaudern, schöpfen aus dem unendlichen Anekdotenfundus. Ihre Stimmen schweben,

wechseln ab, nähern sich mit Gelächter, mit Husten, mit einem unterdrückten Niesen, werden leiser, entfernen sich und ersterben in einem Seufzer oder in einem Gähnen. Man weiß nicht mehr, wer erzählt, wer zuhört.

Brandung. Das Stampfen der Räder an Muos Ohr, der sich unter einer Bank »harter Klasse« fläzt, das Ohr auf den Boden des Waggons gepreßt. Wenn der Zug eine lange, ansteigende Bergflanke entlangfährt, hört er die Räder auf den Schienen schlittern und wie ein grollender Donner widerhallen, dann wiederum hört er sie ohrenzerreißend kreischen und seinen geheimen Liegeplatz in ein Vogelnest inmitten des Gewitters verwandeln. Man glaubt, die von Funken, von geheimen Signalen gesäumten Schienen zu sehen. Doch wenn der Zug die Nacht verschlingend abwärts fahrt, wird das Stampfen der Räder sanfter, geölter, gedämpfter. Das Echo des Berges ist fern, verschwommen, leise rauschend wie das Meer in einer perlmutternen Meerschneckenmuschel, die man ans Ohr hält: Es ist das Murmeln ruhiger, regelmäßiger Wellen, die im Morgenlicht einen Strand aus glatten graublauen Kieseln bespülen. Am schönsten ist es, wenn der Zug an einem Bahnhof hält. Du hörst einen Seufzer durch die Räder laufen. Wie ein Atmen. Als ob jemand unter dir schläft. Ja, es ist ein Atem. Du spürst geradezu seinen lauen Hauch.

Das Geplauder der Schlaflosen dringt in Fetzen an Muos Ohr. Einer von ihnen, dessen leise Stimme an die Geschichtenerzähler von einst gemahnt, erklärt, daß jede Bergkette, jedes Bergland ein besonderes Volk her-

vorbringt so wie jeder Ozean seine Seeleute. Die Lolo aus dieser Gegend sind alle begnadete Zugspringer. Es ist eine ganz besondere physische Begabung. Ein angeborenes Talent, das bei einigen an Genialität grenzt, wenn sie ihre spektakulären akrobatischen Sprünge vollführen, die ihnen erlauben, einen a priori unzugänglichen Zug in voller Fahrt zu besteigen oder zu verlassen. Dadurch unterscheiden sich die Lolo von den anderen Bergvölkern. Am erstaunlichsten ist es, wie sie es schaffen, die Güterzüge zu stürmen, denn diese haben weder Türen noch Trittbretter und sind mit Eisenbarren verriegelt. Du siehst die Lolo die Schienen entlangstapfen, lässig, ruhig, ein wenig müde vielleicht oder betrunken. Der Zug fährt vorbei. Und plötzlich fängt einer von ihnen an zu rennen. Nach ein paar Schritten nimmt er Anlauf… und springt! Eine elegante Bewegung, deren perfekt berechnete Kurve vor einem der Querriegel endet, an dem er sich festklammert, den Körper flach an die Wagenwand gepreßt; die große schwarze Pelerine flattert im Wind. Er holt einen Hammer unter seiner Pelerine hervor, zerschmettert den Riegel, entfernt die Stange, schiebt die schwere Schiebetür zur Seite und verschwindet im Wagen. Kurz darauf erscheint er in der offenen Tür, ein Fernsehgerät in den Armen haltend. Und wieder ein Sprung. Ein freier Fall oder vielmehr ein lyrischer Flug, mit seiner flatternden Pelerine und seiner Beute in den Armen. Er berührt den Boden, ohne zu stürzen – wie ein Skispringer, der so weit entfernt wie möglich von der Sprungschanze landet. Er übergibt den Fernseher seinen Kumpanen, die ihn eingeholt haben.

Sie binden das Gerät mit Stricken auf seinem Rücken fest, und alle lösen sich fröhlich in Luft auf. Manchmal stürzt sich die Polizei in eine Verfolgungsjagd und schießt auf sie, doch niemand schafft es, die Lolo einzuholen, wenn sie mit einem Fernseher auf dem Rükken über die Berge galoppieren. Die Kugeln verfehlen unweigerlich ihre magischen, fliegenden, flatternden, vogelähnlichen Zielscheiben.

»Sind Sie da, Muo Xiansheng?«

Es ist stockdunkel. Sein Geist benötigt zwei schlaftrunkene Sekunden, bis er die Stimme identifiziert: Es ist die des Mädchens von vorhin, der Filmträumerin vom Dienstmädchen-Markt. Er lauscht hellwach. Sich an das Mißgeschick erinnernd, das ihm in einem ähnlichen Nachtzug widerfahren war, beschließt er, stumm zu bleiben. Flüchtend, gewiß, aber tugendhaft. Ein Asket.

Sie wiederholt zwei-, dreimal Muos Namen. Sie flüstert aus Angst, die Mitreisenden zu wecken. Doch selbst ihr Flüstern vermag ihre Heiterkeit, ihre zärtliche Art nicht zu unterdrücken. Muo, der flüchtende Asket, versucht, Schnarchen vorzutäuschen, doch sein Atem geht zu unregelmäßig. Er sieht sie zwar nicht, weiß aber, daß sie in sein geheimes Liegeabteil schlüpft.

»Nicht schlecht, dieses Plätzchen«, sagt sie.

Der niedrige Raum zwingt sie, auf allen vieren zu kriechen. Sie streift in der Dunkelheit Muo. Sie schreien beide kurz auf.

»Pst, nicht so laut«, flüstert er.

»Nichts zu befürchten. Unsere Nachbarn schlafen.«

»Kannst mich ruhig duzen. Was suchst du hier?« Seine Stimme ist eiskalt.

»Magst du Jujubadatteln? Ich hab dir ein paar mitgebracht.«

»Nicht so laut«, mahnt er sie nochmals, sich hinter seine Asketenstimme verbarrikadierend.

Er unterdrückt ein Lächeln, auch wenn er weiß, daß sie ihn gar nicht sieht. Und fügt hinzu: »Behalt sie für deinen Vater.«

»Ich hab noch mehr, brauchst dir keine Sorgen zu machen. Nimm. Sie sind sauber. Ich hab sie gewaschen.«

»Bloß eine.«

Doch sie findet in der Dunkelheit seine Hand nicht.

»Wo ist deine Hand?«

Nach einigem Tasten wechselt die Jujube die Hand. Muo schiebt sie behutsam in den Mund, um seinen Mittelzahn ja nicht zu berühren.

»Möchtest noch eine?«

»Warte.«

Nächtliche Kostprobe. Er kaut behutsam die frische, fleischige, saftige Frucht.

»Ich möchte dir ein Buch zeigen, das ich gekauft habe«, sagt sie. »Du sagst mir dann, was es wert ist. Hast du Feuer?«

Er reißt ein Streichholz an, und im Licht des Flämmchens erscheint das Mädchen vor ihm, ganz nahe, vornübergebeugt, die Ellbogen auf dem Fußboden aufgestützt. »Sie ist wirklich hübsch!« stellt er fest.

Ein weiteres Streichholz ist notwendig, um das Buch in der Hand des Mädchens zu beleuchten: schmal, abgenutzt, speckig, mit sechs chinesischen Schriftzeichen auf dem Einband: *Französisch für Anfänger.* Die Seiten haben teilweise Eselsohren, an den Rändern hat jemand Anmerkungen gekritzelt.

Muo bleibt stumm und reglos, von einer entsetzlichen Reaktion seines Körpers erschlagen: Er hat eine Erektion. Die erste seit seiner »Entjungferung«. Er weiß nicht, wann genau es passiert ist. Beim Kosten der Jujube? Oder beim Anschauen des Lehrbuchs?

Das verglühte Streichholz fällt wie ein dünner schwarzer Wurm auf den Einband des Buches, gleitet auf den Plastikregenumhang, der Muo als Schlafmatte dient. Das Mädchen löscht geschickt den Funken.

»Ist es fünf Yuan wert oder nicht?« fragt sie in der wiedereingetretenen Dunkelheit. »Ich hab's antiquarisch gekauft. Um meinen Vater zu beeindrucken. Er hat meinem Bruder das Gymnasium bezahlt, mir aber nicht.«

»Wie willst du ihn beeindrucken, wo du doch diese Sprache nicht sprichst?«

»Ich wiederhol ihm einfach alles, was du uns auf dem Dienstmädchen-Markt erzählt hast: ›Französisch ist eine Sprache, deren Wörter bloß dazu da sind, den Frauen zu gefallen.‹ Wie hast du das schon wieder gesagt? Um den Frauen den Hof zu machen? Ist mir piepegal, wenn ich diese Sprache nicht spreche. Ich will bloß meinen Vater ärgern. Er will mir einen Verlobten vorstellen. Den Sohn des Dorf-Laoban. Aber ich mag den Kerl nicht.«

»Vielleicht ist er in dich verliebt.«

»Ich will nicht, daß er mich liebt.«

Zwar sieht er sie nicht, doch er spürt, daß sie ihn anschaut.

»Muo, warum versteckst du dich?«

»Wie bitte?«

Nicht auf den Kopf gefallen, die Kleine! Er fühlt sich ertappt und denkt so angestrengt über eine Antwort nach, daß in ihm die Angst wieder hochsteigt, dafür schwindet seine Erektion.

»Du versteckst dich«, sagt sie, »weil du dich vor der Polizei fürchtest.«

»Willst du die Wahrheit wissen? Schwörst du, nie jemand etwas zu verraten? Ich verlasse das Land. Und da ich Abschiede hasse, hab ich beschlossen, in einem Nachtzug unter einer Bank liegend, ein letztes Mal Chinas Erde zu umarmen. Ich bin ein Patriot.«

»Du lügst.«

»Kennst du Birma? Dorthin will ich. Ein großartiges Land, wo man die ganze Zeit Betelnüße kaut und den blutroten Saft ausspuckt. Es gibt überall Tempel. Jede Menge. Ich werde in ein Kloster eintreten. Ich werde Mönch, ja. Dort darf ein buddhistischer Mönch Fleisch essen. Ich könnte nur Fleisch essen.«

»Daß ich nicht lache. Ein Kloster wird niemals einen Traumdeuter aufnehmen. Du flüchtest. Das merkt jeder. Vorhin hast du sogar geleugnet, daß du Muo bist.«

Sie wechselt das Thema. »Darf ich mich neben dich legen? Ich bin total erschöpft.«

»Aber sicher, nimm einen Regenmantelzipfel. Der Boden ist schmutzig.«

Er schweigt. Er hört sie in der Dunkelheit Jujuben kauen. Sie macht mit dem Mund ein schmatzendes Geräusch wie ein kleines Mädchen oder eine Bäuerin, Muo ist überzeugt, daß man es bis ans andere Wagenende hört. Nach und nach wird das Kaugeräusch langsamer und weicht schließlich regelmäßigem Atmen. Sie ist offensichtlich eingeschlafen. Gedämpft das Stampfen des durch die Nacht galoppierenden Zuges. Gedämpft die Stimmen der Reisenden. Gedämpft das Geschnarche.

Plötzlich fällt ihm ein, daß er nicht einmal weiß, wie sie heißt. Also weckt er sie. »Wie heißt du eigentlich?«

»Alle nennen mich die kleine Schwester Wang. Warum fragst du? Steigst du aus?«

»Nein. Ich möchte dir eine Frage stellen. Wenn du nicht antworten willst, so habe ich Verständnis dafür.«

»Los.«

»Bist du Jungfrau?«

»Wie bitte?«

»Jungfrau. Ein Mädchen, das noch nie mit einem Mann geschlafen hat.«

»Ach so. Ja, ich bin Jungfrau.«

Er hört sie im Dunkeln losprusten.

»Ehrlich?« fragt er.

»Ehrlich.«

»Wenn du einverstanden bist, uns zu retten, meine Freundinnen und mich, nehme ich dich mit nach Frankreich.«

»Was muß ich tun?«

»Richter Di, ein Richter aus Chengdu, hat zwei Freundinnen von mir ins Gefängnis geworfen. Jetzt sucht er mich. Man hat ihm Geld angeboten. Er hat abgelehnt. Er besitzt bereits zuviel davon. Was er haben möchte, ist ein unberührtes Mädchen.«

Er beendet seinen Satz und erwartet – ja, er glaubt sogar, ihn zu hören – einen trommelfellzerreißenden Schrei. Doch nichts. Kein Wort. Stille. Er hört nicht einmal ihren Atem. Eine unsägliche Mutlosigkeit lastet in der Luft; schon will er jede Hoffnung aufgeben und ist verkrampft lächelnd darauf gefaßt, sie unter der Bank hervorkriechen und weggehen zu sehen.

Da hört er sie zögernd fragen: »Nimmst du mich wirklich mit nach Frankreich? Nachher?«

»Ja.«

»Gut. Ich bin einverstanden ...«

Er glaubt, ohnmächtig zu werden. Den flüchtenden Asketen vergessend, nimmt er sie in die Arme, noch bevor sie den Satz beendet hat.

»Danke«, murmelt er väterlich. »Tausendmal danke. Ich werde dir Französisch beibringen.«

Und dann steigen längst vergessene Verse von Hugo, von Verlaine und Baudelaire in seiner Erinnerung auf, drängeln sich über seine Lippen, die tastend das Haar, die Augen, die Nase des jungen Mädchens mit Küssen bedecken. Sie sitzt mit gesenktem Kopf in der Dunkelheit da. Doch sie läßt ihn gewähren. Er küßt sie heftig, leidenschaftlich auf den Mund. »Göttlich! Diese prallsaftige wilde Jujube.«

»Was ist das?« flüstert sie. »Ich spür etwas im Mund. Es kommt aus deinem.«

»Mein Zahn!« ruft er laut, und ein Spuckestrahl entwischt zwischen seinem lückenhaften Gebiß. »Paß auf, schluck ihn ja nicht!«

Der Drachenkopf

Chengdu, den 5. Oktober

Mein liebster Alter Mond, mein herrlicher Vulkan. Hast Du Dir Deine Vorliebe für Rätsel bewahrt? Hat Deine lange Kerkerhaft sie nicht erschüttert? Meine geliebte Ratespiel-Meisterin des 75. Jahrgangs unserer Universität, die intelligenteste aller Studentinnen, die große Rivalin Ödipus', die – erinnerst Du Dich? – bei der Prüfung am Ende des ersten Jahres eine fünf Kilogramm schwere rote, saftige Wassermelone gewonnen hat, die wir mit den sieben Mitbewohnerinnen deines zehn Quadratmeter großen Schlafraums geteilt haben. Wir hatten kein Messer. Wir haben uns auf die arme Frucht gestürzt, wir haben uns mit einem Löffel in der Hand geprügelt und gelacht. Im folgenden Jahr hast Du ein Lexikon gewonnen, das Du mir geschenkt hast, das Lexikon der Sprache des einfachen Volkes in den Romanen der Ming-Dynastie, ein seltenes Buch, in dem ich immer wieder mit großem Genuß blättere und das ich so oft gelesen und wiedergelesen habe, daß ich in der Lage wäre, eine Kurzgeschichte im Stil eines Autors aus jener Zeit zu schreiben.

Hier also das Rätsel: Warum schreibe ich diesen Brief – ich weiß noch nicht, wie lang er werden wird – in einer fremden Sprache, von der meine wunderbare Empfängerin kein Sterbenswort versteht?

Ein kleines Rätsel, das hell klingelt wie eine glückbringende Münze. Ich war zuerst erschrokken, als ich feststellte, daß das erste mit meiner ungelenken Hand geschriebene Wort ein französisches war; ich war verblüfft über die Genialität dieser spontanen Geste. Ich war berauscht. Ich staunte, ich bewunderte mich selbst. Ehrlich. Ich bedaure, daß mir dies nicht früher widerfahren ist, und ich stelle mir genüßlich die Gefängnisaufseher vor, die damit beauftragt sind, die Briefe zu zensieren. Was für ein Gesicht werden sie machen angesichts der auf französisch geführten Korrespondenz eines unermüdlichen Briefeschreibers, eines geheimnisvollen verrückten Geliebten? In Anbetracht des knappen Budgets und der zunehmenden Zahl von Sträflingen bin ich sicher, daß sie keinen Übersetzer beiziehen werden, um diese kabbalistischen Zeilen zu entziffern. (Die einzigen drei oder vier Professoren, die die Sprache Voltaires oder Hugos verstehen, findet man an der Sichuan-Universität in Chengdu.) »Sagen Sie mir bitte, Herr Professor, mit wieviel muß man rechnen für eine übersetzte Seite?« – »Nun, so zwischen hundert, hundertzwanzig Yuan. Das ist der Tarif.«

Von nun an, liebster Alter Mond, mein herrlicher Vulkan, vereint uns eine fremde Sprache, verbindet uns, bindet uns mit einem Knoten aneinander, der sich unter ihren magischen Fingern in die Flügel eines exotischen Schmetterlings verwandelt. Eine alphabetische Schrift vom anderen Ende der Welt. Ihre Buchstaben, ihre Orthographie, ihre Apostrophe, ihre Akzente, *aigu*, *grave* und *circonflexe*, verleihen ihr eine esoterische Dimension. Deine Mitgefangenen, denke ich mir, werden eifersüchtig auf Dich sein, die Du Deine Zeit damit verbringst, meine Liebesbriefe zu lesen und zu erraten, was ich dir schreibe. Erinnerst Du Dich? An die Zeit, als wir Studenten waren, an jene wunderbaren Momente, als wir gemeinsam unsere Lieblingsdichter rezitieren hörten: Eliot, Frost, Pound, Borges ... Die von ihrer besonderen Persönlichkeit und ihrer klanglichen Schönheit durchdrungenen Stimmen verzauberten uns, weckten Träume in uns, erhoben uns, obwohl weder Du noch ich auch nur ein Wort Englisch oder Spanisch verstanden. Der Tonfall, die uns unverständlichen Sätze sind für mich heute noch die schönste Musik der Welt. Die Musik der Auserwählten, der Romantiker, der Melancholiker. Unsere Musik.

Weißt Du, während ich diese Worte schreibe, erfaßt mich bitteres Bedauern: nicht darüber, daß ich diese Sprache gelernt habe, sondern daß ich nicht andere, schwierigere Sprachen beherrsche,

die noch weniger Menschen verstehen. Vietnamesisch zum Beispiel. Ich habe angefangen, diese Sechstonsprache mit ihrer subtilen, komplizierten Grammatik zu lernen. Ich glaube, wenn ich Dir Briefe auf vietnamesisch schreiben würde, wäre es Richter Di, selbst wenn er bereit wäre, einen Übersetzer sehr teuer zu bezahlen, schlicht unmöglich, einen zu finden, selbst an der Sichuan-Universität. Weißt Du, was ich gern täte? Für ihre Esoterik bekannte Sprachen lernen, Tibetisch, Mongolisch, Lateinisch, Griechisch, Hebräisch, Sanskrit, die ägyptischen Hieroglyphen. Ich möchte in diese Tempel eintreten, mich mit drei brennenden Weihrauchstäbchen niederknien und für uns in diesen Sprachen des Allerheiligsten beten.

Wir waren zu zweit, die kleine Schwester Wang mit ihrem Heineken-Sixpack in der Hand und ich, Muo, der von Richter Di und der Polizei gesuchte Flüchtling mit dem dümmlichen Lächeln und dem prekären Gebiß; Muo, der seinen Plan, nach Birma zu fliehen, aufgegeben hatte. Also bin ich nach ein paar Zugstunden aus meinem steinharten Versteck gekrochen, um mit meiner neu Angeworbenen, meiner potentiellen Rettung, einer echten und unendlich kostbaren Jungfrau zurückzufahren.

Um drei Uhr stiegen wir also an einem ausgestorbenen Bahnhof aus. Offenbar hatte es erst kürzlich geregnet, denn der Bahnsteig aus gestampftem Lehm war mit Pfützen übersät. Ein elender Bahnhof zwischen zwei düsteren Bergen.

Als der Zug Chengdu–Kunming, mein Zug, weiterfuhr und in der Nacht verschwand, zog sich das Echo des Pfiffes des Bahnhofsvorstehers in die Länge und hallte von den Felsen wider, um dann im Wind, im Rascheln des Laubes, im undeutlichen Rauschen eines unsichtbaren Flusses unterzugehen.

Das Vordringlichste war, den Schwiegersohn des Bürgermeisters von Chengdu zu erreichen, Du erinnerst Dich, jenen Kerl, von dem ich Dir oft erzählt habe? Dank dem vor ein paar Monaten der Jungfrauen-Alptraum angefangen hat. Er allein konnte eine gütliche Einigung mit Richter Di erreichen, aber wir mußten den Morgen abwarten, um ihn anzurufen, denn, Geschäftsführer einer Restaurantkette tagsüber, verbringt er wie Du die Nacht mit ausgeschaltetem Mobiltelefon in einer Gefängniszelle.

Das trostlose Städtchen am Fuße der Berge liegt an einem wild rauschenden Fluß. Geflößte Baumstämme, die in den Hochwäldern geschlagen werden, treiben in den Wirbeln, schlagen mit gespenstischem gedämpften Krachen aneinander. Wenn Du den Fluß entlanggehst, hallen Deine Schritte wie die eines Fremden. Dein Atem, Deine Worte haben einen anderen Rhythmus. Du hast Angst. Es ist, als würdest Du ein unbekanntes Land betreten, das von abweisenden Schatten und Geräuschen bevölkert ist, und Du fühlst Dich wie ein gespenstischer Eindringling. Am Eingang des

Städtchens erhebt sich eine alte Stele am Brückenkopf, deren noch leserliche Inschrift in Chinesisch und in Lolo erzählt, daß der Fluß auf dem Gipfel eines Berges im Norden entspringt. Aus einer unergründlich tiefen, göttlich reinen Quelle. In Zeiten großer Dürre genügt es, Abfälle hineinzuwerfen, und schon regnet es in der ganzen Gegend Bindfäden.

Wir hatten Glück. In der Hauptstraße des Städtchens hatte ein Karaoke-Lokal noch offen. Ich hätte nie geglaubt, daß man in einem derart abgelegenen, derart trostlosen Kaff um drei Uhr morgens noch ein offenes Karaoke-Lokal findet, es hieß *Shanghai Blues.* Unglaublich. Ich wünschte mir, Du hättest die kleine Filmträumerin singen hören können. Ihr hübsches Gesicht leuchtete dreifach: vor Jugend, vor anmutiger Sinnlichkeit, vor Liebe zur Musik. Drinnen war es heiß. Der Raum war nur schwach beleuchtet, man sah die anderen Gäste kaum. Sie hat ihr Blouson ausgezogen und ist auf die Leinwand zugegangen wie ein Star auf die Bühne. Also, für ein Mädchen vom Land ist sie überhaupt nicht schüchtern. Ihr geschmeidiger Oberkörper unter ihrem zu weiten T-Shirt, ihr flacher Busen, ihre dünnen Arme, ihr entzückend magerer Körper hat etwas bezaubernd Jungenhaftes an sich. Je länger ich sie betrachtete, desto mehr mußte ich an Dich denken. Ich will damit nicht sagen, daß sie Dir gleicht, doch ihr Profil ist wie ein Echo Deiner Schönheit, vor allem

ihre Schädelform, ihre glatte Stirn, ihre schmalen Augen, ihre Art, an den Haarwurzeln zu kratzen. Sie trägt nämlich das Haar kurz über den Ohren geschnitten wie Du. Auch in ihrer Stimme erkenne ich das Echo Deiner Stimme: tief, ein bißchen heiser. Wenn es darum geht, eine schwarze Bluessängerin nachzuahmen, da reicht niemand an Euch beide heran. Sie kennt jede Menge Volkslieder, die sie wahrscheinlich als Hausangestellte bei Besitzern eines Karaoke-Studios gelernt hat. Einige der Lieder waren gräßlich kitschig, doch eines war wirklich hübsch: »Ich geh diesen kleinen Weg nur einmal alle tausend Jahre.« Die Melodie, die Worte, ihre Stimme … Ehrlich, es hat mich umgehauen. Sogar ich, der immer falsch singt, habe ein Mikrophon genommen und habe mit ihr geträllert und, natürlich, das Lied massakriert. Ich habe sie beglückwünscht. Sie strahlte. Sie weiß, daß sie eine gute Stimme hat. Bezaubert von ihrer Darbietung, habe ich zu ihr gesagt, »Kleiner Weg« würde als Künstlername besser zu ihr passen als »Kleine Schwester«, er sei schicker. Sie hat den Namen ein paarmal wiederholt: »Kleiner Weg, Kleiner Weg … Einverstanden«, hat sie dann feierlich zu mir gesagt. »Von jetzt an nennst du mich so, ja?«

Abergläubisch, wie ich bin, frage ich mich immer wieder, wenn ich an die Ereignisse des nächsten Tages zurückdenke, ob das Lied nicht eine Warnung vor einem ganz ungewöhnlichen

Weg war, den man im Leben nur einmal geht. Nie ein zweites Mal.

Der Besitzer des Karaoke-Lokals, ein netter Dreißigjähriger, schien auf die Kleine zu stehen. Als die anderen Gäste gegangen waren, fragte er sie, ob sie gern tanze. O ja, Hip-Hop vor allem, erklärte sie, sie habe bei Leuten gearbeitet, deren Balkon auf den Pausenhof einer Oberschule hinausging, und sie hätte jeweils in der Pause den Schülern beim Breakdancen zugeschaut und sich so die Figuren gemerkt. Er anerbot sich also, den DJ zu spielen, und legte eine Scheibe von Cui Jian auf, dem berühmten chinesischen Rocker der achtziger Jahre: »Yi wu suoyou – Habenichts, ich habe nichts.« Die verzweifelten heiseren Schreie Cui Jians mäßigten sich unter den magischen Fingern des improvisierten DJ, sie klangen herber, rhythmischer. Ehrlich, dieser DJ-Amateur ist der beste, den ich je erlebt habe. Seine Finger drehten nicht ständig an den Schaltknöpfen, sie ließen Cui Jian seine herzzerreißenden Schreie ausstoßen, dann erst begann er zu scratchen. Er spielte mit den Schaltknöpfen wie ein Jazzmusiker am Schlagzeug. Von der Musik mitgerissen, ließ sich Kleiner Weg ein-, zwei-, dreimal nach hinten auf die Handflächen fallen, streckte ein Bein in die Luft und sprang auf ein Bein zurück. Dann zog sie den Kopf ein, zuckte steif mit den Schultern wie eine Comicfigur, stakste hin und her, schlenkerte die Beine, verrenkte die Glieder wie ein Ro-

boter, dann schüttelte sie sich wie in Trance. Neue Scheibe. Der DJ legte einen chinesischen Rapper auf. Du kennst doch das berühmte Gedicht im Roman *Der Traum der roten Kammer,* das mit »Geld regiert die Welt« anfängt? Als Rap klingt es umwerfend. Kleiner Weg machte flick-flack einen Salto rückwärts, dabei entblößte ihr T-Shirt ihren Bauch; sie ist so mager, daß man die Rippen sieht. Das war das Zeichen für eine Breakdance-Einlage. Im Kopfstand, die Hände flach auf dem Boden, drehte sie sich einmal mit gestreckten Beinen, einmal mit angezogenen Beinen abwechselnd auf den Händen und auf den Schultern und drehte und drehte sich immer schneller und schneller, dann, päng! stützte sie sich auf dem Kopf ab und drehte ihren kerzengeraden Körper – was für ein Körper! mager, aber muskulös – mit angezogenen Armen um die eigene Achse. War das ein Ding! Ich applaudierte stürmisch. Und bevor sie sich in weitere Figuren stürzte, stand ich auf und verkündete: »Kinder, Opa wird euch jetzt einen revolutionären Tanz vorführen.« Meine Güte, erinnerst Du Dich an jenen Tanz, den wir in der Schule gelernt haben? Ein grotesker Tanz, der den hartherzigen Diener eines bösen Grundbesitzers darstellt, der bei den armen Bauern die Pachtzinsen eintreibt. (Wahrscheinlich ist diese undankbare Rolle immer mir zugefallen, weil ich so häßlich bin. Sie ist sozusagen mein Markenzeichen geworden, mein Emblem, und hat mich in eine solche Ein-

samkeit gestürzt, daß ich beinahe homosexuell geworden wäre.) Ich habe gar keine schlechte Figur gemacht mit meinem Gürtel als Peitsche und meiner Zahnlücke: Krabbengang, Pirouetten, Sprünge, Peitschengeknalle, am Schluß bin ich zwar bei einem Bocksprung hart gelandet und habe mir das Gesicht aufgeschlagen. Und weißt Du, mit was für einer Scheibe der DJ mich begleitet hat? Mit dem Revolutionsballett *Das Mädchen mit den weißen Haaren*! Ich schwöre es Dir. Unglaublich, was für eine Auswahl an Scheiben es im *Shanghai Blues* in jenem trostlosen Nest gibt, angefangen bei den Beatles, U2, Michael Jackson, Madonna bis hin zu *Rote Sonne unseres Herzens*, *Der Osten ist rot* und den von Stars aus Hongkong zu elektronischer Musik gesungenen Reden des Großen Vorsitzenden.

Zum Glück habe ich nach dem Frühstück endlich den Schwiegersohn des Bürgermeisters erreicht. Dieser Fürst der zum Tode Verurteilten war gerade dabei, seine verdammte Strafe in einem Taxi abzusitzen. Ich hatte das Gefühl, er sei überrascht, meine Stimme zu hören, aber er hat es nicht offen gezeigt. Er hat mir aufmerksam zugehört. Am Schluß habe ich ihn gefragt, ob er glaube, ein Treffen zwischen Richter Di und einer zweiten Jungfrau – Kleiner Weg heiße sie – könnte die Situation umkehren oder zumindest erlauben, die Balsameuse freizulassen.

Am anderen Ende der Leitung war es einen Mo-

ment lang still. Vielleicht überlegte er. Plötzlich kehrte seine Stimme zurück: »Und dein Sexualleben? Alles okay?«

Die Frage überraschte mich. »Es geht«, antwortete ich bescheiden. »Ich habe sogar ein paar Fortschritte gemacht.«

Er lachte. Kein homerisches Lachen, aber er lachte eindeutig.

»Bravo! Hör mal, laut dem alten Sun, dem klügsten Sträfling, den ich je gekannt habe, läßt sich das Leben auf einen dreifachen Nenner bringen: essen, scheißen, vögeln. Wenn du diese drei Funktionen erfüllst, ist alles bestens.«

»Eine amüsante Definition.«

»Bring das Mädchen so schnell wie möglich her. Wie heißt sie schon wieder? Kleiner Weg? Hübscher Name. Ruf mich an, sobald ihr zurück seid. Inzwischen bringe ich die Dinge mit dem Richter ins Lot.«

Dann fügte er noch etwas hinzu, nicht in unserem Dialekt, sondern auf Mandarin. Ich hatte den Eindruck, er ahme vielleicht einen Mitgefangenen nach. »Verflixter Muo«, sagte er, »du schlägst tatsächlich dem Faß den Boden aus.«

Woraufhin er auflegte. Mein Herz hüpfte vor Freude. Ich hätte am liebsten gejubelt und gesungen, es war wirklich kindisch. Ich wußte, daß meine Eltern bereits für die täglichen Spritzen im Krankenhaus waren, da ich aber mit niemandem sonst telefonieren konnte, rief ich trotzdem an. Es

war natürlich keiner zu Hause. Doch es beruhigte mich. Ich beschloß also, mich auf die nächste Reise vorzubereiten. Ja, und dann sind wir ganz zufällig dem Blauen Pfeil begegnet.

Der Blaue Pfeil, weißt Du, einer jener chinesischen Kleinlaster, parkte am Stadtrand. Er war über und über schlammbedeckt, der Lack blätterte überall ab und erinnerte eher an einen gelben Pfeil. Der Pritschenaufbau ohne Plane hinter der Fahrerkabine war derart verbeult, daß die hintere Klappe mit einem Strick hatte festgebunden werden müssen. Kleiner Weg und ich waren dem Fahrer in der Kneipe begegnet, wo wir gefrühstückt hatten; ein Kerl undefinierbaren Alters, der dreißig oder fünfzig hätte sein können, bärtig, besser gesagt, schlecht rasiert, gebuckt, mit einem gelben Gesicht; er wurde immer wieder von einem bronchitischen Husten geschüttelt, und wenn er gehustet hatte, räusperte er sich, spuckte gelben Rotz auf den Fußboden genau dir vor die Füße, stellte dann den Fuß auf seinen Auswurf und zerrieb ihn mit der Schuhsohle, ohne sein Geschwätz auch nur eine Sekunde zu unterbrechen. Er war die Karikatur eines Fernfahrers, deren ungehobelte Manieren er unverblümt herausstrich.

Der nächste Zug nach Chengdu fuhr erst in fünf oder sechs Stunden, und da jede Verspätung die Pläne des Bürgermeister-Schwiegersohns hätte gefährden können, beschloß ich also, mit dem Blauen Pfeil zu fahren. Nach kurzen Verhandlun-

gen und für einen Zwanzig-Yuan-Schein erklärte sich der Fahrer bereit, uns an Bord zu nehmen.

Die Klapperkiste raste mit Sprüngen und Hüpfern über die mörderischste Straße der Welt. Ich werde mich zeitlebens an die Überquerung des Kleinen Liangshan-Gebirges erinnern. Der Sitz war aufgeschlitzt und stellenweise mit Heftpflaster verklebt. Es war, als sitze man auf den nackten Sprungfedern, die ächzten wie die einer alten Matratze und einen bei jedem Schlag an die Decke schleuderten. Schlimmer als ein im Sturm auf den Wellen schaukelnder Kahn. Das Komischste war das Radio, dessen Schaltknöpfe alle verschwunden waren und dem das Geschüttel arg zusetzte. Der Ton setzte jäh aus, kehrte schüchtern, zögernd, stammelnd wieder zurück, setzte erneut für längere Zeit aus ... Und brüllte plötzlich kreischend in voller Lautstärke los. Der Zufall wollte es, daß ausgerechnet das berühmte Revolutionslied *Jagen wir die Amerikaner in die Luft* gesendet wurde – Du erinnerst Dich doch daran? –, das von einem verwundeten Soldaten handelt, der, das Maschinengewehr in der Hand, in einem pfeifenden Kugelhagel über die vor seinen Füßen explodierenden Granaten hinweg, durch ein höllisches Sperrfeuer auf die feindliche Linie zustürzt. Zwischendurch glaubte man, er sei gefallen: Das Radio schwieg, man hörte nur noch ein unheimliches Knistern, die Vertonung seines Todeskampfs vielleicht. Und wieder ein Schlagloch ...

Der Höllenlärm ging wieder los, der offenbar auferstandene Soldat begann wieder zu singen, und das Maschinengewehr spuckte knatternd leere Patronenhülsen aus. Grandios! Ich stellte fest, daß das linke Fenster, jenes auf der Seite des Fahrers, nicht ganz zuging, ein Spalt von fünf Zentimetern blieb offen, durch den der Wind blies. Ich hörte sofort auf zu rauchen aus Angst, der Rauch oder die Asche könnten Kleinem Weg, die neben mir saß, ins Gesicht wehen. Wie hätte ich voraussehen können, was für schlimme Folgen dieser scheinbar harmlose Fensterspalt haben würde? Das Leben ist voller Hinterhalte.

Der Fahrer bat mich, schmutzige Witze zu erzählen, er hätte vorige Nacht nicht geschlafen und fürchte, die Schläge und Stöße dieser »verdammten Straße« würden ihn am Ende noch in den Schlaf wiegen.

»Weißt du, Witze, von denen ich einen Steifen bekomme«, erklärte der geile Typ.

Ich antwortete ihm kühl, mein Beruf würde mir den Zugang zu den Träumen der Menschen öffnen, viele dieser Träume hätten tatsächlich eine starke sexuelle Färbung, lustig seien sie aber nie.

Du hättest sein Gesicht sehen sollen! Also schickte ich mich drein. Ich versuchte angestrengt, mich an die Schweinigeleien zu erinnern, die man in den Gemeinschaftsduschen oder in den Ankleideräumen erzählte. Doch ich wühlte vergeblich in allen Windungen meines Gehirns.

»Diese Art von Witzen«, sagte ich, »sind ein bißchen wie die Psychoanalyse.«

»Was willst du damit sagen?« fragte er mißtrauisch.

»Daß man im Unbewußten suchen muß.«

In dem Moment tauchten Farben am Berghang gegenüber auf: Azaleenbüsche und blühende Rhododendren inmitten eines vom Feuer verwüsteten Föhrenwalds.

»Darf ich's versuchen?« schlug Kleiner Weg vor.

»Ein kleines Mädchen wie du? Was weiß das schon zu erzählen? Eine Kinderkrippen-Geschichte vielleicht?« spöttelte der König der Landstraße mit einem dreckigen Lächeln, das verführerisch hätte sein sollen.

Sie bat mich zu meiner Überraschung um eine Zigarette. Rauchen helfe ihr, »die Erinnerung aufzufrischen«.

Um ehrlich zu sein, sie hat nichts von einem Bauernmädchen an sich. Kaum zu glauben, daß sie aus einer armen Familie kommt. Wenn Du gesehen hättest, wie geschickt sie sich mit der Zigarette anstellte. Sie atmete den Rauch nicht etwa in gierigen Zügen durch die Lunge ein, wie ich es tue, sondern nur gerade einen leichten Zug, kostete ihn, blies ihn dann überaus reizend durch die Nase aus. Ihre schmalen Finger mit den unlackierten Fingernägeln hielten die Zigarette anmutig zwischen der »halb geöffneten Blüte ihrer Lippen«.

Und was für eine Geschichte hat sie uns erzählt?

»Vor langer, langer Zeit lebte ein Eremit auf einem einsamen Berg; eines Tages gab man ihm eine Waise in Obhut, einen dreijährigen Jungen. Die Jahre vergingen. Der Bub wuchs ohne Kontakt zur Außenwelt auf. Als er sechzehn war, wollte ihm sein Lehrer die Welt zeigen. Sie stiegen vom Berg hinab und gelangten nach einer dreitägigen Wanderung in eine Ebene. Wenn sie einem Pferd begegneten, erklärte ihm der Mönch, ›Das ist ein Pferd‹, da der Junge ja nichts kannte. Und er zeigte ihm auf die gleiche Weise ein Maultier, einen Büffel, einen Hund ... Da tauchte eine Frau auf und kam auf sie zu. Und natürlich fragte der Junge seinen Lehrer nach dem Namen dieses Geschöpfes.

›Schlag die Augen nieder!‹« sagte unsere Erzählerin, die Stimme eines alten Mannes nachahmend. »›Blick sie nicht an, es handelt sich um eine Tigerin, das gefährlichste Tier der Welt. Nähere dich ihm nie, hörst du? Nie! Sonst verschlingt es dich.‹

Als sie in jener Nacht auf ihren Berg zurückkehrten, stellte der alte Mönch fest, daß der Jüngling nachts nicht einschlafen konnte und sich ruhelos auf seinem Lager hin und her wälzte wie auf glühenden Kohlen. Es war das erste Mal, daß er ihn so ruhelos sah. Er fragte ihn, was ihn denn quäle. Der Novize antwortete: ›Meister, ich kann

nicht aufhören, an jene Tigerin zu denken, die die Männer verschlingt.‹«

Die Kleine hat eindeutig Sinn für Humor. Ich lachte. Doch unser verdammter Fürst des Blauen Pfeils verzog keine Miene. Nun ja, ich will damit sagen, daß diese hübsche Geschichte bei ihm nichts bewirkt hatte. Ich klopfte mir heiser lachend auf die Schenkel und zog mein Lachen möglichst in die Länge, um ihn anzustecken. Doch er blieb ungerührt. Dann schubste ich ihn kichernd in die Seite: nichts zu machen. Schließlich verkündete Seine Hoheit das Urteil: »Ist ganz hübsch, aber für meinen Geschmack zu vegetarisch. Ich ziehe feistere Witze vor.«

Ich schaute zum Fenster hinaus. Das anarchische Autoradio fing wieder an, stotternd und kreischend sein Musikprogramm auszustrahlen. Wir waren ziemlich hoch oben. Der Fluß, den wir eben noch entlanggefahren waren, floß tief unter uns durch eine Schlucht und glich jetzt einem dünnen, mit winzigen funkelnden Flitterchen bestreuten gelben Band.

Der Fahrer verkündete, jetzt erzähle er uns einen Witz. »Ihr könnt es bestimmt kaum erwarten, einen von meinen Witzen zu hören, was?«

Und genau in dem Moment hat der Ärger angefangen.

Durch meine Brille sah ich einen Haufen großer Steine schwarz wie die Felsen ringsum, mitten auf der Straße, die über den Paß führte. Es war ein

düsterer Hügel, der sich gegen den blauen Hintergrund des Himmels und den gelben Staub der Straße abhob.

»Verdammt!« brüllte der Fahrer. »Die Lolo! Die Fenster schließen. Schnell!«

Während Kleiner Weg seinen Befehl befolgte, versuchte er, sein Fenster auf seiner Seite hochzukurbeln, doch der fünf Zentimeter breite Spalt blieb offen.

Je näher unser Fahrzeug auf die Paßhöhe zufuhr, desto größer und größer wurden die ungewöhnlichen Steine; sie waren beeindruckend, herrlich, fast königlich; die Pelerinen flatterten im Wind wie die Banner alter Krieger.

»Sind es Banditen?« fragte Kleiner Weg.

»Lolo, wie sie leiben und leben«, stellte ich fest.

»Leiben und leben?« höhnte der Fahrer. »Mal sehen, wer überlebt: diese primitiven Barbaren oder mein Blauer Pfeil.«

Und was hat dieser Vertreter der modernen Macht getan? Er drückte pausenlos hupend voll aufs Gaspedal, um die Lolo zu vertreiben. Es war jedoch unmöglich mit der alten Klapperkiste, die Steigung mit voller Geschwindigkeit zu nehmen; der Blaue Pfeil keuchte, heulte, litt; selbst das in der Ferne widerhallende Gehupe erinnerte an das Herz dieser Berge der Großen Kälte: an das langgezogene klagende Brüllen der erschöpften Kamele in der Wüste Takla-Makan, der Wüste des Todes, der Wüste der Unendlichkeit.

Kein einziger Lolo rührte sich von der Stelle. Ihre Schatten waren erstarrt, hoben sich scharf vom gelben Staub der Straße ab. Als der Blaue Pfeil zum Angriff überging, geschah etwas Seltsames (oder war es eine optische Täuschung?): Die Lolo legten sich unter die Räder! Ich brüllte dem Fahrer zu, er solle bremsen. Kleiner Weg schrie ebenfalls. Doch er schien nichts zu hören. Ein schicksalhafter Moment: blinder Angriff des Blauen Pfeils. Heftige Stöße. Der Pritschenwagen warf sich wie ein Tiger mit einem Satz auf die Lolo. Die Sprungfedern schleuderten uns an die Decke der Führerkabine.

Ich schloß die Augen. Der Fahrer trat auf die Bremse. Erleichterung! Die Katastrophe war im allerletzten Moment verhindert worden. Es waren ungefähr dreißig Lolo, zwischen achtzehn und dreißig Jahre alt, lange, magere, knorrige junge Burschen, bestimmt Weltmeister im Zugspringen. Sie stürzten sich auf die Windschutzscheibe und auf die Fenster, schwenkten die Fäuste, beschimpften den Fahrer, der ihr Leben aufs Spiel gesetzt hatte, überschütteten ihn mit einem Schwall unverständlicher Lolo-Wörter, aber auch mit chinesischen Flüchen, nicht auf Mandarin, sondern im Sichuan-Dialekt, Wörter wie »Dreckskerl, wir ziehen dir die Ohren lang, wir schlagen dir die Fresse ein« und so weiter. Ihre Gesichter wimmelten vor unseren Augen, von Wind und Sonne gegerbte Gesichter, hart und kantig, als seien sie aus

Holz geschnitzt. Ihre Ohrringe funkelten. Dann wichen sie zurück und umringten einen jungen Burschen, der offenbar der Anführer war und jetzt Bier aus der Flasche trank. Er reichte die Flasche im Kreis herum. Man hörte nur noch Gemurmel.

Der Fahrer zog unauffällig seinen Geldbeutel aus der Tasche, schob ihn unter die Hinterbacken und versteckte ihn zwischen dem Roßhaar und den Sprungfedern der zusammengeflickten Sitzbank. Wohin mit meinem im Slip versteckten Geld? Was soll's, es war ohnehin zu spät.

Der Anführer der Horde kam auf uns zu. Eine lange Narbe lief über sein kantiges Gesicht. Ein mieser Charakter, das sah man ihm von weitem an, und er führte eindeutig Ungutes im Schilde. Er hämmerte mit seiner Bierflasche an die Windschutzscheibe; weißer Schaum spritzte aus der Flasche und lief über das Fenster.

»Habt ihr schon mal einen so alten Klepper gesehen?« rief er auf Sichuan, brach dann in triumphierendes Gelächter aus und entblößte dabei seine schwarzen Zähne und sein Halszäpfchen.

Dann beschimpften alle den Blauen Pfeil aufs übelste. »Für wen hältst du dich, du Drecksack? Uns überfahren, was? Wenn deine alte Kiste auch nur ein Haar von einem von uns gestreift hätte, hätte ich dir die Nase in der Visage geplättet!«

Gedemütigt sagte der Fahrer nichts, doch ein Zittern unterdrückter Spannung lief durch

die Sitzbank. Ich sah, daß er vorsichtig den Fuß auf das Gaspedal schob. War er wahnsinnig geworden?

»Weißt du, wo du bist?« fragte Scarface, der Kerl mit der Narbe. »Auf dem Berg des Drachenkopfs. Mach die Augen auf und schau, du Trottel. Hier in dieser Gegend haben wir, die Lolo, Tausende Soldaten der Qin-Dynastie niedergemetzelt.«

Der verkrampfte Fuß des Fahrers auf dem Gaspedal zuckte, als widersetze er sich den Befehlen des Hirns.

»Wir wollen in unser Dorf«, sagte Scarface. »Fährst du uns hin?«

»Los, steigt auf die Pritsche«, sagte der Fahrer, ohne auch nur einmal in die schwarzen Augen des Lolo zu blicken.

Der Wagen setzte sich wieder in Bewegung.

Je weiter wir fuhren, desto deutlicher erkannte man den Drachenkopf: Er richtete sich auf der anderen Seite des schicksalhaften Paßübergangs unübersehbar auf, nahm die Gestalt eines prähistorischen Ungeheuers an, bizarr, kriechend, mit einem von Westen nach Osten liegenden riesigen Körper, der sich im dünnen Nebel in einem Hinterhalt zu bewegen schien. Plötzlich hob das Raubtier den Kopf – eine Luftspiegelung? –, einen hochmütigen, majestätischen, drohenden Kopf, dessen felsigen Schädel man nun deutlich erkannte, es streckte sein gezacktes Kinn vor, das

borstig war vom gesträubten Farn, der zwischen dem Gestein wucherte, wehend aus den Spalten in der Felswand wuchs. Aus der Ferne sah es aus wie der große Bart des Drachen in den Heftchen früher oder wie der an der Wohnungstür meiner Eltern.

»Weißt du, was das bedeutet, dem Faß den Boden ausschlagen?«

Der Fahrer sah mich an, als sei ich übergeschnappt.

»Wende, sobald du kannst, und fahr zurück. Die Lolo können uns nicht daran hindern, unsere Fahrt in umgekehrter Richtung fortzu setzen.«

»Bist wirklich ein verdammter Schißhase.«

Der Meister der staubigen Klapperkiste lehnte meinen vernünftigen Ratschlag ab. Was ich bei Männern nicht mag, ist, daß die meisten arrogant, reizbar, grob werden, sobald sie sich ans Steuer setzen. Sie halten nicht nur ein Lenkrad in der Hand, sondern unumschränkte Macht, die ihnen ein Hoheitsrecht verleiht. Selbst Kleiner Weg war sichtlich verängstigt, sie legte nämlich pausenlos die Hand auf den Mund. Ich hätte dem Fahrer eine Zuzahlung versprechen können, um ihn zur Umkehr zu bewegen.

Jedesmal, wenn ich an diese Geschichte zurückdenke, mache ich mir Vorwürfe. Nicht etwa aus Knausrigkeit habe ich den Blauen Pfeil genommen, ich schwöre es Dir, sondern weil ich mein

Geld für das brauchte, was uns noch bevorstand. Wer weiß, vielleicht hätte ich doch nach Birma flüchten sollen. Doch wie auch immer, mein Vermögen war geschrumpft.

Der Blaue Pfeil erklomm den Drachenkopf mit Müh und Not. Er blieb immer wieder stehen, um keuchend Atem zu holen. Als wir oben anlangten, blieb uns fast das Herz stehen vor Schreck: Zwei weitere Drachenköpfe tauchten vor uns auf, die hinter dem ersten versteckt gewesen waren und deren Ähnlichkeit mit dem mythischen Ungeheuer einem den Atem nahm: Mit der gleichen erbarmungslosen Verachtung schauten sie vom Gipfel zweier hoher Felsen auf uns herab. Mann-o-Mann, diese Lolo, letztlich faszinieren sie mich, wenn ich mir vorstelle, daß sie ihr Leben inmitten dieser Berge verbringen. Ich würde dort oben das heulende Elend kriegen. Allein schon beim Anblick der Drachenköpfe drehte sich mir der Magen um.

»He, ihr beiden«, sagte der König des Blauen Pfeils, »wißt ihr, was mir vorhin durch den Kopf gegangen ist, als diese Barbaren aufgetaucht sind?«

Wir antworteten nicht.

Er ließ nicht locker: »An meiner Stelle, woran hättet ihr gedacht, hä?«

Unser Schweigen entmutigte ihn nicht. »Ich werd's euch sagen: Ich hab versucht, mich an einen schön dreckigen Witz zu erinnern. Hat's bei euch

geklingelt? Nein? An den Witz, den ich vorhin erzählen wollte, was?«

Er blickte mich an, als hätte ich das Sechs zu Null bei einem Fußballspiel auf dem Gewissen. Und fuhr unerbittlich fort: »Bei dem Gefuchtel und Geschrei, als hätten sie nicht mehr alle Tassen im Schrank, hab ich meinen Witz vergessen. Also hab ich die ganze Zeit versucht, mich daran zu erinnern.«

Ich hätte am liebsten so getan, als würde ich schnarchen, als sei ich taub und blind, was weiß ich, nur um ihn daran zu hindern, ausgerechnet in diesem Moment seinen schweinischen Witz zu erzählen.

»Die Lolo rufen dahinten«, gab Kleiner Weg zu bedenken. »Sie wollen wahrscheinlich umkehren, wenn wir oben angelangt sind.«

In dem Moment schlug ein Lolo heftig aufs Dach der Führerkabine. Doch der Fahrer ließ sich nicht aus der Ruhe bringen, er wollte seinen Witz erzählen und basta. Es handelte sich um einen autobiographischen Witz: Vor zwei Jahren, er arbeitete damals noch in der Armee (er war acht Jahre bei der Armee gewesen) als Fahrer im Bataillonsstab eines Infanterieregiments. Eines Tages fuhr er einen etwa fünfzigjährigen kommunistischen Major zu einer Truppeninspektion. Die Reise sollte vier Tage dauern. Am zweiten Abend stiegen sie in einer kleinen Provinzstadt in einem schäbigen Hotel ab. Der Kommandant war ein scharfer

Kerl und verbrachte die Nacht mit der einzigen Nutte des Hotels, einer dicken, häßlichen Person. Um Lust auf so etwas zu haben, mußte man wirklich unter Entzugserscheinungen leiden. Der Fahrer hingegen hatte eine »vegetarische« Nacht verbracht.

Die von knarrenden Hustenanfällen unterbrochene Stimme des Fahrers war von lautem Klopfen begleitet, das von der Pritsche herkam, wo die Lolo die Führerkabine mit Fäusten und Tritten traktierten. Als der Blaue Pfeil auf dem Gipfel des zweiten Drachenkopfs anlangte, hieß ich den Fahrer anhalten, weil die Lolo offenbar aussteigen wollten.

Er wandte den Kopf und warf mir einen verächtlichen Blick zu: »He, was für ein Spielchen spielst du? Bist wirklich ein Schißhase. Das ist die Stelle, die sie ausgesucht haben, um uns anzugreifen und uns bis auf die Unterhose zu plündern. Die halten uns doch für Deppen.«

Und er trat aufs Gas. Der Blaue Pfeil sauste senkrecht die steile Straße hinab, und er fuhr seelenruhig mit seiner Geschichte fort: »Am nächsten Tag verkündete mir der Major während der Fahrt, die Nutte hätte ihn zweihundertfünfzig Yuan gekostet, und man müsse sich etwas einfallen lassen, um den Betrag auf die Spesenrechnung der Armee setzen zu können. Das schien a priori unmöglich. Er aber war gelassen. ›Ich hab eine Idee! Weißt du was?‹ sagte er zu mir: ›Du wirst

schriftlich bezeugen, daß du heute auf meiner Inspektionsreise eine alte Sau überfahren hast und daß wir ihrem Besitzer zweihundertfünfzig Yuan Entschädigung bezahlen mußten.‹«

Und der Kerl fing an zu lachen. Zuerst hoch, im Falsett, dann immer höher, bis seine Stimme unerträglich schrill und abgehackt klang wie ein hysterisches Altweibergejammer.

»Du bist wirklich ein Spaßvogel, Boß«, habe ich in Panik gemurmelt. »Aber hörst du nicht? Jemand klettert über unseren Köpfen. Ich hör es genau.«

»Ha-ha-hi-hi. Ich kann nicht mehr, ich ersticke«, stieß er heiser vor Lachen brüllend hervor.

Er fläzte sich auf dem Sitz, er hielt sich mit einer Hand die Rippen und mit der anderen das Lenkrad.

»Besser hätt er's nicht ausdrücken können: eine alte Sau! Hi-hi-hi! Ich bin sicher, daß er am Abend vorher beim Ficken genau das gesehen hat: eine alte Sau.«

In diesem Moment wurde es auf einmal dunkel in der Kabine wie bei einer unheilbringenden Sonnenfinsternis. Ein schwarzer Mantel, nein, die von einer unsichtbaren Hand gehaltene schwarze Pelerine eines Lolo versuchte, die Windschutzscheibe zuzudecken. Der schwarze, wellende Bildschirm stoppte brüsk das Lachen des Fahrers. Uns stockte der Atem.

»Ich hab dir ja gesagt, daß jemand über unseren Köpfen war!«

»Halt an«, flehte Kleiner Weg und legte die Hand auf den Mund.

Doch der Fahrer gab sich nicht geschlagen, im Gegenteil. Er fluchte murmelnd vor sich hin, blieb aber mit dem Fuß auf dem Gas und verrenkte den Hals, um die Ritzen zu finden, die von der Pelerine nicht zugedeckt wurden. Erinnerst Du Dich? Ich habe vorhin gesagt, er sei ein Wahnsinniger. Ein Wahnsinniger, der acht Jahre bei der Armee gedient hat, acht Jahre Guerillaschulung in alten Kisten auf holperigen Pisten.

Nach einem der zahllosen Stöße, die uns an die Kabinendecke schleuderten, begann das seit einiger Zeit stumme Autoradio plötzlich aus Leibeskräften Ravels *Bolero* zu spielen. Pech für den ehemaligen Soldaten und Pech für uns war, daß die Straße nicht mehr geradeaus abwärts führte, sondern im Zickzack den dritten Drachenkopf erklomm. Der hechelnde Blaue Pfeil fuhr langsamer. Dieser Tempowechsel wurde von den Lolo eindeutig als günstiges Zeichen für einen erneuten Angriff interpretiert. Ein Kopf erschien oben an der Windschutzscheibe. Selbst aus der Froschperspektive konnte man den Kerl leicht erkennen. Er war es, Scarface, der Hordenanführer, der sich aufs Dach der Fahrerkabine gewagt hatte, um uns mit seiner schwarzen Pelerine zu necken. Seine auf der Pritsche stehenden

Kameraden mußten ihn an den Füßen festhalten.

Scarface verschob seine Pelerine nach Lust und Laune, um dem Fahrer die Sicht zu versperren. Ein mieser Kerl. Eine ausgeprägte Vorliebe für Grausamkeit und Blut, jahrtausendealter Haß auf die Chinesen: all das konnte man in seinen Augen lesen, und seine stählernen Muskeln bestätigten es zusätzlich. Ehrlich, in jenem Moment fürchtete ich mich mehr vor ihm als vor Richter Di. Ravel begleitete ihn. Was für eine Musik! Die Trompeten Jerichos. Die ohrenbetäubenden Trompeten der Lolo.

»Sei vernünftig!«

Meine Stimme zitterte.

»Verpiß dich, du Drecks-Lolo!« rief der Fahrer ihm durch die Windschutzscheibe zu.

Wie ein Boxer beugte sich der Wahnsinnige einmal nach links, einmal nach rechts, um den Schlägen auszuweichen. Manchmal saßen wir in der Dunkelheit, man sah nichts mehr. Er fuhr blindlings. Sein Kopf tauchte an der Stelle auf, wo Scarface ihn nicht erwartete, die Sicht war kurz frei, und er lenkte den Blauen Pfeil millimetergenau an den Straßenrand. Er versuchte, das kleinste Schlagloch in der Piste zu nutzen, jeden Erdhügel, jeden Stein, um durch einen heftigen Stoß den fatalen Sturz seines Gegners herbeizuführen.

Hin und wieder wandte ich Kleinem Weg den Kopf zu. Wir waren beide vom Kampf ausge-

schlossen, wir hatten beide den gleichen entsetzten, verlorenen, erstarrten, fast abwesenden Blick. Der *Bolero* rhythmisierte jede Geste Scarfaces und verwandelte sie in eine präzise Choreographie, in den Tanz der schwarzen Pelerine. Die beiden Feinde bombardierten einander zu dieser Musik mit Flüchen, mit finsteren Drohungen, doch keiner hörte den anderen.

Den von vorn wehenden Wind nutzend, schaffte es Scarface, seine Pelerine an die Scheibe zu kleben. Als sei der Vorhang gefallen. Ein schwarzer Vorhang mit einem Sonnenrand. Der Fahrer widerstand mit einem atemberaubenden akrobatischen Kunststück: Den Körper fast horizontal, den Kopf auf meinen Knien, die Arme in der Luft, die Hände über sich ans Steuer geklammert, lugte er durch den leuchtenden, aber millimeterschmalen Saum dieses schwarzen Vorhangs. Dann legte sich der Wind. Die Pelerine flatterte wieder. Der Fahrer richtete sich auf.

»Ich krieg dich, du Scheißschmarre«, schwor er zähneknirschend.

Er räusperte sich instinktiv und spuckte virtuos durch den Spalt seines Fensters. Eine Geste zuviel. Die fatale Geste. Ich sah einen Blitz in Scarfaces Augen aufleuchten.

Die Piste führte kurze Zeit zwischen zwei mehrere hundert Meter hohen Wänden hindurch. Scarfaces Pelerine verschwand. In der Fahrerkabine konnte man unsere panische Angst mit

Händen greifen. Manchmal rückten die Felswände zurück, und an ihre Stelle traten gelbe Felder, die mit Mais oder kümmerlichem Getreide bepflanzt waren, oder steile Hänge mit kunstvoll terrassenförmig angelegten Reisfeldern. Schließlich tauchte der dritte Drachenkopf vor uns auf. Und wieder ein steiler, mehrere hundert Meter hoher, mit dichtem Buschwerk bewachsener, mit Geröll und Schatten bedeckter Fels. Und in der Tiefe wie ein gelber Schnürsenkel der Fluß Meigu, dessen fernes rauschendes Echo von Ravels Musik unterlegt wurde.

Einmal auf dem Gipfel angelangt, nahmen wir auf einer Achterbahn die Abfahrt vom Drachenkopf in Angriff. Auf einmal glitt auf der Fahrerseite ein Schatten über die Wagentür, ein Plumps, und zwei Hände klammerten sich an den fünf Zentimeter breiten Spalt der Fensterscheibe. Zuerst sah man nur die dunklen, wie Adlerklauen knotigen, schwieligen Finger. Unter dem Druck hätte die Scheibe beinahe nachgegeben. Dann hievte sich ein Mann praktisch in der Luft hoch, und Scarface erschien vor der Scheibe. Er war entschieden nicht umzubringen. In dem Moment erinnerte ich mich an die Geschichte der Zugspringer-Lolo.

Alles ging ganz schnell, so blitzschnell, so atemberaubend heftig, daß ich nicht mehr weiß, ob es einen Wortwechsel zwischen ihm und dem Fahrer gegeben hatte. Der versuchte sofort, die

Adlerklauen zu entklammern, zuerst mit der Hand, dann schlug er so fest mit der Faust darauf, daß die Schläge in der Kabine widerhallten. Scarface ließ nicht los. Im Gegenteil, er versuchte, die ganze Hand hindurchzuschieben, um den Türgriff zu erwischen. Doch der Spalt war zu schmal. Seine Finger waren eingeklemmt. Der Fahrer ließ das Steuer los und versuchte nochmals, seinen Gegner abzuschütteln. Während dieses Duells begann der Blaue Pfeil anarchisch zu schlingern. Der Fahrer brachte ihn wieder auf Kurs. Plötzlich entdeckte er einen Felsvorsprung in der Kurve. Er trat aufs Gas: Der Pritschenwagen raste geradewegs darauf zu. Er hatte geglaubt, in letzter Sekunde das Steuer herumreißen zu können, und der Gegner würde voll auf dem Felsen aufschlagen. Ein Wahnsinniger! Ein paar Meter von dem Felsen entfernt ließ Scarface die Scheibe los, machte einen Salto und landete heil und unversehrt auf einem Felsen daneben; das Manöver des Fahrers schlug fehl, und der Blaue Pfeil prallte auf dem Vorsprung auf. Die Windschutzscheibe zersplitterte. Ein Glassplitterregen ergoß sich über uns. Ich konnte gerade noch Kleinen Weg in die Arme nehmen und ihren Kopf in meinen Schoß drücken, um sie vor dem Aufprall zu schützen. Ich schlug mit der Schläfe, mit dem Brustkorb, mit den Knien auf, wurde aber nicht ohnmächtig. Der Pritschenwagen machte einen Satz und fuhr weiter, der Fahrer hatte jedoch die Kontrolle verloren. Der Blaue

Pfeil streifte einen Baum rechts am Straßenrand und prallte gegen einen anderen Felsen. Neue Erschütterungen, etwas sanfter jedoch. Rutschpartie nach links. Noch ein paar Meter, und wir wären in den Abgrund gestürzt. Zum Glück blieb der Wagen rauchend stehen.

Ich war wie gelähmt, konnte mich nicht rühren, war aber bei Bewußtsein. Ich war dem Tod entronnen!

Grausamer Schmerz am Schädel. War mein Kopf beim Aufprall verletzt worden? Würde ich geistig behindert bleiben? Es gibt Leute, die nach einem Autounfall schwachsinnig geworden sind. Die schlimmste Tragödie, der Weltuntergang. Ein Test. Sofort. Ein Gedächtnistest zum Beispiel. »Stell dir eine Frage, Muo! Geburtsjahr Freuds?« Warum ausgerechnet Freuds Geburtsjahr? Ich wußte nicht, was antworten. Ich war verzweifelt. Plötzlich erschienen mir vier Ziffern.

»1856.«

Ich fuhr mit dem ernsten Ton eines Professors fort: »Sterbejahr Freuds?«

»1939.«

Dieser autoprogrammierte Test wurde von einem Stöhnen neben mir unterbrochen. Es war Kleiner Weg, die Opferjungfrau. Sie flüsterte unzusammenhängende Worte.

»Erinnerst du dich an dein Geburtsdatum?«

Sie schien mich nicht zu hören. Sie stöhnte. Sie flüsterte, sie habe Schmerzen. Ich wußte nicht,

was tun. Es war das erste Mal in meinem Leben, daß ein Mädchen in meinen Armen vor Schmerzen weinte. Ich wiederholte wie ein Schwachsinniger meine Gedächtnistestfrage: »Konzentrier dich und sag mir, wo du geboren bist.«

»Mein rechtes Bein ist gebrochen.«

Der Satz explodierte wie eine Bombe in meinem Kopf.

Danach spitzte sich die Lage gefährlich zu. Lolo stürmten die Tür, deren Griff zerbrochen war; das blockierte Schloß leistete Widerstand. Sie wollten den Fahrer herausholen, der aber war über das Lenkrad gelehnt und hatte den Kopf in den Armen vergraben und schien sich überhaupt verändert zu haben. Er war anscheinend nicht verletzt, sagte aber kein Wort und muckte nicht auf, als die Lolo ihm mit den Fäusten auf den Kopf hämmerten. Er klammerte sich mit aller Kraft ans Lenkrad. Draußen hatten Scarface und ein paar seiner Kumpane große Steine aufgelesen, die sie in den Händen hielten oder über den Köpfen schwenkten. Sie verurteilten ihn in radebrechendem Sichuan-Dialekt zum Tode: »Dein Schädel zertrümmern mit unseren Steinen, dein Hirn auf Erde spritzen, dein Scheißkadaver, mampf-mampf, für Geier, Hunde und Wurmer!«

Ich schob Splitter zur Seite und kletterte auf allen vieren durch die zerbrochene Windschutzscheibe aus dem Wrack. Bevor ich von der Kühlerhaube auf die Erde sprang, hob ich die Arme und

rief: »Hilfe, meine Tochter hat ein gebrochenes Bein.«

Obwohl vorgetäuscht, trieb mir diese Vaterschaft dennoch die Tränen in die Augen. Aber niemand hörte mir zu. Blutbächlein flossen auf die Ladepritsche. Zwei oder drei Lolo waren schwer verletzt. Einer von ihnen, sein Kopf war blutüberströmt, und er hatte offene Wunden an der Wange und am Brauenbogen, wurde von seinen Kumpanen hinuntergehoben. Lolo-Männer, Frauen und Kinder tauchten von allen Seiten aus dem Nichts auf: Schwarze, dunkelbraune, graue, schmutzigweiße Pelerinen liefen von allen Seiten herbei, andere Lolo rannten schreiend die steilen Felsen hinab, Hacken und Gabeln schwingend, als wollten sie imaginäre Feinde damit aufspießen. Es dauerte kaum eine Minute, und schon wimmelte eine Menge zorniger schwarzer Köpfe um den Blauen Pfeil.

Ich ging auf Scarface zu, der von seinen Kumpanen umringt war, und flehte ihn an wie ein Bettler, beharrte hartnäckig darauf, daß das Vordringlichste nicht sei, den Fahrer zu bestrafen, sondern den Verletzten zu helfen, »euren Verletzten und meiner Tochter«.

Ein alter Lolo bahnte sich einen Weg durch die Menge und stürzte sich auf mich. Er war mindestens sechzig und trug ein »Lolo-Horn«, das heißt ein auf dem Kopf zu einem Horn gewickeltes schwarzes Band. Andere Lolo versuchten, ihn

festzuhalten, erklärten ihm, ich sei nicht der Verursacher des Unfalls, in dem sein Sohn verletzt worden war. Doch er ließ sich nicht besänftigen. Bebend vor Zorn, fuchtelte er mit der geballten Faust. Doch er war zu schwach und zu langsam, so daß ich Zeit hatte, die Brille abzunehmen. Alles, was ich spürte, war ein heftiger Schlag am rechten Ohr. Ich wäre beinahe lang hingefallen, niedergestreckt von seiner knochigen Faust. Ich hörte nur noch ein Summen in meinem Kopf. Ich brüllte. Ich schimpfte ihn einen alten Trottel … Er verpaßte mir einen Tritt in den Unterleib. Auf einen derart hinterhältigen Kick von seiten dieses ehrwürdigen traditionellen Alten mit seinem Horn auf dem Kopf war ich nicht gefaßt. Es nahm mir den Atem. Ich hielt mir den Bauch vor Schmerz, ich bekam keine Luft mehr.

Schande! Tränen flossen über mein Gesicht. Warme Tränen eines hilflosen Kindes. Ich richtete mich gedemütigt auf und hörte mich rasend vor Wut schreien: »Warum hast du mich geschlagen? Warum schlägst du einen Franzosen?«

Ich machte eine klägliche Figur. Ich wußte es. Ich haßte mich. Aber um meine Haut zu retten, war jeder Unsinn gut. Ich hatte zu lügen angefangen, also log ich tapfer weiter.

»Ich bin kein Überseechinese, sondern ein Chinese, der gekommen ist, seine Adoptivtochter zu holen. Du hast einen Franzosen geschlagen! Weißt du, wo du verrecken wirst? Im Gefängnis!

Ich warne dich: Richter Di wird sich mit dir befassen. Weißt du, wer Richter Di ist? Der Höllenfürst.«

Das Wort »Frankreich« ging von Mund zu Mund. Einige taten so, als hätten sie es schon gehört, die meisten aber schüttelten den Kopf.

»Kannst du's uns beweisen?« fragte mich Scarface mißtrauisch.

»Ich glaub ihm kein Wort«, sagte der gehörnte Alte. Dann befahl er mir: »Sag etwas auf französisch.«

Ich gehorchte. Ich hätte ihn auf französisch beschimpfen können, tat es aber nicht. Ich sagte bloß – ich erinnere mich noch genau: »La France est située à l'ouest de l'Europe. Ses plus anciens habitants s'appelaient les Gaulois. Actuellement, on trouve encore une marque de cigarettes de ce nom. La plus grande contribution que le peuple français a apporté à la civilisation mondiale, c'est l'esprit chevaleresque ...« *

Ich setzte ihnen also diesen gelehrten Schmus vor wie ein Professor in einem Hörsaal. Während meiner Rede hielt ich den Blick abgewandt. Ich war jetzt ganz ruhig; mit zusammengekniffenen Augen betrachtete ich die drei düsteren, unheimlichen Drachenköpfe. Die Lolo hörten mir zu. Sie

* Frankreich liegt im Westen Europas. Seine frühesten Bewohner hießen Gallier. Heute noch findet man eine Zigarettenmarke dieses Namens. Der größte Beitrag des französischen Volkes zur Weltzivilisation ist der ritterliche Geist.

legten ihre Steine auf die Erde, setzten sich darauf und ließen sich mit einer gewissen Neugierde, ja sogar respektvoll, von den Worten, von der Aussprache, dem Akzent, der Intonation, dem Rhythmus meiner Sätze einlullen. Keiner verdächtigte mich, ich könnte mich über sie lustig machen. Ich zog meine Brieftasche hervor, zog die Aufenthaltsgenehmigung heraus und hielt sie Scarface unter die Nase. »Hier, mein französischer Personalausweis«, sagte ich mit Nachdruck.

Er ließ seinen Stein los, um das Dokument zu prüfen wie ein Zöllner, und verglich mich mit dem Foto. Dann reichte er es weiter. Während es durch ihre schwieligen, erdverkrusteten Hände ging, zeigte ich Scarface meine anderen Ausweise: Kreditkarte, Studentenausweis, Bibliotheksausweis und so weiter. Einer zuunterst in meiner Brieftasche weckte seine Neugierde.

»Was ist das?«

»Mein Orange-Abo. In Paris braucht man das, um Metro zu fahren.«

Ich streckte es ihm hin. Seine Augen leuchteten auf. Er war eindeutig der König der Zugspringer, das sah man gleich.

»Die Metro ist ein Zug, der durch lange Tunnels unter der Erde fährt.«

»Nur durch Tunnels?«

»Nur durch Tunnels.«

Er blickte mich an, als sei ich ein Außerirdischer.

»Nie über der Erde?«

»Nur durch Tunnels, durch in die Erde gegrabene Tunnels, Kilometer um Kilometer.«

»Das ist kein Land für mich«, entschied er.

Es mangelte ihm offensichtlich nicht an Humor.

Die anderen, bestimmt auch virtuose Zugspringer, brachen in zustimmendes Lachen aus.

»Eindeutig kein Land für Lolo.«

Sind sie wirklich die grausamen Banditen, wie der Fahrer behauptete? Ich weiß nicht. Eines ist jedenfalls sicher: Sie greifen Leute aus dem Westen nicht an, selbst falsche nicht, die weder blaue Augen noch blondes Haar, noch eine lange Nase haben. Die Lolo haben etliche gute Eigenschaften. Sie sind, auf ihre Art, Globalisierer, ritterlich, aber auch mißtrauisch; sie wollen keine Risiken eingehen, weil sie genau wissen, daß die chinesische Politik keinen Spaß versteht, wenn es um die Sicherheit der Touristen geht, und das kleinste diesbezügliche Delikt die Todesstrafe zur Folge hat.

Nachdem ich ihnen zweihundert Yuan für die Verletzten übergeben hatte (ich bezahlte anstelle des Fahrers), wurde dem Franzosen, seiner Adoptivtochter und ihrem wahnsinnigen Chauffeur erlaubt zu gehen. Wir ließen das Wrack des tapferen Blauen Pfeils zurück, den der Fahrer später abschleppen würde. Scarface und seine Kumpane hielten mit ihren Steinen das erste vorbeifahrende Auto an, es war der Minibus eines

Wasserkraftwerks. »Bringt sie rasch ins Krankenhaus, das Mädchen hat ein gebrochenes Bein.« Es klang, als schreie der ganze Berg.

Während der ganzen Fahrt kniete ich neben Kleinem Weg, die auf der Sitzbank lag, um mit beiden Händen ihr kaputtes Bein festzuhalten, denn sie schrie bei jedem Stoß vor Schmerzen auf. Nach und nach wurde die Welt wieder normal, ohne Geschrei, ohne Drohungen und Tränen, aber mit der Sonne, dem Brummen des Motors und der Klimaanlage, dem Räuspern unseres Fahrers. (»Mann-o-Mann, ich habe fast in die Hosen geschissen vor Angst«, gestand er mir hinterher.) Der Minibus flog wie ein riesiger Silbervogel über die gelbe Piste zwischen schwarzen Felsen, düsteren Wäldern, grünem Gras und blühenden Azaleen. Ein Vogel, frei und leicht wie das Licht.

Der Exkönig des Pritschenwagens erzählte dem Minibusfahrer den Witz von der Sau. Ich warf zufällig einen Blick durchs Heckfensters: Von der anderen Seite wirkten die Berge des Drachenkopfs nicht mehr wie ein von Westen nach Osten ausgestrecktes riesiges Tier. Von Norden nach Süden ausgerichtet, erhoben sich die drei Gipfel über dem tiefgrünen Schatten der Wälder: Der mittlere hatte die Form eines Kegels, und die beiden anderen waren niedriger und sanfter und glichen den herrlichen schwarz beschatteten Brustwarzen einer Göttin der Abenddämmerung. Und ich erinnerte mich an ein Gedicht, das wir zusammen gelesen

haben, Du und ich, dessen Titel und Autor ich vergessen habe:

Und die Sonne hoch überm Horizont hinter
Wolkenböschung
säumt mit Safran den Wolkengrat
dove sta memoria.

Die fliegende Socke

In den Tagen und Nächten nach dem Zwischenfall am Drachenkopf sieht Kleiner Weg in ihren Alpträumen eine riesige zusammengerollte, spinnenfarbene Kobra, die ihren Kopf fünfzig Meter hoch aufrichtet, ihren mit Sägezähnen bestückten Kiefer aufsperrt, sie von hinten packt und ihr ins Bein beißt; oder einen durch die Luft sirrenden Pfeil, der mit seiner silbernen Spitze – das Zeichen, daß er vergiftet ist – auf sie zuflitzt. Sie hört im Traum das Vibrieren eines unsichtbaren Bogens, das sich wie eine Cellonote verbreitet. Der Pfeil durchbohrt ihr Bein. Immer das linke. Manchmal verschmelzen Reptil und Pfeil zu einem blanken Knochen, einem phosphoreszierenden Knochen: ihrem gebrochenen Schienbein, so wie es auf den Röntgenbildern erscheint.

Im renommiertesten Krankenhaus von Sichuan gemachte Röntgenbilder, dem Zentralkrankenhaus von Westchina, berühmt für seine Abteilung für Knochenchirurgie, ein zehnstöckiges Gebäude mit Tausenden Betten und mehreren Operationsbereichen, die alle durchwegs mit deutschem, amerikanischem und japanischem Material ausgestattet sind.

Fünfhundert Meter nördlich davon befindet sich der Justizpalast: Kleiner Weg kann aus dem Fenster ihres

Zimmers das gläserne Schloß sehen, das oft, vor allem morgens, von einer dicken Nebelgloriole umgeben ist. Richter Di ist nicht da. Laut dem Schwiegersohn des Bürgermeisters nehmen alle bedeutenden Richter des Landes an einer zweiwöchigen Konferenz in Beijing teil.

»Nach meiner Rückkehr«, hatte er am Telefon den Schwiegersohn des Bürgermeisters wissen lassen, »werde ich mit Vergnügen das Geschenk deines Psychoanalytiker-Freundes in Empfang nehmen.«

(»Richter Di war so aufgeregt«, hatte der Schwiegersohn des Bürgermeisters Muo berichtet, »daß ich am anderen Ende der Leitung die Wurstfinger des ehemaligen Scharfschützen jucken hörte vor brennender Lust, sich persönlich schnellstmöglich von der Jungfräulichkeit des Mädchens zu überzeugen.«)

Silberhaar, tadellos gestärkter weißer Kittel, goldgefaßte Brille an einem Kettchen um den Hals, verkörpert Dr. Xiu, Chefarzt der Knochenchirurgie-Abteilung, Ansehen und Macht. Seine erfolgreiche erste Fingertransplantation Ende der sechziger Jahre hatte ihm zu internationalem Ansehen verholfen. Es geht das Gerücht, daß er heute noch, mit sechzig, bei sich zu Hause (in der Küche) die abgetrennten Glieder toter Kaninchen zusammennäht, um in Übung zu bleiben.

Eine Kohorte Ärzte und Krankenschwestern im Schlepptau, macht er die Morgenvisite in einem Dutzend Zimmern im achten Stockwerk, darunter jenes, in dem Kleiner Weg liegt. Am Tag nach ihrer Einlieferung

ins Krankenhaus nickt er kaum wahrnehmbar, als man ihm Muo vorstellt, den aus Frankreich gekommenen Adoptivvater. Er schaut sich die Röntgenbilder an und stellt eine schnelle, sichere, endgültige Diagnose: instabile Schienbeinfraktur, erfordert eine operative Reposition mit Osteosynthese, und zwar möglichst bald. Dann einen Gipsverband für zwei Monate und einen neuen Eingriff, um die Nägel zu entfernen. Voraussichtliche Verkürzung des gebrochenen Knochens, was bei der Patientin irreversibles Hinken zur Folge haben könnte.

Das Gesicht von Kleinem Weg verfinstert sich, erblaßt, errötet dann leicht. Sie fragt Dr. Xiu, ob er damit sagen will, daß sie ihr Leben lang hinken wird. Er vermeidet es, ihr offen zu antworten, und hält ihr, ohne ihr in die Augen zu blicken, die Röntgenbilder hin: »Schau, Kleine, nicht gerade famos.«

Um Muo herum scheint alles zu erstarren. Dr. Xiu und sein Hofstaat verflüchtigen sich bereits, und an seine Stelle treten die gönnerhaften und fatalistischen Kommentare der anderen Patienten, ihrer Angehörigen und einer Krankenschwester, die die Frühstücksbestellungen aufnimmt. Beim Zuhören begreift Muo, was passiert ist und welche Folgen das haben wird.

Er stürzt zur Tür, um Dr. Xiu einzuholen. »Ich beschwöre Sie, Doktor. Helfen Sie mir. Ich habe bereits die Flugtickets für meine Tochter und mich gekauft. Wir müssen in zwei Wochen unbedingt in Paris sein.«

»Ich bitte Sie! Sie kommen doch aus Frankreich, oder? Sie kennen Flauberts Roman *Madame Bovary* bestimmt besser als ich. Doktor Bovary hielt sich für einen

ausgezeichneten Osteophaten, weil er das gebrochene Bein seines zukünftigen Schwiegervaters, Emmas Vater, in vierzig Tagen in Ordnung gebracht hat. Auf unserem Gebiet wurden große Fortschritte gemacht. Aber bei jenem alten Franzosen handelte es sich um eine einfache Fraktur ohne jegliche Komplikation. Der Fall ihrer Tochter ist viel komplizierter. Ein instabiler Bruch. Alles, was ich für sie tun kann, ist, die Operation selbst vorzunehmen und alles zu tun, damit die Folgen möglichst wenig sichtbar sind.«

Jeden Abend kehrt der Schwiegersohn des Bürgermeisters ins Provinzgefängnis Nr. 2 zurück und verbringt die Nacht in einer Einzelzelle.

Das Gefängnis ist ein Gebäude aus geschwärzten Ziegeln und hat die Form des chinesischen Schriftzeichens »ri« (die Sonne oder der Tag), eines in der Mitte durch einen Querstrich unterteilten Rechtecks. Die horizontalen Linien oben und unten stellen den südlichen und den nördlichen Flügel des Gebäudes dar. Im südlichen Flügel ist eine Druckerei untergebracht, in der die bereits abgeurteilten Sträflinge arbeiten, im nördlichen Flügel eine Konservenfabrik, in der die Untersuchungshäftlinge arbeiten. Die vertikalen Linien, Osten und Westen, stellen die Schlafsäle für dreitausend Gefangene dar. Jeder Flügel hat vier Stockwerke. Die leeren Flächen zwischen den Fabriken und den Schlafsälen sind für den Hofgang vorgesehen. Der horizontale Strich in der Mitte des Rechtecks umfaßt lediglich ein Erdgeschoß. Dort befinden sich die Zellen der privilegierten Häftlinge, die – im

Unterschied zu den anderen – keinen rasierten Schädel und keine Kennummer haben. (Üblicherweise weist einem die Verwaltung beim Eintritt eine Kennummer zu, 28543 zum Beispiel. Und diese Kennummer bleibt die einzige Identität, bis man die Strafe abgebüßt hat. Man wird nicht mehr beim Namen genannt, sondern »28543«. Wenn ein Aufseher die Zelle betritt, ruft er: »Achtundzwanzigtausendfünfhundertdreiundvierzig, zum Essen!« Oder: »Achtundzwanzigtausendfünfhundertdreiundvierzig, zum Verhör!«)

An diesem Oktoberabend gegen zehn Uhr abends sitzt in Zelle 518 im fünften Stockwerk des Flügels Ost die Kennummer 28543, genannt Kalmück, auf seiner Pritsche, ganz damit beschäftigt, eine »fliegende Socke« herzustellen (ein Geheimnis, das jeder Sträfling kennt).

Der Kalmück hat das Privileg, zwei Tage die Woche außerhalb des Gefängnisses zu arbeiten, und zwar in einem der Restaurants, die vom Schwiegersohn des Bürgermeisters geführt werden.

Er schreibt mit dem Kugelschreiber eine Botschaft auf ein Zettelchen, die sein Chef und Freund ihm diktiert hat: »Der Schwiegersohn des Bürgermeisters sucht einen Arzt, der in der Lage ist, ein gebrochenes Bein innerhalb von zehn Tagen in Ordnung zu bringen.«

Er steckt das Zettelchen in eine Socke, gibt eine halbleere Zahnpastatube dazu, um die Socke zu beschweren. Er verschnürt die Socke mit einem Bindfaden zu einem Beutel. Befestigt dann eine dickere und längere Schnur daran, deren Reißfestigkeit er kurz mit den Zähnen prüft.

Jetzt stimmt er lauthals eine revolutionäre Opernarie an:

Auch wenn mein Mann
Nicht viel verdient
Vermag dies meine Ideologie
Nicht zu erschüttern.

Ein Geheimcode, der den Abschuß einer fliegenden Socke ankündigt.

Einer seiner Mitgefangenen, der durch den Spion den Korridor überwacht, nickt ihm zu. Die Socke in der Hand, steigt der Kalmück auf die Schultern eines anderen Zellennachbarn, des kräftigsten, der ihn bis zum Fenster hievt, dessen Gitterstäbe so eng beieinanderstehen, daß man kaum die Faust durchstecken kann. Trotzdem, der Kalmück schafft es Zentimeter um Zentimeter, die Hand zwischen die Stäbe zu schieben, dann sein Handgelenk und schließlich seinen Unterarm. Die Socke baumelt an seiner Hand im Leeren.

Er läßt sie wie ein Puppenspieler an seinen Fingern langsam hin und her schwingen; die Socke pendelt vor den vergitterten Fenstern der Zellen im vierten Stockwerk. Eine andere Hand taucht auf und packt sie. Der Kalmück wartet. Er stimmt ein anderes Revolutionslied an:

Zum Staunen ist, zum Staunen ist
Der verliebte Kommunist.
Ist außen kalt,

Und innen kochend
Heiß wie eine Thermosflasche.

Wie ein Angler spürt der Kalmück die fliegende Socke am Ende der Schnur vibrieren, Zeichen, daß ein anderer die Botschaft in Empfang genommen hat, und er holt die fliegende Socke ein. Als er sie aufmacht, sind immer noch nur das Zettelchen und die Zahnpastatube drin. Er bindet die Socke wieder zu und schleudert sie nochmals ins Leere und läßt sie mit der Präzision eines Metronoms vor den Zellenfenstern des dritten Stockwerks pendeln. Und so weiter, von Stockwerk zu Stockwerk, von Fenster zu Fenster... Sie wird erneut gepackt. Manchmal greift der Wind ein, die Socke pendelt aufgeregt, beschreibt Kurven in der Luft wie ein flatternder Sperling, der an eine Fensterscheibe prallt. Manchmal wiederum bleibt die Socke (sie ist aus Nylon) an einem Fenstergitter oder an einem rauhen Backstein hängen, und man muß sie mit viel Geduld losmachen.

Eine Stunde vergeht. Endlich findet der Kalmück eine Botschaft in der eingeholten Socke.

»Nummer 96137, Zelle 251, kennt einen. Hundert Yuan für die Information!«

Der Alte Fährtenleser

Ein Röntgenbild klackt leise in der Hand eines Mannes, genannt der Alte Fährtenleser, der es gegen das Tageslicht hält. Eine dunkle, rauhe, schwielige, zerkratzte, hagere Hand mit knorrigen, krummen Fingern wie Baumwurzeln, mit dicken, eckigen (mit der Sichel geschnittenen?), aschfarbigen Nägeln, mit erdigen (oder kotigen) Schrunden.

Ein paar helle Schatten zwischen den weißen Flekken auf dem Negativ, das Schienbein von Kleinem Weg, zerstreuen den Schatten auf dem Gesicht des Alten Fährtenlesers. Muos Augen ruhen gebannt auf seinen Runzeln, von den Jahren hinterlassene tiefe Klammen, auf seinem schütteren weißen Schnurrbart, seinen schmalen Lippen, seiner flachen Nase. Er lauert auf die kleinste Muskelregung in diesem Gesicht, ein Aufleuchten der Augen. Beide sitzen auf einem Baumstamm im angetrockneten, rissigen Schlamm vor der Waldhütte des Alten abseits vom Hauptpfad, zuoberst auf einem zweitausend Meter hohen Berg in einer von Riesenbambus umgebenen Lichtung. Über der zweiflügligen Tür ist eine weiß gestrichene Tafel angebracht:

Forschungsstation Bambuswald
für die Beobachtung der Exkremente des Panda

Der alte Kräutersammler betrachtet abwesend, ja fast stumpfsinnig das Negativ. Das Röntgenbild des Schienbeins eines jungen Mädchens, einer künftigen Primaballerina, die, laut ihrem angeblichen Adoptivvater, in zehn Tagen am nationalen Ballettwettbewerb teilnehmen muß, klackt leise im Wind. Die Bambusblätter rascheln.

Muos Gesicht verfinstert sich, als er feststellt, daß sein Gegenüber das Negativ verkehrt herum in den Händen hält. Eine bestürzende Feststellung. Er reißt ihm das Bild aus den Händen, dreht es und zeigt mit dem Finger auf den Wadenbeinkopf.

Der Mann nimmt mit dem gleichen abwesenden Blick seine Untersuchung wieder auf.

»Wie nennt Ihr den großen gebrochenen Knochen?« fragt Muo in einer mutigen Anwandlung.

»Ich weiß nicht.«

»Bitte, macht Euch nicht über mich lustig. Ich bin fünfzehn Stunden Bus gefahren, um Euch aufzusuchen. Kennt Ihr etwa die Bezeichnung Schienbein nicht?«

»Nein.«

»Einer Eurer einstigen Mithäftlinge, die Nummer 96137, behauptet, Ihr hättet ihm vor zehn Jahren mit einem Wickel ein Schienbein geflickt, das er sich in der Gefängnisdruckerei gebrochen hatte.«

»Ich erinnere mich nicht.«

»Nummer 96137, sagt Euch das nichts? Ein Lebenslänglicher. Ihr hättet eine Bedingung gestellt: daß seine Familie das Schulgeld für Eure Tochter bezahlt, die mit ihrer Mutter in Eurem Geburtsdorf lebte.«

»Ich erinnere mich nicht.«

Es regnet unaufhörlich, als Muo die Beobachtungsstation für Pandaexkremente verläßt und die Piste abwärts bis zur Landstraße trabt, wo zweimal täglich ein Bus vorbeifährt. Er stellt sich unter einen überhängenden Felsen. Weil es spät wird und er bis auf die Haut durchnäßt ist, beschließt er, im Schlafsaal für ledige Arbeiter einer Bambusmöbelfabrik zu übernachten.

Diese mittelalterliche Fabrik ist nicht weit von der Beobachtungsstation entfernt, und alle kennen den Alten, diesen menschenscheuen, schweigsamen Nachbarn mit der lastenden Vergangenheit, der zu fünf Jahren Zuchthaus verurteilt worden war, weil er versucht hatte, illegal über die Grenze zu gehen. Er soll, heißt es, versucht haben, nach den Ereignissen von 1989 nach Hongkong zu flüchten. (Er sei die ganze Nacht im Meer geschwommen. Er hätte bereits die Lichter von Hongkong gesehen. Aber er sei gescheitert.)

Seine Arbeit besteht offenbar darin, den Wald abzuschreiten, in dem der letzte Panda der Region lebt, einer der letzten tausend Pandas weltweit. Das Tier, noch einsamer als er, zeigt sich nur noch ganz selten. Der Alte muß den Kot einsammeln und ihn im regionalen Forschungsinstitut abliefern, wo dieser analysiert und dann entschieden wird, ob das Tier Futter oder ärztliche Hilfe braucht.

Es hat aufgehört zu regnen, aber die Tropfen fallen immer noch von den Bäumen aufs Wellblechdach. Hinter den Schlafsaalbaracken gluckst ein Bach. Drinnen spielen die Arbeiter Karten, das Licht der Petroleumlampen flackert, der Rauch brennt in den Augen. Muo setzt Wasser in einem verbeulten Kupferwasserkessel auf einem Erdherd auf. Das Feuer prasselt. Er legt sich mit angezogenen Knien auf die Holzbank neben dem pfeifenden Wasserkessel und schläft ein. Er hat einen Traum, in dem er »Bei Le« rufen hört, einen uralten Namen aus zwei hell klingenden Silben. Er befindet sich in einem prächtigen Palast (in der Verbotenen Stadt? Oder im gläsernen Justizpalast von Chengdu?), wo der Kaiser, ganz gelbgewandet, auf seinem Thron die Morgenaudienz für seine Minister, seine Generäle und Höflinge hält. Bei Le ist der berühmteste Pferdekenner des Landes.

Als dieser das Alter erreicht hat, sich vom Hof zurückzuziehen, stellt er dem Kaiser einen gewissen Ma als seinen Nachfolger vor. »Er ist ein Genie, Hoheit«, sagt er zum Kaiser. »Er kennt die Pferde besser als ich. Niemand ist geeigneter, mein Nachfolger zu werden.«

Neugierig geworden, läßt der Kaiser besagten Ma in die Hauptstadt kommen und befiehlt ihm, unter den Hunderttausenden Pferden im kaiserlichen Gestüt das beste Reitpferd auszusuchen. Der Kaiser ist ein gefürchteter und launischer Tyrann. Für Ma (seine Gesichtszüge, seine Gestalt, seine Kleidung erinnern sehr an den Alten Pandafährtenleser) könnte der kleinste Fehler fatale Folgen haben. Er geht zum Gestüt und prüft

die Pferde und liest, ohne zu zögern, eines aus. Als er es dem Kaiser vorführt, bricht dieser mitsamt seinem Hofstaat in Gelächter aus: Dem Tier fehlt nicht nur das berühmte weiße Haarbüschel an der Stirn, klassisches Zeichen einer edlen Vollblutrasse, nein, es ist eine kleine, dunkle, häßliche, schmächtige Stute. Der Kaiser läßt den alten Bei Le kommen und herrscht ihn an: »Wie hast du es gewagt, mich, den höchsten Herrscher, zum Narren zu halten? Dein Verbrechen verdient den Tod: Der Mann, den du mir vorgestellt, ist nicht einmal in der Lage, einen Hengst von einer Stute zu unterscheiden.«

Bevor er hingerichtet wird, verlangt der alte Bei Le, das von Ma ausgesuchte Pferd zu sehen. Beim Anblick der Stute stößt er einen tiefen Seufzer aus: »Ma ist wirklich ein Genie. Ich kann ihm das Wasser nicht reichen«, sagt er zum Kaiser.

Und in der Tat: zwei Jahre später, nachdem der Tyrann bei einem Volksaufstand getötet worden war, wird die Stute von seinem Nachfolger ausgesucht, und es zeigt sich, daß sie das schnellste Reitpferd des Landes ist, das mühelos tausend Meilen am Tag zurücklegt wie das legendäre geflügelte Pferd.

Muo erwacht in dem Moment, als er merkt, daß der Kaiser Richter Di ist, Bei Le der Schwiegersohn des Bürgermeisters und Ma, der berühmteste Pferdekenner aller Zeiten, der Alte Pandafährtenleser. Der neue Kaiser inmitten der geharnischten Wachen läßt seine Verkleidung und seinen Bart fallen, und es stellt sich heraus, daß er es ist, Muo; das geflügelte Pferd unter dem Fell einer Stute verschmilzt mit dem Röntgenbild des gebro-

chenen Schienbeins. »Wenn der äußere Anschein keinerlei Bedeutung hat«, fragt sich Muo, »was versuchte dann der Alte Fährtenleser aus einem verkehrt herum gehaltenen Röntgenbild zu lesen?«

Am frühen Morgen stapft Muo wieder den Pfad aufwärts bis zur Beobachtungsstation. Der Alte, eine Hotte auf dem Rücken, will gerade zu einer Fährtensuche aufbrechen.

»Darf ich Euch begleiten? Es wäre für mich eine einmalige Gelegenheit, einen Panda in freier Wildbahn zu sehen anstatt nur in einem Zoo.«

»Um läppische Bilder zu knipsen?«

»Nein. Ich besitze keine Kamera.«

»Ich warne dich, du vergeudest deine Zeit.«

Muo erinnert sich nicht mehr, wo er diesen Satz schon einmal gelesen hat: Männer der Tat sind immer schweigsam. Von diesem Standpunkt aus besehen, ist der Alte Fährtenleser ein sehr aktiver Mann. Wenn er ihn anspricht, hat Muo den Eindruck, der Alte würde sich am liebsten die Ohren zuhalten. Zuerst deutet er seine Haltung als ein Zeichen der Verachtung. Doch je tiefer sie in den dichten Bambuswald vorstoßen, durch den kein Sonnenstrahl dringt, und der Alte mit der Axt einen Weg schlagen muß, desto bewußter wird ihm, daß dieses Schweigen für seine Arbeit erforderlich ist. Er hört alles, was man nicht sieht. Sein großes, behaartes Ohr hört alles. Er bleibt plötzlich stehen, lauscht und meint dann, er habe den Panda in einem Kiefernwald geortet. Sie schlagen diese Richtung ein, und nach einem zügigen zwanzigminütigen Marsch gelangen sie

in einen Kiefernwald, wo sie die deutlich erkennbare frische Fährte des Tieres auf der feuchten, schwammigen Erde finden zwischen braunroten Nadeln und duftenden, modernden Kiefernzapfen. Spuren, so breit wie eine flache Hand, mit dem abgewinkelten längeren Daumen. An ein paar deutlicheren Abdrücken erkennt man sogar die Form der Ferse und der Krallen.

»Habt Ihr ihn von der anderen Seite des Berges lokalisiert, aus über einem Kilometer Entfernung?« fragt Muo bewundernd.

Der Alte bleibt unerschütterlich. Muo fährt fort: »Ich bin bereits fast blind, aber heute habe ich dank Euch festgestellt, daß ich überdies taub bin.«

Der Alte Fährtenleser bückt sich, nimmt ein Metermaß aus der Hotte, geht in die Hocke und ermittelt wie ein Schneider, der ein Stück Tuch mißt, die Länge und Breite des Pfotenabdrucks.

Muo unterbricht das Schweigen: »Ihr wollt die Menschen nicht heilen, weil Ihr kein Arztdiplom habt und fürchtet, für den kleinsten Fehler teuer bezahlen zu müssen, nicht wahr? Aber ich versichere Euch, ich schwöre Euch, ich kann es Euch schwarz auf weiß geben, daß ich es Euch in keiner Weise übelnehme, wenn Ihr es nicht schafft, das Bein dieser künftigen Primaballerina zu heilen.«

Als hätte er nichts gehört, legt der Alte Fährtenleser sein Metermaß auf die Erde und mißt minuziös die Schrittlänge zwischen zwei Abdrücken. Es ist ein kurzer Schritt, als sei das Tier schnell gelaufen. Dann richtet er sich auf und folgt den Fährten im Morast.

Muo stapft hinter ihm her. Doch der Alte geht schnell, als wollte er ihn strafen, als wollte er ihn mitten im Wald abschütteln. Er überquert Bäche oder springt von Felsen zu Felsen mit einer Geschicklichkeit, die Muo an die Lolo erinnert. Er hat Mühe, Schritt zu halten. Manchmal verliert er ihn aus den Augen. Er muß die Spuren des Pandas auf der feuchten Erde allein suchen. Manchmal sind sie zahlreich, kreuz und quer, als sei das Tier hungrig oder von irgend etwas aus dem Konzept gebracht, als ob es sich verfangen hätte oder aus Bosheit eine falsche Fährte legen wollte. Vielleicht machte sich das Tier über den Alten Fährtenleser lustig, seinen einzigen Partner, indem es Spuren zurückließ, die sich gabeln, brüsk umkehren, in die Irre führen, sich teilen und am Ufer eines Wildbachs in Nichts auflösen.

Schließlich entdeckt Muo den Alten unter einem Baum. Er scheint etwas genau zu untersuchen. Eine einfache Birke. Eine ganz gewöhnliche Birke. Darum herum zermalmte Lianen und zertretenes Laub. Die glatte silberne Rinde am unteren Teil des Stammes ist zerkratzt und stellenweise abgekratzt. Er riecht nach Anis.

»Nicht einfach, mich abzuschütteln, was?« sagt Muo atemlos. »Doch habt keine Angst, ich muß Euch nur noch etwas sagen, und dann belästige ich Euch nicht länger.«

Der Alte Fährtenleser würdigt ihn keines Blikkes, er hält die Nase an die Rinde. Er schnuppert mit geblähten Nasenflügeln den säuerlichen Geruch des Saftes.

»Ich will Euch etwas gestehen.« Er verstummt und schluckt die spontane Regung herunter, dem Alten die Wahrheit zu gestehen: daß die Wiederherstellung dieses gebrochenen Beines das Leben mehrerer Menschen ändern könnte, seines mit eingeschlossen.

Er sagt nichts, überzeugt, daß das Wort »Richter« für den alten Strafgefangenen schiere Hoffnungslosigkeit bedeutet, Folter, Fesseln, Feuer und Blut.

»Seit Jahren studiere ich in Frankreich Psychoanalyse«, fährt er dann fort. »Ich möchte Euch einen Handel vorschlagen: Wenn Ihr das Bein dieses Mädchens in zehn Tagen heilt, werde ich Euch mit dieser neuen Wissenschaft, die die Welt revolutioniert hat, vertraut machen.«

Der Alte wendet sich zum erstenmal zu ihm um, wirft ihm einen prüfenden Blick zu.

»Eine von Freud gegründete Wissenschaft, die das Geheimnis der Welt enthüllt.«

»Und was wäre dieses Geheimnis?«

»Der Sex.«

»Wiederholst du das bitte?«

»Der Sex.«

Der Alte bricht in Lachen aus. Hält sich glucksend den Bauch vor Lachen, schüttelt sich, kriegt keine Luft mehr vor Lachen. Wäre beinahe unter der Birke umgefallen vor Lachen.

»Tja, man sollte diesen Freud Xiansheng kommen lassen«, sagt er dann und zeigt auf die abgeschälte Rinde. »Er könnte uns bestimmt erklären, warum sich der Panda an diesem Baum reibt.«

»Vielleicht hat er Hunger. Freud würde uns sagen, daß er unter materieller Frustration leidet.«

»Überhaupt nicht, junger Mann. Der Panda wollte sich bloß die Eier abreißen.«

Entsetzt, verblüfft, steht Muo angenagelt vor diesem Beweis von Selbstkastration, einem Begriff, den er in den Büchern studiert hat. Die Sonne schießt ihre Strahlen durchs Gehölz, projiziert Leopardenflecken auf den stummen, verzauberten Stamm. Er ist enttäuscht, festzustellen, daß seine Deutung wie meistens falsch war. Er greift sich an den Kopf, während der Alte Fährtenleser sich auf dem Pfad entfernt.

Eine Stunde später: neues Staunen. Den zahllosen Schmetterlingen der verschiedensten Gattungen, die einen schöner als die andern, denen sie seit dem Morgen begegnet sind, hat der Alte Fährtenleser keinerlei Beachtung geschenkt, doch jetzt ist er plötzlich stehengeblieben und hat Muo ein Zeichen gegeben, sich nicht zu rühren. Auf dem von Bambus gesäumten glitschigen Pfad hat er einen ganz gewöhnlichen winzigen Schmetterling über einem Büschel blühendem Tausendgüldenkraut und gelbem Rainfarn entdeckt, der im Wasser und im Morast wächst. Mit dem befriedigten Lächeln des Entomologen, der endlich die gesuchte Gattung gefunden hat, verkündet der Alte: »Wir kehren heute zeitig nach Hause zurück.«

Mißtrauisch, weil er nicht weiß, was für einen neuen Streich der Alte Fährtenleser ausheckt, versucht Muo, sich zu konzentrieren, um sich als würdiger und brillanter Schüler Freuds zu erweisen. Sie folgen stumm dem

blauschwarzen, grau-, fast weißgestreiften Schmetterling. Er fliegt langsam, oft dicht über das Unkraut, über giftige Pilze, über Kriechpflanzen, die auf dem morastigen, sonnengesprenkelten Pfad wachsen, in dem Muo fast bis zu den Knöcheln versinkt. Plötzlich verschwimmt der Schmetterling vor seinen Augen, die Flekken und Streifen verschmelzen mit dem Farn, der seine Zähne auf die knotigen, gekrümmten weißen Wurzeln des Bambus und auf das dunkelgrüne Moos legt.

Jetzt flattert der Schmetterling schneller, er kreist, er schwebt fiebrig, er wirkt schöner, strahlender, wie berauscht. Ein köstlicher Geruch? Der Duft eines Weibchens? Muo will gerade einen Freudschen Kommentar zu diesem Thema abgeben, da fliegt das Insekt in einen Graben und setzt sich auf einen Haufen Fäkalien. Es ist erregt, seine Flügel beben.

»Glück muß man haben!« sagt der Alte und springt in den Graben. Er beobachtet das zerbrechliche Geschöpf. »Laß es dir schmecken, Kleiner. Immer noch wild auf Pandascheiße, was?« sagt er liebevoll zum Schmetterling.

Dieses unglaubliche Bild erschüttert Muo zutiefst: die Exkremente eines Tieres, ein Schmetterling, ein alter Sträfling. In dieser Dreifaltigkeit außerhalb von Zeit und Raum liegt etwas Sublimes, fast Ewiges. Sein Leben, seine Bücher, seine Lexika, seine Hefte, seine Regungen, seine Ängste erscheinen ihm belanglos und oberflächlich. Und auch seine Sexprobleme, sein Lügenmärchen auf dem Berg der Lolo und vor allem seine Anmaßung, sich als Retter Chinas aufzuspielen.

Der im Wald schwebende feuchte Dunst legt einen bräunlichen Lack auf die Exkremente. Der Schmetterling ist verschwunden, der Alte Fährtenleser packt sein Werkzeug aus, sammelt den Kot ein und steckt ihn in eine Plastiktüte. Muo schaut ihm zu, wie er alles in seiner Hotte verstaut.

Sie kehren auf demselben Weg zur Beobachtungsstation zurück. Der Alte breitet eine geflochtene Bambusmatte vor dem Haus aus und verteilt die eingesammelten Exkremente darauf, um sie an der Sonne zu trocknen. Dann holt er im Haus weitere mit Fäkalien gefüllte Plastiktüten, jede mit einem Datum versehen.

»Drinnen ist's zu feucht, man muß sie ständig trocknen lassen. Die Zentrale schickt nur alle zwei Wochen jemand, um sie abzuholen.«

Der Pandakot ist auf der Matte ausgebreitet. Der Alte kauert nieder und beginnt, die einzelnen Häufchen voneinander zu trennen und in chronologischer Reihenfolge auszulegen. Sie sind noch leicht bräunlich, aber von der Feuchtigkeit schwammig geworden, und man erkennt sogar unverdaute Bambusblattreste. Plötzlich schaut er auf: »Bist du bereit, dein Leben mit einem Bauernmädchen zu teilen?«

»Wovon redet Ihr? Worauf wollt Ihr hinaus?«

»Wenn es mir gelingt, das gebrochene Bein der Tänzerin innerhalb von zehn Tagen in Ordnung zu bringen, würdest du dann meine Tochter heiraten?«

Die Seegurke

Seit seiner Ankunft im Viersterne-Hotel *Capital* in Beijing, wo die Konferenz der chinesischen Juristen und Richter stattfindet, führt Richter Di ein vernünftiges, ja fast asketisches Leben und hält strikt die Seegurkendiät ein, die ein Sexologe ihm im Hinblick auf den orgiastischen Festschmaus verschrieben hat, den der Psychoanalytiker Muo nach seiner Rückkehr für ihn ausrichten wird.

Für diesen ungehobelten Freßsack bedeutet der Verzicht auf das tägliche Vergnügen, das aus dem unersättlichen Hineinstopfen von Nahrung besteht, eine grausame, eine unerträgliche Marter, die ihn sowohl auf physischer als auch auf metaphysischer Ebene langsam verzehrt. Bereits als Kind hatte er den Ruf eines Vielfraßes. Vor jeder Mahlzeit versteckte seine Mutter ein Ei, einen Happen Fleisch, einen Hühnerschenkel, um sie nach der gemeinsamen Mahlzeit seiner schmächtigeren Schwester zuzustecken, die, nicht kräftig genug, um sich mit ihrem Ungeheuer von einem Bruder um das Essen zu balgen, ernsthafte Wachstumsprobleme hatte. Damals schon beruhte die große Begabung des künftigen Richters Di auf dem Zeige- und dem Mittelfinger seiner rechten Hand, die die Eßstäbchen gött-

lich handhabten (diesem selben stählernen Zeigefinger, der, später, auf den Abzug drücken würde, ohne je daneben zu treffen). Kein Problem für ihn, die Stäbchen in einen Topf zu tauchen und auf Anhieb ein Pfund Nudeln herauszufischen, ohne den anderen am Tisch die kleinste Chance zu lassen. Auf den ersten Anhieb, niemals auf den zweiten. Schlicht genial. Da seine Familie in bescheidenen Verhältnissen lebte und nicht sehr kultiviert war, benutzte man keine Teller. Die Mutter trug das Essen in den Töpfen, Pfannen und Woks auf, die sie direkt vom Feuer auf den Tisch brachte und aus denen sich jeder etwas angelte. Wenn die Eßstäbchen des zukünftigen Richters Di über den geschwärzten, öligen, würzig dampfenden Gefäßen kreisten, stürzten sich seine Brüder und Schwestern mit klopfendem Herzen darauf, um ihm einen gnadenlosen, schonungslosen Kampf zu liefern, doch sie verloren immer. Erwachsen und Scharfschütze im Hinrichtungskommando, behielt er diese Vorrangstellung in den Kasernen bei, wo die Soldaten um eine eiserne Schüssel hockend ihren Fraß verzehrten.

Zu jener Zeit liebte er es, allein durch die Stadt zu flanieren und im *Eselstopf* einzukehren: Er ging geradewegs in die Küche, wo ständig ein riesiges Eselsviertel in einem Riesentopf auf dem Feuer köchelte. Der Koch kannte seine Gewohnheiten: Er nahm wortlos einen Haken, tauchte ihn in den Topf und zog das fette, schäumende, dampfende Stück Fleisch heraus. Mit seinem großen Messer schnitt er ein dickes Stück in eine mit Brühe gefüllte Schüssel und fügte feingehackte

Frühlingszwiebeln, Pfeffer und Salz hinzu. Worauf er die rituelle Frage stellte, eine Art Code zwischen ihnen beiden: »Magst heute Eselsblut?«

Wenn Richter Di bejahte, bedeutete das, daß er einen oder mehrere zum Tode Verurteilte hingerichtet hatte. Der Koch nahm also die Schüssel, ging in den Hof hinaus, setzte sich auf einen niedrigen Hocker und schnitt dicke Scheiben von einem großen geronnenen Blutklumpen. Der Richter war ganz wild – und ist es immer noch – auf diese zarte, schmelzende Delikatesse. Er verschlang zuerst die glibberigen, auf der Brühe schwimmenden Klöße, dann verzehrte er das Fleisch, schluckte gierig den Knorpel, ohne ihn zu kauen, knackte einen Rippenknochen auf und schlürfte das Mark, bevor er schmatzend die Suppe in großen Schlucken trank. Ein paar Jahre später, als sein Leben unter der Sonne erstrahlte (nicht Maos Sonne, wie es im volkstümlichsten Lied heißt, das eine Milliarde Chinesen ein halbes Jahrhundert lang gesungen haben, sondern die Sonne des Westens, die des Kapitalismus à la Kommunismus), trug er die Richteruniform, und von der Aura der Macht, des Geldes, des indiskreten Charmes der Bourgeoisie umgeben, hatte er sich der europäischen Gastronomie zugewandt: eine weiße Serviette umgebunden, von Gabel-, Messer-, Löffelklimpern begleitet, vom leisen Klirren ständig gewechselter Teller, wie es die peinlichst genau eingehaltene Etikette verlangt. Hase auf Jägerart, Grünkohl à la Duchesse, sautierte Nierchen in Madeira, Salm in Sauce à la Crème… Für ihn ist diese exotische Küche ein Schauspiel, Kino, eine Show (er

hat etwas Englisch gelernt, besonders das Wort Show hat es ihm angetan, das er mit seinem ausgeprägten Sichuan-Akzent *ssou* ausspricht). Er hat entdeckt, daß in der Küche der Europäer alles *ssou* ist wie auch in ihrer Zivilisation; selbst wenn sie den Krieg erklären, handelt es sich in erster Linie um eine *ssou*. Bei ihm ist es das Gegenteil. Was er mag, ist das Konkrete, nicht die *ssou*; schließlich verurteilt er Menschen. Wenn er abends mit der Genugtuung nach Hause zurückkehrt, Leben vernichtet, ganze Familien zerstört zu haben, fühlt er sich verjüngt. Sein Gang ist energischer. Wenn er seine Villa betritt und die Treppe hinaufgeht, hallen seine Schritte so laut, als würde eine Armee Soldaten das Haus stürmen. Seine Frau stürzt aus ihrem Zimmer, wirft sich ihm um den Hals und begrüßt ihn mit der schrillen, schleppenden Stimme der chinesischen Oper. »Bist du nach Hause gekommen, Richter Xiansheng?«

(Anmerkung des Autors für die chinesischen Leserinnen, die sich auf die Ehe vorbereiten: In diesem Fall erscheint mir die Anrede des Gatten mit der offiziellen Amtsbezeichnung übertrieben, untypisch, vor allem im Privatleben. Die Frage hingegen ist besonders diplomatisch. Der Schlüssel zur Kunst der Ehe sozusagen, die seit Tausenden von Jahren die Beständigkeit unserer Familien gewährleistet: Stellt nie unangenehme Fragen! Fragt einen Mann nie, woher er kommt, noch was er macht. Nie! Stellt einfach die Tatsache in Form einer Frage fest, bezeugt damit schlicht eure Fürsorge, aber auch, daß sein Nachhausekommen eine Art himmlisches Wunder ist, an das ihr kaum zu glauben wagt.

Vor Rührung überwältigt, habt ihr nur gerade die Kraft, flüsternd die unglaubliche Tatsache festzustellen. Idem im gesellschaftlichen Umgang. Wenn ihr jemand anspricht, der gerade beim Essen ist, fragt nie, was er ißt, die Frage könnte ihm unangenehm sein – wenn er zum Beispiel ein billiges Gericht bestellt hat –, sondern fragt einfach: »Sie essen?« Das wirkt sehr feinfühlig, und daran läßt sich nichts aussetzen.)

Von der europäischen Küche mag Richter Di Wurstwaren ganz besonders. Ab und zu geht er ins *Holiday Inn* frühstücken, das beste Hotel in der Stadt. Das Frühstücksbüfett ist in einem rechteckigen Garten angerichtet, er bedient sich reichlich mit Trockenwürsten, die mag er am liebsten, aber auch mit Schinken, panierten Schweinekoteletts, geräucherter Schweinebrust, Trockenwurst, Pansenwurst. Lauter Häppchen, jedoch für ein Mittag- oder Abendessen nicht ausreichend, vor allem, wenn es darum geht, den physischen und gleichzeitig psychischen Hunger zu stillen, den die von ihm gefällten Urteile wecken. Diese Momente sind noch intensiver, noch erregender als die Vollstreckung einer Todesstrafe, bei der sich der Schütze darauf beschränkt, die Befehle und den Willen anderer auszuführen. Die Lust am Töten ist einmalig und ausgesprochen männlich, doch bei den Gerichtsverhandlungen kommt zum erregenden männlichen Machtgefühl, über Leben und Tod zu entscheiden, die Freude am Spiel hinzu, die wiederum ziemlich weiblich ist, ein Spiel voller Arglosigkeit und kindlicher Grausamkeit, in dem er die Katze spielt, die eine Maus zwischen den Pfoten hält: Er läßt sie kurz

los, nicht ganz zwar, nur gerade so viel, um ihr einen Hoffnungsschimmer zu geben. Die Maus, die nicht an ihr Glück zu glauben wagt, zittert und verspannt sich. Die Katze lockert die Umklammerung ein bißchen mehr, wie eine Aufforderung. Und die Maus flitzt in eine Zimmerecke. Die Katze wartet, beobachtet sie, und in der letzten Sekunde, wenn die Maus sich in Freiheit glaubt, packt sie sie mit ihren gnadenlosen Krallen und, päng!, das Spiel ist aus. Nach einer solchen überreizten Erregung verlangt sein Körper, verlangen seine Organe, seine Muskeln, gesättigt zu werden, genau so, wie es Männer gibt, die nach der Liebe das Bedürfnis haben zu essen und heißhungrig den Kühlschrank plündern.

Das ist also der Grund, warum er ein glühender Liebhaber von Schweinsinnereien geworden ist. Nach einem Gerichtstermin oder nach einer endlosen Majiang-Partie verschlingt er ungeheure Mengen Schweineherz, Schweinelunge, Schweinemägen, Schweinenieren, Schweineleber, Schweinepansen, Schweinezunge, Schweineschwänzchen, Schweineohren, Schweinefüße, Schweinehirn ... eine einzige Schweinesymphonie. Er hält sich sogar einen Leibkoch auf Gerichtskosten, der Tag und Nacht in Bereitschaft steht, um ihm eine Spezialität aus Shanghai – woher der Koch stammt – zuzubereiten, den »Innereientopf im Alkohol«, der mit gehacktem Ingwer, Königsfarn, Sternanis und Zimt gewürzt, unter Zugabe von gegrilltem, fermentiertem Sojaquark, gelbem Reiswein und Klebreis, den man als Gärstoff braucht, stundenlang köcheln muß. In seinem Hotelzimmer in Beijing glaubt er in diesem Moment, von jener

Köstlichkeit geträumt zu haben. Der glänzendes Fett ausschwitzende Tontopf, die schleimigen, roten, fetten, porösen, von den höllenscharfen süßsauren Gewürzen und Kräutern durchtränkten, alkoholgetränkten Eingeweidefetzen, die aussehen wie Bienenwaben, in denen Maden Schimmel destillieren.

Die Seegurke, die ihm der Beijinger Sexologe empfohlen hat, ist das absolute Gegenteil seines Lieblingsgerichts: Es handelt sich um eine Holothurie, die, wie der Seestern und der Seeigel, zur Gattung der Stachelhäuter gehört; sie lebt an Korallenriffe geklammert auf dem Meeresgrund. Seegurken sind seltene, teure exotische Leckerbissen, denn man findet sie vorwiegend im Indischen Ozean oder im Westpazifik, wo die Korallenfischer in große Tiefen tauchen und blindlings die scharfkantigen Korallensträucher durchsuchen, um dieses falsche Meeresgemüse zu ernten. Der Taucher bringt sie an die Oberfläche und läßt sie am Strand trocknen. Die Seegurke, die Ähnlichkeit mit einem Tausendfüßer hat, schmilzt in der Sonne und verwandelt sich in einen schleimigen Lumpen. Der Fischer muß sie sofort mit Salz bestreuen, damit sie sich verfestigt; sie hat dann die Form eines zehn bis fünfzehn Zentimeter langen Penis und die Farbe von menschlicher Haut und ist mit Rillen und Falten und Beulen geädert. Um sie zu kochen, wirft man sie in einen Topf mit siedendem Wasser, wo sie aufschwillt und an einem Ende in eine Eichel übergeht.

Wegen ihres phallischen Aussehens nahm die Seegurke in der alten chinesischen Pharmakopöe eine absolute, ja eine göttliche Stellung ein. Am Kaiserhof diente

sie den von ihren tausend Konkubinen erschöpften Kaisern als Stärkungsmittel. In der Tang-Dynastie nannte man sie »die Männlichkeit des Meeres«, und tausend Jahre später gab man ihr den offiziellen Namen, den sie heute noch trägt: Meeresginseng. Ihre Demokratisierung dauerte ungewöhnlich lang. In den dynastischen Zeiten schenkten die Kaiser manchmal kleine Mengen dieses Tonikums Ministern oder Generälen, deren Treue sie sich bei politischen Krisen oder militärischen Konflikten sichern wollten. Anfang des 20. Jahrhunderts, nach dem Zusammenbruch der letzten Dynastie, eröffnete He Gonggong, ein Kocheunuch (böse Zungen behaupten, er sei ein Friseureunuch gewesen) gleich neben dem Nordtor der Verbotenen Stadt ein Restaurant namens *Die fröhliche Tugend*, und zum ersten Mal in der Geschichte der chinesischen Aphrodisiaka stieg der Geruch des Meeresginseng über die Palastmauern und schwebte über Beijing. Aber es dauerte nochmals fast hundert Jahre bis zur Ausbreitung des Kapitalismus à la chinoise, damit seine Demokratisierung einen entscheidenden Aufschwung nahm und Meeresginseng (mittlerer Qualität) bei den Banketten der Neureichen auf den Tisch kam.

Der einzige Nachteil ist, daß diese seltene Speise, daß dieses fabelhafte Gericht keinerlei Geschmack hat. Die Anstrengungen und der Einfallsreichtum von Generationen kaiserlicher Köche, die es mit jeder Menge raffinierter Gewürze versucht haben, vermochten nichts daran zu ändern: Die Seegurke schmeckt fade, schrecklich fade, bis zum Brechreiz fade. Man kann sich also

vorstellen, wie Richter Di unter der Verschreibung einer solchen Diät gelitten haben mag. Am Morgen bringt ihm ein Kellner aus dem Restaurant gegenüber einen verchromten, hermetisch verschlossenen Henkelmann aufs Zimmer, in dem sich eine Schale Reisbrühe mit Meeresginseng befindet. Diese Brühe, der man regelmäßig Wasser zufügt, läßt man nach dem Rezept der besten Hongkonger Restaurants stundenlang zu einem Schleim einkochen, bis man kein einziges Reiskorn mehr darin entdecken kann. Doch der Meeresginseng schmeckt immer noch grausam fade. Mittags bringt derselbe Kellner denselben Henkelmann, der diesmal Meeresginseng mit rotem Öl enthält, das heißt feingeschnittene Seegurke mit Karottensaft, ein kaiserliches Gericht, das bereits auf der Speisekarte von He Gonggongs *Fröhlicher Tugend* gestanden hatte. Der Geschmack jedoch ist unverändert: trübselig fade. Am Abend ist es, im selben Henkelmann, Meeresginsengsuppe mit Wolkenohren und Bambussprossen. Zum Heulen fade.

Doch am vierten Diättag zeigt sich immerhin die erste Wirkung. Laue Wärme durchströmt Richter Dis seit dem Zwischenfall im Balsamierungsraum eiskalten Penis.

»Ich muß meine Rückkehr nach Chengdu vorverlegen«, sagt er sich, händereibend grinsend.

Gehet hin in Frieden

Obwohl die vom alten Kräutersammler, Fährtenleser und Pandakotbeobachter stundenlang geköchelten Pakkungen in eine Konservendose gefüllt wurden, in ein Marmeladenglas und in eine hermetisch verschlossene Flasche, die alle unauffällig waren wie ganz gewöhnliche Salz-, Pfeffer- oder Chilipulverdosen, erregte ihr Erscheinen auf dem Nachttisch von Kleinem Weg den Zorn der Ärzte und Krankenschwestern der Osteologieabteilung im Krankenhaus Chengdu. Diese Anhänger eines monotheistischen Dogmas, dessen oberster Gott das Skalpell ist, hatten zuerst mündlich und dann schriftlich der jungen Patientin und ihrem Adoptivvater Muo mit einem hohen Bußgeld und Ausweisung gedroht, falls sie diese dubiosen, skandalösen, scharlatanesken, unwissenschaftlichen Produkte nicht unverzüglich verschwinden ließen.

Dieses Verbot, die Intoleranz und der Zeitdruck veranlaßten also die beiden, sich im *Cosmopolitan* einzuquartieren, einem bescheidenen, ruhigen, fast leeren Hotel in einem südlichen Vorort. Ein Bauernehepaar, das durch eine Treibhaus-Blumengärtnerei reich geworden war, hatte sein Haus in ein Hotel mit acht Zimmern umgewandelt, mit einem Altar für den Gott des Wohlstands

in der Halle und an den Wänden Uhren, die die Uhrzeit in New York, Beijing, Tokyo, London, Paris, Sydney und Paris anzeigen. Im Hof zwischen dem Eingang und dem Hauptgebäude thront ein großer Käfig; nicht etwa ein geflochtener Weidenkäfig, den man an einem Nagel an der Hauswand aufhängt, und auch kein Vogelbauer aus Bambus, das man an einen Ast hängt, sondern eine pagodenförmige, zwei Meter hohe, dunkelgrün gestrichene Voliere, in der ein Vogel auf seiner Stange döst. Ein Pirol? Als die neuen Gäste den Hof überqueren – das Mädchen geht, auf einem Bein hüpfend, an Krücken, der Mann ist Brillenträger und mit Gepäck beladen –, hält der Vogel den Kopf schräg und pfeift ein paar Noten. Der Mann will dem Mädchen helfen, doch es weist mit königlicher Verachtung die Hilfe zurück und hüpft nur noch schneller. Man könnte meinen, es sei ein verletztes adeliges Fräulein in Begleitung ihres kurzsichtigen, unbeholfenen alten Kammerdieners.

Muo findet, daß sie sich seit ein paar Tagen verändert hat. Sie ist anspruchsvoll geworden, gereizt, verstimmt. Sie läßt ihre schlechte Laune an ihm aus. Wenn er sie fragt: »Was willst du zu Mittag essen?«, antwortet sie: »Ist mir egal!« Dann kein Wort mehr. Sie nagt an ihrer Unterlippe, wickelt eine Haarsträhne um den Finger und wirft ihm einen wütenden, ja einen gehässigen Blick zu wie ein verzogenes Kind. Er schickt sich geduldig in diese Umkehrung ihrer Beziehung: Alle Kranken sind ungeduldig. Schmerzen verändern den Menschen. Wie soll sie mit einem gebrochenen Bein ihre Heiterkeit, ihre Lebhaftigkeit, ihre Verschmitztheit, ihr Strahlen, ihren

Charme einer Filmträumerin bewahren, wenn jede kleinste Bewegung heftige Schmerzen auslöst?

Das Zimmer von Kleinem Weg im ersten Stock ist so düster, daß selbst am hellen Tag die nackte Glühbirne an der Decke brennen muß. Die Wände strahlen einen ungesunden Mangel an Helligkeit aus.

Sie liegt auf dem Bett, das linke Bein über der Steppdecke. Muo kommt herein, eine Waschschüssel mit warmem Wasser in den Händen, die er auf den Boden stellt. Er kauert nieder und krempelt ganz sorgfältig die Hose des Mädchens bis zum Knie hoch: Das Bein ist stark geschwollen, die Haut ist mit dunklen Flecken gesprenkelt und glänzt leicht phosphoreszierend.

»Ich hab noch mehr blaue Flecken als gestern«, sagt sie. »Ich hasse das. Es sieht aus wie eine häßliche Landkarte auf meinem Bein.«

Muo lächelt. Es stimmt, die Flecken breiten sich aus, stoßen aneinander, verschmelzen, dehnen sich aus, verfärben sich, von Blau über die ganze Violettpalette, schwarz, jeder von einer besonderen, mehr oder weniger ausgedehnten Beschaffenheit, und manchmal nehmen sie die Topographie eines Kontinents an.

»Ich werde bei Schwarzafrika anfangen«, sagt er.

Er lächelt wieder, zufrieden mit diesem Satz, der seine Hilflosigkeit angesichts dieses gemarterten Beines verbirgt, das Schuldgefühle in ihm weckt. Er schiebt Handtücher unter die Wade, durchtränkt eine Kompresse mit warmem Wasser und tupft einen Fleck mitten auf der Landkarte ab, einen beängstigend schwarz-violett-blau-rot geäderten Fleck: eine geopferte, kopfunter

aufgehängte Schildkröte mit ihrem langen Hals, den dreieckigen Kopf in den Ozean getaucht.

Dieser Kontinent der Finsternis weist in seinem Herzen eine Vertiefung auf, eine deutlich sichtbare Senke mit zwei ausgeprägten gestuften Falten. »An dieser Stelle ist das Schienbein gebrochen«, sagt sich Muo. Und als zartfühliger Krankenpfleger umgeht er die schmerzende Vertiefung.

»Man erzählt, eine der größten Glanzleistungen des Alten Fährtenlesers sei, einen entstellten Jäger geheilt zu haben. Der zertrümmerte Wangenknochen war so eingefallen, daß er eine Höhle bildete. Der Alte hat nicht nur den Knochen zusammengeflickt, sondern er hat sogar die Höhle zum Verschwinden gebracht.«

»Wie? Ohne Operation?«

»Lediglich mit der gleichen Packung, die er mir für dich mitgegeben hat. Sie enthält magnetische Kräuter, weißt du? Sie ziehen die Knochensplitter magnetisch an.«

Nachdem er das kranke Bein gewaschen hat, zieht er einen Schlüsselbund aus der Tasche, an dem ein Taschenmesser befestigt ist, und hebt damit den Deckel der Konservendose an. Ein pestilenzialischer Geruch nach Schlick, nach Moos, nach Schlamm, nach Sumpf dringt in Schwaden aus der Dose und breitet sich im ganzen Zimmer aus.

»Bäh, das stinkt«, sagt Kleiner Weg. »Wie auf dem Grund des alten Brunnens in meinem Dorf.«

Die Konservendose, die schon lange ihr Etikett verloren hat und von deren ursprünglichem Inhalt man

nichts weiß, enthält eine schwarze, dicke, leicht sämige Salbe.

»Das ist die erste Stufe, hat der Alte gesagt.«

Mit seinem Taschenmesser nimmt er etwas Salbe aus der Dose, streicht sie auf eine makellos weiße Kompresse, die er mehrmals faltet. Dann legt er unendlich behutsam die Kompresse auf die Bruchstelle und umwickelt das Bein mit einer Gazebinde.

Nachts klopft das Mädchen an die Wand zwischen ihren beiden Zimmern. Er wacht auf. »Hast du Schmerzen«, fragt er im Dunkeln. Seine Lippen streifen die Farbe an der Wand.

»Ja, aber es geht. Kannst du vielleicht den armen Vogel füttern? Er hat Hunger.«

»Was für einen Vogel, meine hinkende Prinzessin?«

»Den im Käfig.«

Er spitzt die Ohren: Eine Ratte rennt über die Zimmerdecke. Ein Nachtfalter flattert gegen das Fensterglas. Ein Frosch quakt. In der Ferne hört man Hupen. Im Hof hallt das hohe, metallische, schrille, gestreßte Pfeifen des Vogels wie das Klagen einer Säge in der Nachtluft.

»Es ist ein zahmer Vogel, man hört es«, sagt Kleiner Weg auf der anderen Seite der Wand. »Vögel schreien sonst nicht so!«

»Wie schreien sie denn?«

Sie stößt ein paar Pfiffe aus, die an das Tschilpen eines Sperlings erinnern. Was Muo zum Lachen bringt und ihn endgültig weckt. Er steht auf, nimmt ein paar Kekse aus seiner Reisetasche und geht in den Hof hin-

unter; er zerbröselt sie, um den Vogel damit zu füttern. Sie hat recht, der Vogel ist hungrig. Er stürzt sich im Dämmerlicht wie ein Pfeil von seiner Stange auf Muo. Das Wasser spritzt aus dem Trinknapf. An das Käfiggitter gekrallt, mit gesträubten Federn, die am Körper glatter sind als an den Flügeln, zittert der Vogel vor Aufregung, als er Muo aus der Hand pickt. Er verschlingt die Kekse bis zum letzten Bröselchen, dann wendet er sich ohne ein Zeichen von Dankbarkeit ab und kehrt auf seine Stange zurück. Satt, ohne seinem Wohltäter einen Blick zu gönnen, glättet er sein Flügelgefieder, auf das er offensichtlich sehr stolz ist. Enttäuscht geht Muo weg, als plötzlich eine Stimme, die eine menschliche Stimme nachahmt, aus dem Käfig dringt. Er kehrt überrascht zurück. Der narzißtische Schelm wiederholt langsam unverständliche Wörter, artikuliert dann ein paar Sekunden lang deutliche, diamantklare Silben.

Am nächsten Tag erkundigt sich Muo bei den Hotelbesitzern. Die Frau erzählt ihm, die Eltern des Vogels, einer edlen Vogelart, hätten einem christlichen Missionar gehört. Viele Liebhaber hätten ihn mit ihren Vögeln aufgesucht und ihm Geld und andere Geschenke angeboten, um ihren Käfig neben seinen stellen zu dürfen, damit ihre Vögel seinen zuhörten und sprechen lernten wie sie. Doch der Missionar lehnte immer ab. Als er starb, überlebten die Vogeleltern ihn nicht lange. Der kleine Waisenvogel sei groß geworden, und von Zeit zu Zeit wiederhole er die Sätze, die seine Eltern ihm übermittelt hätten. Es handle sich offenbar um einen lateinischen Satz, den der Priester am Ende jedes Got-

tesdienstes gesprochen habe. Es soll sich um den letzten Satz Christi handeln.

Muo, der Psychoanalytiker, hat wie seine westlichen Kollegen die Bibel studiert, doch er erinnert sich nicht mehr an diesen letzten Satz Christi. Er hält die Geschichte feierlich in einem neuen Heft fest und nimmt sich vor, dem religiösen Ursprung dieses Rätsels nachzugehen. Doch er vergißt es.

Trotz der dicken Gazeschicht verschwindet der Schlickgeruch drei Tage lang nicht aus dem Zimmer der hinkenden Prinzessin. Jedesmal, wenn sie duschen will, kniet sich ihr treuer, ergebener kurzsichtiger Pfleger neben ihr Bett, wickelt ihr Bein in eine durchsichtige Plastikfolie, die er mit breiten rosafarbenen Gummibändern festmacht, und wendet dabei den Kopf ab, denn der Geruch der Packung ist kaum auszuhalten.

Am vierten Tag, als er den geschwärzten Gazeverband abnimmt und das Bein wäscht, um die zweite Salbe aufzutragen, stellt er fest, daß die dunklen Flecken heller geworden sind. Afrika ist nicht mehr schwarz, sondern mehr oder weniger dunkelgrau und an gewissen Stellen blaßgrau, und die Oberfläche ist, wie die aller Kontinente, beträchtlich geschwunden. Die hängende Schildkröte hat keinen langen Hals mehr. Geblieben ist nur ihr dreieckiger Kopf, der eine winzige Insel im Ozean bildet.

Aufregung und Freude bemächtigen sich der Patientin, während Muo den Marmeladentopf mit der Salbe für die zweite Stufe der Behandlung öffnet. Der mil-

chige alte Glastopf hat all seinen Glanz verloren. Die neue dunkelbraune Salbe strömt einen noch seltsameren Geruch aus, der durch seine Heterogenität erstaunt: eine kunterbunte Zusammensetzung aus Talg, Opium, Wachs, Weihrauch, Rinde, Wurzeln, Kräutern, Giftpilzen, Tinte, Äther, Harz und einem leichten Kotaroma. Als er die Paste auf die Kompresse streicht, entdeckt er Laubfetzchen und Pilzstengel.

»Stimmt's, daß dein alter Kackesammler einen kaputten Wangenknochen geflickt hat?«

»Ja. Und weißt du, was der Schlüssel zu seinem Erfolg war? Das Röntgenbild, hat man mir gesagt. Er hat gespürt, daß ein unsichtbarer Gewebefaden nicht gerissen war und die einzelnen Knochenfragmente miteinander verband. Seine Salbe hat die Knochen angesaugt, jawohl, angesaugt, um sie aneinanderzuschweißen.«

»Ist das bei meinem Schienbein auch der Fall?«

»Offenbar.«

»Wo hat er das alles gelernt? Hat er's dir erzählt?«

»In seiner Jugend soll er während seiner Lehrzeit als Kräutersammler häufig einen traditionellen Arzt in seiner Stadt besucht haben. Der war weitherum für seine Behandlung von Augenstar berühmt; er steckte eine Akupunkturnadel an eine bestimmte Stelle ins Zahnfleisch. Er schlug ihm vor, ihm sein Geheimnis weiterzugeben unter der Bedingung, daß er seine Tochter heirate. Der Lehrling war einverstanden, und so erbte er das kostbare Geheimnis. Jahre später, während der Kulturrevolution, flüchtete er auf den Emei Shan, wo

er beim Heilkräutersammeln in einen Graben fiel und sich ein Bein brach. Ein buddhistischer Mönch heilte es innerhalb von zehn Tagen. Sie wurden Freunde, und er tauschte sein Akupunkturgeheimnis gegen das Knochenheilgeheimnis des Mönchs.«

Zwei weitere Tage sind vergangen. Zwar hat der Schwiegersohn des Bürgermeisters Alarm geschlagen: Richter Di hätte beschlossen, vorzeitig zurückzukehren. Eine Katastrophe. Zum Glück ist die Warnung zwei Stunden später aufgehoben worden, und alles war wieder in Ordnung.

Der Zustand des Beines der hinkenden Prinzessin verbessert sich von Stunde zu Stunde.

»Aus meinem Schienbein strömt ein Luftzug, ich spüre ihn in jeder Pore«, sagt sie. »Vorhin habe ich das Gefühl gehabt, ein Wurm krieche unter dem Verband vom Knöchel bis zum Knie. Und jetzt kriecht er sanft mein Bein entlang wieder zurück.«

Die dritte und letzte Stufe der Behandlung erfolgt, entsprechend den Anweisungen des Alten Fährtenlesers, am sechsten Tag. Nachdem Muo die Reste der zweiten Salbe abgewaschen hat (Muo, der Pfleger, kennt jedes Detail dieses Beins in- und auswendig), werden die Handtücher unter die Wade geschoben, danach folgt das Entkorken der Flasche. (Kleiner Weg will den Korken mit den Zähnen herausziehen, doch er verbietet es ihr kategorisch: »Der Alte hat gesagt, er hätte Pfauengallenblasenpulver hineingetan; es ist für die Behandlung entscheidend, aber giftig, wenn nicht sogar tödlich.

In früheren Zeiten schluckten es die adeligen Mongolen und Mandschu, um sich umzubringen.«)

Mit einem Taschenmesser behutsam entkorkt, entströmt der Flasche ein explosiver, beißender, scharfer Geruch. Die tief dunkelgrüne Paste ist härter, kompakter als die vorangehenden und läßt sich schwerer auftragen.

»Wie heißt dieses Gift schon wieder?«

»Pfauengallenblasenpulver.«

»Ein hübscher Name. Alles ist schön an einem Pfau, auch wenn ich keine Ahnung habe, was eine Gallenblase ist.«

»Ein schwarzes Beutelchen an der Leber. Hast beim Ausnehmen eines Huhns bestimmt schon welche gesehen.«

»Ich mag Pfauen. Sie sind echte Konige ...«

»Es heißt, der Tod durch das Schlucken von Pfauengallenblasenpulver sei sanft, glücklich und schmerzlos. Das erinnert mich an ein altes Gedicht: *Tod in den sternenübersäten Garben eines riesigen Pfauenrads*.«

Der Kopf eines Mannes taucht auf, lang, eckig, unheimlich wie ein Gewehr.

Richter Di? Das Licht im Hof ist gelöscht. Schwierig, ihn zu identifizieren. »Vielleicht brauche ich eine neue Brille. Vielleicht sehe ich schon wieder schlechter. Wenn das so weitergeht, bin ich am Ende meiner Flucht blind.«

Ledersohlen knirschen auf dem Kies im Hof. »Neue

italienische Schuhe, die er in Beijing gekauft hat? Oder die ihm eines seiner Opfer geschenkt hat, das mehr Glück gehabt hat als ich?«

Die Schritte erschüttern die Treppe, als würde eine siegreiche Armee nahen. Der Mann schreitet nicht, er hebt einen Fuß, hält ihn kurz in der Schwebe und läßt ihn mit aller Kraft auf die Stufe fallen. Die Schritte hallen im Flur und bleiben vor dem Zimmer von Kleinem Weg stehen. Fußtritte an die Tür, die knarrend aufgeht. Ein schleppendes, ächzendes Knarren, begleitet von der Stimme des Richters, der von sich selbst in der dritten Person spricht. »Hier ist also Richter Di.«

»Bitte kommen Sie herein. Setzen Sie sich, Richter Xiansheng.«

»Keine Wanzen? Keine versteckte Kamera?«

(Geräusch von Schritten, die das Zimmer absuchen und dann auf das Bett zugehen. Er kniet anscheinend nieder, um unter dem Bettrost nachzuschauen.)

»Weißt du, woher Richter Di kommt? Aus Beijing. Er wäre gern früher nach Hause gekommen. Doch nichts zu machen.« (Geräusch eines herangezogenen Stuhls.) »Die Organisatoren der Konferenz wünschten eine Ansprache. Alle Juristen und Richter Chinas wollten ihn erzählen hören, wie er sich für tot ausgegeben hat, um ein Verbrechen im Bestattungsinstitut in Chengdu aufzuklären. Eine spannende Geschichte, es heißt sogar, sie werde für einen Fernsehfilm adaptiert.«

»Werden Sie Ihre Rolle selbst spielen, Richter Xiansheng?«

»Warum nicht? Wenn man bis zum Schluß reali-

stisch sein will... Doch sag mal, kleines Fräulein, bist nicht ganz auf dem Damm?«

»Stimmt. Ich bin nicht ganz in Form. Ich habe eben eine Operation hinter mir.«

»Siehst du? Richter Dis Augen sehen alles. Nichts entgeht ihnen. Wie heißt du?«

»Kleiner Weg.«

»Kein hübscher Name. Heute ist unser Land reich und prosperierend, man geht nicht mehr auf kleinen Wegen. Man schreitet mit großen Schritten vorwärts auf dem breiten, sonnenbeschienenen Weg des Sozialismus. Ändere deinen Namen. Richter Di wird dich Großer Weg nennen.«

(Stille. Gut, daß sie ihm nicht antwortet. Wo ist sie? Sitzt sie auf dem Bett? Steht sie an der Wand? Der Tyrann steht auf.)

»Komm, Großer Weg. Nimm meine Jacke. Häng sie an einem Kleiderbügel in den Schrank.«

(Zum erstenmal entfernen sich die Schritte von Kleinem Weg von der Wand, sie geht langsam auf die Tür zu.)

»Was spielst du mir vor? Du gehst wie ein Hutzelweib mit gebundenen Füßen. Komm her, damit...«

(Sie stöhnt vor Schmerzen auf.)

»Na, na, na! Bist so erregt vom muskulösen, männlichen, verführerischen Richter Di?«

»Verzeihen Sie, die Lolo...«

»Unglaublich! Eine Lolo! Großer Weg der Lolo, ja, das ist dein richtiger Name. Weiß du, wenn ich tanzende Lolo-Mädchen sehe, wird mir ganz kribbelig. Sie haben

so viel Rhythmus im Blut, so viel Schwung und Lebenslust. Geh, mach schon, tanz!«

»Ich kann nicht.«

»Stell dich nicht so an! Alle Lolo können tanzen, schau, so, mit ausgebreiteten Armen. Komm, tanzen wir zusammen wie Verliebte beim Fackelfest bei dir zu Hause. Mmh? Was riecht hier so? Du riechst ja nach Sprengstoff. Komm, komm schon, tanzen wir den ›Goldenen Berg von Beijing‹.«

(Kaum hat er die ersten Noten dieses Revolutionslieds gesummt, bricht sie zusammen, von ihrem genesenden Bein im Stich gelassen.)

»Was ist? Ist dir klar, was dich erwartet? Hast eine Chance vertan, mit Richter Di zu tanzen. Paß auf, er verliert langsam die Geduld. Geh duschen, und leg dich dann zu ihm ins Bett.«

(Sie steht offenbar mühsam auf, denn sie stöhnt. Geräusch seiner Schritte. Knarren des Bettes. Murmeln. Dann ein erneuter Plumps und ein Aufschrei. Das Mädchen ist nochmals zusammengebrochen.)

»Spiel Richter Di kein Theater vor. Er findet das überhaupt nicht lustig.«

»Es ist kein Theater. Ich hab mir bei einem Autounfall das Bein gebrochen.«

»Was? Dieser verdammte Psychoanalytiker hat es gewagt, mir eine lahme Ente anzudrehen? Was für eine Demütigung! Richter Di schläft nie mit lahmen Enten!«

(Er springt mit einem Satz aus dem Bett, stößt eine Reihe Flüche und Beschimpfungen aus. Dann schlägt

er die Tür so heftig zu, daß das ganze Haus wackelt. Schließlich entfernen sich seine zornigen Schritte im Treppenhaus...) Und Muo erwacht aus seinem Traum. Einen Moment lang fragt er sich benommen, ob es tatsächlich ein Traum war. Die heiseren Schreie des Pirols in seiner Pagodenvoliere beruhigen ihn. Er preßt das Ohr an die Wand und hört Kleinen Weg nebenan ruhig atmen. Er seufzt vor Erleichterung tief auf. Es war ein Alptraum.

»Ein sehr hübsches Bild!« denkt Muo, als er die Röntgenbilder anschaut, auf dem die zwei Schienbeinfragmente nun endlich zu einem einzigen hellen Fleck zusammengewachsen sind.

Am frühen Nachmittag ist Kleiner Weg mit ihm zu einer Rontgenaufnahme ins Krankenhaus gefahren. Da sie drei Stunden auf das Resultat warten mußten, ist sie vor ihm weggegangen, mit zweihundert Yuan in der Tasche, die er ihr gegeben hat. »Kauf dir etwas Hübsches damit. Als Geschenk von mir.«

»Wo steckt sie wohl?« fragt er sich, als er mit dem Röntgenbild unter dem Arm das Krankenhaus verläßt. »Ist sie immer noch in den Geschäften unterwegs? Was hat sie sich wohl gekauft? Einen Lippenstift? Ohrringe? Ein Kleid? Ein Paar Schuhe?«

Er schlendert verträumt durch die Straßen. Er schwebt. Er segelt. Er fliegt. Er schreitet die Renmin Nanlu, die Flaniermeile der Stadt, hinunter und biegt links ab, um dem Brokatfluß bis zur alten Südbrücke entlangzuspazieren. Er lächelt den Passanten zu, Män-

nern, Frauen, Kindern, Greisen, ja selbst den Polizeibeamten, vor denen er unlängst noch zittern mußte. Er möchte am liebsten alle anhalten, um ihnen das Röntgenbild zu zeigen, das vom Erfolg des Alten Fährtenlesers zeugt, von diesem reinen Wunder.

»Wenn ich eines Tages heirate… (Wen? Vulkan des Alten Mondes? Meine Nachbarin, die Balsameuse? Kleiner Weg? In diesem euphorischen Moment bin ich in alle drei verliebt, ja sogar in alle vier, wenn man die Tochter des Alten Fährtenlesers dazurechnet, die ich zwar noch nicht kenne. Wenn sie einverstanden wären, würde ich alle vier heiraten trotz meines kümmerlichen Aussehens und meiner Schwächen, na ja.) Doch kehren wir zum eigentlichen Thema zurück: Wenn ich eines Tages heirate, werde ich dieses Röntgenbild im Wohnzimmer aufhängen. Ich werde es rahmen lassen, unter Glas, mit einer diskreten, gedämpften Beleuchtung, damit alle dieses Meisterwerk gebührend bewundern können.«

Milder Spätnachmittag. Verschleierte Sonne. Ein warmer Wind, ein undefinierbarer Geruch steigt von den verschmutzten, düsteren, schlammigen Fluten des Flusses auf. Schmal ist er geworden, der einst so klare, glitzernde und breite Brokatfluß seiner Kindheit, den er nie imstande war schwimmend zu überqueren. Wie viele fröhliche Stunden hatte er mit seinen Kameraden auf dem Inselchen in der Mitte der Strömung verbracht. Jetzt ist er nicht mehr der alte Muo, der sich mit imaginären Eroberungen begnügen mußte; er ist nun die aus dem Samen eines kurzsichtigen, ungeschickten Halb-

wüchsigen herangereifte Frucht. Schon als Kind verliebte er sich in seinen naiv-erotischen Träumen immer wieder in mehrere Mädchen gleichzeitig: in eine Cousine, in seine Lehrerin, in die Tochter der Putzfrau, in eine Klassenkameradin … Die Liste seiner fiktiven Eroberungen war lang. Das Schicksal hatte gewollt, daß Richter Di ihm ein bißchen half, sich zu entwickeln, sich seinen früheren Träumen zu nähern, sie richtig zu verwirklichen und so, wie Muo es sich wünschte, revolutionären Romantizismus und proletarischen Realismus zu verbinden. Was für ein großer Sprung nach vorn! Mit den Kommunisten macht man immer große Sprünge, doch diesmal, endlich, tatsächlich einen nach vorn. Hätte Richter Di keine Jungfrau gesucht, wäre Muo wahrscheinlich jungfräulich geblieben und hätte sein Leben damit zugebracht, sich mit psychoanalytischen Büchern in französischer Übersetzung intellektuell zu masturbieren. Und jetzt? Jetzt war er in vier Frauen aus Fleisch und Blut verliebt, eine wie die andere wunderbar. Wenn er in den Gesichtern der Chengduer forscht, die auf dem Fahrrad oder zu Fuß an ihm vorbeigehen, fragt er sich, ob vielleicht einer von ihnen so viel Glück hat wie er. Wohl kaum. Das sieht man ihren Köpfen an. Zwei Personen gleichzeitig zu lieben, bereitet normalen Menschen echtes Kopfzerbrechen. Vier Liebschaften in perfektem Synchronismus, das soll ihm einer nachmachen! Er kostet diesen Gedanken aus. Hätte er sich je so etwas vorstellen können?

»Schade, daß Vulkan des Alten Mondes nicht in derselben Strafanstalt sitzt wie der Schwiegersohn des Bür-

germeisters. (Die Balsameuse ist übrigens auch nicht dort, doch sie vergißt er zwischendurch, Vulkan des Alten Mondes jedoch nie.) Vielleicht kennt er im Frauengefängnis eine Gefangene, die für mich eine fliegende Socke organisieren könnte. Eine kleine blaue Baumwollsocke – oder von einer anderen Farbe –, die noch die Wärme eines anonymen Fußes atmet, an der Ferse durchgewetzt, und an der fadenscheinigen Spitze würde die Botschaft stecken: ›Mitteilung für Nr. 1479437 von Zelle 5005. Richter Di kehrt morgen zurück. Du kommst übermorgen frei.‹ Oder dann würde ich einen Film zeichnen, ohne die realen Hintergründe zu enthüllen: mein Vulkan des Alten Mondes, die das Flyaway eines Stabhochsprungs erreicht und eine dichte Stacheldrahtmauer überfliegt. Darunter würde ich lediglich hinzufügen: ›Noch zwei Tage.‹ Damals, als wir beide Studenten waren, gehörte sie der Leichtathletikmannschaft der Universität an, sie gewann bei den Universitätswettkämpfen drei Bronzemedaillen. Ich erinnere mich an ihre Trainingssprünge: Staubwolken um ihre Füße und ihre Knöchel, um ihr T-Shirt, das die Linien ihrer Hüften und ihrer Oberschenkel betonte; die lange Latte, die federte wie ein Bogen, ihre nervöse Spannung, ihr verbissener Wille, der ihren Körper straffte und ihn in die Luft schleuderte. Jedesmal glaubte ich, sie würde in der Luft schweben bleiben, sich in einer Rauchwolke verflüchtigen oder in eine Schwalbe verwandeln.«

Seit kurzem trübt alle zwei oder drei Tage ein Alptraum Muos Schlaf. Er beginnt immer mit totaler Fin-

sternis, dem erstickenden Geruch von brackigem Wasser und der keuchenden Stimme eines erschöpften Mannes: »Verstopft, wie ich bin, kann ich nie richtig in den Gemeinschaftseimer scheißen.« Dann folgt, plimm!, das Geräusch eines auf den Eimerboden fallenden Ködelchens, ein Geräusch, das den dunklen Raum erfüllt. Die Stimme gehört dem ehemaligen Direktor der Frauenstrafanstalt. Sie sind zu dritt in einer Zelle eingesperrt: der Direktor, K, der Gefängnisarzt, und Muo. Grund für ihre Inhaftierung ist Kennummer 1 479 437 aus Zelle 5005, seit zwei Jahren im Bezirksgefängnis, die im dritten Monat schwanger ist. Sie sind die einzigen drei Männer, die in den vergangenen Monaten Kontakt mir ihr gehabt haben. Der Verantwortliche für dieses in den Annalen der chinesischen Gefängnisse einmalige Verbrechen ist zwangsläufig einer von ihnen drei. Der Gefängnisdirektor, der sich während seines endlosen Stuhlgangs gern in langen Geständnissen ergeht, hat zugegeben, daß er sich beinahe in sie verliebt hätte, weil sie, physisch, Frau Tian gleiche, der berühmten Tänzerin der Revolutionsballette, dem Idol seiner Jugendjahre. Er bestellte die junge Gefangene in sein Büro, zwang sie, sich wie die Hauptdarstellerin des Balletts *Das Mädchen mit den weißen Haaren* zu kleiden und eine weiße Roßhaarperücke aufzusetzen (ihr weißes Haar war das Resultat der zwanzig Jahre, die sie, ohne auch nur ein Körnchen Reis zu essen, auf einem Berg verbracht hatte, um vor einem Großgrundbesitzer zu fliehen, der begierig darauf war, ihre Jungfräulichkeit zu rauben). Der Gefängnisdirektor legte die Schallplatte des Balletts auf,

aber Vulkan des Alten Mondes weigerte sich zu tanzen. »Ich habe weder den Willen noch die Zehen von Frau Tian, um auf den Spitzen stehen zu können.« Die vom Arzt erzählte Geschichte, der ständig flennend in einer Ecke hockte, war eine andere Version der ewigen Wahnvorstellung von Jungfräulichkeit. Er war bei einer gynäkologischen Routineuntersuchung auf die Kennummer 1479437 aufmerksam geworden. Sie war trotz ihrer zweiunddreißig Jahre noch jungfräulich, ein Phänomen, das heute in China immer seltener ist und das in jenem Gefängnis eine absolute Ausnahme darstellte. Zuerst war sie für ihn nur ein Fall, der seine Neugierde weckte. Dann entdeckte er in der Neuauflage eines alten Buches das Geheimrezept der »roten Pille«, die die Alchimisten am Hofe der Ming-Kaiser herstellten, um durch das Menstruationsblut von Jungfrauen das Leben des Kaisers zu verlängern. Achthundert Jahre später wollte er das Experiment wiederholen. Er ließ die Gefangene kommen und befahl ihr unter dem Vorwand, er habe bei seiner letzten Untersuchung etwas Verdächtiges festgestellt und müsse eine genauere Diagnose stellen, ihm ein Fläschchen ihres Menstruationsbluts zu bringen. Das Fläschchen gelangte nie auf seinen Schreibtisch, denn die Gefangene litt seit Beginn ihrer Gefängnisstrafe an Amenorrhö. Wie auch immer, der Arzt wurde eines schönen Morgens verhaftet, ohne daß er etwas Böses getan hätte, wie es im ersten Satz des *Prozeß* heißt. Doch trotz ihrer lüsternen Perversität konnten weder der Arzt noch der Direktor für diese Schwangerschaft verantwortlich sein, denn als tugendhafte Anhänger

der Ein-Kind-Politik waren sie vor zwanzig Jahren brav dem Aufruf der Regierung gefolgt und ins Krankenhaus gegangen, um sich ein »ewiges Kondom« verpassen, das heißt, sich den Samenleiter unterbinden zu lassen. Muo wiederum war noch unschuldiger als die beiden, denn er hatte seine Freundin nur durch die Scheibe des Besuchsraums gesehen unter der strengsten Aufsicht der Wärterinnen und in Gegenwart anderer Gefangener und der Angehörigen. Dieser Alptraum endete jedesmal mit dem Klirren eines Schlüsselbunds, dem Knarren der Tür und dem stummen Erscheinen eines Hinrichtungskommandos, dieser Todesschatten, die das Emblem Chinas auf dem Kopf tragen und deren Augen kalt glänzen wir ihre Gewehre.

Als er das erstemal aus diesem bösen Traum erwachte, spurte Muo das Blut in sein Gesicht steigen. Er stand auf und trat ans Fenster. Er befand sich im Hotel *Cosmopolitan*. Im Hof die Pagodenvoliere. Das ferne Aufheulen eines Autos. Ein gelber Lichtfleck unter dem Lampenschirm. Er sagte sich, daß sich lediglich sein Unbewußtes in Form eines Traums bemerkbar gemacht hatte. Und schuld daran war Vulkan des Alten Mondes. Gemäß Freuds Theorie war das der »Anfang des Endes einer Liebe«. Warum jetzt? Wodurch ausgelöst? Durch die Anwesenheit eines jungen Mädchens, das im Zimmer nebenan mit einem dick verbundenen Bein schlief und das er vierundzwanzig Stunden am Tag bewachte wie seinen Schatten? Ein eisiger Luftzug – nein, eine Vorahnung, ein warnender Schatten – lief sein Rückgrat entlang.

Niemand will einen Traum wirklich verstehen.

Nicht einmal Freud.

Eines der Gesetze der menschlichen Seele ist die Intermittenz. Wer hat das gesagt? Proust? *Auf der Suche nach der verlorenen Zeit* (das französische Pendant zum chinesischen Roman *Der Traum der roten Kammer*)? Die Künstler, diese besondere Spezies, verstehen die Träume auch nicht, aber sie schaffen sie, leben sie und werden schließlich selbst zum Traum anderer.

Muo, der Agnostiker. Muo, der fiktive Polygame, Muo, der Polyglotte, der beschließt, ein Geschenk für Kleinen Weg zu kaufen, als er am Markt an der Südbrücke vorbeikommt, wo ein Brodeln von Gerüchen, Stimmen, Farben herrscht. Der Himmel verfinstert sich. Die Rufe der Verkäufer, die ihre verbilligte Ware anbieten. Flügelflattern des hungrigen Geflügels in den Käfigen, springende Fische, die vom Eisbett entwischen und mit aufgesperrtem Mund auf der Erde landen. Zimt. Sternanis. Wermut. Roter Pfeffer. Exotische Früchte. Genveränderte amerikanische Früchte. Gemüse von den Bauernhöfen in der Umgebung. Mit welcher Überraschung das Herz von Kleinem Weg gewinnen?

Ein dicker schwarzer Farbtropfen, der im Wasser glänzt wie der Kopf einer Kaulquappe. Es ist die Gallenblase einer weißgefleckten Schlange. Der Verkäufer hat sie in einen mit Alkohol gefüllten durchsichtigen Plastikbeutel gepackt. Die Blase ist auf den Boden des Beutels gesunken, hat gezuckt, sich um sich selbst gedreht, hat aber im Alkohol ihre Form bewahrt.

Muo hat sie nicht wegen der Pfauengallenblase ausgesucht, die unvergleichlich wertvoller und mörderischer ist, sondern wegen der Eigenschaften der Schlangengalle, die allen Chinesen bestens bekannt sind. Es ist ein sehr wirksames Stärkungsmittel bei Beinbrüchen. Doch die Sage, der zufolge dieses Organ einem Kamikazekräfte verleiht, hat seine Wahl ebenso beeinflußt. In beiden Fällen, ob Stärkungsmittel oder Aufputschmittel, gilt die Gallenblase der weißgefleckten Schlange als das wirksamste Mittel.

Doch Kleiner Weg, für die sie bestimmt ist, sollte sie nie kosten. Eine Stunde nach dem Kauf kitzelt ein Alkoholdüftchen einen blinden Bettler in der Nase. Er tastet mit seinem Stock den Gehsteig Zentimeter um Zentimeter ab und findet einen auf dem Boden liegenden Gegenstand. Er bückt sich, fährt mit der Hand über den Gegenstand, hebt ihn auf und schnüffelt daran. Der Alkohol ist ausgeflossen, aber irgend etwas ist im Beutel zurückgeblieben. Den Beutel in der Hand, tastet er sich zu einem kleinen Gemischtwarenladen in der Nähe und wendet sich an die Besitzerin, die Eßwaren, Getränke und Zigaretten verkauft und einen Telefonanschluß für nationale und internationale Anrufe installieren lassen ließ, um mit einer Telefonzelle ihr Einkommen aufzurunden.

»Das muß dem Xiansheng mit der Brille gehören«, sagt sie mit einem Blick auf den Plastikbeutel. »Ja, er hat von hier aus telefoniert. Der Akku seines Mobiltelefons war leer, und er wollte ein Hotel in einem Vorort anrufen. Ich habe ihm gesagt, für die Vororte gelte der

gleiche Tarif wie für die Provinz. Er hat bezahlt. Nach dem, was ich verstanden habe, hat er eine unangenehme Nachricht erfahren. Er ist ganz blaß geworden und hat gebrüllt: ›Das ist unmöglich! … Sie scherzen wohl? Sie wollen mich auf den Arm nehmen, was?‹ Man hat ihm offenbar die Auskunft bestätigt, denn er hat den Hörer aufgeknallt, dann ist er auf die Straße hinausgestürzt, um ein Taxi anzuhalten. Er wäre beinahe überfahren worden. Das Taxi war nicht frei. Er ist losgerannt, aber er hatte es so eilig, daß er einen Radfahrer gestoppt hat. Er hat seinen Geldbeutel aus der Hosentasche gezogen und das Fahrrad gekauft. Einfach so. Ich weiß nicht, wieviel er dafür bezahlt hat. Es muß ein anständiger Betrag gewesen sein, denn der Radfahrer stand mit offenem Mund und den vielen Scheinen in der Hand da. Der Mann mit der Brille ist auf das Fahrrad gesprungen und davongesaust. Er hat einen Umschlag mit einem Röntgenbild neben dem Telefon vergessen. Als er hereinkam, trug er diesen Plastikbeutel in der Hand. Er hat ihn wohl unterwegs verloren.«

»Was ist drin? Wissen Sie, ich sehe schon seit einer Ewigkeit nichts mehr.«

»Zeigen Sie mal. Hm … was könnte das kleine Ding da sein? Warten Sie, ich geh meine Brille holen. Ich hab keine besonders guten Augen mehr …«

»Sie sind zu bescheiden. Wenn ich Sie so höre, möcht ich sagen, daß Sie eine sehr rüstige Person sind.«

»Also, ich würde meinen, daß es eine Schlangengallenblase ist.«

»Schwein muß man haben!«

Der Blinde greift nach dem Plastikbeutel, formt ihn zu einem Trichter und hält ihn an den Mund. Er hebt den Beutel hoch, läßt, glupsch, die Schlangengallenblase in den Mund gleiten und läßt sie auf der Zungen zergehen.

»Das ist eine echte ... schön bitter.«

Die Schlangengallenblase platzt zwischen seinen gelben Zähnen, und der dunkle Saft füllt seinen Mund. Es beginnt zu regnen.

Der Regen fließt über Muos Brillengläser, der fast blind in die Pedale tritt. Er sieht das Vorderrad kaum; er flitzt durch die Wasserlachen, bespritzt die Fußgänger, überholt einen Radfahrer, dessen Schatten er nur schemenhaft wahrnimmt, dann einen zweiten, noch verschwommeneren. Er flitzt in Richtung Bahnhof, um Kleinen Weg einzuholen, die, so der Besitzer des *Cosmopolitan*, am Nachmittag, noch leicht hinkend, abgereist sei.

»Sie trug eine neue schwarze Sonnenbrille und hielt ein Sixpack Bier in der Hand. Sie hat gesagt, sie fahre nach Hause, ihre Eltern besuchen. Bevor sie gegangen ist, hat sie uns vierzig Yuan gegeben, weil sie den Pirol kaufen wollte. Sie hat den Käfig geöffnet, den Vogel auf die Hand genommen und ihn befreit. Er ist fortgeflogen, und sie hat ihm nachgeschaut, bis man ihn nicht mehr sehen konnte.«

Im Augenblick hat Muo keine Zeit nachzudenken, ob es verdächtige Anzeichen gab, die auf ihre Abreise hingedeutet hätten. Jede Sekunde zählt. Der Zug in Rich-

tung ihrer Heimatregion – den, den er vor zwei Wochen genommen hatte und in dem er ihr begegnet war – fährt in zwei Stunden.

Doch je näher der Bahnhof kommt, desto mehr wächst seine Bewunderung für ihre Charakterstärke. Ein solcher Schritt, der für den Rest ihres Lebens entscheidend ist, flößt Respekt ein.

»Wäre ich an ihrer Stelle«, sagt er sich, »würde ich auch flüchten, würde mich weigern, von Richter Di meiner Jungfräulichkeit beraubt zu werden.«

Seine Beine treten langsamer. Der Regen läßt nach. Die Brillengläser werden klarer. Und plötzlich macht er kehrt und startet in die entgegengesetzte Richtung, um sich selbst zu beweisen, daß er nicht bis ins Mark verdorben ist.

»Was für eine Erleichterung!« sagt er sich, als er sich nachts schlaflos in seinem Hotelbett wälzt. »Vielleicht hat es der Himmel so gewollt, um mich vor meinen polygamen Neigungen zu bewahren. Die Moral der einzigen wahren Liebe ist gerettet.«

Da glaubt er, die vertraute Stimme des Vogels zu hören, des Waisen einer edlen Vogelart, Eigentum des christlichen Missionars. Deutliche, diamantklare Silben.

»Was für ein Vogel! Hat ihn eine Sinnesänderung zurückkehren lassen? Kündigt er vielleicht eine andere Rückkehr an, die seiner großherzigen Befreierin?«

Der Vogel und dessen geheimnisvoller Satz erinnern Muo an seinen Plan mit dem jungfräulichen jungen Mädchen. (»Ich werden ihn den Plan Athena nennen,

nach dem Namen der griechischen Göttin der Jungfräulichkeit.«) Das Rendezvous mit Richter Di ist für morgen zwanzig Uhr festgelegt.

Er rennt die Treppen hinunter. Die Pagodenvoliere erhebt sich feierlich, einsam und stumm. Verwaist. Er lächelt. Ein paar erschreckend ruhige Minuten, dann ein explodierender kindischer Schrei: Er rüttelt am Käfig, geht mit dem Kopf, den Fäusten auf ihn los, versucht ihn aufzuheben, ihn zu kippen ... Unmöglich. Er umtänzelt ihn wie ein Kung-Fu-Kämpfer in einem Film, traktiert ihn mit wütenden Tritten.

Er kostet seinen Zorn nicht lange aus, denn er hätte sich beinahe den Fuß verstaucht. Er ist erschöpft. Und da macht Muo, der erwachsene Mann mit dem dümmlichen Lächeln, der wieder zum Kind geworden ist, die Tür des Käfigs auf und klettert hinein.

»Ich bin ein Vogel«, lacht er hysterisch.

Sein Kopf schlägt gegen die Stange, seine Brille rutscht ihm von der Nase und fällt zu Boden. Er bückt sich und kauert sich hin wie ein gefangenes Wild.

Gerüche aus einer anderen Welt; eisige Metallstäbe, abblätternder Lack, Vogeldreck, Stroh, Trinknapf, dürres Laub, Maiskörner ...

»Meine Initiationsnacht, die Fiktion meines künftigen Gefängnisaufenthalts. Des echten. Mir schwindelt. Der Magen schnürt sich mir zusammen. Warum bring ich mich heute nacht nicht um? Hätte ich mich vor ein paar Wochen bei der Balsameuse aus dem Fenster gestürzt wie ihr Mann, hätte ich mir weitere demütigende Niederlagen erspart. Wenn Kleiner Weg in diesem Mo-

ment daherkäme und mich in diesem Käfig eingesperrt fände, würde sie mich befreien? Wo ist das Miststück? Im Zug? Hat sie diesmal eine Fahrkarte gekauft? Wahrscheinlich nicht. Schwarzfahren, der Sport der Armen. Ist sie vielleicht gar nicht abgereist? Spaziert sie mit einem jungen Schnösel in der Stadt herum? Hat sie eine Stelle als Dienstmädchen oder Serviererin gefunden? Nein, sie wird zurückkehren. Gewisse Anzeichen deuten darauf hin, daß sie in mich verliebt ist. Vielleicht ist sie geflohen, weil sie mich zu sehr liebt. Ihre Liebe ist so stark, daß ich sie noch spüre. Kehr zurück, bitte.« Wer setzt sich auf einmal mit perlmutternen Flügeln auf das Käfiggitter? Eine Heuschrecke?

Plötzlich erinnert er sich an den Satz, den sein Gedächtnis seit ein paar Tagen unterschlagen hat. Den letzten Satz des Gekreuzigten, den der Vogel wiederholt hat: »Gehet hin in Frieden, das Opfer ist vollbracht.«

Wie schade, daß er ihn nicht auf lateinisch sagen kann. »Muo, lerne Latein. Du wirst es später lernen. Im Gefängnis. Wirst sogar Gedichte oder ein Testament auf lateinisch schreiben.«

Bevor er sich am nächsten Tag der Polizei stellt, verbringt er seinen letzten Tag in Freiheit bei seinen Eltern; gegen vier Uhr nachmittags sind sie einkaufen gegangen. Er ist allein in der Wohnung, als an die Tür geklopft wird. Zuerst erschrickt er. Handelt es sich um eine Halluzination? Es klopft erneut an die Tür. Er macht auf, ein Mädchen steht auf dem Treppenabsatz. Wahrscheinlich ein Mädchen vom Land, eine Bewerberin für die

Stelle einer Putzfrau, die seine Mutter endlich beschlossen hat einzustellen.

»Zu spät«, sagt er.

Sie steht schüchtern, errötend, mit gesenktem Kopf da. Sie reibt mit dem rechten Fuß die linke Wade.

»Mein Vater hat mich gebeten, Ihnen zu sagen …«

»Wer ist dein Vater?«

»Der Alte Fährtenleser.«

Muo wäre beinahe lang hingefallen, als sei eine Bombe geplatzt. Sein ganzes Leben wird er sich an diesen sonderbaren Moment erinnern. Er will sie verlegen hineinbitten, ihr einen Tee anbieten, doch seine Zunge kommt ihm zuvor, und er hört sich sagen: »Bist du noch Jungfrau?«

Shan Sa

Kaiserin

Roman. Aus dem Französischen von Elsbeth Ranke. 416 Seiten. Serie Piper

Ihr Name wurde geschmäht, ihre Geschichte gefälscht, ihr Gedächtnis gelöscht: »Licht«, das Mädchen, das in der Tang-Dynastie im siebten Jahrhundert zur einzigen Kaiserin von China und mächtigen Herrscherin über ein Weltreich aufsteigt. Dunkel hingegen sind die Machenschaften und Hofprotokolle in der Verbotenen Stadt und grausam die Rache der Männer an der Frau, die es wagte, Kaiserin zu sein. Zum ersten Mal nach dreizehn Jahrhunderten öffnet Shan Sa die Tore der Verbotenen Stadt zur Zeit der »Roten Kaiserin«.

»Eine unglaublich spannende Sittengeschichte aus dem alten China – geschildert von einer hochbegabten jungen Erzählerin mit großem Wissen, voll Kraft und Poesie.«

Asta Scheib

05/2039/01/L

Unai Elorriaga

Der Traum vom Himmel über Nepal

Roman. Aus dem Spanischen von Karl A. Klewer. 192 Seiten. Serie Piper

Der ungewöhnliche Beginn einer wirklich ungewöhnlichen Freundschaft: Als die hochbetagten Geschwister Lucas und María aus dem Krankenhaus zurückkehren, hat sich der Straßenmusiker Marcos in ihrer Wohnung eingenistet. Der junge Marcos darf bleiben, und schon bald wird aus ihnen ein eingeschworenes Trio, das mit Leichtigkeit und feinem Humor den Hindernissen des Älterwerdens begegnet.

»Aus kleinen poetischen Szenen und Notizen hat der junge baskische Autor seinen warmherzigen, humorvollen Roman geknüpft. Das Alter einmal nicht als etwas Bedrückendes, Bedauer- und Befremdliches. Sondern als ein etwas wunderliches Wunder.«

Brigitte

05/2108/01/R